DANIEL HANOVER

Dolch und Münze 2

Buch

Geder Palliakos Stern ist im Steigen begriffen. Er ist der Held von Antea, der Hüter des Kronprinzen und der Liebling bei Hof. Doch ein dunkler Schatten aus seiner Vergangenheit holt ihn ein, und mit ihm kommt ein Krieg, der alles verändern wird. Cithrin bel Sarcour gründete ihre mächtige Bank auf gestohlenem Vermögen, gefälschten Papieren und geschärften Klingen. Nun wird jeder Schritt, den sie tut, beobachtet, festgehalten und kontrolliert. Wenn Cithrin sich nicht aus ihrem Käfig befreien kann, wird ihr Leben umsonst gewesen sein. Der Krieg könnte ihr dabei von großem Nutzen sein. Ein abtrünniger Priester erkennt den versteckten Drahtzieher hinter allem: ein lange gehütetes Geheimnis des Drachenimperiums bedroht alles, was die Menschheit aufgebaut hat. Ein Zeitalter voll Wahnsinn und Tod zieht herauf, und es gibt nur wenige, die versuchen, ihm Einhalt zu gebieten …

Autor

Daniel Hanover ist das Pseudonym eines renommierten amerikanischen Autors

Außerdem lieferbar

Dolch und Münze: 1. Das Drachenschwert (26865) – 2. Königsblut (26866)

Daniel Hanover

Dolch und Münze

Königsblut

Aus dem Englischen
von Simone Heller

blanvalet

Die englische Originalausgabe erschien unter dem Titel
»The Dagger and the Coin 02: The King's Blood« bei Orbit, New York.

MIX
Papier aus verantwortungsvollen Quellen
FSC® C014496

Verlagsgruppe Random House FSC® N001967
Das für dieses Buch verwendete FSC®-zertifizierte Papier
Super Snowbright liefert Hellefoss AS, Hokksund, Norwegen.

1. Auflage
Taschenbuchausgabe Dezember 2013 bei Blanvalet,
einem Unternehmen der Verlagsgruppe Random House GmbH, München.

Umschlaggestaltung und Umschlagillustration: © Max Meinzold, München
Redaktion: Alexander Groß
HK · Herstellung: sam
Satz: Uhl + Massopust, Aalen
Druck und Einband: GGP Media GmbH, Pößneck
Printed in Germany
ISBN: 978-3-442-26866-5

www.blanvalet.de

Für meinen Bruder Xerxes

Einleitung

Meister Kit

DER ABTRÜNNIGE, DER UNTER anderem auf den Namen Kitap rol Keshmet hörte, stand im sanften Regen der Stadt, vom Makel in seinem Blut gedrängt und getrieben, ohne ihm jedoch nachzugeben. Angst und Entsetzen stiegen in seiner Kehle empor.

In jeder Stadt und jedem Dorf in der Keshet, in Borja oder Pût hätte der Tempel einen Platz im Mittelpunkt der Gemeinschaft gefunden, wäre ein Ort des Stolzes und der Ehre gewesen und die Achse, um die herum sich das ganze Leben drehte. Im überwältigenden Glanz von Camnipol, ehrfurchtgebietend durch ihre Größe, Schönheit und Erhabenheit, war er nur eines von tausenden Gebäuden und durch seine Umgebung zur Bedeutungslosigkeit verurteilt.

Die Stadt war das Herz des imperialen Antea, genauso wie das imperiale Antea das Herz der Macht der Erstgeborenen in der Welt war, aber Camnipol war älter als das Königreich, über das es herrschte. Jedes Zeitalter hatte hier seine Spuren hinterlassen, jede Generation war auf den Ruinen der vorangegangenen gewachsen, bis der Boden unter den dunkel gepflasterten Straßen keine Erde mehr war, sondern der Schutt dessen, was zuvor gewesen war. Schwarz und golden war sie, eine Stadt des Reichtums und der verzweifelten Armut. Um sie herum erhoben sich ihre Mauern, als wollten sie mit ihrer Unverwundbarkeit prahlen, und ihre Adelsviertel stellten riesige Anwesen, Türme und den ein oder anderen Tempel zur Schau, als wäre die Pracht ganz belanglos, gewöhnlich und profan. Wäre Camnipol ein Ritter gewesen, hätte er eine schwarz glänzende Rüstung und einen Umhang aus feinster Wolle getragen. Wäre es eine Frau gewesen, dann wäre sie zu hübsch gewesen, um sich von ihr abzuwenden, und zu einschüchternd, um sie anzusprechen. Stattdessen war es eine Stadt, und es war Camnipol.

Sanfter Regen ließ die Steinmauern und hohen Säulen dunkler erscheinen. Breite Stufen führten von der Straße zu einem Absatz hinauf und dann in den schattigen Säulengang. Das große Banner aus Spinnenseide – rot wie Blut und mitten darauf das achtfache Siegel der Göttin – war unter dem überhängenden Dach aufgespannt, in der Mitte vom Regen verdunkelt und oben von Schatten, und die Brise ließ es in leichten Wellen flattern. Die Kutschen und Sänften der höchsten Adelsfamilien von Antea füllten die schmale Straße, eine jede darauf bedacht, einen besonders prestigeträchtigen Platz auf dem glatten Straßenpflaster zu ergattern, und keine war willens, auch nur einen Schritt zurückzuweichen und dadurch womöglich einem Rivalen eine Gelegenheit zu verschaffen. Und seit dem ersten Tau waren erst wenige Tage vergangen. Wenn der Sommer und die Hofsaison näher rückten, würde dieser Platz nicht mehr befahrbar sein. Im Norden stand der riesige Turm der Königshöhe grau im Nebel, seine Spitze verhangen, so dass sie in die langsam anschwellenden Wolken hinaufzuwachsen schien: der Gespaltene Thron, der sich in alle Himmelsrichtungen erstreckte und die Welt niederdrückte.

Der Abtrünnige zog sich die Kapuze seines Umhangs tief ins Gesicht, um seine Züge und sein Haar zu verbergen. Winzige Regentropfen hingen in seinem Bart wie Fliegen, die sich in einem Netz verfangen hatten. Er wartete.

Am oberen Ende der Stufen stand der Held von Antea, um die wenigen Granden, die früh in die Stadt gekommen waren, anzulächeln und ihnen zuzuwinken, während sie in die Düsternis des Tempels traten. Geder Palliako, der frisch ernannte Baron von Ebbinwinkel und Beschützer von Prinz Aster – des einzigen Sohnes von König Simeon und Erben des Gespaltenen Throns. Geder Palliako, der das Königreich vor den Verschwörungen des Hofes von Asterilreich gerettet hatte. Geder war nicht das Abbild eines Staatshelden. Sein Gesicht war rund und blass, sein öliges Haar zurückgestrichen. Der schwarze Ledermantel, den er trug, war für einen beleibteren Mann gefertigt und umfloss ihn wie ein dekorativer Umhang. Er stand unter dem riesigen roten Banner wie ein Schauspieler, der zum ersten Mal auf die Bühne trat. Der Abtrünnige konnte beinahe sehen, wie er im Geiste immer wieder seine Textzeilen wiederholte und die Ohren spitzte, um sein Stichwort zu hören.

Dies war der Mann, der den lange vergessenen Kult der Göttin zurückgebracht hatte, um ihn mitten im größten Reich außerhalb von Fern-Syramis zu verbreiten. In einer gläubigeren Ära wäre es dem Tempel vielleicht schwergefallen, Wurzeln zu schlagen, aber die Priester von Antea waren schon lange zu politischen Wortführern und Fürstreitern des Zweckdienlichen geworden. Die Stimme der Göttin, der zu widerstehen auf Dauer unmöglich war, hatte hier williges Gehör gefunden, und die Adligen strömten herbei wie Kinder zu einem

Puppenspiel, erregt vom Hauch der Exotik, der Dekadenz und des Bizarren.

Sie waren tot. Ihre Stadt, ihr Reich und die Wahrheiten, die sie mit der Milch ihrer Ammen aufgesogen hatten. Wie das erste blasse Anzeichen von Aussatz hatte die Fäulnis ihre Stadt berührt, und keiner von ihnen konnte es als das erkennen, was es war. Und aller Wahrscheinlichkeit nach würden sie es auch niemals verstehen, nicht einmal, wenn der Wahnsinn sie für sich beanspruchte. Sie würden sterben, ohne je erkannt zu haben, was aus ihnen geworden war.

»He! Alter!«

Der Abtrünnige drehte sich um. Der Wächter war ein Jasuru, mit Bronzeschuppen und schwarzer Zunge. Er trug verstärktes Leder mit dem Siegel einer Schlange auf orangefarbenem Grund. Hinter ihm stieg eine junge Frau mit der Hilfe eines Dieners in den gleichen Farben aus einer vergoldeten Kutsche. Die Frau selbst trug einen schwarzen Ledermantel, der zu großzügig geschnitten war, ganz der Mode entsprechend.

»Was hast du hier zu schaffen?«, wollte der Jasuru wissen, seine Hand auf dem Schwertknauf.

»Nichts Dringendes«, antwortete der Abtrünnige. »Mir ist nicht aufgefallen, dass ich im Weg stehe. Tut mir sehr leid.«

Der Wächter grollte tief in der Kehle und wandte den Blick ab. Der Abtrünnige drehte sich um und ging davon. Hinter ihm schwoll der hohe, scheppernde Klang von zinnernen Gongs an. Seit er ein junger Mann und Priester in einem Bergtempel einen halben Kontinent entfernt gewesen war, hatte er den Ruf zum Gebet nicht mehr vernommen. Einen Moment lang konnte er den Staub und das süße Brunnenwasser riechen, konnte hören, wie Eidechsenleiber über Steine schabten, und den Ziegen-Eintopf schmecken, den niemand auf der Welt so zubereiten konnte, wie sie es in dem Dorf getan hatten, in dem er aufgewachsen war. Eine tiefe Stimme begann den Ruf zum Gebet, und die Macht im Blut des Abtrünnigen erschauerte beim Klang der halb vergessenen Silben. Er hielt inne, schlug die Weisheit tausender Kindergeschichten in den Wind und drehte sich um.

Ein Mann, groß wie ein Bulle, in das Grün und Gold eines Hohepriesters gekleidet, bereitete die niederen Riten vor, aber es war niemand, den der Abtrünnige wiedererkannte. Der Hohepriester aus seiner Zeit war also tot. Nun, die Spinnengöttin versprach vieles, aber körperliche Unsterblichkeit gehörte nicht dazu. Ihre Priester konnten sterben. Dieser Gedanke war ein Trost. Der Abtrünnige hüllte sich enger in seine billigen Wollgewänder und verschwand in dem nassen Labyrinth aus breiten Straßen und Gassen.

Der Spalt teilte Camnipol in der Mitte wie die Messerwunde Gottes. Sechs massive Brücken überspannten den Abgrund von Rand zu Rand, richteten sich hoch über der Leere auf, massive Netzwerke aus Stein und Eisen. Unzählige behelfsmäßige Konstruktionen aus Ketten und Seilen überbrückten ihn weiter unten, wo sich die Seitenwände näher kamen. Wenn man in der Nähe der Kante saß, lag die Geschichte der Stadt offen vor einem, Ruine lagerte sich auf Ruine, bis die uralte Architektur verschwand, weil sie nicht mehr vom Stein zu unterscheiden war, mit Ausnahme des ein oder anderen Bogens oder grün angelaufener Bronzeverzierungen. Seit dem Zeitalter der Drachen hatte es an dem Ort, an dem Camnipol stand, eine Stadt gegeben, die über und aus den Ruinen der vorherigen Stadt erwachsen war. Selbst jetzt lebten Arme aus den dreizehn Rassen tief im Fleisch der Stadt, wohnten in lichtlosen Höhlen, die Lagerhallen, Ballsäle und Paläste ihrer Vorfahren gewesen waren.

»Über Abflüsse denkt man eigentlich nie richtig nach«, sagte Smit, der hinaus in die graue Luft starrte.

»Wohl nicht«, erwiderte der Abtrünnige, während er seinen Mantel abstreifte. »Gibt es einen bestimmten Grund, weshalb ich es deiner Ansicht nach hätte tun sollen?«

Die Truppe war in einem öffentlichen Hof am Rande des Spalts untergekommen. Die dünnen Türen des Wagens standen offen, aber sie hatten die Bühne nicht heruntergelassen. Cary saß im Schneidersitz an das große Rad gelehnt und nähte Perlen auf das blaue Kleid. Sie würden heute Abend *Die Narretei der Braut* aufführen, und die Rolle der Lady Partia erforderte ein wenig mehr Firlefanz. Sandr und Horniss waren weiter hinten unter dem hohen Unterstand und hielten Stöcke in der Hand, um die Choreographie des Endkampfes durchzugehen, in dem Anson Arranson den Verrat seines Befehlshabers entlarvte. Charlit Sun, ihr Neuzugang, saß da, die Hände unter die Oberschenkel geklemmt, und ihre Lippen murmelten wie im Gebet. Es war ihr erster Abend, an dem sie in *Die Narretei der Braut* auftrat, und ihre Nervosität war reizend. Mikel war nirgends zu sehen, vermutlich war er auf den Markt gegangen, um dort um Fleisch und Flussfische zu feilschen. Er hatte noch jede Menge Zeit, um zurückzukommen und sich fertig zu machen. Es war nur das düstere Wetter, das es bereits so spät wirken ließ.

»Nun, denkt einmal darüber nach«, sagte Smit, der in den

Regen hinaus nickte. »Die Dinge, die eine Stadt wirklich ausmachen, haben doch mit der Beherrschung der Natur zu tun, oder nicht? Das bisschen Regen hier sieht vielleicht nicht nach viel aus, aber Camnipol ist eine große Stadt. Es kommt einiges zusammen. Gerade jetzt, wenn man es sich genauer anschaut, ist es so, als hätte Gott einen Fluss über diesem Ort ausgekippt. All das Wasser muss irgendwohin.«

»Das Meer, das Meer, das endlose Meer«, sagte der Abtrünnige und zitierte damit ein Stück, das sie vor zwei Jahren aufgeführt hatten. *»So wie alles Wasser sich in den salzigen Wogen einfindet, enden alle Menschen im Tod.«*

»Sicher, sicher«, erwiderte Smit und rieb sich das Kinn, »aber das Wichtigste ist doch, wie es von einem ins andere übergeht, oder?«

Der Abtrünnige lächelte. »Smit, mein Lieber, ich glaube, du hast dich gerade der Metapher schuldig gemacht.«

Der Schauspieler blinzelte in gespielter Unschuld. »Wirklich? Und dabei habe ich gedacht, wir sprechen nur über Rinnsteine.«

Der Abtrünnige lächelte. Er bereiste die Welt inzwischen seit fünfzehn Jahren mit seiner kleinen Gruppe von Schauspielern. Sie hatten für Könige und unzivilisierte Massen gesungen. Er hatte Schauspieler aus acht der dreizehn menschlichen Rassen unterrichtet, und aus dreien davon hatte er Liebhaberinnen gehabt. Er war Meister Kit gewesen. Kitap rol Keshmet. Es war ein Name, den er sich schon viel früher verliehen hatte, nachdem er sich selbst in einem Schoß aus Wüstenstein und Wahnsinn zur Welt gebracht hatte. Er hatte tausend Rollen gespielt. Und nun, Gott helfe ihm, war es an der Zeit für eine weitere.

Eine letzte.

»Cary?«, fragte der Abtrünnige. »Auf ein Wort?«

Die langhaarige Frau nickte, ließ die Nadel in ihrem Ärmel verschwinden und legte die Handvoll Perlen sorgfältig in eine schützende Mulde im Stoff des Kleides. Es wirkte nebensächlich und gedankenlos, aber keine einzige Perle würde sich aus dem kleinen Nest davonmachen. Der Abtrünnige nickte lächelnd und schritt zum nächsten Unterstand des öffentlichen Platzes hinüber, der bis auf ein kaltes eisernes Kohlenbecken und eine Steinbank leer war. Das Backsteinpflaster war nass, wo der Regen es erreichte, und die zarten Rot- und Grüntöne wurden dadurch deutlicher und satter, bis es aussah wie lackiert. Er setzte sich auf die kleine Bank, und Cary nahm neben ihm Platz.

Nun, da es so weit war, konnte er den Kummer nicht mehr von sich weisen. Er war wochenlang da gewesen. Die Angst war inzwischen ein alter Gefährte; ein Feuer, das in einer Schenke in Porte Oliva entzündet worden war, als er zum ersten Mal gehört hatte, dass das Banner der Göttin in Antea wehte. Der Kummer war erst später dazugekommen, und er hatte ihn zur Seite geschoben, solange er konnte, hatte sich gesagt, dass sich die Enge in seiner Kehle, das Gewicht auf seiner Brust noch länger ertragen ließen. Aber das stimmte nicht.

»Meister Kit?«, fragte Cary. »Weint Ihr?«

»Natürlich nicht«, sagte er. »Männer *vergießen Tränen*. Weinen finden wir würdelos.«

Sie legte ihm einen Arm um die Schulter. Wie ein Seemann, der vor einer Reise an seinem letzten frischen Wasser nippt, versuchte er das Gefühl in sich aufzunehmen, sie neben sich zu haben – die Beuge ihres Ellbogens in seinem Nacken, das feste Gewicht ihrer Muskeln, den Geruch nach Eisenkraut und Seife. Er holte tief und schaudernd Luft und nickte. Es dauerte einen langen Augenblick, bis er etwas sagen konnte.

»Ich glaube, wir werden einen weiteren Schauspieler auftreiben müssen«, erklärte er. »Einen älteren Mann mit einer gewissen Ernsthaftigkeit. Jemanden, der väterliche Rollen und Bösewichte verkörpern kann. Lord Fuchs. Orkus den Dämonenkönig. Solche Rollen.«

»Eure Rollen«, sagte Cary.

»Meine.«

Regentropfen trafen wie kleine Nadelstiche auf das Dach über ihnen, auf die Pflastersteine vor ihnen. Die geübten Hiebe mit den falschen Schwertern und das Keuchen der jungen Männer, die sie führten, klangen herüber. Horniss war länger beim Trupp als Cary. Smit spielte mehr Rollen. Aber Cary würde sie anleiten. Wenn überhaupt, dann würde sie diejenige sein, die diese kleine Familie der Straße zusammenhielt, nachdem er weg war.

»Was ist passiert?«, fragte sie.

»Es gibt etwas, von dem ich denke, dass ich es tun muss«, erwiderte er.

»Wir könnten dabei helfen.«

»Ich glaube, dass ihr es versuchen würdet. Aber …«

»Aber?«

Er drehte sich, um ihr in die Augen zu blicken. Ihr Arm glitt von ihm herab. Ihre Augen waren so dunkel wie ihr Haar und groß genug, um sie jünger wirken zu lassen, als sie war. Er konnte sie in diesem Moment so sehen, wie sie in jener ersten Nacht gewesen war, vor sieben Jahren in der Freistadt Maccia, wo sie auf einem öffentlichen Platz für Münzen getanzt hatte. Sie war damals kaum als Mädchen erkennbar gewesen, wild und hungrig und ohne das geringste Vertrauen in alles, was männlich war. Wie die Hitze eines Feuers hatte sie Talent und Ehrgeiz ausgestrahlt. Opal hatte ihn gewarnt, dass das Mädchen Schwierigkeiten machen würde, und ihm zugestimmt, dass es die Sache wert war. Nun war Cary eine erwachsene Frau. Er fragte sich, ob es sich so anfühlen würde, wenn er eine Tochter gehabt hätte.

»Ich habe Angst, dass ich nicht tun könnte, was nötig ist, wenn ich euch auch alle beschützen müsste«, sagte er. »Ihr seid die Familie, die ich mir geschaffen habe. Wenn ich mir vorstellen kann, dass ihr sicher und zufrieden seid, dann glaube ich, dass ich alles andere opfern kann, was geopfert werden muss.«

»So wie es sich anhört, erwartet Ihr einen hohen Preis«, sagte sie.

»So ist es.«

Cary seufzte, und das trockene Lächeln, das in Zeiten des Kummers um ihre Lippen geisterte, erschien auf ihrem Gesicht. *Merk dir das,* sagte er sich. *Merk dir, wie sich ihre Lippen krümmen und wie sie die Augenbraue hebt. Halt es dicht bei dir. Pass gut auf.*

»Ach, piss drauf«, sagte sie.

»Auch wenn es nichts zu bedeuten hat, ich bedaure es wirklich sehr zu gehen.«

»Habt Ihr jemanden im Sinn, der die Rollen übernehmen könnte?«, fragte sie.

Er erkannte den Schmerz in ihr. Er verriet Cary, ließ sie alle im Stich, und sie würde ihm das genauso wenig zum Vorwurf machen, wie sie sich die Zehen abschneiden würde. Er wünschte, er könnte sie bei der Hand nehmen, aber sie hatte den Ton für diese Unterhaltung festgesetzt, und es war nicht sein Recht, darüber hinwegzugehen. Nicht mehr.

»Es gibt eine Truppe, die die nördliche Runde bespielt. Paldrin Leh und Sebast Berrin. Vor drei Jahren haben bei ihnen zwei um dieselben Rollen gekämpft. Sucht sie, und ihr könntet vielleicht jemanden finden, der den Text bereits kennt. Paldrin ist ein Haavirisch, aber das wird vielleicht einen Hauch von Exotik beisteuern, wenn ihr ihn nach Süden mitnehmt.«

»Ich werde mich umhören«, sagte sie. »Wann werdet Ihr gehen?«

»Heute Nacht«, erwiderte er.

»Müsst Ihr allein gehen?«

Der Abtrünnige zögerte. Das war eine Frage, die er noch nicht entschieden hatte. Die Aufgabe, die vor ihm lag, war unmöglich: dem Untergang geweiht und dennoch unvermeidlich. Sein Opfer war ganz allein seines, was es merkwürdig einfach machte. Jemand anders darum zu bitten, freiwillig neben ihm in den Tod zu gehen, war keine Gefälligkeit. Und doch, wenn es den Unterschied machte zwischen Erfolg und Scheitern, einer erlösten oder einer verlorenen Welt …

»Vielleicht nicht«, sagte er. »Es gibt einen anderen, der womöglich helfen könnte. Aber nicht aus der Truppe.«

»Und ich nehme an, es wäre zu viel verlangt zu erfahren, was das für ein mysteriöser Auftrag ist, der Euch wegführt?«, fragte sie. Und fügte dann im Widerspruch zu sich selbst hinzu: »So viel schuldet Ihr uns.«

Der Abtrünnige leckte sich die Lippen, suchte nach Worten, die er nicht benutzt hatte, nicht einmal vor sich selbst. Als er sie fand, lachte er leise. »Das klingt vielleicht ein wenig übertrieben«, sagte er und kratzte sich mit einem langen Finger den Bart.

»Nur zu.«

»Ich werde eine Göttin töten.«

CITHRIN BEL SARCOUR,

Stimme und Vertreterin der Medean-Bank in Porte Oliva

CITHRIN BEL SARCOUR, DIE Stimme der Medean-Bank in Porte Oliva, trat aus dem Bankhaus, den Kopf hoch erhoben, mit gefasstem Gesichtsausdruck, und in ihrer Brust brannte Zorn. Um sie herum ging Porte Oliva dem Frühling entgegen. Die leuchtenden Stoffbanner und glitzernden Zuckerjuwelen für die Feierlichkeiten zum ersten Tau lagen noch in den Straßen und Gassen, wo sie langsam zu Schmutz zerfielen. Schnee suchte die Schatten heim, die die Mittagssonne nicht erreichen konnte. Cithrins Atem bildete Wolken vor ihr, als würde der Schmelzofen ihres Herzens fahlen Rauch ausstoßen, und sie spürte die stechende Kälte wie aus weiter Ferne.

Männer und Frauen etlicher Rassen wuselten vor ihr über das Pflaster. Kurtadam mit ihren glatten, mit Perlen besetzten Pelzen, schmalgesichtige blasse Cinnae, Jasuru mit Schuppen aus Messing und Gold, Timzinae mit schwarzem Chitin und fleischige Erstgeborene mit roten Wangen. Manche nickten ihr zu, manche gingen ihr aus dem Weg, die meisten beachteten sie nicht. Sie mochte die Vertreterin eines der größten Bankhäuser der Welt sein, aber für den verhangenen Himmel über Porte Oliva war sie nur eine weitere junge Halb-Cinnae in einem gut sitzenden Kleid.

Als sie den Schankraum betrat, hüllte warme Luft sie ein.

Die eng verwandten Hefegerüche von Bier und Brot setzten alles daran, sie zu besänftigen, und sie spürte, wie die Anspannung in ihren Eingeweiden sich nach und nach zu lösen begann. Der Zorn ließ nach, entpuppte sich als bloße Maske für die Verzweiflung und Enttäuschung, die darunter lagen. Ein junger Cinnae trat vor, um ihr das Schultertuch abzunehmen, und sie brachte ein schmallippiges Lächeln zustande, als sie es weiterreichte.

»Den üblichen Tisch, Magistra?«, fragte er.

»Danke, Verril«, erwiderte sie. »Das wäre schön.«

Grinsend verbeugte er sich übertrieben, dann winkte er sie weiter. An einem anderen Tag hätte sie es charmant gefunden. Der Tisch war weit hinten, durch eine Stoffbahn halb verborgen vor dem Hauptraum. Er kostete ein paar Münzen mehr. Wenn sie sich in der Lage fühlte, eine zivilisierte Unterhaltung zu führen, setzte sie sich manchmal auf die gewöhnlichen Bänke, um mit allen möglichen anderen Gästen ein paar Worte zu wechseln. Weiter südlich an den Docks gab es mehr Seeleute und Reisende, die Gerüchte weitertrugen, im Norden, wo sich die Drachenstraße zum zentralen Marktplatz mit der Kathedrale und dem Palast des Statthalters öffnete, gab es mehr Neuigkeiten vom Handel über Land, aber die Schenke lag ganz in der Nähe ihrer Bank – *ihrer* Bank, bei Gott –, und nicht aus jeder Unterhaltung musste man einen Vorteil herausschlagen.

Die junge Kurtadam, die tagsüber meistens hier bediente, brachte einen Teller mit Käse und braunem Brot und eine kleine Schüssel aus geschnitztem Holz, die voller schwarzer Rosinen war. Und was noch viel wichtiger war, sie brachte einen Krug mit gutem Bier. Cithrin nickte und versuchte, ein ehrliches Lächeln zustande zu bringen. Wenn dem Mädchen irgendetwas an ihr auffiel, dann verbarg es der weiche Pelz auf ihrem Gesicht. Kurtadam gaben sicher gute Kartenspieler ab, dachte Cithrin, während sie trank. Sie trugen alle immerzu Masken.

Die Eingangstür öffnete sich, und Licht fiel in den Hauptraum. Ein Schatten trat davor. Ohne eine Einzelheit des Gesichts oder Körpers sehen zu können, ohne dass auch nur ein Räuspern zu hören gewesen wäre, erkannte Cithrin Yardem Hane. Er war der stellvertretende Hauptmann ihrer Wache – *ihrer* Wache – und einer der beiden Männer, die sie seit ihrer Flucht aus Vanai kannten. Da die Stadt niedergebrannt war und all ihre Einwohner tot waren, wurde er damit zu jemandem, der sie länger kannte als sonst ein lebender Mensch.

Der Tralgu ging bedächtig durch den Raum. Für eine so große Rasse konnten Tralgu unheimlich leise sein. Er setzte sich neben sie auf die Bank. Seine aufgerichteten, hundeartigen Ohren zeigten nach vorn. Er roch nach altem Leder und Waffenöl. Sein Seufzen war lang und tief.

»Ist also eher schlecht gelaufen?«, fragte er.

»Ist es«, erwiderte Cithrin und versuchte damit an den wortkargen Austausch anzuknüpfen, dessen sich Yardem und Hauptmann Wester bedienten. Aber die Worte ließen sich nicht aufhalten. »Sie hat mich kaum zu Ende angehört. Ich habe den ganzen Winter damit verbracht, diese Übereinkunft auszuhandeln. Ja, es gibt Risiken, aber es sind *gute* Risiken.«

»Pyk war da anderer Meinung.«

»Offensichtlich«, sagte Cithrin. »Gottverdammt, wie ich diese Frau hasse.«

In dem Augenblick, in dem sie die Abmachung getroffen hatte, war Cithrin klar gewesen, dass es sie aufreiben würde, einem Notar unterstellt zu sein. Über Monate hinweg hatte Cithrin das Vermögen ihres Ablegers der Medean-Bank vollständig kontrolliert. Jedes Darlehen, das sie für angemessen hielt, hatte sie gewährt. Jede Beteiligung, die ihr weise erschienen war, war sie eingegangen. Sie hatte sich für Dutzende von Übereinkünften und Verträgen den Daumen geritzt, und sie hatte im Großen und Ganzen guten Profit erwirtschaftet. Nur dass eben die Gründungspapiere der Bank gefälscht gewesen und die Verträge, die sie unterzeichnet hatte, unrechtmäßig waren. Es waren immer noch vier Monate, ehe sie ihre Volljährigkeit erlangte, die Einlagen ihrer Eltern in die Bank erbte und vor den Augen des Gesetzes eine richtige Erwachsene wurde. Aber selbst dann würde ihr die Rolle der älteren Frau mit nur einem Viertel Erstgeborenenblut, die sie angenommen hatte, erhalten bleiben. Die Bank war auf Lügen und Betrug errichtet, und man würde noch jahrelang Geheimhaltung üben müssen, ehe die verdächtigen Übereinkünfte alle bereinigt werden konnten. Sie stellte sich vor, dass sie alles in den Wind schlug, nur um der Notarin zu trotzen, die ihr die Dachgesellschaft in Carse geschickt hatte. Pyk Usterhall.

Ihr unterzeichnet nichts. Alle Übereinkünfte werden vom Notar und nur vom Notar unterzeichnet. Verhandlungen gibt es nicht, ohne dass der Notar anwesend ist. Wenn man über Euren Kopf hinweg entscheidet, akzeptiert Ihr es. Die Kontrolle obliegt der Dachgesellschaft. Ihr seid eine Gallionsfigur. Sonst nichts.

Dies waren die Bedingungen, die man ihr angeboten hatte, und sie hatte zugestimmt. Zu diesem Zeitpunkt war sie halb beschwipst vor Erleichterung gewesen, weil sie überhaupt irgendeinen Einfluss behalten durfte. Sie hatte die Gewissheit verspürt, dass es, wenn der Notar einmal eingesetzt war, nur eine Frage der Zeit sein würde, bis sie sich wieder zurück in die eigentliche Machtposition manövrieren konnte. Die Zeitspanne bis dahin würde eine notwendige Geduldsprobe sein, aber nicht schlimmer als das. In den Wochen vor dem Eintreffen des Notars war sie jeden Abend mit der Vorstellung eingeschlafen, wie sie vor einem hocherfahrenen Mitglied der Bank die Kleinlaute spielte, wie sie Einsichten darbot, die die Aufmerksamkeit des neuen Mannes finden würden, wie sie sich dadurch einen Ruf bei ihm erwarb, bis er ihrem Urteil vertraute. Von da an, hatte sie sich gesagt, würde es nur ein kleiner Schritt sein, die Politik ihrer Bank abermals zu bestimmen. Ihre Aufgabe war lediglich, einen einzigen Mann zu überzeugen. Selbst wenn es schwer war, war es doch möglich.

Es war eine hübsche Geschichte gewesen.

Pyk Usterhall war mitten im Winter eingetroffen. Cithrin hatte im Kaffeehaus auf der anderen Seite des Großmarkts gesessen, wo sie Maestro Asanpur ein paar Münzen gab, um ein privates Hinterzimmer nutzen zu können. Die winterliche Dunkelheit kam früh, sogar so weit im Süden wie hier in Porte Oliva, und an den dunklen, kalten Nachmittagen konnte man wenig anfangen, außer Spielsteine zur Hand zu nehmen und den Vorrat an Kaffeebohnen durchzubringen, den der alte, halbblinde Cinnae besaß. An diesem Tag waren vier Erstgeborene aus der Königinnengarde im Kaffeehaus gewesen, die sich nach ihrer Wache ausruhten und Witze und Anekdoten mit einem Timzinae-Händler austauschten. Der Timzinae hatte den Winter in Birancour verbracht, ehe er sich im Frühling wieder zurück nach Elassae aufmachen würde, und Cithrin hatte schon seit Tagen über seine Witze gelacht und abgewartet, ob ihm ein paar Neuigkeiten aus diesem Land entschlüpfen würden. Sie hatten zu sechst zwei Tische zusammengeschoben und waren mit den Spielsteinen gerade in einer komplizierten Runde, als die Tür aufschwang und eine kalte Böe die Wärme aus dem Raum trieb, konkret und metaphorisch zugleich.

Anfangs hatte Cithrin gedacht, die Frau sei eine unglaublich dicke Erstgeborene. Sie war riesig, hatte breite Hüften und Schultern, die sowohl fett als auch kräftig waren. Sie betrat den Raum, dessen Dielen unter ihren schweren Schritten knarzten, und wickelte sich den schwarzen Wollschal vom Kopf. Pausbacken und volle Lippen ließen sie ein wenig wie einen Fisch wirken. Als sie die Lippen schürzte, wurden die Lücken sichtbar, wo sie ihre Hauer abgefeilt hatte. Eine Yemmu.

»Ihr seid dann wohl Cithrin bel Sarcour«, hatte die Frau gesagt. »Ich bin Eure Notarin. Habt Ihr irgendetwas, wo wir uns unterhalten können?«

Cithrin war sofort aufgestanden und hatte Pyk nach hinten in das private Kämmerchen geführt. Sobald die Tür geschlossen war, beugte sich Pyk mit finsterem Gesicht über den kleinen Tisch.

»Spielchen mit der Stadtwache? So führt Ihr also dieses Geschäft? Ich hätte gedacht, Komme Medeans Stimme würde im Palast des Statthalters sein und mit wichtigen Leuten speisen.«

Cithrin konnte immer noch die Enge in ihrer Kehle spüren, wenn sie sich an diese Worte und den Spott erinnerte, der sie hatte bitter werden lassen.

»In den kältesten Monaten tut sich nicht viel«, hatte Cithrin gesagt und sich stumm für den entschuldigenden Tonfall verflucht.

»Auf Euch trifft das wohl zu«, hatte Pyk erwidert. »Ich hingegen habe Arbeit zu erledigen. Wollt Ihr mir die Bücher hierherbringen, oder gibt es irgendeinen Ort, an dem Ihr tatsächlich Geschäfte führt?«

Seither war jeder Tag eine weitere kleine Demütigung gewesen, eine weitere Gelegenheit für die Notarin, Cithrin daran zu erinnern, dass sie keinerlei Kontrolle hatte. Wochenlang hatte Cithrin alles mit einem Lächeln geschluckt. Und monatelang hatte sie es zumindest hingenommen. Wenn es auch nur eine kleine Unterbrechung der Beleidigungen gegeben hätte, einen Sprung in der herablassenden Fassade, so hätte sie es als Sieg verbucht.

Nichts davon war geschehen.

»Hat sie einen Grund genannt?«, fragte Yardem.

»Sie will nicht mit Südlingen verhandeln«, sagte Cithrin. »Offenbar hat eine Gruppe von ihnen vor neun oder zehn Generationen einen Teil ihrer Familie in Pût getötet.«

Yardem wandte sich ihr zu, und seine Ohren klappten nach hinten, um beinahe flach am Kopf anzuliegen.

Cithrin trank einen großen Schluck von ihrem Bier. »Ich weiß«, sagte sie. »Aber was soll ich dagegen tun? Keine Verhandlungen ohne die Anwesenheit der Notarin. Ich darf nicht einmal eine Unterschrift setzen. Und wenn sie sich nicht den Daumen dafür ritzt, wird es nicht geschehen.«

Als Bestandteil ihres Abkommens hatte Cithrin alle Einflussmöglichkeiten, über die sie verfügt hatte, der Bank übergeben. Wenn Pyk eine Nachricht nach Carse sandte, in der stand, dass Cithrin eine Last für die Bank war, hatte Cithrin nichts, womit sie verhindern konnte, dass man sie vom Geschäft abkoppelte. Sie brach ein Stück Brot ab und kaute gedankenverloren darauf herum. Es hätte auch mit Dreck gewürzt sein können, so schmackhaft kam es ihr vor. Yardem deutete auf den Teller, und sie schob ihn in seine Richtung. Er zupfte eine Ecke vom Käse ab, die er sich in den Mund steckte. Einen langen Augenblick kauten sie schweigend. Das Feuer knisterte in seinem Rost. In der Gasse kläffte ein Hund.

»Ich muss los und es ihm sagen«, erklärte Cithrin und nahm dann einen weiteren großen Schluck.

»Gesellschaft erwünscht? Ich habe heute keine Bereitschaft.«

»Er wird nicht ausfallend werden«, sagte Cithrin. »So einer ist er nicht.«

»Ich könnte moralische Unterstützung bieten. Ermutigung.«

Cithrin lachte freudlos. »Das ist der Grund, aus dem ich trinke«, erwiderte sie.

»Ich weiß.«

Sie blickte zu ihm hinüber. Seine Augen waren dunkelbraun, sein Kopf breit. Er hatte eine Narbe gleich unter dem linken Ohr, die ihr noch nie aufgefallen war. Yardem war einst ein Priester gewesen, ehe er zum Söldner geworden war. Es war noch Bier im Krug. Eins würde nicht viel helfen. Ein zweites würde ihr ein Gefühl von Lockerheit verschaffen, aber es würde sie auch dazu verführen, ein drittes zu wollen, und beim vierten würde sie vermutlich das Unangenehme auf morgen verschieben. Es war besser, dachte sie, es schnell zu Ende zu bringen und dann zu schlafen, ohne den Morgen zu fürchten.

Sie schob den Krug zurück, und Yardem erhob sich, um sie aufstehen zu lassen.

Die Unterkunft war mitten im Salzviertel, nicht weit von

den kleinen Räumen entfernt, die Cithrin, Yardem und Marcus Wester während ihrer ersten Tage in der Stadt gemietet hatten. Die Straßen des Salzviertels waren schmal und krumm. An einigen Stellen waren die Gassen so eng, dass Cithrin mit den Fingerspitzen die Gebäude zu beiden Seiten hätte berühren können. Alles stank nach ungeklärtem Abwasser und Meer. Bis sie an den gekalkten Mauern und verblichenen blauen Fenstern des Hauses angelangt war, war der Saum ihres Kleides schwarz, und ihre Füße waren eiskalt und schmerzten. Sie zog sich ihr Tuch enger um die Schultern und stieg die beiden niedrigen Stufen zur Gemeinschaftstür empor. Yardem lehnte sich an die Mauer, sein Gesichtsausdruck nichtssagend, aber die Ohren aufgestellt. Cithrin klopfte.

Sie hatte gehofft, dass jemand anders öffnen würde. Jemand von den anderen Mietern oder der Mann, der das Haus führte. Etwas, wodurch die tatsächliche Unterhaltung sich noch um ein oder zwei Minuten verschoben hätte. Sie hatte kein Glück. Oder, viel wahrscheinlicher, er hatte an der Tür gelauert und auf Nachricht von ihr gewartet. Seine aschgraue Haut und die übergroßen schwarzen Augen seiner Rasse ließen ihn wie ein Kind wirken. Sein Lächeln war strahlend und zögerlich zugleich.

»Magistra Cithrin«, sagte er, als wäre ihr Erscheinen eine freudige Überraschung. Ihr wurde das Herz schwer. »Bitte, kommt herein. Ich habe gerade Tee gemacht. Bedient Euch, bedient Euch. Und auch Euer Tralgu-Freund.«

Cithrin blickte zu Yardem zurück. Sie glaubte Mitleid in seinem Blick zu erkennen, war sich aber nicht sicher, für wen es bestimmt war.

»Ich bin gleich zurück«, sagte sie.

»Bin dann hier«, grollte er.

Der Gemeinschaftswohnraum roch trotz des kleinen Ofens, der die Luft beinahe unangenehm warm machte, feucht. Die hohe, dünne Stimme eines schreienden Kindes drang von irgendwo weiter hinten heran, auch wenn die Türen geschlossen waren. Cithrin setzte sich auf eine Bank mit Kissen, an denen schlaffe rote und orangefarbene Troddeln hingen, die einst wohl schön gewesen waren.

»Es ist mir eine Freude, Euch zu sehen«, sagte der Südling. »Ich habe meinem Sohn in Lyoneia geschrieben, und gerade habe ich Antwort erhalten. Er sagt, er könnte …«

»Ehe wir …«

»… eine ganze Schiffsladung sogar schon zu Mittsommer beisammenhaben. Die Nüsse vom letzten Jahr sind getrocknet und bereit zum Mahlen. Er sagt, sie duften wie Blumen und Rauch. Er hat das schon immer gut mit Worten umschreiben können. Blumen und Rauch. Findet Ihr nicht?«

Er wusste es also. Oder erriet es zumindest. Die Worte flossen aus ihm heraus, drängten die ihren zurück. Als könne er das Unvermeidliche auf Abstand halten. Cithrin erinnerte sich daran, an der Küste gewesen zu sein, als sie ganz jung gewesen war. Vielleicht sogar bevor ihre Eltern gestorben waren. Sie wusste, wie es war zu versuchen, eine Welle mit der Hand aufzuhalten.

»Die Bank kann diesen Plan nicht weiterverfolgen«, sagte Cithrin. »Es tut mir leid.«

Der Mund des Mannes ging immer noch auf und zu, versuchte weitere Silben hervorzubringen. Seine Brauen bewegten sich, hoben sich mittig und senkten sich außen, bis er wie eine Karikatur der Verzweiflung und Enttäuschung wirkte. Cithrin zwang sich dazu, Luft zu holen. Ihr Magen schmerzte.

Als er etwas sagte, war seine Stimme leise. »Das verstehe ich nicht, Magistra.«

»Ich habe Neuigkeiten erhalten, die nichts mit unseren Unterhaltungen zu tun haben, und ich fürchte, dass es der Bank im Augenblick nicht möglich ist, das Darlehen zu gewähren, das Ihr benötigen würdet.«

»Wenn … wenn ich Euch nur den Brief vorlesen könnte, den mir mein Sohn geschickt hat, Magistra. Wisst Ihr, wir könnten …« Der Mann schluckte, schloss die riesigen Augen und ließ den Kopf hängen. »Darf ich fragen, weshalb nicht?«

Weil Ihr die falschen Augen habt, dachte Cithrin. *Weil meine Notarin es mich nicht tun lässt. Es tut mir genauso leid wie Euch.* Sie dachte an all die Dinge, die sie nicht sagen konnte, weil das bedeutet hätte zuzugeben, dass Pyk Usterhall über sie bestimmte. Wenn das öffentlich bekannt wurde, wäre das letzte bisschen Einfluss verschwunden, das sie über ihre Bank besaß. Daher verhärtete sie stattdessen ihre Seele und gab vor, eine Bankiersfrau zu sein, die ihren eigenen Willen durchsetzte und eine Macht besaß, die mit ihrer Verantwortlichkeit einherging.

»Ihr wisst, dass ich aus den Unterhaltungen, die andere mit mir führen, nichts ausplaudern darf«, erklärte sie. »Genauso wenig würde ich unsere Diskussionen an andere weitergeben.«

»Nein. Natürlich nicht«, sagte er und öffnete die Augen. »Besteht die Möglichkeit, dass Ihr es Euch anders überlegt?«

»Ich fürchte, nein«, antwortete sie, und jedes Wort hatte seinen Preis.

»Nun gut. Also danke. Wollt … wollt Ihr immer noch Tee?«

»Ich bin nicht betrunken«, sagte Cithrin.

»Seid Ihr nicht«, stimmte Yardem zu.

»Weshalb kann ich dann nicht noch ein Glas haben?«

»Weil Ihr dann nicht-betrunken bleibt.«

Sie waren nicht zurück in die Schenke gegangen. Das war der Ort, an den Cithrin ging, um zu essen und höfliche Gesellschaft zu haben. All das wollte sie nicht. Sie wollte schreien und fluchen und mit einem Stock auf Dinge einprügeln. Enttäuschung und Ohnmacht waren wie ein eiserner Käfig, und sie war ein Fink, der sich dagegenwarf, bis er einging. Ihre eigenen Räume befanden sich über dem Geschäftssitz der Bank und waren dort gewesen, seit es eine Bank war. Als sie die Stufen zum ersten Mal emporgestiegen war, hatte sich dort noch eine Spielhalle befunden. Und sie hatte sich den Raum mit Yardem und Marcus Wester und einem Karren voller Kisten geteilt, in denen sich Seide und Juwelen, Tabak und Schmuck und die mit Wachs versiegelten Rechnungsbücher befunden hatten, die wertvoller waren als der ganze Rest zusammen. Nun gab es dort ihr Bett, ihren Schreibtisch, ihren Schrank. Wo einst nackte Dielen gewesen waren, hatte sie einen dicken roten Teppich hingelegt, damit im Winter ihre Füße warm blieben. Ein Gemälde hing an der Wand über ihrem Bett, auf dem das Zeichen der Medean-Bank mit dem Siegel von Porte Oliva vereint war. Der Statthalter hatte es ihr geschenkt.

Cithrin stand von ihrem Tisch auf und ging auf und ab. Stimmen drangen von unten herauf und erinnerten sie daran, wie dünn der Boden war und wie weit Geräusche trugen. In der Bank waren immer Wachen, die sicherstellten, dass niemand an den Tresor gelangte, der unter dem Gebäude im Stein eingelassen war. Er enthielt die materiellen Reserven der Bank.

Aber ihr wahrer Reichtum lag in den Papieren – Darlehensverträge, Gesellschafterverträge, Einlagen –, die nicht einmal mehr im Geschäftssitz waren. Sie befanden sich in einem langen Gebäudeblock im Süden, in den Räumen, die sich Pyk genommen hatte, der geheimen Basis der Bank.

»Sie hat mich *ausgeweidet*«, sagte Cithrin. »Sie hat alles genommen.«

»So war die Übereinkunft«, erläuterte Yardem.

»Es ist mir gleich, wie die Übereinkunft war«, entgegnete Cithrin und versuchte zu verhindern, dass ihre Stimme – sogar ihr Tonfall – bis zu den Ohren der Wachen unter ihnen durchsickerte. »Es ist doch nicht nur, dass sie anderer Meinung ist als ich. Oder dass sie so herablassend ist. Sie trifft schlechte Entscheidungen, Yardem. Sie wendet sich ab, während noch Münzen auf dem Tisch liegen. Und sie tut es, weil sie zu stolz ist, Ratschläge von einer unmündigen Halb-Cinnae anzunehmen.«

Cithrin hob die Hände und forderte Yardem auf, ihr zu widersprechen. Er kratzte sich auf eine Art und Weise am Knie, aus der sie schloss, dass es gar nicht gejuckt hatte.

»Nun, ich bin fertig damit«, sagte Cithrin. »Wenn sie Krieg will, dann, bei Gott, wird sie ihn bekommen.«

Dawson Kalliam,

Baron von Osterlingbrachen

»Kriege sind leichter begonnen als beendet, und sie führen einen selten an den Ort, an den man ursprünglich gelangen wollte«, sagte der Botschafter. »Es wird für uns alle besser sein, wenn wir ihn vermeiden.«

Dawson wandte sich vom Fenster ab. Sir Darin Eschfurt, der Herr von Harrin und Botschafter von König Lechan in Antea, saß in der alten Bibliothek, die Beine an den Knöcheln übereinandergelegt und ein mit Bedacht gewähltes, gewinnendes Lächeln auf den Lippen. Er war vor zwei Tagen auf Kalliams Ländereien in den Osterlingbrachen eingetroffen, angekündigt durch einen Brief und in Begleitung eines Gefolges, das so klein war, dass es keine offensichtliche Bedrohung darstellte. Sie hatten sich seit seiner Ankunft an die Etikette gehalten. Dies war die erste offene Unterhaltung, die sie führten.

Die Mauern aus Granit und Drachenjade verliehen dem Raum eine Aura entsetzlichen Alters und eine Erhabenheit, die Dawson sehr schätzte. Dadurch strahlten die Bibliothek und das Anwesen die Beständigkeit aus, die sie auch verdienten. Das Gefühl, dass die richtigen Dinge ihre rechte Ordnung hatten. Es stand im Widerspruch zum Thema ihres Gesprächs.

»Daran hättet Ihr denken können, ehe Ihr einen Plan ersonnen habt, um Prinz Aster zu töten«, sagte Dawson.

Der Botschafter beugte sich vor, einen Finger erhoben. Er trug silberne Manschetten, von denen Dawsons Frau Clara ihm versichert hatte, dass sie in diesem Jahr in Kaltfel in Mode waren, und die schmückende Handgelenkskette, die an den Höfen von Asterilreich einen verheirateten Mann kenntlich machte.

»Das ist nun genau die Art von Argumentation, vor der Ihr Euch in Acht nehmen solltet, Baron Osterling.«

»Solange Ihr mich darüber belehrt, wie ich mich richtig ausdrücken soll, könnt Ihr mich auch Dawson nennen.«

Entweder entging Eschfurt der Sarkasmus, oder er entschloss sich, ihn zu ignorieren. »Was ich meine, ist, dass Asterilreich dem Prinzen und dem Gespaltenen Thron nichts Böses wollte.«

Dawson machte drei Schritte und deutete auf einen Pelz, der an der Wand hing. Die Jahre hatten das tiefgoldene Fell grau werden lassen, aber die schiere Größe der gegerbten Haut war immer noch beeindruckend.

»Ist Euch der aufgefallen?«, fragte Dawson. »Der Berglöwe hat zehn meiner Leibeigenen getötet. Zehn. Ich habe den Hof einen Monat nach der Geburt meines ersten Sohnes verlassen, um ihn zu jagen. Drei Wochen habe ich gebraucht, um ihn aufzuspüren, und vier meiner Jäger sind gefallen, ehe wir ihn niedergestreckt haben. Ihr wart damals wohl … fünf Jahre alt? Sechs?«

»Lord Kalliam, ich habe Achtung vor Eurem Alter, und ich erkenne, dass …«

»Lügt mich nicht an, Junge. Wir wissen beide, dass es Messer gab, die für Asters Kehle bestimmt waren.«

»Die gab es«, sagte Eschfurt. »An beiden Höfen. Asterilreich ist kein einheitliches Gebilde, genauso wenig wie Antea. Ein paar Leute sind Lord Maas und seinen Ambitionen gefolgt. Den ganzen Hof für die geheimen Taten einiger weniger verantwortlich zu machen würde beide Königreiche ins Chaos stürzen.«

Dawson strich über den Pelz der toten Katze, während er abwog, was er als Nächstes sagen sollte. Die Königreiche von Asterilreich und Antea waren wie Brüder. Vor Jahrhunderten hatten sie dem gleichen Hochkönig gehorcht. Vor einigen Generationen war es in den jeweiligen Adelshäusern Mode geworden, untereinander Ehen zu schließen, weil sie hofften, dass sie so ihre Länder zum Frieden führen könnten. Stattdessen hatte man dadurch die Blutlinien verwischt und Herzögen in Asterilreich einen nachvollziehbaren Anspruch auf den Thron von Antea verschafft. Wenn man nur genug Leute dazwischen aus dem Weg räumte.

Es war das Schicksal aller Reformen, dass sie sich gegen diejenigen wandten, die sie eingeführt hatten. Die Geschichte war voller Männer und Frauen, die darauf aus gewesen waren, die Welt nach dem Abbild neu zu erschaffen, das sie sich von ihr gemacht hatten. Unvermeidlich scheiterten sie. Die Welt widerstand dem Wandel, und es fiel dem Adel zu, die richtige Ordnung der Dinge zu bewahren. Wenn diese Ordnung nur immer eindeutig gewesen wäre. Er streichelte das tote Tier ein letztes Mal und ließ seine Hand dann sinken.

»Was schlagt Ihr also vor?«, fragte Dawson.

»Ihr seid einer von König Simeons ältesten und vertrauenswürdigsten Freunden. Ihr wart willens, Euren Ruf zu opfern und vom Hof verbannt zu werden, um die Verschwörung gegen den Prinzen aufzudecken. Niemand ist besser geeignet, um sich zugunsten von Verhandlungen auszusprechen.«

»Und außerdem war ich der Gönner des jungen Palliako.«

»Ja«, sagte Eschfurt gelassen. »Das auch.«

»Ich dachte, Ihr wärt skeptisch, was das Märchen von Geder Palliako angeht.«

»Der Graf mit dem klaren Blick, der die Stadt niederbrannte, zu deren Schutz er berufen war, um zurück nach Camnipol zu eilen und den Thron vor einem Aufstand schützen zu können. Sein mysteriöses selbst auferlegtes Exil im Osten auf der Höhe seines Triumphes und seine Wiederkehr mit Geheimwissen über die Verräter innerhalb des Hofes«, sagte Eschfurt. »Das klingt nach etwas, wofür man mit barer Münze bezahlt, damit es erzählt wird. Als Nächstes wird er wohl noch Drachen erwecken, um sich mit ihnen einen Rätselwettstreit zu liefern.«

»Palliako ist ein interessanter Mann«, erklärte Dawson. »Ich habe ihn unterschätzt. Mehrmals. Er ist wie dafür geschaffen.«

»Er ist der Held von Antea, Retter und Beschützer des Prinzen und der Liebling des Hofes«, sagte Eschfurt. »Wenn man ihn damit unterschätzt, dann muss die Wahrheit einem alten Epos entsprungen sein.«

»Palliako ist … merkwürdig«, sagte Dawson.

»Respektiert er Euch? Hört er auf Euren Rat?«

Darauf hatte Dawson keine Antwort. Einst, als der junge Mann gerade aus Vanai zurückgekehrt war, war sich Dawson ziemlich sicher gewesen, dass er jedweden Einfluss, der ihm zupasskam, auf den jüngeren Palliako hätte ausüben können. Nun hatte Geder eine eigene Baronie, und Prinz Aster war sein Mündel. Man diskutierte bereits darüber, dass er Dawson an Rang übertraf, vielleicht nicht auf dem Papier, aber in der Wirklichkeit schon.

Und es gab den Tempel. Seit der junge Mann aus der Wildnis der Keshet zurückgekehrt war, ließ sich nicht bestimmen, inwiefern die fremden Priester, die er mitgebracht hatte, seine Schoßtiere waren – oder er das ihre. Der Hohepriester, Basrahip, war für den Angriff auf Feldin Maas von höchster Bedeutung gewesen, den einstigen Baron von Ebbinwinkel, dessen Knochen nun auf dem Boden des Spalts lagen. Nach allem, was Dawson wusste, hätte ohne den Priester in jener Nacht alles verloren sein können. Geder wäre vielleicht nicht mit den Briefen geflohen, die alles bewiesen hatten, König Simeon wäre bei seinem Vorhaben geblieben, Prinz Aster als Mündel zu Maas zu schicken, und die Welt wäre vermutlich ein anderer Ort.

Aber es gab dennoch eine ehrliche Antwort auf die Frage, die er geben konnte. »Selbst wenn Palliako nicht den Kopf beugt, um zu mir aufzublicken, wird er auf meinen Sohn hören. Jorey hat in Vanai mit ihm gedient. Sie waren so etwas wie Freunde, noch bevor sich jedermann mit ihm gutstellen wollte.«

»Seine Fürsprache würde uns auf dem Weg, die Wogen zu glätten, ein gutes Stück voranbringen. Alles, wonach ich strebe, ist eine Privataudienz beim König. Wenn ich wüsste, welche Zusicherungen er braucht, hätte ich etwas, das ich mit nach Hause nehmen kann. Verschwörungen mit dem Ziel des Königsmordes gefallen König Lechan genauso wenig wie König Simeon. Wenn es in Asterilreich Adlige gibt, denen Gerechtigkeit widerfahren muss, wird Lechan derjenige sein, der sie ausübt. Es müssen keine Armeen ins Feld ziehen.«

Dawson brachte ein leises Geräusch weit hinten in der Kehle hervor, weder Zustimmung noch Ablehnung.

»König Lechan wäre sehr dankbar«, sagte Eschfurt, »für jede Unterstützung, die Ihr gewähren könnt, um die Kluft zwischen ihm und seinem geliebten Vetter zu überbrücken.«

Nun lachte Dawson. Es war ein kurzes, bellendes Geräusch wie von einem seiner Hunde. »Wirke ich wie ein Kaufmann auf Euch, Lord Eschfurt?«, fragte Dawson. »Ich habe kein Interesse daran, Profit daraus zu schlagen, König Simeon zu dienen. Es gibt kein Geschenk, das mir Euer König anbieten könnte, um mich dazu zu bringen, gegen mein Gewissen zu handeln.«

»Dann verlasse ich mich auf Euer Gewissen«, sagte Eschfurt und ließ das Bestechungsangebot fallen, als hätte es nie existiert. »Was sagt es, Baron Osterling?«

»Wenn ich es mir aussuchen dürfte, hätte ich gern die Hoden eines jeden Mannes, der an Maas geschrieben hat, in einem Einmachglas«, sagte Dawson. »Aber das darf ich nicht. Simeon sitzt auf dem Gespaltenen Thron, also ist es seine Entscheidung. Ich werde mit ihm sprechen.«

»Und Palliako?«

»Ich werde veranlassen, dass Jorey an ihn herantritt. Vielleicht könnt Ihr Euch mit ihm treffen, wenn der Hof einberufen wird. Es dauert nur noch ein paar Wochen, und ich nehme an, dass Ihr ohnehin nach Camnipol reisen werdet.«

»Wie es der Zufall will, zur Eröffnung des Hofes«, sagte Eschfurt. »Aber vorher muss noch einiges erledigt werden. Mit Eurer Erlaubnis, mein Lord, werde ich morgen früh Eure Ländereien verlassen.«

»Was? Gibt es etwa noch weitere edle Anteaner, denen Ihr Lechans Großzügigkeit in Aussicht stellen müsst?«, fragte Dawson.

Das Lächeln des Botschafters wurde dünner, aber es verschwand nicht. »Ganz genau, Lord Kalliam«, antwortete Eschfurt.

Das Anwesen in Osterlingbrachen war Dawsons Zuhause gewesen, als er ein Junge gewesen war, und er erinnerte sich an Schnee und Kälte. Die vagen Muster, die er als Kind erahnt hatte, verorteten Herbstfeste mit Kürbisnaschereien und mit Branntwein getränkte Kirschen in Camnipol, Schnee und Eis in Osterlingbrachen. Beinahe bis ins Erwachsenenalter hatte er sich die Jahreszeiten als etwas vorgestellt, das in unterschiedlichen Städten zu Hause war. Der Sommer wohnte in den dunkel gepflasterten Straßen und hohen Mauern von Camnipol. Das Eis und der Schnee des Winters gehörten in das kleine Tal mit seinem schmalen Fluss. Sicher, die Vorstellung hatte bald ein poetisches Gesicht erhalten. Er war kein Unschuldslamm gewesen, das dachte, auf die Brücken, die über den Spalt führten, würde kein Schnee fallen, oder der Sommer würde die Jagdhunde in den Zwingern seines Vaters nicht mit völliger Trägheit schlagen. Aber dem Gedanken wohnte eine tiefe Romantik inne – eine richtige Ordnung der Dinge, die man kannte, wenn man jung war, und an die man den Glauben niemals ganz verlor.

Das Anwesen stand seit Jahrhunderten unverändert an Ort und Stelle, am Fuß eines langsam ansteigenden Hügels. Die Mauern von Osterlingbrachen waren da gewesen, ehe Antea als Königreich zu Größe gelangt war. Drachenjade, ewig und unnachgiebig, durchwirkte den Stein und widerstand Wind und Wetter. Der harte Granit war an manchen Stellen verwittert und an einigen sogar ersetzt worden, aber die Jade würde niemals vergehen.

Der Raum, den er als privates Arbeitszimmer nutzte, war derselbe, den sein Vater genutzt hatte, und sein Großvater, und so weiter, immer weiter und weiter zurück. Vor ebendiesem Fenster hatte sein Vater ihm erklärt, dass die Mauern des Anwesens wie der Stoff des Königreiches waren: dass die Adelshäuser die Jade darstellten. Ohne ihre Beständigkeit würde selbst das herrlichste Bauwerk früher oder später zur Ruine verfallen.

Als sein Vater gestorben war, hatte Dawson die Ländereien übernommen, seine eigenen Söhne hier aufgezogen und im Winter an ihren Betten die gleiche Geschichte erzählt. *Dieses Land und diese Mauern gehören uns, und nur der König kann sie uns nehmen. Jeder sonst, der es darauf anlegt, stirbt bei dem Versuch. Aber wenn der König es verlangt, dann braucht er nur darum zu bitten. Das ist die Bedeutung von Treue.*

Seine Jungen hatten die Lektion gelernt. Barriath, sein Ältester, diente nun unter Lord Skestinin in der Flotte. Vicarian, der zweite seiner Söhne, bei dem es unwahrscheinlich war, dass er das Erbe antrat, war der Priesterschaft beigetreten. Seine einzige Tochter, Elisia, hatte Lord Annerins Ältesten geheiratet. Nur Jorey verblieb noch im Haushalt, und das lediglich, bis er wieder zum Dienst einberufen wurde. Er war einmal unter Lord Ternigan ausgezogen, hatte gut gekämpft und war als Held und Freund eines Helden zurückgekehrt, selbst wenn es ein unzuverlässiger Held wie Geder Palliako war.

Dawson fand Jorey auf einer Aussichtsplattform auf der

Spitze des Südturms. Dawson hatte hier als Junge selbst viel Zeit verbracht, hatte den Kopf durch das schmale Fenster gesteckt und nach unten geschaut, bis ihm von der Höhe schwindlig geworden war. Hier oben erstreckten sich die Länder von Osterlingbrachen wie eine Karte vor einem. Zwei der Dörfer und der See waren deutlich sichtbar. Die Bäume zeigten das blasse Grün frischer Blätter, die Schatten waren dunkel vom letzten Schnee. Die kalte, leichte Brise raufte Jorey das Haar wie die Federn einer Krähe. Zwei Briefe – einer noch mit Wachs im leuchtenden Blau des Hauses Skestinin versiegelt – lagen vergessen in den Händen des jungen Mannes.

»Briefe von deinem Bruder? Was gibt es Neues aus dem Norden?«, fragte Dawson, und Jorey zuckte zusammen und schob die Briefe hinter sich wie ein Küchenjunge, den man mit klebrigen Lippen und einem Honigglas erwischt hatte. Joreys Wangen wurden rot, als hätte man ihn geschlagen.

»Es geht ihm gut, Vater. Er sagt, dass sie keine Schiffe im Eis verloren haben, und daher erwarten sie, bald wieder auf See zu sein. Vielleicht sind sie es bereits.«

»So soll es auch sein«, sagte Dawson. »Ich habe mich mit diesem Tölpel aus Asterilreich getroffen.«

»Ja?«

»Ich habe eingewilligt, mit Simeon darüber zu sprechen, ob er sich mit ihm treffen will. Er hat auch gefragt, ob du mit Palliako reden würdest. Er scheint zu glauben, dass sanfte Worte von Geder die Räder der Vergeltung davon abhalten werden, allzu weit zu rollen.«

Jorey nickte. Wenn er die Augen niederschlug, sah er aus wie seine Mutter. Claras Kinnpartie wohnte die gleiche Form inne, die gleiche Ruhe. Der Junge hatte Glück, das von ihr geerbt zu haben.

»Hast du zugesagt?«

»Ich habe gesagt, dass ich mit dir darüber sprechen würde«, erwiderte Dawson. »Du bist zu nichts verpflichtet.«

»Danke. Ich werde darüber nachdenken.«

Dawson lehnte sich an die Mauer. Ein Spatz schoss durch das Fenster, wirbelte zweimal durch den engen Raum und zog sich in einem stürmischen Panikanfall wieder zurück.

»Widerstrebt dir der Gedanke an den Krieg oder die Aussicht, mit dem neuen Baron von Ebbinwinkel zu sprechen?«, fragte Dawson.

»Ich will nicht in den Krieg ziehen, wenn wir nicht müssen«, sagte Jorey. Beim ersten Mal, als er zu einem Feldzug aufgebrochen war, war er gleichermaßen furchtsam und freudig gewesen. Die Erfahrung hatte ihm beides ausgetrieben. »Aber wenn wir müssen, werde ich gehen. Es ist nur, dass Geder … ich weiß nicht.«

Für einen Augenblick sah Dawson die Geister von Vanai wieder auf dem Gesicht seines Sohnes. Der Stadt, die Geder Palliako niedergebrannt hatte. Es war leicht zu vergessen, dass Palliako ein so großes Potenzial zum Blutvergießen in sich trug. Aber vielleicht war es für Jorey schwer.

»Ich verstehe«, sagte Dawson. »Mach, was dir am besten scheint. Ich vertraue auf dein Urteil.«

Aus irgendeinem Grund, den Dawson nicht nachvollziehen konnte, kehrte die Röte in Joreys Wangen zurück und wurde stärker. Sein Sohn hustete und wollte ihm nicht in die Augen schauen.

»Barriath hat mir einen Brief geschickt«, sagte Jorey. »Ich

meine, einen weiteren Brief. In diesem enthalten. Er ist von Lord Skestinin. Es ist eine förmliche Bekanntmachung mit Sabiha. Seiner Tochter.«

Die Pause, die folgte, hatte einiges Gewicht. Joreys Furcht war ebenso deutlich, wie sie seltsam war.

»Verstehe«, sagte Dawson. »Bekanntmachung mit seiner Tochter, sagst du? Hmm. Nun, wenn dir nichts daran liegt, diese Verbindung zu schaffen, könnten wir sagen, dass der Brief abhandengekommen ...«

»Ich habe darum gebeten, Lord Vater. Ich habe um den Brief gebeten.«

»Ah«, erwiderte Dawson. »Gut. Dann ist es schön, dass du ihn bekommen hast, oder?«

Jorey blickte auf. Seine Augen verrieten Überraschung. »Ja«, sagte er. »Das nehme ich an, Lord Vater.«

Sie standen einen Augenblick in unangenehmer Stille beisammen, dann nickte Dawson, wandte sich ab und stieg die schmale Wendeltreppe wieder nach unten; sein Kopf berührte beinahe die Steinstufen über ihm, und er hatte das unbehagliche Gefühl, zu irgendetwas seinen Segen gegeben zu haben.

Clara verstand es natürlich sofort.

Er hatte Lord Skestinins Tochter kaum erwähnt, da waren Claras Augenbrauen schon auf bestem Wege, an ihren Haaransatz zu stoßen.

»Oh, guter Gott«, sagte sie. »Sabiha Skestinin? Wer hätte das gedacht?«

»Du weißt etwas über das Mädchen?«, fragte Dawson.

Clara legte ihre Stickarbeit beiseite und nahm die Tonpfeife aus dem Mund, um mit dem Stiel sanft gegen ihr Knie zu klopfen. Das Fenster ihres Privatgemachs stand offen, und der Geruch von Flieder mischte sich mit dem des Tabaks.

»Sie ist ein schlaues Mädchen. Sehr hübsch. Von sanftem Gemüt, soweit ich das sagen kann, aber du weißt, wie es mit solchen Mädchen ist. Sie kennen mehr Arten zu lügen als ein Bankier. Und, was wichtiger ist, sie ist nicht unfruchtbar.«

Dawsons Verwirrung klärte sich, und er setzte sich auf die Bettkante. Clara seufzte.

»Sie hat ihren Jungen vor zwei Jahren bekommen, von niemand Besonderem«, sagte Clara. »Er wird von einem der Gefolgsleute der Familie in Estinhaven aufgezogen. Alle sind bestens bemüht, so zu tun, als würde es … *er* nicht existieren, aber natürlich weiß man Bescheid. Ich kann mir vorstellen, dass Lord Skestinin hocherfreut ist, Vorstellungsschreiben an jemanden mit einem Tropfen adligen Blutes schicken zu können …«

»Nein«, sagte Dawson. »Auf keinen Fall. Ich werde nicht zulassen, dass mein Junge gebrauchte Kleider trägt.«

»Sie ist kein Mantel, Liebling.«

»Du weißt, was ich meine«, erwiderte Dawson, der sich erhob. Er hätte es wissen sollen. Er hätte es an Joreys deutlich zur Schau gestellter Beschämung erraten sollen, dass das Mädchen eine Schlampe war. Und nun hatte Dawson gesagt, es wäre gut, dass Jorey den Brief erhalten hatte. »Ich werde ihn jetzt suchen und die Sache zu einem Ende bringen.«

»Mach es nicht.«

Im Eingang wandte Dawson sich um. Clara war nicht aufgestanden. Ihr Gesicht war weich und rund, ihre Augen auf ihn gerichtet. Ihre vollkommenen Lippen formten sich zu einem Lächeln wie eine Rosenknospe, und so, wie das Licht um sie herumfloss, wirkte sie … nein, nicht wieder jung. Besser als wieder jung. Sie wirkte wie sie selbst.

»Aber, Liebes, wenn Jorey …«

»Es vergehen noch Wochen zwischen dem jetzigen Zeitpunkt und der ersten Möglichkeit, zu der er sie treffen könnte. Es eilt nicht.«

Er trat einen Schritt zurück in den Raum hinein, ehe ihm klar war, dass er es getan hatte. Clara steckte sich die Pfeife wieder in den Mund und zog sanft daran. Rauch floss ihr aus der Nase, als wäre sie einer der alten Drachen, verborgen im Leib einer Frau. Als sie wieder sprach, klang ihre Stimme gelassen, aber ihre Augen waren entschlossen auf seine gerichtet.

»Wie ich mich entsinne, war ich nicht das erste Mädchen, das du ins Bett geführt hast«, bemerkte sie. »Ich glaube, du wusstest ganz genau, was du tust, als meine Brautnacht kam.«

»Sie ist eine Frau«, sagte er. »Das ist nicht dasselbe.«

»Anscheinend nicht«, bestätigte Clara, und ein melancholischer Unterton schlich sich in ihre Stimme. »Trotzdem sind wir alle manchmal leicht zu überzeugen. Ich hätte mich dir schon Monate, bevor du dem Ganzen zu einem anständigen Anstrich verholfen hast, hingegeben, und wir erinnern uns beide daran.«

Dawsons Körper begann sich unwillentlich zu regen. »Du versuchst mich abzulenken.«

»Es funktioniert«, sagte Clara. »Unvorsichtigkeit und Pech machen sie noch nicht zu einem schlechten Menschen. Oder einer schlechten Ehefrau. Gib der Sache etwas Zeit und lass mich sehen, was ich über sie herausfinden kann, wenn wir wieder in Camnipol sind. Lord Skestinin könnte einen sehr guten Verbündeten abgeben, wenn Jorey seiner gefallenen Tochter hilft, wieder auf die Beine zu kommen. Und wirklich, Liebling, sie könnten verliebt sein.«

Sie streckte die Hand aus und zog ihn zu sich, damit er sich neben sie setzte. Ihre Haut war nicht mehr so glatt wie vor zwei Jahrzehnten und vier Kindern, aber sie war immer noch weich. Die Heiterkeit in ihrem Blick ließ auch in seinem Herzen Milde aufkommen. Er nahm ihr die Pfeife aus dem Mund, beugte sich vor und küsste sie sanft, und sein Mund füllte sich mit ihrem Rauch. Als er sich zurückzog, lächelte sie.

»Solange sie nicht untreu ist«, sagte Dawson mit einem Seufzen. »Ich werde niemanden in meiner Familie dulden, der untreu ist.«

Ein Schatten schien sich auf Claras Blick zu legen, ein Augenblick der Dunkelheit und nicht mehr als das.

»Wenn es so weit ist«, sagte sie. »Wir können uns darüber den Kopf zerbrechen, wenn es so weit ist.«

Hauptmann Marcus Wester

Es war eine Woche nach seinem neununddreißigsten Benennungstag, und Marcus hockte am Ausgang einer Gasse und wartete. Leichter Regen fiel auf die nachtschwarzen Straßen, perlte über den gewachsten Wollstoff seines Mantels. Yardem stand hinter ihm in den Schatten, unsichtbar, aber da. Im Haus auf der anderen Seite des schmalen Platzes ging eine Gestalt vor dem Fenster vorbei – ein Mann, der in die Dunkelheit starrte. Jemand mit weniger Erfahrung wäre vielleicht einen Schritt zurückgetreten, aber Wester wusste, wie man ungesehen blieb. Der Mann im Fenster zog sich zurück. Das Klopfen der Regentropfen auf dem Stein war das einzige Geräusch.

»Es ist ja nicht so, als könnte ich ihr befehlen, was sie tun soll«, sagte Marcus.

»Nein, Hauptmann.«

»Sie ist eine erwachsene Frau. Na ja, sie ist *beinahe* eine erwachsene Frau. Auf jeden Fall ist sie kein Kind mehr.«

»Es ist ein schwer fassbares Alter, Hauptmann«, stimmte Yardem zu.

»Sie will die Kontrolle über ihr Leben. Unabhängigkeit. Die Sache ist die, dass sie ihr ganzes Leben lang kein bisschen davon hatte und dann alles auf einmal. Und lange genug, um festzustellen, dass sie gut zurechtkommt. Nachdem sie auf den Geschmack gekommen ist, kann ich mir nicht vorstellen, dass sie darauf wieder verzichten wird.«

»Ja, Hauptmann.«

Marcus seufzte, sein Atem wurde dabei kaum sichtbar. Es war ein warmer Frühling. Er klopfte mit den Fingerspitzen auf den Griff seines Schwertes. Ärger und Sorge nagten an ihm wie Ratten an der faserigen Dämmung von Hausmauern.

»Ich könnte mit ihr sprechen«, erklärte er schließlich. »Ich könnte ihr sagen, dass sie Geduld haben muss. Der ganzen Sache Zeit lassen muss, sich von selbst zu ändern. Ob sie darauf wohl hört, was meinst du?«

Einen Moment lang war der Regen die einzige Antwort.

»Wollt Ihr wirklich, dass ich darauf eingehe?«, fragte der Tralgu.

»Ich habe dich um deine Meinung gebeten, oder?«

»Hätte eine rhetorische Frage sein können.«

Auf der anderen Seite des Platzes ließ ein schmaler Streifen Licht erkennen, dass eine Tür geöffnet wurde. Marcus verharrte ein paar Sekunden reglos, die Tür schloss sich jedoch wieder, ohne ganz geöffnet worden zu sein. Er lockerte den Griff um sein Schwert.

»Nein, ich habe es ernst gemeint«, fuhr er fort. »Sie ist meine Arbeitgeberin, aber sie ist auch … Cithrin. Wenn du dazu einen Vorschlag hast, bin ich ganz offen dafür.«

»Nun, Hauptmann, ich glaube, dass jede Seele ihre eigene Form besitzt …«

»Oh Gott. Nicht das schon wieder.«

»Ihr habt gefragt, Hauptmann. Vielleicht wollt Ihr mich auch antworten lassen.«

»Gut, tut mir leid. Sprich weiter. Ich werde mir einfach einreden, dass es alles eine Metapher für irgendwas ist.«

Yardems Seufzen war beredt, aber er fuhr fort. »Jede Seele hat ihre eigene Form, und diese bestimmt den Weg, den der Mensch in der Welt einschlägt. Eure Seele ist ein Kreis, der auf seinem Rand steht. Wenn Ihr am tiefsten unten seid, werdet Ihr immer nur aufsteigen, und an Eurem höchsten Punkt ist es am wahrscheinlichsten, dass Ihr fallt. Die Seele eines anderen könnte wie eine Klinge oder ein Ziegelstein oder ein Fluss geformt sein, der sich verästelt. Jeder von ihnen würde das gleiche Leben anders leben.«

»Und wodurch wäre es dann das gleiche Leben?«

»Das *kann* ich erklären, wenn Ihr möchtet, Hauptmann. Es ist etwas Theologisches.«

»Nein, vergiss, dass ich es erwähnt habe.«

»Wenn die Seele der Magistra sie in eine Richtung führt, dann wird diese Richtung wie der einfachste Weg wirken, ganz gleich, ob es so ist oder nicht. Wenn man sie sich selbst überlässt, wird sie sich in diese Richtung wenden, genauso wie der Alte Imbert nach links getrieben ist, nachdem ihn ein Hammer am Kopf getroffen hatte. Damit es zu einer anderen Entscheidung kommt, müsste eine andere Seele zur Tat schreiten …«

Marcus hob die Hand, und Yardem hielt inne. Die Tür, die schon einmal aufgegangen war, bewegte sich. Das Licht dahinter war erloschen, und die Bewegung war nur als Streifen tieferer Dunkelheit sichtbar. Yardem regte sich. Marcus kniff in der Düsternis die Augen zusammen.

»Er geht nach Norden, Hauptmann.«

Marcus stand auf, schob mit der Schulter seinen Umhang

zurück, und sein dadurch befreiter Schwertarm wurde feucht vom Regen. Porte Oliva schlief um sie herum, oder, falls es nicht schlief, kauerte es sich zumindest dicht an seine Feuerstellen. Wenn der Mond geschienen hätte, wäre das Leuchten der blassen Mauern und blau bemalten Fenster- und Türstürze des Händlerviertels sichtbar gewesen. Stattdessen bewegte sich Marcus mithilfe von Schatten und seines Gedächtnisses. Hier und da hing eine Laterne an einem Eisenhaken neben einer Tür und sonderte schwaches Licht ab, aber es gab genug Düsternis, an die sich jemand halten konnte, der nicht gesehen werden wollte. Die Pflastersteine unter Marcus' Füßen waren rutschig von Schmutz und Regen. Er ging schnell und lauschte angestrengt nach den Schritten seiner Beute. Yardem hätte sein Schatten sein können.

Das Missgeschick des Mannes war klein, aber unvermeidlich. Das leise Platschen eines Absatzes in einer unerwarteten Pfütze und ein unbeabsichtigtes Keuchen. Es reichte. Sie waren nahe genug. Es war so weit.

»Canin!«, sagte Marcus mit einer Freundlichkeit, die beinahe ehrlich hätte sein können. »Canin Mise, wie er leibt und lebt. Was für ein Zufall, Euch in einer Nacht wie dieser hier draußen zu treffen.«

Einen Augenblick lang hätte es so oder so ausgehen können. Der Mann hätte ihn grüßen, irgendeinen anständigen Anlass vorbringen und diese Unterhaltung führen können. Stattdessen hörte man das leise Zischen, mit dem Stahl aus der Scheide gezogen wurde. Marcus war enttäuscht, aber er war nicht überrascht. Er trat langsam zurück, um ein oder zwei Schritte mehr Abstand zwischen sich und den Mann zu bringen.

»So muss es nicht sein«, sagte Marcus, während er sein eigenes Schwert zog, einen Finger dagegengedrückt, damit es nicht klirrte. »Niemand muss hier sterben.«

»Ihr habt mich betrogen«, erwiderte der kleine Händler. »Ihr und diese Mischlings-Schlampe, an deren Fäden Ihr tanzt.«

Das Zittern in seiner Stimme gehörte nicht zu einem Betrunkenen. Viel schlimmer. Es gehörte zu einem Mann, der die Enttäuschung aus seinen eigenen Fehlern genommen und daraus eine Waffe geschmiedet hatte. Das war Hass, und von zu viel Wein hätte er sich schneller erholen können.

»Ihr habt Euch Geld geliehen«, sagte Marcus, der einen langsamen Bogen nach rechts machte. Der Regen ließ sein Schwert kalt werden. »Ihr habt die Risiken gekannt. Die Magistra hat Euch bereits drei Zahlungen erlassen. Und nun geht das Gerücht, dass Ihr vorhabt, der Stadt den Rücken zu kehren. Ein Geschäft in Herez eröffnet habt. Ihr wisst, dass ich das nicht zulassen kann, bis Ihr Eure Schuld getilgt habt. Jetzt wollen wir die scharfen Gegenstände wegstecken und uns darüber unterhalten, wie Ihr das berichtigen könnt.«

»Ich gehe, wohin ich will, und tue, was mir passt«, knurrte der Mann.

»Darauf würde ich mein Geld nicht verwetten«, sagte Marcus.

Canin Mise war recht gut mit dem Schwert. Er war ein Veteran aus zwei Kriegen und hatte fünf Jahre als Königinnengardist gedient, ehe die Magistrate des Statthalters ihm nahegelegt hatten, er solle sich eine andere Arbeit suchen. Sein Plan, eine Kampfschule zu gründen, war gut gewesen. Wenn er es durchgezogen hätte, wäre er vermutlich mit einem guten Ruf und genug Geld gestorben, um alle Kinder zu versorgen, die er bis dahin gezeugt haben könnte. Stattdessen scharrte sein Fuß über die Pflastersteine, und sein Schwert zischte durch die regenschwere Nachtluft. Marcus hielt sein Schwert zur Abwehr bereit und machte einen Schritt zurück, um außerhalb seiner Reichweite zu stehen.

Oder vermutlich außerhalb seiner Reichweite. Wenn es auch nur einen kleinen Lichtschimmer gegeben hätte, wäre es sicherer gewesen als das, was sie jetzt taten: In der Dunkelheit konnte Canin Mise genauso wenig seine Angriffe einschätzen, wie Marcus ihnen ausweichen konnte. Marcus strengte seine Sinne an, lauschte auf die leisen Geräusche, die ihn lenken konnten, versuchte den Druck der Luft zu beurteilen. Es war weniger ein Schwertkampf als ein Wettspiel. Marcus glitt nach vorn und versuchte sich an einem forschenden Hieb. Metall klirrte auf Metall, und Canin Mise japste vor Überraschung. Marcus drang mit einem Schrei weiter auf ihn ein, den Gegenschlag wehrte er instinktiv ab.

Canin Mise schrie, ein Brüllen aus vollster Kehle, in dem Wut und Gewaltbereitschaft lagen. Er brach plötzlich ab. Seine Klinge fiel scheppernd auf das Pflaster. Leise, feuchte, erstickte Töne drangen durch die Dunkelheit heran, und Fersen trommelten platschend in Pfützen. Die Geräusche wurden leiser und hörten dann auf.

»Hast du ihn?«, fragte Marcus.

»Ja, Hauptmann«, erwiderte Yardem. »Ihr nehmt dann wohl seine Fersen.«

»Also«, sagte Marcus, »behauptest du, jemand wird sich der Form seiner eigenen Seele zuwiderlaufend entscheiden, wenn eine Seele mit einer anderen Form mit ihm im Zimmer ist?« Die Stiefel von Canin Mise waren rutschig, die Beine des ohnmächtigen Mannes schlaff und schwer.

»Ich sage nicht, dass es geschehen wird, aber dass man durch diesen Umstand die Möglichkeit dazu herbeiführt. Die Welt hat keinen eigenen Willen, also kann *sie* das nicht. Eine Handlung, die von außen kommt, kann die Wahrnehmung anderer Möglichkeiten verändern. Fertig, Hauptmann?«

»Warte.« Marcus tastete mit dem Fuß in der Dunkelheit herum, bis er das Schwert des Mannes fand. Er hob es mit dem Stiefel an, bis der Stahl nahe genug war, um ihn mit seinen bereits belasteten Fingern zu packen. Er wollte nicht dafür verantwortlich sein, wenn ein Pferd oder ein Mensch in der Dunkelheit auf eine offen daliegende Klinge trat. Und sie würden ein paar Münzen dafür bekommen. Wahrscheinlich mehr, als er für das Darlehen zurückgezahlt hatte. »In Ordnung. Bringen wir ihn zum Magistrat.«

»Ja, Hauptmann.«

»Also wird sich womöglich nichts zum Besseren wenden, wenn man mit ihr spricht, aber den Mund halten hilft auf jeden Fall überhaupt nicht?«

»Genau, Hauptmann«, erwiderte Yardem, als sie im langsamen Trott loszogen, während Canin Mise zwischen ihnen herabhing wie ein Sack.

»Und das hast du nicht einfach so sagen können?«

Marcus spürte Yardems Schulterzucken, das sich durch ihre geteilte Last fortpflanzte.

»Dachte, es schadet nichts, Hauptmann. Wir hatten ja sonst nichts zu tun.«

Der öffentliche Kerker von Porte Oliva wirkte im ersten Licht der Dämmerung wie ein Statuengarten. Gefangene mit blauen Lippen duckten sich unter jedwede Plane oder Decke, die die Königinnengarde geruht hatte, ihnen überzuwerfen. Die Holzpodeste, auf denen sie standen oder hockten, waren dunkel vom Regen. Ein Kurtadam, dem man alle Perlen aus dem Pelz gerissen hatte, stand vornübergebeugt mit einem Schild aus geschnitztem Holz auf der Hüfte, das besagte, dass er seine Steuern nicht bezahlt hatte. Eine Cinnae stöhnte und weinte am Ende einer Eisenkette, deren Rost ihre blasse Haut verschmierte, weil sie ihre Kinder zurückgelassen hatte. Drei Erstgeborene hingen an den Galgen in der Mitte, unbeeinträchtigt von der Kälte.

Im Westen befand sich ein riesiges Bauwerk aus Ziegelstein und Glas, der Palast des Statthalters. Im Osten lagen die weißen Marmorhallen des Hohetempels. Das göttliche Gesetz auf einer Seite, das menschliche Gesetz auf der anderen und dazwischen ein Haufen armer Mistkerle, die vor Kälte starben, weil sie das Pech hatten, erwischt worden zu sein. Es kam Marcus vor wie die ganze Welt auf kleinem Raum.

Im Norden begann das breite, sanfte Grün der Drachenstraße, die in ewiger Unveränderlichkeit hinaus zu dem Netz aus uralten Straßen führte, hinterlassen von den gefallenen Meistern der Welt, nachdem Wahnsinn und Krieg sie vernichtet hatten. Einen Augenblick stand Marcus auf den breiten Stufen des Platzes und sah zu, wie die Königinnengarde Canin Mise in eine kleine Metallkiste mit einem engen Loch im Deckel verfrachtete, wodurch sein Kopf der Luft ausgesetzt sein würde. Canin Mise würde man leicht genug aufspüren können, bis der Magistrat Zeit hatte, sich mit seiner

Angelegenheit auseinanderzusetzen. Indem er den Mann dafür in Gewahrsam nahm, dass er einen privaten Vertrag gebrochen hatte, hatte der Statthalter stillschweigend die Schuld zu einem Zehntel ihres Preises übernommen. Was auch immer das Gesetz noch an Ausbeute aus dem Mann herauspressen konnte, er war nun nicht mehr die Sorge von Marcus oder Cithrin bel Sarcour oder der Medean-Bank.

Drachen hatten diesen Platz vor Jahrtausenden erbaut, und die Sonne war seither jeden Tag darüber aufgegangen. Regen, Schnee und Hagel waren darauf eingeprasselt oder hatten ihn liebkost. Porte Oliva selbst war ein Artefakt, das auf den Überresten eines gefallenen Zeitalters gewachsen war. Keines dieser Gebäude hatte dort gestanden, wo es jetzt war, als die Rassen der Menschheit geschaffen worden waren. Reiche waren aufgestiegen und gefallen, und während Porte Oliva selbst niemals von Angreifern erstürmt worden war, hatte es doch Aufstände, Gemetzel und Tod beheimatet, ganz wie jede andere Stadt. Es hatte seine Seuchen und Verluste erlitten. Dieser Platz war ursprünglich nicht dafür bestimmt gewesen, die Leidenden und die Schuldigen zu beherbergen, aber er erfüllte seinen Zweck.

Eine Taube stieg auf, grau im Grau, flog hinaus über den Platz, um sich oben auf das Galgengestell zu setzen. Generationen von Erstgeborenen, Kurtadam und Cinnae waren aufgestiegen und gefallen, hatten in den Mauern der Stadt gelebt und geliebt und waren gestorben. Ebenso die Tauben und Ratten, die Salzechsen und die verwilderten Hunde. Marcus konnte nicht behaupten, dass ein großer Unterschied zwischen den Mauern, Dächern und Durchgängen, die die Menschheit errichtete, und den Vogelnestern bestand, die sich in deren

Traufen schmiegten. Nur dass die Vögel keine Daumen hatten. Weder die einen noch die anderen waren Drachen.

Er betrachtete das Schwert, das Canin Mise verloren hatte. Es war ein schönes Stück, gut geschmiedet und gut gepflegt. Die Buchstaben SRB waren in den Griff eingearbeitet, aber was sie bedeuteten, konnte man nur raten. Vielleicht war die Klinge das Geschenk eines geliebten Menschen oder eines Befehlshabers gewesen. Oder Canin Mise hatte sie dem vorherigen Besitzer abgenommen. Dennoch hatten diese Buchstaben einst etwas bedeutet, und jetzt taten sie es nicht mehr.

»Also gut«, sagte Marcus. »Ich brauche etwas zu essen und Schlaf. Ich werde schon ganz rührselig.«

»Ja, Hauptmann.«

Aber als sie bei der Bank ankamen, wartete Pyk Usterhall auf sie. Die graue Schiefertafel hing noch an der Wand, ein Überbleibsel aus der Vergangenheit des Gebäudes als Spielhalle. Wo einst die Wetten des Tages gestanden hatten, befand sich nun der Dienstplan der Wache. Die drei Namen derer, die gerade Wache hielten – Corisen Mout, Schabe und Enen –, waren in Yardems Blockschrift aufgelistet, aber keiner von ihnen war da. Marcus war schon früher aufgefallen, dass immer dann, wenn die Yemmu-Notarin im Vorderzimmer war, irgendeine dringende Aufgabe hinten zu erledigen war.

Sie saß an einem niedrigen Schreibtisch, gestützt auf einen ihrer riesigen Ellbogen. Die Papiere mit dem unseligen Darlehen an Canin Mise waren vor ihr ausgebreitet. Ihre Lippen hingen herab, wo ihre Hauer hätten sein sollen, und die Lücke zwischen den Schneide- und den Backenzähnen ließ ihr Gesicht ein wenig wie das eines Pferdes wirken. Sie hätte beinahe eine unvorstellbar hässliche, fettleibige Erstgeborene sein können. Beinahe, aber nicht ganz.

»Ihr seid zurück«, sagte sie.

»Ja, Madam«, erwiderte Marcus.

»Sie schläft noch.«

»Bitte?«

»Ich habe gesehen, wie Ihr Euch nach dem Mädchen umschaut. Sie ist nicht hier. Sie schläft noch. Was ist passiert?«

Marcus legte das Schwert auf den Schreibtisch. Pyk schaute darauf hinab, dann sah sie mit einem finsteren Blick zu ihm auf.

»Er war da, wo wir es angenommen hatten, und er wusste, dass wir nach ihm Ausschau hielten. Als ich mit ihm gesprochen habe, hat er versucht, mich niederzustrecken.«

»Und?«

»Es ist ihm nicht gelungen.«

Pyk nickte knapp. »Habt Ihr ihn dem Magistraten übergeben?«, fragte sie.

»Wir haben zugesehen, wie er in die Kiste gesteckt wurde.«

Pyk saugte an ihren Zähnen, zog eine Feder aus dem Tintenfass und schrieb eine Zeile an den Rand des ursprünglichen Vertrags. Für eine Frau mit so großen Händen war ihre Schrift winzig und präzise. Nachdem sie die Feder wieder zurückgestellt hatte, seufzte sie gedehnt.

»Ihr müsst für mich die Hälfte Eurer Wachen feuern«, fuhr Pyk fort. »Welche, überlasse ich Euch. Bewertet sie nach bestem Gewissen.«

Marcus lachte, ehe er erkannte, dass sie nicht lächelte. Yardem hustete. Pyk kratzte sich am Arm, während sie unter ihren Augenbrauen hervor zu ihm aufsah.

»Das können wir nicht tun«, erklärte Marcus. »Wir brauchen die Männer, die wir haben.«

»Na gut«, sagte Pyk. »Dann halbiert ihre Bezahlung. Es ist mir gleich. Aber ich muss Berichte an die Dachgesellschaft schicken, und wir müssen unsere Ausgaben verringern. Wenn wir weniger Pannen wie diese erleben« – sie deutete auf Canin Mises Schwert –, »können wir im Herbst ein paar wieder einstellen.«

»Madam, bei allem Respekt, aber die Wachen werden etwas zu essen brauchen, bevor der Herbst kommt. Wenn ich versuche, sie wieder zurückzuholen, werden sie andere Arbeit haben. Ich habe schon ein Geschäft geleitet. Es ist billiger, ein paar Mann zu bezahlen, die man nicht braucht, als ein paar zu brauchen, die man nicht hat.«

»Ihr habt keine Bank geleitet«, sagte Pyk. »Ich will die Namen derjenigen, die Ihr freistellt, heute Abend sehen. Schafft Ihr das, oder braucht Ihr Hilfe?«

Marcus beugte sich vor, seine Hand auf dem Griff seines Schwertes. Er war müde und hungrig, und der Zorn, der in ihm aufwallte, fühlte sich befreiend an. Wie allem, was sich gut anfühlte, misstraute er ihm. Er blickte hinüber zu Yardem, und das Gesicht des Tralgu war völlig ausdruckslos. Pyk hätte ihn auch fragen können, ob es draußen regnete.

»Ich schaffe es«, sagte Marcus.

»Dann tut es.«

Er nickte, wandte sich um und trat wieder hinaus auf die Straße. Im Osten brannte die Sonne auf die Hausdächer herab. Die Regenwolken waren eingebrochen wie eine gefallene Armee, und Dampf stieg aus den Steinstraßen auf. Marcus streckte die Arme und den Nacken und erkannte erst, als er schon dabei war, dass es die gleichen Bewegungen waren, die er vor einem Kampf durchführte.

Er holte tief Luft. »Ich glaube, diese Frau versucht mich zu ärgern«, sagte er.

»Wie macht sie sich dabei, Hauptmann?«

»Es gelingt ihr ganz gut. Also. Der Tag, an dem du mich in einen Graben wirfst und den Befehl über den Trupp übernimmst?«

»Immer noch nicht heute. Frühstück und etwas Schlaf, Hauptmann? Oder wollt Ihr das lieber hungrig und müde durchziehen?«

Marcus ging ohne eine Antwort nach Westen. Mehrere Straßenhunde trotteten ihm auf der Straße ein Stück nach, dann entfernten sie sich auf der Suche nach irgendeiner städtischen Beute, die nur sie riechen konnten. Porte Oliva war jetzt wach. Verkäufer waren auf dem Weg zum Markt, Königinnengardisten auf ihren morgendlichen Runden. Ein junger Timzinae ging mit einem hölzernen schwarzen Joch auf den Schultern vorbei, und zwei riesige Eimer mit Pisse schwangen an beiden Seiten hin und her, die aus den Gassen hinter den Schenken stammten und nun zum Hof der Wäscher gebracht wurden, wo er sie als Bleiche verkaufen würde. Marcus trat zur Seite, um ihn durchzulassen.

Er hielt an einem kleinen Haus mit einer roten Tür, wo eine junge Erstgeborene, deren dunkle Haut kaum heller als die Schuppen des Timzinae war, gewürztes Huhn mit Gerstenpaste verkaufte, das in breite Blätter eingewickelt war. Er lehnte sich an die Mauer, Yardem an seiner Seite. Als er mit der Mahlzeit fertig war, leckte er sich die Finger ab und sprach weiter.

»Dieser Kampf, dessentwegen du dir Sorgen gemacht hast,

dass Cithrin ihn mit der Dachgesellschaft vom Zaun brechen könnte?«

»Ja, Hauptmann.«

»Ich glaube, der hat bereits begonnen. Und ich denke nicht, dass sie den ersten Treffer landen konnte.«

»Darauf bin ich auch schon gekommen, Hauptmann«, sagte Yardem. Und einen Augenblick später: »Werdet Ihr trotzdem noch mit Ihr reden?«

»Ja.«

»Darüber, sich in Geduld zu üben und Reife zu zeigen und darauf zu warten, dass sich die Lage von selbst ändert?«

»Nein.«

Geder Palliako,

Baron von Ebbinwinkel und Beschützer des Prinzen

Das Wesen der Geschichte selbst trotzt uns. Sicheres Wissen darüber, was der letzte Imperator der Drachen gedacht oder geplant oder an Intrigen geschmiedet hat, würde nicht nur ein Verständnis des Drachenbewusstseins erfordern, das der Menschheit verloren ging (falls es überhaupt je zugänglich war), sondern auch eine Einsicht in die besondere Form des Wahnsinns, der ihn in jenen gewaltreichen Tagen heimgesucht hat, die seine Herrschaft beendeten. Bestimmte Tatsachen sind bekannt: dass Morades Klauengefährten seine Wahl auf den Thron anfochten, dass die Schlachten zwischen ihnen drei Generationen der Menschen lang andauerten, dass ihr Ende den Beginn der Zeitalter der Menschheit bedeutete. Aber dies sind Gemeinplätze. Kinkerlitzchen.

Während wir nach größerer Genauigkeit streben, zieht sich die Gewissheit zurück. Jahrhundertelang hieß es, dass die Trockenbrachen östlich der Cenner-Kette leer gewesen wären, seit Seriskat, der erste Drachen-Imperator, seine halb-tierischen Vorväter dort bekämpft und die Zivilisation selbst gegründet hat. Dies wurde erst in Frage gestellt, als der Chemiker Fulsin Sarranis, den der Metallgehalt bestimmter Tinten im uralten Buch der Federn argwöhnisch machte, bewies, dass die Dokumente Fälschungen waren, die nicht vom Sekretär Drakkis Sturmkrähes, sondern von einem Schreiber am Hof von Sammer tausend Jahre nach dem Tod von Morade verfasst worden waren. Forschungsreisen in die Trockenbrachen seit jener Zeit haben die Existenz von Totenstädten bestätigt, landwirtschaftlichen Zentren der Timzinae, die eine vollständige und aktive Ackerbaukultur nahelegen. Da die Timzinae nicht vor dem letzten großen Krieg geschaffen wurden, muss angenommen werden, dass diese Städte nach dem Aufstieg der Menschheit errichtet wurden und die Trockenbrachen aus einer anderen, nicht so weit zurückliegenden Katastrophe entstanden sind.

Die Dokumentation dieser Flunkereien der Geschichtsschreibung ist die Aufgabe meines Lebens gewesen. Von der Zeit an, da ich mich zum ersten Mal zu den großen Universitäten von Samin und Urgoloth aufmachte, wusste ich, dass es meine Bestimmung war, die Narrheiten meiner geschichtsforschenden Kollegen festzuhalten und die Grenzen des historischen Wissens aufzuzeigen. Ich habe meine Queste im Alter von sieben Jahren begonnen, als ich als Jünger des Poeten Merimis Cassian Clayg eine fälschliche Zuordnung in den Vermerken seines Rivalen aufdeckte, des abstoßenden Halbechsen-Propheten, dessen Name nur durch seine Philosophie bekannt ist, den Amidismus.

Geder schloss das Buch und drückte sich Finger und Daumen auf die Augen. Die Seiten waren aus weichem Tuch, dick und schlaff. Gebunden war es in aufgeplatztes Leder. Als man ihm das Buch geschenkt hatte, eine Gabe zu seinem dreiundzwanzigsten Benennungstag, hatte er große Hoffnungen darauf gesetzt. Seit er den Tempel der Spinnengöttin gefunden und vom Alter der Göttin gehört hatte, das sogar das der Drachen übertraf, hatte er nach einem Beweis dafür gesucht. Eine Geschichte der Betrügereien und Lügen schien beste Aussichten zu bieten, irgendeinen Hinweis darauf zu finden, und wenn es auch nur eine Vermutung war.

Stattdessen war das Buch ein Gespinst aus immer unwahrscheinlicheren Forschungsergebnissen des beinahe übernatürlich klugen Autors, die zur Entdeckung von immer weiteren angeblich erschütternden Enthüllungen führten und mehr als einmal zu einer Beichte von sexuellen Verfehlungen, die eher prahlend als reumütig dargebracht wurde. Alle zehn oder zwanzig Seiten fühlte sich der Autor dazu berufen, seine These noch einmal anzuführen, wobei er oft die gleichen Sätze benutzte. Und jedes Mal, wenn die scheinbare Aufrichtigkeit des Buches anfing, Geder zu überzeugen, kam eine neue Unwahrscheinlichkeit daher, die ihn wieder herauskatapultierte. Eine Halbechse namens Amidismus?

Mit der klaren Sicht des Enttäuschten erkannte Geder, dass er eine Parallele zwischen dem Verfasser des Traktats und Basrahip erwartet hatte, dem Hohepriester der Spinnengöttin. Beide versprachen immerhin, von einer geheimen Geschichtsschreibung zu berichten, die der Menschheit ansonsten unbekannt war. Aber wo Basrahip die Macht des Sinir Kushku besaß, des Rechtschaffenen Dieners der Göttin der Spinnen, hatte jener andere bloß selbstverherrlichende Geschichten zu bieten. Wenn Basrahip nur die Wahrheit des geschriebenen Wortes genauso hätte beurteilen können wie die Stimmen der Lebenden …

»Baron Ebbinwinkel?«

Geder blickte auf, halb verärgert über die Störung und halb erfreut darüber. Sein Haushofmeister war ein Erstgeborener mit langem weißem Bart und buschigen weißen Augenbrauen, die Geder an Bilder von Onkelchen Schnee aus den Kinderbüchern erinnerten, die er als Junge gelesen hatte.

»Ja?«

»Ihr habt Besuch, mein Herr.«

Geder erhob sich von seinem Schreibtisch. Sein privates Arbeitszimmer war ein Chaos aus Papieren, Schriftrollen, Notizbüchern und Wachstafeln. Er blickte sich betroffen um. Das konnte er niemanden sehen lassen.

»Gut«, sagte Geder. »Bringt ihn … bringt ihn in den Garten.«

»Ich habe sie in den nördlichen Salon geführt.«

Geder nickte, halb in Gedanken. »Nördlicher Salon«, murmelte er. »Das ist welcher?«

»Ich bringe Euch hin, mein Herr.«

Das Anwesen und die Ländereien seines Besitzes waren ihm noch nicht vertraut. Vor einem Jahr war er noch der Sohn des Grafen von Bruchhalm gewesen. Inzwischen, nachdem Basrahip ihm dabei geholfen hatte, den Verrat von Feldin Maas offenzulegen, war er nicht nur Baron Ebbinwinkel, sondern auch der Beschützer von Prinz Aster. Der Junge, der eines Tages der König von Antea sein würde, war sein Mündel. Es war eine Ehre, von der er nie geträumt hätte, und nun war sein Leben voll von Dingen, die er einst weit außerhalb seiner Reichweite vermutet hatte.

Er hatte den Winter in Ebbinwinkel verbracht, wenn er nicht gerade herumgereist war, um dem fahrenden Spektakel zu folgen, das die Jagd des Königs darstellte. Die Rückkehr in das Anwesen in Camnipol war merkwürdig wie ein Traum gewesen. Hier war der Lagerraum, in dem er zugesehen hatte, wie Feldin Maas, der vorherige Baron Ebbinwinkel, seine eigene Frau erschlagen hatte. Hier waren die Gartenwege, auf denen er durch die Nacht geflohen war, die Briefe, die Maas' Schuld bewiesen, an die Brust gepresst. Alles an diesem Ort kündete von Gefahr. Aber er gehörte nun rechtmäßig ihm.

Der nördliche Salon war derjenige, den er im Geiste »das Wohnzimmer am Innenhof« genannt hatte. Und der Gast, der auf ihn wartete, war nicht derjenige, mit dem er gerechnet hatte.

Er hatte das Mädchen im vorigen Jahr am Hof gesehen, aber er hatte bei Hofe beinahe jeden gesehen. Ihre Haut war von sanftem Braun, wie Kaffee mit Milch, und ihr Haar floss weich um ihr langes Gesicht mit den hohen Wangenknochen. Sie trug ein aufsehenerregend grünes Kleid unter einem schwarzen Ledermantel, der ein wenig zu großzügig geschnitten war, eine Mode, die Geder selbst unabsichtlich angestoßen hatte. Ihre Anstandsdame war eine aufragende Tralgu in einem beinahe komischen Rüschenkleid, die in einer Ecke stand.

»Ah, oh«, machte Geder.

»Lord Beschützer Geder Palliako«, verkündete sein Haushofmeister. »Ihre Ladyschaft Sanna Daskellin, dritte Tochter von Lord Canl Daskellin.«

»Ich hoffe, ich komme nicht zu einer unpassenden Zeit«, sagte das Mädchen, das durch das Zimmer auf ihn zuschwebte, die Hand ausgestreckt, damit er sie nahm. Er nahm sie.

»Nein«, erwiderte er mit einem Nicken. »Nein, es passt hervorragend.«

Ihr Lächeln zeigte sich schnell und strahlend. »Mein Vater veranstaltet eine Eröffnungsfeier für diese Hofsaison, und ich wollte Euch die Einladung persönlich überbringen. Ihr glaubt doch nicht, dass ich zu dreist bin, oder?«

»Nein«, antwortete Geder. »Nein, überhaupt nicht. Nein. Ich freue mich, dass Ihr vorbeikommen konntet.«

Sie drückte sanft seine Finger, und er bemerkte, dass er noch immer ihre Hand hielt. Er ließ sie los.

»Wir sind gerade erst nach Camnipol zurückgekehrt«, erklärte sie. »Wie findet Ihr Euren neuen Besitz?«

Geder verschränkte die Arme, um eine Lockerheit vorzugeben, die er nicht verspürte. »Meistens mit einer Karte und einem Führer«, sagte er. »Maas hat mich nie dorthin eingeladen. Wir sind nie in denselben Kreisen verkehrt. Ich habe den Großteil des Winters allein damit verbracht herauszufinden, wo er alles hingetan hat.«

Sie lachte und setzte sich auf einen roten Seidendivan. Geder erkannte, dass sie nicht wieder gehen würde. Die Verknüpfung von Unbehagen und Aufregung war ein wenig schwindelerregend. Er sprach in seinem eigenen Haus mit einer Frau, deren Anstandsdame dabei war. Es war kein Verstoß gegen Etikette oder Anstand, aber sein Blut raste trotzdem ein wenig schneller durch seine Adern.

Geder leckte sich nervös über die Lippen. »Was hat er denn für Pläne für diese Eröffnungsfeier? Das übliche Gelage, nehme ich an?«

»Eine Feuerschau«, sagte Sanna Daskellin. »Er hat diesen grandiosen Kundigen aus Borja aufgetan, der Vorrichtungen bauen kann, um Flammen zu kanalisieren, die er dann in allen Arten von Farben brennen lassen kann. Ich habe ihm beim

Üben zugesehen.« Sie neigte sich zu ihm, eine kleine Verlagerung ihres Gewichts, durch die sie andeutete, dass sie ein Geheimnis teilten. »Es ist schön, aber es riecht nach Schwefel.«

Geder lachte. Hinter dem Mädchen blieb die Tralgu-Anstandsdame reglos stehen wie der Wächter eines Kontors. Geder wollte zu einem Ledersessel gehen, aber das Mädchen rutschte auf ihrem Divan zur Seite und klopfte sanft auf die leere Hälfte, um ihn zum Hinsetzen aufzufordern. Geder zögerte, dann nahm er neben ihr Platz, darauf bedacht, sie nicht zu berühren. Ihr Lächeln war voller Sonne und Schatten, und es sorgte dafür, dass sich Geder sowohl unangenehm erregt als auch leise verspottet vorkam.

»Ist es nicht ungünstig, sich einen Hof mit Curtin Issandrian zu teilen?«, fragte sie.

»Nicht sonderlich«, erwiderte Geder. »Er ist natürlich auch noch nicht zurückgekehrt. Ich nehme an, es könnte seltsam werden, wenn er wieder da ist. Vielleicht ist es ein wenig unschön, sich in seiner Nähe zu befinden. Das könnte zu Konflikten führen.«

»Das glaube ich nicht«, sagte Sanna. »Issandrian ist vielleicht ahnungslos genug, sich mit Verrätern abzugeben, aber er erkennt einen Löwen, wenn ihm einer in die Augen schaut.«

»Nun, darüber kann ich nichts sagen«, erwiderte Geder. Sannas Gesichtsausdruck lud ihn ein, mit ihr zu lächeln, und es fiel ihm sehr schwer, es nicht zu tun. »Ich meine … wahrscheinlich ist das so.« Er formte seine Finger zu Klauen und fuhr damit durch die Luft. »Grrr«, machte er.

Sannas Lachen brachte sie eine Winzigkeit näher an ihn heran. Sie roch nach Rosenwasser und Moschus. Als sie mit den

Fingern über Geders Arm strich, fühlte er einen seltsamen Kloß in der Kehle.

»Oh, ich bin schrecklich durstig. Ihr nicht?«, fragte sie.

»Bin ich«, antwortete Geder, beinahe bevor er die Frage verstanden hatte.

»Seribina?«

»Meine Dame?«, fragte die Tralgu.

»Könntest du uns etwas Wasser holen?«

»Natürlich, meine Dame.«

Aber sie ist Eure Anstandsdame, dachte Geder, dann verkniff er sich die Bemerkung, ehe er sie äußern konnte. Er würde mit einer Frau allein sein. Einer Frau von hoher Geburt, die ganz offensichtlich Hebel in Bewegung setzte, damit sie ein paar Minuten mit ihm in seinem Haus allein sein konnte. Er spürte die ersten hartnäckigen Regungen einer Erektion und biss sich fest auf die Lippen, um sie im Zaum zu halten. Die Tralgu ging zur Tür, so ruhig und stattlich wie ein Schiff auf dem Ozean. Geder war hin- und hergerissen zwischen dem Impuls, sie gehen zu lassen, und dem Wunsch, sie zurückzurufen.

Die Angelegenheit wurde ihm aus den Händen genommen.

»Mein Herr«, sagte sein Haushofmeister, der an der Tür auftauchte, kurz bevor die Tralgu sie erreichte. »Es tut mir leid, dass ich stören muss. Sir Darin Eschfurt ist eingetroffen und bittet um einen Augenblick Eurer Zeit.«

»Eschfurt?«, fragte Sanna. Die Überraschung in ihrer Stimme ließ sie wie eine andere Frau klingen, eine ernstere Frau. Sie blickte Geder nicht mehr ganz so kokett, sondern vielmehr respektvoll an. »Mir war nicht bewusst, dass Ihr den Botschafter zu Gast habt.«

»Ein Gefallen«, erwiderte Geder. Die Worte schienen sich ihm zu entziehen. »Für einen Freund.«

Ihre vollkommene Haut glättete sich. Geder hatte das Gefühl – vielleicht zu Recht und vielleicht nur in seiner Vorstellung –, dass hinter ihren tiefschwarzen Augen irgendeine Berechnung vonstattenging.

»Nun«, sagte sie. »Ich kann Euch nicht von Staatsangelegenheiten abhalten. Aber sagt noch einmal, dass Ihr zu Vaters Gesellschaft kommen werdet?«

»Werde ich«, bestätigte Geder, der sich erhob, als sie es tat. »Ich verspreche es. Ich werde da sein.«

»Ich habe Zeugen«, sagte Sanna mit einem Lachen und deutete auf die Diener. Sie gab ihm erneut die Hand, und Geder küsste sie sacht.

»Lasst mich Euch hinausgeleiten«, schlug er vor.

»Aber ja, vielen Dank, Baron Ebbinwinkel«, erwiderte sie und bot ihm ihren Arm.

Sie gingen zusammen vom hinteren Teil des Anwesens zu den breiten Steinstufen, die hinab zu ihrer Kutsche führten, einem altmodischen Modell, das von Pferden anstelle von Sklaven gezogen wurde. Geder überließ sie der Fürsorge ihrer Diener mit einem bis tief ins Mark gehenden Bedauern, aber genauso großer Erleichterung. Sanna stieg ein und ließ sich hinter einer Kaskade aus Spitze zu ihrem Platz bringen. Der Geruch von Rosen und Moschus suchte ihn wieder heim, aber es war nur eine Illusion oder eine besonders lebendige Erinnerung. Die Pferde setzten sich in Bewegung, zum Hof hinaus. Er blickte an ihnen vorbei auf Curtin Issandrians leeres Anwesen, und ein Gefühl des Unbehagens lief sein Rückgrat hinab.

»Ihr spielt ein gefährliches Spiel, mein Lord«, sagte eine unbekannte Stimme hinter ihm.

Der Mann war ein Erstgeborener mit hellbraunem Haar und einem offenen, arglosen Gesicht. Er trug lederne Reitkleidung und einen Wollmantel, der vollständig mit einem gestickten Muster überzogen war, das unauffällig schien, bis Geder es näher betrachtete, und dann kam es ihm prahlerisch vor. Geder musste nicht fragen, wer er war. Sir Darin Eschfurt stellte sich ohne Worte vor.

»Mein Lord Botschafter«, sagte Geder.

Eschfurt nickte, aber sein Blick war weiter in die Ferne gerichtet. Auf den Hof. »Das ist die Tochter von Lord Daskellin, nicht wahr? Eine schöne Frau. Ich erinnere mich, als sie neu in die Gesellschaft eingeführt wurde. Damals war sie eine hagere Bohnenstange. Erstaunlich, was für einen Unterschied drei Jahre machen können.«

»Sie hat eine Einladung für ihren Vater überbracht«, erklärte Geder, in die Defensive gedrängt, ohne überhaupt genau zu wissen, gegen was er sich verteidigte.

»Da bin ich mir sicher, und sie wird nicht die letzte sein. Ein Baron ohne eine Baronin ist etwas Seltenes und Wertvolles, und der Beschützer des Prinzen hat genauso viel Ansehen wie ein Vormund. Vielleicht sogar mehr. Ihr müsst schlau vorgehen, oder Ihr seid plötzlich verheiratet, ehe Ihr überhaupt wisst, mit wem.« Eschfurts Lächeln war gewinnend. »Ist der Prinz eigentlich hier?«

»Nein«, sagte Geder. »Ich dachte, ich wäre schlecht beraten, ihn zu dicht bei mir zu haben, wenn Ihr hier seid.«

Ein Hauch von Verdruss glitt über das Gesicht des Botschafters. »Nun, das lässt nichts Gutes für mich hoffen. Es ist schwer, Euch um Hilfe zu bitten, wenn Ihr mich schon für einen Attentäter haltet.«

»Das habe ich nicht gesagt«, erwiderte Geder.

»Nein, Ihr habt danach gehandelt«, sagte Eschfurt. »Und das, Lord Beschützer, passt bestens zu Eurem Ruf. Sollen wir uns nach drinnen zurückziehen?«

Geder führte ihn nicht in denselben Raum. Die Stimme und das Gesicht von Asterilreich in dasselbe Zimmer zu bringen, in dem Sanna Daskellin gewesen war, fühlte sich an, als würde man etwas beschmutzen, das Geder nicht in den Dreck gezogen sehen wollte. Stattdessen gingen sie in das private Arbeitszimmer, in dem Feldin Maas seine Frau Phelia getötet hatte – und all seine ausgeklügelten, geheimen Pläne, um Antea mit Asterilreich zu vereinen, mit ihr. Diese Bedeutung war Eschfurt nicht bewusst, aber Geder schon.

Geder setzte sich in einen breiten Sessel, was für Eschfurt eine gepolsterte Bank übrig ließ. Ein junger Diener brachte eine Karaffe mit Wein, der mit Wasser versetzt war, und zwei Gläser, und er schenkte ein und zog sich zurück, ohne ein Wort gesagt oder gehört zu haben. Eschfurt nippte als Erster am Wein.

»Danke, dass Ihr mich empfangt, Lord Palliako«, begann er. »Ich hätte gut verstanden, wenn Ihr mich abgewiesen hättet.«

»Jorey Kalliam hat sich für Euch eingesetzt.«

»Ja. Ich habe gehört, dass Ihr Freunde seid. Ihr habt in Vanai unter Alan Klin gedient, nicht?«

»Ja«, sagte Geder.

»Klin, Issandrian, Maas. Diese drei, und Feldin Maas war der Einzige, der in jenem Sommer nicht aus Camnipol hinausgeworfen wurde. König Simeon hat stattdessen Dawson Kalliam fortgeschickt.«

»Worauf wollt Ihr hinaus?«

Eschfurt wirkte gequält und beugte sich vor, das Weinglas zwischen den Fingerspitzen. »König Simeon ist ein guter Mann«, sagte Eschfurt. »Das bezweifelt niemand. Auch König Lechan ist gut. Aber kein König kann besser sein als seine Ratgeber. Wenn er damals gewusst hätte, was er heute weiß, wäre Dawson Kalliam nicht ins Exil gegangen, und Feldin Maas hätte nicht bleiben dürfen. Simeon braucht gute Männer, um ihn zu leiten. Männer wie Euch und Kalliam.«

Geder verschränkte die Arme. »Fahrt fort«, sagte er.

»Sein Sohn wurde bedroht. Geht zu irgendeinem Mann, sei er Bauer, Priester oder von hohem Adel, setzt seinem Kind ein Messer an die Kehle, und er wird Euch töten, um sein eigen Blut zu schützen. Das ist die Natur der Dinge. Ihr habt den Prinzen gerettet, und Simeon hat Gerechtigkeit herbeigeführt, als er Maas dem Tod überantwortet hat. Aber es muss jetzt aufhören. Gebt Lechan ein Jahr, um jene Teile der Verschwörung zu entwurzeln, die sich in Asterilreich befinden, und dann wird auch dort Gerechtigkeit gewirkt werden. Schickt Bewaffnete zur Grenze, und die Torheit einiger weniger Männer wird zur Tragödie für Tausende. Und das völlig grundlos.«

Geder kaute gedankenverloren auf seinem Daumennagel herum. Eschfurts Aufrichtigkeit war überzeugend, aber etwas störte ihn. Er setzte an, um etwas zu sagen, dann hielt er inne.

»An beiden Höfen war etwas faul«, fuhr Eschfurt fort. »Ihr habt es auf Eurer Seite entfernt. Alles, worum ich bitte, ist die Zeit, bei uns dasselbe zu tun.«

»Maas wollte eine Vereinigung«, wandte Geder ein. »Sein Plan war es, die Königreiche zu vereinen.«

»Maas wollte Macht, und er hätte jede Geschichte erfunden, die nötig gewesen wäre, um sie zu rechtfertigen. Wenn Lechan davon erfahren hätte, hätte er es im selben Atemzug beendet.«

Geder runzelte die Stirn. »Euer König hat nichts gewusst?«, fragte er, verärgert, dass seine Stimme so missmutig klang.

Der Botschafter blickte ihm direkt in die Augen. Sein Gesicht war ernst. Feierlich. »Nein.«

Geder nickte, aber es bedeutete nichts für ihn. Es war nur eine Geste, etwas, um die Stille zu füllen. Wenn es stimmte und der König von Asterilreich gegen Maas gehandelt hätte, genauso wie König Simeon es getan hatte, dann wäre es für alle das Beste, wenn der Frieden gewahrt wurde. Es wäre genau das Richtige. Wenn andererseits der Botschafter lediglich ein guter Schauspieler war, der auf einer Reihe von sehr kleinen Bühnen seine Rolle spielte, dann verschwor Geder sich gegen den Thron, wenn er sich auf seine Seite stellte. Das Wohl und Wehe des Königreichs – und mehr als das, das Schicksal von Aster – hing von Geders Urteil ab. Er runzelte die Stirn und versuchte, dem Ernst mit Ernsthaftigkeit zu begegnen.

Tatsache war, dass Geder nicht wusste, was er denken sollte. Er fühlte sich, als könnte er genauso gut eine Münze werfen.

»Ich werde darüber nachdenken«, sagte er mit Bedacht.

Die langen Monate des Winters, Geders Schirmherrschaft und ein Dutzend niedere Priester aus dem Tempel in den Bergen jenseits der Keshet hatten dem Tempel mehr Größe und Glanz verliehen. Wo Schmutz und Staub aus Jahrhunderten die Mauern geschwärzt hatten, leuchteten die Kacheln nun. Die meisten traditionellen religiösen Bilder und Ikonen waren auseinandergenommen worden, und aus ihrem Material hatte man andere Bilder geschaffen. Der Großteil davon besaß die achtfache Symmetrie des roten Seidenbanners, das über dem Haupteingang flatterte. Die Luft war schwer vom Geruch des Nesselöls, das in den Lampen brannte.

Im Mittelpunkt des Heiligtums stand ein halbes Dutzend Priester im Kreis; sie lachten und spielten ein Spiel, bei dem man harte, ungekochte Bohnen in den offenen Mund eines anderen werfen musste. Ein halbes Dutzend Priester und ein Prinz des Reiches. Asters blasse Haut und seine gerundeten Züge stachen in dieser Gesellschaft hervor. Alle Priester besaßen lange Gesichter und borstiges Haar, als wären sie Mitglieder derselben großen Familie. Ihre braunen Roben wirkten neben Asters bunten Seiden- und Brokatgewändern staubig: ein Singvogel unter Sperlingen.

»Geder!«, rief Aster, und Geder winkte. Es war gut, den Prinzen lachen zu sehen. Obwohl sich Aster nicht beschwert hatte, war der Winter schwierig für ihn gewesen. Besonders die Wochen zwischen dem Ende der königlichen Jagd und der Rückkehr nach Camnipol. Es war das erste Mal gewesen, dass Aster für längere Zeit von seinem Vater getrennt gewesen war, und die Düsternis des Anwesens in Ebbinwinkel hatte ihren Tribut gefordert. Geder hatte getan, was er konnte, aber er hatte nie einen Bruder gehabt und allzu wenige Freunde unter Gleichaltrigen. Sie hatten zusammen an den dunklen Abenden Karten gespielt. Mehr Trost hatte er nicht bieten können.

Basrahip, der Hohepriester, war in seinem eigenen Zimmer. Der Hüne saß auf einem flachen Kissen, die Augen zur

Meditation geschlossen. Einen Moment lang war es schwer zu erkennen, weshalb der Raum so nackt erschien. Er hatte ein Bett, einen Schreibtisch und einen hohen Schrank aus geschnitztem Rosenholz mit Einlegearbeiten aus Ebenholz und Gagatstein. Im Feuerrost standen frische Scheite und Zunder bereit. Der Teppich war von dunklem Rot mit einem goldenen Muster, das im Lampenlicht zu wabern schien. Aber das Zimmer war nicht mit Büchern und Schriftrollen übersät. Also war das der Unterschied.

Als Geder sich im Eingang räusperte, lächelte der große Mann. »Prinz Geder«, grüßte Basrahip.

»Lord Palliako. Ich bin Lord Palliako. Oder Baron Ebbinwinkel. Prinz bedeutet hier etwas sehr Besonderes. Es ist nicht wie im Osten.«

»Natürlich, natürlich«, sagte Basrahip. »Es tut mir leid.«

Geder tat die Entschuldigung mit einer Handbewegung ab, obwohl die Augen des Mannes noch immer geschlossen waren. Geder wartete, trat von einem Fuß auf den anderen, bis klar wurde, dass Basrahip wohl weder die Augen öffnen noch Geder wegschicken würde.

»Danke, dass Ihr Aster den Tag über bei Euch aufgenommen habt. Der Botschafter ist gekommen und wieder gegangen.«

»Wir sind immer erfreut, den jungen Prinzen zu sehen«, sagte Basrahip.

»Gut. Trotzdem. Vielen Dank.«

»Gibt es noch etwas?«

»Was? Nein, nichts mehr.«

Die Augen des Priesters öffneten sich, und sein dunkler Blick richtete sich fest auf Geder.

»Schön«, sagte Geder. Er hatte die obskuren Kräfte des

Sinir Kushku oft genug erprobt. Er hatte gewusst, dass die Lüge keinen Bestand haben würde. Gewissermaßen hatte er sogar darauf gesetzt. »Darf ich hereinkommen?«

Basrahip deutete mit einer breiten Hand auf den kleinen Schreibtisch. Geder setzte sich. Er fühlte sich wie ein Schuljunge, der seinem Tutor Rede und Antwort stand, nur dass seine Tutoren niemals im Schneidersitz auf dem Boden gesessen hatten.

»Letztes Jahr?«, begann Geder. »Als wir am Hof waren und Ihr mir gesagt habt, wenn jemand gelogen hat? Das war sehr nützlich. Als der Botschafter gekommen ist, war das so ein Fall, da hättet Ihr mir, wenn Ihr dabei gewesen wärt und mir mitgeteilt hättet, ob er auch sagte, was er wirklich meint … es hätte geholfen.«

»Die Macht des Rechtschaffenen Dieners äschert die Lügen dieser gefallenen Welt ein«, sagte Basrahip, als würde er zustimmen.

»Ich weiß, dass Eure Arbeit hier im Tempel ist, und ich will Euch nicht davon abhalten … ich meine, ich will es schon, aber eigentlich doch nicht …«

»Ihr wollt die Hilfe der Göttin«, sagte Basrahip.

»Ja. Aber es ist mir nicht wohl dabei, darum zu bitten. Wisst Ihr, woher das kommt?«

Basrahip lachte. Es war ein üppiger Klang, der die Luft wie ein Donnern erfüllte. Der Hohepriester stand mit der Kraft und Anmut eines Tänzers auf.

»Prinz Geder, Ihr bittet um etwas, das Euch bereits gehört. Ihr habt ihr diesen Tempel geschenkt. Ihr habt sie aus der Wildnis geholt und sie zurück in die Welt gebracht. Für all das steht Ihr hoch in ihrer Gunst.«

»Also wäre es kein zu großer Gefallen, darum zu bitten?«, fragte Geder, in dessen Brust Hoffnung aufkeimte.

»Es ist bereits Euer. Ich bin Euer Rechtschaffener Diener. Ich werde Euch jederzeit begleiten oder allezeit. Ihr müsst nur das Versprechen halten, das Ihr ihr gegeben habt.«

»Ah«, sagte Geder. »Und welches Versprechen ist das?«

»In jeder Stadt, die unter die Macht Eures Willens fällt, sichert Ihr der Göttin einen Tempel zu. Er muss nicht so groß sein wie dieser. Tut das für sie, und sie wird Euch nie von der Seite weichen.«

Die Erleichterung fühlte sich an, als würde man kaltes Wasser auf eine Brandwunde gießen. Geder lächelte.

»Ich kann gar nicht sagen, wie froh ich bin, das zu hören«, erklärte er. »Wirklich. Ich bin einfach nicht für das Hofleben geschaffen.«

Der Priester legte ihm eine riesige Hand auf die Schulter und lächelte milde. »Das seid Ihr doch, Prinz Geder. Solange der Rechtschaffene Diener bei Euch ist, seid Ihr es.«

Clara Kalliam,

Baronin von Osterlingbrachen

FÜR MÄNNER WAR DER Winter anders. Sie hatte es jahrelang beobachtet. Jahrzehntelang. Im Herbst wurde der Hof geschlossen, und alle Intrigen, Duelle und politischen Rangeleien fanden ein Ende. Die großen Häuser packten ihren Besitz zusammen, legten Stoffbahnen über ihre Möbel, um den Staub fernzuhalten, und kehrten zu den Ländereien zurück, aus denen sie ihren Unterhalt bezogen. Ein oder zwei Monate arbeiteten die Lords auf ihren Ländereien. Man zählte den Tribut, der in ihrem Namen während ihrer Abwesenheit von Bauern, Töpfern und Gerbern entgegengenommen worden war. Die Magistrate, die sie ernannt hatten, würden sich mit ihnen über jegliche Fälle beraten, bei denen sie das Gefühl hatten, dass der Lord entscheiden sollte. Es wurde Gerechtigkeit geübt, man machte eine Runde durch die Dörfer und Höfe und entwarf einen Plan für die Verwaltung des Besitzes im nächsten Jahr. Und all das so schnell wie möglich, damit man fertig war, sobald die königliche Jagd begann und sie alle zum entsprechenden Landsitz eilten – oder, wenn sie Pech hatten, ihr eigenes Heim darauf vorbereiteten, den König und seine königlichen Jäger in Empfang zu nehmen –, um dann bis zum ersten Tau Eber und Hirsche zu verfolgen.

Es gab keine Zeit des Rastens, und Clara wusste nicht, wie sie das schafften. Wie ihr Gemahl das schaffte.

Für sie waren die kurzen Tage und langen Nächte die Zeit des Jahres, in der sie ruhen konnte. Sich erholen. Wochenlang vor und nach der längsten Nacht schlief Clara lange und tief. Sie verbrachte die Tage damit, vor dem Feuer zu sitzen, ihre Finger beschäftigt mit Stickarbeit, ihr Geist in Ruhe. Die Stille des Winters war ihr Refugium, und der Gedanke an ein Jahr, in dem sie ausfiel, rief das gleiche Unbehagen hervor wie eine Nacht ohne Schlaf. Sie war inzwischen eine ältere Frau, und ihre grauen Haare wuchsen nicht mehr so spärlich, dass es sinnvoll war, sie auszuzupfen. Ihre Tochter war verheiratet und hatte ein Kind. Aber selbst als sie jung gewesen war, hatte Clara gewusst, dass der Winter die Zeit war, in der sie der Welt fernblieb.

Und der Frühling war die Zeit ihrer Rückkehr.

»Es hat schon immer religiöse Kulte gegeben«, sagte sie. »Lady Ternigan ist mit den Avischen Mysterien aufgewachsen, und sie schienen ihr nie besonders geschadet zu haben.«

»Ich mache mir nur Sorgen, dass kein Silber mehr für die richtigen Priester übrig bleibt«, erklärte Lady Casta Kiriellin, die Gräfin von Lachloren. »Euer Sohn wird doch zum Priester ausgebildet, Clara?«

»Vicarian«, pflichtete Clara bei. »Aber er hat immer gesagt, dass es so viele Arten der Religion gibt, wie es Ausübende gibt. Ich bin sicher, wenn etwas Neues aufkommt, ist er gut darauf vorbereitet, auch diese Riten zu erlernen.«

Lady Joen Mallian, die jüngste der Gruppe, beugte sich vor. Ihre Haut war blass wie Gänseblümchen und ließ jeden Tropfen Blut in ihren Wangen erkennen. Es ging das üble Gerücht, dass sie eine Cinnae zur Großmutter hatte.

»Ich habe gehört«, flüsterte sie, »dass die Avischen Mysterien verlangen, dass man seine eigene Pisse trinkt.«

»So wie Lady Ternigans Tee schmeckt, möchte ich daran nicht zweifeln«, sagte Casta Kiriellin, und sie lachten alle. Sogar Clara. Es war unnötig und gemein, aber Issa Ternigan trug in der Tat die merkwürdigsten Tees auf.

Die Gesellschaft war zu siebt, und jede von ihnen war in ein neues Gewand in leuchtenden Farben gekleidet. Für Clara waren diese Tage immer wie ein religiöser Ritus: das Zwitschern, der Tratsch und die leuchtenden Farben, die man trug, als wolle man durch das Nachahmen einer Blütenpracht die Knospen herbeirufen. Die Gärten gehörten Sara Kop, der Witwe des Grafen von Anes, die am Kopf der Tafel saß, gekleidet in ein Spitzengewand, so leuchtend rein und weiß wie das Haar der alten Frau. Sie war schon seit Jahren so taub wie ein Stein und sagte nie etwas, aber sie lächelte oft und schien die Gesellschaft zu genießen.

»Clara, Liebes«, sagte Lady Kiriellin, »ich habe ein höchst unwahrscheinliches Gerücht gehört: Dein Jüngster will um Sabiha Skestinin werben. Das kann doch nicht stimmen?«

Clara nahm einen langen Schluck aus ihrer Teetasse, ehe sie antwortete. »Jorey hat eine formelle Vorstellung erhalten«, erklärte sie. »Ich treffe mich heute Nachmittag mit dem Mädchen, obwohl das natürlich alles nur Form und Etikette ist. Ich kenne sie schon entfernt, seit sie gehen kann. Es will mir nicht in den Kopf, weshalb wir uns mit dem ganzen rituellen Gewese abgeben, um so zu tun, als würden wir jemanden kennenlernen, den wir eigentlich schon gut kennen, vor allem, wenn Dawson derjenige ist, den sie eigentlich gewinnen muss. Aber Tradition ist Tradition, nicht wahr?«

Sie lächelte und hob den Kopf, dann wartete sie. Wenn jemand die Vergangenheit des Mädchens zur Sprache bringen wollte, dann würde es jetzt passieren. Aber es gab nur höfliches Lächeln und verhüllte Blicke. Joreys unglückselige Verbindung zu dem Mädchen war nicht unbemerkt geblieben, aber es war auch nichts, das offene Verachtung oder falsche Betroffenheit auslöste. Das war gut zu wissen, und sie legte dieses Wissen sorgfältig weit hinten in ihrem Gedächtnis ab, falls sie es später benötigen sollte.

Joen Mallian quietschte plötzlich auf und klatschte in die Hände. »Habe ich Euch erzählt, dass ich Curtin Issandrian gesehen habe? Gestern Abend war ich bei einem Empfang, den Lady Klin gegeben hat. Nichts Offizielles natürlich, nur ein Abendessen für ein paar Leute, und Alan Klin ist mein Vetter, also war ich verpflichtet hinzugehen. Und wer war wohl dort und saß neben den Rosen, als wäre nichts dabei? Curtin Issandrian. Und Ihr würdet es kaum glauben. Er hat sich die Haare abgeschnitten!«

»Nein!«, rief eine der anderen Frauen. »Aber das war doch das Einzige, wodurch er überhaupt ansehnlich wurde.«

»Ich kann nicht glauben, dass er sich noch immer mit Alan Klin zeigt«, sagte eine andere. »Man möchte meinen, die beiden würden ein wenig Abstand zueinander halten, nachdem sie sich mit Feldin Maas zusammengetan hatten.«

Clara lehnte sich leicht an ihren Sessel, horchte, lachte, nahm ein wenig von dem kaum gesüßten Kuchen und dem bitteren Zitronentee. Eine Stunde lang sprachen sie über alles und nichts, und die Worte strömten aus ihnen heraus wie eine Flut. Selbst Clara mit ihrer Liebe zum Winter erkannte, welche Freude es machte, wieder in Gesellschaft zu sein und sich zu unterhalten, nachdem man so viele Wochen allein verbracht hatte. Auf diese Weise wurde der Hof zu einem einzigen großen Wandteppich – einem Gewirk aus kleinen Häppchen von Gerüchten und Neuigkeiten, Spekulationen und Nachforschungen, Moden und Traditionen. Ihr Gemahl und ihre Söhne hätten darin nicht mehr Sinn erkannt als im Gesang der Vögel, aber für Clara lag es alles offen da wie in einem Buch.

Sie brach früh genug auf, um zu Fuß zu ihrem eigenen Anwesen zurückkehren zu können. Camnipol im Frühling konnte ein erschreckend schöner Ort sein. In ihrer Erinnerung war die Stadt ganz aus Schwarz und Gold, daher war sie immer überrascht von richtigem Stein und Efeu. Ja, die Straßen waren mit schwarzem Stein gepflastert, und an vielen Mauern war Schmutz. Ja, es gab in der ganzen Stadt riesige glänzende Torbogen, um den Siegen großer Generäle Tribut zu zollen, die schon seit Generationen tot waren. Aber es gab auch einen Anger mit einer Doppelreihe von Bäumen mit roten Blättern, einen jungen Cinnae, geisterhaft blass und dünn, der an einer Straßenecke für Münzen tanzte, während seine Mutter auf einer uralten Violine spielte. Clara hielt einen Augenblick in einem offenen Hof am Rande des Spalts inne, um einer Schauspieltruppe zuzusehen, die auf einer kleinen, traurigen Bühne, die auf einem Wagen aufgebaut war, etwas vortrug. Die Schauspieler, die die tragischen jungen Liebenden spielten, waren eigentlich ganz gut, aber die großartige Aussicht dahinter lenkte Clara immer wieder ab.

Die großartige Aussicht oder ein Teil von ihr, der sich nicht mit junger Liebe und Tragödie befassen wollte. Zumindest nicht heute.

Vor ihrem Haus stand Andrash rol Estalan, ihr Tralgu-

Türsklave, am Ende seiner silbernen Kette. Seine Ohren waren hoch aufgerichtet. Sein Vater war einer der Jäger ihres Vaters gewesen, und sie hatte einen Platz für ihn gefunden.

»Euer Sohn ist bei Lord Skestinins Sohn und Tochter, meine Herrin«, sagte er. »Sie sind im westlichen Garten.«

»Danke, Andrash. Und ist mein Gemahl schon zu Hause?«

»Nein, meine Herrin. Ich glaube, er ist mit Lord Daskellin im Großen Bären.«

»Das ist vermutlich am besten so«, erwiderte sie. Sie holte tief Luft. »Also gut.«

Der Tralgu neigte den Kopf. Er konnte Mitgefühl immer sehr anmutig ausdrücken.

In den westlichen Gärten gab es vor allem Rosen und Flieder, und nichts davon blühte schon. Jorey stand neben einem niedrigen steinernen Tisch, an dem ein junger Mann und eine Frau saßen. Die Gäste hatten beide Haar in der Farbe von Weizen und runde Gesichtszüge, die bei dem Mädchen besser zur Geltung kamen als bei ihrem Bruder. In der sanften Kühle des beginnenden Frühlings trugen sie alle Umhänge, aber während der von Jorey aus Wolle und gewachster Baumwolle war, trugen die Skestinin-Geschwister beide schwarzes, großzügig geschnittenes Leder.

»Mutter«, sagte Jorey, der sein Kinn hob, als sie sich näherte. »Danke, dass du gekommen bist.«

»Sei nicht albern, mein Lieber. Nächstes Mal bist du noch dankbar, wenn ich mich zum Frühstückstisch begebe«, erwiderte Clara. »Und das muss Sabiha sein. Ich habe dich ewig nicht mehr gesehen. Du siehst wunderbar aus. Aber das kann doch unmöglich Bynal sein! Bynal Skestinin ist ein kleiner

Junge mit einem Spielzeugschwert, der alle Rosen an Amada Masins Büschen geköpft hat.«

»Lady Kalliam«, sagte der Jüngste von Lord Skestinin, als er sich erhob. »Mein Vater wollte, dass ich Euch danke, dass Ihr uns in Eurem Haus empfangt.«

Das Mädchen nickte, sah aber nicht auf. Ihr Blick war auf den Boden gerichtet, eine stoische und erniedrigte Maske. Eigentlich war die Dankbarkeit, die man Clara entgegenbrachte, kaum mehr als der allgemeine Umgangston, aber das spielte keine Rolle. Sie wussten alle, was keiner von ihnen aussprechen würde. Lord Skestinin und seine Familie sahen es als eine Geste des Mitleids an. Das Haus Kalliam ließ sich gnädig dazu herab, Sabiha zu empfangen. Der Großteil des Hofes von Antea würde es genauso sehen. Clara mochte es vielleicht nicht recht sein, aber es zu leugnen wäre gewesen, als hätte man versucht, den Wind durch Verachtung zu vertreiben.

Clara wählte ihre Worte mit Bedacht. »Mein ältester Sohn hat jahrelang unter Lord Skestinin gedient«, sagte sie. »Seine Kinder sind in diesem Haus immer willkommen.«

Der Junge verbeugte sich. Er hatte eine Duellnarbe auf dem Handrücken. Einen Moment lang war Clara überrascht, und dann nicht mehr. Er war alt genug für den Duellplatz, und das schon seit Jahren. Er war nun als Anstandsdame dabei, um die Ehre seiner Schwester zu wahren. Vermutlich hatte er irgendwann auch schon genau deswegen die Schwerter mit jemandem gekreuzt.

»Mutter«, sagte Jorey, »ich bin Sabiha formell vorgestellt worden. Ich werde morgen um Vaters Erlaubnis bitten.«

Clara spürte, wie ihre Augenbrauen sich hoben, und sie musterte das Mädchen von oben bis unten. Selbst im Sitzen und bedeckt von dem weit geschnittenen Umhang hätte sie einen Bauch nicht verbergen können. Besonders nicht bei einem zweiten Kind, und die Zeitspanne, die nötig war, um einen formellen Brief zu schicken, ihn zu empfangen und von Osterlingbrachen nach Camnipol zurückzukehren, ließ eine Schwangerschaft einfach nicht plausibel erscheinen. Sahiba schluckte; ihr Gesichtsausdruck war völlig nichtssagend. Jeder der Anwesenden kannte die Berechnungen, die Clara soeben durchgeführt hatte. Jeder erwartete sie.

»Das scheint sehr plötzlich«, sagte Clara. »Verlobungen können heutzutage einige Zeit in Anspruch nehmen.«

»Es macht mir nicht aus, wenn wir warten müssen«, wandte das Mädchen ein.

Der Schmerz auf Joreys Gesicht war deutlich, frisch und zornig. Das hier war also nicht der Einfall des Mädchens. Es kam von ihrem Sohn. Er wollte ihr diese Saison schenken. Er wollte, dass sie zu den Tänzen, Festen und Feuervorführungen ging, als Sabiha Kalliam und nicht als die in Ungnade gefallene Tochter von Lord Skestinin. In das Haus Kalliam einzuheiraten – und besonders in diesem Augenblick, da der Stern der Familie am Aufsteigen war – würde die Geschichte verändern, die die Leute über sie erzählten. Und wenn man *das* veränderte, veränderte man auch, wer sie *war.*

Es war das größte Geschenk, das ein junger Mann der Frau anbieten konnte, die er liebte.

»Jorey, mein Lieber«, sagte sie, »hast du nicht gesagt, dass Bynal sich für Pferde interessiert? Er würde sicher gern die braune Stute sehen, die dein Vater von unseren Ländereien mitgebracht hat.«

»Ich habe doch … also eigentlich …« Jorey presste die

Lippen zusammen, bis alle Farbe daraus gewichen war. »Ja, Mutter.«

Als die Jungen fort waren, setzte sich Clara dem Mädchen gegenüber. Sie hatte ein gutes Gesicht, allerdings ausgezehrt. Es war nicht nur so, dass sie ein Kind geboren hatte, auch wenn das den Körper einer Frau weiß Gott auf eine Art und Weise verändern konnte, von der die Hebamme niemals sprach. Es war Kummer. Und Scham. Sie hatten sich in die Haut des Mädchens eingegraben wie Schmutz. Das war nicht verwunderlich.

»Lady Kalliam«, sagte das Mädchen. Die Pause dauerte fünf Herzschläge. Sechs. Tränen stiegen in den Augen des Mädchens auf, und Clara spürte, wie ihre eigenen Tränen antworten wollten. Sie blinzelte sie fort. Einfühlungsvermögen war zur rechten Zeit gut und schön, aber nicht jetzt.

»Sei ihm niemals dankbar«, sagte Clara.

Sabiha blickte verwirrt auf. Eine Träne löste sich, eine silberne Spur auf der Wange des Mädchens. »Meine Lady?«

»Jorey. Wenn du ihn liebst und er dich liebt, dann gibt es weiß Gott nichts, was euch beide aufhalten wird. Aber du darfst ihm nicht dankbar sein. Es wird alles vergiften, was du bist.«

Sabiha schüttelte den Kopf, eine weitere Träne löste sich, aber es war die letzte. Ihre Augen wurden trocken. »Ich verstehe nicht«, sagte sie.

Clara schüttelte den Kopf. Sie konnte die erläuternden Worte nicht finden. Wie sollte man den Unterschied zwischen einer Ehe erklären, die aus Liebe erwachsen war – aus mehr als Liebe, aus Zusammenhalt –, und einer, in der es von Anfang an Ungleichheiten gegeben hatte? Sie hatte zu viele Frauen gesehen, die aus Ehrgeiz geheiratet hatten, und sie hatte gesehen, wo sie endeten. Sie wollte nicht, dass ihr Junge mit einer solchen verheiratet war. Aber das Mädchen war ein Mädchen. Selbst wenn sie harte Zeiten durchgemacht hatte, konnte sie genauso wenig verstehen, was Clara sagte, wie ein Singvogel schwimmen konnte.

»Sabiha, Liebes«, fragte Clara, »bringt er dich zum Lachen?«

Clara konnte die Erinnerung hinter dem Blick des Mädchens nicht erkennen, aber sie sah, dass sie da war. Die Form von Sabihas Augen veränderte sich, und sie leuchteten auf, ihre Lippen wurden ein wenig voller, als würde sie vergessen, sie zusammenzupressen. Clara kannte die Antwort, ehe das Mädchen nickte.

»Also gut«, sagte Clara. »Ich werde allerdings mehr Zeit brauchen. Joreys Vater ist treu wie ein Jagdhund, aber Veränderungen verstören ihn. Ich brauche … eine Woche. Könnt ihr, du und Jorey, so lange warten, bis ihr um Erlaubnis bittet?«

»Wenn wir müssen, können wir alles tun.«

Clara erhob sich, beugte sich vor und küsste das Mädchen sanft auf den Kopf. »Gesprochen wie eine Kalliam«, sagte sie. »Dann geh schon und such nach ihnen. Richte Jorey aus, was ich gesagt habe.«

»Ihr wollt nicht mit ihm reden?«

»Nicht jetzt«, wich Clara aus, der das Herz schwer wurde.

Sie sah zu, wie das Mädchen aufstand und verschwand. In der Art, wie sie ging, und in der Haltung ihrer Schultern lagen Glück und Erleichterung. Sie strahlte. Es würde nicht von Dauer sein, denn nichts war je von Dauer, aber es war trotzdem schön zu sehen. Etwas Helles bewegte sich am Rande von Claras Blickfeld, das ihre Aufmerksamkeit auf sich zog.

Ein Fliederzweig war aufgeblüht, ein Dutzend winziger Blüten in der Sonne. Es fühlte sich wie ein Omen an.

Wie merkwürdig, dachte Clara, dass das Gespräch mit dem Mädchen das war, was ihr eine andere Aufgabe klargemacht hatte, die sie erledigen musste.

In Camnipol gab es nicht viel Bedarf an Jägern. Wachen, das ja. Diener, ja. Jene Art von persönlichen Bediensteten, die zusätzliche Pflichten auf sich nahmen oder im Falle einer Laune eines Adligen oder seiner Gemahlin bereitstanden. Sie fand Vincen Coe im Dienerschaftsflügel inmitten der schmalen Gänge und winzigen Zimmer, die die Architektur der Mächtigen von jener der Niederen trennte. Er war ein junger Mann, kaum älter als Jorey, mit großen Augen und einem Körper, der an Härte und Arbeit gewöhnt war. Sie hatte ihn einst gerettet, als die Gekränktheit ihres Gemahls beinahe zu einem Ende seiner Zeit in Diensten der Kalliams geführt hätte. Er hatte sie einst gerettet, als Feldin Maas sie sonst niedergestreckt hätte. Er erhob sich, als er sie erblickte, und sie schob die Erinnerung an seine Lippen auf ihren und den Blutgeschmack zur Seite. Es war ein einzelner gestohlener Kuss gewesen, er kalkweiß vom Blutverlust, als er ihn sich herausgenommen hatte. Seither war nicht davon gesprochen, nicht einmal zur Kenntnis genommen worden, dass es passiert war. Nichts.

Und es würde auch nichts dergleichen geschehen.

»Meine Lady«, sagte er, die Worte heiser wie ein Bellen.

»Coe«, erwiderte sie.

Es gab keinen Grund fortzufahren. Es war ihr Platz, ihm zu befehlen, und seiner, ihr zu folgen. Sie musste sich ihm nicht erklären, nur musste sie es doch.

»Gibt es ein Problem, meine Lady?«

»Ich liebe meine Familie sehr«, sagte sie. »Und ich werde sie vor jeder Gefahr beschützen, soweit es mir möglich ist. Zu jedem Preis, den das kostet.«

»Natürlich«, erwiderte er. Er verstand das, was sie sagte, genauso wenig wie Sabiha Skestinin.

Du bist ein Kind, wollte sie sagen. *Geh und such dir ein Mädchen in deinem Alter und mache mit ihr hübsche, entzückende Kinder. Du hast mit mir nichts zu schaffen.*

»Du musst für mich nach Osterlingbrachen zurückkehren«, sagte sie. »Ich will, dass du ein Auge auf den Aufbau der neuen Hundezwinger meines Gemahls hast.«

Das Entsetzen auf seinem Gesicht war wie ein Schlag. Er wurde blass. »Ich verstehe nicht«, sagte er. »Habe ich etwas Anstößiges getan? Was habe ich …?«

Clara verschränkte die Hände hinter dem Rücken. Die Luft in den Dienerschaftsunterkünften war irgendwie dünner als im Haupthaus. Sie hatte Schwierigkeiten beim Atmen.

»Wir wissen beide, worum es hier geht«, sagte sie. »Willst du mich wahrhaftig dazu bringen, es zu erklären?«

»Ich …«

Der Jäger neigte den Kopf, und als er ihn wieder hob, war sein Gesichtsausdruck nicht mehr der eines Dieners, der mit seinem Herrn sprach, und sein Tonfall verlieh den Worten eine zusätzliche Bedeutung, die nicht von den bloßen Regeln der Sprache getragen wurde. »Ich werde meiner Lady dienen, wie sie es für richtig hält«, sagte er. »Ich habe keine andere Aufgabe.«

»Auch wenn sie es für richtig hält, dich auf den Landsitz zu schicken, um nach den Zwingern zu sehen?«

»Selbst wenn sie es für richtig hält, mich in die Hölle zu schicken, meine Lady.«

»Sei nicht dramatisch«, flüsterte sie.

Einen Augenblick lang hielt zwischen ihnen die Zeit an. Ein einzelner Augenblick, der eine Ewigkeit dauerte, denn es war der letzte. Clara wandte sich um und ging langsam zurück zum Haupthaus. Allmählich bekam sie wieder Luft. Sie zog die Schultern hoch. Sie wollte in ihre Gemächer gehen, sich mit ihrer Stickarbeit und ihrer Pfeife hinsetzen und noch einmal, falls es ihr gelang, ein paar stille Momente des Winters erhaschen. Sie wollte wieder ruhig sein. Sie wollte sich nicht rühren.

Aber Dawsons Stimme drang durch die Eingangshalle, als sie dort ankam. Sie erkannte an seinem Tonfall, dass er verärgert war, aber nicht wirklich zornig. Seine Launen und sein Gemüt waren ihr so vertraut wie ihre eigenen Kleider und genauso tröstlich. Zwei seiner Jagdhunde strichen nervös durch den Gang vor seinem Arbeitszimmer, winselten verhalten und blickten von Clara zur geschlossenen Tür und wieder zurück. Sie hielt kurz an, um sie sanft hinter den Ohren zu kraulen.

Dawson saß an seinem Schreibtisch. Ein Brief lag darauf ausgebreitet. Sie musste das königliche Siegel nicht sehen. Die Qualität des Papiers und die präzise Handschrift reichten aus, um zu wissen, dass er von König Simeon stammte. Sie war einen Augenblick lang erleichtert. Es hatte wahrscheinlich nichts mit Jorey zu tun.

»Gibt es Schwierigkeiten?«, fragte sie.

»Simeon hat die Audienz mit diesem dummen Bastard aus Asterilreich verschoben«, erklärte Dawson.

»Du meinst den Botschafter?«

»Ja, den«, sagte Dawson. »Und das neue Datum ist dasselbe wie das von Lord Banniens Fest. Und als ob das nicht genug wäre, hat er mich nächste Woche um eine Privataudienz gebeten, zur selben Zeit, zu der ich einen Tisch zum Kartenspielen im Großen Bären mit Daskellin und seinem dicken Vetter hatte, der nicht weiß, wie man spielt.«

»Ah«, sagte Clara. Sie trat auf ihn zu, eine Hand auf seiner Schulter. Er nahm ihre Finger, küsste sie sanft, ohne auch nur zu merken, dass er es tat. Die Zuneigung zwischen ihnen war eine Angewohnheit, umso ehrlicher, da sie so nebensächlich war. Statt seinen Seufzer zu hören, spürte sie, wie sich sein Körper hob und wieder senkte.

»Dieser Mann«, sagte er, »hat keine Vorstellung davon, was ich alles für ihn opfere.«

»Die wird er nie haben«, erwiderte Clara.

Dawson

Die Königshöhe war nicht das ursprüngliche Gebäude, das diesen Namen erhalten hatte. Solange es Camnipol gab, hatte es auch eine Königshöhe gegeben, und daher war bei jedem Wiederaufbau der Stadt, auf jeder Schicht aus Ruinen und Vergangenheit, eine neue Burg errichtet worden. Irgendwo in der Tiefe, vergessen und zusammengepresst im Stein, befand sich die erste Königshöhe mit den Knochen der ersten Könige.

Das Gebäude, durch das Dawson jetzt ging, hatte er schon als Junge gekannt. Es ragte am nördlichen Stadtende empor, blickte hinaus über den Spalt. In den niedrigeren Gebäuden residierte König Simeon wie sein Vater zuvor und davor dessen Vater, vier Generationen lang bis zum Schwarzwasserkrieg. Weiße Kieswege wanden sich durch Gärten, die mit einer Präzision gepflegt wurden, die schon an Mathematik heranreichte. Kein Blatt schien fehl am Platz zu sein, kein Stein ruhte nicht in Vollkommenheit. Das einzig Wilde hier war die Luft. Sie wehte aus den südlichen Ebenen heran, durch die Stadt herauf und suchte sich mit jähen Windstößen ihren Weg entlang der Gartenpfade. Sie pflückte Blüten von den Bäumen, trieb Blütenblätter wie Schnee vor sich her und wirbelte sie hoch in die Luft, um sie langsam zurück zur Erde fallen zu lassen.

Der alte Tempel stand abseits, seine Bronzetüren, die Simeons Großvater verschlossen hatte, waren zu Dawsons Lebzeiten nicht geöffnet worden. Dann der private Tempel mit seinen perlweißen Fenstern und Bahnen aus grün emailliertem Stahl, wie die Schuppen einer großen Echse oder eines Drachen. Über alldem erhob sich der große, glattwandige Turm, hoch wie hundert Menschen, und darin ragten hohe Bogendecken auf wie die Architektur der Träume. Dawson hatte den großen Turm nur dreimal betreten, und zweimal davon in Gesellschaft des jungen Prinzen, als sie beide noch jung und feucht hinter den Ohren gewesen waren. Er träumte von Zeit zu Zeit noch von diesen Räumen. Sie waren geschaffen, um jene Ehrfurcht zu lehren, die sie betraten, und es war gut gelungen.

Die königlichen Gemächer selbst waren erstaunlich zurückgenommen, wenn man das Umfeld betrachtete. Anderswo wären sie vielleicht grell und prahlerisch erschienen, aber im Schatten des großen Turms hätte selbst ein Gebäude, das in Blattgold gefasst und mit Rosen durchwirkt war, immer noch bescheiden ausgesehen. Tatsächlich war es ein weitläufiges Bauwerk aus Stein und Holz; Glaslaternen waren unmittelbar in die Wände eingelassen, so dass die Kerzen darin auf der Innen- und der Außenseite leuchteten. In der hellen Nachmittagssonne waren die Laternen dunkel und düster.

Ein in Seide gekleideter Diener an einer Bronzekette erwartete Dawson am Steingarten, der zu den Räumen führte, in die Simeon sich zurückzog. Dawson nahm die Verbeugung des Mannes mit einem Nicken entgegen und ließ sich nach drinnen in die kühlen Schatten führen.

König Simeon saß neben einem kleinen Springbrunnen. Er

trug ein Gewand aus einfacher weißer Baumwolle, und sein Haar war durcheinander, als wäre er gerade aufgestanden. Sein Blick lag auf dem fallenden Wasser, das silbern und weiß über einen Bronzedrachen herabströmte, der vom Grünspan beinahe unkenntlich geworden war.

»Eine lockere Audienz also, Eure Majestät?«, fragte Dawson, und sein alter Freund wandte sich um. Sein Lächeln war voller Melancholie.

»Vergebt mir, wenn ich nicht aufstehe«, sagte Simeon über das plätschernde Wasser hinweg.

»Ihr seid mein König«, erwiderte Dawson. »Wie tief Ihr auch sitzt, es ist meine Pflicht, mich Euch kniend unterzuordnen.«

»Ihr habt die Form immer geschätzt«, sagte Simeon. »Oh, hört auf damit. Steht auf, oder kommt zumindest her und setzt Euch neben mich.«

»Form verleiht der Welt ihre Gestalt«, erläuterte Dawson, während er sich erhob. »Wenn man sich nicht an die Tradition hält, was gibt es dann noch? Tausend verschiedene Leute, ein jeder mit eigenen Vorstellungen von Gerechtigkeit, und jedermann versucht seinem Nächsten seine Vorstellungen aufzuzwingen? Wir haben gesehen, wohin das führt.«

»Anninfeste«, sagte Simeon düster. »Ihr lebt in einer erschreckenden Welt, alter Freund, wenn alles, was zwischen uns und dem steht, die Etikette ist.«

»Die Ordnung ist seit eh und je teuer und zerbrechlich gewesen. Sind die Kleinigkeiten erst einmal dahingegangen, sind die großen Dinge zu mächtig, um sie aufzuhalten. Jeder an seinem Platz. Jene, denen die Führung bestimmt ist, führen. Jene, denen es bestimmt ist zu folgen, folgen. Die Zivilisation verfällt nicht in Anarchie. So soll es sein. Und es ist auch die Welt, in der Ihr lebt, Eure Majestät.«

»So ist es«, sagte Simeon. »So ist es. Und dennoch wünschte ich, ich könnte Aster eine bessere hinterlassen.«

»Das Wesen der ganzen Geschichte verändern, nur um eines Jungen willen?«

»Das würde ich tun. Wenn ich es könnte, bei Gott, ich würde es tun. Eine Welt, in der nicht alles auf seinen Schultern lastet. In der seine eigenen Leute sich nicht verschwören, um ihn umzubringen.« Simeon schien in sich zusammenzusinken. Seine Haut war grauer, als Dawson sie in Erinnerung hatte, wie ein bleiches Hemd, das zu oft in der Wäscherei gelandet war. Der König fuhr sich mit den Fingern gedankenverloren durchs Haar. Sein Spiegelbild im Springbrunnen war nur ein weißer Fleck. »Es tut mir leid. Ihr hattet recht mit Issandrian und Maas. Ich dachte, ich könnte den Frieden halten.«

»Das habt Ihr. Euer einziger Fehler war, dass Ihr geglaubt habt, Ihr könntet es tun, ohne jemanden hinzurichten.«

»Und nun …«

»Asterilreich«, sagte Dawson und ließ das Wort in der Luft hängen. Es war das, wozu er hergerufen worden war. Simeon sagte nichts. Das Wasser plätscherte und murmelte. Dawson spürte ein wachsendes Unwohlsein, als der König weiterhin still blieb. Was als nachdenkliche Pause begonnen hatte, dehnte sich aus, bis es beinahe wie ein Vorwurf wirkte. Dawson blickte auf, bereit, sich zu verteidigen oder eine Entschuldigung vorzubringen.

Stattdessen stieß er einen Warnruf aus. Simeons Augen waren aufgerissen und leer und blickten ins Nichts. Seine Mundwinkel hingen herab. Der Gestank nach Pisse drang durch die Luft, während der Schoß des Königs sich stechend gelb verfärbte. Es war wie ein Bild, das einem Albtraum entsprungen war.

Und dann hustete Simeon, schüttelte den Kopf, blickte nach unten. »Oh«, sagte er. Er klang erschöpft. »Dawson? Ihr seid hier. Wie lange war es diesmal?«

»Ein paar Atemzüge lang«, antwortete Dawson. Seine Stimme bebte. »Was war das?«

Simeon erhob sich, blickte auf den Urinfleck auf seinem Gewand hinab, auf die Pisse, die seine Beine hinablief.

»Ein Anfall«, sagte er. »Nur ein kleiner Anfall. Es tut mir leid, dass Ihr das gesehen habt. Ich dachte, ich hätte sie für heute schon hinter mir. Könntet Ihr meinen Diener rufen?«

Dawson lief in den Gang und rief nach dem Bediensteten. Als der Mann kam, hatte er bereits ein frisches Gewand in der Hand. Auf seinem Gesicht lag kein Entsetzen, keine Überraschung. Dawson und der Diener blickten zur Seite, als der König seine beschmutzten Kleider auszog und neue anlegte. Als sie wieder allein waren, setzte sich Dawson auf den Rand des Brunnens. Alles war genauso wie zuvor, aber es gesehen zu haben machte es anders. Er fühlte sich, als würde er Simeon zum ersten Mal erblicken, und was er sah – was die ganze Zeit da gewesen war, ohne dass es aufgefallen oder angesprochen worden wäre –, entsetzte ihn. Was das Gewicht einer Krone gewesen zu sein schien, war plötzlich etwas Dunkleres und Schwerwiegenderes. Simeon lächelte ihn wissend an.

»So war es auch bei meinem Vater, als das Ende nahe war. An manchen Tagen geht es mir beinahe gut. An anderen …

treiben meine Gedanken davon. Er war jünger, als er gestorben ist. Ich bin drei Jahre älter als mein Vater. Wie viele Männer können das von sich behaupten?«

Dawson versuchte etwas zu sagen, aber seine Kehle war wie zugeschnürt. Als er es schaffte, war es kaum mehr als ein Flüstern. »Wie lange geht das schon so?«

»Zwei Jahre«, sagte Simeon. »Meistens ist es mir möglich gewesen, es geheim zu halten. Aber es wird schlimmer. Früher war es so, dass dazwischen Wochen oder Monate lagen. Nun sind es Stunden.«

»Was sagen die Kundigen?«

Simeon lachte leise, und der Klang war tiefer als das Lachen des Wassers. Auch sanfter. »Sie sagen, dass alle Menschen sterblich sind. Sogar Könige.« Simeon holte tief Luft und beugte sich vor, seine Unterarme auf den Knien, die Hände verschränkt. »Es gibt eine Blume, die angeblich dagegen hilft. Ich trinke den Tee immerzu, kann aber keinen Unterschied feststellen. Ich nehme an, ich würde schneller verfallen, wenn ich sie nicht hätte.«

»Es wird etwas geben. Wir können nach jemandem schicken …«

Sein alter Freund antwortete nicht. Es gab keinen Grund dafür. Dawson hörte die Ohnmacht in seinen eigenen Worten und war davon beschämt. Alle Männer starben, so war es immer gewesen, und so würde es immer sein.

»Ich wünschte, Eleanora und ich hätten Aster früher bekommen«, sagte der König. »Ich hätte ihn so gern als Mann gesehen. Mit einem eigenen Kind vielleicht. Ich erinnere mich daran, als Barriath zur Welt kam. Man scherzte überall darüber, dass der Junge Euch gefressen hätte. Ihr wart an all Euren Stammplätzen nicht mehr anzutreffen. Dafür habe ich Euch verabscheut. Ich fühlte mich zurückgelassen.«

»Es tut mir leid, Eure Majestät.«

»Kein Grund zur Entschuldigung. Ich habe es nur nicht verstanden. Dann kam Aster, und ich verstand es. Wenn wir ihn früher bekommen hätten … aber dann wäre es wohl nicht er gewesen, nicht wahr? Genauso wenig wie Jorey ein jüngeres Abbild von Barriath ist. Deshalb kann ich mir nicht einmal das wünschen. Dies ist die Welt, wie sie sein musste, damit mein Junge darin geboren wurde, und daher kann ich sie nicht hassen. Selbst wenn ich es will.«

»Es tut mir so leid, Eure Majestät«, sagte Dawson.

Simeon schüttelte den Kopf. »Hört nicht auf mich«, erwiderte er. »Ich hasse es, wenn ich so werde. Herumheule wie ein Schuljunge. Genug. Ich wollte mit Euch über andere Dinge reden, etwa die Audienz mit Eschfurt. Was haltet Ihr davon?«

»Dass Ihr sie ihm geben solltet«, antwortete Dawson. »Wie ich schon gesagt habe …«

»Ich weiß, was Ihr schon gesagt habt. Jetzt wisst Ihr mehr als damals. Ich kann die Audienz nicht halten, wenn ich mich unterdessen bepisse. Im Augenblick haben sie Angst vor mir. Davor, was ich tun könnte. Und sie weichen zurück. Wenn Eschfurt zu Hause berichtet, dass ich halb verrückt bin und sterbe, werden sie ein anderes Lied anstimmen. Als Ihr mir das letzte Mal einen Rat gegeben habt, habe ich Euch abgewiesen und war nur Tage davon entfernt, mein Kind einem Mann auszuhändigen, der geplant hat, es zu töten. Soweit ich weiß, habt Ihr noch die Kontrolle über Eure Blase. Das macht Euch zu einem kompetenteren Mann als Euren König. Also sagt es mir. Was soll ich tun?«

Dawson erhob sich und versuchte, seine windgepeitschten Gedanken zusammenzuraffen. Er fühlte sich, als hätte er gerade ein Duell ausgetragen. Seine Glieder waren erschöpft wie nach einer großen Anstrengung, auch wenn er nicht mehr getan hatte, als durch das Zimmer zu gehen und nach einem Diener zu rufen. Eine plötzliche Erinnerung suchte ihn heim, wie er eine Straße entlangstürmte, Prinz Simeon an seiner Seite. Er erinnerte sich nicht daran, wann oder wo es gewesen war, aber er wusste, dass die Straße nach Regen gerochen, dass Simeon Grün und er Braun getragen hatte. Er schluckte und wischte sich mit der Hand über die Augen.

»Wenn man die Anfälle kontrollieren kann, haltet die Audienz sofort«, erklärte er. »Bereitet Euch darauf vor und haltet es kurz. Keine Festmähler, keine privaten Essen, keine zweite Audienz. Etwas Formelles.«

»Und was soll ich sagen?«

»Dass Ihr Asterilreich Zeit gebt, den eigenen Hof zu säubern, aber dass Ihr einen vollständigen Bericht und die Köpfe jener erwartet, die Maas unterstützt haben. Es ist die einzige Möglichkeit, die Ihr habt. Wir können nicht in den Krieg ziehen. Nicht, wenn Ihr in diesem Zustand seid.«

Simeon nickte langsam. Seine Wirbelsäule schien inzwischen gekrümmter als zu dem Zeitpunkt, als Dawson eingetroffen war, aber es konnte auch sein, dass er jetzt einfach sah, was die Gewohnheit zuvor verborgen hatte.

»Und wenn sie nicht kontrolliert werden können?«

»Ernennt jemand anders. Wenn Ihr jemand Besonderen wollt, ernennt ihn zum Wächter des Weißen Turms. Seit Odderd Faskellin gestorben ist, wurde keiner mehr ernannt. Oder aber … mein Gott.« Dawson setzte sich wieder.

»Oder aber?«, wollte der König wissen.

»Wenn Ihr schnell genug verfallt, verschiebt es und lasst es den Regenten besprechen, sobald Ihr tot seid.«

Simeon atmete so scharf ein, als hätte man ihn geschlagen.

»So steht es also?«, fragte Dawson.

»Womöglich«, sagte Simeon. »Danke, alter Freund. Das war es, was ich hören musste, und ich glaube nicht, dass sonst jemand die Worte laut ausgesprochen hätte. Selbst wenn jeder sie gedacht hätte. Nehmt es mir nicht übel, wenn ich Euch bitte, Euch jetzt zurückzuziehen. Ich glaube, ich muss etwas ruhen.«

»Natürlich, Eure Majestät«, sagte Dawson.

Er hielt im Bogengang inne und blickte zurück. König Simeon hatte sich abgewandt, und Dawson konnte sein Gesicht nicht sehen. *Das ist das letzte Mal, dass ich ihn sehe,* dachte Dawson, und dann ging er.

An den Toren der Königshöhe winkte er seine Kutsche weiter. Er wollte jetzt nicht gefahren werden. Er wollte gehen. Der Weg zwischen der Königshöhe und seinem Anwesen betrug mehrere Meilen, aber es machte ihm nichts aus. Er fuhr über das Schwert an seinem Gürtel und setzte sich in Bewegung. Er hatte Nächte damit verbracht, durch die dunklen Straßen von Camnipol zu laufen, hatte Pferde über leere Marktplätze gejagt, getrunken, bis er zu besoffen war, um geradeaus zu gehen, und sich dann über den Rand einer Brücke gebeugt, bis sich sein Kopf wegen der Höhe drehte. In einer Nacht wie dieser war er acht Meilen gelaufen. Zehn. Von seinem sterbenden König bis zu seinen Gemächern war es gerade einmal die Hälfte.

Trotz ihres Namens erstreckte sich die Silberbrücke aus

Stein und Holz über den Spalt. Ihre Stützen gruben sich tief in die Wälle der großen Schlucht, die so weit unter die Stadt hinabreichte, wie der Turm aufragte. Dawson hielt mitten auf der Brücke inne und blickte nach Süden. Eine Taubenschar kreiste unter ihm in den Schatten, wirbelte über dem Abfallhaufen dahin, der von der Dunkelheit und dem Nebel am Grund der Schlucht verborgen war. Er stand lange da, seine Gedanken wie wundgescheuert. Hinter ihm zog der Stadtverkehr über die Leere, Männer und Frauen, Pferde und Ochsen, Adlige und Bauern. Er weinte kurz.

Als er in den Hof vor seinem Anwesen trat, stand eine unbekannte Kutsche an der Tür. Das Wappen an ihrer Seite und die Farben ihrer Bezüge kündigten das Haus Skestinin an. Der alte Tralgu-Türsklave erhob sich und verbeugte sich, und seine Kette klirrte dabei.

»Mein Herr«, sagte er. »Es ist sehr schön, Euch wiederzusehen. Die Dame war besorgt, als Eure Kutsche leer zurückgekehrt ist. Sie ist mit Sabiha Skestinin in ihren Privatgemächern. Mein Herr Jorey bat darum, bei Gelegenheit mit Euch zu sprechen. Er wartet in Eurem Arbeitszimmer.«

Dawson nickte, und der Türsklave verneigte sich. Dawsons Jagdhunde begrüßten ihn gleich in der Eingangshalle: Ihre breiten Schwänze schlugen wild durch die Luft, und ein aufrichtiges Hundegrinsen spielte um ihre Mäuler. Dawson konnte nicht anders, als zu lächeln, während er ihnen die Ohren kraulte. Es gab keine reinere Liebe als die eines Hundes zu seinem Herrn.

Er zog in Erwägung, zu Clara zu gehen, ehe er seinen Sohn aufsuchte, aber ihre Gemächer waren am anderen Ende des Anwesens, und seine Hüften schmerzten vom Gehen. Er wusste ohnehin, worüber sich Jorey unterhalten wollte. Er hatte das Gespräch erwartet, seit Clara ihm Genaueres über Sabiha Skestinin erzählt hatte. Dawson gab seinen Hunden mit einer Geste einen Befehl, und sie blieben sitzen, während er zu seinem Arbeitszimmer ging und die Tür hinter sich schloss.

Jorey stand am Fenster, und das nachmittägliche Licht glänzte auf seinem Gesicht. Es kam Dawson wieder in den Sinn, wie ähnlich der Junge seiner Mutter sah, vor allem, was die Augen und die Haarfarbe anging. Es schien nicht so lange zurückzuliegen, dass Jorey ein feingliedriger Junge gewesen war, der auf Bäume kletterte und abgebrochene Äste als Schwert benutzte. Nun hatte er breite Schultern und ein ernstes Gesicht. Und die Schwerter, die er schwang, waren scharf.

»Vater«, sagte Jorey.

»Sohn«, erwiderte Dawson und fühlte, wie die eben erst zurückgedrängten Tränen hinter seinen Augen aufbegehrten. »Du siehst gut aus.«

»Ich fühle mich ... Ich muss dich um Erlaubnis für etwas bitten. Und es könnte etwas sein, das du nicht gerne hörst.«

Dawson setzte sich mit einem Brummen hin und wünschte sich sofort, dass er daran gedacht hätte, ein Getränk kommen zu lassen, ehe er es tat. Nicht Wein. Nicht heute. Aber ein Becher Wasser wäre ihm sehr willkommen gewesen.

»Du willst die junge Skestinin heiraten«, sagte Dawson.

»Ja.«

»Obwohl sie keine Ehre in die Familie bringt.«

»Das tut sie aber. Die Welt mag sie vielleicht nicht sehen, aber sie ist da. Sie hat einmal etwas Dummes getan, und sie trägt es nun mit sich herum. Aber sie ist eine gute Frau. Sie wird dich nicht enttäuschen.«

Dawson leckte sich die Lippen. Er hatte ein Dutzend Einwände und Sorgen angebracht, gleich als Clara ihm erklärt hatte, wer Sabiha Skestinin war, und weitere waren mit der Zeit hinzugekommen und lediglich zurückgedrängt worden, um sich zu mehren, seit sie nach Camnipol gekommen waren. Wer war der Vater des ehrenrührigen Kindes, und war Jorey tatsächlich bereit zuzulassen, dass jener Mann, wer er auch war, ihm bei Hofe mit diesem kleinen Skandal drohen konnte, sein ganzes restliches Leben lang? Würde Barriath, der unter Skestinin in der Flotte diente, nicht besser passen? Wie konnte er dem Mädchen vertrauen, ihre Lust unter Kontrolle zu halten, wenn sie bereits gezeigt hatte, dass sie es als unverheiratete Frau nicht konnte?

»Träumst du noch von Vanai? Von dem Feuer?«

»Ja«, erwiderte Jorey, sein Gesichtsausdruck grimmig.

»Ist diese Schuld der Grund, weshalb du ein gefallenes Mädchen zur Frau willst? Weil sie etwas ist, das du retten kannst?«

Jorey antwortete nicht. Er musste es nicht.

»Es wäre klüger, wenn du diese Verbindung nicht eingehst«, sagte Dawson. »Die Geschichte dieses Mädchens zeigt, was sie ist. Wir haben bereits eine Verbindung zu Skestinin, also gewinnt die Familie dadurch sehr wenig. Deine Brüder sind noch nicht verheiratet, und es scheint merkwürdig, den Jüngsten zuerst heiraten zu lassen. Als mein Vater zu mir kam und mir sagte, mit wem ich verheiratet werden würde, war ich ihm dankbar für seine Führung und seine Weisheit. Ich habe nicht irgendeine Verirrte mit nach Hause gebracht und darum gebettelt, sie behalten zu dürfen.«

»Verstehe«, sagte Jorey.

»Wirklich?«

»Ja, Vater.«

»Wenn ich dir jetzt auftrage, zu dem Mädchen zu gehen und alles zu beenden, wirst du es dann tun? Aus Treue zu mir und dieser Familie?«

»Ist das dein letztes Wort, Lord Vater?«

Dawson lächelte, und dann lachte er. »Du würdest es nicht tun«, sagte er. »Du würdest zu deiner Mutter laufen und irgendetwas in die Wege leiten, um Zwang auf mich auszuüben, oder dich nach Borja davonmachen oder irgendetwas anderes Dummes. Ich kenne dich, Junge. Ich habe deine Windeln gewechselt. Glaub nicht, dass du mich zum Narren halten kannst.«

Scheu und zögerlich zuckten Joreys Mundwinkel. Er trat vor.

»Geh«, sagte Dawson. »Nimm meine Erlaubnis und mach damit, was du auch ohne sie getan hättest. Und nimm auch meinen Segen. Sie ist ein glückliches Mädchen, meine neue Tochter, einen Mann wie dich zu haben.«

»Danke, Vater.«

»Jorey«, hielt Dawson seinen Sohn im Eingang zurück. »Die Welt endet schneller, als wir glauben, und sie ist unsicherer. Wartet nicht damit, Kinder zu bekommen.«

CITHRIN

DIE *Sturmkrähe* WAR EINES der ersten Schiffe, für die Cithrin eine Versicherung übernommen hatte, und es beanspruchte einige Zeit, die Geschichte zusammenzustückeln, wie sie verschollen war. Sie war ein dreimastiges Großschiff mit tiefem Rumpf und einer großen Mannschaft. Der Kapitän, ein Dartinae, dessen Augen grün glühten statt wie üblich gelb, war mit Cithrin über das Deck gegangen, als sie den Vertrag abgeschlossen hatten. Sie erinnerte sich noch an den Stolz in seiner Stimme. Er hatte erzählt, wie oft das Schiff den Hochseehandel mit Fern-Syramis hinter sich gebracht hatte, ehe er sich in eine Art Ruhestand begeben hatte. Keine langen Wochen mehr, in denen man kein Land sah, anhand der Sterne navigierte und auf eine Küste in der Ferne hoffte. Nun handelte er auf der einfachen, risikolosen Route zwischen den Freistädten, Pût, Birancour und Narineiland. Die Stürme des Innenmeers mochten vielleicht die kleinen Galeonen zum Sinken bringen, die manch einer nutzte, aber nicht ein echtes Schiff wie die *Sturmkrähe*. Sie hatte Zyklone im Ozeanischen Meer überstanden. Er hatte die Piraten, die die Küste von Cabral heimsuchten, auf die leichte Schulter genommen. *Küstenbumser* hatte er sie genannt. *Wenn jemand Ärger macht, segeln wir einfach aufs offene Meer hinaus und lassen ihre Feigheit den Rest erledigen.*

Cithrin hatte ihn einnehmend gefunden, seine bisherigen

Geschäftserfolge beeindruckend, und sein Selbstvertrauen war so groß gewesen, dass er nur zu gern die sehr guten Bedingungen des Vertrags akzeptiert hatte. Er versicherte lediglich die Fracht. *Wenn ich mein Schiff verliere, bin ich sowieso tot, und das Geld spielt keine Rolle,* hatte er gesagt. Zu diesem Zeitpunkt hatte es nicht wie ein Orakelspruch geklungen.

Das Schiff hatte im großen Hafen von Stollborn überwintert und die kalte Jahreszeit im Schatten der schwimmenden Türme der Leeren Feste verbracht. Es hatte sich von Narineiland aufgemacht, sobald das Eis brach, war nach Süden in wärmere Gewässer und nach Porte Oliva gesegelt, trotz Graupel und Sturm. Die Reise nach Süden war sicher und ruhig verlaufen. Es hatte sich einer Gruppe von Schiffen angeschlossen, die nach Herez unterwegs waren, und war den Großteil einer Woche über in dieser Gesellschaft verblieben. Dann, als die anderen Schiffe abbogen, um zu ihren Heimathäfen zu gelangen, war es weiter nach Süden an Cyrin vorbei und um die Glimmern gefahren, scharfe Steine, die sich vor dem Kap von Cabral aus den Tiefen der See erhoben.

Es kam an Upurt Marion vorbei, grüßte den Kapitän eines anderen Großschiffs, das gerade aus Lyoneia nach Norden fuhr, und wurde zurückgegrüßt. Die *Sturmkrähe* war der Heimat so nahe gekommen, aber nie in Porte Oliva angelangt. Der Kapitän des anderen Großschiffs sagte, eineinhalb Tage, nachdem die *Sturmkrähe* verschwunden war, wären drei schnelle, kleine Schiffe, die Farben trugen, die zu keinem Land gehörten, weit im Süden vorbeigekommen, unterwegs in Richtung offenes Meer.

Danach war es zum Großteil ein Ratespiel. Zweifelsohne war drei Tage nach jener letzten Sichtung ein Sturm aufgekommen. Damit war es auch eine logische Vorstellung, dass die *Sturmkrähe* ihre Segel einholte und Latten über ihre Luken nagelte, um sich darauf vorzubereiten, die hohen, weiß gekrönten Wellen und den wilden, scharfen Regen zu überstehen. Der Kapitän hatte vermutlich den Ausguck aus dem Krähennest geholt, da er ehrlich besorgt gewesen war, dass ihn die Gewalten des Wetters herausreißen würden. Wenn dem so war, dann mochten die Piratenschiffe sie schon fast erreicht haben, ehe sie überhaupt bemerkten, dass sie da waren: schwarze Umrisse auf dem dunklen Wasser.

Gegen einen Feind, der vom Meer her kam, hatte die *Sturmkrähe* nicht viel Hoffnung, sich zu verteidigen. Piratenschiffe waren kleiner und wendiger, ihre Takelage war nicht von den Anforderungen einer langen Reise bestimmt. Vielleicht hatte die *Sturmkrähe* versucht, aufs offene Meer zu gelangen, und war abgefangen worden. Vielleicht hatte sie sich zur Küste gewandt und war gejagt worden. Das Wrack, das an die Küste getrieben war, stank nach Leinöl. Das Ausgießen von Öl war eine wohlbekannte Methode, um Schiffe bei rauem Seegang zu entern, und dadurch erschien es wahrscheinlicher, dass der Angriff näher an Land erfolgt war.

Als die Angreifer an Bord gekommen waren, hatte die *Sturmkrähe* wohl ihre beste und letzte Gelegenheit gehabt davonzukommen. Ketten mit Haken waren die gebräuchlichsten Werkzeuge, aber es gab auch Stiefel und Armschienen mit scharfen Zinken, die ein fähiger Mann nutzen konnte, um an den hölzernen Wänden eines Schiffes wie ein Insekt hinaufzukrabbeln. Wahrscheinlich waren etliche Piraten auf dem Weg nach oben gestorben, ihre Leichen ins brodelnde Wasser gefallen und sofort verschlungen worden. Aber weit mehr hatten das Deck wohl erreicht. Cithrin stellte sich einen blutigen und langen Kampf vor, bei dem die Mannschaft Handbreit um Handbreit überwältigt wurde, die Decks schwarz von Blut und Regen. Donner grollte über den Wellen, Blitze krochen durch die Sturmwolken darüber. Aber es war genauso möglich, dass der Kapitän versucht hatte, sich zu ergeben, und in den Tod gestürzt worden war. Wie immer es gewesen war, die Überreste des Schiffes und die Leichen der Mannschaft hatten ihren Weg an die Küste gefunden. Von der Fracht kein Stück.

Pyk hielt eine dickfingrige Faust nach oben. Dutzende Seiten befanden sich zwischen ihren Fingern. Frachtbriefe, Verträge, Forderungen danach, dass die Medean-Bank tat, was sie versprochen hatte, und den elf Händlern und Kaufleuten einen Ausgleich verschaffte, die ihr Vertrauen in die *Sturmkrähe* gesetzt hatten und enttäuscht worden waren.

»Was soll ich verdammt noch mal damit tun?«, fragte Pyk.

Cithrin blieb ruhig. Vor dem kleinen Zimmer hinten im Kaffeehaus errichteten Singvögel ein Nest. Der Duft nach Maestro Asanpurs Kaffee schlängelte sich durch die geschlossene Tür und rief nach Cithrin wie der Klang des Lachens eines Freundes im Nebenraum. Sie hielt ihre Misslaune in Schach. »Bezahlen?«, schlug sie vor.

Die Yemmu verdrehte die Augen. »Ja, vielen Dank. Ich kann den Vertrag lesen. Ich meine, wie soll ich das bitte schön vor der Dachgesellschaft rechtfertigen?«

Pyk fing an, die Papiere auf Stapel zu legen, als würde sie Karten für ein hoch kompliziertes Spiel austeilen. Cithrin wollte sie ihr wegnehmen. Die Papiere dort zu sehen war, als stünde ein halbverhungerter Mann im Eingang einer Bäckerei, dürfe aber nicht eintreten.

»Es war ein gutes Risiko«, sagte Cithrin.

»Warum muss ich dann dafür bezahlen?«

»Sogar gute Risiken gehen manchmal nicht auf. Deshalb nennt man sie Risiken. Wenn wir nur in Sicherheiten investieren würden, würden wir nicht genug Gewinn herausholen, um etwas zu essen zu haben.«

»Du hast dir für diesen Vertrag den Daumen geritzt und hundert Eichgewicht Silber eingenommen. Nun soll ich beinahe tausend auszahlen und es auch noch gut nennen? Gott sei's gedankt, dass wir nicht noch mehr gute Risiken haben.«

»Die Zweigstelle kann den Verlust abfedern«, sagte sie, als Pyk eine weitere Seite auf ihre Stapel knallte. Es war ein vergilbter Streifen mit rostfarbener Tinte. Cithrin zeigte darauf. »Zahlt den da nicht aus.«

»Was?«

»Dieses Blatt. Es ist von Mezlin Kumas. Er hat den Ruf, mehr Fracht aufzulisten, als er gekauft hat. Nur eine solche Liste in seiner Handschrift? Das reicht nicht. Wenn nicht der Daumenabdruck des Kapitäns darauf ist, solltet Ihr das nicht auszahlen.«

»Weshalb gehst du nicht hinaus und spielst mit einem Wollball oder so was«, sagte Pyk mit einem Seufzen. »Ich werde mich darum kümmern.«

Cithrins Zorn fühlte sich wie eine Hitzewelle an, die von ihrem Bauch in den Hals aufstieg. Sie spürte, wie ihr das Blut in die Wangen schoss. Die Tränen in ihren Augen waren pure Enttäuschung und Wut. Pyk legte ein weiteres Blatt oben auf die verdächtige Liste, befeuchtete den Daumen und machte sich wieder daran, die Seiten zu verteilen. Sie sah Cithrin nicht an, und ihr Stirnrunzeln zog sich in hunderten dünnen Linien über ihre Wange hinab.

»Weshalb mögt Ihr mich nicht?«, fragte Cithrin.

»Oh, ich habe nicht die geringste Ahnung, Süße«, sagte Pyk. »Weshalb könnte ich dich nicht mögen? Hmm. Ich bin hier, um alle Arbeit für dich zu tun, alle Entscheidungen zu treffen, alle Verantwortung zu tragen, die Berichte zu schreiben und mich vor Komme Medean und der Dachgesellschaft zu rechtfertigen. Aber um Gottes willen nicht, um tatsächlich die Stimme der Bank zu sein. Denn das bist du, nicht wahr? Du spazierst durch die Stadt und gibst vor, eine große Dame zu sein, auch wenn du nicht einmal alt genug bist, eigene Verträge zu unterschreiben.«

»Ich habe nicht darum gebeten, dass sie Euch herschicken«, wandte Cithrin ein.

»Worum du gebeten hast oder nicht, ist so ziemlich das Uninteressanteste, was mir heute unterkommt«, sagte Pyk. »Es ändert nichts. Die Wahrheit ist, ganz gleich, was du willst oder beabsichtigst, ganz gleich, was *ich* will oder beabsichtige, ich bin diejenige, die für Verfehlungen geradestehen muss, und du bist diejenige, die den Erfolg feiert.«

»Ihr solltet Euch von mir helfen lassen«, sagte Cithrin. »Ihr wisst, dass ich schlau genug bin, einen Teil der Last zu tragen.«

»Nein.«

»Warum nicht?«

Pyk legte die Papiere ab und wandte sich um, um Cithrin unmittelbar anzublicken. Der Gesichtsausdruck der älteren Frau war stählern und kalt. »Weil du dich nicht dafür rechtfertigen musst. Du kannst hereinkommen und den Bankier spielen, aber du bist es nicht. Nein, sei still. Du hast gefragt, dann kannst du auch deinen hübschen kleinen Mund halten und dir die Antwort anhören. Du bist kein Bankier. Du bist eine Erpresserin, die Glück hatte.«

»Das ist nicht …«

»Jetzt hast du den Status in den Augen der Stadt erhalten, du darfst dich die Stimme der Bank nennen, du bekommst die schönen Kleider und das Essen und die Unterkunft, und es wird alles auf meinem Rücken ausgetragen. Sie können dich nicht hinauswerfen, bis all die vergifteten Verträge, die du unterzeichnet hast, getilgt und durch etwas ersetzt sind, dessen Durchsetzung wir auch erzwingen könnten. Es wird Jahre dauern. Und ich? Sie könnten mir einen Brief schicken und mich morgen auf die Straße setzen. Das werden sie nicht tun, aber sie könnten. Du bekommst die ganze Karotte und gar keinen Stock, und ich mache die Arbeit. Das reicht dir nicht? Ich muss dich auch noch *mögen*? Du willst mich am Haken haben, wie du es mit deinem Haussöldner gemacht hast? Das ist wirklich hart, Kind.«

Die Notarin wurde wieder still. Cithrin stand auf. Sie fühlte sich, als wäre sie geschlagen worden; ihr Körper bebte, aber ihr Kopf war klar und kühl wie Schmelzwasser. Es war, als wäre ihr Körper das Einzige, was Angst hatte.

»Dann werde ich Euch Eurer Arbeit überlassen«, sagte Cithrin. »Wenn es etwas gibt, das ich tun kann, um der Zweigstelle zu helfen, lasst es mich bitte wissen.«

Ein ungeduldiges Klicken drang aus Pyks Kehle.

»Und ernsthaft«, sagte Cithrin und deutete auf die Seiten, die auf dem Tisch ausgebreitet lagen. »Bezahlt nicht für diese Liste.«

Cithrin ging durch die Straßen am Südende der Stadt, die an den Hafen grenzten. Die Puppenspieler waren im großen Stil unterwegs, manchmal bis zu drei, die an unterschiedlichen Ecken arbeiteten, wo sich zwei größere Wege kreuzten. Viele boten Spielarten der uralten Erzählungen dar: Groschengroschen, der Jasuru mit seinen komischen Zorn- und Gewaltausbrüchen oder die Geschichten von der Schläue und den Verbrechen der Timzinae-Schaben – hier waren oft drei Marionetten mit schwarzen Schuppen an ein einziges Führungskreuz genagelt, so dass ihre Bewegungen tatsächlich wie aus einem Guss waren. Manchmal waren die Vorführungen auch eher von lokalem Interesse. Eine Geschichte von einer verkrüppelten Witwe, die gezwungen war, ihre kleinen Kinder zu verkaufen, nur um ein jedes davon zurückzubekommen, weil sie zu viel Ärger machten, hätte lediglich eine komische Weise mit ein paar rauen Scherzen und einer raffinierten Säuglingspuppe sein können, der riesige Zähne wuchsen, aber für die Einwohner der Stadt war es auch ein doppelbödiger Witz über einen für seine Korruption berüchtigten Statthalter. Cithrin hielt auf einem weiten Platz an, um ein paar reinblütigen Cinnae-Mädchen zuzusehen – sie waren noch blasser und dünner als sie –, die ein unheimliches Lied sangen und sich zusammen mit Marionetten in der Gestalt von blutigen Männern hin- und herwiegten. Ihr fiel auf, dass die Mädchen ihre Zähne zu haifischähnlichen Spitzen zugefeilt hatten. Sie war sich nicht sicher, ob es erschreckend oder lächerlich übertrieben war. Es war auf jeden Fall eine große persönliche Hingabe für einen Effekt, der die Bandbreite der Aufführungen verkleinerte, die sie darbieten konnten.

Cithrin grübelte darüber nach, wie viel vom Handwerk des

Bühnenkünstlers von herausragenden Fähigkeiten in einem kleinen Bereich abhing und wie viel von seiner Kompetenz bei einem breitgefächerten Programm. Es war natürlich nur ein einzelnes Beispiel für ein allgemeineres Problem, und man konnte es auch auf eine Bank übertragen. Eine gewisse Bandbreite an Verträgen – Versicherungen und Darlehen, Partnerschaften und Kreditbriefe – erforderte relativ wenig zusätzliche Expertise. Das Geschäft auszuweiten, indem man Wächter vermietete oder für Geschäfte in Warenhäusern bürgte, die der Bank gehörten, erforderte mehr Ressourcen und höhere Ausgaben, aber es brachte auch Münzen ein, die sonst nicht eingenommen worden wären.

Die jungen Cinnae schlugen eine Reihe von hohen, gleitenden Trillertönen an, die in einer unbehaglichen Harmonie zusammenpassten. Die links von Cithrin wirbelte herum, und ihre dunklen Röcke hoben sich dabei, um den Blick auf blau gefärbte Beine freizugeben. Cithrin sah es und sah es auch wieder nicht.

Es lag nicht nur an ihren verstümmelten Hauern, dass Pyk wie diese scharfzahnigen Puppenspielerinnen war. Pyk wollte auch einschränken, was die Bank tat, es auf ein paar Gebiete begrenzen, in denen sie sich wohlfühlte, und dann ihre Gewinne erhöhen, indem sie die Kosten reduzierte. Herausragend sein auf einem kleinen Gebiet. Es war sicher, es war mickrig, und es ging vollkommen gegen Cithrins Instinkte.

»Magistra«, begrüßte sie Marcus. Sie hatte nicht bemerkt, dass er hinter ihr aufgetaucht war.

»Hauptmann«, sagte sie. »Was machen die Wachen?«

»Wir haben ein paar verloren«, antwortete er. »Dass Yardem und ich die größten Einschnitte bei der Bezahlung auf uns genommen haben, hat den Schlag ein wenig abgemildert. Dennoch werden entweder ich oder Yardem im Haupthaus wachen, bis die Leute nicht mehr ganz so verbittert darüber sind. Ich würde es hassen, der Hauptmann zu sein, dessen Wache den Tresor stiehlt.«

Die jungen Cinnae blickten finster drein, und ihre Stimmen wurden wegen der Störung ein klein wenig härter. Cithrin holte ein paar Kupferstücke heraus und ließ sie in den offenen Sack zwischen den Künstlerinnen fallen, dann nahm sie Marcus am Arm und ging nach Westen, auf die Seemauer zu.

»Ich werde sie nicht für mich gewinnen«, sagte Cithrin. »Niemals. Es ist nicht nur, dass wir uns nicht leiden können. Wir haben entgegengesetzte Ansichten.«

»Das ist problematisch.«

Cithrin spürte, wie ihr Verstand arbeitete. Seit sie alt genug war, überhaupt etwas mitzubekommen, war ihre Welt die Bank gewesen. Münzen, Rechnungen und Wechselkurse, wie man Preise festlegte und wie man Preise für sich nutzte, die andere ungünstig festgelegt hatten. Damit war sie anstelle von Liebe aufgewachsen.

»Ich habe ein Angebot von einem Mann vorliegen, der sein Geld damit macht, nach Verlorengegangenem zu suchen«, sagte Cithrin. »Das ist nichts, womit Pyk sich wohlfühlen würde, was meint Ihr?«

Marcus sah sie von der Seite an. »Das klingt nicht danach, nein«, sagte er. »Machen Banken so etwas überhaupt?«

»Banken machen, was immer ihnen Geld bringt«, erwiderte Cithrin. »Trotzdem hat es mir eine Idee beschert, und ich hätte gern, dass Ihr Euch das anseht. Wenn Ihr könnt.«

»Du weißt, dass ich keine Verhandlungen führen kann…«

»Ich glaube nicht, dass das ein Problem ist. Und vielleicht kommt auch nichts dabei heraus. Aber wenn doch, dann könnten wir Pyk vielleicht genug Geld verschaffen, um die Wachen wieder voll zu bezahlen.«

»Das ist ein interessanter Gedanke«, sagte Marcus. »Was für ein Geschäft schwebt dir denn vor?«

»Nichts, was neben der Bank läuft. Es ist nicht einmal ein neues Geschäft.«

»Es geht darum, nach Verlorengegangenem zu suchen.«

»Ja.«

»Etwas, das wir verloren haben.«

»Ja.«

Die Seemauer bestand aus getünchtem Stein, und sie blickte über das helle Wasser der Bucht hinaus. An der Stelle, wo der Meeresboden abfiel und das tiefere Wasser begann, war das Blau dunkel wie Indigo. In der Nähe der Kais war es flach genug, um beinahe die Farbe von Sand zu haben. Ein Führungsboot lotste eine Galeone mit flachem Rumpf durch die Riffe und Sandbänke, die die Stadt von der Seeseite schützten. In den Jahrhunderten ihres Daseins war Porte Oliva gefallen, aber nie durch Gewalt.

Marcus lehnte sich an die Mauer und blickte aufs Wasser. Die schräg einfallenden Sonnenstrahlen brachten die weißen Haare zum Vorschein, die sich in das Braun mischten. Seine Augen waren gegen das Licht zusammengekniffen.

»Was haben wir denn verloren, nach dem du suchen willst?«

»Die Fracht der *Sturmkrähe*«, sagte sie. »Wir werden bald dafür zahlen. Die Piraten sind irgendwo an Land gegangen. Wenn wir den Ort finden würden, könnten wir vielleicht einen Teil von dem, was wir verloren haben, zurückbekommen. Selbst wenn es nur ein Zehntel der Ladungsliste ist, wäre es genug, um den Wachen wieder den vollen Lohn auszuzahlen.«

Möwen segelten über die Mauer; die langen Flügel glitten auf der aufsteigenden Luft dahin, wo die Brise vom Meer sich an den Mauern der Stadt brach. Sieben junge Timzinae in Seemannsgewändern aus Segeltuch gingen vorbei, lachten und sprachen zu laut. Einer von ihnen rief eine Unflätigkeit.

Marcus wandte sich um, um ihnen nachzuschauen. »Ich kann mich umhören, denke ich«, sagte er. »Das kann nicht schaden.«

»Es muss schnell gehen.«

»Ich kann schnell reden«, behauptete er. »Was werden wir damit anfangen? Wenn wir die Fracht aufspüren und zurückbringen, was, glaubst du, hätten wir damit gewonnen?«

»Es bleibt mehr Geld in dieser Zweigstelle«, sagte Cithrin.

»Pyk wird es uns nicht danken.«

»Wir würden es nicht für sie tun.«

»Aha«, sagte Marcus. »Also hilft es nichts im Bezug auf das eigentliche Problem.«

»Nicht direkt. Aber wenn es der Zweigstelle aufgrund dessen, was wir tun, besser geht, könnte es sich später als nützlich erweisen. Wenn Pyk fort ist.«

»Und wann genau erwartest du das?«

Ihre Schulterblätter verspannten sich vor Ärger, und sie verschränkte die Arme. Eine Möwe tauchte neben ihr ab, ihr Schatten verdunkelte ihr Gesicht und verschwand dann wieder.

»Ich muss etwas tun«, sagte sie. »Ich kann nicht einfach dasitzen und zusehen, wie sie beim Spielen dermaßen auf der sicheren Seite bleibt, dass wir verlieren werden.«

»Meine ich auch. Und ich bin für alles zu haben, was meinen Männern ihren Lohn bringt, von mir selbst ganz zu schweigen. Wenn wir es hinter dem Rücken von Pyk tun, ist es umso schöner. Aber wenn es funktioniert, geht es der Zweigstelle besser, und es ist wahrscheinlicher, dass sie bleibt.«

»Aber wenn wir die Bank ausbluten lassen, um sie loszuwerden, dann haben wir die Bank ausbluten lassen.« Cithrin legte sich die Hände auf die Schläfen. Sie und Pyk hatten letztlich dasselbe Problem. »Wenn wir einfach die Rollen tauschen könnten«, sagte sie. »Mir ist es gleich, ob ich auf Bankette oder Festmähler gehe. Ich will nur die Kontrolle über die Bücher.«

»Ich glaube nicht, dass sie sich darauf einlassen würde.«

»Wir könnten sie töten«, scherzte Cithrin.

»Ich weiß nicht recht, ob das das Vertrauen und den Beifall der Dachgesellschaft finden würde«, sagte Marcus. »Aber wir werden etwas tun müssen.«

Cithrin schüttelte den Kopf. Seine Worte fühlten sich an, als würde sie Kiesel schlucken, eine Last in ihrem Bauch, die immer schwerer wurde. Sie dachte an die Schenke, aber sie schob den Gedanken beiseite. Bier würde ihr nicht helfen. Es würde nicht einmal dazu führen, dass sie sich sonderlich besser fühlte. Aber es half ihr vielleicht beim Schlafen.

»Sie werden mir nie vertrauen, oder?«, fragte sie. »Komme Medean. Die Dachgesellschaft.«

»Sie vertrauen dir vielleicht, wenn sie dich einmal besser kennen.«

»Na, vielleicht schreibe ich ein paar hübsche Briefe«, sagte sie verbittert.

»Kann nicht schaden«, erwiderte Marcus. »Zwischenzeitlich sehen wir aber, ob wir deine Piraten aufspüren können.«

Geder

Aster war einen halben Kopf kleiner als Geder, und Geder war nicht gerade der Größte. Die Reichweite des Jungen war kürzer, ihre Stärke ungefähr gleich. Der Vorteil, den der Prinz hatte, war folgender: Er war schnell.

Das Schwert zischte durch die Luft, während Geder versuchte, mit seinem eigenen eine Parade hinzubekommen. Die Klingen stießen klirrend aufeinander, und der Rückstoß beim Aufprall schmerzte in Geders Fingern. Aster wirbelte herum, die Klinge dicht am Körper, und stieß dann vor. Geder erkannte den Angriff zu spät. Asters Streich traf ihn an der Schulter, rutschte von der ledernen Duellkleidung ab und endete an seinem Ohr. Der Schmerz war stechend und verwirrte ihn. Das Schwert war vergessen, er drückte eine Hand fest auf das Ohr, stolperte zurück und fiel auf sein Hinterteil. An seinen Fingern war Blut. Er hörte Asters Klinge klirrend zu Boden fallen und blickte auf. Die Augen des Prinzen waren entsetzt aufgerissen.

Geder lachte und hielt die blutige Hand hoch. »Schau!«, rief er. »Meine erste Duellnarbe. Gott sei Dank ist die Klinge nicht scharf, sonst hättest du mir das Ohrläppchen abgetrennt.«

»Es tut mir leid«, sagte Aster. »Es tut mir so leid. Ich wollte nicht …«

»Ach, hör schon auf«, entgegnete Geder. »Das weiß ich doch. Es geht mir gut.«

Er rappelte sich hoch. Der Duellplatz seines Anwesens war im hinteren Garten, abseits der Straße. Alte Eschen umstanden den festgetretenen Lehmboden, ihre Wurzeln hoben die alte Steinmauer an und durchzogen sie mit Rissen. Weiße Rosen zeigten bereits üppige Blätter, aber noch kaum Knospen. Wenn sie sich erst einmal öffneten, würde der Hof in weißen Blüten ertrinken. Aster lächelte unsicher, und Geder grinste.

»Du bist ein Krieger und ein Mann von unendlicher Tugend, mein Prinz«, sagte Geder und machte eine überschwängliche Verbeugung. »Ich unterwerfe mich dir auf dem Feld der Ehre.«

Aster lachte und verbeugte sich formell. »Wir sollten das Ohr mit Honig behandeln lassen«, meinte der Prinz.

»Dann also zurück zum Haus«, stimmte Geder zu.

»Ich laufe mit dir um die Wette.«

»Was? Du würdest gegen einen armen, verletzten …«, begann Geder und rannte dann in Richtung Haupthaus. Hinter sich hörte er Asters Protestschrei und dann das Hämmern seiner Schritte.

Geders Jugend hatte zum Großteil in Bruchhalm stattgefunden. Als Sohn des Grafen hatte er die Privilegien des Adels besessen, aber nur sehr wenig damit anzufangen gewusst. Es hatte genug Diener und Knechte gegeben, aber der Abstand zwischen dem höchstgeborenen Bauern und dem Erben der Ländereien war zu groß gewesen, um ihn zu überbrücken. Sein Vater hatte nicht viel für den Hof übrig, und daher hatte Geder nicht die Gelegenheit gehabt, andere Jungen seines Standes kennenzulernen. Er las Bücher aus der Bibliothek und errichtete aufwendige Bauwerke aus Zweigen und Seilen. Im Winter ging er in schwarzen Pelz gekleidet an den gefrorenen Flüssen entlang. Im Frühling trug er Bücher ans Grab seiner Mutter und setzte sich neben ihren Stein, um zu lesen, bis abendliche Schatten im Tal aufzogen.

Er hatte sich nie als einsam betrachtet. Er hatte nichts gehabt, womit er sein Leben vergleichen konnte, und daher war ihm alles daran normal vorgekommen. Wie es immer gewesen war. Wie es immer sein würde.

Als er seine Reife erlangt und die Welt des Hofes betreten hatte, war es überwältigend, aufregend und erniedrigend gewesen. Jeder kannte sich besser aus als er. Er hatte sich manchmal gefühlt, als gäbe es eine Geheimsprache, in der jeder außer ihm unterrichtet worden war. Wenn jemand etwas sagte, das für Geder völlig harmlos klang – eine Bemerkung zur Länge eines Mantelsaums, einen einfachen Vers, eine Anspielung auf die Drachenstraßen, die an Bruchhalm vorbeiführten, aber nie hindurchgingen –, kicherten seine Freunde. Geder wusste nicht, worüber sie lachten, und so nahm er an, dass sie sich über ihn lustig machten. Früher oder später taten sie das auch, ob es nun von Anfang an so gewesen war oder nicht. Erst nach Vanai hatte er sich den Respekt des Hofes erworben. Und mit Respekt meinten sie Angst. Es gefiel ihm, dass man sich vor ihm fürchtete, denn es bedeutete, dass niemand ihn auslachte.

Aster andererseits war ein echter Freund. Ja, der Prinz war beinahe zehn Jahre jünger als Geder und sein ganzes Leben lang von Freunden und Spielkameraden umgeben gewesen. Ja, er kannte den Hof besser, als Geder ihn je kennen würde.

Aber er war ein Junge und Geders Mündel, und sie gaben einander Sicherheit. Geder konnte mit ihm auf Bäume klettern, sich im Duellieren üben, um die Wette laufen und um Mitternacht in den Brunnen baden. Mit einem Mann seines eigenen Alters hätte Geder zu sehr darauf geachtet, ob er nicht töricht wirkte oder man sein Sehnen nach Freundschaft mit romantischer Liebe verwechseln könnte. Bei einer Frau wäre er vermutlich sogar zu unsicher gewesen, um ganze Sätze zu sprechen. Aber mit dem Prinzen konnte Geder spielen, lachen und scherzen, und alles, was man zu sehen bekam, war ein Mann, der freundlich zu einem Kind war.

Der Schnitt an seinem Ohr war klein, blutete jedoch stark. Einer der Diener, ein kleiner Dartinae mit einem blinden Auge, das nicht glühte, betupfte es mit einer Salbe aus Honig und Brennnessel und legte dann einen Verband an. Asters Tutor – ein ernster Mann in der Tracht von König Simeon – gesellte sich zu ihnen und führte Aster mit einer besitzergreifenden Betroffenheitsmiene weg, die Geder und den Prinzen zum Kichern brachte, wobei einer den anderen anstiftete. Als er allein war, lehnte sich Geder auf seinem Diwan zurück und ließ die Augen zufallen. Sein Ohr schmerzte schlimmer, als er es vor Aster zugegeben hatte, aber die Salbe half. Er war schon halb eingeschlafen, als ein leises Geräusch vom Eingang her ertönte. Er öffnete ein Auge. Sein Haushofmeister stand ein winziges Stück weit im Raum.

»Hm?«, brummte Geder.

»Ein Besucher, mein Herr.«

»Oh«, sagte Geder. Und als er sich dann an das letzte Mal erinnerte: »Wer genau?«

»Sir Jorey Kalliam, mein Herr. Ich habe ihn in …«

»Der nördliche Salon«, fiel ihm Geder ins Wort. »Gut. Ich mache mich auf den Weg.«

Der Haushofmeister verbeugte sich und zog sich zurück, während Geder sich streckte, sein Hemd wieder über den Bauch schob und aufstand.

Geder hatte einen Freund in seinem Alter, und das war Jorey Kalliam. Sie hatten zusammen unter Sir Alan Klin gedient, als sie Vanai eingenommen hatten, und während der langen Wochen, als Klin der Protektor der Stadt gewesen war. Jorey war bei Geder gewesen, als Vanai gebrannt hatte, und sie hatten den Söldneraufstand niedergerungen, den Maas, Klin und Issandrian angezettelt hatten. Joreys Vater war derjenige gewesen, der Geder gefeiert hatte, als er nach Camnipol zurückgekehrt war und Vorwürfe oder Schlimmeres erwartet hatte. Ohne Jorey und seine Familie wäre Geder immer noch lediglich der Sohn eines kleinen Grafen gewesen und für nichts Interessanteres bekannt als für seine Schwäche für spekulative Traktate. Geder hätte Dawson Kalliam seinen Gönner genannt, nur dass er ihn inzwischen an Rang überbot.

Der Winter hatte Jorey gutgetan. In seinen Zügen lag eine größere Ruhe, die Geder so nicht in Erinnerung hatte, als wäre er unter einem langen Schatten hervorgetreten. Seine Wangen hatten Farbe, und das Lächeln schien ihm keine Mühe zu bereiten.

»Geder«, sagte er, als er sich erhob. »Danke, dass du mich ohne Ankündigung empfängst. Ich fürchte, ich habe mich ein wenig rargemacht. Ich hoffe, ich habe dich nicht gestört.«

»Da gibt es nichts zu stören«, erwiderte Geder, der ihn bei der Hand nahm. »Nun, da ich ein Baron bin, lebe ich ein

Leben der Zerstreuung und Faulheit. Du solltest es mal versuchen.«

»Ich müsste zwei Brüder begraben, ehe ich der Baron von irgendetwas wäre«, sagte Jorey.

»Ach ja. Das solltest du nicht tun, wenn es sich verhindern lässt.«

Jorey rieb sich die Hand unbehaglich am Ärmel. Sein Lächeln wurde leicht unsicher. »Ich bin ...«, setzte er an, hielt dann inne und schüttelte beinahe ungläubig den Kopf. »Ich bin hier, um dich um einen Gefallen zu bitten.«

»Natürlich«, erwiderte Geder. »Was kann ich tun?«

»Ich werde heiraten.«

»Du scherzt«, sagte Geder, und dann sah er Joreys Blick. »Du musst doch scherzen. Wir sind gleich alt. Du kannst doch nicht ... Wen?«

»Sabiha Skestinin«, erklärte Jorey. »Deshalb will ich auch, dass du an der Zeremonie teilnimmst. Dein Stern steigt auf, und wenn die Lieblinge des Hofes dabei sind, sind wir schon weit damit gekommen, der Sache den Zahn zu ziehen.«

»Den Zahn?«, fragte Geder, der sich auf dem Diwan niederließ, auf dem Sanna Daskellin gesessen hatte. Einen Moment lang dachte er, er könne ihr Parfüm noch einmal riechen. Er mochte diesen Diwan. Gute Erinnerungen waren damit verbunden.

Jorey ließ sich auf dem Sessel gegenüber nieder, die Hände vor sich verschränkt. »Nun, du weißt doch von ihren Schwierigkeiten.«

»Nein«, erwiderte Geder.

»Oh«, sagte Jorey. »Es war vor ein paar Jahren. Da gab es einen Skandal. Die Leute reden noch darüber, gewöhnlich hinter ihrem Rücken. Ich will sie davon reinwaschen. Ich will, dass sie sieht, dass sie nicht das Mädchen ist, von dem die Gerüchte erzählen.«

»In Ordnung«, meinte Geder. »Du musst mir aber sagen, wohin ich gehen und was ich sagen soll. Ich glaube nicht, dass ich schon einmal an einer Hochzeit teilgenommen habe. Oh! Der Priester. Wir könnten Basrahip als Priester nehmen!«

»Ich … ich nehme an, das könnten wir.«

»Ich werde mit ihm darüber reden. Aber er ist nicht traditionell. Vielleicht könnten wir zwei Priester nehmen.«

»Ich glaube, nur einer entspricht eher dem Üblichen«, sagte Jorey. »Aber lass mich das herausfinden. Es macht dir also nichts aus? Daran teilzunehmen, meine ich.«

»Natürlich nicht«, antwortete Geder. »Weshalb sollte es das?«

Jorey schüttelte den Kopf und lehnte sich zurück. Er wirkte verwirrt und unsicher, als wäre Geder ein Rätsel, das er nur halb gelöst hatte. »Du kannst ein sehr großzügiger Mann sein«, sagte Jorey.

»Nicht zu großzügig, hoffe ich«, erwiderte Geder. »Ich meine, es geht nur um die Teilnahme an einem Ritual. Ich muss doch nichts Spezielles tun, oder, außer dabei zu sein?«

»Trotzdem danke ich dir. Es ist mir sehr wichtig. Dafür schulde ich dir etwas.«

»Nein, tust du nicht«, sagte Geder. »Aber da du schon einmal hier bist, will ich dich etwas fragen. Du erinnerst dich doch an den Botschafter aus Asterilreich, von dem dein Vater wollte, dass ich mich mit ihm treffe?«

»Lord Eschfurt. Ja.«

»Ist dabei etwas herausgekommen? Denn ich habe mit dem

König gesprochen, aber soweit ich sagen kann, hat er dem Mann nie eine Audienz gewährt. Ich fürchte, ich habe vielleicht etwas Falsches gesagt …«

»Ihr müsst vorbereitet sein«, sagte König Simeon.

»Nein, Eure Majestät«, entgegnete Geder. »Ich bin sicher, das ist nur etwas Vorübergehendes. Ihr werdet wieder völlig gesund sein, ehe der Sommer vorüber ist. Es dauert noch Jahre, bis so etwas … Und Aster wird … würde nie …«

Geder gingen die Worte aus. Seine Gedanken mühten sich redlich um den nächsten Satz, aber es war nichts da. Er hörte, wie er leise stöhnte, und wurde von einem Schwindelanfall überrollt. Er beugte sich vor und presste die Stirn an die Knie.

Ich darf mich nicht übergeben, dachte er. *Was immer geschieht, ich darf mich nicht übergeben.*

Die Vorladung war gegen Abend gekommen. Die lodernde Frühlingssonne stand tief am Himmel, machte die Schatten lang, ertränkte Straßen und Gassen in aufsteigender Dunkelheit. Nachtblühender Efeu öffnete gerade seine blauen und weißen Blüten, als Geder sein Anwesen verlassen hatte, gedämpfte Lichter glühten in den Fenstern von Curtin Issandrian. Vor einem Jahr hätte es gut und gern Issandrian sein können, der den Kurier mit dem königlichen Siegel empfangen hätte. Oder Maas. Oder der verhasste Alan Klin. Als er die Königshöhe erreichte, war die Spitze des großen Turms immer noch von der Sonne erhellt, während alles andere bereits dem Zwielicht anheimgefallen war. Der Wind kam vom Norden herab, kalt, aber nicht eisig, und ließ die Bäume vor sich hin nicken. Der Mann, der ihn abholte, war weder Diener noch Sklave, sondern ein königlicher Gefolgsmann von

Adel, der kam, um Geder zu Simeons Privatgemächern zu führen.

Selbst jetzt, während er den Kopf gesenkt hielt und sich die Welt um ihn herum drehte, konnte sich Geder daran erinnern, wie zufrieden er mit sich gewesen war. Der Baron von Ebbinwinkel und Beschützer des Prinzen leistete einem dringenden Ruf zum Gespaltenen Thron Folge. So formuliert hatte es hochromantisch und würdevoll geklungen, ein Rang, den nur müßige Tagträume noch überbieten konnten. Und dann dies.

Regent. Das Wort stand im luftleeren Raum vor ihm, gedruckt auf Höhenangst.

»Helft ihm«, sagte Simeon. Seine Stimme war ein feuchtes Knurren. Sanfte Hände fassten Geder an der Schulter und richteten ihn auf. Der Kundige des Königs war ein Erstgeborener mit den verworrenen Tätowierungen eines Haavirisch auf dem Körper. Er murmelte sanft, drückte die Fingerspitzen an Geders Kehle und die Innenseite seines Ellbogens. Wärme ging auf ihn über, und sein Atem wurde leichter.

»Ist er in Ordnung?«, fragte der König.

Der Kundige schloss die Augen und legte die Hand auf Geders Stirn. Geder hörte etwas wie ferne Glocken, die niemand sonst bemerkte.

»Nur der Schock, Eure Majestät«, sagte der Kundige. »Er ist bei guter Gesundheit.«

»Ich kann das nicht glauben«, murmelte Geder. Seine Stimme zitterte. »Ich habe nicht nachgedacht, als ich Aster angenommen habe. Ich meine, Ihr habt so gesund ausgesehen. Ich hätte mir nie vorgestellt … Oh, Eure Majestät, es tut mir leid. Es tut mir so leid.«

»Hört mir zu«, sagte Simeon. »Bei Sonnenuntergang habe

ich mehr Tatkraft, aber die Verwirrung wird größer. Wir haben nicht lange Zeit für das Gespräch. Ihr müsst die Audienz mit Lord Eschfurt halten. Versteht Ihr? Wenn es an der Zeit ist, wird das Eure Aufgabe sein. Schützt Aster. Schließt Frieden mit Asterilreich.«

»Das werde ich.«

»Ich werde alles in meiner Macht Stehende tun, um sämtliche Angelegenheiten ordentlich zu hinterlassen, aber meine Macht ist nicht mehr das, was sie einst war.«

In dem düsteren Gemach wirkte Simeon schon halb wie ein Geist. Sein linkes Auge hing herab, als stünde sein Fleisch bereits kurz davor, von den darunterliegenden Knochen abzufallen. Seine Stimme war undeutlich, und er ruhte auf einem Berg aus Kissen, die aufgeschichtet waren, um seine kraftlose Wirbelsäule zu stützen. Geder wollte glauben, es wäre vielleicht eine schreckliche Krankheit, von der man sich erholen konnte, aber vor ihm war nichts, das diese Vermutung bestätigte. Simeon wollte etwas sagen, und dann schien er einen Moment lang die Konzentration zu verlieren.

»Ich weiß nicht, weshalb er hier ist«, erklärte Simeon.

»Ihr habt mich holen lassen, Eure Majestät.«

»Nicht Ihr. Der andere. An der Tür. Und was hat er an?« Simeon wirkte verärgert. Und dann verängstigt. »Oh, mein Gott. Weshalb hat er *das* an?«

Geder wandte sich um, um zum leeren Eingang zu blicken, und Entsetzen strich über seinen Rücken hinab. Der Kundige legte Geder eine Hand auf die Schulter.

»Seine Majestät wird Euch heute Abend nicht mehr weiterhelfen können«, sagte der Kundige. »Wenn er wieder bei Verstand ist, werden wir nach Euch schicken, in Ordnung?«

»Ja«, antwortete Geder. »Danke.«

Die Nacht hatte erst begonnen, und ein schmaler Mond schwebte weit oben in der Dunkelheit. Geder ließ sich von einem Diener in seine Kutsche helfen und lehnte sich dann mit dem Rücken an das dünne Holz. Der Fahrer rief dem Gespann etwas zu, und die Pferde setzten sich in Bewegung. Sie waren beinahe auf der Silberbrücke, als Geder nach vorn sprang und durch das schmale Fenster nach oben rief: »Nicht nach Hause. Bringt mich zum Tempel.«

»Mein Herr«, erwiderte der Fahrer und wendete.

Die Fackeln leuchteten in ihren Halterungen. Sie brannten so sauber, dass sie keinen Ruß an den Säulen hinterließen. Das Banner aus Spinnenseide hing noch da, aber in der Dunkelheit war sein Rot ebenso düster wie das achtfache Siegel. Geder hielt auf den Stufen inne und wandte sich um. Die Stadt breitete sich vor ihm aus; Laternen und Kerzen spiegelten die Sterne wider wie ein Abbild auf ruhigem Wasser. Die Königshöhe, der Spalt, die Anwesen der Adligen und die Hütten der Gemeinen. Über all das würde er befehlen. Es beherrschen. Er würde der Beschützer des Reiches sein, Anteas, und des jungen Aster. Er wäre Regent und damit im Grunde König, und Antea würde seinem Willen gehorchen.

Er hörte nicht, wie Basrahip heraustrat, nicht weil der große Priester leise war, sondern weil Geders Gedanken erst halb in seinem Körper angelangt waren. Die andere Hälfte schwankte zwischen Euphorie und Panik.

»Prinz Geder?«

Das breite Gesicht wirkte besorgt. Geder setzte sich auf die Stufen. Der Stein hatte noch etwas von der Hitze des Tages gespeichert. Basrahip raffte den Saum seiner Robe zusammen und setzte sich neben Geder. Einen langen Augenblick saßen die beiden Männer schweigend da, wie Kinder, die am Ende des Tages müde in eine Seitengasse blickten.

»Der König wird sterben«, sagte Geder. »Und ich werde seinen Platz einnehmen.«

Das Lächeln des Priesters war feierlich. »Die Göttin begünstigt Euch«, erklärte er. »So ist die Welt für jene, die ihren Segen haben.«

Geder drehte sich um. Die Brise ließ Wellen über das dunkle Banner wandern, und ein schleichendes Entsetzen ergriff von ihm Besitz. »Sie wird doch nicht … ich meine, die Göttin tötet doch nicht um meinetwillen den König? Oder?«

Basrahip lachte leise und voller Wärme. »Das ist nicht ihre Art. Die Welt setzt sich aus kleinen Leben und kleinen Toden zusammen, weil sie es so will. Nein, sie erschafft die Wellen nicht, sie bringt nur ihre Auserwählten an Orte, an denen sie von ihnen stets nach oben getragen werden. Sie ist geschickt und ohne Fehl.«

»Na schön. Gut. Ich würde nur nicht wollen, dass Aster seinen Vater verliert, damit es für mich gut läuft.« Geder lehnte sich zurück, ruhte seinen Rücken auf den Stufen aus. »Ich werde es ihm sagen müssen. Ich weiß nicht, wie man das macht. Wie sagt man einem Jungen, dass sein Vater stirbt?«

»Sanft«, antwortete Basrahip.

»Und der Botschafter aus Asterilreich? Derjenige, der wollte, dass ich den König zu einer Privataudienz mit ihm überrede? Nun sieht es so aus, als wäre ich derjenige, der diese Audienz hält.«

»Ich werde bei Euch sein«, versicherte Basrahip.

»Der König hat mir jedoch mitgeteilt, was er will, also weiß ich zumindest, was ich tun soll. In diesem Fall. Und es wird Leute geben, die mir helfen. Der Regent hat Ratgeber, genau wie der König. Es wird nicht wie in Vanai sein, wo jeder wollte, dass ich scheitere«, sagte Geder. Ein kleiner Fetzen seines Traums glitt aus dem hintersten Winkel seiner Gedanken empor. Die Flammen von Vanai tanzten wieder vor ihm, rahmten eine einzelne, verzweifelte Gestalt ein. Die Stimme des Feuers brüllte, und Geder spürte Schuld und Entsetzen einen Moment lang erneut, ehe er sie wieder wegsperrte. Er war der Held von Antea. Was in Vanai geschehen war, war etwas Gutes. Als er wieder sprach, war seine Stimme fester. »Es wird nicht wie in Vanai sein.«

»Wie Ihr es sagt.«

Geder lachte leise. »Alan Klin wird sich in die Hose machen, wenn er es erfährt«, verkündete er mit einem Grinsen.

»Was sollt Ihr tun?«, fragte Basrahip.

»Hm?«

»Mit dem Botschafter.«

»Oh. Simeon will, dass ich für Asters Sicherheit sorge und Frieden mit König Lechan schließe. Ich habe gesagt, dass ich es machen werde.«

»Ah«, erwiderte Basrahip. Und einen Augenblick später: »Und wenn Ihr nicht beides haben könnt, wofür werdet Ihr Euch entscheiden?«

MARCUS

VOM FALL DER DRACHEN bis zu den Tagen, die noch bevorstanden, gründete sich alles Menschliche auf etwas Größeres und Grausameres und wurde von ebenso geschaffenen Bauwerken bestimmt. Den großen Monumenten fiel dabei vielleicht die geringste Bedeutung zu. Der unerreichbare Turm im Mittelpunkt des Esasmadde-Sees, das Grab der Drachen in Carse, die Leere Festung. Sie konnten Angst oder Ehrfurcht einflößen, sie konnten ein Gefühl des Rätselhaften heraufbeschwören, aber im Prosaischen lag die größere Macht. Die Drachenstraßen durchquerten die Länder, und wo sie sich trafen, wuchsen Städte, genährt vom Verkehr und den Begünstigungen, die gute Straßen mit sich brachten. Die dreizehn Rassen waren ebenso an den Willen der großen Meister gebunden, die sie erst geschaffen hatten. Die Cinnae waren dünn und blass, nicht zum Kampf geeignet, und daher zogen sie sich in die gut zu verteidigenden Hügel und Täler von Princip C'Annaldé zurück. Tralgu, Jasuru und Yemmu, die zur Gewalt gezüchtet und für den Krieg geformt waren, suchten sich in der Keshet eine Heimat, wo die Ebenen kein natürliches Hindernis für Eindringlinge boten und jeglicher Krieg, der in einem Jahr gewonnen wurde, sich im nächsten Jahr als nicht haltbar erwies. Wo die Landschaft nach Krieg rief, blühten jene Rassen auf, die an den Krieg am besten angepasst waren.

Wo sie eine Zuflucht vor der Gewalt bot, ließen sich jene nieder, die eine Zuflucht benötigten. Das Mal der Drachen lag vom Beginn der Geschichte an auf der Welt, und es würde bis zum Ende aller Dinge bleiben.

Das Mal war da, aber es war nicht unveränderlich.

Im Umkreis einer jeden großen Stadt, die von den Pfaden aus Drachenjade genährt wurde, gab es weitere Städtchen, Marktflecken, zu denen menschliche Hände die Straßen gepflastert hatten. Wo sich die großen Straßen trafen und die großen Städte wuchsen, waren die Ackerlande im Verlauf der Jahrhunderte ausgelaugt worden. Das bessere Erdreich in größerer Entfernung wurde wertvoller, und neue Orte – ganz und gar Menschenorte – erblickten das Licht der Welt.

Und mit der Veränderung der Landschaft veränderte sich die Menschheit, begehrte gegen die Bande auf, die ihr ins Blut gewoben waren. Die Rassen waren nur in dem gedanklichen Bild, das sich die Leute von ihnen machten, einzigartig und unvermischt. Es stimmte, nicht alle Rassen konnten gemeinsame Nachkommen zeugen. Eine Cinnae konnte genauso wenig einen Yemmu austragen, wie ein Rattenterrier Mastiffs werfen konnte, und es gab weitere Blutkombinationen, aus denen keine Nachkommen entstanden oder deren Produkt selbst unfruchtbar war. Die Schwierigkeit, ein Kind mit gemischter Abstammung auszutragen, sorgte dafür, dass die Rassen getrennt blieben, aber wenn man es genau betrachtete, war keine Rasse bis auf die Versunkenen reinblütig. Ein Tralgu mit weit auseinanderstehenden dunklen Augen hatte vielleicht irgendwo vor ein paar Generationen Südlings-Blut im Stammbaum. Zwischen Haavirisch und Jasuru mochten geheime Hochzeiten stattfinden. Zwischen Erstgeborenen und Cinnae waren solche Partnerschaften lediglich geschmacklos und anrüchig. Die Geschichte war auch durch weniger angenehme Paarbildungen gekennzeichnet, und nicht alle Frauen, die von feindlichen Soldaten vergewaltigt wurden, brachten es über sich, die Kinder zu töten, die aus dem Verbrechen hervorgingen.

Die Geschichte der Rassen war ein kompliziertes Gewebe aus Liebe und Abstoßung, landschaftlichen Eigenheiten und Planung, Krieg und Handel, Geheimnissen und Fehltritten. Cithrin bel Sarcour war nur ein Beispiel aus Marcus' weitläufigen Erfahrungen. Capsen Gostermak war der Nachkomme einer Jasuru und eines Yemmu. Seine Haut war pockennarbig, wo die Bronzeschuppen der Rasse seiner Mutter sich nie ganz entwickelt hatten, und sein Gebiss war voller spitzer Zähne, die den Hauern der Yemmu ebenso wenig ähnelten wie den Zähnen der Jasuru. Er sah aus wie ein Ungeheuer aus einer Kindergeschichte, weder das eine noch das andere, aber ganz zum Kämpfen geschaffen. Keiner, der diesen Mann nicht kannte, hätte erraten, dass er sich als Poet sah und Tauben züchtete.

Das Haus aus Stein und Mörtel befand sich mitten im Städtchen Cemmis. Draußen im einsetzenden Zwielicht spielten Capsens Söhne mit anderen Kindern der Stadt, stießen den Körper einer toten Ratte um den Fuß des Taubenschlags und kreischten vor Vergnügen, das typischerweise aus dem Ekel und der Herzlosigkeit kleiner Jungen rührte.

»Es gibt einen Ort«, sagte das Halbblut. »Nicht in der Nähe, aber auch nicht weit weg. Eine Bucht, die Leute nicht betreten.«

»Könnt Ihr uns dorthin führen?«

»Nein«, erwiderte Capsen. »Ich werde Euch sagen, wo Ihr

nachsehen müsst, aber ich habe Familie. Das ist nicht meine Sache.«

Marcus blickte zum Eingang auf. Yardem Hane lehnte am steinernen Türrahmen, die Arme verschränkt und einen nicht zu deutenden Ausdruck auf dem Gesicht. Auf der Straße, die der Küste folgte, waren es eineinhalb Tage zurück nach Porte Oliva. Marcus war es nicht recht, dass sie beide die Bank und den Tresor verlassen hatten, aber Yardem hatte darauf bestanden, dass er nicht allein ging. Draußen kreischte ein Kind, ohne erkennen zu lassen, ob aus Schmerz oder Freude.

»Na gut«, sagte Marcus. »Zwei Eichgewicht Silber für eine Karte. Zwei weitere, wenn unsere Piraten da sind, wenn wir hinkommen.«

»Bezahlt Ihr mich fürs Reden oder fürs Schweigen?«

»Was Ihr auch macht, Ihr gewinnt«, erwiderte Marcus.

Capsen erhob sich und ging zum Schrank. Er war aus Treibholz und ließ den Raum nach Teer und Salz riechen. Unter Marcus' Augen griff der Mann ins oberste Regal und holte ein Stück Pergament herab, das ein wenig breiter als Marcus' Hand war. Dunkle Tintenmarkierungen befanden sich darauf.

Er legte es auf den Tisch, und Marcus nahm es. Die geschwungene Küstenlinie war unverwechselbar, und vier Landmarken waren bereits eingezeichnet und beschriftet. Der Mann war vorbereitet gewesen. Das war entweder sehr gut oder schlecht. Wenn das Städtchen bereit war, ihm gegen die Piraten zu helfen, wurde es wahrscheinlicher, dass er die Fracht wiederfand. Wenn Capsen dachte, nun würde der Gerechtigkeit Genüge getan, wäre die Sache etwas heikler.

Aber das war erst später wichtig. Marcus nahm einen Beutel vom Gürtel und zog vier Einheiten Silber heraus, die er auf den Tisch legte. Danach zwei weitere. Capsens Augenbrauen hoben sich.

»Für den Namen«, erklärte Marcus. »Ich weiß gern, gegen wen ich kämpfe.«

»Weshalb glaubt Ihr, dass ich seinen Namen kenne?«

Marcus zuckte mit den Schultern und griff nach den zusätzlichen Münzen.

»Rinál. Maceo Rinál. Er ist irgendein Adliger aus Cabral.«

»Sehr gut«, sagte Marcus, faltete die Karte zusammen und steckte sie sich in den Gürtel. »Hat mich gefreut, mit Euch zu sprechen.«

»Wir sehen Euch doch wieder, hoffe ich?«

Marcus duckte sich unter der Tür hindurch, und Yardem folgte ihm. Das Meer erstreckte sich im Süden, ein ruhiges, bleiernes Grau. Reste vom Rot und Gold des Sonnenuntergangs waren noch am westlichen Horizont sichtbar. Ein Teil von ihm wollte aufs Pferd steigen, um weiter nach Westen zu ziehen. Die Bucht sollte nicht weiter entfernt sein, als sie beide bis Mitternacht reiten konnten. Im schlimmsten Fall würde man sie entdecken, und dann kam es wenigstens zu einem Kampf.

Aber seine Männer waren in Porte Oliva. Und Cithrin wartete auf Nachricht. Wenn sie weiterzogen, gingen sie ein Risiko ein, das sie nicht eingehen mussten, nicht jetzt, aber es war verlockend. Es beschwor eine Ruhelosigkeit herauf, die nach einem Ausweg suchte.

»Hauptmann?«

Sehen wir doch mal nach, lag es ihm locker und leicht auf der Zunge.

»Wir machen uns zur Stadt auf«, sagte er. »Wir trommeln ein paar Schwertkämpfer zusammen und kehren zurück.«

Yardem stellte die Ohren auf.

»Was? Ist das eine Überraschung?«

»Ich habe fast erwartet, dass wir hingehen, Hauptmann.«

»Das wäre dumm.«

»Ich sage nicht, dass das nicht stimmt, Hauptmann. Dachte nur, dass das vielleicht der Fehler ist, den wir machen.«

Marcus zuckte die Achseln und ging zurück zu den Pferden, und das Wissen, dass er es getan hätte, wäre er allein gewesen, bedrückte ihn.

Sie lagerten in einem kleinen Hain mit grünen Eichen, die Pferde an einen alten Altar gebunden, der unter den Bäumen verborgen war, von Efeu bedeckt, verwittert und vergessen. Am Morgen füllte sich Marcus den Bauch mit einem Streifen gesalzenen und getrockneten Ziegenfleisches und einer Handvoll schlaffer Früherbsen, die noch in den Schoten steckten. Wenn man sich Porte Oliva von Westen näherte, kam man durch schwierigeres Gelände, als es aussah. Auf den Hügeln grünten Gras und Heidekraut, aber es war uneben. Überall verbargen sich zerfallene Steine, bereit, bei einem Fehltritt des Pferdes wegzurollen. Es gab eine Geschichte, dass ein König des Alten Cabral eine Invasion nach Birancour entlang dieser Küste durchgeführt hatte, nur um dann mit Streitrössern anzukommen, die schon vor der ersten Schlacht lahmten.

Die hohen, fahlen Mauern wirkten dunkler, wenn die Sonne dahinter stand. Der Verkehr in die Stadt und aus ihr heraus wurde von den Bettlern behindert, aber Marcus war inzwischen so stadtbekannt, dass sie ihn weniger bedrängten. Diese Schar von Lügnern und Dieben war vielmehr auf Reisende eingestellt, als wäre er dadurch, dass er nach Porte Oliva roch, bereits ein Komplize bei ihren elenden Geschichten über kranke Säuglinge und verkrüppelte Beine, die gleich viel besser laufen konnten, wenn niemand hinsah. Es war ein Zeichen dafür, dass man Bürger der Stadt war, wenn die Bettler einen nicht beachteten, und auch wenn es ein unsichtbares Zeichen war, trug Marcus es inzwischen.

Inmitten der Buden und Häuser und des komplizierten Straßennetzes passierte er die Befestigungsmauer und kam dann in die eigentliche Stadt.

Marcus verließ gerade die Stallungen, als eine unerwartete Stimme ihn beim Namen rief. Am Eingang einer kleinen Seitenstraße stand ein Mann mit langem Gesicht, borstigem, hoch aufgetürmtem Haar und der olivfarbenen Haut von Pût. Er trug eine einfache braune Robe und einen Gehstock, der schon abgegriffen und schwarz war, wo er ihn hielt. Zum ersten Mal seit Wochen spürte Marcus, wie ihm unfreiwillig ein Grinsen ins Gesicht trat.

»Kit? Was macht Ihr hier?«

»Ich habe tatsächlich gehofft, dass ich Euch treffen würde«, sagte der Meisterschauspieler. »Und Yardem Hane! Es freut mich, Euch wiederzusehen. Ich denke, das Stadtleben tut Euch gut, ja? Ich glaube nicht, dass ich Euch je bei so guter Gesundheit gesehen habe.«

»Er meint fett«, murmelte Marcus.

»Ich weiß schon, was er meint, Hauptmann«, erwiderte Yardem und tat so, als wäre er verärgert. Dann ließ er ein breites Hundegrinsen sehen. »Ich habe nicht erwartet, dass die Truppe so schnell zurückkehrt.«

Meister Kit zögerte. »Das ist sie auch nicht. Ich bin auf eigene Faust gereist. Ich habe gehofft, mit Euch darüber sprechen zu können, Marcus. Wenn Ihr Zeit dafür habt. Wenn Ihr etwas mit Yardem zu erledigen habt, will ich Euch natürlich nicht aufhalten.«

Marcus blickte zu Yardem hinüber. Er sah an der Art, wie der Tralgu den Kopf zur Seite neigte, dass dieser dasselbe gehört hatte. Die Bitte um ein privates Gespräch, sogar ohne seinen Stellvertreter. Yardem zuckte mit den Schultern.

»Ich werde der Magistra Bericht erstatten«, sagte Yardem.

»Wärt Ihr so nett, nicht zu erwähnen, dass Ihr mich getroffen habt?«, fragte Kit.

Yardems Ohren waren nun warnend hoch aufgerichtet. Marcus nickte einmal.

»Wenn Ihr es so wollt«, sagte Yardem. »Ich bin dann im Kontor, Hauptmann.«

»Ich komme bald nach«, erklärte Marcus. »Sobald ich herausgefunden habe, um welchen heißen Brei Kit herumredet.«

Die Herberge, zu der Kit ihn führte, befand sich am Rande eines schmalen Platzes im Salzviertel. Ein trockener Brunnen, nicht höher als ein Mensch, stand in der Mitte und wirkte immer noch zu groß für den Platz. Tauben plusterten sich auf und gurrten. Marcus und Kit teilten sich eine Bank, und eine Erstgeborene mit braunem Haar, braunen Augen und einem großen violetten Muttermal auf dem Hals brachte ihnen Krüge mit starkem Apfelwein. Eine Weile sprachen sie über die Truppe – Sandr, Smit und Horniss. Mikel und Cary. Charlit Sun, die neue Schauspielerin, die sie in Porte Oliva aufgenommen hatten, ehe sie nach Norden aufgebrochen waren. Es waren die üblichen Gerüchte und Geschichten, aber Marcus ahnte, dass sich dahinter Angst verbarg.

Als Kit ein wenig zu lange innehielt, erzwang Marcus eine Antwort zu dem Thema.

»Ist etwas mit der Truppe passiert?«, fragte er.

»Nichts weiter, als dass sie einen Spieler verloren haben, hoffe ich. Ich glaube, dass sie eine wirklich sehr begabte Gruppe sind. Ich würde ihre Aussichten ohne mich so gut wie die einer jeden anderen Truppe einschätzen.«

»Aber Ihr habt sie verlassen.«

»Das habe ich. Nicht freiwillig. Ich habe etwas gefunden, das ich tun muss, bei dem ich aber nicht will, dass sie dem ausgeliefert sind. Es war schwer genug, Opal zu verlieren, und was ihr geschehen ist, hatte sie sich selbst zuzuschreiben.«

Marcus lehnte sich vor. Sie waren nicht allzu weit von jenem Abschnitt der Mauer entfernt, an dem das Leben von Opal, der Hauptdarstellerin von Kits Schauspieltruppe und der Frau, die Cithrin verraten hatte, ein Ende gefunden hatte. Marcus hatte den Eindruck, dass er sich besser daran erinnern sollte, wie sie gestorben war, aber er erinnerte sich vor allem daran, dass er es getan und ihre Leiche durch die Lücke in der Mauer geworfen hatte.

»Wolltet Ihr deshalb mit mir sprechen?«, fragte Marcus. »Geht es um Opal?«

»Nein«, antwortete Kit. »Das nicht.«

Marcus nickte. »Was ist dann los?«

Der Alte lachte, aber dem Geräusch wohnte keine Freude inne. Unter seinen Augen waren dunkle Ringe, und er hielt seinen Krug in beiden Händen, als wäre er erschöpft.

»Ich bin von Camnipol hierhergekommen, um mit Euch zu sprechen, und jetzt, da ich hier bin, fällt es mir schwer, die richtigen Worte zu finden. Nun gut. Ich habe eine Aufgabe zu erfüllen. Ich erwarte, dass sie sehr gefährlich wird. Ich überlebe sie vielleicht nicht.«

»Was ist es, Kit?«

»Ich glaube, dass etwas … *Böses* auf die Welt losgelassen wurde. Ich kann mir nicht vorstellen, dass außer mir jemand in der Lage ist, sich ihm entgegenzustellen. Ich spüre, dass ich gehen muss, und die Gründe dafür sind ziemlich kompliziert. Ich würde lieber nicht allein gehen. Bei all meinen Reisen habe ich nur sehr wenige Leute getroffen, von denen ich glaubte, dass sie gut für eine Aufgabe wie diese geeignet wären. Ihr gehört dazu. Ich hätte gern, dass Ihr mich begleitet.«

Wie zur Antwort stiegen die Tauben alle auf einmal auf: flatternde, perlenfarbene Flügel und ein Schwall von kotgeschwängerter Luft. Marcus trank von seinem Apfelwein, um sich einen Augenblick zum Nachdenken zu verschaffen.

»Das Wahrscheinlichste ist, dass Ihr zu lange damit zugebracht habt, Eure Geschichten aufzuführen, und dass es Euch zu Kopf gestiegen ist«, sagte Marcus.

»Ich wünschte, ich könnte glauben, dass das stimmt.« Kit seufzte. »Wenn ich verrückt wäre, hätten wir nur einen Verlorenen in einer Welt voller Menschen. Aber ich fürchte, ich bin geistig gesund.«

»So geht es Verrückten häufig. Wogegen wollt Ihr eigentlich kämpfen?«

»Die Einzelheiten werden mich womöglich nicht zurechnungsfähiger erscheinen lassen«, erwiderte Meister Kit. »Und ich glaube nicht, dass schon die Zeit gekommen ist, sich darüber auszulassen. Aber sagt, dass Ihr mich begleitet, und ich verspreche, dass ich Euch beweisen werde, dass zumindest ein Teil dessen, was ich sage, wahr ist. Ich gehe nach Süden und dann weit nach Osten. Ich glaube nicht, dass es sicher sein wird, aber es wäre sicherer, wenn ich Euch dabeihätte.«

»Ich kann Euch einige Leibwächter empfehlen«, sagte Marcus. »Ich habe gerade erst ein paar verloren, die ich gerne behalten hätte, daher weiß ich sogar, wo es ein paar Schwertkämpfer gibt, die Geld verdienen wollen. Ich kann nirgends hingehen. Ich habe eine Arbeit.«

»Ihr seid also immer noch glücklich damit, für Cithrin und die Bank zu arbeiten?«

»Dass man damit glücklich ist, ist nicht das, was es zu Arbeit macht«, sagte Marcus. »Aber das tue ich gerade.«

»Wie lange habt Ihr einen Vertrag?«

»Ich arbeite für Cithrin.«

Kit kniff die Augen zusammen. »Ich verstehe.«

»Ich kann gute Männer für Euch finden«, schlug Marcus vor.

»Ich will keine guten Männer. Ich will Euch«, sagte Kit, dann lachte er. Trotz seiner Furcht hatte er ein warmes Lachen. »Oh, ich glaube, das hört sich nicht so an, wie ich es gemeint habe. Ich wünschte, Ihr würdet einwilligen, Marcus. Ich will die Sache nicht erzwingen.«

»Das könntet Ihr nicht.«

»Ich könnte«, widersprach Kit. »Und ich bin verführt, es zu tun. Aber Ihr seid für mich ein Freund, und ich entscheide mich dagegen. Ich hoffe, das hat etwas zu sagen. Ich muss noch einiges vorbereiten. Ich werde in der Nähe bleiben, solange ich kann, falls Ihr es Euch anders überlegt. Ich würde es jedoch sehr zu schätzen wissen, wenn Ihr meine Anwesenheit geheim halten könntet.«

»Ist jemand hinter Euch her?«

»Ja«, antwortete Kit und nahm noch einen großen Schluck von seinem Apfelwein.

Die Frau mit dem Muttermal kam zu ihnen und deutete auf ihre Krüge. Marcus schüttelte den Kopf. Er brauchte keinen weiteren Alkohol.

»Wenn Ihr Hilfe braucht, werde ich für Euch tun, was ich kann, an den ruhigen Tagen, an denen die Bank mich nicht benötigt«, sagte Marcus. »Das ist das Beste, was ich Euch anbieten kann.«

»Das weiß ich zu schätzen.«

Einen Moment lang blieb Marcus still, suchte nach etwas, was er noch sagen könnte. Stattdessen klopfte er dem Mann auf die Schulter und ließ seinen halb geleerten Krug neben ihm auf der Bank stehen. Es war nicht weit bis zum Kontor, aber Marcus ließ es langsam angehen. Er hatte keine Gelegenheit gehabt, eine Arbeit abzulehnen, seit er bei Cithrin bel Sarcour und ihrer Bank angefangen hatte. Als er einen Bogen um die Pferdeäpfel auf der Straße machte und an den Königinnengardisten in ihren grünen und goldenen Uniformen vorbeikam, ging ihm auf, dass er vielleicht bereits den letzten Vertrag seines Lebens angenommen hatte.

Die Arbeit bei der Bank hatte kein eindeutiges Ende, es war keine Burg, die den Sommer über bewacht oder im Herbst eingenommen werden musste. Seine Männer waren keine Soldaten, sondern Wächter. Manchmal nicht einmal Wächter, sondern ein privater Einsatztrupp. Daumenquetscher für einen Geldverleiher. Das war keine Arbeit, die ein Ende haben musste.

Für einen Augenblick stellte er sich vor, wie er Jahrzehnte in der Zukunft dieselben Straßen entlangging. Die Zeit würde ihm sein Haar rauben oder es weiß werden lassen. Seine Gelenke würden anschwellen und schmerzen. Vielleicht würde er eine Frau finden, die mit seinen Launen und Erinnerungen fertigwurde. Er könnte den Trupp führen, bis er so häuslich und alt und bequem wurde, dass er nur noch ein Maskottchen war. Der Mann, der einst die Welt bewegt hatte, auch wenn man es ihm jetzt nicht mehr ansehen konnte. Eine Zukunft, die sich so deutlich vor ihm ausbreitete, dass er sich fühlte, als könnte er sich strecken und den alten Mann an der Schulter berühren.

Er musste einen Augenblick anhalten und zum Himmel aufblicken. So fühlte sich also Canin Mise in seiner Schuldnerkiste, begraben, aber das Gesicht dem Himmel zugewandt. Das also war der Tod. Er hätte sich beinahe umgewandt, um nach Meister Kit und dem Apfelwein und jenem Wahnsinn zu suchen, der den alten Mann befallen hatte, nur weil er nicht die Geschichte sein wollte, die er eben vor sich gesehen hatte.

Aber das hätte bedeutet, Cithrin zu verlassen. Das Kontor war nur ein paar Straßen weiter, und er zwang sich durch reine Willenskraft, dorthin zu gehen. Yardem wartete draußen auf ihn und ging unruhig auf und ab.

»Hauptmann?«

»Alles in Ordnung.«

»Gibt es etwas …«

»Nein, Yardem, es gibt *nichts*. Gar nichts, überhaupt nicht, nie.«

Der Tralgu legte die Ohren an. Marcus wollte in den Augen des Mannes Zorn oder Schmerz oder etwas anderes außer Sorge sehen. Sorge sah Mitleid zu ähnlich.

»Wir haben uns ganz gut gehalten, Hauptmann. Der Bank geht es gut. Der Trupp ist gerade etwas unterbezahlt, aber sie sind treu und gut ausgebildet. Pyk ist eher ein Ärgernis als ein

Problem. Wenn Ihr Euch anseht, wohin wir seit Ellis gekommen sind…«

»Du wirst mir doch jetzt nicht irgendein Gewäsch darüber erzählen, dass meine Seele ein Kreis ist und ich oben bin und es abwärtsgeht, oder?«

Yardems Zögern bedeutete ja.

»Nein, Hauptmann«, sagte er.

Clara

Zum Glück schaffte es Jorey, Geder Palliako davon abzubringen, auf seinen Freund aus der Keshet zurückzugreifen, und daher wurde die Zeremonie im hohen Tempel abgehalten und war für den Tag angesetzt, nach dem Canl Daskellins Feuerschau die Saison eröffnet hatte. Damit blieb allerdings nur sehr wenig Zeit, sich um alle Formalien zu kümmern. Clara hatte zwei Abendessen mit Lady Skestinin anberaumt und eines mit beiden Familien. Lord Skestinin war erst am Morgen des großen Tages eingetroffen, hatte aber die Flotte mehr oder weniger sich selbst überlassen, um zumindest das zu schaffen. Barriath war mit ihm gekommen, und Vicarian hatte eine Sondererlaubnis, seine Studien zu unterbrechen und der Feier ebenfalls beizuwohnen, so dass alle ihre Jungen an dem Tag anwesend waren. Es bestand sogar die Aussicht, dass sie sich im Großen und Ganzen benehmen würden. Eher um Sabihas willen als wegen Jorey.

Tatsächlich hätte Jorey es kaum besser machen können, wenn die Wahl seiner Liebsten unter dem Aspekt erfolgt wäre, seinen Brüdern manierliches Benehmen beizubringen. Der Hauch des Skandals und Missfallens, der über der ganzen Feier hing, würde die Jungen Claras Ansicht nach zusammenschweißen, wohingegen eine Verbindung mit jemandem, der sich keinen Vorwürfen ausgesetzt sah, Neckereien regelrecht herausgefordert hätte. Und es war eben so, dass die Jungen, sobald diese Spielchen einmal angefangen hatten, Grenzen überschritten, noch ehe sie begriffen, dass es sie überhaupt gab.

Elisia auf der anderen Seite hatte sich entschuldigt. So merkwürdig es auch war zu hoffen, dass ihre Tochter krank war: Clara hätte ihr am liebsten geglaubt, dass sie wirklich Brechdurchfall hatte. Davon erholte man sich zumindest. Scham und Treulosigkeit dagegen wurde man schwerer wieder los. Aber das war eine Sache für einen anderen Tag. Die Arbeit, die vor ihr lag, reichte mehr als aus, um sie beschäftigt zu halten.

Der Tempel selbst war perfekt.

Der große Kreis des Bodens war aus weißem Marmor, der vor Generationen behauen worden und so abgenutzt war, dass er glatt wie Wasser wirkte. Der Altar in Schwarz und Grün stand in der Mitte, und die große, gewölbte Kuppel erhob sich darüber. Die Bogen waren wie Drachenflügel gestaltet, die den weitläufigen weißen Raum einschlossen und umfingen. Clara hatte ihre Diener angewiesen, Zweige von den Kirschbäumen ihrer eigenen Gärten abzuschneiden. Es gab nur vereinzelt winzige Blätter, aber die Blüten schienen das Weiß der Steine in sich aufzusaugen. Die Bänke, die rundum im Kreis standen, waren mit Seidenkissen in den Farben der Häuser bedeckt, für die sie vorgesehen waren, Rot und Gold, Schwarz und Indigoblau. Vorn, auf den Ehrenplätzen, standen Stühle aus Kupfer für die Familie des Mädchens und bronzene für die ihre. Und ein weiteres Paar in Silber mit dem Grau und Blau des Hauses Palliako für den Platz, auf dem Geder und Prinz Aster sitzen würden.

Als sie nun wenige Stunden vor der Feier durch den Tempel ging, hallten Claras Schritte von den Wänden wider. Der Seidendamast ihres Festkleides flüsterte. Sie ging zu dem Stuhl, auf dem sie während der Zeremonie sitzen würde, und sah zu den riesigen, blicklosen Augen des Drachen empor, der zu ihr zurückstarrte. Ihre Frömmigkeit war wie bei all ihren Freundinnen in den hohen Kreisen des Hofes immer eine weitere Form von Etikette gewesen. Gott existierte, und deshalb wäre es unhöflich gewesen, während des Hochgesangs zu schlafen oder sich während der Einsegnung zu kratzen. Als sie nun hinaufstarrte, spürte sie, wie Kummer und Hoffnung in ihr rangen, und sie hob die Hand zu dem Drachen.

»Lass sie zusammen glücklich sein«, sagte sie.

»Glaubst du, das werden sie nicht?«, fragte Dawson, der zwischen den Säulen vor ihr stand.

Er trug heute Schwarz und Gold, die Farben der Unsterblichen Stadt. Vor dem hellen Stein wirkten die Kleider noch üppiger und dunkler, als hätte man eine Falte aus dem Mitternachtshimmel geschnitten.

Clara lächelte ihn an. »Ich hoffe es. Das ist alles. Und da ich machtlos bin, tue ich, was man tut, wenn man keine Macht hat.«

»Beten?«

Sie streckte die Arme aus, als wollte sie als Vorbild dienen. Er ging zu ihr hinüber, trat unter dem Schatten des Steindrachen hervor. Er wirkte müde, zufrieden und stattlich. Er legte ihr den Arm um die Taille und wandte sich um, um dort hinzusehen, wo auch sie hinsah. Clara lehnte sich an ihn. Seine Arme waren jetzt so fest und stark wie sie an jenem Tag vor vielen, vielen Jahren gewesen waren.

»Lass sie zusammen glücklich sein«, sagte er, und seine Worte hallten durch den steinernen Raum. Aber natürlich richtete sich sein Gebet nicht an einen Drachen oder Gott. Es war ein Geschenk für sie, mit dem er erklärte, dass er sie unterstützte. »Erinnerst du dich daran, als es an uns war, hier zu stehen?«

»Ja«, sagte sie. »Nun, zum Teil zumindest. Ich hatte mir mit Wein Mut angetrunken und vielleicht ein wenig zu viel erwischt, so dass ich beschwipst war.«

»Oh ja. Ja, das warst du.«

Sie lehnte den Kopf an seinen. »Braucht mich jemand?«, fragte sie.

»Ja. Der junge Palliako ist völlig aus dem Häuschen, und Jorey muss sich langsam um seine eigenen Vorbereitungen kümmern.«

Clara holte tief Luft und richtete sich gerade auf. »Führ mich zur Front, Liebster«, sagte sie.

Wie bei jeder Hochzeit im Frühling, bei der es der Wind gestattete, wurde das Fest auf dem Tempelgelände abgehalten. Clara zählte fünfhundert geladene Gäste, aber der Andrang ließ es eher nach tausend aussehen. Wie es die Tradition verlangte, war das Schmucktuch der Skestinin in die Äste der Bäume geknotet, und Zierkäfige mit Sklaven etlicher Rassen waren aufgestellt, damit sie Hymnen an Antea und Gott und die Rückkehr des Frühlings sangen. An einem solchen Käfig, in dem eine junge Cinnae-Frau, so dünn und blass, dass sie wirkte, als wäre sie aus Zuckerwatte, einen stolzen, erhebenden Gesang in einer Sprache zum Besten gab, die Clara nicht kannte, fand sie Jorey, der Geder Palliako bewachte.

Das Problem war sofort ersichtlich. Canl Daskellins Tochter Sanna lächelte das älteste von Banniens Mädchen eisig an, während Nesin Pyrellin aussah, als würde sie gleich in Tränen ausbrechen. Peinlich berührt spürte Clara einen Stich im Herzen, und sie fragte sich, ob sie je so durchschaubar und würdelos gewesen war. Sie hoffte es wirklich nicht.

Es war natürlich nicht nur die Schuld der Mädchen. Das Leben einer Frau bei Hofe wurde immer durch die Heirat bestimmt, und gewissermaßen war das auch ein Segen. Clara hatte vor ihrem zwanzigsten Benennungstag in diesem Tempel ihre Aufwartung gemacht, und seitdem war ihr Platz bei Hofe immer gefestigt gewesen. Sie war Lady Kalliam, die Baronin von Osterlingbrachen, aber sie hätte genauso leicht die Baronin von Nurning sein können oder einfach nur Lady Mivekilli, die Frau des Grafen von Niederhaven. In jedem Fall wären ihr Platz und ihr Rang festgelegt gewesen, und sie hätte genau die Freiheit gehabt, sich das Leben innerhalb dieser Grenzen so zu gestalten, wie sie es wünschte. Ohne Dawson wäre sie nach wie vor Clara gewesen. Aber was das *bedeutete*, hätte sich verändert. Diese Mädchen blickten Geder Palliako an und sahen eine Gelegenheit, Sicherheit, Status und Macht zu erlangen. Das taten sie, weil man es ihnen so beigebracht hatte und weil es ihr Recht war.

Dennoch konnte man nicht zulassen, dass sie damit den Tag ruinierten.

»Baron Ebbinwinkel!«, rief Clara, rauschte heran und schlang Geders Arm um den ihren. »Ich habe überall nach Euch gesucht. Es macht dir doch nichts aus, dass ich mir Lord Palliako schnappe, Liebling?«

»Das ist in Ordnung, Mutter«, sagte Jorey und entbot

ihr mit den Augen den Dank, den er nicht laut aussprechen konnte.

Clara lächelte und drehte Geder langsam, wobei sie ihn so sorgsam führte, dass nicht auffiel, dass er geführt wurde. An der Seite des Tempels gab es einen Alkoven, wo es überzeugend so aussah, als ob sie sich ein wenig unterhielten; allerdings hatte sie wirklich keine Ahnung, worüber sie mit dem Mann sprechen sollte. Das Merkwürdige an Geder Palliako – das, was niemand sonst aussprach – war, wie sehr und oft er sich veränderte. Früher war er ihr kaum aufgefallen, wie es eben mit Leuten aus den Randbereichen des Hofes war, bis er und Jorey zu den Freistädten aufgebrochen waren. Sie hatte ihn gesehen, als er von dort zurückgekehrt war, und auf seiner Siegesfeier mit ihm getanzt. Er hatte verwirrt, verloren und erstaunt gewirkt, wie ein Kind, das zum ersten Mal sah, wie ein Kundiger Wasser in Sand verwandelte. Dann war er jenen ganzen schrecklichen Sommer lang verschwunden und dünner, härter und selbstsicherer zurückgekehrt. Und, wie es schien, mit dem Wissen über alles, was es über die arme Phelia Maas und ihren Gemahl zu wissen gab. Und nun war er nach einem Winter auf seinen neuen Ländereien wieder da, mit ein wenig mehr Fleisch unter dem Kinn und inmitten einer Wolke aus Angst, die so dicht war, dass sie sich feucht auf seiner Haut niederschlug.

»Danke, Lady Kalliam«, sagte Geder und reckte den Hals, um sich nach den versammelten jungen Frauen des Hofes umzublicken. Sie war nicht sicher, ob er zu sehen hoffte, wie sie ihm folgten, oder diese Vorstellung fürchtete. Vielleicht beides. »Ich bin in solchen Dingen nicht sonderlich gut.«

»Es kann ein wenig unangenehm sein, nicht wahr?«

»Ein Baron ohne Baronin«, sagte Geder mit einem angespannten kleinen Lächeln. »Keine von denen hat mich vorher gemocht, wisst Ihr.«

»Ich bin sicher, das stimmt nicht«, wandte sie ein, obwohl sie sich dessen ziemlich sicher war.

Sie sah, wie er etwas oder jemanden entdeckte und die Augen erwartungsvoll und erfreut zusammenkniff. Clara wandte sich um und erkannte, dass Alan Klin eintraf.

Der Mann war so blass, dass er beinahe wie ein Geist wirkte. Es hatte ihn getroffen wie eine Krankheit, seinen Freund und Mitverschwörer wegen Mordes und Hochverrats hingerichtet zu sehen, und er hatte sich noch nicht annähernd erholt. Geder hatte unter Klins Befehl gedient, und Clara wusste, dass irgendeine nichtige Fehde zwischen den beiden bestand. Eine Erinnerung an Barriath, ihren Ältesten, stieg unaufhaltsam in Clara auf, als er kurz vor seinem siebten Benennungstag Motten in Brand gesetzt hatte. Unschuld gepaart mit Grausamkeit war typisch für kleine Jungen. Jetzt sah sie es auch in Palliako, und es erinnerte sie daran, wie es sich angefühlt hatte, die Mutter dreier junger Söhne zu sein.

»Entschuldigt mich«, sagte Geder und entzog ihr seinen Arm. »Da ist jemand, den ich unbedingt treffen wollte.«

»Natürlich«, erwiderte sie.

Geder ging zu Klin hinüber, wobei er leicht auf den Fußballen wippte. Clara sah ihm mit einer Mischung aus Zuneigung und Entsetzen nach. *Gott helfe der Frau, die ihn sich schnappt,* dachte sie.

Ein Schrei drang vom anderen Ende des Tempels heran, und dann brüllte eine Männerstimme. Clara eilte hinüber, weil sie eine neuerliche Krise befürchtete. Eine Menschenmenge hatte sich versammelt und fing an, etwas oder jemandem zuzujubeln, und dann erschien über ihnen Sabiha Skestinin, die auf jemandes Schultern gehoben wurde. Ihr Kleid war vom Grün junger Blätter, ihr Haar nach hinten geflochten, so dass ihr Gesicht zu sehen war. Sie lachte und hielt sich an etwas fest, um das Gleichgewicht zu wahren. Das Brüllen ertönte erneut, und die Augen des Mädchens wurden ängstlich größer, als es langsam voranging. Die Menge teilte sich weniger, als dass sie sich dem Zug anschloss. Barriath und Vicarian liefen mit ihrer zukünftigen Schwester voraus, die sie zwischen sich erhoben hatten; ein jeder hielt einen Knöchel der jungen Frau, um zu verhindern, dass sie nach hinten fiel, und sie hatte die Finger fest in Barriaths dichtes schwarzes Haar geklammert. Barriath trug noch seine Flottenuniform mit dem Emblem des Hauses Skestinin auf der Schulter, um seinem Befehlshaber die Ehre zu erweisen. Vicarian hatte die weißen Roben eines Priesters an, aber ohne die goldene Borte, die für die abschließenden Eide stand. Alle drei lachten und jubelten, während sie durch die Gärten rasten und so taten, als würde die Braut entführt.

Stolz und Zufriedenheit wogten durch Claras Brust. Ob es ihnen nun bewusst war oder sie einem Instinkt gefolgt waren, die Botschaft, die ihre Jungen aussandten, war eindeutig. *Dieses Mädchen gehört nun uns, nicht nur Jorey. Sie ist eine Kalliam, und wenn ihr euch mit ihr anlegt, legt ihr euch mit uns an.* Clara erhaschte in der Menge einen Blick auf Scharlachrot und Gold: Prinz Aster, der mit den anderen lachte, angezogen von der Ausgelassenheit und den jungen Frauen. Das Einzige, was diesen Tag noch besser hätte machen können, wäre Simeon gewesen, der an Dawsons Seite schritt.

Die Zeremonie selbst begann eine Stunde vor Sonnenuntergang. Dawson und Clara nahmen Platz. Auch Lord und Lady Skestinin setzten sich. Als Nächstes ließen sich Geder Palliako und Prinz Aster nieder, die wie Schuljungen miteinander flüsterten, und dann begab sich langsam und äußerst würdevoll der Hof von Antea in den Raum. Männer und Frauen, die Clara gekannt hatte, seit sie ein Mädchen war, Freunde und Verbündete. Der ganze Hof, oder zumindest etwas, das dem nahekam, war erschienen, um zu sehen, wie ihr Sohn und Skestinins Tochter sich neu erfanden und zu etwas Neuem wurden.

Als der Priester den Gesang anstimmte, schloss Clara die Augen. Dawson nahm ihre Hand, und sie warf ihm einen Blick zu, während sie sich die Tränen abwischte. Er hatte natürlich trockene Augen und war wohlauf. Für ihn war die Feier beruhigend und tröstlich, weil sie genau war, wie sie sein sollte. Sie entsprach der Form, die das Chaos der Welt in Schach hielt. Als es an der Zeit war, sich dem Paar am Altar anzuschließen, tat es Clara mit größerer Anmut und Sicherheit, als sie es bei ihrer eigenen Hochzeit getan hatte.

Nach dem letzten Segen strömten sie hinaus in die Nacht. In der Luft hing ein Frosthauch, der Winter, der sich aus dem Grab heraus nach ihnen ausstreckte. Jorey und Sabiha fuhren in einer Kutsche davon, um zum Anwesen zurückzukehren. Am nächsten Morgen würde das Mädchen zusammen mit ihren Söhnen am Frühstückstisch sitzen. Sie würden gemeinsam einen langen, zögerlichen Tanz der Konversation und Etikette beginnen, der im Laufe der Zeit die stillschweigende Behauptung ihrer Söhne wahr werden lassen würde. Das Mädchen würde auch tatsächlich eine Kalliam werden, nicht nur dem Namen nach. Mit der Zeit.

Heute Nacht würde es lange Gespräche im Großen Bär und bei anderen, geringeren Bruderschaften geben. Dawson und Lord Skestinin würden ihren Freunden und Verbündeten Festgeschenke bringen, sich ordentlich betrinken und am Vormittag lange ausschlafen. Clara würde das Haus hüten und dafür sorgen, dass das neue Paar weder gestört noch irgendwelchen Albernheiten ausgesetzt wurde, die zu weit gingen. Sie wartete an der Tempeltür, während sich die Kutschen und Sänften auf der Straße versammelten und Diener von hundert verschiedenen Häusern drängelten und fluchten und darum kämpften, die Befehle ihrer Meister zu befolgen. Lady Skestinin kam und stand eine Weile bei ihr, wobei sie beide nichts Bedeutsames besprachen – nur über den gerade vergangenen Winter, die Kleider, die die Damen des Hofes getragen hatten, den unvermeidlichen Husten, den Canl Daskellins Feuerschau bei den Zuschauern hervorgerufen hatte. An keiner Stelle wurde Clara ein Dankeswort offeriert, und sie machte auch keinen Schritt, um anzudeuten, dass sie es erwartete. Als Lord Skestinin seine Frau aufsammelte, fühlten sich beide Frauen wohl damit zu wissen, wo die andere stand. Also war auch das gut.

Die Laternen im Hof waren alle entzündet, als sie zu Hause eintraf. Sämtliche Bediensteten des Hauses, Diener und Sklaven gleichermaßen, waren nach draußen gekommen, als hätten sie sich für eine große Zusammenkunft versammelt. Einerseits war der Haushalt ihr Söldnertrupp, der Claras Willen ausführte und aufpasste. Niemand würde heute Nacht das Haus betreten oder verlassen, ohne dass Clara es wusste. Und indem sie sie in den Gängen und Hallen beschäftigt hielt, sie die Gärten und Fenster beobachten ließ, war es unwahrscheinlicher, dass sie Jorey und Sabiha belauschten. Ihren Sohn und ihre neue Tochter.

Sie setzte sich in ihr Privatgemach, wo sie Brot mit Honig aß und Tee trank und an Enkelkinder dachte. Natürlich gab es gewissermaßen schon eines. Sabihas skandalöses Kind wäre inzwischen wohl alt genug, um nach seiner Mutter zu rufen. Alt genug zum Krabbeln. Dieser Sohn würde nicht wissen, dass seine Mutter heute ein neues Leben begonnen hatte. Er wusste vielleicht noch nicht einmal, wer seine Mutter war. Gewiss hatte Lord Skestinin nicht zugelassen, dass Sabiha Zeit mit dem Kind verbrachte.

Clara zündete ihre Pfeife an, nahm die Stickarbeit auf und versprach sich, morgen herauszufinden, in welchen Umständen der Junge lebte. Nun, da Sabiha zu ihrem Haushalt gehörte, würde es Clara zufallen sicherzustellen, dass man sich ehrenvoll um den Jungen kümmerte und sonst nie etwas von ihm zu hören bekam.

Ein leises Klopfen ertönte an der Tür, und sie gab die Erlaubnis zum Eintreten. Der Haushofmeister hatte die Geschenke zusammengestellt und die Auflistung für sie vorbereitet. Sie streckte die Hand aus, und er legte ein Papierstück hinein. Lord Bannien hatte ihnen zwei Wallache aus seinen Ställen und eine kleine Kutsche in den Farben des Hauses Kalliam geschenkt. Lord Bastin hatte eine Silberkiste mit einer halben Unze Gewürze verschenkt, die mehr wert waren als Banniens Pferde und Kutsche zusammen, wenn es wirklich das war, was er behauptete. Selbst Curtin Issandrian hatte einen Handspiegel aus den Glashütten von Elassae verschenkt, silbern gerahmt und mit ihren beiden eingravierten Namen.

Dazu waren Hochzeiten immerhin da. Um eine Gelegenheit für Nettigkeiten und Extravaganzen zu bieten. Die Möglichkeit, dass die Rivalen des letzten Jahres die Freunde dieser Saison wurden oder, wenn man das nicht schaffte, zumindest freundschaftliche Bekannte. Es war das Gegengewicht zu Schlachten und Intrigen, indem es Bande und Verbindungen schuf. Sie woben den Stoff der Zivilisation. Was Dawson mit seinen gemeinschaftlichen Riten und Traditionen schützte, baute sich Clara aus Dankesschreiben und importierten Handspiegeln auf. Keine der beiden Methoden war besser als die andere, und beide waren notwendig.

Sie ging spät zu Bett, während Dawson noch immer nicht nach Hause zurückgekehrt war, und schlief beinahe augenblicklich ein. Sie träumte von Mäusen und einem Spinnrad, als eine vertraute Berührung sie halb aus dem Schlaf riss. Der Traum zog sich zurück, und ihr Gemach wurde langsam deutlicher. Dawson saß am Rand ihres Bettes, immer noch in seinem festlichen Schwarz und Gold. Einen Augenblick lang dachte sie, dass er gekommen war, um auf seine eigene Weise zu feiern, und sie lächelte träge bei der Aussicht auf ihre vertraute körperliche Intimität.

Das Kerzenlicht fiel auf sein Gesicht, und auf seinen Wangen glänzten Tränenspuren, und die letzten Reste des Schlafes erstarben in ihr. Clara setzte sich aufrecht hin.

»Was ist passiert?«

Dawson schüttelte den Kopf. Er roch nach Wein und starkem Tabak. Ihre Gedanken wanderten sofort zu Jorey, zu Sabiha. Zu viele tragische Lieder beschworen Unheil in der Hochzeitsnacht herauf. Sie nahm ihren Gemahl an der Schulter und drehte ihn um, bis sich ihre Blicke trafen.

»Liebling«, sagte sie und ließ ihre Stimme fest klingen. »Du musst mir sagen, was los ist.«

»Ich bin alt und werde älter«, erwiderte er. »Mein jüngster Sohn hat eine Frau und eine eigene Familie, und die Gefährten meiner Jugend verlassen mich. Werden in die Dunkelheit gerissen.«

Er war betrunken, aber die Trauer in seiner Stimme war unverkennbar. Er war nicht traurig, weil er zu viel getrunken hatte, vielmehr hatte er zu viel getrunken, weil er traurig war.

»Simeon?«, fragte sie, und er nickte.

Als er antwortete, war seine Stimme melancholisch. »Der König ist tot.«

CITHRIN

IM NORDOSTEN VON NARINEILAND war es die graue Steinstadt Stollborn, die Metropole des Überseehandels. Im Südosten von Herez war es Daun, die Stadt der Lampen und Hunde und der großen Minen der Dartinae. Im Süden Elassaes waren es die fünf Städte von Suddapal, die den Handel des Innenmeers bestimmten. In Nordstade Carse, das Grab der Drachen und Komme Medean mit seiner Dachgesellschaft. In den Freistädten war es vor nicht allzu langer Zeit Vanai gewesen … und nun Porte Oliva in Süd-Birancour. Die Zweige der Medean-Bank breiteten sich wie die Speichen eines Wagenrades über den Kontinent aus. Cithrin saß an ihrem Tisch, ließ die Fingerspitzen über die Karte streichen und träumte von ihnen.

Ihr Leben hatte sich, soweit sie zurückdenken konnte, in Vanai abgespielt. Als es niedergebrannt war, war ihre Vergangenheit mit ihm verbrannt. Die Straßen und Kanäle, in denen sie als Kind gespielt hatte, waren jetzt fort, wie auch so gut wie jeder, der sich daran erinnern konnte. Wenn sie sich nicht genau ins Gedächtnis rufen konnte, ob eine bestimmte Straße südlich oder nördlich des Marktplatzes verlaufen war, war dieses Wissen in der Welt schlicht verloren. Es gab keine Möglichkeit, es herauszufinden, und schlimmer, auch keinen Grund dafür.

Porte Oliva war ihre Heimat, weil der Zufall sie hergeführt hatte. Der Zweig der Bank gehörte ihr – zumindest soweit er nicht Pyk gehörte –, weil sie spekuliert und gewonnen hatte. Und auch, weil Magister Imaniel ihr sein Handwerk beigebracht hatte. Suddapal war für sie nur eine Geschichte. Sie war nie so weit im Osten gewesen, hatte nie die große, fünffache Stadt gesehen, die sich über den Ozean hinausreckte. Nie hatte sie die Schreie der schwarzen Möwen gehört oder die Versammlungen der Versunkenen unter den Wogen beobachtet. Aber sie wusste einiges über das Gold und die Gewürze, die von Lyoneia heraufkamen und durch Suddapal gingen. Über die Ochsen aus Pût, die auf großen, flachen Barken an der Küste entlangtrieben und auf den Märkten an Land unterhalb der Stadt verkauft wurden. Nach einer Woche, in der sie die Bücher im Kontor studierte, hätte sie die Abläufe in Suddapal und die Kräfte, die es antrieben, besser verstanden als jeder, der dort geboren war. Münzen hatten ihre eigene Logik, ihre eigene Struktur, und darüber wusste sie Bescheid. Daher kannte sie gewissermaßen jeden Ort, auch wenn sie nie dort gewesen war.

Sie folgte der Küste nach Westen. Es gab keine Zweigstelle in Princip C'Annaldé. Aber dort gab es Familie. Das Volk ihrer Mutter, reinblütige Cinnae. Sie wusste nichts über sie, außer dass man sie dort nicht hatte haben wollen, als man ihnen das verwaiste Halbblutkind angeboten hatte. Die Zurückweisung schmerzte nicht. Es wäre, als würde man als erwachsener Mensch eine Zehe vermissen, die man schon bei der Geburt nicht gehabt hatte. Es war eine Tatsache wie die Farbe des Himmels oder der Rhythmus des Meeres. Leute von ihrem Blut lebten hier – sie tippte auf die Karte –, und sie hätten genauso gut in Vanai verbrennen können, es hätte keine Rolle gespielt.

Und im Norden – Nordstade. Westlich davon die Schmale See und Narineiland. Im Osten Asterilreich und das Imperium von Antea. Es war der Mittelpunkt des Netzwerks der Bank, hatte die Finger auf jeglichem Handel in nördlichen Gefilden. Sein Schatten fiel bis auf die warmen blauen Wasser des Innenmeeres.

Sie vertrauen dir vielleicht, wenn sie dich besser kennen. Das hatte der Hauptmann gesagt, nur dass es nie dazu kommen würde. Es hätte vielleicht sein können – darauf hatte sie zumindest gehofft –, wenn sie Berichte nach Norden gesandt hätte. Wenn sie hätten sehen können, wie sie die Bank leitete, wie die Gewinne und Verluste sich ausglichen, wie es immer mehr Verträge wurden, dann hätten sie mitbekommen, wie ihr Verstand arbeitete. Aber da sie durch die Notarin gebunden war, war Cithrin die Dienerin einer Dienerin, und es gab keine Möglichkeit, daraus auszubrechen.

Sie wünschte, sie hätte Pyk fortschicken können. Wenn irgendetwas für die Bank zu erledigen gewesen wäre, etwas, das wichtig genug war, um ihre Anwesenheit zu erfordern, aber nicht so wichtig, dass es die restlichen Betriebsmittel einschränkte, hätte Pyk vielleicht keine Wahl gehabt, als die Dinge in Cithrins Händen zurückzulassen.

Und wenn sie schon träumte, vielleicht würde auch ein Drache zum Leben erwachen, Pyk aufs Meer verschleppen und an eine Riesenkrabbe verfüttern. Weshalb sollte man kleine Träume träumen?

Das Klopfen an der Tür unten, die hinaus auf die Straße führte, beendete ihre Träumerei. Sie stand auf und zupfte an ihrem Kleid herum, um es wieder in Ordnung zu bringen. Es war die wichtigste Aufgabe eines Bankiers, wie das eine zu erscheinen, während man das andere tat. In ihrem Fall ging es wohl darum, so auszusehen, als wäre sie bedeutend.

Das Klopfen wiederholte sich.

»Einen Augenblick«, schnaubte sie.

Sie steckte ihr Haar auf die Art und Weise zurück, von der Cary und Meister Kit behauptet hatten, es würde sie älter aussehen lassen, und brachte hinten ein paar Nadeln an, um es an Ort und Stelle zu halten. Sie blickte zu den Schminksachen. Sie nahm nie viel davon, und was sie benutzte, diente dazu, sie älter zu machen. Nun, sie hatte sich nicht darum gekümmert, und wenn Magistra Cithrin heute zufällig ein wenig jünger als sonst aussah, dann fühlte sie sich vielleicht einfach nur gut und war mit allem zufrieden. Selbst in der Abgeschiedenheit ihrer Gedanken war dieser Scherz ätzend.

Die Frau, die auf sie wartete, trug die Livree des Statthalters. Ihr Pelz war weich und braun, und das Perlenmuster, das hineingeflochten war, war im Grün und Gold der Stadt gehalten. Der Kupferreif, der um ihren Hals lag, zeichnete sie als Kurierin aus.

»Magistra Cithrin bel Sarcour?«

»Ja«, antwortete Cithrin.

Die Frau verbeugte sich und überreichte ihr einen Umschlag mit sahnefarbenem Papier, der mit Wachs verschlossen war und das Siegel des Statthalters trug. Der Ernst, mit dem er überreicht wurde, legte nahe, dass es auch der Kopf eines feindlichen Königs hätte sein können. Cithrin nahm ihn mit zwei Fingern entgegen und brach das Siegel mit dem Daumen auf.

An Magistra Cithrin bel Sarcour, die Stimme und Agentin der Medean-Bank in Porte Oliva, entbiete ich, Iderrigo Bellind Siden, Erster Statthalter von Porte Oliva Ihrer Königlichen Majestät ...

Cithrins Blick glitt über die Seite hinab. Ein feierliches Abendessen in einem Monat, um die offizielle Gründung der Stadt vor dreihundert Jahren zu feiern. Natürlich hatte es hier bereits früher eine Stadt gegeben, und noch früher ebenfalls, bis zurück zur Zeit der Drachen. Es gab Ruinen auf den Hügeln vor der Stadt, die aus Stein gehauen und beinahe schon wieder zu Stein verwittert waren. Aber vor dreihundert Jahren hatte jemand ein Stück Papier unterzeichnet, jemand hatte sich den Daumen geritzt und ein blutiges Zeichen auf die Seite gesetzt, und nun würden sie ein paar Schweine schlachten, ein wenig vom neuen Wein trinken und Reden halten.

Und natürlich würde sie hingehen. Auch wenn ihr Gegenspieler und einstiger Liebhaber Qahuar Em ebenfalls dort sein würde. Auch wenn der Abend langweilig und aufreibend sein würde. Sie würde hingehen, lachen, sich unterhalten und sich so benehmen, als verfüge sie über Macht. Wenn sie es nicht tat, könnte es jemandem auffallen, und wenn die Illusion, dass sie Einfluss hatte, einmal zerplatzt war, war sie nur schwer wiederaufzubauen.

»Danke«, sagte Cithrin. »Das ist alles.«

Die Kurierin verbeugte sich und trottete von dannen, ihre Perlen klickten. Cithrin zog in Erwägung, wieder nach oben zu gehen und vielleicht doch noch ihre Schminke aufzutragen, aber sie entschied sich dagegen. Ein Treffen im Kaffeehaus stand an, eine nichtssagende Formalie, zu der sie auch so gehen konnte. Sie verschloss sorgfältig die Tür.

Sie konnte eine Menge über den Zustand der Stadt erfahren, wenn sie durch die Straßen in der Nähe des Großmarktes ging. Die Nahrungsmittelverkäufer an den Ecken zeigten, welche Ernte gut ausgefallen war und welche enttäuschend. Die Zahl der Bettler, die von der Drachenstraße in die Stadt strömten, sagte etwas darüber aus, ob Karawanen zu erwarten waren oder ob der Verkehr in der Stadt nur aus Einheimischen bestand. Es war, als würde ein Kundiger jemandes Atem riechen und etwas über den Zustand seiner Leber erfahren. Cithrin machte es automatisch, wie sie es ihre ganze Kindheit lang getan hatte. Nur dass es jetzt keinen Magister Imaniel mehr gab, zu dem sie heimkommen und vor dem sie mit ihren Schlüssen prahlen konnte.

Pyk war nicht im Kaffeehaus, was einerseits ein Segen war, denn Cithrin konnte so ein paar Stunden damit verbringen, die Bankgeschäfte ohne ihr Beisein zu führen. Andererseits würde sie alles, was sie nun tat, später mit der übellaunigen Frau durchsprechen müssen. Sämtliche Gesichter am Tisch waren vertraut. Maestro Asanpur lächelte ihr zu und blinzelte mit seinem milchigen Auge.

»Einen Augenblick«, sagte er und ging nach hinten, und sie wusste, dass er nur Augenblicke später mit einem Becher frischen Kaffees und einem kaum gesüßten Honigröllchen zurückkehren würde. Sie setzte sich an einen Tisch an der Vorderseite, der über den Platz hinausschaute, und wartete. Maestro Asanpur brachte ihr genau das, was sie schon geahnt hatte, klopfte ihr dabei sanft auf die Schulter und ging langsam wieder zurück nach drinnen. Eines Tages, dachte Cithrin, würde er sterben, und das Kaffeehaus würde sich verändern. Es würde zu etwas anderem und Unbekanntem werden. Sie fragte sich, wie es sein würde.

Als er den Platz betrat, wusste sie, dass es der Mann war, auf den sie wartete. Sie hatte ihn nie getroffen und kannte ihn nur aus den Schreiben mit dem Angebot, die er bei der Bank hinterlegt hatte, aber er schritt mit einer Aura der Zielsicherheit einher. Für einen Dartinae hatte er breite Schultern, und seine Augen glühten heller als bei den meisten. Sein Hemd war aus Leder, und das Siegel eines Drachen war daraufgemalt. Als er zu ihrem Tisch kam, nickte sie zu dem Stuhl ihr gegenüber. Er setzte sich mit der Anmut eines Tänzers und beugte sich nach vorn, seine Ellbogen auf dem Tisch.

»Dar Cinlama, wie ich annehme«, sagte Cithrin.

»Magistra bel Sarcour«, erwiderte er und neigte den Kopf.

»Ich habe Euren Vorschlag durchgelesen. Ich fürchte, bei unserer Bank existiert kein Präzedenzfall, bei dem Expeditionen wie die gedeckt worden wären, die Ihr vorschlagt.«

»Das Risiko ist groß, das stimmt. Der Lohn jedoch auch. Als Seilia Pellasian den Tempel der Sonne gefunden hat, ist sie mit genug Gold und Edelsteinen zurückgekehrt, um für hundert Lebzeiten zu reichen. Sarkik Pellasian hat kein Gold gefunden, aber die Entwürfe in der alten Bibliothek sind das, was nun jeder in der Belagerungskunst einsetzt. Die Liste ist sehr lang, Magistra.«

»Und beinhaltet keinen Namen von jemandem, der heute lebt«, sagte sie.

»Noch nicht«, stimmte er mit einem Lächeln zu. »Aber wer hat es denn seit einer Generation versucht? Die Welt trieft vor Geschichte. Die Drachen waren überall, wisst Ihr? Nur wir sind es, die sich an die Straßen halten. Wir gehen dort, wo es bequem ist. Bauen dort, wo es bequem ist. Aber was für uns bequem ist, war für die Drachen nichts. Ihre Straßen waren der offene Himmel. Gibt es in Porte Oliva einen verschollenen Schatz? Nein. Die Leute bauen schon seit eh und je auf ihre eigenen Plumpsklos. Aber in den Trockenbrachen? Im Norden von Birancour, wo keine Drachenstraße verläuft? Niemand gräbt an diesen Orten tiefer als mit einer Pflugschar. Ich bin an einem solchen Ort aufgewachsen. Wir gingen hinaus auf die Felder, um nach Drachenzähnen zu graben. Als ich fortgegangen bin, hatte ich ein Dutzend davon.«

Die Sätze waren überzeugend und wurden so mühelos vorgetragen, als wären sie einstudiert.

Cithrin schüttelte den Kopf. »Es ist eine hübsche Geschichte«, sagte sie, »und sie ergibt auch einen gewissen Sinn, aber …«

Er beugte sich vor und legte etwas vor ihr auf den Tisch. Der Zahn war so lang wie ihre Hand und gebogen. Das scharfe Ende war rau. Gezackt. Die Wurzel war ein Wirrwarr aus Haken und breiten Stellen, dafür geschaffen, das Ding in einem riesigen Kiefer zu verankern. Cithrin nahm ihn und war von seinem Gewicht überrascht.

»Es gibt Verborgenes in der Welt«, erklärte er. »Mehr, als Ihr Euch vielleicht vorstellt. Und manches davon lässt sich für mehr nutzen als nur zur Dekoration.«

Cithrin wendete den großen Zahn in der Hand, und ihr Verstand war entflammt. Die Spuren des Meißels, die sie auf behauenem Stein erwartet hätte, waren darauf nicht zu erkennen, und auch nicht die flache Stelle, die ein Flüssigguss hinterlassen hätte. Es konnte immer noch eine Fälschung sein, aber wenn dem so war, dann war sie zu gut gemacht, als dass sie es hätte erkennen können. Selbst wenn es ein Zahn war, mochte es eine Anzahl von Tieren geben, die solche Zähne hatten. Sie fragte sich, wie Pyks Hauer ausgesehen hatten, ehe man sie ihr herausgenommen hatte. Also könnte das Ding eventuell von etwas stammen, das nicht exotischer war als ein besonders großer Yemmu.

Oder es könnte ein Drachenzahn sein.

»Alles Mögliche ging beim Fall der Drachen verloren«, fuhr der Dartinae fort. Das Glühen seiner Augen war wie eine doppelte Kerzenflamme. Wenn er blinzelte, konnte sie die Blutgefäße sehen, die über seine Augenlider verliefen. »Was verrotten konnte, ist verrottet, aber es gibt Dinge, die die Zeit nicht anrührt. Gebt mir das Geld, um Fuhrleute anzuheuern, und ich werde Schätze zurückbringen, die die Menschheit vergessen hat. Dinge, von denen wir im Augenblick nicht einmal träumen.«

Ja, wollte sie sagen. *Ja, nehmt es, und nehmt mich mit. Bringt mich aus dieser Stadt, und verdienen wir genug Geld, um eine ganz neue Bank zu gründen und Komme Medean und Pyk Usterhall hinauszudrängen.* Es war ein Märchen. Ein Traum. Selbst wenn Pyk nicht auf dem Tresor gesessen hätte, wusste Cithrin, dass die richtige Antwort ein Nein war. Es war die Spekulation eines Verzweifelten, und dass sie davon fasziniert war, sagte mehr über ihren Geisteszustand aus als über die wahren Risiken.

Dar Cinlama schürzte die Lippen. »Also nicht?«

»Nein«, erwiderte sie. »Ihr werdet jemanden finden. Ihr erzählt die Geschichte sehr gut, und die Logik dahinter ist überzeugend, wenn Ihr jemanden findet, der überzeugt werden will. Ich würde es bei einem Adligen mit mehr Geld als Verstand versuchen. Ich führe eine Bank. Wir machen unser Geld nicht mit großen Gesten und glorreichen Abenteuern.«

»Das ist sehr schade für Euch«, sagte er. »Ihr glaubt also, dass es ein Betrug ist? Dass ich Euch etwas vorschwindle?«

»Nein«, entgegnete sie. »Ich glaube, dass Ihr ehrlich seid. Aber ich würde Euch auch nicht geringer schätzen, wenn Ihr es nicht wärt.«

Der Mann nickte und erhob sich.

»Möchtet Ihr einen Becher Kaffee?«, fragte sie.

»Nein«, antwortete er. »Danke, Magistra. Ich werde dann wohl nach einem Adligen mit mehr Geld als Verstand suchen. Am besten einen, den Ihr noch nicht leergesaugt habt.«

Seine Stimme klang ein wenig gereizt. Das war verständlich. Sie hatte ihn enttäuscht.

»Vergesst Euren Zahn nicht«, rief sie.

»Behaltet ihn. Er wird Euch an mich erinnern, wenn Ihr hört, was ich Grandioses gefunden habe.«

»Dann vielen Dank«, sagte sie und sah ihm nach.

Sie hatte ihre Zeit der Wanderschaft auf den Drachenstraßen bereits hinter sich. War durch den Schnee und gefrierenden Schlamm gezogen, hatte verzweifelt versucht, vor der anteanischen Armee zu bleiben, mit dem Reichtum einer ganzen Stadt unter dem Hintern. Es war ihr zu jener Zeit gar nicht aufregend vorgekommen, aber je weiter die Vergangenheit sich entfernte, desto wärmer glühte sie. Sie aß ihr Röllchen auf und trank ihren Kaffee, leckte sich jeden Finger einzeln ab, um den letzten Zuckerguss loszuwerden, steckte den Drachenzahn in ihre Tasche und machte sich auf den Rückweg.

Er hatte natürlich recht. Es waren nicht nur die Schatzjäger. Auch Schmuggler wussten es. Die Drachenstraßen deckten einen Großteil des Kontinents ab, aber nicht alles. Und wo sie nicht waren, traf man nur selten auf Menschen. Die Drachenjade führte durch Wälder, aber nicht durch die tiefen. Die tiefen Wälder waren zu schwer erreichbar für Holzfäller, weil es keine Straßen gab. Es war besser, einen Eichenhain zu finden, der seit ein- oder zweihundert Jahren stand, als über Schlammpfade und Bauernwege zu gehen, bis man einen tausendjährigen fand. Und mit ihm das, was an seinen Wurzeln schlafen mochte. Die Verzweifelten, die Träumer und diejenigen, die etwas zu verbergen hatten: sie verließen die Drachenstraßen.

Sie erinnerte sich daran, wie sie mit Meister Kit und den Schauspielern durch den Schnee gestapft war. An den Karawanenmeister von den Timzinae und seine religiösen Predigten beim Essen. Die Art und Weise, wie der Zinnhändler immer versucht hatte, Streit vom Zaun zu brechen. An Cary und Mikel, Horniss und Smit. Und Sandr, der sie geküsst hatte, und beinahe mehr als das. Und Opal. Wenn der Schnee nicht den Pass bei Bellin verschlossen hätte, hätte sie sie nie kennengelernt. Nicht richtig. Die Karawane wäre nach Carse gezogen wie vorgesehen und hätte nie die …

Cithrins Herz begann schneller zu schlagen, beinahe bevor sie den Grund dafür erkannte. Der Plan fiel ihr vollständig ausformuliert ein, als stünde er auf der Innenseite ihres Schädels geschrieben und sie hätte nur einen Vorhang zurückgezogen, um zu enthüllen, dass er bereits fertig war. Einfach, offensichtlich und unwiderlegbar breitete sich die Lösung des Problems namens Pyk Usterhall vor ihr aus. Sie hielt mitten auf der Straße inne, um vor Erleichterung aufzulachen.

Im Kontor selbst gab es keinen Platz für die Notarin. Sie hatte sich Privatgemächer zwei Straßen weiter zwischen einem zweitklassigen Badehaus und einer Metzgerbude gesucht. Ihre Tür war aus schwerer Eiche mit einem schmiedeeisernen Klopfer in der Form eines Hundekopfes. Wenn darin irgendeine Symbolik lag, erkannte Cithrin sie nicht. Pyks Stimme war gedämpft und belegt, aber sobald klar war, dass Cithrin weder Steuereintreiber noch Dieb war, knarrte der Riegel, und die Tür schwang quietschend in ledernen Angeln auf.

»Darf ich hereinkommen?«

»Natürlich, Magistra«, sagte Pyk und trat zurück. Die Räume waren kleiner als die ihren, aber nur um eine Winzigkeit. Ihr Schreibtisch war auf jeden Fall größer. Die Rechnungsbücher waren offen, und ein halbfertiger Bericht wartete auf Feder und Tinte. Cithrin konnte die sorgfältigen Markierungen und Zahlen in der Geheimschrift der Bank erkennen. Es gab keinen Schlüssel. Pyk konnte unmittelbar in der Geheimschrift lesen und schreiben. »Womit habe ich die Ehre verdient?«

»Die Berichte. Wann werden sie fertig sein?«

Pyk verschränkte die Arme. »In einer Woche, denke ich. Nicht mehr als zwei. Weshalb?«

»Ich nehme nicht an, dass Ihr dafür zu haben seid, sie selbst zur Dachgesellschaft zu bringen? Eine Zeitlang in Nordstade zu bleiben? Ich würde auf alles aufpassen, während Ihr nicht da seid.«

Pyks höhnisches Lächeln nahm fast ihr gesamtes Gesicht ein, so wie Cithrin es vorausgesehen hatte. »Ich denke nicht, Magistra. Meine Anweisungen sind ziemlich eindeutig.«

»Nun«, erwiderte Cithrin und hielt ihr eine Seite aus weichem, sahnefarbenem Papier hin, »sagt nicht, dass ich nicht versucht hätte, Euch davor zu bewahren.«

Stirnrunzelnd nahm Pyk das Blatt und faltete es auf. Ihr Blick strich darüber, und ihre Verwirrung und ihr Misstrauen wuchsen. »Du bist zu einem Festmahl eingeladen?«, fragte sie.

»Bin ich«, antwortete Cithrin, »aber Ihr werdet an meiner statt teilnehmen müssen. Ich werde die Berichte nach Carse bringen.«

Dawson

Die Begräbniszeremonie begann auf der Königshöhe. Simeon, der König des imperialen Antea, lag auf Blumen gebettet, rot, golden und orangefarben wie ein Scheiterhaufen, der den Toten nicht verzehren konnte. Er trug eine vergoldete Rüstung, die das Sonnenlicht einfing, und seine reglosen Züge waren dem Himmel zugewandt. All die großen Familien waren da: Estinfurt, Bannien, Faskellan, Brut, Veren, Caot, Palliako, Skestinin, Daskellin und noch weitere, Dutzende weitere, all jene, die Dawsons altem Freund vor so vielen Jahren die Treue geschworen hatten. Sie trugen Trauerkleidung und bedeckten ihre Köpfe mit Schleiern. Obwohl der Himmel wolkenlos war, roch die Brise, die an seinen Ärmeln zupfte und den Gesang des Priesters übertönte, nach Regen. Dawson senkte den Kopf.

Er erinnerte sich nicht daran, wie er Simeon begegnet war. Es musste stattgefunden haben, ein eindeutiges erstes Mal, das zu weiteren Treffen geführt hatte, die wiederum dazu geführt hatten, dass zwei Jungen vom edelsten Blut Anteas zusammen die wildesten Abenteuer erlebten. Sie waren auf die Duellplätze gegangen und füreinander Sekundanten bei Fragen der Ehre gewesen, hatten Scherze und die kleinen Intrigen geteilt, aus denen lange Freundschaften erwuchsen. Die glücklichen Erinnerungen fielen ihm nun in den Rücken und rührten ihn zu Tränen. Einst hatten sie einen Hirsch in den Wäldern gejagt, hatten sich von den Hunden und Jägern entfernt, um dem Tier allein nachzueilen. Der Hirsch hatte sie durch den Garten eines kleinen Bauern geführt und die winzige Steinhütte umkreist, und sie waren ihm mit ihren Pferden gefolgt, bis sie die Reihen von Erbsen und Auberginen zu grünem Schlamm zerstampft hatten. Ihnen war es himmlisch vorgekommen. Lachhaft, ausgelassen und schön. Nun war Dawson der Einzige, der sich an das Gelächter oder den komischen Gesichtsausdruck des Bauern erinnern konnte, der herausgelaufen war, nur um seinen Kronprinzen vorzufinden, bedeckt von Schlamm und zermatschtem Gemüse.

Was vorher ein geteilter Augenblick gewesen war, war nun etwas Privates und würde es fortan auch bleiben. Selbst wenn er die Geschichte erzählte, wäre es nur eine Erzählung und nicht die Sache an sich. Der Unterschied zwischen beiden war die Kluft zwischen Leben und Tod: ein lebender Augenblick und ein begrabener.

Simeon war damals so jung gewesen. So edel und stark. Und dennoch hatte er irgendwie zu Dawson aufgeblickt. Es gibt nichts Schöneres in der Welt eines jungen Mannes, als von dem Jungen bewundert zu werden, den man selbst bewundert. Und dann hatte diese Liebe unvermeidlich ein Ende gefunden, und nun war sogar der Traum fort, sie wieder aufleben zu lassen. Einer war tot, der andere stand mit einem Schleier da, der ihm um die Nase wehte, während ein Priester, der zehn Jahre älter war als der Leichnam, murmelnd die Hände zu Gott erhob. Der Atem des Königs stand still. Sein Blut war in den Adern schwarz und fest geworden. Sein Herz, das einst Liebe und Furcht hatte erwecken können, war nun ein Stein.

Der Priester zündete die große Laterne an, und die Glocken läuteten, erst eine, dann ein Dutzend und dann Tausende. Die Messingmäuler taten kund, was jeder längst wusste. *Alle Menschen sterben,* sagte Simeon in Dawsons Erinnerung. *Sogar Könige.* Dawson trat nach vorn. Die Etikette schrieb vor, welche der Stangen aus bleichem Eschenholz er tragen sollte, vor wem er ging und hinter wem. Er war nicht so weit vorn, wie er es sich gewünscht hätte. Aber er war nahe genug, um zu sehen, wie der junge Aster an seinem Platz an der Spitze der Reihe losmarschierte.

Der Junge war kreideweiß. Er hatte die Krone in der Zeremonie unmittelbar vor dem Begräbnis angenommen, wie die Tradition es verlangte. Palliako hatte zu niemandes Überraschung die Regentschaft übernommen. Die großen Männer des Landes hatten die Knie vor dem jungen Prinzen gebeugt, der nun König war. Die geschmiedete Silberkrone saß auf Asters Kopf, als bestünde tatsächlich die Gefahr, dass sie ihm über die Ohren rutschte, aber seine Schritte waren entschlossen und selbstsicher. Er wusste, wie man sich halten musste, als wäre man schon ein erwachsener Mann, auch wenn die Wirkung nur umso deutlicher machte, dass er ein Kind war. Geder Palliako als sein Beschützer stand hinter ihm und sah um einiges weniger königlich aus als der kindliche Prinz. Die Glocken hörten gleichzeitig auf und wurden von der dumpfen Begräbnistrommel abgelöst. Gemeinsam mit den übrigen hundert Trägern nahm Dawson seine Stange und hob sich Simeon auf die Schultern.

An der königlichen Krypta legten sie Dawsons alten Freund in der Dunkelheit ab und verschlossen hinter ihm die Steintüren. Die offiziellen Trauerleute nahmen ihren Platz am Eingang der Krypta ein. Einen Monat lang würden sie in aller Öffentlichkeit leben und das Feuer zur Erinnerung an Simeon und alle vergangenen Könige aufrechterhalten. Wenn das getan war, würde man das Feuer ausgehen lassen. Clara stand rechts von ihm, und neben ihr waren Barriath und Vicarian. Jorey stand zu seiner Linken, den Arm um Sabiha gelegt, die gerade erst aus dem Hochzeitskleid geschlüpft war. Als die letzte Silbe gesprochen und der letzte düstere Trommelschlag verklungen war, wandten sich die Edlen von Antea wieder ihren Kutschen zu.

»Es mag nicht viel zu sagen haben, aber es tut mir leid«, ließ sich eine Stimme vernehmen. Lord Eschfurt trug die dunklen Trauergewänder, und seine Wange war mit Asche verschmiert wie bei den übrigen Leuten. »Ich habe gehört, dass er ein erstaunlicher Mann war.«

»Er war ein Mann«, erwiderte Dawson. »Er hatte Schwächen und Tugenden. Er war mein König und mein Freund.«

Eschfurt nickte. »Es tut mir leid.«

»Nun, da Geder Palliako Regent ist, habt Ihr eine Audienz bei ihm«, sagte Dawson.

»Ja.«

»Er hat mich darum gebeten, daran teilzunehmen.«

»Ich freue mich darauf«, erwiderte Eschfurt. »Das alles hängt schon zu lange über unseren Köpfen. Es ist besser, jetzt einen sauberen neuen Anfang zu machen.«

Es gibt keine sauberen Anfänge, dachte Dawson. *Genauso, wie es keine sauberen Enden gibt. Alles ist aufgebaut wie Camnipol: ein verdammtes Ding auf dem anderen und das wiederum auf dem nächsten, bis hinab zu den Gebeinen der Welt. Selbst das Vergessene ist dort irgendwo und macht uns zu dem, was und wer wir jetzt sind.*

»Ja«, sagte er stattdessen.

An den Wänden befanden sich seidene Behänge, und die Luft wurde von Kohle und Räucherwerk erhitzt. Die Königsgarde stand an den Wänden aufgereiht, ihre Gesichter vor Geder so ausdruckslos, wie sie es auch vor Simeon gewesen waren. Sogar Geder Palliako schien fast der Richtige für seine neue Rolle zu sein. Die Schneider hatten ihn mit einer Brokatrobe aus rotem Samt und einem goldenen Reif ausgestattet, womit er beinahe würdevoll erschien. Er mochte sie tragen wie ein Kostüm, aber das waren eben seine ersten Tage. Mit Zeit und Erfahrung würde er bald ganz natürlich darin wirken.

Lord Eschfurt stand da, die Hände hinter dem Rücken verschränkt, während er darauf wartete, dass der Regent von Antea Platz nahm, und Dawson fragte sich, ob Geder wusste, dass sich niemand hinsetzen durfte, bis nicht er es getan hatte.

Dawsons Missvergnügen lag nicht einmal darin begründet, dass man anderen gestattet hatte, an etwas teilzunehmen, das eine Privataudienz hätte sein sollen. Es war Geders erste offizielle Handlung als Regent. Er hatte sich in Vanai als fähiges Werkzeug erwiesen, und welche Magie es auch gewesen war, die er gewirkt hatte, um Maas auszuliefern, er hatte damit mindestens Aster und wahrscheinlich das Königreich gerettet. Lord Ternigan und Lord Skestinin waren beide anwesend, und das zu Recht. Dann Lord Caot, der Baron von Dannick. Lord Bannien von Estinfurt. Diese beiden waren problematischer, aber sie standen vor allem für die erwartete Verschiebung der Machtverhältnisse am Hof. Nein, wer Dawson missfiel, war die andere Person, die Geder Palliako zur Teilnahme auserkoren hatte.

»Lord Kalliam«, sagte der Priester mit einer Verbeugung. Ein Jahr in Camnipol hatte kaum etwas dazu beigetragen, diesen Mann vom Wüstenstaub zu säubern. Er sah immer noch aus wie ein Ziegenhirte aus den Tiefen der Keshet, vermutlich, weil er einer war. Geders Schoßkultist wirkte in der Kammer genauso fehl am Platz wie Dawson, wäre er durch einen Schweinestall gestapft.

»Hochwürden Basrahip«, sagte Dawson, der sich weder verbeugte noch Wärme in seine Stimme legte. »Ich bin überrascht, Euch hier zu sehen. Ich dachte, wir kümmern uns um Staatsangelegenheiten.«

»Es ist in Ordnung«, sagte Geder. »Ich habe ihn gebeten, dabei zu sein.«

Dawson hielt sich mit einer Antwort zurück. Es gab Dinge, die hätte er zu Gleichgestellten gesagt, konnte sie jedoch nicht mehr zu Geder Palliako sagen. Stattdessen nickte er.

»Nun gut«, fuhr Geder fort und spielte an seinem Ärmel herum. »Bringen wir es hinter uns. Bitte. Alle zusammen. Setzt Euch.«

Eschfurt wartete und passte seine Bewegungen an die von Palliako an, so dass er zu keinem Zeitpunkt saß, während der Lordregent noch stand. Basrahip setzte sich gar nicht hin, sondern stellte sich stattdessen hinten an die Wand, den Kopf leicht gebeugt wie ein Junge in stillem Gebet. Dawson setzte sich, ein Stück weit besänftigt. Es gab keinen Grund, einen fremden Priester bei diesem Treffen willkommen zu heißen, aber wenigstens benahm er sich wie ein Diener. Die anderen Edlen von Antea gaben ihr Bestes, den Priester gar nicht zu beachten. Er hätte genauso gut nicht da sein können.

»Lord Eschfurt?«, fragte Geder und beugte sich vor, die Ellbogen auf dem Tisch. »Ihr habt um diese Audienz gebeten, und ich denke, wir wissen alle, weshalb. Möchtet Ihr etwas sagen?«

»Danke, Lordregent«, antwortete Eschfurt. Er nahm sich einen Moment, um sich zu sammeln, während er jedem Mann am Tisch der Reihe nach in die Augen blickte. »Wir alle kennen die Verbrechen des Feldin Maas. König Lechan hat darum gebeten, dass ich herkomme, um Euch zu versichern, dass er kein Wissen über diese Verschwörung besaß und sich voll und ganz dagegen eingesetzt hätte, wenn er davon gewusst hätte. Die Pläne, Prinz Aster zu töten, waren und sind skrupellos, und im Namen von Asterilreich möchte ich um etwas Zeit bitten, um uns selbst um diese Verschwörung zu kümmern.«

Ternigan räusperte sich, und Geder nickte ihm zu. Die Unterredung war nun eröffnet, bis Geder sie wieder schloss. Dawson fragte sich, ob dem Jungen das klar war. Er hatte sicher einen Diener fürs Protokoll, aber wie viel davon der neue Regent im Gedächtnis behielt, war ungewiss.

»Die Vorwürfe müssen tatsächlich ausgeräumt werden«, sagte Ternigan. »Es gibt in Asterilreich eine Tradition, die eigenen Leute zu verhätscheln.«

»Natürlich gibt es die«, warf Bannien ein. »Was für ein König stellt sich gemeinsam mit Fremden gegen seinen eigenen Adel? Lechan hat sich nicht so lange auf diesem Thron gehalten, indem er dauernd Streit an seinem eigenen Hof heraufbeschworen hat.«

»Wenn ich das einwerfen darf«, unterbrach Eschfurt, »er hat sich auch nicht durch Invasion und Krieg gehalten. Asterilreich hat kein größeres Interesse als Antea daran, ins Feld zu ziehen. Das wäre nämlich kein kleiner Krieg unter Edelleuten auf irgendeinem verhandelbaren Stück Land. Ihr wollt die

Verschwörer. Bleibt innerhalb Eurer Grenzen, und der König wird sie der Gerechtigkeit zuführen. Aber wenn Ihr das Hoheitsgebiet von Asterilreich verletzt, wird man alles mit anderen Augen sehen.«

»Wartet«, sagte Lord Skestinin. »Ihr sagtet, der Gerechtigkeit zuführen. Von wessen Gerechtigkeit sprechen wir hier?«

Eschfurt nickte und hob einen Finger. »Wir können den Adel von Asterilreich nicht an einen anderen Hof ausliefern, der über ihn richten würde«, antwortete er, und am Tisch brach Chaos aus: Viele Stimmen erhoben sich auf einmal, und eine jede versuchte, die andere zu übertönen. Die einzigen beiden im Raum, die still blieben, waren Dawson und Geder. Palliakos Augenbrauen waren zusammengekniffen, sein Mund ärgerlich verzogen. Er hörte den anderen nicht zu, was auch gut war, denn die Audienz verwandelte sich rasant in ein Tollhaus.

Befehlt ihnen, still zu sein, schickte Dawson gedanklich an den Jungen. *Zeigt ihnen, was* Ordnung *ist.*

Aber stattdessen stützte der junge Mann die Hände auf den Tisch und legte das Kinn darauf.

In Dawsons Kehle stieg Abscheu auf, und er rief: »Sind wir *Schuljungen*? Sind wir so weit gekommen? Quasseln, bellen und schimpfen? Mein König ist noch nicht einmal in seiner Krypta erkaltet, und wir sind schon so tief gesunken, dass wir uns prügeln?« Seine Stimme klang wie ein Sturm, dessen Macht in seiner Kehle dröhnte. »Eschfurt, versucht nicht, uns etwas zu verkaufen. Sagt, welche Bedingungen Lechan wünscht.«

»Lasst es«, sagte Geder. Er hatte das Kinn nicht vom Tisch gehoben, deswegen hüpfte sein Kopf leicht, als er sprach, wie ein Spielzeugboot auf einem Teich. »Es interessiert mich eigentlich nicht, welche Bedingungen es gibt. Noch nicht.«

»Lordregent?«, fragte Eschfurt.

Geder richtete sich auf.

»Wir müssen die Bedingungen kennen …«, setzte Ternigan an, aber Palliako brachte ihn mit einem Blick zum Schweigen.

»Lord Eschfurt. War die Verschwörung gegen Aster Euch bekannt?«

»Nein«, erwiderte Eschfurt.

Geders Blick huschte weg und wieder zurück. Während Dawson das beobachtete, wurde Palliako erst blass und dann rot. Geders Atem ging nun schneller, als wäre er ein Rennen gelaufen. Dawson versuchte zu erkennen, was die Veränderung im Verhalten des Jungen herbeigeführt hatte, aber alles, was er sah, war die Garde, die wachte, und der Priester bei seinen Gebeten.

»War sie König Lechan bekannt?«

»Nein.«

Diesmal sah es Dawson. Es war nur eine Kleinigkeit, unsichtbar beinahe, aber sobald das Wort Lord Eschfurts Lippen verlassen hatte, schüttelte der Priester sein breites Haupt. *Nein.* Dawson spürte, wie die Luft aus seiner Lunge wich.

Der Lordregent von Antea schaute auf einen *fremden Priester*, um Anweisungen zu erhalten.

Als Geder wieder sprach, war seine Stimme eisig und wütend, und Dawson hörte kaum zu.

»Ihr habt mich gerade zweimal belogen, Lord Botschafter. Wenn Ihr es wieder tut, werde ich Eure Hände separat in einer Kiste zurück nach Asterilreich schicken. Versteht Ihr mich?«

Zum ersten Mal, seit Dawson den Mann getroffen hatte, war der Botschafter von Asterilreich sprachlos. Sein Mund ging auf und zu wie bei einer Marionette, aber kein Wort kam heraus. Geder andererseits hatte seine Stimme gefunden, und er wollte sie nicht wieder verlieren.

»Ihr habt vergessen, mit wem Ihr hier sprecht. Ich bin der Mann, der in dieser Angelegenheit die Wahrheit kennt. Niemand sonst hat Maas aufgehalten. Ich war es. Ich.«

Eschfurt leckte sich die Lippen, als wäre sein Mund plötzlich trocken geworden. »Lord Palliako …«

»Glaubt Ihr, ich bin dumm?«, fragte Geder. »Glaubt Ihr, ich werde hier sitzen und lächeln, Euch die Hand schütteln und Frieden versprechen, während Ihr versucht, meine Freunde zu töten?«

»Ich weiß nicht, was Ihr gehört habt«, sagte Eschfurt, der darum kämpfte, seine Fassung wiederzufinden, »oder wo Ihr es gehört habt.«

»So sieht die Wahrheit jedenfalls aus …«, entgegnete Geder.

»Aber ich versichere Euch – ich schwöre Euch –, dass Asterilreich keinen Anschlag auf das Leben des Prinzen geplant hatte.«

Wieder huschte der Blick, und der Priester erteilte unmerklich eine Absage. Dawson wollte aufspringen, aber er schien auf seinem Stuhl festgewachsen zu sein. Geder wirkte ruhig, doch seine Augen mit den schweren Lidern waren dunkel und gnadenlos. Als er sprach, klang seine Stimme beinahe gelangweilt. »Ihr werdet keine Gelegenheit haben, mich auszulachen.« Er wandte sich an den Hauptmann der Garde. »Nehmt Lord Eschfurt in Gewahrsam. Ich will, dass ihm der Henker bei Anbruch der Nacht die Hände abschlägt und sie vorbereitet, damit man sie zurück nach Asterilreich schicken kann.«

Einen Moment lang geriet die ruhige Fassade des Gardisten ins Wanken, doch dann salutierte er.

Eschfurt war aufgesprungen, hatte alle Etikette vergessen. »Seid Ihr von Sinnen?«, rief er. »Wer zur Hölle glaubt Ihr, dass Ihr seid? So funktioniert das nicht! Ich bin *Botschafter*.«

Der Hauptmann der Wache legte Eschfurt eine Hand auf die Schulter. »Ihr müsst jetzt mit mir kommen, mein Herr.«

»Das könnt Ihr nicht tun!«, schrie Eschfurt. Angst verlieh seinen Worten Kraft.

»Ich kann«, erwiderte Geder.

Eschfurt wehrte sich, aber nicht lange. Als die Tür sich hinter ihm geschlossen hatte, blickten sich die Hochgeborenen von Antea gegenseitig an. Lange Zeit sagte niemand etwas.

»Meine Herren«, teilte ihnen Geder Palliako, der Lordregent des imperialen Antea, mit: »Wir befinden uns im Krieg.«

Dawson saß auf seinem Sofa, und das Leder knarzte unter ihm. Jorey und Barriath saßen ihm gegenüber auf Stühlen, und seine liebste Jagdhündin winselte an seinem Knie und schob ihm ihre feuchte Schnauze unter die Hand.

»Er hat sich auch früher nicht geirrt«, sagte Barriath. »Bei Feldin Maas. Er hat sich nicht geirrt. Er weiß Dinge. Vielleicht… vielleicht liegt er richtig. Jorey? Du hast mit ihm gedient.«

»Das stimmt«, erwiderte Jorey, und das Entsetzen, das in diesen Worten lag, sagte genug.

»Das können wir unmöglich getan haben«, murmelte Dawson. »Ich kann nicht glauben, dass wir das getan haben.«

»Nicht nur wir haben uns das zuzuschreiben«, sagte Barriath. »Wenn Palliako recht hat…«

»Ich meine nicht den Krieg. Ich meine nicht einmal, dass wir die Immunität des Botschafters verletzen. Der Mann hatte keinen Respekt, dieser angeberische Arsch. Das alles meine ich nicht.«

»Was dann, Vater?«, fragte Jorey.

In Dawsons Erinnerung bewegte sich der Kopf des hünenhaften Priesters einen Fingerbreit in die eine Richtung und dann in die andere, während Palliako hinsah. Für ihn bestand keinerlei Zweifel. Der Priester hatte Palliako aufgetragen, was er tun sollte, und Geder hatte es getan. Simeon war gestorben, und sie hatten den Gespaltenen Thron einem religiösen Eiferer überlassen, der nicht einmal ein Untertan der Krone war. Der Gedanke ließ ihn schwindeln. Wäre er am Morgen aufgewacht und hätte festgestellt, dass das Meer in die Luft geflossen war und die Fische dort flogen, wo einst die Vögel gewesen waren, hätte es nicht erschütternder sein können als das. Alles war aus dem Gleichgewicht. Die Ordnung des Königreichs war zerschmettert.

»Wir müssen das richtigstellen«, sagte er. »Wir müssen das wieder in Ordnung bringen.«

An der Tür ertönte ein Kratzen, und sie öffnete sich eine Handspanne weit. Ein erschrocken wirkender Diener beugte sich herein.

»Es ist Besuch da, meine Herren«, sagte er.

»Ich werde ihn nicht empfangen«, erwiderte Dawson.

»Es ist der Lordregent Palliako, mein Herr«, beharrte der Diener.

Dawson versuchte, Luft zu bekommen. »Bringt … bringt ihn herein.«

»Sollen wir gehen?«, fragte Barriath.

»Nein«, antwortete Dawson, obwohl die richtige Antwort vermutlich ja gewesen wäre. Er wollte seine Familie um sich haben.

Geder trat ein, immer noch in den roten Samt gekleidet, obwohl er den Reif abgelegt hatte. Er sah aus wie eh und je, ein kleiner Mann mit einem Hang zum Übergewicht. Ein unsicheres Lächeln, das sich bereits entschuldigte, ehe es etwas zu entschuldigen gab.

»Lord Kalliam«, grüßte er. »Danke, dass Ihr mich empfangt. Jorey. Barriath. Schön, auch Euch beide zu sehen. Geht es Sabiha gut?«

»Es geht ihr gut, Lordregent«, sagte Jorey, und Palliako machte eine wegwerfende Handbewegung.

»Bitte. Geder. Du kannst mich immer Geder nennen. Wir sind Freunde.«

»In Ordnung«, erwiderte Jorey.

Palliako setzte sich, und Dawson fiel auf, dass seine Jungen nicht aufgestanden waren. Das hätten sie tun sollen.

»Ich bin gekommen, um Euch um einen Gefallen zu bitten«, begann Palliako. »Seht Ihr, ich habe doch unter Ternigan gedient. Und natürlich haben auch Alan Klin und die anderen unter ihm gedient. Vanai war insgesamt ein elendes Unterfangen. Selbst meine Rolle dabei hätte, auch wenn ich das ungern sage, besser ausfallen können.«

Ihr verratet die Krone und das Gedenken an meinen Freund, dachte Dawson.

»Auf jeden Fall, um es kurz zu machen, ich vertraue ihm nicht. Ihr und Eure Familie seid immer freundlich zu mir gewesen. Ihr wart sozusagen mein Gönner, als ich mich bei Hof überhaupt nicht ausgekannt habe. Daher wäre es jetzt, da ich einen Lordmarschall brauche, einerseits sinnvoll, Lord Ternigan zu ernennen, allein schon, weil er erst vor Kurzem Erfahrung darin gesammelt hat. Aber mir wäre es lieber, wenn Ihr es werdet.«

Dawson lehnte sich vor, und in seinem Kopf drehte sich alles.

Palliako hatte seine Krone und sein Königreich verraten, hatte die Zügel einem Ziegenhirten übergeben, einen Krieg mit Asterilreich begonnen, der dazu verdammt war, Hunderte oder Tausende auf beiden Seiten der Grenze das Leben zu kosten, und nun kam er, um die Befehlsgewalt über das Heer in Dawsons Hände zu legen. Und er brachte es zur Sprache, als würde er um einen Gefallen bitten.

Dawson brauchte fast eine Minute, um seine Stimme wiederzufinden. »Lordregent, es wäre mir eine Ehre.«

Marcus

Einst, vor Jahrhunderten, hatte jemand eine niedrige Mauer entlang des Hügelgrats errichtet. Im Mondlicht erinnerten die verstreuten Steine Marcus an Handknöchel. Er kniete sich hin, eine Hand auf dem taufeuchten Gras. In der Bucht unter ihm lagen drei Schiffe vor Anker. Sie hatten nicht viel Tiefgang und Doppelmasten, waren schneller und wendiger als die rundbäuchigen Handelsschiffe, die sie jagten. Eines hatte eine Narbe an der Seite, wo es vor nicht allzu vielen Wochen einen Treffer abbekommen haben musste; das frische Holz, mit dem es repariert worden war, war hell und nicht verwittert.

Auf dem Sand brannte noch ein Kochfeuer, und sein orangefarbenes Glühen war das einzig Warme in dieser Frühlingsnacht. Von dort aus, wo sie standen, zählte Marcus ein Dutzend Gebäude – nicht mehr ganz Zelte, aber noch keine Hütten –, die den Strand gleich oberhalb der Flutgrenze sprenkelten. Ein festeres Lager also. Das war gut. Ein halbes Dutzend Boote, mit Leder bespannt, lag nahe dem Ufer.

Yardem Hane brummte leise und deutete mit seiner breiten Hand nach Osten. Etwa hundert Fuß vom Wasser entfernt ragte ein Baum in den Himmel empor. Dort verriet ein Schimmern von Mondlicht auf Metall, wo der Wachposten saß. Marcus deutete zu den Schiffen hinaus. Hoch in der

Takelage desjenigen, das der Küste am nächsten lag, erkannte man eine weitere dunkle Gestalt.

Yardem hielt zwei Finger nach oben und hob fragend die großen Brauen. *Zwei Wachen?*

Marcus schüttelte den Kopf, hielt einen dritten Finger hoch. *Noch einer.*

Die beiden saßen reglos in den Schatten, und die verstreut liegenden umgestürzten Mauersteine ließen die Dunkelheit noch dichter wirken. Der Mond zog langsam seinen Bogen über den Himmel. Die Bewegung war kaum zu erkennen: ein einzelner Ast auf dem fernen Baum, der in der Brise langsamer als die anderen schwankte. Marcus deutete hin. Yardems Ohr zuckte lautlos; er trug keine Ohrringe, wenn sie kundschaften gingen. Marcus blickte ein letztes Mal über die Bucht und merkte sich alles, so gut er konnte. Sie verschmolzen wieder mit dem abwärtsführenden Hang und mit den Schatten. Erst bewegten sie sich nach Norden, dann nach Westen. Sie sprachen nicht, bis sie doppelt so weit gekommen waren, wie ihre Stimmen trugen.

»Wie viele hast du gesehen?«, fragte Marcus.

Yardem spuckte nachdenklich aus. »Nicht mehr als siebzig, Hauptmann«, sagte er.

»So viele habe ich auch gezählt.«

Der Weg war nicht viel mehr als ein Trampelpfad. Kaum Abstand zwischen den Bäumen. Es würde nicht mehr viele Wochen dauern, dann hätten die sommerlichen Blätter den Pfad erstickt, aber heute Nacht wurden ihre Schritte von gut durchgefaultem Laub und dem weichen Moos des Frühlings gedämpft. In der Dunkelheit unter den Blättern blieben vom Mondlicht lediglich ein paar verstreute Sprenkel.

»Wir könnten zurück zur Stadt gehen«, sagte Yardem. »Hundert Mann aufstellen. Vielleicht auch noch ein Schiff.«

»Denkst du, Pyk würde uns das bezahlen?«

»Wir könnten es von jemandem leihen.«

Im Unterholz huschte ein kleines Tier davon, das vor ihnen flüchtete, als wären sie ein Waldbrand.

»Das Schiff, das am weitesten von der Küste entfernt war, lag tiefer im Wasser als die anderen«, bemerkte Marcus.

»Ja.«

»Wenn wir mit einem Schiff anrücken, werden sie uns sehen. Bis wir da sind, gibt hier es nur noch leeres Wasser.«

Yardem war still bis auf ein leises Brummen, als er mit dem Kopf gegen einen tiefhängenden Ast stieß. Marcus heftete den Blick auf die Dunkelheit, ohne wirklich etwas zu sehen. Seine Beine machten das Auf und Ab mühelos mit. Sein Verstand kaute auf der Denkaufgabe herum.

»Wenn sie uns an Land kommen sehen«, sagte er, »rudern sie die Boote hinaus und winken uns vom Meer aus zu. Wenn wir sie an Land in einem gerechten Kampf festsetzen, mit den Männern, die wir jetzt haben, sind sie uns an Zahl und wegen des Geländes überlegen. Wenn wir warten, bis wir mehr Schwert- und Bogenkämpfer haben, sind sie vielleicht schon weitergezogen.«

»Schwierige Sache, Hauptmann.«

»Vorschläge?«

»Lasst Euch für einen ehrlichen Krieg anwerben.«

Marcus lachte bitter auf.

Sein Trupp hatte ein Lager im Dunkeln aufgeschlagen, aber der Klang ihrer Stimmen und die Gerüche ihres Essens zogen in die Finsternis hinaus. Er hatte fünfzig Mann verschiedenster Rassen dabei – Kurtadam mit Otterpelzen, Timzinae mit schwarzem Chitin, Erstgeborene. Sogar ein halbes Dutzend Jasuru mit bronzenen Schuppen hatte sich in letzter Minute anwerben lassen, als ihr Vertrag als Hausgarde ins Wasser gefallen war. Dadurch kam es zu größerer Anspannung im Lager, aber die üblichen Beleidigungen zwischen den Rassen blieben aus. Sie waren Kurtadam, Timzinae und Jasuru, nicht *Klicker, Wanzen* und *Groschen*. Und niemand sagte ein böses Wort über Erstgeborene, wenn es ein Erstgeborener war, der festsetzte, wer die Latrinen aushob.

Und mit dieser Mischung konnte Marcus günstigerweise auch einiges anfangen.

Ahariel Akkabrian hatte sich als einer der Ersten der Wache angeschlossen, als die Zweigstelle der Medean-Bank in Porte Oliva noch eine riskante Spekulation mit geringen Gewinnaussichten gewesen war. Sein Pelz wurde grau, besonders um den Mund herum und auf dem Rücken, aber die Perlen, die er hineingeflochten hatte, waren aus Silber statt aus Glas. Er saß auf seiner Bettrolle, als Marcus sich duckte, um sein Zelt zu betreten. Seine Augen waren trüb vom Schlaf, aber seine Stimme war klar und deutlich.

»Hauptmann Wester. Yardem.«

»Tut mir leid, dich zu wecken«, brummte Yardem.

»Ahariel«, sagte Marcus. »Wie lange kannst du im Meer schwimmen?«

»Ich, Hauptmann? Oder jemand wie ich?«

»Kurtadam.«

»Solange Ihr wollt.«

»Keine Prahlereien. Wir haben nicht Sommer. Das Wasser ist kalt. Wie lange?«

Ahariel gähnte ausgiebig und schüttelte den Kopf, wobei seine Perlen klickten. »Die Drachen haben uns fürs Wasser entworfen, Hauptmann. Die Einzigen, die länger und in größerer Kälte schwimmen können als wir, sind die Versunkenen, und die können ums Verrecken nicht kämpfen.«

Marcus schloss die Augen und stellte sich wieder die mondbeschienene Bucht vor. Die Schiffe, die vor Anker lagen, die Unterstände, die bespannten Boote. Die glühenden Kohlen des Feuers. Er hatte elf Kurtadam, wenn man Ahariel mitzählte. Wenn er sie ins Wasser schickte, blieben ihm noch etwas über dreißig. Gegen doppelt so viele. Marcus biss sich auf die Lippen und blickte zu seinem Stellvertreter auf. Im Licht der einzelnen Kerze wirkte Yardem ruhig.

Marcus räusperte sich. »Der Tag, an dem du mich in einen Graben wirfst und den Trupp übernimmst?«

»Nicht heute, Hauptmann«, sagte Yardem.

»Das hatte ich befürchtet. Dann gibt es nur eines zu tun. Ahariel? Du wirst ein paar Messer brauchen.«

Marcus ritt nach Westen, den Schild auf dem Rücken befestigt und das Schwert an seiner Seite. Die Sonne ging hinter ihm auf und schob seinen Schatten vor ihm her wie eine gigantische Ausgabe seiner selbst. Das Meer links von ihm glänzte wie gehämmertes Gold. Der Baum mit dem Wächter kam gerade in Sicht. Der arme Bastard, der Wache hatte, würde in die Helligkeit blinzeln müssen. Es bestand natürlich die Gefahr, dass er gar nicht in diese Richtung sah. Wenn Marcus tatsächlich ein Überraschungsangriff gelang, waren sie alle dem Untergang geweiht. Er hatte das unbehagliche Gefühl, dass Gottes Sinn für Humor auf ganz ähnlichen Pfaden wandelte.

»Verteilt Euch«, rief er denen hinter sich zu. »Unregelmäßige Reihe. Wir wollen größer aussehen, als wir sind.«

Der Ruf kam zu ihm zurück, während Stimme um Stimme den Befehl wiederholte. Der zeitliche Ablauf würde von ziemlich großer Bedeutung sein. Im Sonnenschein wirkte das Land anders. Die Bucht war nicht so weit entfernt, wie sie nachts erschienen war. Marcus richtete sich im Sattel auf.

»Komm schon«, murmelte er. »Bemerke uns. Schau hier herüber und bemerke uns. Wir sind genau vor deiner Nase.«

Ein Beben ging durch einen breiten Ast. Zwischen den Blättern wurde Licht zurückgeworfen, das heller als Gold war. Ein Horn ertönte.

»Das war es«, brummte Yardem.

»Ja«, sagte Marcus. Er stellte sich vor, wie Seeleute in kleinen Unterständen nach ihren Besitztümern wühlten. Er zählte zehn lautlose Atemzüge, dann holte er den Schild nach vorn und zog sein Schwert.

»Lasst zum Angriff rufen«, befahl er. »Bringen wir es hinter uns.«

Als sie um die Biegung kamen, die in die Bucht führte, begrüßte sie eine Salve von Pfeilen. Marcus rief, und seine Soldaten nahmen den Ruf auf. Am anderen Ende des Sandstreifens standen zehn Bogenschützen, die Pfeile abschossen und sich darauf vorbereiteten, ins letzte der bespannten Boote zu springen und sich auf dem Wasser in Sicherheit zu bringen, bei den Schiffen, auf dem Meer. Die anderen Boote waren bereits weg, ruderten rasch auf die Schiffe zu und waren mit so vielen Männern beladen, dass sie Marcus' Trupp hätten schlagen können.

Das erste Boot hatte sich ein Dutzend Schritte von der Küste entfernt und sank bereits.

Im glitzernden Wasser, verborgen durch das Blitzen der Sonne, stach ein knappes Dutzend Kurtadam weitere Löcher in die Boote.

Marcus richtete sich auf und gab seinen eigenen Bogenschützen einen Wink, damit sie das Ufer sicherten, während sich die Jasuru mit Furcht einflößendem Geheul auf den Feind und sein Boot stürzten. Ein paar Gestalten erschienen auf den Schiffen, um das Spektakel am Strand und in der Bucht zu beobachten. Das erste Boot verschwand. Das zweite hielt sich gerade eben über Wasser, da die Männer darin mit Helmen und Händen verzweifelt Wasser schöpften. Sie ruderten allerdings nicht. Sie würden nicht vorankommen.

Marcus hielt eine Hand nach oben, und seine Schützen hoben die Bogen.

»Ergebt euch jetzt, und euch wird nichts geschehen!«, rief er über die Brandung hinweg. »Oder flieht und werdet getötet. Ihr habt die Wahl.«

In der Brandung machte sich einer der Seeleute daran, auf die Schiffe zuzuschwimmen. Marcus zeigte mit seinem Schwert auf ihn. Drei Salven waren nötig, bis er aufhörte. Als wäre es ein Zeichen gewesen, erschienen daraufhin die schwarzen, auf und ab hüpfenden Köpfe von Ahariel und den anderen Kurtadam in einer groben Linie zwischen den sinkenden Booten und den Schiffen. Marcus beobachtete, wie die schwimmenden Kurtadam ihre Messer über das Wasser hoben, als würden dem Meer Zähne wachsen.

»Lasst eure Waffen im Wasser zurück«, rief Marcus. »Wir wollen das Ganze behutsam zu Ende bringen.«

Sie kamen aus den Wellen, mürrisch und durchnässt. Marcus' Soldaten nahmen sie einen nach dem anderen in Empfang, fesselten sie und ließen sie unter Bewachung sitzen.

»Achtundfünfzig«, sagte Yardem.

»Ein paar sind noch auf den Schiffen«, erwiderte Marcus. »Und dann noch der eine, den wir mit Pfeilen gespickt haben.«

»Also neunundfünfzig.«

»Wir waren trotzdem in der Unterzahl. Ziemlich in der Unterzahl«, sagte Marcus und dann: »Wir können übertreiben, wenn wir es in den Schenken erzählen.«

Ein junger Erstgeborener kam aus dem Meer. Sein Bart war nach der Mode von Cabral geflochten. Seine Augen waren von hellem Grün, sein Gesicht schmal und scharfkantig. Sein Seidengewand klebte ihm am Leib, wodurch sein Schmerbauch nicht zu verbergen war. Marcus gab seinem Pferd die Sporen und ritt ihm entgegen. Er sah aus wie ein Kätzchen, das in einen Bach gefallen war.

»Maceo Rinál?«

Der Piratenkapitän blickte mit einem Hass zu Marcus auf, der ebenso gut wie ein Nicken war.

»Ich habe nach Euch gesucht«, sagte Marcus.

Der Mann stieß einen Fluch aus.

Marcus ließ sein Zelt oben auf dem Hügel aufstellen. Die Lederplane saß fest auf dem Rahmen und hielt den Wind draußen, wenn schon nicht die Fliegen. Maceo Rinál setzte sich, in eine Wolldecke gewickelt, auf ein Kissen; er stank nach Meerwasser. Marcus stellte einen Teller mit Wurst und Brot auf seinen Feldtisch. Unter ihnen, als wären sie auf einer Bühne, waren Marcus' Männer mit der langwierigen Tätigkeit beschäftigt, das Schiff zu entladen, das sich ergeben hatte, die Fracht an Land zu schleppen und sie auf Wagen zu packen.

»Ihr habt Euch das falsche Schiff ausgesucht«, erklärte Marcus.

»Ihr habt Euch den falschen Mann ausgesucht«, entgegnete Rinál. Seine Stimme war leiser, als Marcus erwartet hatte.

»Vor fünf Wochen ist ein Schiff namens *Sturmkrähe* aus dem Osten vom Kap her gekommen. Es hat sein Ziel nie erreicht. Man hat ihm aufgelauert und es versenkt, aber es gab keine Spur von der Ladung. Klingt das vertraut?«

»Ich bin der Vetter von König Sephan von Cabral. Ihr und Eure Magistrate habt keine Macht über mich«, verkündete Rinál und hob das Kinn, während er sprach. »Ich berufe mich auf den Vertrag von Carcedon.«

Marcus nahm ein Stück Wurst und kaute langsam. Als er wieder etwas sagte, betonte er jedes einzelne Wort. »Kapitän Rinál? Schaut mich an. Sehe ich aus wie der Scherge eines Magistrats?«

Das Kinn senkte sich nicht, aber ein unsicheres Flackern trat in die Augen des jungen Mannes.

»Ich arbeite für die Medean-Bank. Meine Auftraggeber haben die *Sturmkrähe* versichert. Als Ihr die Kisten von diesem Schiff an Euch genommen habt, habt Ihr sie nicht den Seeleuten gestohlen, die sie befördert haben. Ihr habt nicht einmal die Kaufleute bestohlen, denen sie gehörten. Ihr habt uns bestohlen.«

Das Gesicht des Piraten wurde grau. Die lederne Zeltklappe öffnete sich flüsternd, und Yardem trat ein. Seine Ohrringe waren wieder an Ort und Stelle.

»Neuigkeiten?«

»Die Fracht hier passt zu den Listen«, sagte Yardem. Er machte ein finsteres Gesicht, womit er dem gefährlichen Ruf der Tralgu gerecht wurde. Marcus nahm an, dass ihn das amüsierte. »Wir sind am richtigen Ort, Hauptmann.«

»Macht weiter.«

Yardem nickte und ging. Marcus nahm noch einen Happen von der Wurst.

»Mein Vetter«, wiederholte Rinál. »König Sephan …«

»Mein Name ist Marcus Wester.«

Rináls Augen weiteten sich, und er sank auf das Kissen zurück.

»Ihr habt von mir gehört«, sagte Marcus. »Also wisst Ihr, dass Eure Strategie, Euch auf edles Blut zu berufen, vielleicht nicht die beste Wahl ist. Eure Mutter war eine niedere Priesterin, die sich mit dem exilierten Onkel eines Königs betrunken hat. Das ist Euer Schutzschild. Ich? Ich habe Könige getötet.«

»Könige?«

»Nun ja, nur den einen, aber Ihr versteht, was ich sagen will.«

Rinál wollte antworten, schluckte, um die Kehle freizubekommen, und versuchte es dann noch einmal. »Was werdet Ihr tun?«

»Ich werde unseren Besitz zurückholen oder das, was Ihr davon übrig gelassen habt. Ich nehme nicht an, dass es die Verluste ausgleicht, aber es ist ein Anfang.«

»Was werdet Ihr mit mir tun?«

»Ihr meint, wenn ich Euch nicht der Gerechtigkeit zuführe? Ich werde mit Euch zu einer Übereinkunft gelangen.«

Ein Schrei stieg vom Strand unter ihnen auf. Dutzende Stimmen erhoben sich aufgebracht. Marcus nickte dem Gefangenen zu, und zusammen gingen sie hinaus ins Licht. Auf dem hellen Wasser unter ihnen brannte das Schiff, das am weitesten von der Küste entfernt war. Eine weiße Rauchwolke stieg darüber auf, und dünne rote Schlangenzungen leckten am Mast, sogar von hier oben sichtbar. Rinál schrie auf, und wie zur Antwort bauschte sich plötzlich eine Wolke aus schwarzem Rauch auf und verschlang die Flammen.

»Macht Euch keine Sorgen«, sagte Marcus. »Wir werden nur eines davon verbrennen.«

»Ich werde Euch töten lassen«, erwiderte Rinál, aber seine Stimme klang kraftlos. Marcus legte dem Mann eine Hand auf die Schulter und leitete ihn zurück in den Schatten des Zeltes.

»Wenn ich Euch töte oder all Eure Schiffe verbrenne«, sagte Marcus, »dann wird nächstes Jahr um diese Zeit ein weiterer Haufen wie der Eure in dieser Bucht hausen. Die Investitionen der Bank wären wieder genauso gefährdet. Nichts würde sich ändern, und ich müsste hierher zurückkommen und genau das gleiche Gespräch mit jemand anders führen.«

»Ihr habt es verbrannt. Ihr habt mein Schiff verbrannt.«

»Versucht mir zu folgen«, sagte Marcus, der Rinál wieder auf den Boden drückte. Der Pirat legte den Kopf in die Hände. Marcus trat zwei Schritte zurück an seinen Feldtisch und nahm das Papier hervor, das Cithrin für ihn vorbereitet hatte. Er hatte vorgehabt, es dem Piraten hochmütig vor die Füße zu werfen, aber der Mann schien so erschüttert, dass er es ihm stattdessen in den Schoß legte.

»Dies ist die Liste von Schiffen aus Porte Oliva, die wir versichern. Wenn ich Euch noch einmal suchen muss, ist das Beste, was Euch passieren kann, dass ich Euch an den Magistrat ausliefere.«

Der Wind drehte, und der Geruch von brennendem Teer

füllte das Zelt und ruinierte den Geschmack der Wurst. Die Lederwände blähten sich wie kleine Segel.

Rinál faltete die Papiere auseinander. »Wenn ein Schiff hier nicht aufgeführt ist …«

»Geht es mich nichts an.«

»Ich bin nicht das einzige Schiff in diesen Gewässern«, sagte er. »Wenn jemand anders …«

»Ihr solltet sie davon abhalten.«

Langsam kam wieder Farbe in Rinâls Wangen, und der Schock fing an nachzulassen. Die Stimmen, die vom Wasser heraufdrangen, waren inzwischen freudiger, lachten. Das waren wohl Marcus' Soldaten. Ein Wagen quietschte. Es war Zeit weiterzuziehen.

»Ihr werdet mit uns bis in das Städtchen Cemmis reisen«, verkündete Marcus. »Das ist nicht zu weit für Euch, um zurückzumarschieren, ehe Eure Leute vor Durst krank werden.«

»Ihr glaubt, Ihr seid ein so großer Mann, dass niemand Euch niederringen kann«, sagte der Pirat. »Ihr glaubt, Ihr seid besser als ich. Ihr seid genauso.«

Marcus lehnte sich an den Feldtisch und blickte auf den Piraten hinab. Eigentlich war Rinál ein junger Mann. So aufgeblasen er auch war und wie er sich auch aufspielte, er war von derselben Sorte wie jene, die Betrunkenen in Gasthäusern ein Bein stellten oder Frauen auf der Straße begrapschten. Er war ein schlecht erzogenes Kind, das, statt zum Mann zu reifen, ein paar Schiffe gefunden hatte, und spielte nun draußen in der Welt den Raufbold, wo immer ihm das dienlich war.

Ein Dutzend Antworten kamen Marcus in den Sinn. *Sagt das noch einmal, wenn Ihr gesehen habt, wie Eure Familie stirbt* oder

Werde erwachsen, Junge, solange du noch Gelegenheit dazu hast oder *Ja, ich bin besser als Ihr; mein Schiff brennt nicht ab.*

»Wir werden bald aufbrechen«, sagte er. »Ich habe Wachen aufgestellt. Versucht nicht, ohne uns fortzuschleichen.«

Draußen brüllten die Flammen auf dem kleinen Zweimaster. Schwarzer Rauch stieg auf, trug Funken und glimmende Überreste hinauf zu den kreisenden Vögeln. Marcus ging den Hügel hinab, wo die Wagen sich reihten, die für den Weg nach Hause bereit waren. Einer seiner jüngeren Kurtadam war im Sanitätswagen, sein Arm wurde geschoren und verbunden. Unter dem Pelz sah seine Haut genauso aus wie bei einem Erstgeborenen.

Der getötete feindliche Seemann wurde unter Ölzeug aufgebahrt. Die übrigen, die reihenweise gefesselt waren, die Arme zurückgebogen, waren mürrisch und zornig. Marcus' Männer grinsten und rissen Witze. Es war wie nach einer Schlacht, nur dass diesmal kaum Blut vergossen worden war. Der nasse Sand war glatt, wo die Wellen ihre Fußabdrücke fortgespült hatten. Die Maultiere, die den Geruch nach Feuer und das Gelächter der Soldaten ignorierten, zogen die Wagen, die nun mit Seide und Messingarbeiten beladen waren, wieder auf die Straße. Die Gerüche nach Salz und Rauch vermischten sich.

Weit hinten in seinem Verstand spürte Marcus den ersten Anflug der Finsternis, die ihn erneut heimsuchte. Den Nachwehen eines jeden Kampfes – sei es nun eine große Schlacht oder ein Tanz in der Schänke – wohnte immer dieser Hauch von Trostlosigkeit inne. Der Glanz und die Unmittelbarkeit des Kampfes wichen zurück, und die Welt mit all ihrer Geschichte rauschte wieder herein. Es war schlimmer, wenn er verlor, aber selbst im Sieg war die Finsternis da. Er schob sie zur Seite. Es gab Arbeit zu tun.

Yardem stand neben dem Wagen an der Spitze, ein junger Cinnae auf einem schäumenden Pferd neben ihm. Ein Bote. Als er näher kam, sprang der Junge aus dem Sattel und führte sein Pferd weg, damit es versorgt wurde.

»Wie weit sind wir?«, fragte Marcus.

»Bereit zum Aufbruch, Hauptmann. Aber es ist vielleicht am besten, wenn ich den Zug führe. Die Magistra will Euch so schnell wie möglich wieder zu Hause sehen.«

»Was ist passiert?«

Yardem zuckte beredt mit den Schultern. »Ein ehrlicher Krieg«, sagte er.

Cithrin

Die Berichte waren fertig und versiegelt, die Seiten vernäht und mit Wachs mit dem Siegel der Medean-Bank, das sich mit Pyks persönlichem Siegel abwechselte, rundherum verschlossen. Nach der ganzen Arbeit, die hineingeflossen war, hätte Cithrin etwas mehr erwartet. Vier dünne Bände, in Leder gebunden. Der Bericht der Notarin über alles, was es über die Bank in Porte Oliva zu sagen gab, passte in einen kleinen Beutel. Es war an der Zeit, die Einzelheiten ihrer Reise zu planen, und Cithrin war sich trotz aller Vorbereitung nicht sicher.

Die Geschwindigkeit, mit der Informationen reisten, stand der Sicherheit entgegen. Ein Kundiger konnte mithilfe eines Rituals vielleicht eine einfache, dringende Nachricht von Porte Oliva nach Carse in nur zwei Tagen übermitteln. Eine Taube konnte in drei Tagen dorthin fliegen und war dabei zuverlässiger. Ein einzelner Kurier auf einem schnellen Pferd konnte die weiten Ebenen von Birancour überqueren, dabei an den Posten und Gasthäusern am Weg Halt machen und Sara-sur-mar in zehn Tagen erreichen und dann in weiteren fünf mit dem Schiff nach Carse gelangen, solange ihn keine Räuber erwischten und ihm das Wetter an der Küste gewogen war. Eine Karawane wäre noch langsamer, aber sicher. Wenn sie es gewollt hätte, hätte Cithrin ein paar Monate und mehr auf der Straße verbringen können, um hin und wieder zurück zu gelangen.

Sie hatte nachts in ihrem Zimmer gesessen, den Drachenzahn und die Karten vor sich, um mit sich zu hadern, ob sie eine Weile in Sara-sur-mar anhalten und am Hof der Königin vorstellig werden sollte, ob sie gleich von Porte Oliva aus ein Schiff nehmen und sich unterwegs die Häfen von Cabral und Herez anschauen sollte oder ob sie ganz allein in der Kleidung eines Kuriers aufbrechen und ohne Begleitung in die weite Welt hinausreiten sollte. Jede neue Version schien süßer, zauberhafter, unverfälschter als die vorherige. Sie hatte sich für die goldene Mitte entschieden: Marcus, Yardem Hane und sie, die ganze Strecke auf den Drachenstraßen. Als kleine Gruppe würden sie schnell vorankommen, und mit den geübten Schwertkämpfern und ohne den Anschein, dass es bei ihnen etwas zu holen gäbe, würde der Großteil aller Schwierigkeiten ausbleiben, die auf sie zukommen mochten. Anstatt ihre Kleider und Schminksachen und die formelle Garderobe einzupacken, die sie in Carse brauchen würde, würde sie einen Kreditbrief mitnehmen und sie vor Ort kaufen.

Dann kamen die Neuigkeiten vom Krieg.

»Nein«, sagte Marcus. »Nicht übers Land. Auf allen Straßen durch Nordstade werden Flüchtlinge sein. Und auf den letzten Abschnitten in Birancour auch, wenn wir schon dabei sind.«

Das Kontor war leer bis auf sie drei – Marcus, Cithrin und Pyk. Auf dem mit Kreide geschriebenen Dienstplan stand ein halbes Dutzend Namen, aber die meisten waren noch auf der Straße und kamen gerade unter Yardems Befehl aus dem Marktflecken Cemmis zurück, und den anderen hatte Marcus aufgetragen, draußen zu warten. Ihre Stimmen drangen herein, aber Cithrin konnte keine einzelnen Worte verstehen. Ihre Karte war auf dem Boden ausgebreitet, und sie blickten alle darauf, als wäre in ihren Linien eine geheime Botschaft verborgen. Birancour im Süden, und die kleineren Königreiche drängten sich darum herum. Nordstade oben rechts, das wie ein tadelnder älterer Bruder darauf herabblickte. Und jenseits davon der Krieg.

»Das Meer ist auch problematisch«, sagte Pyk, die an ihren Zähnen saugte.

»Weshalb?«, fragte Cithrin.

»Gerade haben wir das Schiff eines Piraten in ein brennendes Wrack verwandelt«, erklärte Marcus. »Wir sollten ihm vielleicht ein wenig Zeit lassen, bevor wir ihm die Gelegenheit bieten, sich blutig zu rächen.«

Pyks Gesicht verdüsterte sich, aber sie sagte nichts. Cithrin hatte ihr nichts verraten, bis Marcus nicht mit der Bestätigung zurückgekehrt war, dass ihr Plan aufgegangen war. Sie hatte die Notarin unangenehm in die Ecke manövriert. Cithrin hatte im Namen der Bank gehandelt, ohne dass Pyk informiert gewesen war, aber es war auch nicht zu einer offiziellen Verhandlung gekommen, keine Papiere waren unterzeichnet worden. Nichts von dem, was sie getan hatte, verstieß gegen die Bedingungen, an die Cithrin gebunden war. Sie hatte lediglich den Geist und Zweck des ganzen Arrangements bloßgestellt und dabei auch noch die Verluste aus der Versicherung der *Sturmkrähe* zumindest teilweise ausgeglichen. Pyk konnte unzufrieden mit der Art sein, wie sie es erwirkt hatten, aber das Ergebnis ließ ihr kaum Spielraum für Beschwerden, genauso wenig wie für Jubel.

»Über Land nach Sara-sur-mar und dann mit dem Schiff«, schlug Pyk vor. »Damit umgeht man die Gewässer nahe Cabral und hält sich weit genug im Westen, um dem Schlimmsten auszuweichen.«

»Vermutlich der beste Weg«, stimmte Marcus zu. »In der Mitte führt er ein Stück weit durch raues Gelände. Auf den Ackerländern liegt eine große Steuerlast. Es gibt Orte, an denen Durchreisende für die Einheimischen entweder Räuber oder Beute sind.«

»Das stimmt«, erwiderte Pyk, obwohl sie darüber weniger besorgt als erfreut schien. »Man wird die Berichte bewachen müssen.«

»Ich will keine ganze Karawane«, erklärte Cithrin. »Marcus und Yardem werden genügen, denke ich.«

»Einen Dreck werden sie«, sagte Pyk.

»Das ist keine Entscheidung, die Ihr treffen könnt«, entgegnete Marcus.

Die dicken Lippen der Yemmu hingen vor Überraschung herab. »Meint Ihr das ernst?«, fragte sie. »Und ich habe wirklich gerade angefangen zu glauben, dass Ihr doch kein Idiot seid. Oder bin ich die Einzige, die sich überlegt hat, was das bedeutet? Nordstade stand letztes Jahr am Rande eines neuerlichen Erbfolgekrieges. König Tracians Hintern hat den Thron gerade erst angewärmt. Nun zieht Asterilreich – das Nachbarreich mit der längsten und am schwersten zu verteidigenden Grenze – gegen das imperiale Antea ins Feld.«

»Worauf wollt Ihr hinaus?«, fragte Cithrin.

»Du willst also mit Marcus Wester im Schlepptau dorthin? Denn so, wie ich es im Kopf habe, hat er beim letzten Mal, als er in Nordstade war, den König umgebracht.«

»Und den Thron Lady Tracian überlassen«, ergänzte Marcus.

»Und jetzt, da ihr Neffe die Krone trägt, seid Ihr vielleicht gekommen, um ihn Euch zurückzuholen«, sagte Pyk. »Wenn ich König von Nordstade wäre und Ihr in mein Königreich angetanzt kämt, während mir bereits Schwerter in den Ohren klirren, wisst Ihr, was ich dann tun würde? Euren hübschen kleinen Arsch einbuchten, nur um auf der sicheren Seite zu sein. Und dann würde ich mir denjenigen, der Euch hergebracht hat, verdammt genau anschauen, und damit meine ich nicht die Magistra hier.«

»Mir wird nichts passieren«, erklärte Marcus.

Pyk hob die Augenbrauen, aber sie sagte nichts mehr. Ein Ruf drang von der Straße herein und dann Gelächter. Ein einzelnes hartes Klopfen an der Tür kündigte Yardem Hane an. Die Ohren des Tralgu waren nach vorn geneigt, wodurch er ernst und aufmerksam wirkte.

»Es ist alles im Lager, Hauptmann.«

»Habt Ihr eine vollständige Liste?«, bellte Pyk.

Yardem ging durch das Zimmer und gab der Frau eine Handvoll Papiere, aber Cithrins Aufmerksamkeit lag noch auf der Karte; im Geiste drehte und wendete sie die Reise, die vor ihr lag. Eine unerwartete Anspannung zog sich in ihrem Bauch zusammen. Am Rande ihres Sichtfelds strich Pyk mit einem vernarbten Daumen über die Liste. Das Rascheln von Papier auf Papier, als sie zur nächsten Seite blätterte, klang wie ein ungeduldiges Seufzen.

»Das gehört uns nicht«, sagte sie und tippte auf die Seite.

»Jetzt schon«, erwiderte Marcus. »Es ist in unserem Lager.«

»So, wirklich?«, fragte Pyk. »Und wenn irgendein Kaufmann aus dem Salzviertel beim Statthalter darauf Anspruch erhebt, was werdet Ihr dem Magistrat dann sagen? Na ja, wir haben es einem Piraten abgenommen, also gehört es uns? Wenn wir keine Papiere haben, um zu beweisen, dass wir das Recht haben, es zu besitzen, schafft es aus meinem Lager.«

Cithrin drückte eine Fingerspitze auf die nördliche Küste und folgte ihr von Nordstade nach Asterilreich und Antea. Sie war schon einmal vor anteanischen Schwertkämpfern geflohen. Die Armee des Imperiums hatte Vanai eingenommen, und irgendein Statthalter der Anteaner hatte es niedergebrannt. Daran erinnerte man sich bestimmt noch. Die Grenze zwischen den streitenden Reichen war ein Fluss, der aus den Sümpfen im Süden heraufkam und sich im Norden ins Meer ergoss. Nur eine einzige Drachenstraße überquerte das Gewässer wie ein Tor in einer Mauer. Das Meer würde, wenn überhaupt, das erweiterte Schlachtfeld sein. Wenn die Adligen und Kaufleute aus Asterilreich nach Westen flohen, fort vom Feind, wäre Nordstade der einzige Ort, an den sie flüchten konnten.

»Doch, es gehört uns. Bergungsrechte sind auch Rechte«, sagte Marcus gerade, und Cithrin fiel auf, dass sie einen Teil des Gesprächs überhört hatte.

»Wenn Ihr in Eurem Namen das Risiko auf Euch nehmt, könnt Ihr alles behalten, was Ihr jemandem gestohlen habt, und *Ihr* geht dann dafür in den Kerker. Ich werde …«

»Ich möchte jetzt bitte mit dem Hauptmann allein sprechen«, unterbrach sie Cithrin. Drei Augenpaare richteten sich auf sie. Pyk und Marcus kochten beide vor Zorn. Yardem war wie immer nicht zu deuten. »Nur Marcus. Nur einen Augenblick.«

Pyk machte ein Geräusch, als würde sie ausspucken, aber sie tat es nicht. Ihr walzender Gang ließ sie wie ein Schiff wirken, das in hohen Wellengang geraten war, während sie hinausschritt. Yardem nickte, zuckte mit einem Ohr und zog sich zurück, wobei er die Tür hinter sich schloss.

»Diese Frau ist eine Katastrophe«, sagte Marcus und zeigte mit zwei Fingern auf die Tür. »Ich glaube, sie haben sie nur geschickt, um uns zu bestrafen.«

»Wahrscheinlich ist das so«, erwiderte Cithrin. »Das ist mit ein Grund, weshalb sie recht hat.«

»Hat sie aber nicht. Sobald Rinál diese Kisten an sich genommen hat, hat er ...«

»Nicht damit. Mit Carse. Ich kann Euch nicht mitnehmen.«

Marcus verschränkte die Arme und lehnte sich an das Stehpult, das einzige Überbleibsel vom Schreibtisch des alten Spielbudenbesitzers. Sein Gesichtsausdruck war nichtssagend. »Verstehe«, brummte er.

»Ich werde nach Carse gehen, um Komme Medean für mich zu gewinnen«, erklärte sie. »Wenn ich mit einem Skandal ankomme, wird mir das nicht weiterhelfen. Und Ihr seid Marcus Wester. Ihr seid der Mann, der den Eintagskönig getötet hat. Ich vergesse das, weil ich Euch kenne. Und Ihr lasst Euch davon nicht bestimmen. Aber der Rest der Welt, und ganz besonders der Hof von Nordstade, wird Euren Namen nicht hören, ohne an Armeen und tote Könige zu denken. Komme Medean muss mich mögen. Oder mich respektieren.«

Seine Lippen waren so fest zusammengekniffen, dass sie weiß waren, und neben seinem Mund zogen sich scharfe, zornige Linien nach unten. Einen Moment lang hatte Cithrin das ungute Gefühl, dass er gleich kündigen würde. Sie und die Bank und alles andere verlassen. Dann blickte er sie an, und sein Gesichtsausdruck wurde sanfter.

»Nun«, sagte er. Ein Hund japste, und nicht weit entfernt fluchte eine Männerstimme. Marcus kratzte sich an der Wange, ein Geräusch wie Sand, der auf Papier fiel. »Ich nehme an, jemand muss ein Auge auf Pyk haben.«

»Danke.«

»Du wirst trotzdem Wachen brauchen. Wenn es nicht ich und Yardem sind, wirst du mindestens vier benötigen …« Cithrin lächelte, und Marcus schaffte es zurückzulächeln. »Ver… versprich mir einfach, dass du in Sicherheit sein wirst. Meine Vergangenheit ist voll von Leuten, die ich in Nordstade verloren habe.«

»Ich verspreche es«, sagte sie.

Obwohl sich Cithrin als aufrechte und bedeutende Bürgerin von Birancour neu erfunden hatte, war sie nie weiter im Landesinneren gewesen als bis zu den Bergen und Hügeln an der Küste, die es von den Freistädten trennten und die sich damals auch noch im eisigen Griff des Winters befunden hatten. Sie hatte sich das ganze Land so vorgestellt – wogende Hügel und Felsen, die von Wäldern und Wiesen durchsetzt waren. So war das Land zwischen den Freistädten gewesen, wo es nicht unter Schlamm und Schnee verschwunden war. Erst als sie die letzten einsamen Häuser und Höfe von Porte Oliva hinter sich gelassen hatten, erkannte sie, wie weit und offen sich das Land erstreckte, und hörte zum ersten Mal in ihrem Leben, mit welcher Stimme das Gras sang.

Das Innere von Birancour war flach, es gab nicht einmal

einen Hügel, der den Horizont aufgelockert hätte, und die Straße aus Drachenjade führte mitten hindurch. Cithrin ertappte sich dabei, wie sie sich vorstellte, dass die Straße etwas Lebendiges war, das sich hinter ihnen aufrollte und vor ihnen aufstieg, eine Seeschlange, die mit ihnen reiste und sie über einen Ozean aus Gras geleitete. Hätte man sie gefragt, hätte sie gesagt, dass das Geräusch des hohen Grases, das sich im Wind wiegte, wie ein Kratzen war, als würde man händeweise Stroh aneinanderreiben. Es war, als ginge man unter einem Wasserfall. Sogar der leiseste Windhauch brüllte, und nach dem dritten Tag begann Cithrin Dinge darin zu hören – Stimmen und Musik, Flöten und Trommeln und einmal einen großen Chor von Stimmen, die sich zusammen im Gesang erhoben.

Bauernhöfe und bestellte Felder schienen aufzusteigen und wieder hinabzusinken wie Bilder aus einem Traum. Sie erwartete beinahe, dass die Männer und Frauen, denen sie auf der Straße begegneten, einer neuen, unbekannten Rasse entstammten, aber stattdessen waren es Erstgeborene und Cinnae, ihre Gesichter ledrig von der Sonne und ihre Handflächen gelb und schwielig. Die Leute schienen so vertraut und alltäglich, dass Cithrin sich langsam sagte, es wären nur ihr eigenes Befremden und die Aufregung, die den Ort irgendwie nicht ganz echt wirken ließen. Als ein riesiges Geschöpf vor ihnen über die Straße glitt, das gut halb so groß wie ihr eigenes Pferd war, aber schwarz und schleimig, mit Dolchzähnen und einer höchst seltsamen, blumenartigen Nase, mussten ihre Wächter warnend aufschreien, um sie davon zu überzeugen, dass es echt war.

Letztlich hatte ihr Marcus doch nur zwei Wächter mitgegeben. Zwei Erstgeborene namens Barth und Corisen

Mout. Wenn es Nacht wurde, ohne dass eine Herberge oder Karawanserei auftauchte, führte einer sein Pferd hinaus ins Gras und ließ es wie einen Hund im Kreis gehen, bis ein runder Fleck niedergetrampelt war. Obwohl das Gras feucht und grün war, entzündeten sie niemals ein Feuer.

Cithrin lag in ihrem winzigen ledernen Schlafzelt, einen Arm vor sich ausgestreckt und den Kopf daraufgebettet. Das Zeltdach war nur ein paar Fingerbreit über ihr, und es hielt ihre Körperwärme erstaunlich gut im Inneren. Sie war so müde, dass sie zitterte, ihr Rücken und ihre Beine schmerzten vom Reiten. Der angespannte Knoten in ihrem Bauch war ein alter, unwillkommener Begleiter, der zurückgekehrt war, als sie ihn am wenigsten brauchen konnte, und er hielt sie vom Schlafen ab. Daher tat sie so als ob, schloss die Augen und versuchte ohne Erfolg, ihre Wachen nicht zu belauschen, während sie sich unterhielten. Über Marcus.

»So, wie ich es gehört habe, wusste Frühlingssee, dass der Hauptmann der einzige Grund war, weshalb er den Krieg gewann«, sagte Barth. »Das ging so, bis er sich selbst halb verrückt vor Angst gemacht hatte, dass Wester die Seiten wechseln würde. Daher hat Frühlingssee sich nach der Schlacht von Ellis einen Sack voll Uniformen von Lady Tracians Toten geholt, seine eigenen Männer hineingesteckt und sie dann zur Familie des Hauptmanns geschickt. Sie haben ihn festgehalten, während seine Frau mit dem Kleinkind verbrannt ist.«

»Es war kein Kleinkind«, sagte Corisen Mout. »Das Mädchen war sechs, sieben Jahre alt.«

»Dann also sein kleines Mädchen.«

»Wie hat der Hauptmann herausgefunden, dass sie ihn hinters Licht geführt haben?«

»Weiß ich nicht. Das war aber nicht, bevor Lady Tracian an den Pranger gestellt wurde.«

»Ich dachte, er wusste es schon vorher und hat die ganze Zeit nur mitgespielt. Hat den Krieg in einem Jahr beendet und Frühlingssee König werden lassen, so dass der sich sicher fühlte, ehe er den Bastard niederstreckte.«

»Mag schon sein. Ist noch was drin in dem Schlauch?«

Cithrin hörte das Gluckern von Wein. Die Grashalme am Rand des Lagers bewegten sich beinahe lautlos, und ihr fiel auf, dass sie die Augen wieder geöffnet hatte. Mit finsterem Gesicht kniff sie sie zu.

»So oder so, Frühlingssee lässt sich also zum König von Nordstade ernennen und bricht wieder nach Carse auf, um dort die Herrschaft zu übernehmen. Sitzt in seinem Zelt, macht sich Listen mit allen Köpfen, die er abschlagen lassen will, und da kommt der Hauptmann herein und erklärt, dass er weiß, was geschehen ist. Das Nächste, was man sich erzählt, ist, dass Wester blutüberströmt mit einer Axt in der Hand zum Pranger geht, Lady Tracians Fesseln durchschlägt, ihr diese Krone gibt, an der immer noch Teile von Frühlingssee kleben, und sagt, dass sie sie seinetwegen haben kann. Und danach ist er … weg. Verschwindet einfach aus der Geschichte, bis er plötzlich in Porte Oliva aufgetaucht ist, um für die Magistra Wachen anzuheuern.«

Das hohle, zischende Geräusch ertönte, das entstand, wenn sich jemand Wein in den Mund spritzte.

»Glaubst du, er ist in die Magistra verliebt?«

»Barth! Sie ist …«

»Ach, sie schläft doch seit Stunden. Aber im Ernst. Hier ist er, könnte eine eigene Armee aufstellen und irgendwo eine

Garnison kommandieren, für den vier- oder fünffachen Lohn dessen, was er jetzt bekommt. Aber er bleibt hier. Die Hälfte der Mädchen in der Schenke würde mit ihm ins Bett gehen, aber er ist stets auf der Hut, damit nur ja keines von ihnen glaubt, er hätte irgendwas im Sinn.«

»Nein, es ist einfach so, dass er seiner verstorbenen Frau noch treu ist. Er kann nicht mit einer Frau zusammen sein, sonst fängt er an, an sie zu denken.«

»Ach, ich glaube, er ist wild auf die Magistra.«

»Ich sage dir, dass es alter Kummer ist, der sein Inneres in Stein verwandelt hat«, beharrte Corisen Mout. »Außerdem hat die Magistra zwar ein hübsches Gesicht, aber keine Titten.«

»Oh, du mein Bruder«, erwiderte Barth mit einem leisen Lachen, »du betest am besten, dass sie schläft…«

»Tue ich nicht«, sagte Cithrin.

Die Stille schien ewig anzuhalten. Sie schob sich aus dem Zelt und stand dann auf. Das Sternenlicht entzog den beiden Männern jegliche Farbe. Ihre Gesichter wirkten zerknirscht. Der Weinschlauch lag in Barths Hand. Sie ging hinüber und nahm ihn ihm ab.

»Ihr hattet mehr als genug. Schlaft jetzt«, sagte sie. »Alle beide.«

Ohne ein weiteres Wort rollten sich die beiden Männer in ihren Bettrollen zusammen. Cithrin stand über ihnen, bis sie anfing, sich lächerlich vorzukommen, und ging dann zurück in ihr kleines Zelt. Die Unterhaltung war zu Ende, aber Cithrin lag trotzdem wach in der Dunkelheit. Nach dem halben Weinschlauch fing der Knoten in ihrem Bauch an, sich zu lösen, so wie sie es in Erinnerung hatte, als sie zum ersten Mal auf der Straße unterwegs gewesen war. Ihre Augen schlossen sich jetzt leichter, da der Alkohol ihren Körper lockerte und alles ein wenig besser aussehen ließ. Als ihre Gedanken zu Marcus wanderten – er konnte doch nicht in sie verliebt sein, oder? Es wäre, als würde Magister Imaniel sie zur Braut wollen. Er war ganz ansehnlich, aber er war so alt –, wandte sie sich bewusst den Feinheiten ihres Handwerks zu. Die Verluste der *Sturmkrähe* waren vermutlich im Bericht aufgelistet, aber die Gewinne aus der Bergungsaktion nicht. Sie musste sicherstellen, dass sie bei der Dachgesellschaft davon erfuhren. Und dass Pyk die geborgenen Güter nicht behalten wollte, die sie ursprünglich nicht versichert hatten.

Sie fing an, sich zu fragen, wie ein Vertrag aussehen könnte, der Bergungsgüter davor schützte, später von jemand anders geborgen zu werden. Das war durchaus möglich, wie sie annahm, aber sie hatte noch nichts dergleichen gesehen. Sie musste wissen, was die Magistrate davon hielten. Wenn sie alle übereinstimmten, dass Pyk im Unrecht war und die Bergung rechtens, dann konnte die Bank für den Vertrag sehr gute Konditionen anbieten. Volle Deckung für zehn Prozent war nur ratsam, wenn die Möglichkeit bestand, dass man den Vertrag auch durchsetzte …

Langsam spürte Cithrin, wie ihr Verstand unter ihr davontrieb, als sich der Wein und die Ablenkung durch die Verträge mit dem Rauschen des Grases vermischten. Im Halbschlaf verschloss sie den Weinschlauch, rollte sich herum und ließ ihren Körper in das niedergetrampelte Gras sinken. Noch ein paar Tage bis Sara-sur-mar. Dann auf das Schiff. Und dann Carse und irgendein Weg, um sie alle davon zu überzeugen, Pyk Usterhall zu nehmen, sie in einen Brunnen zu werfen und Cithrin die Bank zurückzugeben.

Dawson

Die Armee verließ Camnipol eine Woche nach Lord Eschfurts Händen. Bei so wenig Vorbereitungszeit war es eine kleine Streitmacht. Zwanzig Ritter mit ihren Knappen. Vierhundert Schwertkämpfer und Bogenschützen, die meisten davon Bauern, die man inmitten der Pflanzzeit von ihrem Land geholt hatte. Nur etwa zwei Dutzend waren Berufssoldaten, knapp hundert hatten jedoch in ihrem Leben bereits einmal auf einem Schlachtfeld gestanden. Sie trugen an Rüstung, was gerade verfügbar gewesen war, und hielten die Schwerter, Lanzen und Jagdbögen in den Händen, die sie für diesen Tag auf Speichern und in Kellern aufbewahrten. Sie machten sich bereits auf den Weg, während die Nachricht noch nach Süden und Osten ging, damit sich die anderen versammelten. Es würde vielleicht einen Monat dauern, bis die zweite und größere Streitmacht zusammenkam, die dann von den Ländereien des Südens oder aus Westen an der Grenze zu Sarakal heraufziehen würde. Dawsons Schätzung nach würde das Imperium eine Armee von sechstausend Mann ins Feld schicken, gerüstet und bewaffnet, und immer noch genug Männer auf den Äckern zurückbehalten, um eine Hungersnot im nächsten Frühling zu verhindern.

Aber das spielte erst später eine Rolle. Im Augenblick trabten die Pferde der Ritter auf dem breiten Weg aus Jade, und dahinter folgten Karren mit Verpflegung für Mensch und Tier. Hinter ihrem Zug verblasste Camnipol, bis die Königshöhe kaum mehr als ein undeutlicher Fleck vor dem Horizont war. Und an der Spitze der Armee ritt Lordmarschall Dawson Kalliam mit Jorey an seiner Seite und schlug ein zügiges Tempo an, als würde er versuchen, die Armee hinter sich durch sein Vorbild und schiere Willenskraft mitzureißen.

Wenn man die Karte betrachtete, war Asterilreich kaum mehr als ein breiter Streifen Land, der das imperiale Antea von Nordstade trennte und zwischen den beiden großen nördlichen Königreichen eingesperrt war wie ein Knappe, der zwischen zwei Rittern stand. Die Küste von Asterilreich war die kürzeste aller drei Staaten. Es konnte lediglich zwei große Städte sein Eigen nennen: Kaltfel und Asinhaven. Es war jedoch besser geschützt, als es einfache Tintenstriche auf Pergament vermittelten. Im Süden strömte der Fluss Siyat seiner Mündung entgegen, indem er Wasser aus weitläufigen Sümpfen zog, die vom Schmelzwasser aus den Bergen entlang seiner Südgrenze gespeist wurden. Ein Einmarsch aus den Trockenbrachen war also schwierig und zeitaufwendig. Von Westen her war es sumpfig, was das Heer anfällig für Krankheiten machen würde. Der Fluss selbst, der Siyat, konnte in seinen nördlichsten Abschnitten befahren werden, aber über den Großteil seiner Länge hinweg war er schlammig, kalt, unberechenbar und tief. Die einzige anteanische Stadt, die sich in der letzten Generation vom Gespaltenen Thron losgesagt hatte, war Anninfeste am Ufer des Flusses; dort atmete man die Luft von Asterilreich, und dort wohnten Männer, die beiden Königreichen treu ergeben waren.

Dawson hatte über die Kriege zwischen den niederen Königen

und die Abspaltung von Antea gelesen, ehe es zu einem separaten Reich geworden war, und das, was einen Unterschied zwischen einem raschen Schlagabtausch, der schnell vorbei war, und einem aufreibenden, blutigen Krieg, der sich über Jahre hinziehen konnte, machen würde, war die Serefbrücke.

Einen Tagesritt südlich von Kaltfel spannte sich ein Band aus Drachenjade über die Stromschnellen. Man sagte, dass die Straße älter war als der Fluss, dass die Drachenstraße einst durch eine Ebene geführt hatte, und tausende Jahre der Erosion hatten daraus eine Brücke gemacht. Zu beiden Seiten kauerten Garnisonen, funkelten sich gegenseitig über das offene Wasser hinweg an. Das Land, das über beide Festungen verfügte, bestimmte auch den Krieg, und Dawsons größte Hoffnung war, die Brücke mit einer Streitmacht zu erreichen, die groß genug war, um die andere Seite zu überrollen, ehe König Lechan sich von dem Schock über Geder Palliakos Wüten erholt hatte. Jeder Angriff über die Brücke hinweg würde einen blutigen Tribut fordern, aber wenn man jetzt fünfhundert Männer an einem Nachmittag verlor, würde man damit fünftausend davor bewahren, in Sümpfen und Furten zu sterben, auf Schiffen und Stränden, über Jahre hinweg.

Dawsons Zelt war so solide wie ein Haus. Dickes Leder spannte sich über Eisenrahmen, um Wände und Zimmer zu schaffen. Ein Kohlebecken stand inmitten der Hauptkammer, und der Rauch stieg in einer grauen Spirale zum Kaminloch in der Decke auf. Grillen zirpten um ihn herum, als er ein Abendmahl zu sich nahm, das aus Huhn, Äpfeln und Empörung bestand. Sein zeitweiser Verbündeter Canl Daskellin saß ihm gegenüber und schälte einen Apfel mit einem Dolch und dem Druck seines Daumens.

»Ich weiß nicht, was Ihr da andeuten wollt, alter Freund«, sagte Canl Daskellin.

»Ich deute gar nichts an.«

»Nicht?« Eine lange grüne Spirale aus Apfelschalen fiel auf den Boden. »Denn es klingt, als würdet Ihr den Lordregenten des Hochverrats an der Krone beschuldigen.«

»Ich will keinen Staatstreich herbeiführen. Ich will keine aufgespießten Köpfe sehen. Zumindest nicht von wichtigen Leuten. Wenn wir Palliakos Kultistenschar in Ketten legen und aus der Stadt peitschen, kann ich nicht behaupten, dass mich das stören würde.«

»Trotzdem …«

»Ich weiß, was ich gesehen habe, Canl. Ihr hättet es auch gesehen, wenn Ihr hingeschaut hättet. Er nimmt seinen Schoßpriester überallhin mit. Und was wissen wir über sie und ihre Spinnengöttin? Wir haben zu übereilt gehandelt. Wir haben uns von der Panik, die Maas ausgelöst hat, und der Erleichterung nach seinem Scheitern überrollen lassen.«

»Und das passiert zum allerersten Mal in der Geschichte«, erwiderte Daskellin trocken. »Wir haben schlechte Regenten gehabt, und wir haben schlechte Könige gehabt. Wir hatten anständige Könige mit schlechten Beratern und Könige, die halb betrunken aus einem Hurenhaus heraus regiert haben, während ihre Berater sich darum kümmerten, dass das Königreich nicht in Flammen aufging. Als Sonderbotschafter in Nordstade bin ich nicht erfreut, dass wir Botschafter in kleine Stücke hacken, aber abgesehen davon sehe ich keinen Unterschied.«

»Ich schon«, erklärte Dawson. »Es waren *unsere* schlechten Könige. *Unsere* schlechten Berater. Es waren Anteaner. Diesmal haben wir uns der Macht von Fremden ausgeliefert.«

Daskellins Schweigen klang wie Zustimmung. Als er wieder etwas sagte, war seine Stimme leise und nachdenklich. »Glaubt Ihr, dass wir uns in einem fremden Krieg befinden?«

»Das habe ich nicht gesagt«, erwiderte Dawson, während er mit den Fingern Fleisch von seinem Hühnchen zupfte. Zu Hause oder bei einem Festmahl hätte er das nie getan, aber es war Krieg, und er war im Feld. »Ich sage, dass wir, falls Palliako jenen Fremden seine Ergebenheit schuldet, nicht weniger schlimm dran sind, als wenn Maas seinen Vetter aus Asterilreich auf den Thron gesetzt hätte.«

»Ich habe das Gefühl, dass Ihr mich um etwas bittet. Ich bin nur nicht sicher, worum.«

»Ich will, dass Ihr sie aushorcht. Nicht alle, aber die Männer, denen Palliako zu Respekt verholfen hat. Brut und Veren. Solche Männer. Findet heraus, ob sie Palliako treu ergeben sind.«

»Natürlich sind sie das«, erwiderte Daskellin. »Das sind wir alle. Ihr auch. Wir sind hier und marschieren und exerzieren, anstatt am Hof zu sein. Das ist ein Zeichen der Treue.«

Dawson schüttelte den Kopf. »Ich bin gekommen, weil es der Lordregent befohlen hat«, sagte er. »Nicht für Geder Palliako.«

Daskellin lachte, und einen Moment lang hörte das Grillenzirpen auf. Er schnitt eine Scheibe vom Apfel ab und steckte sie sich in den Mund, ehe er mit der Klinge auf Dawson zeigte. »Ihr trefft sehr feine Unterscheidungen. Das solltet Ihr im Auge behalten, sonst werdet Ihr noch zum Politiker.«

»Werdet nicht ausfallend«, erwiderte Dawson. »Bis der Krieg beendet ist, kann nichts unternommen werden, so oder so. Aber solange ich Lordmarschall bin, ist es meine Pflicht, mir die Treue der hohen Häuser zu erhalten. Und wenn wir mit Asterilreich fertig sind, muss man sich um diese Priester kümmern.«

Canl Daskellin seufzte. »Es ist schwer, sich mit Euch zu verschwören, Dawson. Als wir es zum letzten Mal getan haben, ist es nicht gut gelaufen.«

Dawson verzog das Gesicht, und dann breitete sich langsam ein freudloses Lächeln auf seinen Lippen aus. »Nun denke ich, dass Ihr *mich* um etwas bittet«, sagte er.

»Meine Jüngste. Sanna. Sie hat Gefallen am Lordregenten gefunden. Sobald wir seine Kultistenfreunde vertrieben haben, dachte ich, Euer Jorey könnte vielleicht einen Ball geben. Sie ein wenig miteinander bekannt machen ...«

Die Worte *Ihr wollt mich als Zuhälter für Eure Tochter?* lagen Dawson auf der Zunge, aber er nahm noch einen Bissen von dem Huhn, und sie blieben, wo sie waren.

»Sanna scheint ein wunderbares Mädchen zu sein«, bemerkte Dawson. »Was immer geschieht, ich wäre erfreut, ihr helfen zu können, so gut ich es vermag.«

»Gesprochen wie ein Diplomat«, sagte Daskellin. Dawson runzelte die Stirn, erwiderte aber nichts. Er würde die Beleidigung hinnehmen. Für den Augenblick zumindest. Es war noch Zeit. Wenn er an der Serefbrücke scheiterte, vielleicht unendlich viel Zeit. Und Blut und Kämpfe. Daskellin schien sich im langsam aufsteigenden Rauch aus dem Kohlebecken zu verlieren.

»Eine Frage noch«, sagte er. »Denkt Ihr, es ist wahr? Denkt Ihr, König Lechan hat es wirklich gewusst? Es gutgeheißen?«

»Ich weiß nicht.«

»Aber *glaubt* Ihr es?«

»Ja.«

Daskellin nickte. »Das glaube ich auch«, sagte er. »Also ist Eure Verschwörung ausländischer Priester zumindest im Augenblick im Recht.«

Der Morgen roch nach Wiesenblumen. In der Nacht hatte es geregnet, der Boden war feucht geworden, und die vormittägliche Sonne hatte ihn aufgeheizt. Nebel wallte bis zu den Knien der Fußsoldaten, aber nicht höher. Die Späher waren im ersten Licht des Tages zu Dawson gekommen, daher war er auf den Anblick vorbereitet. Der Fluss floss in einer Biegung von Süden her in eine ausgehöhlte Schlucht aus Erde und Stein. Das Wasser stand wegen des nächtlichen Regens hoch: Der weiße Schaum reichte beinahe an den blassen Streifen aus Jade heran, der es überspannte. Die Festung auf der anderen Seite war rund wie eine Trommel, so hoch wie drei Männer und aus grauem Stein und Mörtel in der Farbe von altem Blut erbaut. Auf der anteanischen Seite – *seiner* Seite – war das Gebäude eckig und aus kalkweißen Ziegelsteinen. Die Schießscharten blickten auf die Drachenstraße hinab, die in der Festung verschwand und wieder daraus hervorkam. Die Zinnen waren schmal, mit kaum genug Platz, dass sich ein Bogenschütze hinstellen, schießen und zurücktreten konnte.

Die Banner von Asterilreich wehten über beiden Festungen, aber es waren nicht viele. Drei waren auf der weißen Festung aufgepflanzt, schlaff und dunkel von Tau und Feuchte. Zwei weitere beanspruchten das gegenüberliegende Ufer für sich. Hinter Dawson befanden sich zwanzig Ritter aus fünfzehn Häusern. Bannien und Brut, Corenhall und Osterlingbrachen, die Häuser und Ländereien Anteas. Vierhundert Mann oder mehr lauerten hinter jenen Schießscharten.

Jorey ritt neben ihn. Das Gesicht des Jungen war blass und verschlossen. Er hatte jetzt eine Frau zu Hause. Dawson erinnerte sich an den ersten Kampf, in den er in dem Wissen gezogen war, dass er eine Witwe hinterlassen würde. Das veränderte den Blickwinkel.

»Sie haben sich aufgeteilt«, sagte Jorey. »Weshalb haben sie sich aufgeteilt?«

»In der Hoffnung, beide Seiten zu halten«, erwiderte Dawson. »Wenn sie all ihre Männer auf unseren Boden stellen und wir sie zurückschlagen, erreichen sie ihre Festung am anderen Ufer in Unordnung. Wenn sie all ihre Männer in die Festung auf der anderen Seite setzen, verlieren sie den sicheren Übergang über den Fluss.«

»Sie werden sich aber jetzt zurückziehen«, meinte Jorey. »Sie sind in der Festung zwar geschützt, aber wir sind in der Überzahl. Das müssen sie wissen. Wenn sie sich uns auf der anderen Seite zusammen entgegenstellen, haben sie zumindest eine gewisse Hoffnung. Ihre Kräfte aufzuteilen ist Wahnsinn.«

»Es ist mutig«, entgegnete Dawson. »Diese drei Banner? Die sind nicht da, um die Schlacht zu gewinnen. Sie sind da, um uns aufzuhalten, bis Verstärkung eintrifft.«

»Wir können die Festung auf der anderen Seite überrennen«, sagte Jorey. »Mit den Männern, die wir haben, werden wir sie einnehmen.«

»Vielleicht aber nicht mit den Männern, die wir haben, nachdem die weiße Festung wieder uns gehört. Und wenn ihre Verstärkung eintrifft, dann gar nicht.« Dawson wandte sich im Sattel um, und sein Blick fiel auf seinen Knappen. »Zur Aufstellung blasen! Wir haben keine Zeit zu verlieren.«

Sie machten sich bereit, Bogenschützen und Schwertkämpfer, Speerträger und der kleine Belagerungsturm, dessen Ramme aus einem Baumstamm mit einer in Bronze getauchten Spitze bestand, lang genug, dass drei Männer an jeder Seite gehen konnten. Dawson hatte schon Mittwinterfeste gesehen, bei denen man mehr Holz aufs Feuer geworfen hatte. Aber dies waren keine Burgen, nur Festungen am Fluss, und die kleine Ramme war alles, was sie hatten.

Das Heer war bereit zum Angriff. Es gab nur noch eines zu tun, ehe die Welt sich in Stahl und Blut verwandeln würde. Er rief nach Fallon Brut. Der Mann ritt herbei, und sein großer Schnurrbart hüpfte im Gleichtakt mit seinem Pferd auf und ab.

»Lord Brut«, sagte Dawson. »Werdet Ihr den Ehrenplatz einnehmen?«

»Aber gern, Lordmarschall«, antwortete er, und es sprach für ihn, dass es so klang, als wäre dem wirklich so. Brut nahm Dawsons Knappen den Schalltrichter ab und ritt nach vorn, auf die bleiche Ziegelfestung zu. Als er annahm, gerade noch außer Schussweite zu sein, hielt Brut an und hob den Trichter an den Mund. Dawson musste sich anstrengen, um zu verstehen, was er sagte.

»Im Namen von König Aster und Lordregent Palliako und im Namen des Gespaltenen Throns, ergebt Ihr Euch?«

Es schien, als ob der Tag einen Moment lang den Atem anhielt. Eine Antwort kam, aber zu leise, um sie zu verstehen. Dann blitzte eine Pfeilsalve silbern in der Morgensonne auf und ging kurz vor Brut und seinem Ross zu Boden.

Der Ritter hob den Trichter erneut an den Mund. »Merkt Euch, dass ich es Euch angeboten habe, Ihr Schwanzlutscher!« Brut ritt schnell zurück, sein Gesicht gerötet und sein fliehendes Kinn nach vorn gereckt. Er gab den Trichter zurück. »Ich sage, wir reißen ihnen den Arsch auf, Lordmarschall.«

»Vermerkt, Lord Brut. Und ich danke Euch«, erwiderte Dawson. »Blast zum Angriff der Fußsoldaten.«

Vor Dawsons Augen strömte die Angriffswelle nach vorn wie Wasser, nachdem ein Damm gebrochen war. Pfeile flogen aus den Scharten der weißen Festung, und Bogenschützen erschienen auf den Zinnen. Im Angriffsgebrüll konnte Dawson keine einzelnen Schreie ausmachen, aber er hatte schon genug vom Krieg gesehen, um zu wissen, dass sie da waren. Aus der Entfernung des Befehlshabers sah es beinahe ruhig aus, aber innerhalb dieses Stroms von Körpern war es das lauteste, freudigste und erschreckendste Gefühl der Welt. Sie hatten sich entschieden, und nun gab es kein Zurück.

Schmale Leitern mit Haken und Stacheln am Ende, die es erschwerten, sie zurückzustoßen, erhoben sich in die Luft. Der dumpfe Schlag der Ramme drang heran, wieder und wieder. Jene anteanischen Soldaten, die Schilde besaßen, hatten sie über den Kopf erhoben, aber es waren nur wenige. Zwei der Leitern konnten sich einhaken, und Männer schwärmten hinauf. Dawson beobachtete angespannt das Geschehen und biss sich auf die Unterlippe. Im Norden bewegte sich etwas. Am Rande des Flusses. Männer, die die Farben von Asterilreich trugen. Mindestens hundert. Sie hatten sich in Schlamm und Kälte am Flussufer versteckt, bereit, dem Feind in den Rücken zu fallen.

»Gebt das Signal für Gefahr im Norden«, befahl Dawson,

und sein Knappe hob die Trompete. Drei kurze Stöße für Gefahr, zwei lange für Norden. Bei diesen Feinden schien es sich zum Großteil um Schwertkämpfer zu handeln. Nur ein paar Speere schienen in der Luft zu flimmern. Die dumpfen Schläge der Ramme übertönten alles, aber die Rufe veränderten sich. Dawsons Männer richteten sich auf den neuen Feind aus.

»Angriff«, rief Dawson und zog sein Schwert. »Blast zum Angriff.«

Dawson und die Ritter von Antea rasten hinab zum Fluss und zu dem wartenden Feind. Es gab doch mehr Speere, als zuerst angenommen, aber nicht genug. Irgendwo links hinter Dawson schrie und fiel ein Pferd, aber als er es hörte, war er schon mitten im Gedränge, hieb nach Köpfen und Schultern. Rechts von ihm schwang Makarian Vey, der Baron von Corenhall, einen Schlachthammer und stieß ein altes Wirtshauslied hervor. Links jagte Jorey einen feindlichen Soldaten, der die Nerven verloren hatte. Dawsons Finger schmerzten angenehm, und auf seinem Schwert war Blut. Der stetige Rhythmus der Ramme änderte sich, und ein Schrei stieg im Süden auf. Das Tor der weißen Festung gab nach.

»Die Festung!«, rief er. »Macht sie fertig, und dann zur Festung! Drängt diese Bastarde zurück! Für Antea und Simeon!«

Ein abgehackter Schrei antwortete ihm, und die Ritter von Antea wandten sich mit ihm um, um rasch zur weißen Festung zu reiten.

Die Körper von anteanischen Soldaten und Bauern, Männern und Jungen, lagen auf dem weichen Boden vor der Festung, wo sie von Leitern gestürzt und von Pfeilen durchbohrt worden waren. Nicht alle waren tot. Von drinnen drangen die

Geräusche des Kämpfens und Tötens heraus. Dawson stieg nicht ab, sondern ritt über den Hof der Festung, preschte schnell auf das andere Tor zu. Seine Ritter blieben neben ihm. Die Jadebrücke führte über den Fluss. An den Seiten waren alte Geländer, abgenutzte Planken, die oben und unten an die Jade gezurrt und zusammengenagelt worden waren. Das Holz war bleich und splitterte, ein zerbrochenes und verfaultes Menschenwerk über dem ewigen und gleichgültigen Artefakt der Drachen.

Etwa dreißig bis vierzig Männer standen auf der Brücke. Hinter ihnen auf der anderen Seite erhob sich die runde Festung. Von hier aus sah sie höher aus, ihre breite Mauer ragte leicht nach außen, um es schwerer zu machen, sie zu erklimmen. Ihr Tor war geschlossen, sperrte sowohl Feind als auch Freund aus.

Aber wenn sie es öffneten, um ihre Männer einzulassen, ergab sich vielleicht eine Gelegenheit.

»Zu mir!«, rief Dawson. »Alle Mann zu mir!«

Sein Knappe war längst zurückgefallen, aber die Ritter und Soldaten nahmen den Ruf auf. *Zum Lordmarschall*, schallte es wie Glockenklang durch die Festung. Sechs Männer nahmen die fallen gelassene Ramme wieder auf, eilten damit heran, um kurz vor dem Tor stehen zu bleiben. Einer von ihnen war blutüberströmt, sein rechtes Ohr fehlte. Die Männer auf der Brücke heulten und schrien zur runden Festung hinauf, damit sie ihnen Zuflucht bot, oder sie bereiteten sich auf den Angriff vor.

Und dann erschien über ihnen ein neues Banner. Und noch eines. Ein drittes. Ein viertes.

Die Verstärkung war gekommen. Dawson blickte über seine

Schulter auf die versammelten Männer. Von seinen Rittern waren beinahe noch alle bei ihm. Von seinen Fußsoldaten weniger. Viel weniger. Aber es gab eine Möglichkeit.

»Schützen vor!«, schrie er.

Ungefähr zwölf Männer, nicht mehr, liefen zum Tor, Bogen in den Händen.

»Nicht alle auf einmal, Jungs«, rief Dawson über das Brüllen des Flusses und das Wehklagen der Männer hinweg, die auf der Brücke in der Falle saßen. »Wir bringen die Bastarde auf der anderen Seite dazu, Mitleid zu haben. Also lasst es langsam angehen.«

Einer nach dem anderen schossen Dawsons Schützen ihre Pfeile ab. Die Männer auf der Brücke konnten nirgendwohin fliehen. Sie schrien, sie weinten, sie brüllten vor Zorn. Einmal griffen sie Dawsons Linie an und wurden zurückgeworfen. Ihre Zahl verringerte sich. Zwanzig Männer. Achtzehn. Vierzehn. Zehn. Die grüne Jade und das rote Blut waren wie mit einem Pinsel gemalt, zu schön, um tatsächlich echt zu sein. Verzweifelt sprang ein Mann in das schäumende Wasser. Neun. Dawsons Aufmerksamkeit lag auf dem Tor, auf das die verdammten Männer einschlugen. Es öffnete sich nicht.

Es würde sich auch nicht öffnen.

»Macht ein Ende und schließt das Tor«, sagte Dawson schließlich. »Wir werden Nachricht an den Lordregenten schicken, dass die Invasion zurückgeschlagen und die Grenze gesichert wurde.«

Und dass wir zu spät gekommen sind, sagte er nicht. Er hob sein Schwert und senkte es, um dem Befehlshaber auf der anderen Seite seinen Duellgruß zu entbieten, als sich das Tor der weißen Festung vor ihm schloss. Die erste Schlacht des Krieges war ein Patt, und wenn ihm seine Erfahrung etwas sagte, dann, dass sie beispielhaft für das stand, was kommen würde.

Marcus

»Ich werde Euch töten«, rief der Kurtadam und ballte die Fäuste. Seine pelzigen Wangen und seine Stirn ließen die Qual auf seinem Gesicht weicher erscheinen, wodurch er weniger wie ein Mann wirkte, dessen Hoffnungen auf ein besseres Leben gerade zerschlagen wurden, als wie ein enttäuschter Welpe. »Das könnt Ihr nicht tun … Ich werde Euch töten.«

»Werdet Ihr nicht«, sagte Marcus. »Wirklich nicht, so hört doch auf.«

Der Königinnengardist war ein Erstgeborener, kaum älter als Cithrin. Er nickte zu dem weinenden Kurtadam, sprach aber mit Marcus. »Er droht einem Bürger mit dem Tod«, erklärte der Junge. »Wenn Ihr wollt, kann ich ihn vor den Magistrat bringen.«

»Wie sollte er denn die Strafe bezahlen?«, fragte Marcus. »Lasst ihn. Er hat einen schlechten Tag.«

Das Haus stand auf einem kleinen, nicht öffentlichen Platz. Der Königinnengardist neben Marcus war der einzige Vertreter des Gesetzes. Die Männer und Frauen, die in das Haus gingen und die Sachen des Kurtadam auf der Straße zu einem Haufen auftürmten, gehörten alle zu Marcus. Zu Pyk. Zur Bank.

Eine Menschenmenge hatte sich versammelt. Nachbarn und Straßenhändler und wer immer gerade zufällig vorbeigekommen war. Nichts zog eine Menschenmenge so sehr an wie eine Menschenmenge. Enen, die Kurtadam, die Marcus als Wächterin angeheuert hatte, als Cithrin ihn damals ausgeschickt hatte, um die Zweigstelle aufzubauen, kam mit einer aufwendigen Marionette heraus, die sie in den Armen wiegte wie ein schlafendes Kind. Sie legte sie sanft auf dem wachsenden Berg von Gegenständen ab.

»Wie könnt Ihr das tun?«, schrie der Kurtadam sie an. »Wie könnt Ihr das jemandem von Eurer eigenen Art antun?«

Enen beachtete ihn nicht und ging wieder zurück ins Haus. Ein Jasuru – Hart hieß er – kam mit einer doppelten Armladung Kleidung heraus. Manches davon war aus Seide und Brokat. Es war nicht schwer zu erkennen, wohin das Geld der Bank geflossen war, aber das Pfand für das Darlehen bestand nicht aus Hemden und Hosen. Es waren nicht einmal die fein gearbeiteten Marionetten. Es waren die Rechte am Haus selbst, und daher war es nun, da die vertraglichen Bedingungen nach einem Ausfall zum Zuge kamen, das Haus, das Marcus und seine Wachen an sich nahmen. Yardem duckte sich unter dem niedrigen Eingang hindurch, eine gesteppte Matratze unter dem Arm. Der Kurtadam brach in hoffnungslose Tränen aus.

In der Menge lachte ein Mann auf und ahmte ein übertriebenes Weinen nach.

»Das ist alles, Hauptmann«, sagte Yardem. »Wir haben angefangen, es zu vernageln. Es wird gesichert.«

»Danke«, erwiderte Marcus.

»Ja, Hauptmann.«

Der Kurtadam saß auf seiner Matratze, den Kopf in den Händen geborgen. Er wurde von Schluchzern geschüttelt. Marcus ging neben ihm in die Hocke.

»Nun gut«, sagte Marcus. »Es geht folgendermaßen weiter: Ihr werdet zornig sein, und Ihr werdet es uns heimzahlen wollen. Mir, der Bank, wem auch immer. Es wird eine Woche dauern, vielleicht mehr, um über das Gröbste hinwegzukommen, aber bis dahin werdet Ihr nicht klar denken können. Ihr werdet Euch sagen, dass es das Richtige ist, das Haus niederzubrennen. Wenn Ihr es nicht haben könnt, soll es keiner haben. Hört Ihr mir zu?«

»Dreck sollt Ihr fressen«, stieß der Mann zwischen zwei Schluchzern hervor.

»Das werte ich als Ja. Also werde ich ein paar meiner Leute hierlassen. Sie werden im Haus und auf der Straße sein, einfach um sich darum zu kümmern, dass nichts Unvorteilhaftes geschieht. Wenn jemand das Haus betritt, werden sie ihn töten. Wenn jemand versucht, das Haus von außen zu beschädigen, werden sie ihm ziemlich wehtun. Diesen Tanz müssen wir nicht unbedingt aufs Parkett legen, einverstanden?«

Vielleicht lag es daran, wie sanft die Drohung klang, aber der Kurtadam hielt lange genug inne, um zu nicken. Das war zumindest ein gutes Zeichen.

»Ich werde Euch jetzt ein Angebot machen«, fuhr Marcus fort. »Ich will Euch damit nicht beleidigen. Das Angebot kommt nicht von der Bank, sondern von mir. Ihr habt all diese Sachen und keinen Ort dafür. Eure Sachen werden auf der Straße verrotten. Das wird Euch nicht viel helfen. Ich werde Euch dreißig Eichgewicht Silber für alles zusammen geben, und Ihr könnt gehen. Wieder neu anfangen.«

Tränen quollen dem Mann aus den Augen, perlten über seinen öligen, feinen Otterpelz wie Tautropfen. »Ist mehr wert«, keuchte er erstickt.

»Nicht, wenn es auf der Straße liegt«, sagte Marcus.

»Ich brauche meine Marionetten. Davon lebe ich.«

»Dann könnt Ihr drei von den Marionetten behalten. Gleicher Preis.«

Verzweiflung trat auf das Gesicht des Mannes, als er seine Truhen und Kleider betrachtete, eine große Gipsvase, in der Schnittblumen welkten. Die Menge schaute belustigt oder mit geheucheltem Mitleid zu.

»Ich hätte bezahlt«, sagte der Mann leise.

»Hättet Ihr nicht«, erwiderte Marcus. »Und das ist jetzt alles vorbei. Nehmt Eure Puppen und Euer Silber und versucht es noch einmal, ja?«

Der Mann nickte. Es kamen noch mehr Tränen. Marcus drückte dem Mann einen Beutel mit dem Silber in die Hand.

»Nun gut, laden wir das alles auf, außer den drei Marionetten, die er haben will, und bringen es zurück zum Lagerhaus.«

»Ja, Hauptmann«, sagte Yardem. »Und anschließend?«

»Ins Badehaus. Ich fühle mich ein wenig beschmutzt.«

Der Sommer von Porte Oliva war ein Halunke. Er verbarg sich hinter der sanften Brise, die vom Meer hereinwehte, und den langen, angenehmen Abenden. Er sprach mit den freundlichen und Sicherheit verheißenden Stimmen der Brandung und des Vogelgezwitschers. Wenn sich mittags die Sonne wie eine Hand anfühlte, die ihm schwer auf der Schulter lag, konnte Marcus es immer noch kameradschaftlich nennen. Doch der Angriff kam sicher – sengende Tage und schweißerfüllte Nächte. Die Kurtadam schoren sich dann, bis kaum mehr als Stoppel von ihrem Pelz übrig waren. Die Erstgeborenen und Cinnae verzichteten zugunsten der Bequemlichkeit auf die Sittsamkeit. Der Arbeitstag endete gleich nach Mittag, wenn die Stadt in fiebrige Träume verfiel, bis der Abend kam, an dem die Sommersonne einen Teil ihrer Heftigkeit einbüßte.

Noch war der Angriff nicht erfolgt. Noch verleitete der Frühling sie alle dazu, nachlässig in ihrer Wachsamkeit zu sein. Aber er würde kommen.

Cithrin war seit über zwei Wochen fort und befand sich wahrscheinlich auf dem Wasser zwischen Sara-sur-mar und Carse. Die Tage ohne sie waren aus demselben Stoff gewirkt wie die mit ihr – Zahlungen mussten erbracht, der Tresor bewacht, Gelder eingetrieben werden. Hier und da brauchte ein Kunde oder Geschäftspartner ein paar Schwertkämpfer, die mit jemandem einen Spaziergang machten oder Ähnliches. Nun, da Pyks Rolle nicht zur Debatte stand, schien sie sich ein wenig zu entspannen, sorgte aber dennoch für Dutzende kleine Aufgaben, die erledigt werden mussten, und beschwerte sich dann darüber, dass es Geld kostete, sich um sie zu kümmern. Also hatte sich gewissermaßen nichts geändert und andererseits trotzdem alles.

»Ich werde ihr nachreisen«, sagte Marcus.

Yardem beugte sich vor und nippte bedächtig an seinem Bier. Seine Stille war nachdenklich und missbilligend. Marcus lehnte sich über den Tisch aus groben Brettern. Es war ihre übliche Schenke. Drei junge Jasuru, deren Schuppen leuchteten wie bei Grasnattern, spielten im Hof Trommel, und die komplexen Rhythmen erfüllten die Luft. Marcus nahm seine Schüssel mit Rindfleisch und Zuckerschoten zur Hand, schaute hinein und stellte sie wieder ab.

»Ich habe über die Zeit nachgedacht, als wir von Vanai hergekommen sind … als Cithrin sich als Junge ausgegeben hat«, sagte er.

Yardem nickte. »Dann würdet Ihr also in einem Kleid losziehen, Hauptmann?«

»Ich könnte mich wie ein Fuhrmann kleiden. Oder ein Händler. Es ist ja nicht so, als ob ich mich irgendwo ankündigen müsste. Nur hinreiten, mich still verhalten, und wenn sie bereit zur Rückkehr ist, kann ich dann mit ihr zusammen reisen.«

»Warum?«

»Weil es keinen Sinn hat, sich weiter zu verstecken, wenn ich aus Nordstade weggehe, oder?«

»Ich meine, weshalb solltet Ihr ihr nachreisen, Hauptmann? Was bringt das?«

»Ich möchte meinen, das ist offensichtlich. Um für ihre Sicherheit zu sorgen.«

Yardem seufzte.

»Was?«, fragte Marcus. »Sprich dich aus. Du weißt, dass du es loswerden willst. Erzähl mir, dass sie nicht in Gefahr ist und dass Corisen Mout und Barth so gut wie jeder andere für ihre Sicherheit sorgen können. Sie ist in einen Krieg unterwegs. Einen echten, keines der kleinen Hütchenspiele, wo es darum geht, wer in Maccia regiert oder dergleichen. Ihr ist nicht klar, wie sich diese Art von Gewalt ausbreiten kann. Und du weißt, dass das stimmt.«

»Wenn Ihr glaubt, dass drei Schwerter sie verteidigen können, wo zwei es nicht schaffen, wieso schickt Ihr nicht jemand anders, Hauptmann? Enen ist schon in Carse gewesen.«

Yardems dunkler Blick kreuzte seinen. Yardems ironische Unterwürfigkeit war im Lauf der Jahre so sehr zur Gewohnheit geworden, dass Marcus manchmal die Härte vergaß, die von den Zügen des Tralgu Besitz ergreifen konnte. In Augenblicken wie diesem war es leicht vorstellbar, dass die Tralgu für die Jagd und das Töten genauso gezüchtet worden waren wie für ihre tödliche Loyalität. Marcus suchte stumm nach einigen Argumenten, aber unter Yardems unerbittlichem Blick wirkten sie alle, als wolle man einen Baum mit einem stumpfen Messer fällen.

»Ihr wünscht Euch, dass sie in Schwierigkeiten ist, Hauptmann, aber sie ist es nicht.«

Marcus' Ungeduld regte sich. Er spürte, wie sein Blick kalt wurde. »Und das soll heißen?«

Yardem zuckte mit einem Ohr, so dass die Ringe klimperten, und wandte sich wieder seinem Becher zu. Als er ihn heben wollte, legte Marcus die Hand über die Öffnung und drückte ihn zurück auf den Tisch.

»Ich habe etwas gefragt.«

Yardem brummte. »Nach Ellis, Hauptmann, habt Ihr Vergeltung gesucht.«

»Ich habe nach Gerechtigkeit gesucht.«

»Wenn Ihr es sagt«, erwiderte Yardem unbeeindruckt. »Ich war mit Euch dort. Es war nicht wie jetzt, aber ich war da. Ich habe das Ganze miterlebt. Ihr habt Frühlingssee nicht einfach nur getötet. Ihr habt seinen Tod geplant. Ihr habt dafür gesorgt, dass er sein Ende kommen sehen konnte, es begriff und nichts tun konnte, um es aufzuhalten. Und als er tot war, habt Ihr geglaubt, es würde besser werden. Ihr habt geglaubt, dass … die *Gerechtigkeit* … eine Art Erlösung bringen würde. Doch das ist nicht geschehen.«

»Ich bin ganz sicher, dass du irgendwo da drin ein Argument versteckst«, erwiderte Marcus. »Denn ich weiß einfach, dass du Alys und Merian nicht aus ihren Gräbern zerren würdest, nur um auf die Schnelle punkten zu können.«

»Das tue ich nicht, Hauptmann«, sagte Yardem. In seinem Tonfall lag nicht die Spur einer Entschuldigung. »Ich sagte, dass Ihr Frühlingssee nicht nur getötet habt, weil er sterben musste. Ihr habt nach Erlösung gesucht.«

»Schon wieder deine religiösen …«

»Und Ihr habt aus demselben Grund auf Cithrin aufgepasst«, fuhr Yardem fort und ließ sich nicht zum Schweigen bringen. »Sie war ein Mädchen, und sie war der Gnade einer gnadenlosen Welt ausgeliefert. Wir haben ihr geholfen. Der Hass hat Euch keinen Frieden gebracht, und irgendwo in Eurer Seele habt Ihr angenommen, Liebe könnte es vollbringen. Und hier sind wir, Cithrin bel Sarcour ist gerettet, nur Ihr habt immer noch nicht die Erlösung gefunden, die Ihr Euch gewünscht habt. Also versucht Ihr Euch selbst und jedem sonst einzureden, dass sie immer noch gerettet werden muss, obwohl das nicht stimmt. Es geht ihr gut, Hauptmann.«

»Ich wollte nicht für sie arbeiten«, sagte Marcus. »Ich wollte weggehen. Du warst derjenige, der sich dafür eingesetzt hat, dass wir zurückkehren. Du warst das.«

»Stimmt. Aber damals hat sie uns noch gebraucht.«

»Und nun braucht sie uns nicht mehr?«

»Genau, Hauptmann. Und nun braucht sie uns nicht mehr«, sagte Yardem mit einer Stimme, die auf eine Weise weich und sanft geworden war, die schlimmer war, als hätte er Marcus angeschrien. »Wir haben eine geregelte Arbeit mit einer angemessenen Bezahlung. Wir haben Unterkunft und

Essen. Schon interessant, wenn das nicht das sein sollte, wonach wir gesucht haben.«

»Wir verbringen unsere Tage damit, Leuten ihre Häuser wegzunehmen und sie auf die Straße zu setzen. Was soll das für ein Leben sein?«

»Früher haben wir sie getötet, Hauptmann«, erwiderte Yardem. »Ich weiß nicht recht, ob es jetzt schlimmer ist.«

Marcus stand auf. Die Trommelschläge, die vom Hof herübertönten, erreichten den kritischen Moment und fielen in sich zusammen. In der Stille klang Marcus' Stimme lauter, als er beabsichtigt hatte. »Du kannst deine verdammten Biere selbst bezahlen.«

»Ja, Hauptmann.«

Die anderen Männer und Frauen in der Schenke machten ihm Platz, als er hinausstapfte, starrten ihn an und wandten sich gleichzeitig von ihm ab. Wenn ihn jemand angesprochen hätte, wäre es zu einer Schlägerei gekommen, aber keiner tat es. Auf der Straße färbte die Abendsonne die Wolken rot und golden – Blut und Münzen. Das Blau des Himmels dahinter wirkte im Vergleich intensiver. Marcus ging nach Norden, auf den Großmarkt und das Kaffeehaus zu, die Baracken und das Kontor. Die Puppenspieler bevölkerten die Straßenecken und riefen in die Menge, um Aufmerksamkeit und Kupferstücke zu erhalten. Als sein Zorn sich abgekühlt hatte und nicht mehr weiß glühte, sondern nur noch stechend rot, hielt Marcus ein paar Minuten bei einem der Puppenspieler an. Es war eine einfache Neuerzählung des Üblichen mit Groschengroschen, dem Jasuru. Die Hauptmarionette war hübsch gestaltet, bemalt, um geschuppt zu wirken, und so überzeugend gespielt, dass die Marionette eigene Gefühle zu haben schien.

Nicht dass man für Groschengroschen viel mehr als Überraschung, Wut und Reue brauchte. Als der Held seine Frau und sein kleines Kind in einen Brunnen warf, ließ Marcus ein Kupferstück in den Sammelbeutel fallen und ging weiter.

Alles lief darauf hinaus. Blut und Tod und die Ohnmacht der Gewalt. In den Aufführungen mit Groschengroschen würden Frau und Kind zurückkehren, in die Vollstrecker der Strafe verwandelt, aber selbst dann bestand die Antwort nur in der Folter und dem Tod des Jasuru. Es gab keine Versöhnung. Keine Möglichkeit, dass die Zeit rückwärtslief und die Dinge, die verloren waren, zurückgebracht wurden. Das war die Geschichte, die Marcus sehen wollte. Nur dass sie ihn, selbst wenn er sie sehen würde, nicht überzeugt hätte.

Zum Großteil aus Trotz ging er seinen Plan noch einmal durch. Ein gutes Pferd und genug Münzen, um es auf der Straße zu angemessenen Bedingungen wechseln zu können, würden ihn nach Carse bringen. Er konnte ein Zimmer oder eine einfache Arbeit im Erstgeborenenviertel annehmen, ohne dass er irgendjemandem groß auffallen würde. Es war vermutlich nicht schwer, die Medean-Bank zu finden, und er konnte sich einen Platz suchen, an dem er sitzen und sich als Bettler ausgeben konnte, bis Cithrin hineinging oder herauskam, und dann …

Er hielt am Eingang einer kleinen Gasse inne und spuckte in die Schatten. Heute Morgen hatte es alles plausibel gewirkt.

Das gedrungene, kleine Gebäude neben der Sporthalle war ursprünglich keine Baracke gewesen, aber nun war es eine. Die Spuren ihres vormaligen Lebens waren noch zu sehen: die geflickten Löcher, wo irgendein großer Mechanismus an den Wänden befestigt gewesen war, den man dann entfernt und wo man die Wand mit Steinen einer anderen Farbe ausgebessert hatte. Der östlichste Dachbalken war von irgendeinem lange zurückliegenden Feuer geschwärzt. In eine Steinwand war eine Reihe von Kerben gemeißelt, um Jahr für Jahr das Wachstum eines längst vergessenen Kindes festzuhalten. Vielleicht war es eine Schule oder irgendein überbevölkertes Haus gewesen, in dem zehn verschiedene Familien am Leben der anderen teilgenommen hatten. Im Winter kam die Hitze aus einem Ziegelei-Ofen, der so alt war, dass das Eisen beinahe so dünn wie Stoff geworden war.

Die Männer und Frauen drinnen waren sein Trupp. Die Privatwache der Medean-Bank. Tatsächlich waren nur wenige von ihnen anwesend, außer spätnachts, wenn sie von der Arbeit oder der Freizeit zurückkehrten, Hängematten aufhängten oder Bettrollen aufklappten und gemeinsam vor Wind und Wetter geschützt schliefen. Im Augenblick war nur Schabe da, der junge Timzinae mit dem braunen Chitinpanzer, dessen echten Namen niemand benutzte. Und der weniger ein Junge war als damals, als Marcus ihn angeheuert hatte.

»Alles klar, Hauptmann?«

»Bis auf die Tatsache, dass es eine verderbte und gefallene Welt ist«, erwiderte Marcus, und der Junge lachte, als wäre es ein Scherz. Marcus schulterte seine Bettrolle und stieg aufs Dach. Er erschreckte eine Taube, als er die Falltür aufstieß, und sie flatterte panisch durch die Luft. Marcus rollte sein Bett auf, und dann legte er sich auf den Rücken und sah zu, wie die Wolken grau wurden und der Himmel sich verdüsterte. Stimmen drangen von der Straße und den Baracken unter ihm herauf. Seine Gedanken kehrten immer wieder zu Alys und Merian zurück. Zu der Familie, die er gehabt hatte, damals, als er noch zu den Männern gehört hatte, die eine Familie haben konnten. Alys' dunkles Haar mit den Spuren von Grau. Merians langes Gesicht, das immer ein wenig entrüstet wirkte seit dem Augenblick, da sie den Bauch ihrer Mutter verlassen hatte. Er konnte sein kleines Mädchen immer noch in der Wiege lachen hören, konnte sich immer noch daran erinnern, wie es war, seine Lippen an den Hals seiner Frau zu drücken, dort, wo er in die Schulter überging. Er, der brillante junge General, ein edler Streiter für den rechtmäßigen Erben, Lian Frühlingssee, und sein Lordmarschall. Er war aufgebrochen, die Welt neu zu gestalten. Damals.

Es war nun mehr als zehn Jahre her, dass Alys und Merian aufgehört hatten, Schmerzen zu spüren. An manchen Tagen konnte er sich kaum an ihre Gesichter erinnern. An manchen Tagen hatte er die körperliche Gewissheit, dass sie mit ihm im Zimmer waren, unsichtbar, anklagend und voller Kummer. Trauer tat dem Menschen alles Mögliche an, aber das zu wissen machte es nicht besser.

Es war ganz dunkel, als sich die Falltür wieder öffnete. Marcus wusste, ohne hinzusehen, dass es Yardem war. Der große Tralgu setzte sich im Schneidersitz neben Marcus' Kopf.

»Pyk hat nach Euch gefragt, Hauptmann. Sie will wissen, weshalb Dinge, die Ihr gekauft habt, im Lagerhaus der Bank liegen.«

»Weil ich der Wachhauptmann der Bank bin.«

»Das überzeugt sie vielleicht eher, wenn es von Euch kommt.«

»Wenn sie es nicht selbst zurück auf die Straße schleppen will, spielt der Grund keine Rolle.«

Yardem lachte leise.

»Was?«, fragte Marcus.

»Das war auch das Argument, das ich ihr dargelegt habe. An einer solchen Vorgehensweise schien sie nicht sonderlich interessiert.«

»Das, alter Freund«, sagte Marcus, »ist eine mächtig unangenehme Frau.«

»Ja.«

»Trotzdem. Ich habe schon für Schlimmere gearbeitet.«

»Da ist noch ziemlich viel Luft, Hauptmann.«

Die Taube – oder eine andere von ihrer Sorte – landete an der Kante des Gebäudes und betrachtete die beiden mit feuchten schwarzen Augen.

»Nun, Yardem. Der Tag, an dem du mich in einen Graben wirfst und den Befehl über den Trupp übernimmst?«

»Hauptmann?«

»Der ist nicht heute.«

»Gut zu wissen, Hauptmann.«

»Glaubst du, Merian hätte einen guten Bankier abgegeben?«

»Schwer zu sagen, Hauptmann. Ich kann es mir vorstellen, durchaus, wenn sie sich dazu entschieden hätte.«

»Ich glaube, ich werde mich ein wenig ausruhen. Und mich dem Pykkel morgen stellen.«

»Ja, Hauptmann. Und dann noch …« Yardem räusperte sich, ein tiefes, fernes Grollen. »Wenn ich zu weit gegangen bin …«

»Es ist deine Aufgabe, zu weit zu gehen. Wenn es notwendig ist, solltest du immer zu weit gehen. Alle anderen haben zu viel Respekt vor mir«, sagte Marcus. »Na ja, bis auf Kit.«

»Das werde ich mir merken, Hauptmann.«

Yardem stand auf und trottete von dannen. Der Mond verbarg sich hinter dunklen Wolken. Die Sterne kamen hervor, erst einer, dann eine Handvoll und dann eine Heerschar, so viele, als wollten sie die Vorstellungskraft sprengen. Marcus betrachtete sie, bis sein Verstand ohne sein Zutun wegzugleiten begann, und er zog die Decke über sich. Der Geruch von gebratenem Schwein lockte kurz und verschwand wieder, herbeigetragen von der unzuverlässigen Brise.

Als der Albtraum kam, hatte er es schon im Voraus geahnt, es war beinahe derselbe wie immer. Die Flammen, die Schreie, das Gefühl des kleinen toten Körpers in seinen Armen. Nur waren diesmal drei Gestalten im Feuer. Er erwachte, ehe er sagen konnte, ob die dritte Cithrin war oder er.

Cithrin

Da sie eine Reise zur See geplant hatte, hatte Cithrin sich auf die meisten Unannehmlichkeiten eingestellt, die damit einhergingen, sich auf einem Schiff zu befinden: auf die Übelkeit, die Enge und die Angst, weil einem bewusst war, dass das eigene Leben davon abhing, dass das Schiff weiterschwamm, und man keinerlei Einfluss darauf hatte, ob es das tat. Alles war genauso gekommen, obwohl nur wenig so unangenehm war, wie sie es sich vorgestellt hatte. Die Überraschung war, wie sehr die erzwungene Untätigkeit sie beruhigte. Zu jeder Zeit, sei es Tag oder Nacht, ging sie an Deck, lehnte sich an die Reling und betrachtete die Wellen oder die ferne, dunkle Küstenlinie, die vorüberglitt. Es gab nichts, was sie tun konnte, und daher wurde auch nichts von ihr gefordert. Wenn sie sich wünschte, das Schiff möge schneller nach Carse gelangen, oder sie Heimweh nach ihren kleinen Gemächern im Kontor verspürte, machte das keinen Unterschied, und es dauerte nicht lange, um zu erkennen, dass sie im Augenblick lebte. Sie war eine der Ersten, die die Versunkenen sah.

Zunächst war es nicht mehr als ein etwas hellerer Blauton im Wasser. Dann war etwas unter der Oberfläche – ein entrindeter Baumstamm oder ein Fisch mit bleichem Fleisch. Dann war es der Körper eines Erstgeborenen, nackt, der mit leeren Augen hinauf in die Luft starrte. Die lachende Stimme eines

Seemanns wurde laut, und hinter ihr tappten Schritte heran, als die Mannschaft zu ihr an die Reling kam. Der Versunkene war nicht allein. Cithrin sah eine Frau an seiner Seite treiben, dann noch eine dahinter. Und dann Hunderte mehr. Von einem Augenblick auf den nächsten war das Meer voll von ihnen. Die langsamen Bewegungen ihrer Glieder hätten beinahe vom Wasser selbst verursacht sein können, das sie vorwärtsschob. Während Cithrin sie beobachtete, stieg einer genau unter ihnen aus den Tiefen empor – ein junger Mann, beinahe noch ein Junge, mit dem schmalen Körperbau eines Jugendlichen oder Cinnae. Seine dunklen Augen schienen sich auf sie zu richten, und ganz langsam lächelte er.

»Habt Ihr noch nie die Versunkenen gesehen, Magistra?«, fragte Barth. Sie hatte ihn gar nicht bemerkt.

»Einmal«, erwiderte sie. »In einem der Kanäle von Vanai war einer. Aber niemals so.«

»Sie sind gewöhnlich in etwas kleineren Schulen unterwegs. Wir haben Glück, dass wir so viele auf einmal sehen.«

Ein Seemann stieß einen Schrei aus und sprang, stürzte sich hinab ins Wasser. Bei seinem Aufklatschen tauchten die Versunkenen sofort ab, fielen schnell wie Steine unter die Wasseroberfläche. Cithrin sah zu, wie der Junge unter ihr verschwand. Im Wasser lachte der Seemann und versuchte, ihnen nachzutauchen.

»Was für ein Idiot«, sagte Barth, ohne dass sein Ärger sich in seiner Stimme niederschlug.

»Warum sind sie geflohen?«

»Sie sind langsam, sie sind schwach, wenn sie nicht im Wasser sind, und sie sind nackt. Seeleute und Küstenbewohner haben manchmal einen grausamen Sinn für Humor«, erklärte Barth. »Die Versunkenen sind wie jeder sonst auch. Sie sehen eine Bedrohung, und sie weichen ihr aus. Sogar Fische tun das.«

Cithrin nickte, aber sie merkte sich auch den Seemann, während seine Kameraden ihn grinsend aus dem Wasser zogen, und sie bemühte sich darum, ihm für den Rest der Reise aus dem Weg zu gehen.

Carse. Die weißen Kalkfelsen nahmen einen halben Tag, bevor die Stadt in Sicht kam, ihren Anfang, ragten wie ein Gletscher an der Küste auf. Das Meer selbst schien eine bleiche Farbe anzunehmen, und der dunstige Himmel war heller als Blau. Die ersten Anzeichen für menschliches Leben – oder genauer für die Dutzend Rassen, die über dem Wasser bauten – waren die Fischerboote. Klein und schwarz kehrten sie gerade zu den Klippen zurück oder machten sich auf den Weg nach Norden zu den kleineren Städten, die dichter am Wasser lagen.

Obwohl sie am Meer lag, war Carse keine richtige Hafenstadt. Sie befand sich am Ende der nördlichen Drachenstraßen und blickte auf die Wellen hinab. Ein großes Netzwerk von Kais überspannte den Fuß der Klippen, aber nur wenige Händler entschieden sich dafür, sie zu nutzen. Sie legten lieber dort an, wo die Klippen endeten, und schafften ihre Waren über Land in die große Stadt. Cithrin und die anderen Passagiere, die wenig zu tragen hatten, stiegen an den Kais aus und machten sich auf den Weg die Serpentinen hinauf, die ins eigentliche Carse führten. Sie fand es ein wenig beunruhigend, die anderen, älteren Wege zu sehen, die immer noch über die Felsen führten, aber verwittert und zerbröckelt waren, so dass man sie nicht mehr nutzen konnte. Eines Tages würde sich hier die gleiche unpassierbare Ruine befinden, wo jetzt der weiße Kalk ihre Schuhe und ihr Kleid hell färbte, während sie die Klippe hinaufstolperte, weil ihr Gleichgewicht noch nicht ganz an den stillstehenden Boden angepasst war.

Oben auf den Klippen bog der Pfad nach Osten ab, wobei er sich in breite Eisenstufen verwandelte, die zu einem großen Platz und der Stadt selbst emporführten. Wenn man sie entworfen hatte, um jene zu beeindrucken, die auf ebendiesem Weg heraufkamen, hätte man es kaum besser machen können. Der Ratsturm erhob sich zehn Stockwerke hoch, sein Stein so glatt wie Haut. Das oberste Stockwerk hatte auf jeder Seite ein Dutzend Fenster aus Buntglas, die dazu dienten, die Erlasse und Entscheidungen des Rates von Abendstund zu verkündigen, wann immer er zusammentrat. Selbst wenn es im Krieg hoch herging, war dieser Turm sakrosankt. Kein König oder Prinz würde die Theologen und Kundigen stören, aus denen der Rat bestand, und ohne ihn wäre Carse nur ein geringerer Edelstein in jeder beliebigen Krone gewesen.

Dahinter lag ein zusammengerollter Jadedrache, größer als das Schiff, mit dem sie hergesegelt war, seine riesige Schnauze unter einen geschnitzten Flügel gesteckt. Cithrin hatte vom Grab der Drachen mit der Statue des schlafenden Morade am Eingang gelesen, des letzten Drachenimperators. Doch obwohl sie vorgewarnt war, raubte es ihr den Atem.

Aber die Stadt war nicht dazu geschaffen, von diesem Standpunkt auf der Klippe betrachtet zu werden. Sie war dazu geschaffen, aus der Luft gesehen zu werden. Gebäude waren eingestürzt und wiederaufgebaut worden, alles Brennbare hatten längst vergessene Armeen niedergebrannt und erneuert und wieder niedergebrannt, aber im Herzen war Carse eine Stadt der Drachen. Ihre Straßen und Plätze waren weitläufig, um Raum für große Körper zu bieten, die schon jahrhundertelang nicht mehr hier gewandelt waren. Die großen Sitzplätze, auf denen sich, so sagte es die Geschichtsschreibung, die Drachen einst getroffen hatten, wurden sauber und zugänglich gehalten, als könnten die Meister der Menschheit eines Tages zurückkehren.

Cithrin hatte ihre Kindheit in Vanai mit seinen schmalen Straßen und Kanälen verbracht und sich danach die engen Wege und weißen Mauern von Porte Oliva zur Heimat gemacht. Carse war riesig und grau, stattlich, nüchtern und würdevoll. Die breiten Straßen fühlten sich prahlerisch an, die hohen Türme erhoben sich wie Bäume. Ein einzelner Mann in feingliedriger Kettenrüstung, ein Schwert an der Seite, ging durch die Straßen, und Cithrin erkannte mit Erstaunen, dass er zur Stadtwache gehörte. In Porte Oliva waren die Königinnengardisten mindestens paarweise unterwegs und öfter in Gruppen von fünf oder sechs. Die Fürstengarde in Vanai hatte prunkvolle vergoldete Rüstungen getragen und Knüppel mit Bleispitzen, um Leute niederzuschlagen, wie es ihnen beliebte. Einen einzelnen Mann einzusetzen, der keine eindeutigen Verbündeten in Sichtweite hatte, sprach entweder von großer Torheit oder stand für eine Stadt, in der Gewalt selten vorkam. Cithrin wusste nicht recht, ob sie sich sicherer oder bedrohter fühlen sollte.

An einer Straßenecke beschwor ein Kundiger Blitze aus der Luft, und winzige Donnerschläge begleiteten ihn wie eine aggressive Trommel. Er hatte keine Bettelkiste aufgestellt. Cithrin war sich nicht sicher, ob sie ihm zuschauen oder weitergehen sollte.

Sie brauchte eine Stunde, um die Medean-Bank zu finden. Der Vordereingang war sogar noch bescheidener als der ihres eigenen Kontors: eine schwarze Tür zwischen dem Laden eines Fischhändlers und einem kleinen, unrühmlichen Tempel. Nur das Zeichen der Bank und ein Holzschild in Form einer Münze deuteten darauf hin. Sie gab ihren Wachen ein Zeichen, dass sie auf der Straße bleiben sollten. In ihrem Bauch regte sich Nervosität, und Erschöpfung zupfte an den Muskeln ihrer Beine und ihres Rückens. Ihre Ruhe, während sie auf die Schmale See hinausgeblickt hatte, schien wie ein Traum, an den man sich nur halb erinnerte.

Sie stand vor der Tür und holte tief Luft. Sie erinnerte sich daran, wie Meister Kit sie darauf aufmerksam machte, ihr Gewicht tief in den Hüften zu tragen und das Kinn beim Gehen höher zu halten. *Du kannst das, hatte er gesagt.*

Sie konnte es, aber sie musste nicht. Niemand erwartete sie. Sie konnte Barth oder Corisen Mout die Bücher hineinbringen lassen, und sie konnte nach Hause zurückkehren, ohne sich je Komme Medean oder sonst jemandem aufdrängen zu müssen. Wenn sie nicht hineinging, konnten sie sie auch nicht fortschicken oder erniedrigen. Solange sie es nicht versuchte, würde sie nicht scheitern.

Sie stieß die Tür auf und ging hinein.

Das Innere des Kontors war weniger düster, als sie erwartet hatte. Es war von Lichtgaden erleuchtet, in denen Efeu und Veilchen im Topf standen, die bald blühen würden. Ein Mann ungefähr in Marcus Westers Alter – mit ersten Anzeichen von Dickleibigkeit und grauem Haar, aber noch nicht alt –, dessen Haut die Farbe von poliertem Mahagoni hatte, beugte sich aus einer Tür, die sie nicht bemerkt hatte.

»Kann ich Euch helfen?«, fragte er.

Cithrin hob die Bücher, als wären sie ein Schutz gegen das Böse. »Ich bringe die Berichte aus Porte Oliva«, sagte sie. Ihre Stimme klang belegt und hoch. Sie war dankbar, dass sie nicht gequietscht hatte.

»Ah, dann solltet Ihr besser zur Dachgesellschaft gehen. Drei Straßen nördlich und eine westlich. Nehmt das Tor auf der Westseite.«

»Danke«, erwiderte sie und dann: »Ihr seid also Magister Nison?«

Ein Hauch von Interesse zeigte sich auf dem Gesicht des Mannes. »In der Tat.«

»Magister Imaniel hat von Euch gesprochen«, sagte sie und zwang sich zu einem Lächeln.

Es stimmte nicht. Sie hatte seinen Namen aus den Papieren und Büchern erfahren, die mit ihr aus Vanai gekommen waren. Aber Magister Imaniel war tot. Cam war tot. All jene, die etwas anderes behaupten konnten, waren aus der Welt verschwunden, und daher konnte die Wahrheit so sein, wie sie sie haben wollte. Und genau jetzt wollte sie, dass sie und dieser Fremde eine Verbindung hatten, wie klein sie auch sein mochte.

Nach weniger als einem Herzschlag wich die Verwirrung der Überraschung und die Überraschung der Erheiterung. »Dann seid Ihr bel Sarcour«, sagte Nison. »Wartet einen kleinen Augenblick.«

Er verschwand wieder, und sie hörte seine Stimme nach jemandem rufen und einen anderen Mann antworten. Der Akzent von Carse klang hart und abgehackt, und die einzigen Worte, die sie verstehen konnte, waren *alter Mann* und *morgen*. Nicht gerade hilfreich.

Er kam wieder in Sicht und trug nun einen Umhang aus Schurwolle und ein Lächeln, das nicht gänzlich wohlwollend schien. »Lasst Euch von mir begleiten, Magistra«, sagte er.

»Danke«, erwiderte sie.

Wenn das Kontor zu bescheiden gewesen war, konnte die Dachgesellschaft dafür mehr als entschädigen. Mit fünf Stockwerken sah sie weniger wie ein Gebäude in einer Stadt aus, sondern wie eine allein stehende, stark gesicherte Festung. Die unverglasten Fenster waren schmal wie Schießscharten, und das Dach besaß Verzierungen aus Stein, die mühelos als Zinnen dienen konnten. Nison führte sie durch ein Eisentor und in einen Hof wie den eines Palastes. Ein Springbrunnen plätscherte, und der Duft von Räucherwerk strömte aus Fenstern, die von fein gearbeiteten Läden verschlossen waren. Diener oder Sklaven hatten die Pflastersteine geschrubbt, bis nirgendwo im Hof noch Schmutz oder Staub zu finden war. Er führte sie in eine weite, luftige Kammer mit Ziegelwänden und Wandbehängen und von dort eine Treppe hinauf, die sich entlang der Wand zu einer Tür aus Eiche krümmte, die Einlegearbeiten aus Elfenbein und Gagat zierten.

Es war naheliegend, dass die Dachgesellschaft größeren Reichtum als jegliche Zweigstelle hatte. Es war immerhin der Grund, weswegen es eine Dachgesellschaft gab und nicht nur ein Haupthaus der Bank. Die Gewinne und Verluste aus jedem einzelnen Zweig – ihre, die von Magister Nison oder von irgendwoher sonst – waren bestimmend für jeden Zweig. Sie stiegen mit ihren Verdiensten auf oder fielen, und sie alle zahlten in ein unabhängiges Unternehmen ein, das die Dachgesellschaft war, die keine Darlehen gab und keine Einlagen annahm, sondern stattdessen den Fluss des Geldes zwischen den Zweigstellen vermittelte. Niemand von außerhalb der Bank hatte Kontakt zu Komme Medean oder der Dachgesellschaft. Wenn Cithrin vor einem Krieg oder einem Jahr mit schlimmen Stürmen zu viele Versicherungen abschloss, konnte sie ihren Zweig in den Ruin treiben, aber ihre Schuldigkeit hatte bei ihr ein Ende. Niemand konnte Anspruch auf dieses Gebäude oder auf etwas aus einem der anderen Zweige erheben. Tatsächlich mochte, je nach Lage, die Dachgesellschaft sogar zu den Gläubigern gehören, die sie nicht mehr bezahlen konnte.

Es hörte sich an wie eine erfundene Geschichte, aber es war Dichtkunst von einer Art, die dieses Haus zu einem sicheren Hafen für Geld machte und ihr eigenes zu einem Triebwerk des Risikos. All das wusste sie und verstand es genauso, wie sie rechnen und schreiben konnte. Nur hatte sie es nie zuvor tatsächlich gesehen. Im Stillen fing sie an, ihren Zweig und seinen Wert im Verhältnis zu den Türen und Brunnen, Wandbehängen und dem Räucherwerk neu zu berechnen. Ihr Kopf drehte sich ein wenig.

Die Frau, die auf Magister Nisons Klopfen hin die Tür öffnete, war in eine dunkle Robe aus feiner Baumwolle gekleidet und hatte die Ärmel bis zum Ellbogen hochgerollt. Cithrin lächelte und nickte, nicht sicher, ob sie eine Frau von allerhöchstem Status vor sich hatte oder eine gut gekleidete Dienerin.

Neben ihr nickte Magister Nison in ihre Richtung. »Magistra bel Sarcour, die gerade aus Porte Oliva kommt. Sie hat die Berichte dabei. Ich dachte, Komme möchte vielleicht das Mädchen mit dem größten Mumm in ganz Birancour treffen.«

»Eigentlich komme ich aus den Freistädten«, sagte Cithrin.

»Ursprünglich.« Es war dumm, aber die Worte strömten ungewollt aus ihrem Mund.

Die Frau in der dunklen Robe hob eine Augenbraue. »Er ist nicht sonderlich gut gelaunt«, erklärte sie. »Es ist ein schlechter Tag.«

»Ich kann ein andermal wiederkommen«, sagte Cithrin, die sich schon halb abgewandt hatte.

»Wer ist gekommen?«, rief eine Männerstimme. »Wer ist da?«

Die Frau legte Cithrin eine Hand aufs Handgelenk, als würde sie einen Hund am Ohr festhalten, um ihn am Weglaufen zu hindern, dann lehnte sie sich zurück und sagte laut: »Magister Nison und Magistra bel Sarcour.«

»Und Ihr lasst sie dort stehen, oder was?«

Die Frau und Nison zuckten mit den Schultern, und sie trat zurück und bedeutete ihnen, die Privatgemächer zu betreten. Die Böden waren aus einem goldbraunen Holz, das Cithrin noch nie gesehen hatte, lackiert, bis sie wie nasser Stein glänzten. Wandleuchten aus Gold und Silber hingen überall, und auf dem polierten Metall spiegelte sich das Licht aus kleinen, zierlichen Kerzen. Ein Wandbehang zeigte unzweifelhaft das Gebäude, in dem sie sich gerade befanden, aber in Farbtönen so leuchtend und lebendig, dass Cithrin sich nicht annähernd vorstellen konnte, welche Farben so etwas vollbringen konnten; es war, als blicke man auf den schillernden Flügel eines Schmetterlings. Sie wünschte, sie hätte angehalten, um ein etwas schöneres Kleid zu kaufen, ehe sie hergekommen war. Oder zumindest sauberere Sandalen.

Der Raum, den sie betraten, öffnete sich auf einer Seite zu einem Balkon, der auf den Hof hinabblickte. Die Zweige eines Baumes tanzten im Grün des Frühlings auf und ab, die jungen Blätter fingen das Sonnenlicht ein und glitzerten wie Wasser oder Münzen. Komme Medean lag in der Mitte des Raums, ruhte auf einem Sessel, der aus Lederstreifen gewoben war. Abgesehen von einem Lendenschurz war er nackt, und seine braune Haut war gepudert, bis sie beinahe weiß wirkte. Sein Bauch zeigte das Fett mittleren Alters, und ein Kranz aus weißem Haar hing an seinem Schädel. Er erinnerte Cithrin an einen Klumpen Brotteig, der mit Mehl bedeckt und zum Gehen stehen gelassen worden war.

Sein rechtes Bein war abgewinkelt und von gewöhnlichen menschlichen Proportionen, aber sein linkes stand gerade nach vorn ab und wurde von einer Schlinge gehalten. Das Knie und der Knöchel waren riesig, unförmig und entzündet. Ein junger Timzinae in den Roben eines Kundigen kauerte neben dem kranken Glied und sang leise. Cithrin hatte noch nie jemanden mit Gicht gesehen, und auch wenn sie gewusst hatte, dass es ein unangenehmes Leiden war, hatte sie nicht verstanden, in welchem Ausmaß. Sie zwang sich dazu, nicht hinzustarren. Etwas in den Fingern des Kundigen klickte, und er knurrte, als hätte er Schmerzen. Komme Medean beachtete ihn nicht. Blassbraune Augen maßen sie von oben bis unten und beurteilten sie nicht, wie ein Mann eine Frau beurteilte, sondern wie vielleicht ein Schreiner ein Holzbrett betrachtete.

»Ich habe die Berichte aus Porte Oliva gebracht«, sagte Cithrin.

»In Ordnung. Was wollt Ihr?«, fragte Komme Medean. Und als sie nicht unmittelbar antwortete: »Ihr habt die Berichte selbst überbracht, anstatt einen Kurier zu schicken. Ihr seid selbst hergekommen. Ihr wollt etwas. Was ist es?«

Der Augenblick taumelte auf Messers Schneide. Es stimmte, sie war den ganzen Weg gekommen, dafür. Um mit dem Mann im Mittelpunkt dieses riesigen Irrgartens aus Macht und Gold zu sprechen und ihn für sich zu gewinnen. Sie hatte sich eine feinsinnige Unterhaltung wie unter Höflingen vorgestellt, das halb spielerische und halb ernste Fragespiel, mit dem Magister Imaniel sie aufgezogen hatte. Sie hatte sich vorgestellt, wie sie den Mann langsam über Stunden oder Tage hinweg beeindruckte. Und nun stand sie stattdessen vor einem mehr oder weniger nackten, kranken Mann, und die eigentliche Frage lag wie ein zerbrochenes Spielzeug zwischen ihnen auf dem Boden.

Der Augenblick dehnte sich, und Cithrin spürte, wie ihr die Gelegenheit entglitt, bis sie sie gerade nicht mehr erreichen konnte. Sie machte sich vor genau dem Mann lächerlich, den sie hatte beeindrucken wollen. Und dann, im hintersten Winkel ihres Verstandes, flüsterte ihr eine altbekannte Stimme zu. Cary, die Schauspielerin, die Cithrin geholfen hatte, ihre Rolle als Bankier anzunehmen, die Rolle einer Frau, die erwachsen war und sich auf dem Höhepunkt ihrer Macht befand. *Die Frau, die du vorgibst zu sein,* flüsterte ihre imaginierte Cary. *Was würde* sie *sagen?*

Cithrin reckte das Kinn. »Ich bin gekommen, um Euch zu sagen, dass Eure Notarin die Seele einer Feldmaus und das Taktgefühl eines Erdrutsches besitzt. Und danach will ich Euch bezirzen, damit Ihr mir mehr von Eurem Geld und mehr Freiheiten gebt, um es einzusetzen«, sagte Cithrin. Ihre Stimme klang entschlossen, obwohl sie leicht zitterte. »Wie schlage ich mich bisher?«

Im Raum war es still. Sogar der Kundige hielt mit seinem

Gesang inne. Und dann stieß Komme Medean, die Seele und der Geist der Medean-Bank, ein bellendes Lachen aus, und Cithrin erlaubte sich wieder zu atmen.

»Bringt ihr einen Stuhl und reicht mir diese Berichte«, sagte er. Sie legte ihm die versiegelten Bücher in die Hand. Er war größer, als er anfangs ausgesehen hatte. Er brach die Siegel und öffnete die Ordner und las dann den verschlüsselten Text so mühelos, als wären es nur einfache Buchstaben. »Also gut, Magistra. Sehen wir einmal, wie Ihr Euch schlagt. Bisher.«

GEDER

ALS JUNGE, SOGAR NOCH als junger Mann, hatte sich Geder ausgemalt, wie es wäre, König zu sein. Diese Tagträume waren ihm zu jener Zeit samt und sonders erfreulich erschienen. Wenn er König wäre, würden Männer wie Alan Klin unter der Fuchtel gehalten werden. Wenn er König wäre, würde er veranlassen, dass die Bibliotheken von Camnipol – von ganz Antea und seinen Ländereien – gut gefüllt und gepflegt wurden. Wenn er König wäre, würde er jede Frau, die er wollte, zu sich ins Bett befehlen, und keine würde ihn auslachen oder ablehnen oder eine Bemerkung zu seinem Bauch machen. Das waren Fantasien gewesen, die ein junger Mann unverfänglich hegen konnte, ohne dass die Gefahr bestand, dass sie eines Tages wahr werden würden.

Nur dass sie jetzt natürlich doch wahr geworden waren.

Nun wachte er jeden Morgen auf, während Dutzende Diener bereits um sein Bett herumstanden. Ihm war klar, dass das alles der Zurschaustellung seiner Würde dienen sollte. Der Lordregent von Antea war kein Mann, der seine eigenen Kleider anlegte, der sich selbst das Kinn rasierte, der sich selbst die Stiefel schnürte. Er ergab sich den Händen, die ihm aus dem Bett halfen, ihm seine Nachtgewänder abnahmen und ihn einen schrecklichen Augenblick lang nackt stehen ließen, bis weitere Hände ihm frische Unterkleider überzogen. Er konnte nicht baden, ohne dass sich seine Leibdiener um ihn kümmerten. Oder vielleicht hätte er es gekonnt, aber das hätte bedeutet, ihnen zu befehlen, sich zu entfernen, und wenn er ihnen befahl, sich zu entfernen, hätte er zugegeben, dass es ihn störte, wenn sie ihn unbekleidet sahen. Und sobald er einmal zugab, dass es ihn störte, wurde jedes einzelne Mal, bei dem es bisher dazu gekommen war, im Rückblick beschämend.

Er hätte es beim allerersten Mal ablehnen sollen, aber da hatte er es nicht gewusst, und nun war es zu spät. Er war gefangen in dem, was bereits geschehen war, so dass er ertragen musste, was unvermeidbar als Nächstes kam.

Was die Vorstellung betraf, eine Frau darum zu bitten, mit ihm ins Bett zu gehen, wäre er eher gestorben. Es bestand keinerlei Zweifel, dass nicht mindestens ein Diener die ganze Zeit über diskret in Hörweite bleiben würde. Selbst wenn er gewusst hätte, wie er einer Frau das Thema nahebrachte, war der Gedanke, eine Vorstellung für den Helfer zu geben, unerträglich.

Sobald er das Schlimmste einmal hinter sich hatte, war jedoch das Frühstück stets hervorragend, und die Vormittage verbrachte er bis zum Mittagessen in seiner persönlichen Bibliothek, wo er alte Bücher las und an seinen Übersetzungen arbeitete. Oder er besuchte Aster, und sie machten sich gemeinsam über dessen Tutoren lustig. Für gewöhnlich war er sich mit der Zeit der riesigen Wolke von Dienern immer weniger bewusst, bis es beinahe schien, als hätte ihre Anwesenheit eigene Gründe, und Geder das starke Gefühl von sich weisen konnte, dass er sich auf einer Bühne befand.

Die Königshöhe selbst war von oben bis unten unglaublich. Während seiner Zeit am Hof war Geder in einigen der großen Hallen gewesen, aber nun, da er darin lebte, begann er den Ort weniger als Gebäude, sondern vielmehr als riesigen Insektenhaufen zu sehen, wie etwas, das aus den Märchen der Südlinge stammte. Die Mauern waren nur scheinbar fest. Die meisten waren von Dienerschaftsgängen und Geheimwegen durchzogen. Ein schmaler, schmuddeliger Gang mochte durch den Keller mäandern, nur um sich zu einem weitläufigen geheimen Bad mit indigoblauen Kacheln und geheiztem Wasser zu öffnen, das in einem Wasserfall herabdampfte. Überall gab es Hörlöcher – unter Bänken, in Bogengängen verborgen –, an denen man einen Lauscher abstellen konnte.

Es gab sogar eine Kammer, die wie ein riesiger Speisenaufzug angelegt war und bereitstand, um den König und seine Gäste zur Spitze des Gebäudes zu bringen, ohne dass man sich damit abmühen musste, die Treppen hinaufgetragen zu werden. Überall war die Luft parfümiert. Alle Konservatorien hielten Musikanten bereit, die auf Befehl des Königs hin spielen würden oder, in Geders Fall, auf Befehl des Regenten. Er fühlte sich durchgehend, als würde sein Leben nach der Vorstellung ablaufen, die ein anderer von ihm hatte, und das machte ihn ein wenig zaghaft. Nur dass natürlich Basrahip bei ihm war. Der Priester war eine Stütze.

»Wenig hat sich geändert, Lordregent«, sagte Lord Daskellin, während er durch die Kriegskammer schritt.

Sie war größer als ein Duellplatz, und der Boden des Raumes war mit Erde und Grassoden bedeckt, die alle so geformt und gestaltet waren, dass sie mit der Landschaft von Asterilreich und dem westlichen Antea übereinstimmten. Geders Schreibtisch stand an der Wand, wo Camnipol gewesen wäre. Der Vorsprung, auf dem die Stadt thronte, war eine kleine Stufe nach unten. Die Berge, die Asterilreich von den Trockenbrachen trennten, reichten ihm beinahe bis zu den Knien. Die nördliche Küste wurde mit winzigen blauen Glasperlen abgesteckt, die dort ausgeschüttet lagen, bis das falsche Meer auf die Mauern traf, als würde es auf den Rand der Welt stoßen.

Canl Daskellin stieg über die Felder von Asterilreich, über das große Knäuel von Armeen, die in den südlichen Marschen Fangen und Verstecken spielten, dann über den Siyat und die geordneten Armeen, die rund um die Serefbrücke kauerten. Die einzigen Veränderungen seit dem Vortag waren die Standorte der Schiffe auf dem Perlenmeer, und eigentlich waren nur vier davon von Bedeutung.

»Guten Morgen, mein Lord«, sagte Basrahip.

»Hochwürden«, erwiderte Daskellin, und sie schienen beide zufrieden damit, die Unterhaltung dabei zu belassen.

»Ich habe keine Nachricht von Lord Kalliam erhalten«, erklärte Geder. »Es hätte also trotzdem etwas im Süden passieren können.«

»Hätte«, entgegnete Daskellin, und sein Tonfall beendete den Satz an dieser Stelle. *Etwas hätte passieren können, aber dem war nicht so.*

Geder verabscheute, dass seine Stimme ein wenig nach Rechtfertigung klang, aber Canl Daskellin war unter anderem König Simeons Protektor von Nordhaven gewesen. Während er aufgewachsen war, waren Männer wie Daskellin und Bannien, Issandrian und Maas die leuchtenden Vorbilder des Hofes gewesen. Nun, da Geder Lordregent war, hofierte Daskellin ihn, aber Geder hatte immer noch das Gefühl, nachrangig zu sein, wenn der Mann mit ihm im Raum war. Dass er Daskellin vom Schlachtfeld zurückgerufen hatte und nun plante, ihm erneut Befehle zu geben, machte das Unbehagen nur noch größer.

»Ich dachte mir«, sagte Geder, der von seinem Schreibtisch aufstand und vorsichtig auftrat, um zu verhindern, dass er seine eigenen Streitkräfte umstieß, die in der Nähe der Seref lagerten, »dass wir eine zweite Brücke bauen könnten. Ich habe ein Traktat über Koort Mahbi gelesen, den dritten Regos von Borja. Er hatte eine bewegliche Brücke, an den Stützen befanden sich kleine Boote. Auf diese Weise konnte seine Armee die Brücke einfach über einen Fluss schieben, darübergehen und sie auf der anderen Seite wieder einholen. Da und wieder weg. Wenn wir eine solche Brücke bauen würden, könnten wir hier den Fluss überqueren.« Er berührte den Boden, wo der Siyat eine Biegung machte. »Wir wären dann nicht in der Nähe einer guten Straße, aber ich glaube, auch über Land wären wir nicht weiter als drei Tage von Kaltfel entfernt.«

»Das ist ein Gedanke«, sagte Daskellin. »Es gäbe aber immer noch das Problem, genug Männer auf die andere Seite zu befördern. Wenn Kalliam es geschafft hätte, uns auf beiden Seiten der Seref in Stellung zu bringen, hätten wir einen Zufluchtsort, an dem sich die Truppen sammeln können. Eine bewegliche Brücke in dieser Art? Sie ist nicht breit genug, um eine große Anzahl von Männern auf einmal hinüberzubringen, und ein paar Dutzend Bogenschützen könnten unsere ganze Armee einen Mann nach dem anderen töten.«

»Aber Kalliam sagt, dass sie sich in den Marschlanden nicht bewegen können«, wandte Geder ein.

»Und recht hat er. Der Grund, weshalb Asterilreich und Antea sich geteilt haben, als die Hochkönige starben, waren der Fluss, das Schmelzwasser aus den Bergen und der Schlamm von beiden gemeinsam.«

Geder räusperte sich. »Deshalb will ich, dass Ihr nach Nordstade geht.« Nun blickte Daskellin zu ihm auf. Geder war sich nicht sicher, aber er glaubte, dass im Gesichtsausdruck des Mannes ein Hauch Erheiterung lag. »Die Lücke zwischen diesen Bergketten da ist hügelig, und dort befinden sich etwa tausend kleine Festen und Garnisonen, aber wenn König Tracian seine Männer an die Grenze verlegen sollte, müsste Asterilreich Männer aus dem Süden abziehen, um sie davon abzuhalten, bei ihm einzumarschieren, nicht wahr?«

Daskellin schritt durch den Raum zu den Feldern von Ellis und blickte zurück. Er strich sich übers Kinn. »Es ist möglich, ja«, sagte er.

Geder warf einen Blick hinüber zu Basrahip, der nickte. Mit einem kleinen, erleichterten Lächeln öffnete Geder die Lippen. »Er muss nicht einmal tatsächlich einmarschieren«, schlug er vor. »Wenn er nur da ist, und es wirkt, als könnte er es …«

»Habt Ihr dem Lordmarschall von dieser Idee erzählt?«

»Äh. Nein. Weshalb? Sollte ich das?«

Daskellin zuckte mit den Schultern. »Dawson mag es nicht, wenn andere Königreiche sich in die Belange von Antea einmischen. Ich denke, er hält es für würdelos, Verbündete zu haben. Aber ja, ich habe Freunde und Kontakte in Nordstade. Nicht alle davon sind am Hof. Ich bin nicht sicher, wie die Lage dort ist, aber ich kann es herausfinden. Wo ist Bannien?«

»Lord Bannien hält Anninfeste«, sagte Geder. »Kalliam dachte, dass die Wahrscheinlichkeit zu hoch ist, dass es zu einer neuerlichen Rebellion kommt. Seine Söhne sind beim größeren Armeeteil. Wann könnt Ihr aufbrechen?«

»Sobald Ihr wollt.«

»Also morgen«, entschied Geder. »Ich habe Nachricht an Lord Skestinin gesandt. Er wird ein Schiff bereitstellen, um Euch hinzubringen, vorausgesetzt, Asinhaven hat die Blockade nicht durchbrochen. Aber Skestinin glaubt nicht, dass das geschieht.«

»Ich werde mein Bestes geben«, sagte Daskellin mit einer kleinen Verbeugung. Er zögerte: »Ich will nicht unhöflich sein. Aber darf ich eine Frage zur Südfront stellen?«

»Ja?«

»Ich habe gehört, dass Alan Klin dort gekämpft hat. An der Front. Sogar sehr weit vorn an der Front.«

Geder zuckte die Achseln. »Wir hoffen, den Feind aus seiner Stellung zu locken«, sagte er. »Und ich dachte, dass es nett wäre, Klin die Gelegenheit zu geben, einen Teil seiner Ehre wiederzugewinnen. Meint Ihr nicht?«

»Natürlich, Lordregent«, erwiderte Daskellin mit einer weiteren Verbeugung. »Ich verstehe.«

Nachdem die Tür sich hinter ihm geschlossen hatte, wandte sich Geder an den Priester. »Nun?«

Basrahip neigte den Kopf zur Seite. »Mein Prinz?«

»Hat es gestimmt?«

»Ja, er hat es verstanden«, sagte der Priester ruhig.

»Was hat er verstanden?«

»Das hat er nicht gesagt, mein Prinz.«

»Ist er einverstanden?«

»Das hat er nicht gesagt«, wiederholte Basrahip und zeigte Geder seine Hand, als würde er ihm die leere Luft anbieten, die darin eingeschlossen war. »Die lebendige Stimme trägt, was sie trägt. Wenn Ihr diese Dinge wissen wollt, fragt ihn. Und dann werden wir es wissen.«

Geder schlenderte hinüber zu dem kleinen Modell von Kaltfel und ging in die Hocke. Es war ein so kurzer Weg. Er konnte von hier aus zu Kalliams Kommandoposten schreiten. Er hatte den starken Drang, auf das Modell zu steigen, diese anmaßenden Mauern, Straßen und Türme platt zu treten. Sie in den Schmutz zu stampfen. Wenn er nur dasselbe mit der echten Stadt tun könnte. Er bemerkte ein tiefes Geräusch. Basrahip lachte.

»Was?«, fragte Geder.

»Lord Prinz …«

»Ich bin Regent«, korrigierte Geder verdrießlich. »Regent ist besser als Prinz.«

»Lordregent«, sagte Basrahip. »Mein Freund. Eure Leute sind merkwürdig. Sie wollen etwas draußen in der Welt erreichen, und dazu sperren sie sich hier ein, mit kleinen Spielzeugen.«

Der Priester stand vom Tisch auf und ging hinüber zur Serefbrücke, vor die er sich im Schneidersitz setzte. Er nahm die Figur eines Reiters auf, die Dannick darstellte, und tat so, als würde er sich an ihn richten. »Warum kämpfst du, kleiner Soldat? Hm? Was hoffst du zu gewinnen? Was sagt dir dein Herz?« Er tat, als würde er lauschen. Oder vielleicht lauschte er sogar und gab vor zu hören. Er sah mit fröhlichem Blick zu Geder auf. »Er verrät es nicht.«

»Nun, es ist nicht so, als ob ich ausreiten und selbst inmitten von alldem stehen könnte«, erklärte Geder. »Ich muss es irgendwie alles sehen, um auf dem Laufenden zu bleiben. Ich meine, ich muss nur hierhin schauen, um zu erkennen, dass die Versorgungslinien im Süden zu lang werden. Ich kann es sehen.«

»Nein, könnt Ihr nicht. Nichts hier ist echt. Ihr seht, dass dieses Spielzeug weit von jenem Spielzeug entfernt ist. Und deswegen denkt Ihr, dass daraus etwas ersichtlich wird. Hier, schaut.« Basrahip streckte sich und schob eine der Armeen im Süden nach vorn. »Nun können Eure Vorräte schnell herbeigeschafft werden, wenn sie gebraucht werden, oder?«

»Nein!«, rief Geder. »Man kann nicht einfach etwas bewegen, nur um es geschehen zu lassen.«

»Nein, das kann man nicht«, bestätigte Basrahip. »Es ist leer. Es ist ein Zeichen ohne Seele. Und die Befehle und Berichte, die sie Euch schicken: Worte auf Papier. Leer. Wie hofft Ihr, Schlachten zwischen Menschen zu gewinnen, wenn Ihr Papier und Spielzeug benutzt?«

»Habt Ihr eine bessere Idee?«, fragte Geder. Er meinte es sarkastisch, er meinte: *Natürlich habt Ihr keine,* aber ein Teil von ihm wünschte sich – wünschte sich so sehr –, dass der Hüne ja sagen würde.

»Ja«, antwortete Basrahip. »Wartet. Diese Brücke – nicht das kleine Spielzeug, aber die Brücke, von der Ihr alle sprecht. Diese Brücke, die Euren Krieg beendet. Darf ich sie Euch schenken? Werdet Ihr sie von mir annehmen?«

»Ich weiß nicht … ich weiß nicht, was Ihr meint.«

Basrahip erhob sich. Die Erde des falschen Schlachtfelds beschmutzte seine Knie, und er wischte mit einer breiten Hand darüber. Seine Stimme war ruhig. »Lasst mich drei meiner Priester dorthin schicken und gebt mir zwanzig Tage. Dann bringt Eure Armeen, und wir werden diesen Weg öffnen und Euren Krieg beenden. Lasst mich das für Euch tun, ja?«

»Ja«, sagte Geder. »Wenn Ihr das tun könnt, dann ja.«

Das erste Mal – das einzige Mal bisher –, dass Geder über irgendetwas den Befehl gehabt hatte, war Vanai gewesen, und das hatte sich als grausamer Scherz erwiesen. Er wusste immer noch nicht, welche Machenschaften dahintersteckten, dass eine Fraktion des Hofes darauf gebaut hatte, die Herrschaft über Vanai zu verlieren, indem man den dummen, unvorbereiteten Geder Palliako dafür verantwortlich machte. Nun, da er über das Königreich verfügte, waren ihm die Treue und die Unterstützung aller sicher. Die intrigante Hofpolitik würde niemals aufhören, aber die großen Geister standen nun ihm Rede und Antwort, und sein Ziel war der Sieg des Königreichs über seine Feinde. Niemand konnte sich wünschen, dass er scheiterte, ohne zum Verräter zu werden.

Das änderte alles. Selbst die Männer, die ihn ausgelacht hatten, die ihn als traurigen Witz betrachtet hatten, fürchteten ihn nun. Selbst sie halfen ihm jetzt, wenn er es verlangte.

Er saß an jenem Abend bei einem Festmahl, das Sir Gospey Allintot ausrichtete. Es war nicht lange her, dass Allintot, wenn auch nicht sein Feind, so zumindest gewiss kein Freund gewesen war. Und nun buckelte sein ganzer Haushalt, um Geder die Ehre zu erweisen.

Basrahip saß an seiner Seite, während sich die Halle mit Allintots Gästen füllte: Lady Oesteroth, die den Dolch ihres Gemahls trug, um zu zeigen, dass er für die Krone im Feld war. Jorey Kalliam und seine neue Braut. Sir Emund Serrinian, der Graf von Weißfurt. Und zu spät und als Letzter kam der Graf von Bruchhalm an den hohen Tisch, Lerer Palliako. Geders Vater.

Geder ging zu ihm und zerrte ihn nach vorn. Sein Vater blickte blinzelnd auf die Menge.

»Ich glaube nicht, dass ich jemals am hohen Tisch gewesen bin«, sagte sein Vater. »Ich bewege mich dieser Tage über meinen Kreisen, mein Junge. Weit darüber.«

»Ich denke, wenn dein Sohn der Regent ist, dann bist du Teil dieser hohen Kreise«, erwiderte Geder, der ein wenig nervös lachte.

Sein Vater klopfte ihm auf die Schulter und nickte, aber er sagte nichts mehr. Das Festmahl war üppig – kandiertes Schwein mit Zwiebeln, Fasan aus der Winterzucht in seinem eigenen Fett, Lerchenzungen und Johannisbeeren –, und alles wurde auf Tellern aus Silber und Gold serviert. Ein Kundiger trat zur Unterhaltung vor, der die Namen von Engeln und Geistern rief, bis ein gespenstisches Licht seine Augen füllte und seine Hände hell wie Kerzen leuchteten. Geder sah zu, aber seine Freude daran war wegen des reglosen Blicks und des halb geleerten Tellers seines Vaters etwas abgekühlt. Als die Vorführung des Kundigen vorüber war und seine verbrauchte und ausgestreckt daliegende Gestalt unter Gelächter und Heiterkeit von den Dienern weggetragen wurde, beugte sich Geder dicht zu seinem Vater.

»Stimmt etwas nicht?«, fragte er.

»Nein«, antwortete Lerer. »Nein, mein Junge. Alles ist gut.«

Er brauchte Basrahips Gabe nicht, um zu wissen, dass es nicht der Wahrheit entsprach.

»Komm, geh ein Stück mit mir«, sagte Geder.

Sie waren allein, aber natürlich stimmte das nicht. Die Garde des Regenten und die Leibdiener folgten ihnen mit etwas Abstand, während Geder und sein Vater den langen, schwarz gepflasterten Weg zu Allintots Hof abschritten. Die Kutschen und Sänften warteten im verblassenden Sonnenlicht, bereit, all jene Hochgeborenen verschwinden zu lassen, die woandershin wollten. Keiner von ihnen würde sich auch nur einen Fingerbreit entfernen, solange Geder auf dem Fest blieb. Wenn er bis zum Sonnenaufgang blieb, würden auch sie es tun. Der Gedanke war merkwürdig und komisch, und Geder ertappte sich dabei, es versuchen zu wollen, nur um zu sehen, wie die hohen Herren und Damen des Hofes sich darum bemühten wachzubleiben und vorgaben, sich zu vergnügen, während die Nacht hinter ihnen immer länger wurde.

Sein Vater fand eine Bank und setzte sich. Geder ließ sich neben ihm nieder.

»Es ist ganz schön viel in gar nicht viel Zeit, nicht wahr?«, fragte sein Vater. »Mein Sohn. Der Lordregent. Wer hätte das gedacht? Es ist eine Ehre. Es … ja.«

»Ich wünschte, Mutter würde es noch erleben.«

»Oh, oh ja. Ja, dazu hätte sie wohl etwas zu sagen gehabt, nicht wahr? Sie war ein Heißsporn, deine Mutter. Was für eine Frau.«

Eine Grille zirpte. Die erste, die Geder in diesem Jahr zu hören glaubte. Plötzlich stieg eine große Traurigkeit in seiner Brust auf und mit ihr das Gefühl, sich beschweren zu müssen. Er hatte alles getan, was er konnte. Er war so nahe an das Königtum herangekommen, wie es ein Mann nur schaffen konnte, der nicht durch Blutsbande dazu ausersehen war. Er hatte Aster gerettet und Camnipol beschützt. Er hatte gewonnen, und trotzdem schien sein Vater distanziert. Enttäuscht.

»Was ist los?«, fragte Geder, heftiger, als er vorgehabt hatte.

»Nichts. Nichts, es ist nur der Krieg. Du weißt schon. All die Kämpfe letztes Jahr. All die Unruhe. Und nun das, und … ich weiß nicht. Ich war nie für das Leben bei Hofe bestimmt. All die Leute, die mich früher nicht beachtet haben und plötzlich vorgeben, dass es sie interessiert, was ich mir bei alldem denke.«

Geder schnaubte. »Das kenne ich«, sagte er.

»Wünschst du dir je, dass alles einfach wieder so sein könnte, wie es gewesen ist? Du und ich, zurück in Bruchhalm?«

Geder beugte sich vor, die Hände ineinander verschränkt. »Manchmal, aber so wäre es nicht gekommen, oder? Wenn ich nicht in Vanai gewesen und genau zu diesem Zeitpunkt zurückgekommen wäre, hätten die Kämpfer von Maas und Issandrian die Stadt eingenommen. Aster wäre gestorben. Wir könnten nicht mehr die sein, die wir gewesen sind.« Geder zuckte mit den Schultern. »Das Wesen der Geschichte trotzt uns.«

»Das ist wahr, nehme ich an. Und trotzdem blicke ich in die Zukunft, und ich fürchte sie. Wo endet all das letztlich?«

»Ich denke nicht, dass der Krieg noch viel länger dauern wird«, sagte Geder. »Und wenn er vorbei ist, wird dieses Durcheinander ein Ende haben.«

Dawson

ES WAR ZWAR NICHT in Dawsons Sinne, aber nun war der Krieg im Süden. Seine Männer konnten den Fluss nicht überqueren, und wenn man einem neuerlichen Aufstand in Anninfeste den Riegel vorschob, konnte Asterilreich auch nirgends auf der Ostseite anlanden. Die Seeblockade im Norden brachte den Handel zum Erliegen und sorgte dafür, dass anteanische Schiffe nicht in Bedrängnis gerieten, aber solange die Grenze zu Nordstade offen blieb, konnten Nahrungsmittel und Versorgungsgüter von hinten nach Asterilreich strömen.

Im späten Frühling wimmelte es von Mücken, auch wenn es kalt war. Die hohen Gräser reichten einem erwachsenen Mann bis zu den Ellbogen, verbargen Tümpel und schnitten den Pferden in die Flanken, bis sie bluteten. Die Straßen waren nicht gepflastert, es handelte sich lediglich um schmale Pfade sicheren Landes zwischen den Bächen. Das eisige Wasser war frisch gewesen, als es die hohen Gletscher auf den Bergen im Süden verlassen hatte, aber nun war es ungenießbar. Bäume waren ihnen im Weg, wo keine Tümpel waren. Langsam ließ der Schimmel die Kleidung der Männer zerfallen, und Dawson hatte mehr Soldaten ans Fieber verloren als an die Schwerter des Feindes. Sein einziger Trost war, dass es den Streitkräften von Asterilreich nicht anders erging. Es gab keine Garnisonen, in denen man Schutz suchen konnte, keine Festungen. Der Einzige, der etwas erlebt hatte, was einer richtigen Schlacht bisher am nächsten kam, war der arme Tor Alan Klin, bei dem Geder Palliako darauf bestanden hatte, dass er die Vorhut übernahm, und auch er hatte nur ein einziges echtes Scharmützel in einer hohen Wiese mitgemacht und war zurückgetrieben worden.

Und dann waren die Befehle gekommen, in Palliakos eigener Handschrift und mit seinem Siegel. Er sollte seine Armee zur Serefbrücke zurückziehen, um dort auf eine Gruppe Priester zu treffen, die irgendwie die runde Festung überwinden und den schnellen Weg nach Kaltfel öffnen würden. Dawson hatte um eine Erläuterung gebeten. Nicht dass er es nicht verstanden hätte, aber wenn er den Befehl akzeptierte und mit seinen Männern nach Norden zog, hätte das nur bedeutet, sich wieder hierher zurückschleppen und den ganzen qualvollen Feldzug von vorn beginnen zu müssen, falls Palliakos Kultisten scheiterten. Die Erläuterung war gekommen, und Dawson war nichts übrig geblieben, als zu gehorchen.

Als er sich bei Anbruch des Sommers nach Norden aufgemacht hatte, hatte er sich zumindest ausgemalt, dass er einen Trupp Kriegspriester antreffen würde, die trunken waren von Glaubenslehre und Rechtschaffenheit und dazu bereit, über die schmale Brücke zu stürmen. Sogar das war eine Enttäuschung.

Die drei Männer trugen Roben in der graubraunen Farbe von Spatzen. Ihr borstiges, wildes Haar war mit Bändern zusammengefasst, und ihre Gesichter hatten jenen seligen Blick, den Dawson mit Männern verband, die jenseits aller Vernunft betrunken oder einfach von Geburt an schlicht gestrickt waren. Sie standen am Ende eines kleinen Paradeplatzes vor der Festung und verneigten sich vor Dawson, als er vorbeikam.

Dawson beugte sich zu Rabbr Bannien, dem ältesten Sohn von Lord Bannien von Estinfurt und nun Garnisonskommandeur, und begegnete dem Blick des Jungen mit einer Mischung aus Verzweiflung und Wut. »Sagt mir, dass das ein Witz ist«, forderte er.

»Ich habe das Gleiche gedacht, als sie eingetroffen sind, Lordmarschall«, erwiderte der junge Bannien. »Aber nun, da ich sie eine Weile beobachtet habe … bin ich mir nicht mehr sicher.«

Dawson drehte sich um, um die Besatzung der Garnison in Augenschein zu nehmen. Er hatte keine ganze Kompanie an der Brücke zurückgelassen. Es hatte keinen Sinn, wo doch ein paar Dutzend ausreichten, die Festung zu verteidigen, und auch ein paar hundert die andere Seite nicht erobern konnten. Sie wirkten aufmerksam und ausgeruht. Anders als seine eigenen Männer. Ein beunruhigender Gedanke schoss ihm durch den Kopf.

»Sind es Kundige?«

»Glaube ich nicht, mein Lord. Auf jeden Fall keine, wie sie mir schon zu Gesicht gekommen wären. Sie … sie machen eigentlich nichts. Es ist nur … Ihr müsst es selbst sehen, Lordmarschall.«

»Na gut«, sagte Dawson. Er ging zum größten der drei Priester und nickte ihm zu, statt zu salutieren. »Zeigt mir, wieso ich meine Männer für Euren Plan hergeben sollte.«

Eine halbe Stunde später schritt der Priester allein auf die Brücke hinaus und trug nur einen Schalltrichter bei sich. Der Brückenbogen, das rauschende Wasser darunter und die runde

Festung in den Farben von Blut und Stein ließen den Priester wie ein gemaltes Bildnis des Glaubens wirken: ein Spatz, der überwältigt war, sich aber nicht beugte. Dawson stand am offenen Tor der weißen Festung, schaute mit verschränkten Armen zu und war müde bis ins Mark von dem anstrengenden Marsch. In seiner Kehle stieg Abscheu auf und schmeckte nach Galle.

Der Priester hob den Trichter an den Mund und fing an, über das Rauschen des Wassers hinwegzurufen. »Ihr habt bereits verloren! Keine Macht kann gegen die Armee von Antea bestehen! Ihr habt hier keine Macht! Ihr habt bereits *verloren!* Alles, wofür Ihr kämpft, ist bereits fort. Alles, worauf Ihr hofft, ist verloren. Ihr könnt nicht gewinnen.«

Dawson warf einen Blick auf den jungen Bannien. Dieser schaute über die Brücke hinaus, völlig versunken. Sein Blick lag auf dem Priester, und ein geisterhaftes Lächeln spielte über die Lippen des Jungen. Dawson spürte, wie ein Lachen in seiner Kehle gluckste; es fühlte sich wie Entsetzen an.

»So?«, fragte Dawson. »So nehmen wir also das andere Ufer ein? Wir liegen ihnen in den Ohren, bis sie abhauen?«

»Ich weiß«, erwiderte der Kommandant der Garnison. »So habe ich anfangs auch reagiert. Aber sie machen es jeden Tag und bis in die Nacht hinein. Und je öfter sie es machen, desto mehr klingt es, als … als könnte es wahr sein.«

Dawson fluchte ausgiebig. »Holt diesen Narren von der Brücke, ehe ihn jemand mit einem Pfeil durchbohrt, und bringt ihn zu mir«, befahl Dawson. »Wir machen dem ein Ende, bevor wir noch mehr Zeit verschwenden.«

»Ja, Lordmarschall«, sagte der Junge, der verlegen wirkte. Dawson stapfte über den Hof davon und eine steinerne Treppenflucht hinauf. Die Privatgemächer des Kommandanten waren eng, dunkel und schlecht beleuchtet. Man hatte die Wahl zwischen Licht und Luft, aber Dawson wollte bei Gott das Gesicht der Männer sehen, mit denen er sich unterhielt. In der Zwischenzeit saß er in der Düsternis und schäumte.

Palliakos Kultisten kamen zusammen, alle drei. Sie verbeugten sich am Eingang und setzten sich auf die Kissen zu Dawsons Füßen. Sie blickten mit einer tiefen Ruhe zu ihm auf, und ihre dunklen Augen glitzerten im Kerzenlicht. Der Garnisonskommandant nahm hinter Dawson im Stehen seinen Platz ein.

»Erzählt mir, wie Euer Plan weitergeht«, forderte Dawson. »Sobald Ihr mit Eurem kleinen Schauspiel fertig seid, was dann?«

Die Priester warfen einander Blicke zu. Sie schienen nun unruhig, also war zumindest das in Ordnung. Sie hatten zusammengenommen genug Verstand, um zu bemerken, wenn man sie zusammenstauchte. Dawson beugte sich auf dem Feldstuhl vor, Holz und Leder knarzten unter ihm.

»Sobald sie es begriffen haben, werdet Ihr sie dessen berauben, was Euch gehört«, sagte der Mittlere. Sein Gesicht war runder als bei den anderen, mit schmalen Nasenlöchern und Lippen. Er hatte eine Sprechweise, die Dawson an alte Gedichte erinnerte, die er als Junge gelesen hatte. Der Rhythmus der Worte wirkte, als hätte man sie aus einer Ruine ausgegraben. Oder einem Hügelgrab. »Mehr als das braucht es nicht.«

Dawson fuhr mit der Zungenspitze an den Zähnen entlang und nickte. Es war eine Geste, die er als Junge angenommen hatte, indem er seinen Vater beobachtet hatte, wann immer dieser zornig und kurz vor einem Gewaltausbruch gewesen war.

»Einen Dreck werden wir tun«, sagte er. »Es ist mir gleich, ob Ihr redet, bis Ihr einen Zungenkrampf bekommt. Weder die Männer noch die Umstände geben her, dass die Brücke eingenommen werden kann, und ich werde kein einziges anteanisches Leben für diesen Unfug verschwenden.«

»Die Göttin ist mit Euch. Ihr werdet nicht scheitern«, sagte der Priester mit dem runden Gesicht.

»Es reicht! Garnisonskommandant Bannien, ich übernehme die volle Verantwortung dafür, dem hier ein Ende zu machen, und ich werde meine schriftliche Einschätzung und die korrigierten Pläne noch heute Abend nach Camnipol schicken. Bitte bereitet einen Kurier und ein Pferd vor, während …«

»Hört auf meine Stimme«, fiel ihm der Priester ins Wort. »Ihr werdet nicht scheitern. Wir sind die Diener der Wahrheit und der Göttin. Was wir Euch sagen, ist wahr. Ihre Männer können nicht gegen Euch bestehen. Sie werden untergehen.«

Dawson lehnte sich zurück. Die Hitze der Kammer und der Rauch der Kerze wirkten unangenehm zusammen. »Wie könnt Ihr glauben, dass das möglich ist?«, fragte er. »Haben sie weniger Männer dort als vorher?«

»Es spielt keine Rolle, wie viele es sind.«

»Sind sie alle krank? Haben sie eine Seuche?«

»Es spielt keine Rolle, ob sie krank oder gesund sind. Ihr seid die Männer von Antea, von starkem Herzen und gesegnet von der Göttin. Sie sind schwach, und ihre Angst ist gerechtfertigt.«

»Wie dem auch sei«, erwiderte Dawson, »sie befinden sich in einer befestigten Stellung, während unsere einzige Angriffslinie deutlich einsehbar, offen und ungesichert ist. Ich muss mir nur die Karte und die Zahlen ansehen, und ich kann Euch so sicher sagen, wie ich Euch meinen Namen sage, dass die Festung genauso wenig eingenommen werden kann wie diese hier.«

»Hört auf meine …«

»Ich habe keine Lust mehr, auf Eure Stimme zu hören, Junge«, unterbrach ihn Dawson. »Es ist gleich, wie oft Ihr mir sagt, dass ein Schwein eigentlich eine Katze ist. Davon wird es nicht wahr.«

»Doch, mein Herr«, erwiderte der mittlere Priester. »*Wird* es.«

Dawson konnte nur lachen. Die Kerzenflammen tanzten und flackerten.

»Was ist ein Wort, wenn nicht das, was Ihr damit meint, Herr?«, fragte der Priester. »Dies ist ein Hund, und das ist vielleicht ein Hund, und doch sehen sie einander überhaupt nicht ähnlich. Einer ist halb so groß wie ein Pferd, der andere hätte auf dem Schoß einer Frau Platz. Und doch nennen wir sie Hunde.«

»Man kann sie züchten.«

»Timzinae und Haavirisch kann man nicht züchten. Welcher davon ist der Mensch? Ein Fink und ein Habicht sind Vögel, können sie gemeinsam ein Ei ausbrüten? Worte sind leer, bis man sie füllt, und das, womit man sie füllt, gestaltet die Welt. Worte sind die Rüstungen und Schwerter der Seelen, und die Soldaten auf der anderen Seite jener Brücke haben keine Verteidigung dagegen.«

»Nichts, was Ihr gerade gesagt habt«, warf Dawson ein und betonte jedes Wort einzeln, »ergibt einen verdammten Sinn. Ein Krieg ist kein Spiel mit Worten.«

Der Priester hob einen Finger. »Als Ihr Lordmarschall

geworden seid, hat sich nichts an Euch verändert. Eure Finger sind dieselben. Eure Nase. Euer Rückgrat. Euer ganzer Körper ist, wie er war, und doch seid Ihr verwandelt. Die Worte wurden gesagt, und dadurch, dass man sie aussprach, wurden sie wahr. Ein Schwein kann eine Art Katze sein, wenn ich es sage und Ihr es als wahr versteht. Wenn wir sagen, dass die Timzinae nicht menschlich sind, dann sind sie es nicht. Wir sind die rechtschaffenen Diener der Göttin, und für uns ist die ganze Welt auf diese Art beschaffen. Lügen haben über uns keine Macht, und die Worte, die wir sprechen, sind wahr.«

»Die Worte, die Ihr sprecht, werden keinen Schwertstreich fehlgehen lassen«, sagte Dawson.

»Schwertstreiche gehen fehl, weil Hände fehlgehen. Hände gehen fehl, weil das Herz es sagt. Hört auf meine Stimme, Herr, und wisst, was die Männer, die uns gehört haben, bereits wissen. Was Ihr wollt, gehört Euch bereits. Die Klingen von Antea sind aus Stahl, und Eure Feinde sind wie Gras vor Euch.«

»Ja, nun, Ihr habt das Gras nicht gesehen, dort, wo ich gerade herkomme«, erwiderte Dawson, aber seine Gedanken waren schon woanders.

Der Raum war eng und heiß, die Luft war schwer. Es fühlte sich an wie dieser Krieg. Einengend, eingesperrt. Sie würden Jahre in diesen Sümpfen verbringen, sich Meile um Meile nach Norden kämpfen. Schon hatten sie zu viel von der Pflanzzeit verpasst. Im Herbst würde die Nahrung knapp werden, und nächstes Frühjahr würden Menschen verhungern. Und dort standen sie jetzt. Heute.

Wenn das, was die Priester sagten, nur wahr wäre, dann würden Hunderte – vielleicht Tausende – leben, die jetzt zum

Sterben verdammt waren. Viele davon waren die Männer, die er gerade befehligte. Die Toten warteten vor der Festung, warteten nur darauf, dass sie mit dem Sterben an der Reihe waren. Vielleicht spielte es keine Rolle, ob sie hier auf dieser Brücke oder in eineinhalb Jahren starben, im Schlamm von Asterilreich verhungerten.

»Hört auf meine Stimme«, sagte der Priester erneut. Er schien von dem Satz ausgesprochen angetan. »Dieser Krieg gehört Euch, wenn Ihr das Geschenk von uns annehmt.«

Dawson holte tief Luft. Er wusste, dass er dem Untergang geweiht war. Sein Gefühl und seine Erfahrung sagten ihm, dass er scheitern würde. Und doch, gegen all dieses Wissen stand eine neue Kraft, ein Teil seines Inneren, der gerade erwachte, den er weder mit offenen Armen empfangen noch leugnen konnte. Es war, als versuche man, aus einem Traum aufzuwachen, und wüsste nicht recht, was der Traum war und was die wache Welt. Dawsons Kopf fühlte sich an, als wäre er mit ungekämmter Wolle ausgestopft.

»Das ist Wahnsinn«, sagte er.

»Dann erfreut Euch am Wahnsinn«, erwiderte der Priester. »Und dann am Sieg.«

Sie bewaffneten sich.

Die Priester hatten mit allen Männern sprechen wollen, um ihnen zu versichern, dass all das, was nun geschehen würde, nicht bedeutete, dass Lordmarschall Kalliam dreihundert Männer auf eine Rampe zum Schlachthaus schickte. Dawson hatte es nicht gestattet. Es war schlimm genug, dass Palliako Befehle von ausländischen Priestern annahm. Dass er selbst sie von Palliako bekam.

Sobald sie den engen, kleinen Raum verlassen hatten, waren Reue und Bedenken langsam wieder zu ihm zurückgekehrt. Aber da hatte er den Befehl bereits erteilt, und es gab immer noch die leise, beinahe stumme Stimme in seinem Verstand, die behauptete, dass vielleicht alles ein gutes Ende nehmen würde.

Die ganze Nacht hatten die Priester auf der Brücke gestanden und in die Dunkelheit gerufen, bis sie heiser gewesen waren. Der Fluss schien mit ihnen zu rufen. Die Rhetorik war der sehr ähnlich, die Dawson bereits gehört hatte, aber es gab hin und wieder eine Ausschmückung. Die Geister der Toten marschierten neben den Soldaten von Antea und bewahrten sie vor Schaden. Der Pfeil, den man auf anteanische Soldaten abschoss, würde abgelenkt werden. Der Fluss selbst war mit dem Gespaltenen Thron im Bunde. Neckereien auf dem Schulhof waren von ähnlicher Feinsinnigkeit, aber im Verlauf der langen schwarzen Stunden erwuchs daraus eine Geschichte, in der es ein Unglück war, Asterilreich treu ergeben zu sein.

Dawson versuchte zu schlafen, doch es gelang ihm nur für wenige Stunden. Und dann kam sein Knappe und sagte ihm, dass es an der Zeit war.

Der Angriff würde im Morgengrauen erfolgen, wenn die Sonne dem Feind in die Augen stach. Sie hatten inzwischen eine bessere Ramme, einen breiteren Stamm, an dessen Ende ein Bronzekeil befestigt war. Ein schmales Dach aus Latten und Stroh würde Pfeile verlangsamen. Alles andere, was möglich war, würde trotzdem darauf herabregnen. Heißes Öl oder kochendes Wasser. Offenes Feuer. Es könnte eine halbe Stunde dauern, die gegnerischen Tore zu zerschmettern. Wie viele Männer konnte er in einer halben Stunde verlieren? Alle vermutlich.

Dunst stieg vom Boden auf, als das erste bleiche Dämmerlicht hervorkam, während sich blaue und rosarote Finger über den Himmel streckten. Die Rufe der Priester waren rau wie Krähenschreie.

»Männer«, sagte Dawson, der sich an seine Ritter wandte. »Wir sind die Lords von Antea und dem Gespaltenen Thron. Weiter muss nichts gesagt werden.«

Ihre Schwerter klirrten, als sie aus den Scheiden gezogen wurden, und seine Männer salutierten. Dawson wendete sein Ross, und sie nahmen ihre Plätze ein.

Als der erste Sonnenstrahl auf die runde Festung traf, ließ Dawson zum Angriff blasen. Seine Bauern, Knechte und Soldaten ohne Grundbesitz brandeten über die Brücke nach vorn, und ihre Stimmen vereinten sich zu einem einzigen Brüllen, das das Wasser übertönte. Einen Moment lang gab sich Dawson dem Glauben hin, dass der Feind von ihrem Anblick zur Untätigkeit gelähmt sein könnte. Dann begann es Pfeile zu hageln. Er sah, wie ein Mann an der Schulter getroffen wurde, stolperte und in den Fluss fiel, um fortgerissen zu werden. Weitere Pfeile. Weitere Schreie.

Und dann begann das Donnern der Ramme. Sein Ross tänzelte unter ihm, vom Chaos geängstigt oder weil es Dawsons Aufregung spürte oder aus beiden Gründen. Die drei Priester standen am offenen Eingang der weißen Festung und wirkten, in ihre braunen Roben gehüllt, verschlafen und erschöpft.

Wenn wir scheitern, werde ich Palliako ihre Köpfe schicken, dachte er.

Das Gedränge von Körpern am anderen Ende der Brücke

schien zu atmen – ein großer, halb ausgebildeter Riese. Die Ramme war sein gewaltiges Herz.

Sie waren nicht auseinandergetrieben worden. Die Pfeile hatten die Formation nicht gebrochen, und wenn auch ein paar Fackeln von den Zinnen herabgeworfen worden waren, so hatte die Ramme doch kein Feuer gefangen. Sie schlugen sich gut. Selbst wenn sie starben, starben sie tapfer.

Etwas veränderte sich. Aus den Schlägen, auf die immer ein weiterer folgte, wurde ein Bersten. Und dann ein Splittern. Und dann drang ein Schrei heran, und die Männer vor ihm drängten durch zerbrochene Tore in die runde Festung.

»Macht sie nieder!«, rief Dawson. »Ritter von Antea, zu mir! Zu *mir*!«

Dicht über den Rücken seines Pferdes gebeugt, flog er über die Brücke, die Lippen zu einer Grimasse der Wut, Freude und Kampfeslust verzogen. Die Traube der Körper, auf die er auf der anderen Seite traf, gehörte genauso zu seiner Seite wie zur gegnerischen, aber sie stoben alle auf die gleiche Weise auseinander. Und dann waren sie alle dort, im runden Hof der Festung, brachen über den Feind herein wie eine Welle und rissen ihn fort. Etwas brannte, der Rauch stechend, dicht, belebend. Die Schreie der Soldaten waren Musik.

Bis zum Mittag war alles vorbei. Sechzig Soldaten von Asterilreich waren tot. Doppelt so viele gefangen. Er konnte nur raten, wie viele in Wind und Wasser verstreut waren. Aber vor allem war die Straße aus Drachenjade sein: Geräumt und offen führte sie ins Herz des feindlichen Reiches.

Er stand auf den Zinnen dieser seiner neuen Festung, dem ersten Boden westlich des Siyat, den ein Anteaner seit einer Generation gehalten hatte, ohne dass daran ein Zweifel bestand. Der Kurier, den er mit seiner Weigerung zu Palliako hatte schicken wollen, stand wartend bereit. Dawson übergab dem Jungen sieben Briefe, gefaltet und vernäht und mit seinem Siegel gezeichnet. Die Befehle an all seine Kommandanten im Feld, die jedem dasselbe mitteilten. *Der Krieg ist gewonnen. Verlasst die Sümpfe und kommt zu mir.*

Es hätte glorreich sein sollen. Es hätte der beste Augenblick eines Lebens sein sollen, das reich an solchen Augenblicken war.

Unter ihm, im Hof der Festung, lachten und tanzten die Männer. Zwei der Bauern traten mit den Füßen den Kopf eines Soldaten von Asterilreich wie einen Ball herum, bis der Kommandant der Garnison sie bemerkte und dem ein Ende setzte. Wein floss und Stärkeres als Wein. Die Banner von Asterilreich wurden angezündet und die Banner von Antea gehisst.

Die Banner von Antea … und auch ein anderes. Rot, mit einem achtfachen Siegel. Und im Hof lachten die drei Spatzen und schüttelten Hände und empfingen die Dankbarkeit der Männer. Palliakos Schoßkultisten. Dies war nicht sein Sieg. Es war nicht der Sieg des Gespaltenen Throns oder gar Geder Palliakos Sieg. Es war der Sieg ausländischer Priester, und selbst wenn es keiner der anderen wusste, er wusste es. Und darüber hinaus wusste er, was das bedeutete.

Er hatte sich verderben lassen.

Clara

NACHRICHTEN VOM SIEG BREITETEN sich in Camnipol aus wie ein milder Wind; es änderte sich kaum etwas und doch alles. Clara sah es in hunderten Kleinigkeiten. Die Bäckerin verzierte ihre Brötchen mit einem breiteren Streifen Honig. Die Modeerscheinung der schwarzen Ledermäntel, die zu großzügig geschnitten waren, war beinahe schon abgeklungen, aber nun brandete sie wieder auf. Bei den Treffen der Gemahlinnen wichtiger Adliger verlagerten sich die Gespräche langsam von dem Entsetzen darüber, dass die Männer fort waren, auf das Entsetzen darüber, dass sie zurückkehrten.

Täglich trafen Nachrichten ein, und Gerüchte und Wahrheit hielten sich dabei etwa die Waage. Die Armeen hatten Kaltfel eingenommen oder waren zurückgetrieben worden. Einer der Soldaten hatte Simeons Geist inmitten des Getümmels gesehen oder wie er über das Schlachtfeld schritt oder neben dem Lordmarschall stand. Clara hatte schon häufiger Zeiten des Kampfes und der Schlacht miterlebt, und diese Faszination für die Geister der Toten war eine Neuerung. Sie fragte sich, ob die Gerüchteküche des Krieges Modeerscheinungen kannte, wie alle anderen auch. Wenn man es so betrachtete, konnte sie sich keinen Grund vorstellen, weshalb nicht.

Die Briefe von Dawson waren jedoch beunruhigend.

Sie kamen beinahe zweimal wöchentlich. Häufig, aber nicht

so regelmäßig, dass sie sich Sorgen machte, wenn sich einer verspätete. Er teilte ihr nur wenige harte Fakten mit – sie war vielleicht seine Frau, aber sie war nicht im Kriegsrat – und konzentrierte sich eher auf allgemeine Aussagen und Eindrücke. Mit jedem neuen Sieg schien er ein wenig zorniger zu werden. Häufig beschrieb er die politischen und verwandtschaftlichen Beziehungen von Antea und Asterilreich; wie zwei streitende Brüder, sagte er. Auch wurde seine Meinung zu Ausländern, die weiß Gott nie besonders herzlich gewesen war, düsterer als je zuvor. Wenn sie seine Worte las, fühlte sie sich, als würde er die Botschaften eher an sich selbst als an sie schreiben. Vielleicht ritt der Geist von Simeon neben ihm, wenn auch nur in bildlicher Hinsicht.

Die andere bemerkenswerte Veränderung im Hofleben war die wachsende Beliebtheit von Geder Palliakos privater Priesterschaft. Nachdem er den Sieg über Maas gefeiert hatte, indem er den Tempel gegründet hatte, war am Hof eine gewisse morbide Neugier aufgekommen. Dann, nachdem er Regent geworden war, hatten sich die Höflinge dazu herabgelassen, den Ort aufzusuchen, weil sie nach neuen Möglichkeiten Ausschau hielten, um ihre Gunst zu mehren. Noch darüber hinaus schien es nun jedoch ein wachsendes Interesse am Tempel an sich zu geben. Sie war sich nicht sicher, was sie davon halten sollte, aber sie scheute sich davor, dorthin zu gehen, ohne vorher mit Dawson darüber gesprochen zu haben. Es war besser, erst seine Laune zu ergründen und dann zu entscheiden, ob es die Mühe wert war, ihre Frömmigkeit ein wenig auszuweiten.

Da die Straße nach Kaltfel offen war und die Armeen von Asterilreich sich noch aus den Marschen des Südens heraufquälten, erwartete sie, dass Dawson bis Mittsommer zurück sein würde. Falls die unvermeidlichen Friedensgespräche in Camnipol geführt wurden, sogar noch früher. Und ehe das geschah, hatte sie selbst einen Waffenstillstand auszuhandeln.

Die Ehe hatte Elisia gutgetan. Clara hätte es nie laut ausgesprochen, aber ihre Tochter hatte immer zu dünn gewirkt, als sie herangewachsen war, zu knochig und schmalhüftig. Wenn man ehrlich war, war Elisia Kalliam ein grausames Mädchen gewesen. Wie jeder, der am königlichen Hof lebte – sei es Mann oder Frau, Junge oder Mädchen –, hatte Elisia ihren Freundeskreis gehabt, und als junge Frau hatte sie ihre Freunde rücksichtlos herumkommandiert. Nun war sie Elisia Annerin, die Frau von Gorman Annerin. Ihr Gesicht und ihre Brust waren weicher geworden, so dass sie nun eher wie die Tochter ihrer Mutter wirkte. Und sie hatte Hüften – Gott sei es gedankt, hatte sie die, sonst wäre die Geburt ihres Sohnes wohl noch schlimmer geworden. In ihrer Körperhaltung lagen Selbstvertrauen und Gelassenheit.

Sabiha schien dagegen beinahe noch zögerlicher als während des Werbens.

Sie saßen zu dritt im Sommergarten unter dem Schatten des großen Trompetenbaums. Clara, Elisia, Sabiha. Die Tochter, die sie verloren hatte, und die Tochter, die sie gewonnen hatte. Die beiden Mädchen – nun, eigentlich Frauen inzwischen – sahen sich über den Tisch hinweg mit einer spröden Höflichkeit an, die Clara genau sagte, wie groß die Kluft zwischen ihnen war. Neben dem kleinen Teich gleich hinter den Rosenbüschen quietschte der junge Corl Annerin erfreut auf, noch keine fünf Jahre alt, und wurde von seiner Amme zum Schweigen gebracht.

»Ich hatte kurz vor meinem dreizehnten Benennungstag

Brechdurchfall«, sagte Sabiha. »Ich erinnere mich noch daran. Ich dachte, ich würde sterben.«

»Es ist schrecklich«, stimmte Clara zu. »Aber du scheinst dich wunderbar erholt zu haben, Liebes. Es tut mir nur leid, dass du die Hochzeit und natürlich die Beerdigung so bald darauf versäumt hast. Merkwürdig, wie die Welt die Dinge auf diese Art zu verbinden scheint. Etwas Angenehmes, dem gleich etwas Schreckliches entgegensteht.«

»Gottes Sinn für Humor, nehme ich an«, sagte Elisia. Ihre Stimme hatte sich ein wenig verändert. Sie hatte die leicht abgehackten Vokale der östlichen Grenzlande übernommen, wo Antea an Sarakal grenzte. »Ich bin froh, dass Corl es nicht bekommen hat. Als er jünger war, hat er sich alles geholt, und es gibt einfach nichts Schlimmeres, als krank zu sein und ein krankes Kind zu haben.«

Sabihas Lächeln kam von jenseits des Horizonts. »Davon habe ich keine Ahnung«, erklärte sie.

»Natürlich nicht«, erwiderte Elisia, »aber bald schon, nehme ich an. Frisch verheiratet und so weiter. Es hat nicht einmal ein Jahr gedauert, nachdem ich geheiratet hatte, bis ich Corl bekommen habe.«

»Ich glaube, bei mir könnte es ein wenig länger dauern«, sagte Sabiha. »Jorey ist so oft weg, wegen des Krieges.«

Elisia schnalzte mitleidig mit der Zunge, dann zuckte sie die Achseln. »Immer noch besser zu lange als nicht lange genug.«

Sabiha lachte und nickte, als hätte sie die Beleidigung nicht getroffen. Nicht einmal ein Flackern trat in ihre Augen. Clara dachte, dass Joreys Gemahlin auf ihre Art ein wirklich beeindruckendes Mädchen war.

»Oh!«, sagte Clara. »Ich habe meine Pfeife vergessen. Ehrlich, ich glaube, mein Gedächtnis lässt mich langsam im Stich. So war es bei meiner Mutter, wisst ihr? Sie hat ihre letzten Jahre damit verbracht, durch das Haus zu wandern und zu versuchen, sich daran zu erinnern, wonach sie suchte. Sie war von der ganzen Situation durchaus erheitert, auch wenn sie ziemlich von Sinnen war. Habe ich meine Pfeife in deinen Gemächern gelassen, Sabiha, Liebes?«

»Ich glaube nicht. Vielleicht in Eurem Ruheraum. Soll ich für Euch nachsehen?«

»Würdest du das tun, Liebes? Ich möchte nicht, dass die Dienerschaft glaubt, ich würde vergesslich werden. Sie fangen sonst an, sich etwas herauszunehmen.«

Sabiha erhob sich, nickte Mutter und Tochter zu, als wäre ihnen nicht allen völlig klar, dass Clara um einen Augenblick der Ungestörtheit gebeten hatte. Als das Mädchen das Haus betrat, ließ Clara ihre Maske der Freundlichkeit fallen.

Elisia verdrehte die Augen. »Sie ist nicht meine Schwester«, sagte sie, noch bevor Clara zu sprechen anhob. »Ich kann nicht glauben, dass du zugelassen hast, dass Jorey sie heiratet. Wirklich, Mutter, was hast du dir dabei gedacht?«

»Was immer ich gedacht habe, ihr Name lautet nun Kalliam. Sie auf Skandale anzusprechen, die längst vergangen sind, wird keinem von uns zum Guten gereichen. Und du könntest zumindest so tun, als wärst du tatsächlich krank gewesen.«

»Ich habe Wochen damit verbracht, dich und Vater vor meinem Gemahl und seiner Familie zu verteidigen. Weißt du, wie sie uns nennen? Kalliams Zuflucht für verlorene Mädchen. Was denkst du, wie ich mich dabei fühle?«

»Beschämt über deinen Gemahl, möchte ich meinen.«

Elisias Mund schloss sich mit einem hörbaren Geräusch. Eine Brise, die beinahe zu sanft war, um sie zu spüren, ließ die Rosenknospen nicken. Ein paar waren bereits aufgegangen, weiß und orange. Clara hatte schon immer einfache Rosen mit zwei oder drei Blütenreihen den großen und bunten Ballungen vorgezogen, die andere zu favorisieren schienen. Sie holte tief Luft und sammelte sich, ehe sie sich wieder an Elisia wandte.

»Familie ist das, was wir haben, Liebes«, sagte Clara. »Es wird immer andere geben, Leute von außerhalb, die versuchen werden, uns niederzuringen. Es ist nicht einmal ihre Schuld. Hunde bellen, Leute schwätzen. Aber wir tun das nicht innerhalb der Familie.«

»Sie ist…«

»Sie ist bald die Mutter meiner Enkel, genauso wie du, mein Liebes. Sie hat eine unglückliche Vergangenheit, die du und dein Gemahl mir auftischt. Sie tut es nicht. Ihr tut es. Und ich habe sie nie die Stimme gegen einen von euch erheben hören.«

Elisia kniff den Mund fest zusammen, und zwei leuchtende Flecken erschienen auf ihren Wangen.

Clara hob die Augenbrauen und beugte sich nach vorn, forderte sie zu einer Bemerkung oder einer Weigerung auf. Es war die gleiche Pose, die sie vor Elisia eingenommen hatte, seit ihre Tochter ein Wickelkind gewesen war, und langer Gewohnheit wohnte eine gewisse Macht inne.

»Entschuldige mich einen Augenblick«, bat Elisia. »Ich glaube, Corl hat nach mir gerufen.«

»Sicher, Liebes«, sagte Clara. »Ich warte hier.«

Clara griff nach ihrer Tasse. Der Tee war kalt geworden, aber sie trank ihn trotzdem. Kinder waren schwierig, weil sie eigene Leute wurden. Es hatte eine Zeit gegeben, da war Elisia mit jeder Schramme und jedem verletzten Gefühl zu Clara gelaufen, aber das Mädchen war fort, und diese junge Frau hatte ihren Platz eingenommen, und Clara würde niemals laut aussprechen, dass sie über diesen Tausch vielleicht nicht ganz glücklich war.

Clara sah, wie ein Diener aus dem Haus trottete. Es war ein neuer Junge. Messin oder Mertin oder etwas in der Art. Sie würde es auf diskrete Weise herausfinden müssen. Die Uniform stand ihm gut, und seine Stimme war sanft.

»Meine Dame, ein Herr ist hier, um Euch zu sehen. Sir Curtin Issandrian.«

»Wirklich?«, fragte Clara. »Wie mutig von ihm.«

»Soll ich ihn hinausbringen?«

»Hinaus in den Garten oder hinaus auf die Straße, meinst du?«, fragte Clara und winkte dann ab. »Bring ihn in die Bibliothek meines Gemahls. Ich werde dort mit ihm sprechen. Gott weiß, was er hören würde, wenn ich ihn hier heraus unter diese Frauen lasse.«

»Ja, meine Dame«, erwiderte der Junge – Meanan, das war es. Clara blieb noch eine Minute sitzen, um den Dienern die Zeit zu geben, Issandrian an den richtigen Ort zu bringen, dann stand sie auf, strich ihr Kleid glatt und begab sich ins Haus. Elisia würde nicht mehr mit ihr reden, bis sie sich beruhigt hatte, und Sabiha weinte vermutlich irgendwo im Stillen. Clara ging davon aus, dass eine Audienz von einer halben Stunde nicht viel Gelegenheit für weitere Unannehmlichkeiten schuf.

Mit kurzem Haar wirkte Curtin Issandrian älter. Oder vielleicht hatte das letzte Jahr schwerer auf ihm gelastet. Um seinen Mund und seine Augen fanden sich Linien, die beim letzten Mal, als er in ihr Haus gekommen war, nicht da gewesen waren. Das war in einer anderen Welt gewesen.

»Lord Issandrian«, sagte sie und betrat das Zimmer.

»Baronin Osterling«, erwiderte er und verbeugte sich förmlich.

»Ich hoffe, Ihr seid nicht gekommen, um meinen Gemahl zu treffen«, sagte Clara. »Er ist im Augenblick unterwegs, um die Armee zu führen.«

»Ich glaube, jeder weiß über die Erfolge Eures Gemahls im Feld Bescheid«, erklärte Issandrian. »Nein, ich bin gekommen, um mit Euch zu sprechen. Um Euch darum zu bitten, vermittelnd einzuschreiten.«

Clara ließ sich auf ihrem Diwan nieder, und Issandrian setzte sich ihr gegenüber, die Hände vor sich verschränkt. Er sah schrecklich müde aus.

»Ich weiß, dass Euer Gemahl und ich uns einige Male in den Haaren lagen«, begann er. »Aber ich habe nie daran gezweifelt, dass er ein ehrbarer Mann ist und der Krone und dem Königreich treu ergeben.«

»Sehr sogar«, erwiderte Clara.

»Und Eure Söhne gehören zu den vielversprechendsten jungen Männern am Hof. Vicarian ist ein Vorzeigestudent und wird überall gelobt. Barriath und Jorey sind nun beide mit Lord Skestinin verbündet. Und natürlich wird Jorey von vielen als der engste Freund des Regenten angesehen.«

Issandrian schluckte. Clara faltete die Hände.

»Geht es darum, was mit Feldin Maas geschehen ist?«, fragte sie. »Niemand hat Euch des Verrats angeklagt, mein Lord. Ihr werdet nicht beschuldigt wie er, und wirklich, der

Hof ist doch nicht so groß. Wir sind alle irgendwie miteinander verbunden. Die arme Phelia war meine Base, und es glaubt ganz sicher niemand, dass wir in den Verrat von Maas verwickelt waren.«

»Bei allem Respekt«, sagte Issandrian. »Ihr und Phelia Maas wart doch das Werkzeug, um Maas aufzuhalten. Und der Lordregent Palliako. Ich hatte nicht das Glück, an diesen Ereignissen beteiligt zu sein.«

»Ich bin mir nicht ganz sicher, ob es ein Glück ist, wenn man zusieht, wie die eigene Base von ihrem Gemahl niedergestreckt wird«, entgegnete Clara kühl.

»Es tut mir leid. Das war unbedacht formuliert. Ich habe nur gemeint, dass Eure treue Ergebenheit zur Krone sich deutlich gezeigt hat. Ich habe erst erfahren, wie tief Maas' Verschwörung ging, nachdem es bekannt geworden war. Und zu diesem Zeitpunkt würden ein Getreuer und ein Verräter beide das Gleiche sagen.«

Er hatte die Lage angemessen dargelegt, aber Clara sah sich dadurch nicht aufgefordert, etwas Bestimmtes zu tun oder zu sagen, daher blieb sie still und wartete ab. Der Augenblick dehnte sich in die Länge.

»Sir Alan Klin war zu dieser Zeit auch einer meiner Mitstreiter«, fuhr Issandrian fort. »Er dient nun unter Eurem Lord Gemahl. Mich hat man nicht zum Dienst gebeten. Ich habe mich gefragt … ich habe mich gefragt, ob Ihr für mich nachforschen könntet, weshalb das so ist.«

»Dies ist ein sehr günstiger Augenblick, um zu fragen, weshalb Ihr nicht im Feld seid«, sagte Clara. »Es hätte Euch in besserem Licht erscheinen lassen, wenn Ihr gefragt hättet, als der Sieg weniger sicher war.«

»Ich habe mehrmals an den Lordregenten geschrieben«, beteuerte Issandrian. »Er hat mir noch nicht die Großzügigkeit erwiesen, mir zu antworten.«

»Ich verstehe.«

»Wir waren in einigen Fragen völlig gegensätzlicher Meinung, aber Euer Gemahl und ich sind stets dem Gespaltenen Thron treu ergeben gewesen«, sagte Issandrian. »Ich wollte Asterilreich genauso wenig in die Auseinandersetzung hineinziehen, wie er um Nordstade gebuhlt hat. Aber wie er habe ich nicht allein gearbeitet. Und ich ...«

»Und Ihr seht, dass Sir Klin die Gelegenheit erhält, seinen Namen wiederherzustellen, während Ihr in Camnipol zurückgehalten werdet«, ergänzte Clara.

»Ja.«

»Ich weiß darüber nichts«, sagte sie. »Ich habe keinen Anteil an den Entscheidungen und bespreche sie auch nicht mit Dawson.«

»Wenn Ihr fragen könntet ... nur fragen ...«

»Meinen Gemahl für Euch aushorchen?«, wollte sie mit einem Lächeln wissen. »Hinweise sammeln und sie an Euch weiterleiten? Das könnt Ihr nicht meinen.«

Issandrian erbleichte, und dann lachte er kläglich. »Ihr lasst es nach mehr klingen, als es ist«, sagte er.

»Nein, ich sehe dasselbe nur aus einem anderen Blickwinkel«, erwiderte sie. »Ich werde meinem Gemahl sagen, dass Ihr da wart und was wir besprochen haben. Ich werde ihm sagen, dass Ihr ehrlich gewirkt habt, denn das tut Ihr. Und wenn er mit Euch darüber zu sprechen wünscht, werde ich nicht dagegen argumentieren.«

»Baronin Osterling, um mehr könnte ich nicht bitten.«

»Das könntet Ihr schon«, sagte sie. »Aber Ihr könntet es nicht bekommen. Und nun muss ich Euch bitten zu gehen. Ich habe Familie hier.«

Issandrian erhob sich hastig, sein Gesicht und seine Stimme eine einzige Entschuldigung. »Das habe ich nicht gewusst, meine Dame, oder ich hätte Euch nicht gestört. Ich schulde Euch sogar noch größeren Dank, wie es scheint. Wenn ich Euch je einen Gefallen tun kann, lasst es mich wissen.«

»Lord Issandrian?«, fragte sie. Er hielt inne. »Mein Gemahl hasst Euch, aber er respektiert Euch auch. Das ist keine so schlechte Position.«

Issandrian nickte und begab sich zum Ausgang. Clara ging langsam zurück in Richtung Garten. Ihr Eindruck aus Dawsons Briefen war, dass Sir Klin keine schöne Zeit damit verbrachte, seine Ehre zurückzugewinnen. Und tatsächlich hatte Palliako sich über Gebühr bemüht, dem armen Mann seine Zeit im Feld so höllisch wie möglich zu gestalten. Sie fragte sich, ob sie Dawson in dieser Angelegenheit schreiben oder auf seine Rückkehr warten sollte.

Im Garten planschten und spielten die Amme und Elisia noch am Teich. Sabiha saß allein am Tisch. Claras Pfeife lag in der Hand des Mädchens.

»Wo hast du sie gefunden?«, fragte Clara, die ihr den Tonkopf abnahm. Es war schon ein hartes Stück Tabak darin, bereit, angezündet zu werden.

»In Eurem Salon«, sagte Sabiha. »Genau, wie Ihr es angenommen habt. Ich habe Eurem Enkel zugehört. Er ist ein wunderschönes Kind.«

»Ja. Darin kommt er nach seiner Mutter. Sie ist immer ein hübsches Kind gewesen. Selbst wenn sie jedes Jahr eine halbe

Handbreit größer wurde und wie ein lebender Grashalm aussah, hat es ihr gut zu Gesicht gestanden. Und er schläft auch nicht mehr als sie früher. Ich verrate dir ein Geheimnis: Wenn man sieht, wie die eigenen Kinder mit denselben Dingen kämpfen wie man selbst früher, als sie noch klein waren, ist das die Rache einer Großmutter.«

Sabiha lächelte. Es war nicht offensichtlich, dass sie geweint hatte. Nur eine kaum wahrnehmbare Röte um ihre Augen und ein paar kleine, verblassende Flecken an ihrem Hals. Das Mädchen hatte Glück. Die Fähigkeit, Tränen verbergen zu können, war ein Geschenk. Aber nun begann ihr Gesicht von neuem zu leuchten. Clara schürzte die Lippen.

»Manchmal«, sagte Sabiha, »und das geschieht nicht oft, aber manchmal denke ich daran, wie die Welt sein könnte, wäre ich nicht Lord Skestinins Tochter.«

»Ach, aber das warst du doch immer«, sagte Clara, die versuchte, das Mädchen von dem Pfad abzubringen, auf dem sie wandelte. Aber sie ließ sich nicht abhalten.

»Ich weiß. Es gibt nur ein paar Freiheiten, die Frauen haben, wenn sie nicht das sind, was wir sind. Es gibt auch mehr Mühsal, das ist mir klar. Aber man kann das Leben immer irgendwie gestalten, und dann, vielleicht …«

»Nein«, erwiderte Clara.

Sabiha schossen Tränen in die Augen, aber sie weinte nicht. Noch nicht.

»Nein«, wiederholte Clara sanfter. »Du kannst nicht an dieses Kind denken. Du kannst es dir nicht einmal zurückwünschen. Es ist nicht gerecht, von jedem sonst zu erwarten, dass er es vergisst, und nur du darfst dich erinnern. So funktioniert das nicht.«

»Ich vermisse ihn aber«, flüsterte Sabiha. »Ich kann einfach nicht aufhören, ihn zu vermissen.«

»Du kannst aufhören, es zu zeigen. Jorey hat einiges aufs Spiel gesetzt, um dir ein anderes Leben zu ermöglichen. Einen Neubeginn. Wenn du ihn nicht gewollt hättest, hättest du ihn abweisen sollen. Ihn anzunehmen und sich an der Vergangenheit festzuklammern, ist nicht gerecht. Und es ist nicht klug.«

»Es tut mir leid«, sagte Sabiha mit belegter Stimme. »Er war mein Junge. Ich dachte, Ihr würdet das verstehen.«

»Ich verstehe es. Und deshalb sage ich das auch. Schau hoch. Schau mich an. Nein, *an*schauen. Schau mich *an*. Ja.«

Sabiha schluckte, und Clara spürte, wie sich langsam auch ihre Augen mit Tränen zu füllen begannen. Dort draußen gab es einen Jungen – ein Kind –, dessen Mutter ihn so sehr liebte, dass es ihr das Herz brach, und er würde es nie erfahren. Vielleicht war es gerecht dem Mädchen gegenüber. Sie hatte immerhin eine Entscheidung getroffen, auch wenn diese Strafe zu groß für das Vergehen zu sein schien. Aber dem Kind war nichts vorzuwerfen. Ihm war nichts vorzuwerfen, und er würde leiden, und Clara würde tun, was sie konnte, um dafür zu sorgen, dass die Entfremdung zwischen Mutter und Sohn von Dauer war und Sabihas alte Skandale alle in der Vergangenheit blieben, wo sie hingehörten. Eine Träne lief Sabihas Wange hinab, und Claras eigene passte dazu.

»Gut«, sagte Clara. »Und jetzt lächle.«

CITHRIN

VOR IHR SCHLIEF DER letzte Drachenimperator. Jede seiner Jadeschuppen war so breit wie ihre geöffnete Hand. Die Augenlider waren zu einem Schlitz zusammengekniffen, so dass eine kleine Scheibe des bronzenen Auges sichtbar blieb. Die gefalteten Flügel waren so lang wie die Spieren eines Großschiffs. Länger noch. Cithrin versuchte sich vorzustellen, wie die Statue zum Leben erwachte. Sich bewegte. In den Sprachen sprach, aus denen die Welt geschaffen war.

Einerseits waren die Masse und Schönheit und die der Statue innewohnende körperliche Macht demütigend. Die Klauen hätten ein Gebäude niederreißen können. In das Maul hätte, wenn es sich geöffnet hätte, ein junger Ochse gepasst. Aber Größe allein machte sie nicht aus. Der Bildhauer hatte es auch geschafft, einen spürbaren Intellekt, Wut und Verzweiflung in die Form der Drachenaugen und die Haltung seiner Flanken zu legen. Morade, der wahnsinnige Imperator, gegen den seine Klauengefährten rebelliert hatten. Morade, dessen Tod die Befreiung aller Rassen der Menschheit bedeutet hatte.

Neben ihr kratzte sich Lauro Medean am Arm. »Sie sagen, dass die Drachen so lange schlafen konnten wie Stein, wenn sie es wollten«, erklärte er. »Es war Bestandteil ihres Krieges. Die Drachen gruben sich ein oder legten sich in tiefe Höhlen. Verborgen. Und dann, wenn die Armeen ihnen den Rücken oder die Flanke zuwandten, wurden sie plötzlich wieder lebendig. Kamen kochend heiß aus dem Boden hervor. Schlachteten alle ab.«

Komme Medeans Sohn war ein Jahr älter als sie, aber er benahm sich sehr viel jünger. Er hatte die braune Haut und das dunkle Haar seines Vaters, und wenn sie genau hinsah, konnte sie erkennen, wo das Gesicht des jungen Mannes breiter werden, wo seine Wangen herabsacken würden, bis er Komme noch ähnlicher sah. Sie fragte sich, wie alt ein Mensch sein musste, ehe ihn die Gicht traf.

Er lächelte sie an. »Willst du hineingehen?«

»Ich hätte eine ganz schön lange Reise gemacht, um es nicht zu tun«, sagte sie.

Auf dem Weg nach Carse hatte ihr die Reise die wenigsten Sorgen bereitet. Banditen, Piraten, Krankheiten, wilde Raubkatzen. Über all das hatte sie Bescheid gewusst und besser als die meisten verstanden, welche Risiken sie darstellten. Von Kindesbeinen an war sie damit beschäftigt gewesen, Risiken zu durchschauen. Wenn hundert Schiffe tausend Meilen hinter sich brachten, wie viele würde man verlieren? Im Sommer. Im Winter. An der Küste. Wenn sie das offene Meer nach Fern-Syramis überquerten. Wie oft wurden Karawanen hingemetzelt oder verschwanden einfach? Die statistischen Tabellen waren in ihrem Kopf, und noch präsenter waren die Werkzeuge, mit denen man diese Tabellen erstellte. Sie konnte Wahrscheinlichkeiten besser abschätzen als ein Spieler, und daher hatte die Reise keinerlei Schrecken beinhaltet.

Das Aushändigen der Berichte war schlimmer gewesen. Sie wusste, dass es der Zweigstelle gut ging, hatte aber keine Ahnung, was gut genug sein mochte oder wie es den anderen Zweigen erging oder wie ihre improvisierte Zweigstelle in Porte Oliva die weitläufigeren Strategien der Dachgesellschaft beeinflusste. Es war nicht das Risiko, das ihr Angst machte, sondern ihre Unfähigkeit, es auszurechnen, ihm eine Zahl gegenüberzustellen. Sich im Unbekannten zu befinden war schlimmer, als in Gefahr zu sein.

Und von all den Dingen, die sie in den langen Wochen, seit sie Porte Oliva verlassen hatte, vom Schlafen abgehalten hatten, war eines das Schlimmste gewesen: Wie konnte sie es schaffen, lange genug hierzubleiben, um die Dachgesellschaft für sich zu gewinnen? Sie war gekommen, um eine Aufgabe zu erfüllen, und sie wusste nicht, wie sie sich so gut in den Alltag des Geschäfts einschleichen sollte, dass sie davon absahen, sie zurückzuschicken.

Als es so weit gewesen war, hatte es überhaupt kein Problem dargestellt. In Porte Oliva war sie eine Gallionsfigur, in Carse ein Kuriosum, und Komme Medean war mehr als froh, sie hier zu haben, wo sie gesellschaftlich für das Unternehmen rein gar nichts darstellte. Sonderbarerweise machte ihr das nichts aus. Sie hatte das Gefühl – ob es nun stimmte oder nicht –, dass Komme Medean gewillt war, dieses Spiel mit ihr zu spielen. Er wollte herausfinden, ob sie ihn bezaubern und beeindrucken konnte. Und dabei legte er ihr Hindernisse in den Weg.

Zum Beispiel seinen Sohn.

Als sie an der großen Jadestatue vorbeigingen, tat sich das Grab der Drachen vor ihnen auf. Es war ins Erdreich gegraben, und die Reihen des Grabes waren breiter als Straßen, krümmten und wanden sich wie das Bett eines tief eingegrabenen Flusses, aber zu vollkommen, um von richtigem Wasser geformt worden zu sein. Der Stein floss weiter als eine Meile hinaus, zehn Reihen tief, und in jeder Reihe befanden sich Gräber.

Die Körper, wenn sie denn einst tatsächlich hier gewesen waren, waren schon seit Jahrhunderten fort. Aber die Jadealtäre der Drachen zeigten immer noch die Klauenabdrücke der Toten. Die meisten hatten drei große Zehen vorn und eine hinten, aber manche hatten vorn nur zwei. Im tiefsten Grab hatte sich ein einzelner Fußabdruck eines riesigen Drachen so tief in den Boden gegraben, dass er Cithrin beinahe bis zur Taille reichte. Spuren von Mineralien an den Seiten zeigten, wo sich der Regen gesammelt hatte, als wäre es ein ausgetrockneter Teich. Nun war er sauber und leer.

»Mach schon, wenn du willst«, sagte Lauro Medean. »Es ist in Ordnung. Jeder macht das.«

Cithrin lächelte, blickte sich um, und dann ließ sie sich in dem Fußabdruck nieder, legte sich hin und streckte die Arme über sich aus. Sie konnte die Ränder nicht mit Zehen und Fingerspitzen gleichzeitig erreichen. Sie stellte sich vor, wie der Drache über ihr durch den Himmel glitt und die Sonne verdunkelte. Einst war es so gewesen. Einst waren sie durch diese Lüfte geflogen, über diesen Klippen. Der Gedanke raubte ihr den Atem.

Als sie aufstand, sah sie Lauros Grinsen.

»Lustig?«, fragte sie und streckte die Hand aus. Er nahm sie – er hatte einen starken Händedruck – und half ihr wieder heraus. Sie machten sich auf den Rückweg.

»Es ist nur so, dass ich hier aufgewachsen bin. Es beeindruckt mich nicht, weil es immer da gewesen ist. Es gefällt mir, wenn Leute es zum ersten Mal sehen. Ihnen bedeutet es etwas, das es für mich nie bedeutet.«

»Das alles«, sagte sie und deutete auf die leeren Gräber und die Fußabdrücke der Toten, »ist hier gewesen, genau hier, schon bevor alles begann. Leute haben diese Gräber gesäubert und vernachlässigt und gesäubert, noch bevor es Völker gab. Und das alles berührt dich gar nicht?«

»Vielleicht sollte es das«, meinte Lauro mit einem Schulterzucken. »Aber nein. Es ist nur das Grab. Es ist etwas Wunderbares für Leute, die es nicht kennen, aber für mich ist es nicht beeindruckender als das Meer oder der Himmel oder die Klippen, und ich sehe das alles jeden Tag.«

»Hmm«, brummte Cithrin.

»Was?«

»Ich arbeite mit Marcus Wester«, erklärte sie. »Ich glaube, ihn zu kennen, ist in gewisser Weise ähnlich.«

Die zwei großen Überraschungen der Dachgesellschaft waren erstens, dass Paerin Clark, der Auditor, den sie erpresst hatte, damit er sie ihre Stellung in Porte Oliva behalten ließ, ebenfalls im festungsartigen Bau der Dachgesellschaft mitten in der Stadt lebte. Und zweitens, dass er sich freute, sie zu sehen.

Als sie nun durch die Bronzetore zurückkehrten, rief Lauro dem blassen Mann, der auf einer Bank saß, einen Gruß zu. Paerin Clark hob zur Antwort die Hand, hielt inne und winkte sie dann zu sich. Als sie näher kamen, versuchte Lauro Cithrins Hand zu nehmen und machte Anstalten, ihr den Arm um die Schulter zu legen.

»Bruder«, grüßte Paerin Clark. Das war im Prinzip richtig, da Paerin mit Lauros Schwester verheiratet war, aber Cithrin konnte sich nicht so recht vorstellen, dass die beiden zur selben Familie gehörten. »Was habt ihr zwei denn angestellt?«

»Ich habe Cithrin zum Grab der Drachen gebracht«, sagte Lauro. »Sie hat es noch nie gesehen.«

»Und, hat es Euch gefallen, Magistra?«

»Ja, danke der Nachfrage«, erwiderte Cithrin. Sie konnte ein leichtes Unbehagen in der Art spüren, wie sich Lauro neben ihr hielt, da ihn die lockere Förmlichkeit verunsicherte, mit der sie mit Paerin sprach. Und in den Augen des Älteren lag ein winziges heiteres Funkeln. Wenn Lauro den Vertrauten mit ihr spielen wollte, dann konnte sie auch mit Paerin die Erwachsene spielen und den Jungen ein wenig aus dem Tritt bringen. Einem Hindernis war es ohnehin nicht zugedacht, es bequem zu haben.

»Ich habe mich gefragt, ob ich mir die Gesellschaft der Magistra ein paar Augenblicke lang ausborgen dürfte. Es ist etwas vorgefallen, das ich mit ihr besprechen möchte. Bankgeschäfte.«

»Natürlich«, antwortete Lauro ein wenig kühl. Er nahm den Arm von Cithrins Schulter und verbeugte sich vor ihr. »Ich danke dir für die angenehme Gesellschaft.«

»Nein, ich danke dir, Lauro«, erwiderte sie.

Sie setzte sich neben Paerin Clark auf die Bank und sah zu, wie der Sohn von Komme Medean über den Hof davonging. Clark rutschte, wie ihr auffiel, ein Stück weit zur Seite, um sicherzustellen, dass sie sich nicht berührten.

»Darf ich Euch eine Frage stellen?«, sagte er.

»Natürlich.«

»Was hofft Ihr hier zu gewinnen?«

Cithrin warf ihm einen scharfen Blick zu, aber sein Gesicht war nichtssagend und freundlich wie immer. Cithrin hatte in ihrem ganzen Leben niemanden getroffen, der besser darin war, nichts preiszugeben. Genauso gut vielleicht, aber nicht besser.

»Ich habe gedacht, ich hätte das deutlich gemacht«, erklärte sie und setzte auf die kecke, halb witzige Art, die sie bei Komme Medean benutzt hatte.

»Nein«, sagte Paerin, und seine Stimme war überhaupt nicht zwanglos. »Ihr habt gesagt, was Ihr wollt. Ich frage, weshalb Ihr es wollt. Was sind Eure Ziele?«

»Es tut mir leid«, erwiderte sie. »Ich verstehe die Frage nicht. Ich will über meine Bank bestimmen.«

»Ja, aber weshalb wollt Ihr das?«

»Weil sie mir gehört«, sagte sie.

Paerin holte tief Luft und drehte sich ein Stück, so dass er ihr auf der Bank halb gegenübersaß. Der Baum über ihm warf einen Schatten auf sein Gesicht, und einen Moment lang erinnerte er sie an Kinderbilder von Waldgeistern.

»Wollt Ihr reich sein?«, fragte er.

»Ich nehme es an«, sagte sie.

»Dann ist es nicht die Antwort. Wollt Ihr Macht?«

»Ich will die Macht, die mir zusteht«, erwiderte sie. »Ich will das, was ich verdient habe.«

»Auch wenn Ihr es durch Betrug und Fälschung verdient habt?«

»Ich habe niemandem Schaden zugefügt«, erklärte Cithrin, die die Arme verschränkte. »Ich habe gute Geschäfte abgeschlossen. Ich habe meine Verträge eingehalten. Sie sind nur nicht legal, weil ich zu jung bin.«

»Nicht mehr lange allerdings«, bemerkte Paerin, eher zu sich selbst als zu ihr. Er tippte sich mit dem Finger aufs Knie, die Stirn gerunzelt. »Seid Ihr Euch darüber im Klaren, dass

Komme Euch Lauro vor die Nase setzt, um herauszufinden, ob Ihr Euch einen Ehemann angeln wollt?«

»Er hätte mich fragen können. Das will ich nicht. Ich will niemanden, der meine Bank für mich leitet. Wenn das meine Absicht wäre, würde ich Pyk Usterhall heiraten und hätte mein Ziel erreicht.«

Paerin lachte. »Das ist vielleicht ein Bild! Nun gut. Heute Abend gibt es etwas, und ich möchte, dass Ihr daran teilnehmt«, sagte er. »Kein Festmahl, nur ein formloses Abendessen. Aber der Mann, der kommt, ist wichtig.«

»In Ordnung«, sagte sie. »Weshalb wollt Ihr mich dabeihaben?«

Auf der Straße wieherte ein Pferd, und ein Fuhrmann stieß einen Ruf aus. Der Wind ließ die Schatten über das Gesicht des blassen Mannes wandern. Sie wartete, während er seine Antwort abwog.

»Ich erinnere mich daran, in Eurem Alter gewesen zu sein«, setzte er sorgfältig ein Wort nach dem anderen, »und ich erinnere mich, wie es war, nach etwas zu suchen, ohne zu wissen, was es ist. Euer Gespür für Münzen und die Macht hinter den Münzen ist das beste, das ich je erlebt habe, aber Euch fehlt die Erfahrung. Das ist keine Kritik, es entspricht einfach der Wahrheit. Und heute Abend werden Verhandlungen geführt. Ich möchte, dass Ihr dabei seid. Damit Ihr seht, wie das Spiel gespielt wird.«

Cithrin betrachtete seine Antwort in Gedanken von allen Seiten. Ihr Herz schlug ein wenig schneller, und sie spürte, wie sich ihre Wangen röteten. Dies war vielleicht die Gelegenheit, für die sie den langen Weg auf sich genommen hatte. »Darf ich Euch etwas fragen?«, sagte sie.

»Das klingt nur fair.«

»Weshalb wollt Ihr das?«

Er nickte. Beinahe eine Minute verstrich. »Ihr seid jung. Ihr macht aus Euch noch die Frau, die Ihr sein werdet, sucht noch nach dem Entwurf, zu dem Euer Leben werden wird. Manchmal brauchen Menschen Hilfe, um ihn zu finden. Ich bin älter und verfüge über eine gewisse Macht in meiner Stellung, und ich denke, dass Ihr vielleicht die Art Mensch werdet, von der ich mir wünsche, dass sie mir später einen oder mehrere Gefallen schuldet.«

Ein Lächeln kämpfte sich auf Cithrins Lippen. Es fühlte sich wie ein Sieg an. »Und ich dachte schon, es wäre Menschenliebe«, sagte sie.

»Oh Magistra.« Paerin Clark lächelte. »So etwas kennen wir hier nicht …«

Das Abendessen begann kurz vor Sonnenuntergang an einem Tisch aus Holzbrettern, nicht großartiger als einer, an dem ein Arbeiter sitzen mochte. Der Raum zwischen ihnen stand voller Platten: Muscheln in Knoblauchsoße, Nudeln in Sahne, Weinflaschen, frisch gebackene Brotlaibe. Komme Medean saß an einem Ende, und die Schwellung an Knöchel und Knie war so weit zurückgegangen, dass sie beinahe normal aussahen. Cithrin und Lauro saßen an einer Seite gegenüber von Paerin Clark und seiner Frau Chana, die ihrem Vater sogar noch ähnlicher sah als Lauro. Und am anderen Ende des Tisches saß ein anteanischer Adliger mit Haut so dunkel wie Kaffee. Canl Daskellin, der Baron der Wassermark, Protektor von Nordhaven und Sondergesandter des Regenten für Nordstade, grinste und brach das Brot in den Händen.

»Stellt Euch vor, wie ich mich fühle«, sagte Daskellin. »Ich werde auf einem schnellen Schiff mit verzweifelten Bitten zu König Tracian gesandt, damit er uns im Krieg beisteht, und als ich ankomme, haben wir schon so gut wie gewonnen. Das lässt mich nicht gerade gewieft wirken, um es so zu formulieren.«

Komme Medean kicherte und nickte. »Ich weiß genau, wie Ihr Euch fühlt«, erwiderte er. »Ich habe versucht, eine Konzession für eine Zuckerplantage auf einer Insel vor Elassae zu bekommen. Eineinhalb Jahre Verhandlungen, und ich hatte gerade die endgültigen Verträge zurück an ihren Rat geschickt, als das ganze verdammte Ding abgebrannt ist. Herausgekommen ist eine Konzession für ein paar salzige Ascheflocken im Innenmeer. Gott sei es gedankt, dass ich noch nicht dafür bezahlt hatte.«

»Daran erinnere ich mich«, warf Cithrin ein.

»Ist das so?«, fragte Komme.

Canl Daskellin wandte ihr den Blick zu, und sie bemerkte, wie dünn das Eis war, auf das sie sich begeben hatte. Wenn herauskam, dass sie in der Zweigstelle von Vanai gelebt hatte, kam vielleicht auch heraus, weshalb. Wenn jemand sich mit ihrem Alter befasste, stand womöglich eine Menge auf dem Spiel.

»Ich habe von Magister Imaniel etwas darüber gehört«, sagte sie ohne merkliche Pause. »Es wurde durch die Zweigstelle in Vanai auf die Beine gestellt, nicht wahr?«

Komme Medean schürzte die Lippen, als würde er nachdenken. »Ich glaube, so war es, nun, da Ihr es erwähnt«, erwiderte er. Und eine weitere Gefahr war umschifft.

»Euer neuer Regent«, bemerkte Paerin Clark. »Geder Palliako. Es ist kein Name, den ich schon oft gehört habe. Ich bin überrascht, dass wir keinen bekannteren Mann zu Gesicht bekommen haben.«

»Ich hoffe, Ihr schaut nicht mich an«, sagte Daskellin. »Nein, Palliakos Vater ist ein Graf. Ein unscheinbarer Mann. Sein Sohn ist jedoch etwas anderes. Er hat den Aufstand der Schaukämpfer niedergerungen. Er hat Feldin Maas bloßgestellt. Es spricht vieles dafür, dass dieser Krieg von Anfang an von ihm geplant war.«

»Was für ein Mann ist er?«, fragte Chana, dann blinzelte sie Cithrin deutlich sichtbar zu und sagte: »Ich höre, dass er nicht verheiratet ist.«

Sie lachten alle, wie zu erwarten stand.

»Er ist ein starker Mann«, antwortete Daskellin. »Er kommt beinahe von außerhalb des Hofes, und das macht ihn sehr unabhängig. Er hat eigene Gedanken. Eigene Pläne.«

»Ehrgeizig?«, fragte Komme, während er eine Muschel öffnete und das Fleisch herausholte.

»Das muss er wohl sein«, meinte Canl. »Man hat ihn anfangs unterschätzt. Dazu kommt es nun seltener. Sein inoffizieller Gönner ist Dawson Kalliam, und ich glaube, er hat das Gefühl, einen Tiger zu reiten.«

»Gibt wohl einen schlimmen Feind ab, dieser Mann«, sagte Paerin.

»Das«, erwiderte Daskellin, »fasst den Regenten in einem Satz zusammen. Würde mir jemand den Wein reichen? Ich scheine meinen schon ausgetrunken zu haben.«

»Aber nicht doch«, sagte Komme Medean mit gespieltem Entsetzen.

Das Essen dauerte bis weit in die Nacht hinein. Die Unterhaltung erstreckte sich von Kunst und Politik bis hin zu den

Würdelosigkeiten, die einem auf Reisen begegneten. Jeder trat sehr locker auf und gab Witze und Anekdoten zum Besten. Der Wein war hervorragend und führte dazu, dass sich Cithrin ein wenig überdreht fühlte, warm, glücklich und entspannter, als es klug gewesen wäre. Ehe er ging, schüttelte Daskellin allen Männern die Hand und umarmte Komme Medean wie einen Bruder. Er küsste Cithrin auf die Lippen und war daher ebenfalls mehr als nur ein bisschen angeheitert.

Nachdem er gegangen war, kamen Diener herein, räumten den Tisch ab und brachten einen Stuhl für Kommes schlimmes Bein. Es war im Laufe des Abends sichtbar schlechter geworden, aber erst jetzt zeigte er, dass es ihn störte. Die anderen nahmen Platz, und Cithrin tat es ihnen nach.

»Nun?«, fragte Komme, seine Stimme vollkommen nüchtern und scharf. »Was haben wir?«

»Der Regent ist unberechenbar«, erwiderte Chana. »Und Daskellin mag ihn nicht.«

»Fürchtet ihn aber«, ergänzte Paerin Clark.

»Meinst du?«, fragte Lauro. »Für mich schien er nichts auf ihn kommen zu lassen.«

»Nein«, widersprach Cithrin. »Dass er ihn fürchtet, ist richtig. Und es war auch noch etwas anderes dabei, das ich nicht ganz zuordnen konnte. Er ist beunruhigt wegen des Krieges. Obwohl sie ihn gewinnen. Weshalb das?«

Es war unheimlich. Ihre ganze Kindheit hatte sie an einem anderen Tisch mit Magister Imaniel und Cam und Besel verbracht, und sie hatten genau solche Unterhaltungen geführt. Analyse, Debatte, Diskussion. Auseinandernehmen. Und nun war sie an diesem sonderbaren Ort, mit anderen Leuten und trotzdem völlig zu Hause.

»Entweder denkt er nicht, dass es mit Asterilreich ein Ende hat, oder er nimmt an, dass sich die Machtverhältnisse bei Hofe dadurch verschieben«, sagte Chana. »Habt ihr gesehen, wie nervös er gewirkt hat, als ich den Witz gemacht habe, dass der Regent nicht verheiratet ist?«

»Glaubt ihr, dass es zu einer politischen Ehe mit Asterilreich kommen könnte?«, fragte Komme. »Einer Vereinigung?«

»Ich denke, dass ihm der Gedanke gekommen ist und er es nicht will«, sagte Chana. »Hat er eine Tochter?«

»Ja«, antwortete Paerin. »Und im richtigen Alter.«

»Na dann«, meinte Chana, als wäre die Angelegenheit damit erledigt.

»Ich bin mir nicht sicher«, sagte Komme. »Ich glaube, dass noch mehr dahintersteckt. Wie viel wissen wir über Palliakos Verbündete?«

»Sehr wenig«, erwiderte Paerin. »Er hat den Ruf, ein Gelehrter zu sein. Und neuerdings ein Frömmler.«

»Fromm? Das ist vielleicht ein Problem. König Tracian sollte ein paar Leute hinschicken«, sagte Komme. »Den Hof aushorchen. Dieser neue Krieg ist für Antea schrecklich gut gelaufen. Es wäre gut zu wissen, ob dieser Palliako Blut geleckt hat. Wenn das alles bei Asterilreich kein Ende nimmt, dann werden etliche Rechnungen umgeworfen.«

»Ich werde mit Seiner Majestät sprechen«, sagte Paerin Clark. »Ich bin mir ganz sicher, dass er es ähnlich sieht. Nichts Offizielles, denke ich. Keine Gesandtschaft. Ein Dutzend wichtige Persönlichkeiten vom Hof. Ein paar mächtige Kaufleute.«

»Damit meinst du dich«, warf Lauro ein. Er klang verdrießlich.

»Damit meine ich mich«, sagte Paerin Clark. »Ich habe

noch andere Kontakte in Antea, bei denen es vielleicht klug wäre, ihnen einen Besuch abzustatten. Um zu sehen, was wir herausfinden können.«

Cithrin stellte fest, dass sie nickte, aber ihre Gedanken waren woanders. Die Weindämpfe verwirrten sie, aber nur ein wenig. In ihrer Erinnerung sagte Paerin Clark: *Euch fehlt es an Erfahrung. Das ist keine Kritik, es entspricht einfach der Wahrheit.* Als ob die Wahrheit keine Kritik sein konnte. Im hintersten Winkel ihres Verstandes rastete etwas ein. Dies war nicht der Augenblick für neuerliche Keckheit. Dies war der Zeitpunkt, um eine größere Bandbreite vorzuführen. Sie konnte das tun. Sie räusperte sich und hob die Hand wie ein Schulmädchen, das wahrgenommen werden wollte. Komme Medean nickte.

»Mit Eurer Erlaubnis, Herr«, sagte sie, »wenn ein paar Leute nach Camnipol aufbrechen, möchte ich auch gehen.«

GEDER

DIE KÖNIGSHÖHE WAR UMTRIEBIG wie ein Ameisenhügel. Bedienstete, Arbeiter und Kaufleute eilten schnelleren Schrittes und mit lauterer Stimme als üblich durch die geheiligten Hallen von Antea. Es fühlte sich an, als könnten sie alle jeden Augenblick ein Lied anstimmen oder einen Streit vom Zaun brechen. Und es war nicht nur die Königshöhe. Wenn Geder auf einem Fest oder Ball erschien, hatte er das gleiche Gefühl. Der ganze Hof vibrierte vor wilder, kaum im Zaum gehaltener Energie. Ganz Camnipol. Sie bereiteten sich auf die Feierlichkeiten vor, die beginnen würden, sobald König Lechan von Asterilreich sich Lordmarschall Kalliam unterwarf und der kurze, schnell entschiedene Krieg – der gerade einmal ein Vierteljahr gedauert hatte – mit dem Triumph des Gespaltenen Throns endete.

Das alles machte Geder nervös. Es war nicht so, dass er das Nahen des Sieges anzweifelte. Mit jedem Tag trafen mehr Kuriere und Berichte ein, und die Neuigkeiten waren eindeutig: Kalliam und seine Armeen marschierten stetig auf Kaltfel zu. Der Feind war entmutigt und wich zurück. Die Priester der Spinnengöttin schienen tatsächlich eine Hilfe zu sein. Die Moral bei den Truppen war hoch, und drei Befehlshaber des Feindes hatten sich bereits persönlich ergeben und waren gefangen genommen worden. Geder hatte aus Dawson Kalliams

Briefen den Eindruck, dass es zwischen ihm und den Priestern womöglich Reibungen gab, aber das schien keinen Einfluss auf den Lauf der Dinge zu haben. Der Mann konnte von Zeit zu Zeit ein wenig reizbar sein, das war also kein Problem.

Nein, das, was Geder wirklich am meisten beunruhigte, war die Tatsache, dass er schon Blicke auf farbenfrohe Kostüme erhaschen konnte, auf Diener, die buntes Papier in Stücke schnitten, klein genug, dass man es werfen konnte. Ihm war klar, dass gefeiert werden würde, wenn der Krieg vorbei war, und dass sich die Leute vorbereiten mussten. Die Stadt war wie die fest geschlossene Knospe einer üppigen Blume, die nur auf den richtigen Augenblick wartete. Und dennoch, von einem Sieg auszugehen, der eigentlich noch nicht errungen war, schien ihm, als würde man Unglück anlocken. Und sosehr ihn die halb verborgenen Kostüme und der halbgare Frohsinn auch störten, die nüchternen Diskussionen darüber, wie man vorgehen sollte, wenn Asterilreich erst einmal niedergeworfen war, störten ihn noch mehr.

»Sobald Lechan um Frieden ersucht«, sagte Emmer Faskellan und verschränkte die Finger über seinem ausladenden Bauch, »ist es, denke ich, eine Selbstverständlichkeit, dass die Serefbrücke dauerhaft unter unserer Kontrolle bleiben muss. Das ist auf jeden Fall das Allermindeste.«

»Und Reparationszahlungen«, ergänzte Gospey Allintot. »Wir haben den Großteil der Pflanzzeit versäumt, und es ist nicht gerecht, dass unsere Frauen und Kinder hungern sollen. Und wir haben gute Männer verloren, deren Witwen und Kinder unterstützt werden müssen.«

Es war eine Diskussion, die ganz offensichtlich schon im Großen Bär angefangen hatte und nun in Geders Sitzungssaal gewandert war, einer größeren Bühne für dieselbe Unterhaltung. Die Wände waren mit Seide, Wandbehängen aus Fern-Syramis und feinen Goldketten aus Pût geschmückt, und der Boden war mit Teppichen aus einem der kleineren Staaten im Inneren von Lyoneia bedeckt. Der Tisch, um den sie alle saßen, war aus einem Stück Basalt aus Borja gehauen; Darstellungen der dreizehn Rassen der Menschheit bildeten die Beine, die alle die stilisierte Krone stützten, die die gesamte Tischfläche einnahm. Möbel als politische Skulpturen. Die Luft war mit moschusartigem hallskarischem Räucherwerk parfümiert, das Geder an üppiges Essen und reife Früchte denken ließ.

Geders Leibgarde stand in den Ecken des Raumes, bewaffnet und regungslos, und Basrahip saß an einem kleinen Tisch beim Eingang, wo Geder ihn sehen konnte. Der Priester meditierte nur scheinbar, seine nicht ganz geschlossenen Augen glitzerten unter den Lidern.

Es war nicht gerade die formellste aller Ratssitzungen, da viele der wichtigsten und mächtigsten Männer von Antea im Augenblick im Feld waren. Dies war eine Versammlung der Söhne, Großväter und Sekretäre. Männer, die den Krieg von ihren Sesseln aus geführt hatten und sich nun freuten, einander dazu gratulieren zu können, wie gut sie es doch gemacht hatten. Die einzigen Anwesenden, die überhaupt im Feld gewesen waren, waren Gospey Allintot, der sich noch von einer Fleischwunde am Arm durch einen Pfeilschuss erholte, und Jorey Kalliam, der gerade mit den Berichten seines Vaters eingetroffen war. Die Armee hatte Kaltfel erreicht. Die letzte Belagerung stand bevor.

»Wenn ich etwas sagen dürfte?«, schlug Jorey bedächtig vor. »Was wollen wir erreichen? Ich meine, wenn wir Asterilreich eine Generation lang verkrüppeln wollen, ist das nicht sonderlich schwer umzusetzen. Aber ist es das, was wir wollen?«

»Nun, man muss sie bestrafen«, sagte Emmer Faskellan. »Mein Vetter ist durch ihre Intrigen zu Tode gekommen. Gestorben in den Straßen von Camnipol!«

»Das meine ich doch«, erwiderte Jorey. »Versuchen wir sie zu bestrafen und dann wieder zum früheren Status zurückzukehren? Versuchen wir die Herrschaft über Asterilreich zu übernehmen? Sie wollten die Staaten vereinen. Wollen wir das auch?«

»Ich sehe schon, worauf Ihr hinauswollt«, sagte Allintot.

»Ich nicht«, warf Geder ein. Das hätte er gewöhnlich nicht zugegeben, aber es war Jorey.

»Wenn wir die Brücke behalten, zum Beispiel«, sagte Jorey. »Das hilft uns dabei, den nächsten Krieg zu gewinnen, falls es dazu kommt. Vielleicht wird dadurch ein weiterer Krieg weniger wahrscheinlich, weil sie eine Niederlage fürchten. Aber sie wollten von Anfang an keinen Krieg. Asterilreich ist über Leute aus unserem eigenen Hof vorgegangen. Wir können keine Reparationen verlangen, die verhindern, dass das wieder geschieht.«

Einen Moment lang schwieg die Versammlung.

»Geiseln?«, fragte Geder. »Wir könnten Geiseln nehmen. Ihre Kinder großziehen. Wenn es einen Hinweis auf eine Verschwörung geben sollte, hätten wir etwas in der Hand.«

»Ich hatte an etwas Dauerhafteres gedacht«, sagte Jorey. »Lechan hat zwei Söhne und eine Tochter. Wenn die Söhne ihre Rechte an den Thron abtreten und die Tochter Prinz Aster heiratet, wird er der Erbe des Throns von Asterilreich.«

»Das alles *hat* ja auch mit dem Drängen auf eine Vereinigung begonnen«, gab Emmer Faskellan zu bedenken. »Vielleicht ist es unvermeidlich. Wenn das stimmt, dann wäre es das Beste, wenn wir die Bedingungen dabei festlegen. Sie werden natürlich etwas wollen, das sich sofort erledigen lässt. Darauf zu warten, dass Aster die Reife erlangt und Lechan stirbt, dauert zu lange.«

»Ihr habt mir alle etwas zum Nachdenken gegeben«, sagte Geder schnell. Er hatte das Gefühl zu wissen, wo die Unterhaltung hinführte. »Aber wenn Ihr mich entschuldigen wollt, ich werde anderswo gebraucht.«

Ein kleiner Chor aus *Ja, natürlich* und *Danke, Lordregent* hallte durch die Luft, während Geder sich erhob und seinen Privatausgang nahm. Die Garde folgte ihm durch die engen Gänge, die den Männern vorbehalten waren, die auf dem Thron saßen, und den Kämpfern, die sie schützten. Selbst Basrahip musste durch die normale Tür hinausgehen und an anderer Stelle wieder auf ihn treffen.

Derartiges hatte sich Geder als großen Genuss ausgemalt, als einen von zahllosen kleinen Vorteilen der Macht, die er mit der Regentschaft gewonnen hatte. Tatsächlich fühlte es sich bedrückend an. Wenn man der mächtigste Mann des imperialen Antea war, bedeutete das, die ganze Zeit beschäftigt zu sein, von der Form und Etikette eingeschränkt zu werden und die Welt auf den Schultern zu tragen. Er würde nie wieder hinaus auf die Straße reiten können, wenn ihm danach war. Und nie, niemals allein. Er hatte das Durchwühlen alter Schreibstuben gegen diesen kleinen Gang eingetauscht, den nur er und seine Wachen benutzen durften, und der Tausch schien ihm weniger reizvoll als damals, bevor er ihn vollzogen hatte.

Der Privatgang verbreiterte sich zu den königlichen Gemächern. Hohe Fenster blickten über den Spalt und das weite Land dahinter, füllten die Gewölbedecken und den hohen Raum mit Licht und einem Hauch von Holzrauch aus der Stadt. Dies waren die Räumlichkeiten, die König Simeon bewohnt hatte. Die Königin war in einem der holzverkleideten Bettgemächer gestorben. Aster hatte einige seiner ersten Schritte in dem von Kerzen erleuchteten Gang getan, durch den Geder sich bewegte. Dies war der Ort, an dem Aster aufgewachsen war. Als der Junge Geders Mündel geworden war, hatte Aster erwartet, diese Mauern jahrelang hinter sich zu lassen, nicht nur monatelang, und nun war er wieder da. Es war und würde immer eher Asters Zuhause sein als seines.

Geder wusste aus Erfahrung, dass es eine Weile dauern konnte, bis das Treffen, das er verlassen hatte, zu seinem tatsächlichen, wenn auch inoffiziellen Ende kam. Basrahip würde dortbleiben, und wenn die anderen ihre Worte mit Bedacht wählten, weil sie wussten, dass Geders rechte Hand noch unter ihnen weilte, wussten sie trotzdem nicht, wie viel der Priester dennoch aus der Mischung aus Wahrheit und Lügen schließen konnte. Und ein paar Minuten – eine Stunde oder zwei –, die Geder nur für sich hatte, waren ihm so willkommen, dass seine Gelenke ein klein wenig schmerzten.

Er hörte, wie Asters Stimme Verszeilen rezitierte, und dann den Tutor – einen alten Cinnae, der so zerbrechlich wirkte, dass er immer kurz vor dem Zusammenbruch zu stehen schien. Geder folgte ihren Stimmen zum Studierzimmer und blieb einen Augenblick in den Schatten des Eingangs stehen.

Aster saß an einem kleinen Tisch und blickte zum Podium des Tutors auf. Der alte Cinnae lächelte ermutigend, und Aster begann von neuem mit dem Text.

»Informationen können ohne Übung niemals zu Wissen werden. Wissen kann ohne Schweigen niemals zu Weisheit werden. Und daher sind Übung und Schweigen, Handeln und Nicht-Handeln, das A und O auf dem Weg des rechten Mannes.«

»Marras Toca«, sagte Geder. »Ich wusste nicht, dass Ihr Militärphilosophie lehrt.«

Das dünne Lächeln des Tutors begrüßte ihn, als er den Raum betrat. »Ihr kennt diesen Text, mein Lordregent?«, fragte er.

»Ich habe ein Traktat gelesen, in dem er erwähnt wurde, das sehr bedeutend für mich war. Danach habe ich mich darum bemüht, etwas von seinem Werk zu finden. Ich habe im Verlauf des Winters eine Übersetzung davon angefertigt. Ich habe dabei nicht das Wort *Schweigen* benutzt. Ich dachte, *Stille* wäre dichter an der ursprünglichen Bedeutung.«

»Ich finde es langweilig«, warf Aster ein.

»Manches davon ist trocken«, sagte Geder. Der Raum war klein, wurde aber von der Sonne erwärmt. »Manches aber auch sehr interessant. Hast du den Abschnitt über die spirituellen Übungen gelesen?«

»Wie die Tricks eines Kundigen?«, fragte Aster, und seine Miene hellte sich ein wenig auf.

»Nein, es waren eher Wege, um sich im Denken zu üben. Wenn er von Schweigen oder Stille spricht, dann geht es nicht nur darum, nichts zu sagen. Er meint damit eine bestimmte technische Bedeutung.«

»Habt Ihr die Übungen durchgeführt, mein Lordregent?«, fragte der Tutor.

»Nein, eigentlich nicht, aber ich habe sehr viel darüber gelesen, und ich halte sie für sehr interessant. Sogar weise«, sagte Geder und beugte sich mit einem reuigen kleinen Grinsen dicht zu Aster. »Ich bin besser darin, über solche Dinge zu lesen, als sie selbst umzusetzen. Kann ich einen Blick in die Übersetzung werfen, die Ihr benutzt?«

Der Tutor beugte sich über das Podium und reichte ihm das Buch. Geder nahm es vorsichtig an. Es war sehr alt, in Leder gebunden und von Fäden zusammengehalten. Die Seiten waren aus Stoff und dicker als gewöhnlich, was dem Buch ein Gefühl von Festigkeit und Schwere verlieh. Geder blätterte ehrfürchtig darin.

»Es ist *schön*«, sagte er. »Wo habt Ihr es her?«

»Einer meiner Lehrer hat es mir geschenkt, als ich kaum älter war als Prinz Aster«, erwiderte der Tutor lächelnd. »Ich habe es seither immer bei mir gehabt. Ich habe gehört, dass Ihr selbst eine sehr umfangreiche Bibliothek habt, mein Lordregent?«

»Nun, so weit würde ich nicht gehen. Ich hatte früher mehr Zeit zum Lesen. Und zum Übersetzen. Ich habe an einem Traktat gearbeitet, das den Geburtsdaten der Königshäuser von Elassae nachspürte, und darin wurde behauptet, dass die Timzinae zweimal jährlich eine Paarungszeit hätten. Die tatsächlichen Daten waren ein wenig lückenhaft, aber die Argumentation selbst war hervorragend.«

Aster seufzte und stützte die Ellbogen auf den Tisch, aber die Augen des alten Tutors leuchteten.

»Das klingt faszinierend, mein Herr. Erinnert Ihr Euch an den Namen des Autors?«

»Es war ein spekulatives Traktat und nur etwa dreihundert Jahre alt, daher hatte es eine Zuordnung, aber ...«

»Ja, die ist nicht zu viel nütze. Nicht in jenen Tagen«, stimmte der Tutor zu.

Geder blätterte ein wenig, und der Stoff war weicher als Pergament unter seinen Fingerspitzen. Tocas Abhandlung über Karten von Schlachtfeldern sah anders aus als bei Geders Ausgabe. Es gab mindestens drei weitere Diagramme und eine Tabelle zum Vergleich, die ein späterer Schreiber hinzugefügt haben musste. Er folgte mit den Fingerspitzen den alten Tintenlinien.

»Könnte ich mir das ausleihen?«, fragte Geder. »Ich würde es gern mit meiner Ausgabe vergleichen.«

Das Gesicht des Tutors erstarrte, und mit den Händen machte er kleine Spinnenfäuste. »Natürlich, mein Herr«, sagte er. »Es wäre mir eine Ehre.«

»Danke«, erwiderte Geder. »Ich werde es zurückgeben. Ich stelle es nur schnell zu meinen Büchern, wenn es Euch nichts ausmacht.«

»Natürlich nicht«, sagte der Tutor.

»Heißt das, dass wir etwas anderes machen können?«, fragte Aster, als Geder hinausging. Die Stimme des Jungen klang hoffnungsvoll.

Geder ging weiter, die Seiten vor ihm geöffnet, und sein Finger folgte den Worten. Ein schwaches Glühen der Erregung wärmte ihn. Dies war keine Übersetzung, die er schon zuvor gesehen hatte, und der ursprüngliche Text schien vollständiger zu sein als der, mit dem er gearbeitet hatte.

Das Ziel des Krieges ist Frieden. Der kleine General führt seine Armee in die Schlacht, um den Sieg zu erringen, und daher wird ihn sein Wesen zwingen, dorthin zurückzukehren. Der tiefsinnige General führt seine Armee in die Schlacht, um den Sieg zu bestätigen, und daher wird ihn das Wesen der Welt zwingen, dorthin zurückzukehren. Der weise General führt seine Armee in die Schlacht, um die Welt neu zu gestalten, und daher schafft er einen Ort, an dem er nicht gebraucht wird.

Es ähnelte der Abschrift, die Geder besaß, überhaupt nicht. Seine Abschrift hatte, dessen war er sich beinahe sicher, die Zeile über den tiefsinnigen General nicht enthalten. Tiefsinnig war kein Begriff, den Toca häufig benutzte, und wenn er es tat, dann für gewöhnlich als Anspielung auf die Priesterschaft. Geder fragte sich, ob ein späterer Übersetzer eine Auseinandersetzung mit Kriegspriestern entfernt hatte.

»Ah«, ließ sich Basrahip vernehmen. »Ihr lauscht wieder den leeren Stimmen, Prinz Geder?«

Der Hohepriester war im Hauptraum, saß auf einer Bank mit Kissen, die Hände auf den Knien.

»Ich mag Bücher«, sagte Geder.

»Manche sind schön, aber sie sind Spielzeuge. Sie bedeuten nichts.«

»Nun«, erwiderte Geder, der das Buch schloss und zur Seite legte, »darin werden wir einfach immer unterschiedlicher Meinung sein.«

»Für den Augenblick«, stimmte Basrahip zu.

Geder setzte sich ans Fenster. Die nachmittägliche Sonne fiel schwer auf seinen Handrücken.

»Was habt Ihr herausgefunden?«

Es war kaum etwas dabei, was Geder nicht erwartet hatte. Der Hof war sicher, dass der Sieg kurz bevorstand, und es wurde Geder und seinem Verbündeten und früheren Gönner Dawson Kalliam angerechnet. Die Meinungen, wie man mit ihrem eroberten Nachbarn verfahren sollte, gingen auseinander, aber es waren Unstimmigkeiten zwischen Ehrenmännern. Natürlich gab es Besonderheiten. Einer stimmte dafür, auf die Rückkehr des Barons von Wassermark aus Nordstade zu warten. Ein anderer dachte, dass eine Heirat zwischen Aster und der Prinzessin von Asterilreich, Lisbet, arrangiert werden sollte, sobald der Friedensvertrag eintraf. Geder könnte den Krieg lange genug hinauszögern, um die Ackerländer, Mühlen und Schiffswerften des Feindes zu zerstören, oder er könnte sie schonen, um sie in den folgenden Jahren dem vereinten Königreich zugutekommen zu lassen.

Sie unterhielten sich stundenlang, während die Sonne nach Westen glitt und Camnipol langsam in das rote Licht des Sonnenuntergangs führte, ins Grau der Dämmerung und dann in die Dunkelheit. Der Mond war noch nicht aufgegangen, aber die Sterne leuchteten hoch am Sommerhimmel. Schließlich entschuldigte sich Geder, dessen Kopf mehr als voll war, und begab sich zu Bett, wo ihn Männer, die er nicht kannte, auszogen, seinen Körper puderten und ihn unter dünne Frühlingsdecken legten. Halb wach stellte er verärgert fest, dass er das Buch des Tutors vergessen hatte. Es wäre schön gewesen, noch ein wenig zu lesen, ehe er einschlief. Er hatte nur noch so wenig Zeit zum Lesen …

Der Morgen war klar und kalt. Er lag eine Weile im Bett und sah zu, wie das Sonnenlicht durch seine Fenster hereinströmte. Dann kam die rituelle Erniedrigung, und er trat in das Esszimmer der königlichen Familie hinaus. Basrahip war bereits da, genauso Aster. Die beiden redeten über irgendetwas, Basrahip lächelte, und Aster lachte laut. Geder setzte sich hin, und ein junger Diener brachte ihm ein Stück gebackene

Ente und Birnenkompott, einen kleinen Laib süßen schwarzen Brotes und Kaffee mit Honig, in dem der Satz am Boden dick wie Schlamm war.

»Habe ich etwas Lustiges verpasst?«, fragte Geder.

»Hochwürden Basrahip hat die Männer des Hofes nachgemacht«, sagte Aster.

»War es gut?«

»Nein«, antwortete Aster kichernd. »Es war *schrecklich*.«

Basrahip lächelte. »Ich bin kein Mann, der etwas vorspielen kann«, sagte er. »Das bin ich nicht.«

»Und Gott sei dafür gedankt«, erwiderte Geder, zupfte ein Stück von der Ente ab und steckte es sich in den Mund. Es war salzig und fettig und genau das Richtige, um einen neuen Tag zu beginnen. »Ich habe über die Friedensbedingungen mit Asterilreich nachgedacht. Ich denke, ich weiß, was wir tun müssen.«

Der Priester und der Junge wurden beide ernst und wandten ihm ihre Aufmerksamkeit zu. Geder nippte an seinem Kaffee und hatte größere Freude an dem Augenblick der Spannung als eigentlich angebracht. »Ich glaube nicht, dass wir weise wären, wenn wir Tributzahlungen und Reparationen annehmen und ihnen trotzdem die Herrschaft über das Königreich überlassen. Wenn überhaupt, werden wir damit erreichen, dass uns ihr Hof noch weniger freundschaftlich betrachtet und behandelt.«

»Und Ihr müsst der Göttin Tempel in den Städten errichten, die Ihr erobert«, sagte Basrahip.

»Ja, das auch«, stimmte Geder zu. Er hatte ganz vergessen, dass er das tun musste. »Was bedeutet, dass wir darauf hinarbeiten sollten, die Königreiche zu vereinen.«

Asters Gesicht wurde zu Stein. »Verstehe«, sagte der Prinz.

Geder schüttelte den Kopf und winkte mit einem Brotkanten ab. »Nein, nein, nein. Einzuheiraten wird nicht funktionieren. Mit einer Frau verheiratet zu sein heißt nicht, dass ganz Asterilreich plötzlich befriedet sein wird. So sind wir doch überhaupt erst so weit gekommen, oder nicht? Indem wir die Blutlinien vermischt haben, so dass es am Hof von Asterilreich nachvollziehbare Ansprüche auf den Gespaltenen Thron geben konnte. Wenn wir nicht versucht hätten, vor Generationen Frieden durch Eheschließungen zu schaffen, wäre es jetzt nicht möglich gewesen, dass der Thronanspruch auch nur rechtmäßig erscheint. Es hat damals nicht funktioniert, und es wird jetzt nicht funktionieren.«

»Was dann?«, fragte Aster.

»Wir erobern das Land. Die Städte. Asterilreich wird wieder Teil des imperialen Antea, genauso, wie es unter den Hochkönigen gewesen ist. Es gibt etliche Männer, die eine Belohnung für das verdienen, was sie getan haben. Und wenn dort treu ergebene Anteaner herrschen, müssen wir uns weniger Sorgen machen. Es ist wirklich einfach. Ich weiß nicht, weshalb das nicht schon früher offensichtlich war.«

»Und was ist mit der jetzigen herrschenden Kaste?«, fragte Basrahip.

»Nun, denen kann man nicht vertrauen, oder? Wir haben sie bloßgestellt, erniedrigt, ihre Stellungen und Ländereien übernommen«, antwortete Geder. »Ich bin sicher, sie werden alles in ihrer Macht Stehende tun, um gegen uns zu arbeiten. Und es sind jene Leute, einige von ihnen, die sich verschworen haben, um Aster zu töten. Dass sie einen Krieg verloren haben, macht sie nicht zu jemand anders, wisst Ihr.«

»Ich verstehe«, sagte Basrahip.

Geder nahm sich eine halbe gekochte Birne. Sie schmeckte sehr süß. »Nun ja«, sagte er mit vollem Mund. »Ich wünschte, ich sähe einen anderen Weg. Wirklich. Aber um Asters Sicherheit zu gewährleisten, denke ich nicht, dass wir unsere Feinde an der Macht lassen können. Wenn sie nicht unsere Freunde und Verbündeten sein können, haben sie ihre Wahl getroffen. Sie müssen sterben.«

DAWSON

KALTFEL STAND AUF EINER weiten Ebene und erhob sich inmitten langgezogener Ackerflächen wie ein merkwürdiger Traum. Die Türme und Dächer waren aus rotem Stein, und die Mauern ragten vier Mann hoch auf. In freundlicheren Tagen war es die Heimstatt der besten Züchter von Botenvögeln gewesen. Man sagte, dass ein in Kaltfel gezüchteter Vogel mit den Geheimnissen der Drachen ausgestattet war, und nach allem, was Dawson wusste, mochte das stimmen. Dawson war als junger Mann bereits hier gewesen. Er erinnerte sich noch an die hellen Straßen und den scharfen Pfeffer und die Schokolade, mit der sie hier ihren Kaffee würzten. Er hatte ein Duell auf dem sonderbar dreieckigen Platz ausgetragen, den der Hof von Asterilreich dazu benutzte, und es gewonnen. Anschließend hatte er sich betrunken und war im Zimmer eines Fremden erwacht, Prinz Simeon neben sich.

Der Tag, an dem seine Armee vor der Königsstadt von Asterilreich eintraf, hatte mit dem Niederbrennen jeglicher Gebäude begonnen, die vor den Stadtmauern standen – Bauernhöfe, Lager, Ställe, Gerbereien, Färberhöfe. Was noch stand, nachdem der Rauch sich verzogen hatte, hatten sie niedergerissen, mit Ausnahme der Nekropolis östlich der Stadt. Vor den Gräbern hatte er Achtung. Antea hatte keine Händel mit den Toten. Danach hatten seine Ingenieure angefangen, Belagerungsmaschinen zu bauen. Bliden und Katapulte ließen Steine auf die großen roten Mauern und versiegelten Tore herabregnen. Sie arbeiteten in Gruppen, trugen sieben Tage lang Tag und Nacht die Mauerspitzen ab. Zur Morgen- und Abenddämmerung schickte er Läufer durch sein Lager, die den Kot und die Abfälle des Tages einsammelten, richtete ein Katapult neu aus und ließ alles auf die Stadt hinabregnen. Bald steuerten seine Männer anderen Unrat bei – tote Katzen und blutige Bandagen, verdorbenes Fleisch, das von Maden wimmelte. Die Tore öffneten sich nicht. Der Feind zeigte sich nicht. Dawson hatte es nicht anders erwartet. Am neunten Tag der Belagerung hatte ein Späher eine Stelle entdeckt, wo sich das Abwasser der Stadt durch ein vergrabenes Rohrnetz in einen verborgenen Ablauf ergoss. Dawsons Ingenieure hatten es zerstört.

Als ihnen die Steine ausgingen, verlegten sie sich auf in Teer getränktes Holz, das angezündet wurde. Drei weitere Tage widerstand Kaltfel dem Feuerregen. Zweimal setzte sich Rauch über der Stadt fest, zweimal trieben die Belagerten die Flammen zurück. Am zehnten Tag sah Dawson das erste Zeichen der Hoffnung. Die Vögel wurden freigelassen. Die großen Schwärme wirbelten um die Türme, verwirrt und auf der Suche nach einem Weg zurück nach Hause. Bei Sonnenuntergang flogen sie nach Norden. Dawson zog in Erwägung, ihnen Jäger nachzuschicken und die toten Körper der Tauben und Krähen über die Mauern werfen zu lassen. Er entschied sich dagegen. Die Vögel und die Toten also. Sie konnten fliehen.

Simeon hatte Kaltfel geliebt. Die Hofsitten hatten dort lediglich einen Hauch von Exotik verströmt. Waren sowohl vertraut als auch fremd gewesen. Die Männer und Frauen sprachen mit einem leichten Akzent, betonten ihre langen Vokale auf eine Art und Weise, die sogar die Erstgeborenen unter ihnen fremder wirken ließ als die Jasuru oder Timzinae zu Hause in Camnipol. Der Palast des Königs stand vor einem weiten, offenen Platz, wo tausend Mädchen für sie getanzt hatten. Weitere Steine trafen aus einem Steinbruch ein, den seine Soldaten im Norden eingenommen hatten, und der Angriff auf die Mauern begann erneut. In einer Nacht schlich sich eine Handvoll verzweifelter Soldaten aus der Stadt und nutzte den Schutz der Dunkelheit, um die Katapulte anzuzünden. Sie schafften es, zwei zu zerstören, ehe man sie erwischte, und Dawson schickte sie zurück, indem er ein drittes benutzte. Er tötete sie vorher nicht.

Und jeden Morgen kamen die drei Priester zu ihm.

Dawson saß mit bloßen Beinen auf seinem ledernden Feldstuhl, während sein Knappe ihm Zecken zog. Der helle, feuchte Sommermorgen wirkte, als würde man in einem See schwimmen. Die Priester, Geschöpfe der Wüste, schienen es zu hassen.

»Mein Herr, wir werden diese Schlacht für Euch gewinnen, wenn Ihr es gestattet.«

»Aber das werde ich nicht tun«, sagte Dawson, wie er es jeden Morgen tat. »Antea ist stark genug, Kaltfel ohne Eure Hilfe in die Knie zu zwingen, und das habe ich auch vor.«

»Hört mir zu, mein Herr ...«

»Wir sind hier fertig. Geht jetzt«, sagte Dawson, wie er es jeden Tag tat. Sie hatten Zungen aus Silber. Wenn er zuließ, dass sie ihre Argumente vorbrachten, würde er vielleicht auch hier wieder schwach werden, wie es bei der Serefbrücke und den beiden Festungen geschehen war. Er sah ihnen nach, und er lächelte verhalten, während sie gingen.

Seine Truppen fraßen sich durch die mitgeführten Vorräte, und dann wandten sie sich dem Land zu. Weit und breit stand kein Baum mehr, und der Rauch aus grünem Holz ließ die Luft dunstig und weiß wirken. Karren kamen aus Antea heran, und die Plünderer drangen immer weiter nach Süden zu den Marschen vor, töteten Rinder und schleiften Bauernhöfe. Es war ein Krieg, bei dem es um Ausdauer ging. Dawsons Schätzung war, dass man dem Land die Narben eine Generation lang ansehen würde.

Nach zwanzig Tagen der Belagerung starb einer seiner eigenen Männer an einem Fieber, das er sich in den Marschen des Südens zugezogen hatte. Dawson vollzog anstelle eines echten Priesters die Riten an ihm und befahl dann, dass der gefallene Soldat zerhackt und sein Körper in die Stadt geschleudert wurde.

Am einundzwanzigsten Tag wurde das Verhandlungsbanner über dem Südtor gehisst, und drei Unbewaffnete auf Pferden ritten heraus. Dawson nahm Fallon Brut und Dacid Bannien mit. Die drei Priester ließ er demonstrativ zurück.

Sie saßen an einem Tisch im leeren Raum zwischen der ermüdeten Armee und der zermürbten Stadt. Die Männer von Asterilreich hielten sich stolz, aber sie ritten dürre Pferde, und ihre Wangen waren knochig. Dawsons Knappe trug einen Schinken und einen Korb voller Sommeräpfel bei sich, einen Laib Käse und ein kleines Bierfass. Dawson sah, wie seine Feinde Blicke darauf warfen, aber er bot ihnen nichts an.

»Lord Kalliam, nehme ich an«, sagte der älteste der drei Reiter, während er Platz nahm. »Euer Ruf eilt Euch voraus.«

»Es tut mir leid, dass ich nicht dasselbe behaupten kann«, erwiderte Dawson und setzte sich.

»Mysin Haul, Graf von Ebenfurt.«

Dawson nickte. Der Boden war uneben, und der Tisch wackelte ein wenig, als Graf Haul sich dagegenlehnte.

»Ihr wisst«, sagte der Graf von Ebenfurt, »dass wir genug Vorräte haben, Eurer Belagerung zu widerstehen.«

»Nein, das habt Ihr nicht«, erwiderte Dawson. »Wir sind schneller gekommen, als Ihr gedacht habt, und mit mehr Männern. Wir haben Euch bei einem Nickerchen erwischt. Und selbst wenn Ihr genug Nahrung und Wasser habt, um Euch ein Jahr lang hinter Eure Mauern zu kauern, würde das am Ausgang nichts ändern.«

Der Mann zuckte mit den Schultern. »Ich bin gekommen, um zu fragen, welche Bedingungen Ihr stellt, um das hier zu beenden.«

»Seid Ihr ermächtigt, Eure Kapitulation anzubieten?«

»Nein«, sagte der Graf. »Diese Autorität besitzt nur der König.«

»Dann sollte ich vielleicht mit dem König sprechen.«

Hinter ihm lachte Fallon Brut leise, und Dawson spürte, wie Ärger in ihm aufwallte. Vielleicht hätte er jemand anders mitnehmen sollen.

»Ich bin dazu ermächtigt, jedwede Botschaft, die Ihr wünscht, Seiner Majestät unmittelbar zu überbringen.«

Dawson nickte. »Er wird die Tore von Kaltfel öffnen und sich und jeden, der in die Verschwörung gegen Prinz Aster verwickelt war, an mich ausliefern. Wir werden zwölf Stunden lang plündern. Nicht länger. Danach stehen alle Ländereien und Besitztümer Asterilreichs unter meinem Schutz, bis zu dem Zeitpunkt, an dem Euer König und Lordregent Palliako zu einer endgültigen Einigung gekommen sind.«

»Dann sollte ich vielleicht mit dem Lordregenten sprechen«, warf der Graf ein.

»Diese Erfahrung würde Euch kein Vergnügen bereiten«, entgegnete Dawson.

»Ich werde das an König Lechan weiterleiten«, versprach der Graf. »Können wir uns am Morgen wiedertreffen?«

»Wenn wir uns weiterhin als Unterhändler begegnen, dann ja.«

»Wir werden keinen Angriffs- oder Fluchtversuch unternehmen«, sagte der Graf.

»Dann werde ich auf die Antwort Eures Königs warten«, verkündete Dawson und nickte Brut und Bannien zu. Die beiden brachten die Nahrungsmittel und legten sie auf den Tisch. »Ein Zeichen unserer Wertschätzung. Sie sind nicht vergiftet.«

Er ritt lächelnd zurück zum Lager. Es war beinahe vorbei.

»Mein Herr.«

Dawson regte sich auf seinem Feldbett, kämpfte sich aus dem Schlaf hoch. Im Zelt war es dunkel bis auf die Kerze des Knappen. Dawson richtete sich auf und schüttelte den Kopf.

»Was … ist passiert?«, fragte er. »Brennt es? Kommen die Bastarde? Was?«

»Ein Bote, mein Herr. Vom Lordregenten.«

Dawson sprang auf. Die Nacht war kühl, aber nicht kalt. Er schlüpfte in seinen Mantel und trat hinaus. Die Kochfeuer waren zum Großteil ausgegangen, und die Nacht um ihn herum war dunkel. Die dünne Mondsichel und ein paar verstreute

Sterne konnten gegen die Kerze nicht bestehen. Der Kurier stand neben seinem Pferd, einen Beutel in der Hand. Dawson nahm den Brief, prüfte das Siegel und die Knoten, um sicherzugehen, dass sie echt waren, und riss die Fäden dann heraus. Der Inhalt war verschlüsselt.

»Wartet hier«, befahl Dawson dem Kurier und sagte dann zu seinem Knappen: »Bring mehr Licht. Sofort.«

Es dauerte eine Stunde, bis er den Text entschlüsselt hatte, und die Anspannung in Dawsons Bauch wurde mit jedem Wort, das er lesen konnte, größer und schwerer. Es war eine eindeutige Sache. Der Lordregent hatte wohlüberlegt entschieden, dass die Verbrechen gegen Antea zu schwer wogen und die Sicherheit und Unabhängigkeit des gesamten imperialen Antea bedrohten. Aus diesem Grund forderte der Lordregent Geder Palliako im Namen von Aster, dem König von Antea, die Rechte an Asterilreich und allen Ländereien, die ihm Treue schuldig waren. Der Lordmarschall wurde beauftragt, jeden Mann, jede Frau und jedes Kind von adliger Abstammung in Asterilreich zu versammeln, all ihre Ländereien und Besitztümer zu übernehmen und einzuziehen und sie allesamt auf schmerzlose und menschliche Weise zu töten, so es sich einrichten ließ.

Dawson saß in der Dunkelheit, leichenblass. Jeden Mann, jede Frau, jedes Kind von adliger Abstammung in Asterilreich. Palliakos blutiger Daumenabdruck verschmierte das Ende der Seite. Sein Siegel war auf dem Wachs. Es war ein Befehl, erteilt von dem Regenten, dem er Treue geschworen hatte. Ja, dieser Regent war Geder Palliako. Ja, der Befehl war blutrünstig und grausam. Aber Ehre, die an Bedingungen geknüpft war, war keine Ehre; Treue, die Bestand hatte, solange er etwas guthieß, und zurückgezogen wurde, wenn das nicht der Fall war, war keine Treue. Dawson saß allein im verdunkelten Zelt, und die Flammen seiner Kerzen waren das einzige Licht. Er ließ die Hand über die Seiten gleiten, die Kehle war ihm eng. Seine Hände zitterten.

Ehre hatte einen Anspruch. Sie hatte *Anforderungen.*

Und dann, als wäre es ein Traumbild, sah er Palliako zu seinem Schoßkultisten blicken und diesen nicken.

Mein Lordregent,

es freut mich, Euch gute Nachrichten schicken zu können. An diesem Nachmittag habe ich die Unterwerfung von Asterilreich und aller Ländereien, die ihm Treue schuldig sind, angenommen. König Lechan befindet sich unmittelbar unter meiner Kontrolle und durch seinen Körper alle, die ihm Treue geschworen haben.

Als Teil der Kapitulationsbedingungen und in Übereinstimmung mit der Tradition habe ich König Lechan und durch ihn alle Adligen und Häuser von Asterilreich unter meinen Schutz gestellt. Ich bin erschüttert, dass mich Eure jüngsten Anweisungen, was die Bedingungen der Kapitulation betrifft, erst erreicht haben, als die Übereinkunft bereits getroffen war. Ich habe das sichere Gefühl, dass der Respekt und die Ehrfurcht, die wir beide für die Ehre des Imperiums empfinden, Euch dazu zwingen werden, wie sie auch mich zwingen, das Versprechen zu respektieren, das ich in Eurem Namen und in dem von Prinz Aster gegeben habe.

Dawson griff zu einer kleinen Silberklinge, presste sie sich an den Daumen, bis ein Tropfen Blut erschien, und drückte ihn dann auf das dürstende Papier. Er vernähte den Brief selbst, schmolz das Wachs und drückte sein Siegel hinein. Er spürte, wie die Stunden der Nacht an ihm vorüberglitten, und er trottete beim Zwitschern der ersten Vögel hinaus. Im Osten war kein Licht, kein Zeichen der Dämmerung, bis auf den klaren und fröhlichen Vogelgesang. Er drückte dem Kurier den Brief in die Hände.

»Bringt das zurück. Gebt es niemandem außer dem Lordregenten. Niemandem sonst, versteht Ihr das? Selbst wenn sein Priester schwört, dass er es sofort weiterleiten wird, legt Ihr es nur in die Hände des Regenten, klar?«

»Ja, Lordmarschall«, sagte der Junge und war fort.

Dawson stand einen Augenblick da, lauschte den weichen Hufschlägen auf dem Schlamm und den Grassoden, die immer leiser wurden. Und dann dem fernen Klopfen, als sie die ewig standhafte Jade erreichten. Es war noch Zeit. Er konnte einen ausgeruhten Reiter auf einem schnellen Pferd hinter dem Jungen herschicken. Dawson hatte die Sache in Bewegung gesetzt, aber er konnte sie noch immer rückgängig machen. Er schloss die Augen und atmete tief ein, bis die kühle Luft ihn ausfüllte und dann hinaussickerte. Er wartete darauf, dass in seinem Herzen irgendwelche Zweifel aufkamen.

Er suchte seinen schlummernden Knappen und rüttelte ihn wach.

»Hör mir zu«, sagte Dawson. »Wach auf und hör mir zu, du kleiner Bastard. Du gehst jetzt und suchst die Unterhändlerflagge. Bring sie zur Stadt hinaus. Und nimm jemanden mit, der sie halten kann, falls du zu viel Aufregung hervorrufst und man dich versehentlich mit Pfeilen spickt. Sag dem Grafen, dass ich sofort mit ihm sprechen muss. Die Lage hat sich verändert, und ich habe sehr wenig Zeit. Kannst du das tun?«

»J…ja, Lordmarschall.«

»Dann starr mich nicht so an und *verschwinde!*«

Als die Sonne aufging, standen Dawson und Mysin Haul, der Graf von Ebenfurt, an ihrem kleinen Tisch im Niemandsland. Am späten Vormittag ritt der Graf zurück in die Stadt, erschüttert und weinend, den entschlüsselten Brief in seinem Gürtel. Den ganzen Tag lang saß Dawson am Verhandlungstisch. Sein Stuhl war so unbequem wie ein Sattel, aber auf andere Weise. Sein Rücken schmerzte, er war hungrig und durstig und unaussprechlich müde, aber er blieb am Tisch, da die Verhandlungen noch nicht offiziell beendet waren.

Die Sonne hatte ihren langen, müden Abstieg zum Horizont begonnen, als das Geräusch herandrang. Eine große, nüchterne Trauertrommel. Weit, weit vorn knirschten die Tore von Kaltfel und schwangen langsam auf. Die Soldaten, die herauskamen, trugen das Banner von Lechan, das verkehrt herum hing, und den gelben Wimpel der Kapitulation. Hinter sich hörte Dawson die anschwellenden, brüllenden Siegesschreie. Die Geräusche gingen über ihn hinweg wie die Brandung an der Küste. Alles, was er selbst spürte, war Erleichterung. König Lechan war ein kleiner Mann mit schlechten Zähnen, aber er hielt sich mit Würde, während Dawson seine Unterwerfung akzeptierte und ihn in seinen Schutz nahm. Im Gegenzug schwor Dawson, alles zu tun, was er konnte, um diesen Schutz aufrechtzuerhalten. Alles, was er an Palliako geschrieben hatte, bewahrheitete sich, abgesehen von einer kleinen Unstimmigkeit, die den zeitlichen Ablauf betraf.

Einer kleinen Unstimmigkeit, die den Unterschied machte zwischen der Treue dem Mann gegenüber, der auf dem Thron saß, und der Treue, die der Ehre des Thrones selbst galt.

Für die Plünderung erteilte er Fallon Brut den Befehl. Zwölf Stunden lang würde Kaltfel den Preis seiner Niederlage bezahlen, während die Soldaten von Antea sich dort austobten, Gold, Juwelen und Silber an sich rissen, Gewürze und Seidenstoffe. Alle Soldaten von Antea bis auf zwei. Wenn Dawson nach einer besseren Möglichkeit gesucht hätte, um Ungestörtheit zu garantieren, hätte er keine ersinnen können.

Alan Klin war blasser, als Dawson ihn in Erinnerung hatte. Ein Fieber hatte ihn während des Feldzugs im Süden niedergestreckt, und er hatte sich nicht ganz davon erholt. Die Kundigen sagten, dass er sich womöglich nie mehr erholen würde. Er saß auf dem Boden, sein Gesicht verschlossen und trotzig. Dawson betrachtete seinen einstigen Feind mit bitterer Erheiterung. Die Welt ließ merkwürdige Bündnisse entstehen.

»Curtin Issandrian hat meine Frau aufgesucht«, sagte Dawson. »Er war auf Euch neidisch. Er hat gehofft, selbst seine Gelegenheit in der Schlacht zu bekommen. Eine Möglichkeit, seine Ehre und seinen guten Namen wiederherzustellen.«

»Er ist schon immer ein bisschen töricht gewesen«, erwiderte Klin. »Ehrlich, aber …«

»Ihr habt die Gelegenheit, Eure Ehre wiederzugewinnen«, sagte Dawson leise.

»Ich bin nicht hier, um meinen guten Namen wiederzuerlangen. Ich bin nicht wegen der Sache mit Maas hier. Noch vor Vanai habe ich Geder Palliako einen Streich gespielt. Und nun bringt er mich um, ohne mir auch nur den Gefallen zu tun, es schnell zu machen.«

»Ich denke, Ihr habt recht«, sagte Dawson und reichte Klin einen Becher mit honigsüßem Wasser.

»Ich bedeute ihm weniger als ein Buch. Mein Leben ist weniger wert als ein Buch.«

»Wie viele von Euren Freunden am Hof habt Ihr denn noch?«, fragte Dawson.

»Ein paar, aber keine, die überhaupt mit mir sprechen wollen. Jeder weiß, dass Palliako mir etwas nachträgt. Ich werde den Rest meines Lebens an seine Vorstellung von Rache gekettet sein.« Er nippte am Wasser.

»Sir Klin«, sagte Dawson. »Ich brauche Eure Hilfe. Euer Königreich braucht Eure Hilfe.«

Klin lachte leise und schüttelte den Kopf. »Was ist es diesmal? Gereicht es dem Königreich zu größerem Ruhm, wenn ich nackt auf einen Berg steige, mit einem Bärenköder um den Hals?«

Dawson beugte sich vor. Er hatte plötzlich das starke Gefühl, dass die drei Priester in der Nähe waren und ihn belauschten. »Es ist ein Unterschied, ob man einem Mann treu ergeben ist oder einem Land«, sagte Dawson. »Ich habe einst geglaubt, dass Palliako nicht mehr als ein nützliches Werkzeug ist.«

»Ich denke, da habt Ihr Euch übel verschätzt, Lordmarschall«, erwiderte Klin, aber sein Blick war jetzt aufmerksamer als zuvor. Er konnte erkennen, dass Dawsons Worten Feuer innewohnte. Er war nicht dumm.

»Nein, ich hatte recht. Mein Fehler war zu denken, er wäre *mein* Werkzeug. Das ist er nicht. Er gehört jenen Priestern, die er aus dem Arschloch der Welt mitgebracht hat. Sie sind unheimlich, und ich vermute, dass sie mächtiger sind, als wir ahnen. Er tanzt zu der Musik, die sie aufspielen lassen. Er lässt sie entscheiden, was wir tun, und das wird so weitergehen, bis Aster die Reife erlangt. Er ist eine Ungeheuerlichkeit, und wir haben ihm in unserer Verblendung den Thron gegeben. Solange er darauf sitzt, wird Antea leiden. Und Euch, mein guter alter Freund, wird ein unerfreulicher Tod zugedacht sein.«

Klin trank erneut einen Schluck Wasser, aber sein Blick ruhte nun fest auf Dawson. Er reichte den Becher zurück und leckte sich die Lippen.

»Ich glaube, Ihr teilt mir gerade etwas mit«, sagte Klin. »Aber ich bin sehr müde, und ich war sehr krank, daher denke ich, dass Ihr genau erklären solltet, was Ihr meint, in sehr einfachen Begriffen, ja?«

»Klingt nur gerecht. Ich biete Euch Freiheit von Palliakos Zorn und die Wiederherstellung Eures guten Namens und Rufes. Und darüber hinaus rufe ich Euch zur Verteidigung von Antea und dem Gespaltenen Thron auf. Man hat uns im Innersten verraten, und wir haben es geschehen lassen. Nun müssen wir es berichtigen. Antea braucht einen anderen Regenten. Irgendeinen anderen als Geder Palliako.«

»Und wie soll ich das erreichen?«, fragte Klin, aber Dawson erkannte, dass er die Antwort bereits ahnte.

»Ihr helft mir dabei, ihn zu töten.«

Marcus

Die Handelsschiffe aus Narineiland trafen in Porte Oliva ein, und die Stadt wurde zu einem umtriebigen Tollhaus. In die Schenken und Herbergen in Hafennähe spülte es Massen an Kaufleuten, die nach Informationen forschten und die Seeleute mit Bier und die Wirte und Braumeister mit Münzen überschütteten. Welche Schiffe waren als erste losgefahren, welche als letzte, welche Händler hatten sich in dem fernen Inselkönigreich mit wem getroffen? Kein Hinweis war zu klein, als dass man daraus nicht etwas außerordentlich Bedeutsames hätte herauspressen können. Es war die Hochzeit von Porte Oliva, und sogar in der ermüdenden Hitze des Tages wurde an jeder Ecke gekauft, gefeilscht und verhandelt. Die Medean-Bank war im vorigen Jahr keine unmittelbare Beteiligung eingegangen, daher konnte die Abwesenheit von Cithrin bel Sarcour entschuldigt werden. Sie konnte jedoch nicht unbemerkt bleiben.

Leichter Regen fiel vom tiefhängenden weißen Himmel, der die Luft dunstig und schwer werden ließ. Wenn man die Wahl zwischen Feuchte und Hitze hatte, machte der Regen das Rennen, und der Hof, der über das Meer hinausblickte, war voller Bänke und Stühle. Der Wirt hatte die Tische weggebracht, um mehr Platz zu schaffen. Marcus saß dort mit Yardem, Ahariel Akkabrian und dem Jasuru namens Hart.

Vier Männer aus vier verschiedenen Rassen, die beisammensaßen. Sie waren, wie Marcus auffiel, die einzige solche Gruppe im Hof.

»Man bräuchte einen Kundigen, der das Bier kühlen kann«, meinte Ahariel.

»Man bräuchte eine Wüste«, sagte Hart.

»Inwiefern würde eine Wüste helfen?«, fragte der Kurtadam. Er hatte sich den Pelz für den Sommer beinahe bis auf die Haut abrasiert. Seine rosafarbene Haut mit den dichten schwarzen Stoppeln und den unerwartet rosafarbenen Brustwarzen so offen vor sich zu sehen rief ein leichtes Gefühl der Unsittlichkeit hervor. Ohne die Perlen wirkte er eher wie ein Erstgeborener, aber auch auf unheimliche Weise weniger menschlich – weder wie die eine Rasse noch die andere. Einige aus seiner Rasse ließen ein schmückendes »V« aus Pelz stehen, um die Perlen behalten zu können, aber Ahariel hatte sich fürs Äußerste entschieden.

»Man nimmt einen großen Topf«, sagte Hart und machte einen Kreis mit den Armen. »Stellt einen kleinen hinein, und dazwischen Sand. Den Sand macht man feucht, und dadurch bleibt Fleisch oder Bier kühl. Nur hier würde es nicht funktionieren. Zu feucht.« Seine Zähne klickten beim letzten Wort, als würde er ihm drohen. »Was ist mit dir, Yardem? Wie machen es die Tralgu?«

»Das Bier warm trinken«, antwortete Yardem mit einem breiten Hundegrinsen.

Die anderen lachten, aber Marcus nicht. Er war zum Trinken mitgekommen, weil er nicht noch einen Tag in den Baracken oder dem Kontor verbringen wollte, und eine Schenke am Hafen schien ihm die Gelegenheit zu bieten, etwas Interessantes zu erleben. Sobald er dann hergekommen war, hatten ihn der Andrang und das Stimmengebrüll in Unruhe versetzt. Es waren zu viele Leute und zu wenig Platz. Es gab keine Möglichkeit, eine Bedrohung kommen zu sehen. Die Anspannung in seinen Schultern und seiner Magengrube wurde immer größer.

Er musterte die Menge, suchte nach etwas, ohne zu wissen, was es war. Vielleicht nach einem vertrauten Gesicht. Cithrin oder Pyk. Oder Meister Kit. Ja, das war es. Er suchte nach Kit. Nicht – sagte er sich – wegen des verrückten Plans, von dem der Mann gesprochen hatte. Nur um einen Abend im Gespräch mit jemandem zu verbringen, der die Welt außerhalb von Porte Oliva erst kürzlich erlebt hatte. Jemandem, den die Welt noch nicht an Ort und Stelle festgenagelt hatte.

Er fragte sich, wohin Kit gegangen war. Was er genau jetzt tat. Es war schwer, ihn sich ohne die anderen Schauspieler vorzustellen. Kit hatte ein Leben und eine Familie aufgebaut und ihr dann den Rücken gekehrt, weil er das Gefühl hatte, dass er es tun musste. Es spielte keine Rolle, dass der Grund Unfug war, es war dennoch das Kennzeichen eines Mutigen in einer Welt voller Feiglinge. Marcus würde seine Arbeit hier nicht zurücklassen und weglaufen in irgendein wahnsinniges und dem Untergang geweihtes Abenteuer. Außer vielleicht …

Jemand legte ihm eine Hand auf die Schulter, und er blickte in das Gesicht von Qahuar Em auf. Das Halbblut hatte die Hautfarbe und die Züge eines Erstgeborenen, aber mit rauer Haut dort, wo sich die Jasuruschuppen nicht ganz ausgebildet hatten. Einst war er der Rivale und Liebhaber von Cithrin gewesen, und die Tatsache, dass er keine Kinder zeugen konnte, war das Einzige gewesen, das Marcus an ihm geschätzt hatte.

»Kann ich Euch Männern eine Runde ausgeben?«, fragte Qahuar Em und wartete dann auf die Antwort.

»Weshalb nicht?«, entgegnete Marcus und rückte auf der Bank zur Seite.

Qahuar rief einem Dienstjungen etwas zu und deutete auf den kleinen Haufen Wachen, ehe er sich hinsetzte. Sein Lächeln war sowohl einstudiert als auch aufrichtig. Es war schwer, diesen Mann nicht zu mögen. Das war sein Beruf.

»Die Magistra scheint die Saison zu verpassen«, sagte Qahuar.

»Sie hat dringende Aufgaben in Carse«, erwiderte Marcus. »Viel weiß ich nicht darüber. Wir sind doch nur arme Soldaten.«

Qahuar Em lachte, weil sie es beide besser wussten.

»Ich habe gehört, Eure Geleitflotte ist nicht so gut angelaufen, wie Ihr es geplant hattet.«

»Uns war klar, dass es ein paar Jahre dauern würde, ehe sie Gewinn für uns abwirft«, erklärte Qahuar Em mit einem Schulterzucken. »*Ich* habe gehört, dass ich Euch jedoch vielleicht ein wenig Dankbarkeit erweisen muss.«

»Das tut mir stets aufs Neue leid«, sagte Marcus. Sein Lächeln nahm den Worten zwar den Biss, aber nicht gänzlich.

Der Bedienstete kam, ein Tablett über dem Kopf, während er sich durch die Menge manövrierte, und brachte Krüge mit Apfelwein vom letzten Jahr für die fünf Männer. Er war süß und erfrischend, und schon der erste Schluck stieg Marcus zu Kopf, so dass er anschließend nur noch nippte.

»Man hört, dass die Hälfte der Piraten zwischen Cabral und hier umgezogen ist, weil der berühmte General Wester sie im Schlaf überfallen und all ihre Schiffe verbrannt hat.«

»Übertrieben«, sagte Marcus. »Ich habe einmal ein Boot verbrannt. Aber Ihr wisst ja, wie es mit solchen Geschichten ist. Bis nächstes Jahr werde ich das Meer in Flammen gesetzt haben, und jeder, der irgendwo anders als hier Fracht verliert, wird sagen, dass es meine Schuld ist, weil ich die Piraten dorthin getrieben habe.«

»Das stimmt vermutlich«, erwiderte Qahuar, und jemand am anderen Ende des Hofes rief nach ihm. Er blickte auf und winkte einer Erstgeborenen in einem blauen Baumwollkleid zu, aber er murmelte dabei etwas vor sich hin.

»Eine Freundin?«, fragte Marcus.

»Kundin«, antwortete Qahuar. »Ich fürchte, ich muss ...«

»Wir werden Euren Apfelwein ohne Euch trinken«, sagte Ahariel mit einem breiten Lächeln. »Und dabei an Euch denken.«

»Guter Mann«, erwiderte Qahuar Em und stand auf. Er klopfte Marcus auf die Schulter. »Richtet der Magistra Grüße von mir aus, wenn Ihr sie seht. Das Spiel ist viel langweiliger ohne sie.«

»Das wird sie freuen«, sagte Marcus und blickte dem Mann nach. Er wusste, dass seine Abneigung gegen ihn nicht ganz gerecht war. Porte Oliva hielt Cithrin für älter, als sie war. Marcus wusste, dass Qahuar Em mit einem Mädchen geschlafen hatte, das kaum mehr war als ein Kind, aber nicht einmal dem Halb-Jasuru war das klar.

»Hmm«, brummte Hart. »Ich würde sagen, der Hauptmann hat eine Bewunderin.«

Die Frau im blauen Kleid sprach mit Qahuar. Sie blickte sich nach Marcus um, während Qahuar nickte, dann schaute sie vielleicht ein wenig zu schnell zur Seite. Sie war zu alt, um hübsch zu sein, aber das war er auch. Und sie sah gut aus. Jünger, als Alys jetzt gewesen wäre, schätzte Marcus, und älter als Merian. Marcus seufzte und reichte Yardem seinen Krug. Der Regen ließ das Kleid an ihrem Körper kleben, genau wie bei jedem anderen auch.

»Ihr Jungs benehmt Euch«, sagte Marcus und stand auf.

»Ihr geht, um Euch vorstellen zu lassen?«, fragte Hart mit einem lüsternen Grinsen.

»Ich gehe spazieren.«

Die Straßen waren weniger dicht bevölkert als der Innenhof, aber sie waren genauso heiß, genauso feucht. Pferde und Ochsen zogen Karren über das dreckige Pflaster, ließen die Köpfe hängen und hatten wegen der Hitze Schaum vor dem Maul. Männer, deren Hände auf dem Schwertgriff lagen, gingen neben Seiden- und Gewürzladungen her, neben Gold und Tabakblättern, die aus Fern-Syramis gekommen waren. Die Luft roch nach Pferdeäpfeln, fauligem Gemüse und Eintopf. Alles vertraut, dachte Marcus, aber er würde nicht so weit gehen und sagen, dass es nach Heimat roch. Da er keinen Ort im Sinn hatte, an den es ihn getrieben hätte, begab er sich auf eine einsame Patrouille. Das Lager der Bank stand offen, Ladelisten wurden mit Karrenladungen voller Kisten verglichen. Enen und Schabe winkten ihm zu, als er vorbeikam. Die Baracken waren beinahe leer, die Hitze des Tages ließ es drinnen unangenehm werden, aber etliche seiner Wachen saßen im Schatten des Gebäudes und machten Musik oder erzählten einander unglaubliche Geschichten von Kämpfen oder missglückten Liebeleien. Das Kontor war offen, und die Töpfe mit Tulpen, die Cithrin hinausgestellt hatte, gleich als sie das Gebäude gekauft hatte, waren ein ausladendes rotes und rosafarbenes Fest.

Drinnen saß Pyk auf einem Hocker, die Beine weit gespreizt. Schweiß lief ihr über das Gesicht hinab und befleckte ihre Robe unter den Armen und Brüsten. Sie hob das Kinn zum Gruß.

»Ihr seht aus wie eine ertränkte Katze. Ich wollte gerade nach Euch schicken«, sagte sie.

»Was ist los?«, fragte Marcus.

Die Yemmu antwortete mit einem erdbebenartigen Schulterzucken. »Hängt davon ab, wie man es sieht. Vielleicht nichts. Ein Brief ist gekommen. Dort auf dem Tisch. Ich würde aufstehen und ihn Euch reichen, wenn es nicht so verdammt heiß wäre.«

Die Seiten waren rau, und an den Rändern, wo sie vernäht gewesen waren, waren die Blätter weit eingerissen. Das billige Papier, das die Bank für alles benutzte, was man nicht aufbewahren musste. Die Unterschrift am Seitenende war von Cithrin, aber ihr Daumenabdruck war nicht darauf. Kein rechtskräftiges Dokument. Er fing oben an, las bedächtig, und sein Herzschlag verlangsamte sich.

»Camnipol«, sagte er. »Ich dachte, da haben sie gerade Krieg.«

»Stimmt auch«, erwiderte Pyk. »So gut wie vorbei, was ich höre. Ich würde mein Geld darauf setzen, dass Komme ein Auge auf den nächsten Krieg hat. Antea ist groß, und vielleicht wird es noch größer. Es ist gut zu wissen, wer da mitspielt.«

»Ich wusste nicht, dass es ein Spiel ist.«

»Es ist alles ein Spiel«, erklärte Pyk. Er wollte den Hohn aus ihrer Stimme heraushören, aber sie klang nur müde. »Das Mädchen ist eine gute Wahl. Hübsch. Jung. Schlau. Leute sagen Dinge in ihrem Beisein und denken, sie würde es nicht verstehen. Was hat das für Euch zu bedeuten?«

Marcus legte den Brief wieder auf den Tisch. Dort lag er, schlaff, wie mit gebrochenen Flügeln.

»Nichts«, sagte er. »Das heißt nur, dass ich auf den Laden noch ein bisschen länger aufpasse, bis sie zurückkommt.«

Pyk schmatzte mit den Lippen. »Und wenn sie nicht zurückkommt?«

Marcus lehnte sich an die Wand, die Arme verschränkt. Er holte tief Luft und fühlte sich leer an. »Weshalb sollte sie nicht zurückkommen?«

»Weil sie jung ist und ihren Platz in der Welt noch finden wird. Er ist vielleicht nicht hier. Vielleicht stellt sie dort draußen fest, dass es etwas gibt, das sie lieber macht, als hier meine Maske zu sein.«

»Sagt mir, dass Ihr das nicht geplant habt«, forderte Marcus. »Sagt mir, dass Ihr nicht versucht habt, sie zu vertreiben, damit sie etwas anderes findet, was sie tun kann. Und Euch die Bank überlässt.«

»Ich treffe keine Entscheidungen für sie. Und ich habe keine Ahnung, ob sie wegbleiben wird. Ich kann mir nur vorstellen, dass es vielleicht so kommt.«

»Na gut«, sagte Marcus. »Das könnte passieren.«

»Wenn es so kommt, arbeitet Ihr dann noch hier?«

Marcus lächelte. In der Leere fand sich nun ein Hauch von Wut. Er wollte nicht, dass Cithrin der Bank und Porte Oliva den Rücken kehrte, und er wollte auch nicht darüber nachdenken, was es bedeutete, dass er das nicht wollte.

»Weshalb habe ich das Gefühl, dass Ihr nach einer ganz bestimmten Antwort giert?«

»So ist es«, antwortete Pyk. »Ich will, dass Ihr sagt, dass Ihr hierbleibt. Dass Marcus Wester die Schulden eintreibt, verleiht der Bank ein gewisses Gewicht. Und Ihr macht es gut. Aber wenn Ihr nur wegen des Mädchens hier seid, dann seid Ihr eben nur wegen des Mädchens hier.«

»Nun, ich bin hier, bis das Mädchen zurückkommt«, erwiderte er. »Wenn das nicht passiert, können wir immer noch darüber reden.«

Pyks große gelbliche Augen musterten ihn, und sie saugte an ihren Zähnen. »Das reicht einstweilen«, sagte sie. »Und Ihr könnt die Männer erneut anheuern, die Ihr entlassen musstet, und den anderen wieder den vollen Lohn bezahlen.«

»Nun, da sie weg ist, meint Ihr?«, fragte Marcus und stieß sich von der Wand ab. »Cithrin ist hier, und Ihr lasst alles hart, gemein und klein aussehen, aber wenn jeder weiß, dass Eure Hand auf der Geldbörse liegt, ist alles schön offen? So ist es also?«

Pyks Lächeln war so breit, dass er die dunklen Löcher in ihrem Kiefer aufklaffen sah, wo ihre Hauer gewesen waren. Ihr Lachen wurde nicht laut, es war nur eine Bewegung der Schultern und des Bauches. Sie schüttelte den Kopf.

»Es ist nicht nur der Brief des Mädchens gekommen«, sagte sie. »Die Dachgesellschaft hat die Berichte eingesehen. Sie hat meiner Bitte zugestimmt, mir größere Ausgaben für die Wächter einzuräumen. Also gebe ich nun mehr Geld für die Wächter aus. Es ist kein großes Mysterium. Ich bin hier nicht der Bösewicht. Ihr könntet aufhören, mich wie einen zu behandeln.«

Marcus stand da, während sich Zorn, Verwirrung und Scham in ihm breitmachten. »Es tut mir leid«, sagte er. »Ich wusste nicht, dass Ihr Euch die Ausgaben bestätigen lassen müsst.«

»Muss ich eigentlich nicht«, erwiderte Pyk. »Aber der Zweig in Porte Oliva hat einen Ruf, unvorhersehbar zu handeln. In diesem Wind muss ich kreuzen. Ich kann mir gar nicht vorstellen, woher der wohl weht.«

»Noch etwas?«, fragte Marcus.

»Ja. Haltet die Ohren offen nach etwas über einen Kapitän namens Uus rol Osterhaal. Er wird aus Lyoneia heraufgekommen sein, aber diese Tatsache erzählt er vielleicht nicht groß herum.«

»Irgendwas Bestimmtes, was ich herausfinden soll?«

»Was immer Euch unterkommt. Bringt mir, worauf Ihr stoßt, und ich werde wissen, ob es nützlich ist oder nicht. Ihr könnt jetzt gehen. Ich werde noch eine Weile hier sitzen und schwitzen.«

Marcus ging wieder hinaus. Er fühlte sich, als wäre er in der Sporthalle gewesen, unten in den Kampfgruben, wo man ihm eine Faust zwischen die Rippen gerammt hatte. Die Welt hatte sich nicht verändert, aber sie war trotzdem anders. Porte Oliva schien ihm kleiner. Spröde. Als ob das Einzige, was der Stadt ein Gefühl von Wirklichkeit verliehen hatte, die Tatsache gewesen war, dass Cithrin hier gelebt hatte. Und wenn es nicht mehr ihre Stadt war, dann war es ein von Gebäuden überkrusteter Felsen, der über das Meer hinausblickte. Das war nicht sonderlich reizvoll.

Er ging langsam, verfolgte seine Schritte zurück. Der Regen fiel noch immer, aber ein wenig leichter als zuvor. Die Straßen waren nass und glitschig, und sie stanken. In einer Stunde, vielleicht zwei, würde die Hitze ihren Griff etwas lockern.

Er würde sich dennoch bis zum Morgen durch seine Hemden schwitzen. So würde es bleiben, bis die Tage wieder kürzer wurden. Aber er würde hier sein, wenn es so weit war. Er würde für Pyk Usterhall und die Medean-Bank arbeiten und darauf warten, dass Cithrin heimkam, bis klar wurde, dass sie nicht kommen würde.

Er behielt den Gedanken im Kopf, als würde er die Zunge an einen schmerzenden Zahn drücken.

»Sie ist nicht meine Tochter«, sagte er sich. Eine leise Stimme weit hinten in der Dunkelheit seiner Gedanken antwortete: *Sie ist Cithrin.*

Er war sich nicht sicher, was er sich gedacht hatte. Was er erwartet hatte. Dass sie hierbleiben würden, nahm er an. Dass er und Yardem die Sicherheit von ihr und der Bank gewährleisten würden, wenn auch nicht für immer, so doch zumindest ein paar Jahre lang. Das war nichts, was Cithrin ihm versprochen oder was er sich von ihr erbeten hatte. Wenn sie einen besseren Weg fand, einen besseren Plan, dann war es kein Verrat an ihm, wenn sie ihn wählte.

Eine Bettlerin kam mit ausgestreckter Hand auf ihn zu, begegnete seinem Blick, erschrak und wich zurück. Er war beinahe wieder bei der Schenke angelangt, ehe ihm klar war, dass er dorthin ging. Der Klang der Stimmen im Hof war noch genauso laut. Vielleicht sogar lauter. Er begab sich hinein. Er sah, wie Yardem ihn bemerkte. Die Ohren des Tralgu richteten sich auf und nach vorn, lauschten angestrengt nach ihm, aber Marcus hob nur eine Hand, eher, um ihn zur Kenntnis zu nehmen, als ihn zu grüßen.

Qahuar Em und seine Kundin saßen an einem kleinen Tisch im Schatten einer breiten weißen Mauer. Möwen kreischten und segelten kreisend hinter ihnen, grau vor dem weißen Himmel. Marcus zögerte. Er hatte in den Jahren nach Ellis schon genug Liebhaberinnen gehabt, um zu wissen, welche Art Unruhe man bekämpfen konnte, indem man mit jemandem schlief, und welche nicht. Im Augenblick war sein Körper nicht hungrig. Er brauchte keine Erleichterung, nur um ein Bedürfnis zu stillen. Das, was ihm im Augenblick Ruhe verschaffen könnte, würde er nicht im Bett einer Frau finden.

Oder sonst irgendwo.

Wir haben eine geregelte Arbeit mit einer angemessenen Bezahlung. Wir haben Unterkunft und Essen. Schon interessant, wenn das nicht das sein sollte, wonach wir gesucht haben.

Und was auch sonst? Was wollte er, das darüber hinausging? Was hatte Cithrin mitgenommen, so dass er zornig wurde, ohne auf jemanden zornig sein zu können?

Die Frau bei Qahuar Em blickte herüber, sah ihn und lächelte. Marcus lächelte zurück. Das war ein Fehler, aber es war sein Fehler. Er suchte den Schankjungen, gab seine Bestellung auf und überließ ihm eine Silbermünze, die mehr als zweimal gereicht hätte. Als er am Tisch ankam, lächelte Qahuar Em und hob die Augenbrauen.

»Abend«, grüßte Marcus. »Ich hatte gehofft, Eure freundliche Geste erwidern zu können. Kann ich Euch beiden eine Runde ausgeben?«

»Natürlich«, sagte Qahuar Em. »Das ist Arinn Costallin, eine liebe Freundin aus Herez.«

»Marcus Wester«, stellte er sich vor und nahm ihre Hand.

»Das habe ich gehört«, sagte sie.

Yardem fand ihn kurz vor der Morgendämmerung an der Seemauer. Marcus war nicht mehr betrunken. Der Regen hatte irgendwann nach Mitternacht aufgehört, und die Wolken hatten sich zerstreut. Yardem hatte ein Säckchen mit gerösteten Nüssen in der Hand. Als er sich neben Marcus hockte, hielt er ihm die Öffnung des Säckchens hin. Marcus nahm sich eine Handvoll. Sie schmeckten süß und fleischig.

»Ich habe Euch nicht in den Baracken gesehen«, sagte Yardem.

»Ich bin ein Arsch.«

Yardem nickte und biss auf eine Nuss. Sie kauten eine Weile schweigend vor sich hin. Eine Möwe schrie, stieg in die Dunkelheit auf, und dann, als wäre sie verwirrt, kreiste sie und landete auf dem Felsabhang vor ihnen.

»Habt Ihr es mit ihr zu schnell angehen lassen, Hauptmann?«

»Ja.«

»Sollten wir mit Kindern rechnen?«

»Nein. Darauf habe ich zumindest aufgepasst. Aber dann, danach, habe ich angefangen zu reden, über ...« Marcus beugte sich vor, den Kopf in den Händen.

»Das war vielleicht ein wenig früh, um über sie zu reden, Hauptmann.«

»Vielleicht.«

»Es hat sie erschreckt und von Euch abgestoßen.«

»So war es«, sagte Marcus. Unter ihnen waren die Fischerboote zu ihrem Tagwerk auf dem Meer aufgebrochen. Winzige schwarze Punkte auf dem fast schwarzen Wasser.

»Hatte das alles mit Alys und Merian zu tun?«, fragte Yardem. »Oder mit der Magistra?«

»Cithrin.«

»Dann glaubt Ihr nicht, dass sie zurückkommen wird.«

»Ich glaube, dass sie vielleicht nicht wiederkommt. Ich würde es ihr nicht zum Vorwurf machen, wenn sie wegbleibt. Und eines Tages werde ich herausfinden müssen, was ich tun muss, um eine Familie zu bekommen, die ich behalten kann.«

Yardem nickte und zuckte mit einem klimpernden Ohr. Sie schwiegen einen Moment lang. »Darauf habe ich eine Antwort«, sagte er.

»Ist sie theologisch?«

»Ja.«

»Dann behalt sie besser für dich«, erwiderte Marcus, ließ die Hände auf die Oberschenkel klatschen und stand auf. Sein Rücken war ein einziger langgezogener Schmerz, und sein Mund fühlte sich trocken wie Baumwolle an. Als er die Arme ausstreckte, knackte etwas zwischen seinen Schultern wie ein trockener Zweig. »Ich nehme an, Pyk hat eine Liste mit Aufgaben für uns?«

»So ist es, Hauptmann. Aber wenn Ihr lieber schlafen wollt, kann ich das alles mit einem kleinen Trupp übernehmen. Es ist nicht so viel, dass wir es nicht ohne Euch schaffen könnten.«

»Nein. Es gibt etwas zu tun«, sagte Marcus. »Zeig mir, was wir haben.«

Dawson

CAMNIPOL ÖFFNETE SEINE TORE vor Dawson und seinen Männern wie vor einem Helden aus den Legenden. Eine leuchtende, festliche Aufmachung überdeckte das nüchterne Schwarz und Gold der Stadt. Aus den Fenstern der Königshöhe flatterten Banner, so lang wie fünf aufrecht stehende Männer, und die großen Brücken waren mit Blumen behängt, die sowohl die Natur als auch die Hände von Kunsthandwerkern geschaffen hatten. Während er durch die breiten Straßen zog, von einer Ehrengarde umgeben, sangen Kinderchöre die alten Weisen von Helden und Kriegen, bei denen Dawsons Name sich unter denen der größten Generäle der Vergangenheit fand. Er wurde als großer Mann und Patriot gefeiert. Die ganze Angelegenheit triefte vor Ironie. Alles entsprach der Wahrheit, und kein Wort davon war verdient.

Noch nicht.

Seine Armee wartete natürlich im Lager vor den Mauern. Keine bewaffnete Streitmacht wurde innerhalb von Camnipol geduldet. Das war schon immer der Fall gewesen, und seit dem Aufstand der Schaukämpfer hatte man diese alte Tradition verschärft. Und selbst wenn Dawson den Angriff befohlen hätte, hätte es nichts genutzt. Ihm wurden Preis und Ehre zuteil, aber nur in seiner Eigenschaft als Werkzeug von Geder Palliako und seinem Kult. Sich zu früh gegen den Mann zu wenden würde dem Scheitern Tür und Tor öffnen. Dawson hob das Kinn, lächelte, winkte, nahm die Girlanden aus weißen und roten Blumen entgegen, die man ihm reichte, und rief sich in Erinnerung, dass all das kein Verdienst seiner Taten war, sondern eine Anleihe auf das, was er noch erreichen wollte.

Hinter ihm schritt König Lechan so würdevoll einher, wie es dem alten Mann möglich war. Die Ketten um seinen Hals und seine Handgelenke waren aus Silber und so dünn, dass sie beinahe als Zierde hätten durchgehen können, aber es waren dennoch Ketten.

Auf der Königshöhe wartete der Lordregent in seiner großen Audienzkammer. An der Seite des Mannes saß Prinz Aster, und der Priester, der so riesig wie ein Bulle war, stand hinter dem Thron. Palliako trug die kleine goldene Krone des Regenten und seinen charakteristischen schwarzen Lederumhang, trotz der Hitze des Tages. Der Priester trug eine staubige braune Robe, genauso wie die anderen Priester. Ein Spatz, der auf eine Krähe einflüsterte.

Die Menge um sie herum war ruhig. Nicht still. Dawson konnte Gemurmel und Beschwerden hören, aber die Redenden standen nicht weit entfernt, so dass sie seine Worte deutlich verstehen konnten, als er zu sprechen anhob.

»Lordregent«, sagte er. »Ihr habt mich mit der Unterwerfung von Asterilreich beauftragt. Ich bin gekommen, um zu berichten, dass diese Pflicht erfüllt ist.«

Und beim Wort *erfüllt* brach die Menge in Jubel aus. Dawson unterdrückte ein Lächeln und beobachtete Palliakos Gesicht. Niemand wusste, dass er dem Befehl des Regenten zuwidergehandelt hatte, und Dawson hatte keine Antwort auf seinen Bericht erhalten, dass der Adel von Asterilreich unter seinem persönlichen Schutz stand. Es lag im Bereich des Möglichen, dass Palliako ihn für das, was er getan hatte, einen Verräter nannte, aber so, wie er von der Menge gefeiert wurde, mit einem Jubel, der wie eine Glocke durch die Stadt hallte, schien es ihm unwahrscheinlich. Beinahe unmöglich.

Und tatsächlich lächelte der Regent. Er blickte sich mit einem breiten Grinsen um, als würden die Jubelrufe ihm gelten. Palliako erhob sich und bat mit einer Geste um Ruhe, aber der Lärm hörte nicht auf und ebbte nur sehr langsam ab.

»Lordmarschall Kalliam. Ihr habt Euch wieder als unschätzbarer Freund des Gespaltenen Throns erwiesen. Es ist meine Pflicht und auch mein Vergnügen, Eure Titel und Ländereien zu erweitern. Von diesem Tag an seid Ihr Dawson Kalliam, Baron von Osterlingbrachen und auch von der Baronie Kaltfel.«

Dawson spürte eine plötzliche Enge in der Brust. Die neuerlichen Jubelrufe waren wild wie ein Sturm. Er hatte schon vermutet, dass es keinen Friedensvertrag geben würde, keine Verhandlungen. Der Krieg, der nun hinter ihnen lag, war kein Konflikt zwischen zivilisierten Reichen gewesen. Es war eine brutale Eroberung, und nun hatte Palliako Dawson als Kriegsbeute eine Stadt geschenkt, die beinahe so groß war wie Camnipol selbst. Er hatte Dawson damit letztlich zum zweitmächtigsten Mann von Antea gemacht, der nur hinter dem Regenten selbst zurückstand.

Dawson salutierte, aber in Gedanken ging er die Folgen durch. Er stellte sich den Reichtum von Kaltfel vor, der in seine Hände strömte, sein Haus, das Vermögen seiner Söhne. Selbst Lord Bannien würde im Vergleich wie ein Bettler wirken.

Alles, was er dafür tun musste, wäre, Geders Herrschaft zu akzeptieren … und die Herrschaft seiner Priester. Alles, was es ihn kosten würde, war seine Ehre. Dawson nahm die Blumengirlande um seinen Hals ab und legte sie vor sich auf den Boden, als würde er sie Palliako anbieten.

Ich werde sie mir verdienen, dachte er, aber selbst wenn er es hinausgebrüllt hätte, hätte es niemand gehört.

Nach der öffentlichen Audienz quälte sich Dawson stundenlang durch weitere offizielle Pflichten. Die Unterwerfung der Gefangenen nahm einige zusätzliche Zeit in Anspruch, denn er musste den Kerkermeistern den Eindruck vermitteln, dass er ihnen besonders König Lechan nur zur Aufbewahrung überließ, dass er aber weiterhin unter dem persönlichen Schutz von Dawson stand. Dann befahl er die Auflösung des Heeres, stellte seine Männer frei, damit sie zu ihren Häusern und Familien zurückkehren konnten, und beendete seine Amtszeit als Lordmarschall.

Er versuchte zu vermeiden, sich mit Palliako und dem Priester in einem Raum aufzuhalten, aber die Form verlangte zumindest nach einem Glas Wein im privaten Rahmen. Die Privataudienz fand in einem kleinen Garten hinter dem Duellplatz statt. Prinz Aster grüßte ihn förmlich und entschuldigte sich dann, um mit einer Handvoll anderer Jungen zu spielen, die von edler Geburt waren. Palliako und Hochwürden Basrahip saßen an einem Tisch aus lackiertem Rosenholz, während Diener mit gekühltem Wein und Früchten herbeieilten. Dawson verbeugte sich vor dem Regenten und nahm Platz, aber sein Blick lag auf der Leibgarde. Zehn Gardisten. Zehn Schwertkämpfer, die Palliako immerzu beschützten. Es würde schwer sein, ihnen beizukommen, aber es war keineswegs unmöglich …

»Ich hoffe, Eure Rückreise war nicht zu anstrengend«, sagte Geder. »Ich habe gehört, dass Ihr Fallon Brut als Protektor von Asterilreich zurückgelassen habt?«

»So ist es, Lordregent.«

»Das ist ein Mann, dessen Schicksal sich in den letzten Jahren wirklich gewandelt hast«, plauderte Geder. »Wisst Ihr, dass ich ihm auf dem Feldzug nach Vanai begegnet bin?«

Dawson nahm einen Schluck aus seinem Glas. Der Wein war hervorragend. Simeon hatte immer ein Auge auf seinen Weinkeller gehabt. Nun hatte Palliako etwas davon.

»Ich glaube, das ist mir zu Ohren gekommen, mein Lord«, sagte Dawson.

»Nun, es ist sein Pech, dass er die Feierlichkeiten zu Euren Ehren versäumt. Ich erinnere mich noch daran, was Ihr für mich getan habt. Nach Vanai. Ich habe mich schon darauf gefreut, Euch den Gefallen erwidern zu können. Es wird wunderbar werden. Wirklich, ich denke, die Leute werden eine ganze Generation lang darüber reden.«

Dawson gestattete sich ein Lächeln. »Ich hoffe, dass Ihr recht habt«, erwiderte er.

»Ich fand es sehr schade, als ich gehört habe, dass Ihr bei der Schlacht um Kaltfel nicht auf die Hilfe von Basrahips Priestern zurückgegriffen habt. An der Brücke waren sie doch ganz nützlich, oder nicht?«

»Ich war nicht der Ansicht, dass ihre Hilfe in Kaltfel nötig war«, sagte Dawson. »Und ich dachte, es wäre besser für die Moral, wenn kein Zweifel daran besteht, dass der Sieg ein Sieg Anteas ist.«

»Oh, das ist albern«, klärte ihn Geder auf und machte eine wegwerfende Handbewegung. »Jeder weiß, dass sie auf unserer Seite stehen. Ich meine, sie haben das Selbstvertrauen des Feindes doch nicht erschüttert, weil sie eine Privatfehde mit ihm haben.«

»Das glaube ich auch nicht«, sagte Dawson, der an sich halten musste, um den Priester nicht zornig anzustarren. »Aber um der Form willen zumindest.«

»Und sobald all das vorbei ist, möchte ich mit Euch darüber sprechen, wie man den Übergang in Asterilreich gestaltet. Ich habe die Geschichtsbücher gelesen, und ich finde kein einziges gutes Modell dafür. Ich meine, ich weiß, dass es hilft, dass wir beide einst unter einem Hochkönig vereint waren.« Geder seufzte. »Ich wünschte, meine Befehle wären einen Tag früher bei Euch eingetroffen. Dann wäre das alles so viel einfacher gewesen. Ich meine, wenn man im Krieg ist, ist mit dem Tod zu rechnen. Nun, da sie sich unterworfen haben, wird alles viel schwieriger.«

»Man kann sie nicht alle abschlachten«, sagte Dawson.

»Aber wir können sie auch nicht einfach leben lassen«, erwiderte Geder. »Es ist doch völlig sinnlos, nur einen halben Sieg zu haben. Wenn man seine Feinde nicht samt und sonders vernichtet, ist es dann nicht so, als würde man um einen weiteren Kampf betteln, später, wenn sie ihre Stärke wiedererlangt haben? Wenn man Frieden will – wahren Frieden –, muss man, denke ich, doch erobern, oder nicht?«

»Wir brauchen Gerechtigkeit, keine niederträchtige Rache.« Dawsons Worte waren schärfer als beabsichtigt. »Vergebt mir, dass ich das ausspreche, mein Lord.«

»Oh, nein. Bitte. Sagt, was Ihr denkt. Ihr seid einer der wenigen Männer in dieser Stadt, denen ich vertraue.«

Dawson beugte sich auf seinem Stuhl vor. »Wir sind Adlige, mein Lord«, sagte er und wählte seine Worte mit Bedacht. »Unsere Rolle in der Welt ist es, die Ordnung zu schützen und zu erhalten. In den Häusern von Asterilreich fließt anteanisches Blut, in vielen davon, aber selbst wenn das nicht der Fall wäre, haben wir eine gemeinsame Geschichte. Auf das, was sie gegen uns unternommen haben, muss es eine Antwort geben, und diese Antwort muss unter Gleichberechtigten erfolgen.«

»Oh, dem stimme ich vollständig zu«, sagte Geder mit einem hektischen Nicken, das bedeutete, dass er überhaupt nichts verstanden hatte. Der Priester hatte die Augen halb geschlossen, aber er schien ihm trotzdem aufmerksam zuzuhören. Dawsons Herz machte einen zornigen Satz.

»Die Welt hat eine Ordnung«, fuhr er fort. »Meine Männer sind mir treu ergeben, und ich bin dem Thron treu ergeben, und der Thron ist der Ordnung der Welt treu ergeben. Wir sind, wer wir sind, Palliako, weil wir als etwas Besseres geboren wurden. Wenn ein niederer Mann mich verärgert, lasse ich ihn hinrichten. Wenn ein Mann von hoher Geburt, ein Mann mit Qualität, mich verärgert, dann gibt es den Duellplatz. Wenn ich mutwillig das Blut eines Adligen im Namen eines Schweinehirten vergieße, selbst wenn der Adlige aus einem anderen Königreich stammt und der Schweinehirte mein Vasall ist, wäre das eine Gräueltat.«

»Lasst mich darüber nachdenken. Natürlich sind wir mehr oder weniger gleichgestellt, nicht wahr?«, sagte Geder. »Wir sind Adlige, sie sind Adlige. Und wir haben all das unternommen, weil sie sich gegen Aster verschworen haben, der das edelste Blut im ganzen Land hat. Wir haben es für ihn getan.«

Wir haben es für Eure ausländischen Eiferer getan, dachte Dawson.

»Ich nehme es an«, sagte er, und aus der Kehle des Priesters drang ein leises Geräusch, wie von einem Jungen, der ein merkwürdiges Tier entdeckt hat.

»Ihr wirkt besorgt, Lord«, meinte der Priester, der sich vorbeugte. Sein Blick lag auf Dawson. »Gibt es noch etwas, das Euch beunruhigt?«

Ihr seid ein Ziegenhirte, und Ihr habt kein Recht, mir Fragen zu stellen.

»Nichts«, sagte Dawson, und der Priester lächelte.

Clara wiederzusehen war, als würde man eine verbrannte Hand in kühles Wasser legen. Jeder andere, von den Dienern bis hin zu Jorey, war ein einziges Lachen, Freuen und Beglückwünschen. Dawson fühlte sich, als würde er in einem Traum existieren, in dem er in einem brennenden Ballsaal war und niemand sonst die Flammen sehen konnte. Clara blickte ihn ein Mal an und legte die Arme um ihn wie eine Mutter, die ihr Kind tröstet.

Den Großteil des Abends verbrachten sie zusammen im Bett liegend, sein Kopf auf ihrem Schoß, wenn sie saß, oder bei ihr auf dem Kissen, wenn sie sich hinlegte. Die Welt mit ihrer närrischen Fröhlichkeit und dem törichten Jubel – wie Schminke bei einer gefallenen Frau – trat eine Weile zurück, während sie ihm von all den kleinen häuslichen Krisen berichtete, die er während des kurzen Krieges versäumt hatte. Eine der Zofen hatte geheiratet und das Haus verlassen. Eine Zisterne war gesprungen und leckte und musste trockengelegt werden, ehe man sie instand setzen konnte. Sabiha lebte sich im Haushalt ein, aber Elisia machte Schwierigkeiten. Clara hatte einen Brief aus Osterlingbrachen erhalten, dass man mit den neuen Hundezwingern gut vorankam und sie vor dem Winter fertig sein würden.

Der Geruch ihres Bettes und der Gesang der Finken vor dem Fenster mischten sich mit ihrer vertrauten Berührung, und er stellte fest, dass er sich auf eine Weise entspannte, wie es ihm wochenlang nicht möglich gewesen war.

»Canl Daskellin wird bald zurückerwartet«, sagte sie.

»Wo war er?«

»Nordstade«, erwiderte Clara. »Offenbar ist er ausgezogen, um Verbündete gegen Asterilreich zu gewinnen, und er bringt sie gerade rechtzeitig zur Siegesfeier her. Ich glaube nicht, dass irgendjemand damit gerechnet hat, dass es so schnell vorbei sein würde.«

»Es ist nicht vorbei«, sagte Dawson. »Noch nicht.«

»Nun, natürlich wird bei der Ernte alles ein bisschen eng werden«, räumte Clara ein. »Aber nächstes Jahr ...«

Dawson nahm ihre Hand und ließ sich zurücksinken, um an die Decke zu starren. »Nächstes Jahr wird die Welt ein anderer Ort sein, Liebling«, sagte er.

Clara richtete sich mit gerunzelter Stirn auf. Er strich mit den Fingerspitzen über ihre Armbeuge.

»Gibt es etwas, das ich wissen sollte?«, fragte sie.

»Nein. Oder vielleicht wäre es das Beste, wenn du mit Jorey und Sabiha ein wenig auf die Ländereien zurückkehrst. Nun, da wir uns um zwei Baronien kümmern müssen, werden die Jungen besser lernen, wie man das alles am Laufen hält. Und es gibt niemanden, der ihnen das besser zeigen kann als du.«

Ihr Gesicht verschloss sich. »Es gibt noch ein Nachspiel«, sagte sie. »Was ist geschehen? Was wirst du tun?«

»Das darfst du mich nicht fragen, Liebling«, erwiderte Dawson. »Ich würde zu sehr verführt sein, es dir zu sagen.

Und es ist für den Augenblick besser, wenn ich diese Bürde allein trage.«

»Dawson ...«

»Ich habe diesen Krieg nicht gewonnen. Und Palliako ist ein Monster, aber er hat ihn nicht befohlen. Das Herz des Reiches ist verrottet, und ich tue, was die Ehre verlangt. Es ist riskant, aber es gibt keinen anderen Weg.«

Clara sah ihn an, und es kam ihm vor, als würde eine Stunde vergehen, während ihr Blick über sein Gesicht strich und dort etwas suchte.

»Du wirst gegen Palliakos Priester vorgehen«, schloss sie.

»Ich werde tun, was Ehre und Pflicht verlangen«, erwiderte Dawson. »Bitte mich nicht darum, dir mehr als das zu sagen.«

Sie erhob sich, die Hände vor sich verschränkt. »Wenn Jorey und ich fortgehen, wird man das bemerken«, sagte sie. »Es wäre ein sehr merkwürdiger Zeitpunkt für die Gemahlin eines Kriegshelden, um fortzugehen. Wenn ich bleibe, worauf muss ich vorbereitet sein? Wird es zu Gewalt kommen?«

»Ja.«

Clara stieß den angehaltenen Atem aus und schloss die Augen. Es war etwas, das sie tat, seit er sie kannte. Er konnte sich erinnern, wie sie als Mädchen, das kaum zur Frau geworden war, genauso die Augenlider gesenkt und ausgeatmet hatte, ohne dass es schon ein richtiges Seufzen war. Vielleicht waren all diese früheren Augenblicke die Probe für diesen gewesen. Er stand vom Bett auf und nahm ihre Hand.

»Ich habe keine Wahl, Liebling. Ich habe gesehen, was in unserem Königreich vorgeht. Wenn man es nicht aufhält, wird es nicht mehr Antea sein. Es mag in den Äußerlichkeiten damit übereinstimmen, es mag vielleicht sogar aus denselben Leuten bestehen, aber das Königreich wird fort sein, und dort, wo es gewesen ist, wird etwas Minderwertiges stehen. Ich werde alles tun, was ich tun muss, um das zu verhindern.«

»Nun gut«, sagte Clara. »Tu das. Und ich werde mich um die Familie kümmern.«

Er küsste sie sanft auf die Stirn. Und dann auf die Lippen. Und dann drückte sie ihn zurück aufs Bett, und sie vergaßen gemeinsam für eine Weile die Welt.

Das letzte Mal, als Dawson in die Dunkelheit der Ruinen unter Camnipol hinabgestiegen war – die verlassenen Bogengänge und Hallen, die dunkler als die Mitternacht waren –, hatte ihn der Jäger Vincen Coe begleitet. Als er jetzt allein hinabging, stellte er fest, dass er die Begleitung des jungen Mannes vermisste. Er war ein ruhiger Mann gewesen, aber treu ergeben und wild. Er verstand nicht, weshalb ihn Clara auf einmal nicht mehr hatte leiden können. Vielleicht hatten die beiden im Winter, wenn er nach Osterlingbrachen zurückkehrte, die Gelegenheit, den Bruch zu überwinden, der sie entzweite.

Vor seinem Laternenlicht huschten Ratten davon, die mit scharfen Klauen alten Staub aufwirbelten. Einst war all das die Stadt gewesen. Diese Steine hatten das Tageslicht gesehen und die Stimmen der Straßenverkäufer gehört. Der Schutt, um den Dawson sich einen Weg suchte, war einst eine hohe Säule gewesen, die einen inzwischen längst vergessenen Sieg feierte. Je tiefer er hinabstieg, desto weniger Pfaden konnte man folgen. Dennoch war er ziemlich sicher, dass er den Weg kannte.

Der erste Lichtschimmer weit vorn erfüllte ihn sowohl mit Hoffnung als auch mit Furcht. Hoffnung, weil er den Treffpunkt gefunden hatte, den er suchte. Furcht aus demselben Grund.

Vier Männer saßen um eine herabgefallene Granitplatte. Sir Alan Klin, aber auch Estin Cersillian, Odderd Mastellin und Mirkus Shoat. Ein Ritter und drei Grafen, die sich in die Dunkelheit drückten. Er fragte sich, ob Shoat, Cersillian und Mastellin von Anfang an an Klins Verschwörung beteiligt gewesen waren. Maas hatte vielleicht noch weitere Verbündete gehabt, die Dawson nie aufgespürt hatte. Er setzte sich auf einen Steinbrocken und betrachtete die Männer, die Asterilreich gegen Simeon aufgebracht hatten. Vor einem Jahr waren sie auf der gegnerischen Seite gewesen. Nun hatte sie das Schicksal vereint.

»Ich freue mich, dass Ihr so viele ähnlich gesinnte Freunde versammeln konntet«, sagte Dawson.

»Das hat geholfen, mein Lord«, erwiderte Klin und schob den Hinrichtungsbefehl über die Platte zu ihm herüber. »Einige bei Hofe sind immer noch eng mit ihren Familien jenseits der Grenze verbunden.«

Dawson nahm das Blatt an sich und faltete es zusammen, um es in seine Börse zu stecken.

»Was werdet Ihr tun?«, fragte Shoat, seine Stimme hoch und belegt.

»Was getan werden muss«, sagte eine Stimme aus den Schatten. Dawson erhob sich, als Lord Bannien, der Herzog von Estinfurt, ins Licht trat. Sein Gesicht war ruhig und ausgeglichen, sandfarbenes Haar über schwarzen Augen. »Ich habe Eure Briefe empfangen, Kalliam. Und ich habe mit meinem Sohn gesprochen. Ich sehe mich zu denselben Schlüssen gezwungen. Antea ist von fremden Zauberern übernommen worden.«

»Dann hat Euer Sohn es Euch erzählt«, sagte Dawson. »Was an der Brücke geschehen ist.«

»Das hat er«, erwiderte Lord Bannien. »Und ich bin bei Euch. Aber wir müssen schnell handeln. Wenn das hier nach außen dringt, kostet es uns alle das Leben.«

»Wie viele Männer könnt Ihr beisteuern?«, fragte Dawson.

»Zwanzig, denen ich bei der Unternehmung selbst völlig vertraue. Hundert, sobald die Würfel gefallen sind.«

Shoat versprach sieben, Cersillian und Mastellin jeder zehn und im Anschluss sämtliche Streitkräfte ihrer Häuser, was weitere siebzig Männer bedeutete.

»Ich kann Euch für den ersten Angriff zwölf geben«, sagte Klin. »Mich eingeschlossen. Aber nur, wenn wir darin übereinstimmen, dass Palliako stirbt.«

Dawson blickte sich in der Ruine um und nickte. »In drei Tagen wird Palliako in meinem Namen ein Fest abhalten«, verkündete er. »Um die Eroberung von Asterilreich zu feiern. Ich weiß es nicht, aber ich habe den Verdacht, dass er dabei König Lechan hinrichten will. Die Männer können sich in meinem Haus versammeln. Wenn sie in meiner Uniform erscheinen und als meine Ehrengarde vorgestellt werden, können sie während des großen Festmahls in die Halle kommen. Wir erledigen Palliako dort, wo er sitzt.«

»Ich will keinen Bürgerkrieg beginnen«, sagte Mastellin.

»Werden wir nicht«, erwiderte Dawson. »Sobald es getan ist, werden wir uns alle an Prinz Aster ausliefern. Wir dürfen keinerlei Zweifel daran aufkommen lassen, dass wir es im Dienste der Krone getan haben.«

»Dadurch verlässt man sich stark auf das Urteil eines sehr kleinen Jungen«, wandte Shoat ein. »Wenn er sich entschließt,

Vergeltung zu üben, werden wir uns alle in sehr beengten Verhältnissen wiederfinden.«

»Wenn Ihr vorhabt, Risiken zu vermeiden, seid Ihr an den falschen Tisch gekommen«, sagte Dawson. »Wenn wir alle bei unseren Bemühungen sterben, wird es ein kleiner Preis sein, den man für die Wiedergewinnung des Throns bezahlt. Wir töten den Verräter und unterstützen den König. Es gibt keinen anderen Weg.«

»Einverstanden«, sagte Bannien und ließ die Hand auf den Stein klatschen. »Aber Palliako zu töten ist nur ein Hieb auf den Schwertarm. Es gibt noch etwas zu erledigen.«

»Natürlich«, stimmte Dawson zu. »Die Priester. Sie müssen zusammengetrieben und getötet werden. Und der Tempel wird brennen.«

CITHRIN

NOCH NIE IN IHREM Leben war Cithrin so weit im Norden gewesen. Viele der kleinen Einzelheiten kannte sie aus Geschichten und Beschreibungen, die sie von Magister Imaniel hatte, aber die Bilder, die sie aus den Worten zusammengefügt hatte, stimmten oft nicht mit der Wirklichkeit überein. Sie wusste, dass die Küsten im Norden mit steinernen Fischerhütten gesprenkelt waren, aber in ihrem Kopf waren das eckige, feste Gebäude gewesen, wie in Vanai, nur verkleinert. Die moosigen, lehmigen Klumpen, die sich über die graugrünen Küsten zogen, schienen weniger Gebäude zu sein als vielmehr etwas, das aus dem Land selbst hervorgewachsen war. Sie wusste, dass sie mit den großen, segelnden Echsen rechnen musste, die auf den Steininseln lebten und Fische fraßen, aber sie hatte sie sich wie kleine Drachen vorgestellt und nicht wie die unbeholfenen, fledermausähnlichen Kreaturen, die sie wirklich waren. Und dann gab es noch anderes, unerwartet, merkwürdig und wundervoll. Die Tage waren hier noch länger, die Sonne schien sich kaum der Nacht zu ergeben, ehe schon wieder die Dämmerung drohte. Im Winter würde sich das umkehren, dann würden Dunkelheit und Kälte anschwellen, um wieder das zu fordern, was ihnen zustand. Und sobald die Seereise vorüber war und ihr Boot sicher in Estinhaven vor Anker lag, betrat Cithrin den Boden des imperialen Antea.

Sie hatte sich niemals vorgestellt, dass ein Land eine eigene Persönlichkeit haben könnte, aber als sie unterwegs ins große Camnipol waren, fielen ihr die Unterschiede in der Welt auf. Ihr ganzes Leben hatte sie in der Nähe der Küsten des Innenmeers verbracht. Sie war durch Gebirge und über die Hügel östlich von Porte Oliva gereist. Sie hatte die Wälder nördlich der Freistädte gesehen. Aber im Großen und Ganzen waren jene Länder entweder das eine oder das andere gewesen. Hier vermischte sich alles, harter Stein fand sich neben üppigen grünen Wiesen, daneben dicke Bäume. Fruchtbares Ackerland lag neben den Straßen, und die langen, schmalen Felder wurden von Wällen aus grobem schwarzem Stein begrenzt. Hier krümmten sich die Berge sanft gen Himmel, und verglichen mit den Freistädten oder Birancour schien Antea selbstsicherer zu sein. Alt, bedächtig und ewig. Es war die schönste Landschaft, die sie je gesehen hatte, und sie wollte sie lieben. Aber das tat sie nicht.

Camnipol erhob sich am südlichen Horizont, noch drei Tagesreisen entfernt. Wenn man von Norden kam, sah es wie ein flacher Hügel aus, stachlig und knorrig mit einzelnen Bäumen und Büschen. Rauch stieg davon auf, wie die Feuer einer riesigen Armee. Sie wusste, dass die Stadt den Ruf hatte, schön zu sein, und vielleicht würde sie das auch noch werden, wenn man sich ihr näherte. Aber von hier aus war sie es nicht.

»Fällt Euch auf, wie sich die Gruppe aufspaltet?«, fragte Paerin Clark und unterbrach damit ihre Gedankengänge.

Sie saßen in der Nähe des Kochfeuers. Es war zu warm, um die Flammen wegen der Wärme zu brauchen, aber die Fröhlichkeit, die das Licht verbreitete, und die Routine der langen Gewohnheit hatten sie hier zusammengebracht. Sie folgte seinem Blick zu einem anderen Feuer auf der gegenüberliegenden Straßenseite. Ein buntes Seidenzelt wurde von innen erleuchtet. Von den zwei Dutzend Männern und Frauen, die König Tracian und Komme Medean zusammengestellt hatten, um den Puls des imperialen Antea zu fühlen, waren nur fünf von Adel, und sie blieben unter sich. Canl Daskellin, der am Tisch von Komme Medean mit eigenen Fingern das Brot gebrochen hatte, war unter ihnen.

»Hochgeborene auf einer Seite, auf der anderen die Händler«, sagte Cithrin.

»So ist es immer«, erwiderte der Mann. Er reichte ihr eine Schale: schwarze Bohnen, die wie Insekten leuchteten und mit einer grauen Soße bedeckt waren, die schrecklich aussah und so schmeckte, als hätte der beste Koch von Birancour sie frisch zubereitet. »Fragt Ihr Euch je, weshalb das so ist?«

»Nein«, sagte Cithrin. »Denn wir wissen ja alle, dass der Begriff des edlen Blutes ein Schwindel ist.«

Ihnen gegenüber lachte einer der anderen Händler am Feuer leise. Cithrin spürte, wie ihr das Blut in die Wangen stieg, aber Paerin nahm einen Bissen von seinem Essen und nickte ihr zu, damit sie fortfuhr.

»Man muss die Einhaltung von Grenzen nur dort erzwingen, wo sie künstlich geschaffen werden«, sagte sie. »Denkt an die Rassen. Es ist hunderte, vielleicht tausende von Generation her, seit die Drachen die letzten von uns geschaffen haben. In all der Zeit, möchte man glauben, seien die dreizehn Rassen zu einer verschmolzen, aber das sind sie nicht. Wir sind alle immer noch mehr oder weniger das, was wir wären, wenn der Drachenimperator noch über den Himmel flöge. Es gibt wirkliche Grenzen zwischen Jasuru, Yemmu und

Cinnae. Sie müssen nicht durchgesetzt werden. Sie bestehen einfach.«

»Eines muss man jedoch klarstellen: Ihr seid zwischen den Rassen.«

»Und hat das Cinnae und Erstgeborene vereint? Nein. Aber der Adel? Leute sind durch Waffengewalt Ritter, Grafen oder Fürsten geworden oder weil sie sich eingekauft haben. Und selbst die höchsten Familien haben ein paar unwillkommene Mitglieder, die unter den Armen und Verachteten leben. Es ist das schmutzige Geheimnis des Adels, dass er einfach nur eine weitere Art und Weise ist, um Macht auszudrücken. Wir mögen andere Geschichten erzählen, aber wenn wir das tun, dann nur, um Zäune zu errichten, wo es keine gibt.«

»Und warum sollten wir dann hier sitzen und sie dort?«, fragte Paerin.

»Weil wir anders gar nicht sagen könnten, wer den höheren Wert besitzt. Sagen wir, ich habe zehn Münzen, die alle genau gleich aussehen, nur kann man mit einigen fünf Stoffballen kaufen, aber die anderen sind nur einen wert. Könnt Ihr Euch das vorstellen?«

»Aber alle Münzen sehen gleich aus«, wiederholte Paerin.

Die anderen Unterhaltungen am Feuer waren verebbt. Sie hörten Cithrin zu. Sie griff nach dem Schlauch mit verwässertem Wein und nahm einen Schluck, ehe sie fortfuhr.

»Ja. Also ist es in unserem Interesse, sie nicht durcheinanderzubringen, oder? Den einen Satz legt ihr in ein Zelt dort drüben und die übrigen an ein Feuer hier. Denn wenn Ihr sie alle in die gleiche Börse steckt, würdet Ihr nicht wissen, ob Ihr eine Münze herauszieht, die fünf Ballen wert ist oder nur einen. Wir sind jene Münzen. Ihr und ich und Komme und jeder hier. Wir sind einen Stoffballen wert. Die dort drüben sind fünf wert. Aber wenn man uns alle zusammenwirft, könnte man den Unterschied nicht sehen. Deshalb hassen alle die Bankiers so sehr.«

»Ich denke doch, dass wir das edle Blut respektieren«, sagte Paerin.

»Das tun wir nicht, weil wir Darlehen geben. Ein kluges Darlehen kann einen armen Mann reich machen. Ein unkluges kann die Mächtigen vernichten. Wir sind diejenigen, die die Münzen von einer Seite auf die andere schaffen können, und wir verdienen uns damit unseren Lebensunterhalt. Wir sind die Agenten des Wandels, und die Leute, die am meisten zu verlieren haben, haben recht, wenn sie uns fürchten.«

Paerin Clark blickte über das Feuer zu dem Mann hinüber, der ihnen gegenübersaß. Dieser nickte, und es versetzte Cithrin einen Stich, als sie sich ihrer selbst bewusst wurde.

»Ihr, Magistra, habt eine faszinierende Art, die Dinge zu sehen«, sagte Paerin, der sich zurücklehnte.

»Es tut mir leid«, erwiderte sie.

»Nein. Seid stolz darauf. Deswegen hat Komme Euch mitgeschickt.«

Die Mauern von Camnipol waren so dick, dass der Gang, der von einer Seite zur anderen führte, in der Mitte das Licht von Laternen benötigte. Die Straßen im Inneren der Stadt waren genauso dicht mit Menschen und Karren bevölkert wie die engsten Gassen von Porte Oliva. Cithrin blieb dicht bei Paerin Clark und ließ eine Hand auf ihrer Börse. Sie war nicht den ganzen Weg gekommen, nur um sich jetzt von einem Dieb am Straßenrand beschämen zu lassen. Die Anspannung in ihrem

Bauch war während der Reise meistens nicht vorhanden gewesen, aber jetzt kam sie zurück, so stark wie ein Krampf. Es war, als hätte der Schritt in die Stadt hinein ihr all ihre Sicherheit entrissen. Als ob die Stadt selbst sie nicht mochte und sie beide es wussten.

Dies war das Herz des Reiches, das ihre Verwandlung herbeigeführt hatte. Eine Armee hatte sich aus dieser Stadt aufgemacht. Irgendein Befehlshaber, der die Farben von Antea trug, hatte den Befehl gegeben, Vanai niederzubrennen, und jene Flammen hatten dazu geführt, dass sie vom Wind fortgewirbelt wurde wie ein trockenes Blatt und das Leben, das sie sich womöglich vorgestellt hatte, hinter ihr zurückblieb. Hier lebten die Männer, die die Tore von Vanai geschlossen und es in Brand gesteckt hatten. Sie gingen durch die Straßen, betranken sich in Schenken und könnten nach allem, was sie wusste, genau in diesem Augenblick neben ihr stehen. Magister Imaniel und Cam waren tot, und ihr Sterben hatte hier seinen Anfang genommen.

Sie reckte das Kinn und schob die düsteren Gedanken beiseite.

Was ihr als Erstes und am stärksten an Camnipol auffiel, war, wie viele Erstgeborene es hier gab. Ja, hier und da mochte sie einen Blick auf einen Tralgu erhaschen, der ein Sklavenhalsband und das Gepäck eines anderen trug, oder Jasuru-Sänftenträger. Aber von zwanzig Gesichtern, die sie auf der Straße erblickte, gehörten neunzehn zu Erstgeborenen. Als Zweites fiel ihr auf, wie viele davon betrunken waren.

»Ist es immer so?«, rief sie Paerin zu, der zwei Schritte vor ihr ging.

»Nein«, rief er zurück. »So ist es noch nie gewesen, während ich hier war. Ich habe auch noch nie eine solche Ausgelassenheit gesehen. Bleibt dicht bei mir. Es ist nicht weit bis zur Herberge.«

Cithrin biss die Zähne zusammen und ging weiter. Wenn es Porte Oliva gewesen wäre, hätte sie die Hitze der Körper und das Schubsen nicht annähernd so schlimm gefunden, einfach, weil sie damit vertraut gewesen wäre. Hier hatte der Himmel einen anderen Blauton, die Luft war dünner, und alles war anders.

Die Herberge hatte günstigerweise ihren eigenen Hof. Keine Karren versuchten sich einen Weg hindurchzubahnen, niemand, der hier nichts zu suchen hatte, gelangte hinein. Cithrin fühlte sich, als würde sie regelrecht hineinstolpern.

»Wartet hier«, trug ihr Paerin Clark auf. Er duckte sich in die Schatten der Herberge. Die Steinmauern waren wie die einer Festung. Bunte Stoffe hingen von den Fenstern und Türrahmen wie hübsche Schleier an einem hässlichen Mädchen. Jemand brüllte draußen auf der Straße, eine ärgerlich summende Stimme, und Cithrin wünschte, Marcus und Yardem hätten sie begleitet. Die Reise nach Carse war eine Sache gewesen – ein Zug gegen Pyk Usterhall und ihre einengende Herrschaft über Cithrins Bank. Die Reise nach Camnipol war die Folge eines spontanen Einfalls, der Wahnsinn eines Augenblicks, der sich nun wochenlang hinzog. Sie legte die Hände um die Ellbogen und versuchte sich klein zu machen.

Sie schloss die Augen, aber es half nicht. Der Straßenlärm war wie das Brüllen eines Flusses. Stimmen und Karren mit eisernen Rädern. Hunde bellten, jagten Ratten in die Schatten und dann wieder daraus hervor. Eine Stimme bot schreiend Apfeltörtchen für zwei Kupferstücke an. Eine andere versprach eine Vorführung bei Sonnenuntergang. Eine weitere grölte einfach Beleidigungen und Beschimpfungen vor sich hin.

Cithrins Herz fing an zu pochen, ehe ihr klar wurde, weshalb. Die Stimme, die die Vorführung ankündigte. Sie kannte sie.

»Smit!«, schrie sie und kämpfte darum, sich Gehör zu verschaffen. »Smit! Bist du das?«

Einen Augenblick später, sehr nahe und doch schrecklich weit entfernt: »Cithrin?«

»Smit! Hier drüben!«, rief sie. »Ich bin bei der Herberge.«

Er trat aus der Menge hervor, als würde er auf eine Bühne treten, erst nirgendwo zu sehen und dann plötzlich da. Seine Augen waren vor Überraschung und Freude geweitet, und Cithrin rannte zu ihm hinüber und warf die Arme um ihn. Er jubelte und hob sie in die Luft.

»Was machst du hier?«, fragte er, als ihre Füße wieder auf dem Boden aufkamen. »Ich dachte, du wolltest auf lange Sicht die Magistra geben?«

»Mache ich auch noch«, sagte sie, ohne die Arme von ihm zu nehmen. Unter allen Spielern von Meister Kit war sie Smit nie so nahe gewesen wie Cary oder Sandr. Oder Opal, doch daran wollte sie nicht denken. Aber dass sie hier, mitten in der Fremde und weit, weit weg von zu Hause, auf Smit traf, führte dazu, dass sie ihn nur widerstrebend losließ, und er hatte nichts dagegen. »Die Dachgesellschaft hat mich mit ein paar anderen hergeschickt, um sich einen Überblick darüber zu verschaffen, wie es mit dem neuen Regenten aussieht.«

»Und dem Ende des Krieges«, fügte Smit hinzu. »Eine ganze Weile lief das Geschäft hier ziemlich schlecht, aber jetzt schwimmen wir im Geld. Du musst unbedingt kommen und uns zusehen. Wir haben eine Version von *Lerchenklage* voller lokaler Anspielungen zusammengebastelt. Wir haben lange gebraucht, um all die Namen richtig hinzukriegen, aber nun kommen die ganzen Leute, über die wir uns lustig machen, zu jeder zweiten Vorführung, nur um zu hören, wie ihre Namen gesagt werden. Brillant ist das!«

»Wie geht es allen? Was macht Meister Kit?«

Smits Gesicht verdüsterte sich. »Meister Kit ist weg«, sagte er. »Hat alles an Cary übergeben und ist aufgebrochen. Hat irgendwas Rätselhaftes über das Töten von Göttern gesagt und ist wie ein Löwenzahnsamen im Wind verschwunden. Ich vermisse den Mann unglaublich.«

»Das tut mir leid«, erwiderte Cithrin. Sie konnte sich die Schauspieltruppe ohne Meister Kit gar nicht vorstellen.

»Wir kommen schon klar. Cary nimmt uns ein gutes Stück härter ran, aber sie hat ein gutes Auge. Und die Neue, Charlit Sun – kennst du sie?«

»Ich bin ihr ein paar Mal begegnet«, sagte Cithrin, und jemand schubste Smit in sie hinein.

»Geht gefälligst wohin, wo ihr ungestört seid!«, rief eine Männerstimme. »Ich will nicht sehen, wie ihr euch aneinander reibt!«

»Leck mich am Arsch!«, brüllte Smit über die Schulter. »Sie wird jedenfalls immer besser. Wächst wirklich in die Rollen hinein.«

»Und Sandr?«

»Sandr ist Sandr.«

»Nun. Schade aber auch ...«

»Ich werde ihm berichten, dass du das gesagt hast«, verkündete Smit mit einem Grinsen.

»Wirst du nicht«, erwiderte Cithrin und nahm zum ersten Mal die Arme von ihm, um ihn in die Schulter zu knuffen.

»Dann kommst du also, um uns zuzuschauen? Wir sind in einer Schenke namens Gelbes Haus. Nicht der originellste Name, aber man kann es kaum verwechseln, denn das ganze Ding sieht aus, als wäre es mit Eigelb bemalt. Es ist gleich am Rand des Spalts neben einer der Brücken. Herbst. Herbstbrücke.«

»Was ist der Spalt?«

»Ein großer Riss mitten in der Stadt. Gelbes Haus an der Herbstbrücke. Sag es.«

»Gelbes Haus an der Herbstbrücke«, sagte sie, und er tätschelte ihr den Kopf wie bei einem Hündchen.

»Du kennst deinen Text ja schon. Ich gehe am besten. Viele Schauspieler in dieser Stadt. Wir wollen unseren Teil des Publikums abbekommen.«

»Richte den anderen aus, dass ich Hallo gesagt habe«, bat Cithrin. »Sag ihnen, dass ich sie vermisse.«

»Mache ich«, versprach Smit, und dann nahm ihn der Fluss der Straße wieder auf. Sie hörte seine Stimme, die das Stück anpries. Leise, leiser und … weg.

Als sie sich umdrehte, stand Paerin Clark im Eingang der Herberge. Sein Gesichtsausdruck schwankte zwischen Entrüstung und Erheiterung. Cithrin ging auf die Art auf ihn zu, die Cary ihr beigebracht hatte, tief in den Hüften und gleichmäßig. Der Gang einer älteren Frau.

Als Paerin sprach, ließ seine Stimme keine Regung erkennen. »Habe ich gerade die Stimme der Medean-Bank von Porte Oliva gesehen, die auf der Straße einen Schauspieler umarmt?«

»Die Stimme der Medean-Bank ist eine Frau mit vielen Facetten«, erwiderte Cithrin. »Haben wir Zimmer?«

»Ja. Ich dachte, ich gehe mit Euch eine Runde durch die Stadt, wenn Ihr das wollt.«

»Es wäre mir eine Freude«, sagte sie und bot ihm ihren Ellbogen. Er nahm ihn mit einer Verbeugung.

Camnipol war, nun, da sie nicht mehr so stark davon überwältigt war, eine Stadt von düsterer und schrecklicher Schönheit, die im Augenblick in ihre Feiertagsbänder gehüllt war. Der dunkle Stein und die Erhabenheit der Gebäude zeigten sich dahinter, sobald sie wusste, wonach sie Ausschau halten musste.

Die tiefe Schlucht des Spalts stand im Mittelpunkt der Stadt, die große architektonische Wunde, die die Knochen unter den Grundmauern der Gebäude entblößte. Die Silberbrücke, die sie überquerten, um zur Königshöhe zu gelangen, konnte eigentlich kein Silber vorweisen, sondern nur große Holzstämme, die über dem Abgrund knarzten und schwankten. Am Rand der Brücke hielt Cithrin ein Mädchen an und fragte, welche die Herbstbrücke war. Das Mädchen deutete mit einem mitleidigen Blick nach Süden, als hätte Cithrin gefragt, ob der Himmel oben oder unten war.

Die Königshöhe selbst war erstaunlich. Es war der mit Abstand größte Turm, den Cithrin je gesehen hatte, und sie wollte gerne glauben, dass es der größte der Welt war. Überall darum herum befanden sich die Anwesen und Grundstücke der hochgestellten Familien, die Gräber der Toten, die Tempel. Sie hielt vor einem mit einem riesigen roten Banner mit einem achtfachen Siegel in der Mitte. Paerin blickte zu diesem Banner auf und dann auf sie hinab, aber sie schüttelte nur den Kopf – irgendein Hauch einer Erinnerung kam und ging, ohne ihren Namen zu hinterlassen –, und sie gingen weiter.

Als sie gegen Einbruch der Dunkelheit zurück zur Herberge kamen, taten Cithrin die Füße weh, aber die Anspannung in ihrem Bauch war kleiner als vorher. Nicht weg, aber ein halber Weinschlauch und ein wenig Fleisch würden sie schlafen lassen, dachte sie, sogar in einem ungewohnten Bett. Paerin Clark saß mit ihr im überfüllten Hauptraum.

»Es ist eine herrliche Stadt«, sagte sie. »Aber ich kann mir nicht vorstellen, dass Ihr bloß hergekommen seid, um mich herumzuführen.«

»Nein, wir hatten nur einen Abend übrig, und es schien mir ein netter Zeitvertreib«, erwiderte er. »Morgen beginnt die Arbeit. Ich kenne zwei Händler nicht weit von hier, mit denen ich sprechen möchte. Und dann noch einen mit weniger gutem Ruf, der weiter unten am Rand des Spalts arbeitet.«

»Weiter *unten* am Rand?«, fragte sie.

»Nicht gerade der Teil der Stadt mit den höchsten Mieten«, sagte Paerin Clark entschuldigend. »Pittoresk, aber der Fußverkehr ist schrecklich.«

»Das kann ja niemand besonders Wichtiges sein.«

»Nicht besonders reich«, erklärte Paerin. »Das ist nicht das Gleiche. Den Geschmack der Oberschicht der Stadt zu kennen ist nicht dasselbe, wie ihren Bodensatz abzuschöpfen. Wir wollen beides. Und Ihr werdet mich begleiten, wenn ich gehe.«

Sie nickte und trank einen Schluck Wein. Er war nicht sonderlich gut, aber stark. Das war besser als gut. Die Wärme lag ihr angenehm im Bauch und fing an, sich zu ihren Schultern und ihrem Gesicht auszubreiten.

»Bin ich bei Euch, weil ich an einer Leine gehalten werde oder weil ich etwas üben soll?«

»Üben«, sagte er ohne die kleinste Verzögerung. »Ich habe mit Komme darüber geredet, ehe wir aufgebrochen sind. Ich habe mit ihm über Euch gesprochen, gleich nachdem ich aus Porte Oliva zurückgekommen bin. Wir waren uns einig, dass Ihr eine Investition seid, die trotz aller Risiken einen Wert hat. Ihr habt einen guten Kopf für das, was wir tun. Außerdem mehr Erfahrung, als jemand in Eurem Alter eigentlich haben sollte. Und Ihr versteht, *wie* wir arbeiten.«

»Was mich zu Eurem besten Verbündeten oder Eurem schlimmsten Feind macht«, sagte sie.

»Ja. Oder womöglich auch zu etwas anderem, aber auf jeden Fall zu etwas Interessantem.«

Cithrin lächelte. »Wir verstehen uns«, sagte sie.

»Gut. Sobald wir mit meinem Bekannten im Spalt fertig sind, gehen wir beide zu den Schneidern. Wir werden bessere Kleider brauchen als die, die wir eingepackt haben. Unser alter Freund Canl Daskellin hält morgen ein privates Abendessen auf seinem Anwesen ab. Einige Leute werden dort sein, mit denen eine Unterhaltung sehr interessant sein könnte.«

»Ihr werdet mir sagen, worauf ich achten soll, ehe wir gehen?«

»Natürlich.«

»Und nach dem Essen?«

»Nach dem Essen gehen wir zur Königshöhe. Lordmarschall Kalliam bekommt sein Fest, und der Regent und der Prinz werden beide dort sein. Und dann, Magistra, werden wir sehen, was es zu sehen gibt.«

Geder

Geder erhob sich zu seiner rituellen Demütigung. Seine Diener puderten ihn, kleideten ihn an und bereiteten ihn auf die große und glorreiche Welt vor. Wie jeden Morgen sagte er sich, dass die Diener kaum davon Notiz nahmen, wie er nackt aussah. Und selbst wenn sie es taten, war er der Lordregent, und was sie von ihm hielten, sollte keine Rolle spielen. Aber stets stellte er sich im hintersten Winkel seines Verstandes vor, wie sie kicherten, wenn er in sicherer Entfernung war. Und seine Leibgarde. Jene Männer folgten ihm beinahe überallhin, sprachen jedoch nie mit ihm. Fragten ihn nie etwas oder lachten über seine Witze. Das war aber nicht dasselbe, als würden sie sich keine Meinung über ihn bilden. Es war natürlich unter der Würde des Regenten, sie danach zu fragen, aber wie konnte *er* sich *nicht* fragen?

Die Feierlichkeiten begannen in der Morgendämmerung, eine ganze Weile ehe Dawson, Geder oder Aster offiziell eintrafen. Der Pavillon, der dafür aufgestellt worden war, war mit heller Seide bespannt, und Jongleure, Schaukämpfer und Tische mit Süßigkeiten waren für die Feier der Kinder hergebracht worden. Es würde den ganzen Vormittag lang Spiele und Wettbewerbe geben, mit Preisen für die Gewinner, die in die Farben des Hauses Kalliam eingewickelt und mit Dawsons eingraviertem Namen versehen waren. Geder hatte vor, sich am Mittag dazuzugesellen, wenn das erste Festmahl nahte. Dawson würde dort sein und Lady Kalliam. Und mit etwas Glück auch Jorey mit seiner neuen Gemahlin Sabiha.

Er schritt durch die breiten Gänge der Königshöhe, so dass die Diener und Sklaven vor ihm auseinanderstoben, allein aufgrund seiner Anwesenheit, und er fragte sich, wie es wohl für Jorey war. Er konnte ihn sich verheiratet nicht so recht vorstellen, obwohl er bei der Vermählung dabei gewesen war. Jeden Tag aufzuwachen, aber nicht vor einer Schar von beinahe Fremden, sondern bei einer Frau. Einer bestimmten Frau. Vor jemandem nackt zu sein, von dem die Etikette nicht erforderte, dass er den Blick abwandte. Der Gedanke allein reichte schon, um ihm ein Ziehen in der Brust zu bescheren, wenn auch nur ein kleines bisschen.

Und jetzt, wie konnte er da je wissen, ob eine Frau ihn wollte oder nur die Position, in die er hineingestolpert war? Über den Akt selbst hatte er genug gelesen, um eine Ahnung davon zu haben. In manchen Büchern hatten sich sogar Diagramme gefunden. Das war nicht das Schwierige. Es war die Angst, die tausend Mal schlimmer war als sein Unbehagen mit der Dienerschaft am Morgen, dass sie – diese unausgestaltete, allgemeingültige *Sie* – mit ihm zusammen sein würde, weil er der Lordregent war. Dass sie Liebe und Lust genauso sorgsam vortäuschen würde, wie die anderen ihre Teilnahmslosigkeit vortäuschten. Diesen Gedanken konnte er nicht ertragen.

Er konnte den Tod von Königen und die Zerstörung von Königreichen befehlen, und was er die meiste Zeit über fühlte, war Einsamkeit. Einsamkeit und Neid darauf, dass seine Freunde etwas hatten, das er nicht haben konnte. Der Einzige, der ihn wirklich verstand, war Aster, und Geder konnte über so etwas nicht mit einem Kind reden. Ein Junge, den er schützen und für die Krone erziehen sollte. Nein. Unmöglich.

»Mein Lord Geder«, sagte Basrahip. Seine unerschütterliche Stimme hallte ein wenig.

»Guten Morgen«, sagte Geder. »Ich habe gerade … ich habe gerade nichts sonderlich Sinnvolles oder Nützliches getan. Ist alles in Ordnung?«

»Meine Gefährten und ich hören Dinge, die mich beunruhigen, Prinz Geder.«

»Lordregent.«

»Lordregent. Ich mache mir Sorgen, dass es zu Unruhen kommen könnte. Jene, die die Täuschung zu sehr lieben und die Gerechtigkeit der Göttin fürchten, spüren ihre Gegenwart, und sie tun keine Buße.« Basrahip beugte sich dichter heran, und seine Stimme wurde zu einem Flüstern. »Ihr müsst aufpassen. Die Welt sieht hell und unschuldig aus, aber es liegen Gefahren darin.«

Eine kalte Furcht legte sich um Geders Schultern. Er sank in sich zusammen, auf den Priester zu. »Was sollen wir tun?«, fragte er.

Basrahip lächelte. »Kommt mit mir«, sagte er. »Und nehmen wir Eure Wächter mit.«

Der Raum war ein alter Ballsaal, bei dem sich niemand mehr daran erinnerte, wann er zum letzten Mal genutzt worden war. Das Licht war schlecht, und der Boden war so ramponiert, dass nur noch Splitter und Holzblöcke übrig waren. Reihen mit Bänken stiegen auf drei Seiten steil empor wie bei einem Theater, und die letzte Bankreihe war so hoch oben, dass sie beinahe an die gewölbte Decke stieß. In der obersten

Reihe standen die Priester der Göttin. Mindestens zwanzig von ihnen. Sie hatten Schwerter an den Seiten und Armbrüste in den Händen. Geder hörte, wie einer seiner Leibgardisten aufkeuchte. Basrahip bedeutete Geder stehen zu bleiben, dann ging er zur Mitte der ersten Bankreihe. Er winkte Geder zu sich, damit er sich neben ihn stellte. Die Leibgarde bezog an der Wand Stellung, aber Geder konnte sehen, wie ihre Blicke durch den Raum schweiften.

Basrahip deutete auf den Mann, der am weitesten links stand. »Du, mein Freund. Tritt bitte vor.«

Der Wächter rührte sich nicht.

»Es ist in Ordnung«, sagte Geder. »Tut, was er verlangt.«

Der Mann trat vor und stellte sich in die Mitte des Raumes. In der Düsternis wirkte er wie ein Schauspieler, der gleich eine Rede halten würde. Geder hatte von den Wächtern zuvor nie als Personen gedacht. Dieser Mann sah aus, als wäre er in den Vierzigern, mit einer blassen Narbe, die an seinen Kieferknochen entlang nach links verlief. Geder fragte sich, wie er heißen mochte.

»Hast du dich verschworen, um Lord Geder ein Leid zuzufügen?«, fragte Basrahip.

»Nein«, antwortete der Wächter selbstsicher.

Basrahip nickte. »Bitte tritt zurück, mein Freund. Du neben ihm, tritt vor.«

Einen nach dem anderen rief der Priester jeden der Wächter nach vorn und stellte dieselbe Frage. Am Ende klopfte er Geder auf die Schulter und grinste.

»Diesen Männern kann man vertrauen«, sagte der Priester. »Haltet sie dicht bei Euch. Und ich werde tun, was ich kann, um immer in der Nähe zu sein. Bis wir die Ausmaße der Gefahr erkannt haben, die Euch bedroht, müsst Ihr wachsam und klug sein.«

»Ich bin sicher, dass mir nichts geschehen wird«, wandte Geder ein, obwohl das nicht stimmte.

»Vermutlich nicht«, sagte Basrahip. »Aber es wird auch Zeiten der Gefahr geben. Euer Rechtschaffener Diener wird Euch beschützen.«

Es war nicht so tröstlich, wie es hätte sein sollen. Er ging zu den Feierlichkeiten, wie er es vorgehabt hatte, aber mit einem wachsenden Gefühl der Bedrohung. Aster war dort, saß in majestätischer Aufmachung am Ehrentisch, aber sein Blick ging immer wieder zum Duellplatz, wo die Jungen der großen Häuser mit Übungsschwertern kämpften, die mit Kreidestaub beschmiert waren; er war gefangen zwischen dem Mann, der er noch nicht war, und dem Jungen, der er niemals ganz sein konnte. Geder setzte sich neben ihn und deutete auf die spielenden Jungen.

»Du solltest dich zu ihnen gesellen«, sagte er. »Es ist zu Kalliams Ehren.«

»Es ist nur ein Spiel«, erwiderte Aster und gab vor, es zu verabscheuen.

»Ich glaube nicht«, sagte Geder. »Diese Jungen werden eines Tages die Männer sein, die du anführst. Es wäre klug von dir, sie jetzt besser kennenzulernen. Ich meine …«

Basrahip, der hinter ihm saß, nickte. Es würde sicher sein. Ausreichend sicher. Aster leckte sich über die Lippen und warf einen Blick auf die Jungen. Einer der ältesten zeigte den kleineren gerade, wie man das Übungsschwert über das Handgelenk drehte und wieder packte, um von oben zuzuschlagen.

»Du hast recht«, sagte Aster mit einem kleinen Nicken. »Danke, Geder.«

»Aber Aster? Sei … sei vorsichtig.«

»Werde ich«, versprach der Junge.

Geder lehnte sich in seinem Sessel zurück, und seine Hände spielten mit der Tischdecke. Die Unterhalter gingen ihr gewohntes Programm durch. Die Diener brachten ein Dutzend verschiedener Platten mit Essen herein. Die Sänger gaben Loblieder auf Dawson Kalliam zum Besten. Geder stellte fest, dass ihm nichts davon Freude machte. Als Kalliam eintraf – leider allein, da sich sowohl Clara Kalliam als auch Sabiha unwohl fühlten und Dawson Jorey zurückgelassen hatte, um auf sie aufzupassen –, entspannte sich Geder ein wenig, aber die Erinnerung daran, wie Basrahip seine Garde befragt hatte, stand wie ein unwillkommener Gast im hintersten Winkel seiner Gedanken. Er konnte sein Unbehagen genauso wenig zur Seite schieben, wie er sich dazu bringen konnte zu fliegen.

Nach dem Essen gingen die Feierlichkeiten weiter; die Stunden zwischen Mittag und dem eigentlichen Festmahl wurden mit Geschicklichkeits- und Glücksspielen gefüllt. Es war, als würde man bei einem kleinen Turnier zuschauen. Die großen Häuser trafen alle ein, setzten sich in ihre Logen und schwatzten. Sie waren wie eine Pfauenschar, die zum gegenseitigen Vergnügen voreinander auf- und abstolzierte, und Kalliams kaum verhohlener Abscheu spiegelte Geders gedankliche Stimmung.

Das Tjosten kam und ging, dann der Schwertkampf, dann eine Reihe von Schauduellen, die viel fantastischer waren, als jeder echte Kampf es hätte sein können. Kalliam trat als Richter auf, und seine Auszeichnungen waren von jenem scharfen

Witz geprägt, für den er bekannt war. Sir Minin Laat erhielt einen Sonderpreis im Schwertkampf für das künstlerischste Fallen. Das Tjosten zwischen Lord Ternigan und seinem Neffen Oster wurde zum Unentschieden erklärt, »um zu vermeiden, dass die Treue der Familie sich noch weiter aufspaltete«. Den Scherzen wohnte eine gewisse Schärfe inne, das Gelächter, das sie hervorriefen, grenzte an Grausamkeit, und Geder begann sich zu beruhigen. Was immer für Gefahren Basrahip gefürchtet haben mochte, sie weigerten sich zu erscheinen.

Das Festmahl selbst wurde eine Stunde vor Sonnenuntergang in der größten Halle der Königshöhe abgehalten. Leuchter mit Öllampen und geschliffenem Kristall erfüllten die Luft mit einem weichen Licht beinahe ohne Schatten und mit der Hitze einer Schmiede. Der Raum war in der Form eines X angelegt, in dessen Mitte sich der Ehrentisch auf einer riesigen Drehscheibe befand, die zweimal stündlich eine Runde drehte. Dawson, Aster und Basrahip saßen ihm am nächsten, und seine Leibgarde hielt sich kniend hinter ihnen in Bereitschaft. Lord Ternigan und sein Sohn saßen rechts von Basrahip und wirkten erfreut und freundlich. Canl Daskellin und seine Tochter Sanna saßen links von Kalliam, weiter entfernt von Geder. Die Frau fing immer wieder seinen Blick auf, und er wusste nicht, ob er lächeln oder wegschauen sollte. In der Hitze des Sommers neigte die höfische Mode insgesamt zu leichterer Kleidung, und die Seidenbahn, in die Sanna Daskellin gekleidet war, ließ ihn gleichzeitig wünschen, sie würden näher beisammensitzen oder sie wäre gar nicht erst gekommen.

»Ich habe einige Leute hier, die ich Euch gern vorstellen würde, Lordregent«, sagte Daskellin, während der Tisch seine langsame Runde drehte. »Ich bin zu spät gekommen, um beim Krieg eine Hilfe zu sein, aber meine Unterhaltungen in Nordstade waren sehr interessant. Ich würde so weit gehen zu sagen, dass zurzeit die ganze Welt an Euch interessiert ist.«

»Das verstehe ich nicht«, erwiderte Geder. »Ich meine, den Krieg habe ich mir nicht ausgesucht. Das hat sich Lechan zuzuschreiben. Und dass er so zügig gewonnen wurde, lag allein an Dawson und Basrahip.«

»An Hochwürden Basrahip?«, fragte Daskellin und warf Dawson einen Blick zu. Das Gesicht des älteren Kalliam war wie aus Eis und Stein.

Geders Herz wurde von Reue durchzuckt, als er die Beleidigung bemerkte, die er unabsichtlich ausgesprochen hatte. »Als spiritueller Führer und Tröster«, erklärte er, wobei die Worte zu schnell kamen und auf seinen Lippen durcheinandergerieten. »Der Sieg gehörte Kalliam.«

Es drängte ihn stark, noch weiterzureden, sich über seine gescheiterten Befehle zur Hinrichtung zu beschweren, aber er hielt sich zurück. Für diese Unterhaltung war später noch Zeit. Er musste dafür einen größeren Rat einberufen, und zweifellos würden Daskellin und Kalliam dann genug Zeit haben, um darüber zu sprechen, wie man Anteas dauerhafte Sicherheit vor seinen Feinden am besten garantierte.

»Ich sehe, Ihr habt Euren Bankier mitgebracht«, sagte Kalliam. Geder war einen Augenblick verwirrt, dann erkannte er, dass die Bemerkung an Daskellin gerichtet war. »Ich bin überrascht, dass Ihr ihn zu einer Feier zu meinen Ehren anschleppt.«

»Wirklich?«, erwiderte Daskellin. Seine Stimme war so warm wie vorher, aber es lag etwas darunter. Es war, als würde man ein weiteres Mal die Duelle des Nachmittags sehen, nur dass sie mit Worten und verborgenen Bedeutungen anstatt mit Schwertern ausgetragen wurden. »Und da dachte ich noch, Ihr wärt in Frieden auseinandergegangen. Er hat mir auf jeden Fall den Eindruck vermittelt, dass seine Zeit in Osterlingbrachen recht angenehm war.«

»Ich habe ihm nicht die Hände abgehackt«, sagte Dawson.

»Er hat Euch nicht belogen«, erwiderte Daskellin.

Basrahips ruhiges, rätselhaftes Lächeln und seine trügerisch schläfrigen Augen ließen keine Reaktion auf irgendetwas von dem erkennen, was die Männer sagten. Geder fragte sich, wie es wohl wäre, die Wahrheit und die Täuschung in den Worten der Männer hören zu können, und ob die Unterhaltung dadurch klarer oder verwirrender werden würde.

»Von wem redet Ihr?«, fragte Geder.

»Paerin Clark«, sagte Daskellin. »Er ist der Schwiegersohn von Komme Medean von der Medean-Bank. Er ist sehr mächtig, wenn auch nicht von edlem Blut.«

»Das werden sie Euch noch aufs Grab schreiben, alter Freund«, sagte Dawson. »*Seine Freunde waren mächtig, wenn auch nicht von edlem Blut.*«

»Habe ich etwas getan, das Euch verletzt, Kalliam?«, fragte Daskellin.

Geder warf Aster und Basrahip einen Blick zu. Der Junge schien von dem Groll zwischen den beiden Männern verängstigt, aber der Priester war ruhig.

Dawsons Gesicht war dunkel angelaufen, doch dann presste er die Lippen aufeinander und schüttelte den Kopf. »Nein«, sagte er. »Ich bin heute Abend ein wenig nervös. Das hat nichts mit Euch zu tun. Es tut mir sehr leid.«

»Zumindest mussten wir Eure Feier nicht für ein formelles Duell unterbrechen.«

»Nein«, bestätigte Dawson. »Dafür nicht.«

»Vielleicht könnte ich diesen Bankier kennenlernen?«, fragte Geder, der nach etwas suchte, um das Thema der Unterhaltung zu wechseln. »Welcher ist es denn?«

Daskellin zeigte auf einen blassen Mann in grünem Samt, der zwischen einem unglaublich fetten Mann in der formellen Tracht eines Ritters aus Borja und einer auffallend dünnen Frau saß, die so helles Haar hatte, dass es beinahe weiß schien. Eine Cinnae, aber auch wieder nicht. Daskellins Blick folgte seinem.

»Das ist Cithrin bel Sarcour. Die Magistra der Zweigstelle in Porte Oliva«, sagte er. »Sie ist sehr neu bei der Bank und offenbar so eine Art Naturtalent.«

»Weshalb sind sie hier?«, fragte Geder, und dann, als er hörte, wie die Worte klangen, fügte er hinzu: »Ich meine, sie sind natürlich willkommen, aber haben sie Geschäfte hier in Antea?«

»Sie sind gekommen, um Euch zu treffen«, sagte Daskellin. »Genauso wie die Herzogin von Langherd und die Herzöge von Weißenstein und Wodfurt. Ich glaube, Ihr solltet in Betracht ziehen …«

Aber was Geder seiner Ansicht nach in Betracht ziehen sollte, ging in den plötzlichen Rufen hinter ihnen unter. Geder verrenkte auf seinem Sessel den Hals. Am Ende des südlichen Teils des großen Raumes tat sich etwas. Männer in verstärktem Leder marschierten in die Halle. Sie hatten Schwerter gezogen. Während Geder hinsah, ging ihnen gerade einer der Palastwächter entgegen, um eine Erklärung zu fordern. Als sie ihn niederstreckten, begannen die Schreie.

»Prinz Geder!«, rief Basrahip. Geder fiel auf, dass er sich erhoben hatte, und als der große Priester ihn hart anstieß, um ihn auf die Knie zu werfen, war das Einzige, was er anfangs spürte, Verwirrung. Er wandte sich um, versuchte aufzustehen, und das Bild verdutzte ihn. Ein dunkler, größer werdender Fleck zierte Basrahips Arm gleich über dem Ellbogen. Das Gesicht des Priesters war vor Schmerz verzogen, und auf seiner anderen Seite stand Dawson Kalliam mit einem blutigen Dolch in der Hand. Eine Frau schrie, aber Geder wusste nicht, wo. Dawson zuckte zusammen, als hätte ihn etwas gestochen, wobei er den Dolch fallen ließ, und Geders Leibgarde schwärmte auf ihn zu.

»Zu mir!«, rief Dawson, während er über den Ehrentisch sprang. »Er ist hier drüben! Zu mir!«

»Nein, wartet«, sagte Geder. »Aufhören. Hier stimmt etwas nicht.«

Basrahips Hand packte ihn am Arm. »Wir müssen gehen, Lord Geder. Wir müssen sofort gehen. Kommt.«

Etwas krabbelte über Geders Haut. Eine kleine schwarze Spinne, ins Blut des Priesters getaucht, deren winzige Beine eine rote Spur hinterließen, während sie weiterkrabbelte. Geder zog seine Hand mit einem Schrei zurück, aber Basrahip drängte schon nach Osten, stieß ihn weiter wie ein Kind. Die Feiernden waren auf den Beinen, die Masse der Körper brandete vor und zurück. Das Krachen eines umgeworfenen Tisches wurde hinter ihm laut, zerbrechendes Glas und das Klirren von Stahl auf Stahl.

Sie erreichten die gegenüberliegende Tür, und Basrahip kämpfte sich durch, brüllend wie ein verletztes Tier. Die winzige Spinne und eine weitere bissen Geder in das weiche Fleisch an der Innenseite seines Ellbogens. Er schrie auf, schlug danach und entglitt Basrahips Griff.

»Kommt, Prinz Geder! Kommt schnell!«, rief der Priester, und Geder wollte ihm schon folgen, als ihm ein schrecklicher Gedanke kam, der wie Eiswasser durch sein Herz rauschte.

»Aster!«, schrie er. »Wo ist Aster?«

»Kommt zu mir, Prinz Geder!«

»Ich muss … Wartet auf mich. Ich bin gleich zurück.«

Geder lief zurück in das Chaos des blutigen Festes. Die Gewalt hatte sich ausgebreitet. Links von ihm war Blut in einem weiten Bogen an die Wand gespritzt. Rechts von ihm umzingelten drei seiner Leibwächter zwei der Angreifer, aber zwei weitere Feinde hackten sich zu ihnen durch, die blutigen Klingen erhoben. Geder sprang über den Körper eines Mannes mittleren Alters, nicht sicher, ob er noch lebte oder tot war. Er konzentrierte sich auf den Ehrentisch und Aster, der sich darunterkauerte. Geder rannte, wie er es seit Monaten nicht mehr getan hatte. Als er am Ehrentisch ankam, hatte er kaum noch Luft übrig, um zu sprechen. Er zog Aster aus seinem Versteck hervor und packte den Prinzen am Arm, wie Basrahip es vor nicht einmal einer Minute bei ihm gemacht hatte.

»Was ist los?«, schrie Aster.

»Dir wird nichts passieren«, versprach Geder, als könnte die Sicherheit, mit der er es sagte, es wahr machen. »Aber du kannst nicht hierbleiben. Du musst mit mir kommen.«

Als er aufstand, war der Weg nach Osten allerdings versperrt. Ein Dutzend Angreifer erledigte den Rest seiner Leibgarde. Und inmitten der Angreifer teilte Dawson Kalliam zusammen mit dem Feind Hiebe mit einem Schwert aus, das er in seiner ungelenken linken Hand hielt. Während Geder hinstarrte, erblickte ihn Kalliam.

»Da! Er ist am Ehrentisch!«

Geder wandte sich nach Norden und floh. Die Halle war inzwischen weniger als halb gefüllt, da Männer und Frauen schreiend flüchteten. Geders Herz schlug so schnell, dass er dachte, es könnte bereits erneut schlagen, noch ehe der Schlag zuvor zu Ende war, sich dabei verkrampfen und ihn an Ort und Stelle umbringen. Ein alter Mann in Dienerschaftskleidung sah ihn mit dem Prinzen vorbeilaufen. Einen schrecklichen Moment lang erkannte Geder die Angst im Gesicht des Mannes, dann die Entschlossenheit. Der Diener griff nach einem Suppenlöffel, den er wie einen Streitkolben hielt.

»Für Aster und Antea!«, rief der Alte, während er die Schwertkämpfer angriff, die sie verfolgten. Geder hielt nicht inne, um dem Mann beim Sterben zuzusehen.

Die Gänge außerhalb der Festhalle waren wie eine Massenflucht in einem Schlachthaus. Leute rannten in alle Richtungen, wichen einander aus, wandten sich um und flohen ohne ein Anzeichen dafür, dass sie wussten, wohin sie fliehen konnten. Und Geder war genauso verloren wie jeder andere. Basrahip konnte inzwischen überall sein.

»Ihr seid der Lordregent«, sagte eine Stimme neben ihm. Die blasse Frau. Die Bankiersfrau. Ihr Kleid war am Ärmel abgerissen, und etwas Dunkles, aber kein Blut, befleckte ihre schneeweiße Haut. Vielleicht Suppe. »Was zur Hölle macht Ihr hier? Das ist ein Umsturz. Ihr müsst fliehen.«

»Ich weiß nicht, wohin ich soll«, sagte er. »Sie könnten überall sein. Ich weiß nicht, wo es sicher ist.«

Die Frau starrte ihn an, und er dachte, dass in ihren Augen kurz heller Wahnsinn aufflackerte. Sie grinste und zeigte perfekte Perlenzähne.

»Ich schon«, sagte sie.

CITHRIN

ES WAR EHER EINE Frage des Instinkts als ein vernünftiges Urteil gewesen, dass sie dem Lordregenten gefolgt war, als die Messer gezogen wurden. Sie hatte bestimmt nicht vorgehabt, ihn und den jungen Prinzen zu retten. Sie hatte nur sehen wollen, was geschah. Aber als sie ihn schließlich dort eingeholt hatte, wo der Mann vor der Halle mit dem Jungen an der Hand im Gang stehen geblieben war, die Augen rund wie Münzen, hatte er gesagt, dass er nicht wüsste, wo er sicher sein würde.

Ihr erster Gedanke war gewesen: *Es ist Eure verdammte Stadt. Lasst Euch etwas einfallen.*

Ihr zweiter Gedanke war: *Gelbes Haus an der Herbstbrücke.*

Aus der Königshöhe selbst zu fliehen war einfach. Sie hatte den Prinzen, und der Prinz verfügte über all das Wissen, das Jungen über Abkürzungen und Geheimwege anhäuften. Die Königshöhe war seit eh und je seine Heimat, und sobald sie ihm einmal aufgetragen hatte, einen Weg hinaus in die Dunkelheit und die Nacht zu finden, war die größte Schwierigkeit, mit ihm Schritt zu halten.

Draußen schrien Männer, und Fackeln flammten überall in den Gärten und an den Toren auf. Sie gingen weiter, vorsichtig, aber schnell. Um eine lange Hecke herum und dann über die Mauer und in die Straße dahinter. Während sie dem

Lordregenten dabei half, über den rauen Stein zu klettern, fragte sich Cithrin, wie oft Prinz Aster diesen Weg benutzt hatte, um seinen Tutoren zu entkommen.

In der Düsternis der nächtlichen Straße hielt Cithrin inne. Die Rufe waren sowohl lauter als auch weiter entfernt, der Lärm aus Schwertgeklirr und Stimmen schwoll noch an. Der Prinz trug eine weiße Robe, die mit Goldfäden durchwirkt war, und eine zeremonielle Krone. Seine Ärmel waren mit Perlen benäht, und an seinen Armschützern glitzerten Edelsteine. Er würde wie eine Kerzenflamme in der Dunkelheit hervorstechen. Beim Lordregenten war es ein bisschen besser. Seine rubinfarbene Tunika würde das Fackellicht nicht einfangen. Er hatte ein rundes Gesicht und war nicht viel älter als sie.

»Wir werden zum Spalt gehen«, sagte Cithrin. »Und uns dann nach Süden zur Herbstbrücke begeben. Ich glaube, das Haus, nach dem wir suchen, ist auf der anderen Seite, aber ich bin mir da nicht ganz sicher.«

»Was, wenn sie die Brücke besetzen?«, fragte der Lordregent mit hoher, belegter Stimme.

»Wir haben auch so schon genug Sorgen«, sagte Cithrin. »Suchen wir uns nicht noch mehr.«

Sie machten sich auf den Weg, trotteten durch die düsteren Straßen. Einmal sprengte ein halbes Dutzend Reiter die Straße entlang, und Cithrin musste sie alle in den Schatten der großen Marmorstatue eines Erstgeborenen zerren, der sein Schwert in eine besonders tierisch aussehende Yemmu stieß. Ein andermal war der Platz, den sie gehofft hatte, überqueren zu können, voller Männer, die sich gegenseitig anbrüllten und Schwerter zogen. Es war noch nicht zum Kampf gekommen, aber sie hörte die Gewalt in der Art, wie ihre Stimmen bebten. Cithrin zog an der Hand des Prinzen, und der Lordregent folgte ihnen beiden in die Finsternis, auf der Suche nach einem anderen Weg.

Cithrin spürte die Angst, atmete sie, aber sie schien beinahe zu einer anderen Frau zu gehören. Ihre Schritte waren nicht unsicher, ihre Entscheidungen kamen rasch und ohne Zögern. Die Männer und Frauen, die ihrer ansichtig wurden, wirkten nur verwirrt, nicht alarmiert. Sie rannten vor der Gewalt her wie ein Meeresvogel, der einer Welle davoneilte. Selbst wenn man sie jetzt sah, wussten die Bürger von Camnipol nicht, was es zu bedeuten hatte: ein Mann, eine Frau und ein Kind, die kostbare Kleider trugen und durch die Nacht rannten. Sie kreuzten durch die dunkle und trügerische See der Gasseneingänge und Höfe, immer – wie sie hoffte – auf die Brücke zu, zu der man ihr einmal den Weg gewiesen hatte, bei Tageslicht.

Sie befand sich am Rand der Klippe und bog sich leicht nach oben, während sie den leeren Raum überquerte. Alte Bäume hatten ihre Leiber hingegeben, um diese Brücke zu bauen. Sie war breit genug, dass zwei Karren aneinander vorbeikamen und man immer noch in der Mitte hindurchgehen konnte. Der Bogen nach oben bedeutete, dass sie die andere Seite nicht sehen konnten, weil sie verborgen war, als würde sich dazwischen ein Hügel erheben. Dort hätte ein Dutzend Männer sein können, die mit gezogenen Schwertern auf sie zustürmten, und sie hätten es nicht erkannt, bis sie sich in der Mitte trafen.

Neben ihr schnaufte Lord Geder Palliako. Sie wandte sich langsam um, suchte nach etwas, das vielleicht eine Schenke oder eine Herberge hätte sein können. Alles, was sie sah, war das dichte Wabern von Rauch im Norden.

»Na gut«, sagte sie. »Wir müssen hinüber.«

»Das können wir nicht tun«, erwiderte Palliako. »Man wird uns sehen. Man wird uns erkennen.«

»Wir können hierbleiben und abwarten, wer uns findet«, sagte sie. Als wollte sie ihre Worte unterstreichen, schwebten Schreie durch die weite, leere Luft heran und hallten an den Wällen des Spalts wider.

»Es wird schon gut gehen«, meinte der Prinz.

»Wartet«, sagte Cithrin. Sie zog die dünne Krone vom Kopf des Jungen. Dem Gewicht nach war sie aus Silber. Sie schleuderte sie über den Rand, ließ sie hinaus in den weiten Raum segeln. »Legt Euch hin. Helft mir, Schmutz auf Eurer Kleidung zu verreiben. Schnell jetzt.«

Es dauerte eine lange, atemlose Minute, aber die weißen förmlichen Roben des Prinzen von Antea waren danach zu Lumpen geworden. Die Perlen und Edelsteine waren zu fest vernäht, um sie loszureißen, aber ihr Glitzern war zumindest gedämpft. Es würde so gehen müssen.

Cithrin übernahm die Führung, und an der höchsten Stelle der Brücke hielt sie inne. Die Königshöhe im Norden wimmelte von hunderten Fackeln und auch größeren Flammen. Ein Gebäude brannte, und die aufsteigende Rauchwolke wurde vom Feuer an seinen Fundamenten erleuchtet. Cithrin kannte die Stadt nicht gut genug, um zu erraten, was für eines es war. Auf der Silberbrücke waren ebenfalls Lichter – die Fackeln und Laternen von Reitern, die rasch vom Ort des Kampfes ausschwärmten. Die Neuigkeiten würden sich bald in der ganzen Stadt verbreitet haben. Sie wusste nicht, was das bedeutete, außer dass die Zeit, einen Unterschlupf zu finden, ablief. Auch am Rand des Spalts breiteten sich Lichter aus, flossen über das obere Ende der östlichen Klippe. Näherten sich ihr. Im Westen war nun das stetige Glühen von Glaslaternen sichtbar, und in einem Hof, der mit der Rückseite an die Klippe anschloss, war sogar etwas zu sehen, das vielleicht der Karren einer Schauspieltruppe war, der sich vor den Lichtern der Bühne abzeichnete.

Palliakos Stimme war unsicher. »Ich weiß nicht … äh …«

Sie drehte sich zu ihm um und bemerkte, dass er sie anstarrte. Ohne darüber nachzudenken, hatte sie sich auf die gekrümmten Flächen der Bäume hinausgelehnt, die die Brücke bildeten. Sie wurde sich plötzlich des Abgrunds unter ihr bewusst, eine Welle des Schwindels erfasste sie, und sie wich mit klopfendem Herzen zurück.

»Es geht mir gut«, sagte sie. »Alles in Ordnung. Weiter jetzt.«

Das Gelbe Haus war unverkennbar, sobald man es entdeckte. Drei Stockwerke hoch, jedes schmäler als das darunterliegende, so dass auf jeder Ebene eine eigene kleine Terrasse über den Spalt hinausblickte. Die Wände hatten die unwahrscheinliche Farbe aus dem Herzen eines Gänseblümchens, und der Hof war mit Männern, Frauen und Kindern gefüllt, die zu der heruntergelassenen Bühne und den Leuten aufblickten, die darauf standen. Der Hof war nicht mehr als hundert Fuß von der riesigen steinernen Verankerung entfernt, in der die Herbstbrücke endete. Aber bei so vielen Augen, die nur kurz zucken mussten, um zu sehen, wie sie ihn überquerten, damit sie zur Rückseite des Karrens gelangten, hätte es genauso gut eine Meile sein können. Auf der anderen Seite des Spalts rückten die Fackeln näher an die Herbstbrücke heran. Sie zog ihre beiden Schützlinge in die Schatten neben der Brücke.

»Bleibt hier«, sagte sie. »Wenn Ihr seht, wie die Leute auf diesem Hof sich abwenden, lauft zur Rückseite des Karrens und sagt demjenigen, der dort ist, dass Cithrin Euch geschickt hat und Ihr versteckt werden müsst. Verstanden?«

Der Prinz nickte.

»Aber«, wandte Palliako ein. »Aber was, wenn …«

»Hört auf meine Stimme«, sagte Cithrin. »Ihr schafft das.«

Sie ging zum Hof des Gelben Hauses, und ihr Blick schweifte über die Menge. Vertraute Stimmen drangen heran. Horniss und Sandr, die sich gegenseitig Einsätze zuwarfen, wie sie es schon tausend Mal bei ihnen gehört hatte. In der Menge musste sich jemand befinden, der sie führte. Dort, weit hinten, saß Cary mitten in einer Gruppe von fünf anderen. Während sie hinsah, kam Sandr zu einem Höhepunkt und legte etwas zu viel Elan in die Worte. Meister Kit hätte ihn dafür getadelt. Cary war die Erste, die lachte, und die Menge tat es ihr nach. Langsam ging Cithrin um den Rand der Menschenansammlung herum. Sie sah, dass Cary sie erkannte, weil sich die Neigung ihrer Schultern veränderte, und am leichtesten Nicken der ganzen Menschheitsgeschichte.

Als sie zu ihr trat, kniff Cary die Augen zusammen.

Cithrin beugte sich dicht heran und flüsterte ihr ins Ohr: »Du musst für mich dafür sorgen, dass die Menge ein paar Sekunden lang von der Bühne wegschaut. Ich weiß, dass Sandr uns umbringen wird, aber es muss sein, und zwar jetzt. Kannst du das tun?«

Carys Lächeln wurde niederträchtig. »Du solltest inzwischen wissen, süße Schwester, dass ich alles tun kann. Schön, dich wiederzusehen, übrigens. Du hast gefehlt.«

Ehe Cithrin antworten konnte: *Ich habe dich auch vermisst,* hob Cary den Saum ihres Kleides über den Kopf und zog es zurück. Die Brüste der Frau waren größer, als Cithrin sie in Erinnerung hatte, die dunklen Brustwarzen hart in der kühlen Nachtluft.

»Mein Gott!«, rief Cary, und ihre Stimme übertönte sogar die Spieler auf der Bühne. »Ist das ein brennendes *Maultier*?«

Cithrin spürte, wie ihre Augen groß wurden und eine heftige Röte über ihren Hals in die Wangen und bis in die Ohrspitzen aufstieg. Bei der Brücke flackerte eine winzige Bewegung auf, und dann rannten Palliako und Prinz Aster, als ob Hunde hinter ihnen her wären. Cary deutete auf die Straße am gegenüberliegenden Ende des Hofes. Auf der Bühne standen Sandr und Horniss wie angewurzelt.

»Gleich da drüben«, rief Cary und zeigte hinüber, so dass ihre Brüste auf und ab hüpften. »Wirklich. Es brennt.«

Mann und Junge erreichten die Rückseite des Karrens. Die Bühne wackelte, als sie durch die Hintertür hineinstiegen. Cithrin bildete sich ein, dass sie flüsternde Stimmen hörte, aber das konnte auch nur ihr Verstand sein, der ihr einen Streich spielte.

»Oh nein«, rief Cary und zog ihr Kleid wieder herunter. »Tut mir leid. Mein Fehler. Bitte macht weiter.«

Einen Augenblick lang war es völlig still.

»Und ich … äh … ich sage nein, Lord Ternigan«, brachte Horniss schließlich heraus. »Heute wird es keine Hochzeit geben.«

»Oh doch!«, rief Sandr und stampfte mit dem Fuß auf.

»Euresgleichen wird mir keinen Widerstand leisten. Also zieht Euer Schwert, und Klingen sollen die Wahrheit sprechen!«

Die Männer zogen Holzschwerter heraus und begannen eine Kampfszene, die den zweiten Akt beendete, während Cary ihren Arm um Citrin legte und sie zurück zur Straße und fort vom Schauspiel drehte.

»*Das* hättest du nicht tun müssen«, meinte Cithrin.

»Es ist bloß ein Körper«, sagte Cary. »Und es gibt nur wenige verlässliche Möglichkeiten, wie man ohne Vorbereitung die Aufmerksamkeit auf sich ziehen kann. Wirst du mir nun verraten, weshalb ich die Konzentration aller zerstört und meine Einnahmen für diesen Abend halbiert habe?«

»Schau nach Norden«, sagte Cithrin. »Was siehst du?«

Cary runzelte die Stirn und starrte in die Finsternis. »Auf dem Fest des Lordmarschalls haben sie wohl Gottes eigenen Scheiterhaufen«, sagte Cary. »Und auf den Brücken ist mehr Verkehr, als ich gedacht hätte.« Sie strich sich das Haar zurück. An ihren Schläfen waren ein paar weiße Strähnen zu sehen, die letztes Jahr noch nicht da gewesen waren. »Das ist es aber nicht, oder?«

»Dawson Kalliam hat versucht, Palliako zu töten. Bewaffnete sind auf dem Fest erschienen. Ich weiß nicht, zu wem sie gehören, aber was sich dort abspielt, ist keine Feier. Es ist ein Bürgerkrieg.«

Carys Gesicht wurde kalt. Mit beiläufig klingender Stimme fluchte sie äußerst obszön. »Und die beiden Männer, die sich in meinem Karren verstecken?«, fragte sie.

»Der Lordregent und der Prinz«, sagte Cithrin.

»Aber natürlich.«

Das Klappern von Hufen drang über die Herbstbrücke,

wurde immer lauter, bis es drohte, die Stimmen der Schauspieler zu übertönen. Fackeln erschienen auf dem höchsten Punkt, und Augenblicke später stürmten Dutzende Männer in den Farben des Hauses Kalliam und des Hauses Bannien auf die Straße.

»Verrat!«, rief einer der Männer. »Feuer und Verrat!«

Die Menge war auf den Beinen. Cithrin konnte beinahe sehen, wie sich die Angst unter ihnen ausbreitete wie eine Welle auf einem Teich. Die Reiter drängten vorwärts, trieben ihre Pferde weiter in die Stadt hinein. Jemand schrie auf, weil er den aufwallenden Rauch im Norden gesehen hatte. Die Menge verstreute sich wie erschreckte Vögel, so dass Horniss und Sandr vergessen auf der Bühne stehen blieben.

»Packt ein, Jungs«, rief Cary, die zurück in den Hof ging. »Es gibt einen Sturm, und wir ducken uns, bis er vorüber ist.«

Ein Mädchen mit rundem Gesicht schaute hinter der Bühne hervor. Charlit Sun. Sie war auf eine vollwangige Weise hübsch, und ihre Augen waren aufgerissen, ein erster Anflug von Panik spiegelte sich darin. Sandr und Horniss blickten einander an, und Sandr zuckte die Achseln.

»An manchen Abenden hat man eine gute Vorführung, an anderen eine gute Geschichte«, sagte er.

»Was haben wir vor, Cary?«, rief Smit von hinten.

»Zieht die Bühne hoch, bringt den Karren in den Stall und lasst uns eine Zeitlang keine politischen Meinungen mehr vertreten«, sagte Cary.

»Und unsere Gäste?«, fragte Charlit Sun.

»Wir haben keine«, erwiderte Cary. »Auf geht's.«

Sandr hüpfte von der Bühne und fing an, an der Kette zu ziehen. Horniss verschwand auf der Rückseite. Mikel tauchte in einem übergroßen schwarzen Umhang und mit einem falschen Bauch auf, mit dem er schwanger aussah.

»Cithrin«, sagte Mikel. »Willkommen zurück.«

Hinten im Stall, im Licht einer abgeschirmten Laterne, wurden Geder Palliako und Prinz Aster zu anderen Männern. Sie versuchten es bei Palliako mit vier verschiedenen Kostümen, ehe sie sich auf Väterchen Hoffnung aus *Die Mittwinterprinzessin* einigten; die braunen Roben und der krumme Stock ließen ihn älter aussehen, als er war. Aster brauchte nur eine alte Hose, die ihm fest um die Taille gebunden wurde, ein fleckiges Hemd und Schmutz, den man ihm in Haut und Haare rieb. Cithrin zog sich ein Bauernkleid an, das für eine Erstgeborene geschnitten und an Hüften und Brust zu weit war, aber Charlit Sun nähte ein wenig daran herum, um es enger zu machen.

Inzwischen war die Stadt mit weiteren Feuern gesprenkelt, Rauchsäulen stiegen hoch in den Himmel und wurden langsam vom Wind verweht.

»Ich muss Euch danken«, sagte Palliako. »Euch allen. Die Gefahr, der Ihr Euch für mich aussetzt …«

»Pah«, erwiderte Mikel mit einem Grinsen. »Wir werden Euch noch vom ersten Mal erzählen, als wir mit Cithrin gearbeitet haben. Wir haben ein Schauspiel daraus gemacht.«

»Jetzt ziehen wir erst einmal unseren Kopf aus der Schlinge, ja?«, sagte Cary scharfsinnig.

»Wenn wir hierbleiben, werden sie uns finden«, erklärte Cithrin. »Die eine Seite oder sonst die andere.«

»Wenn es nur zwei Seiten gibt«, sagte Smit. »Diese Dinge stellen sich letztlich oft als komplizierter heraus, als sie zu Beginn waren.«

Sandr verdrehte die Augen. »Oh, du hast schon eine Menge Aufstände hinter dir, was?« Die Stadt war einem Aufstand anheimgefallen, vor ihm kauerten die beiden mächtigsten und wichtigsten Männer des imperialen Antea und fürchteten um ihr Leben, und Sandr war verdrossen, weil Cary ihm die Schau gestohlen hatte.

»Habe ich dir nicht davon erzählt, dass ich in Borja war, als die Seuchenwinde kamen?«, fragte Smit. »Damals hatte ich Meister Kit gerade erst getroffen. Ich muss zwanzig, zweiundzwanzig gewesen sein. Mittendrin, und …«

»Meine Herren?«, fragte Cary.

»Entschuldigung«, murmelte Smit und verfiel in Schweigen.

Der Stall stank nach Pisse und Pferdemist, und darunter lag der stärker werdende Rauchgeruch. Camnipol brannte. Cithrins Eingeweide waren ein einziger fester Knoten. Sie wusste, dass sie, wenn sie jetzt etwas aß – oder auch nur trank –, alles wieder von sich geben würde. Und außerdem war sie aufgeregt. Sie fragte sich, wo Paerin Clark nun gerade war. Sie war zuversichtlich, dass er den anfänglichen Angriff überlebt hatte und einen Ort finden würde, an dem er einigermaßen sicher war. Aber sie würde ihn nicht suchen, und sie war sicher, dass er nicht nach ihr suchen würde. Er würde zu beschäftigt damit sein, der Taktik und Politik seine Beobachtungen angedeihen zu lassen.

Aber er hatte keine Regenten und Prinzen, mit denen er sich unterhalten konnte. Sie schon.

»Wir könnten unter die Stadt gehen«, sagte der Prinz. »Da sind nur Ruinen. Wir können vermutlich einen Ort finden, an dem nichts in sich zusammenfällt, und dort könnten wir bleiben.«

»Essen«, gab Palliako zu bedenken. »Wasser. Und wie wissen wir, wann es sicher ist, wieder herauszukommen?«

»Darum werden wir uns kümmern«, versprach Cary. »Cithrin kann wegen der Vorräte heraufkommen. Und wir können Eure Augen und Ohren sein. Ansonsten sind wir nur, was wir sind. Ein halbes Dutzend Schauspieler, die sich aus Schwierigkeiten heraushalten, oder?«

»Viel Essen gibt es nicht für einen Schauspieler, dem niemand zuschaut«, wandte Sandr ein.

»Wenn wir die Steine von diesem Lumpen abnehmen, den der Prinz getragen hat, könnten wir ein Jahr lang in Hinterhöfen sitzen und für Ratten und Hunde spielen und würden trotzdem genug für Essen und Bier übrig haben«, sagte Cary mit einem Schulterzucken. »Und soweit ich das sehe, sind wir gerade angeheuert worden.«

Palliako beugte sich vor, die Arme um die Beine gelegt. Für den Regenten eines großen Reiches sah er ein wenig verloren aus. Es war mehr als die verzweifelte Lage. Mehr als die Gewalt. Dawson Kalliam war der Lordmarschall dieses Mannes gewesen, der Befehlshaber seiner Armeen. Palliako hatte dem Mann ein Fest ausgerichtet, und im Gegenzug hatte er sich beinahe ein Messer eingefangen. Sie versuchte sich vorzustellen, wie es sich anfühlen würde, wenn die Person, der man am meisten vertraute, sich als Feind herausstellte.

Nichts leichter als das. Es war ihr schon passiert.

Cithrin ging die zwei Stufen zu ihm hinauf und setzte sich neben Palliako. In seinen Augen standen keine Tränen, aber etwas Schlimmeres. Etwas Verlorenes und Leeres. Cithrin nahm seine Hand in ihre. Er hatte breite Handflächen und kurze

Finger, und am Arm war die zornig rote Schwellung eines Insektenstichs.

»Hört mir zu«, sagte sie. »Wir haben uns gerade erst getroffen, und Ihr habt keinen Grund, mir zu vertrauen, aber tut es trotzdem. Diese Leute sind meine Freunde, und sie sind nicht Teil Eures Hofes oder eines anderen. Wenn sie sagen, dass sie für unsere Sicherheit sorgen, dann werden sie das tun.«

»Woher wisst Ihr das?«, fragte Palliako mit belegter Stimme. »Ihr könnt nicht sicher sein, dass sie sich nicht gegen Euch wenden. Ich muss Basrahip finden. Ich muss nachsehen, ob es ihm gut geht.«

»Wir werden es für Euch herausfinden«, versprach Smit. »Ich meine, nicht heute Nacht. Aber wenn sich der Staub ein wenig gelegt hat, können wir das für Euch herausfinden. Außer, sie brennen wirklich die ganze Stadt nieder.«

Palliakos Blick richtete sich auf sie, und es schien das erste Mal zu sein, dass er das tat. »Ich kenne Euch nicht«, sagte er.

»Ich bin Cithrin bel Sarcour«, erwiderte sie und nickte dabei. Ermutigte ihn, dasselbe zu tun. »Da. Nun kennt Ihr mich.«

Clara

DIE HANDSCHRIFT, IN DER der Brief aus Osterlingbrachen verfasst war, sah furchtbar aus – die Buchstaben waren so unbeholfen wie Kätzchen und die Rechtschreibung bestenfalls eine Annäherung. Auf dem Landsitz gab es Schreiber und mindestens einen in der Stadt nahebei. Vincen Coe hätte ohne Schwierigkeiten einen geübteren Schreiber um Hilfe bitten können, aber das hatte er nicht getan. Der Text selbst war unverfänglich – er handelte von den Fortschritten mit den Zwingern, den Wasserbehältern für das Jagdrudel, der Anzahl der Welpen, die im Frühling geboren worden waren –, und es gab nichts dagegen einzuwenden, dass er den Bericht geschickt hatte. Wie bei seinen anderen Briefen würde Clara nicht antworten. Früher oder später würde der Junge sich von diesem Wahnsinn erholen, der dazu geführt hatte, dass sich seine Gedanken auf sie richteten. Er würde eine schicklichere Liebelei finden, und mit den Briefen würde es ein Ende haben. Sie legte den letzten wieder ab, zum hundertsten Mal, wie es schien, und ging abermals unruhig auf und ab.

In dieser Nacht hatte sie nicht still sitzen können, nicht einmal für ihre Handarbeit. Das Fest hatte am Morgen begonnen und sollte bis mitten in der Nacht weitergehen. Und mit dem Fest auch etwas Finstereres. Sie gestattete sich die leise Hoffnung, dass das, was ihr Gemahl auch immer vorhatte, im letzten Augenblick in sich zusammenfallen würde. Dass er verärgert und enttäuscht sein würde, aber ohne dass sich etwas Dramatisches ereignet hatte. Sie sagte sich, dass es so kommen könnte. Dass sich die Welt morgen nicht groß von der gestrigen unterscheiden würde …

Sie zupfte an ihren Ärmeln und kaute auf dem Stiel ihrer Pfeife, ihre Zähne pochten gegen den harten Ton. Dawson hatte sein ganzes Leben mit Hofpolitik und Kriegstaktik verbracht. Es würde ihm schon gut gehen. Was immer getan werden musste, würde er tun, und sie würden es überleben, und auch die Familie, und es würde alles gut ausgehen. Sie kämpfte darum, daran zu glauben. Sie bemühte sich und scheiterte.

Das erste Geräusch, das das Chaos ankündigte, war ein einzelnes Pferd, das schnell in den Hof preschte. Das zweite war der Aufschrei der Diener. Die Furcht zog Clara beinahe gegen ihren Willen zum Vordereingang. Als die Türen aufflogen, stolperte Dawson am Arm des Türsklaven herein. Ihr Gemahl hatte sein Schwert in der Hand, Blut tränkte seinen rechten Arm und seine Seite. Seine Jagdhunde umkreisten die beiden, die Ohren angelegt und die Gesichter voller Sorge. Sie musste ein Geräusch von sich gegeben haben, denn er blickte scharf zu ihr auf.

»Bewaffne das Haus«, sagte er zwischen keuchenden Atemzügen.

Die Angst, die in ihr aufgewallt war, brach sich Bahn, überströmte sie mit Eis. Sie wusste noch nicht, was das Schlimmste war, aber sie zweifelte nicht daran, dass es dazu gekommen war. Sie wurde ruhig. Sie ging zu ihrem Gemahl, drängte die Hunde zur Seite und schob eine stützende Schulter unter seinen Arm.

»Du hast den Befehl des Herrn gehört«, sagte sie zum Türsklaven. »Trage ihn weiter. Alle Türen und Tore sollen sofort verschlossen werden. Verriegelt die Fenster. Versammelt die Diener und bereitet euch darauf vor, das Haus zu verteidigen. Wenn das erledigt ist, sucht Jorey und schickt ihn in die Küche.«

»Meine Herrin«, erwiderte der Türsklave und überließ ihr Dawson.

Bei jedem Schritt zuckte Dawson zusammen, aber er wurde nicht langsamer. Die Hunde folgten ihnen nervös. Als sie in der Küche ankamen, legte Dawson sich auf die breite Anrichte aus Eiche und kniff die Augen zu. Sobald Clara die Vorratskammer betreten hatte, kam ihre oberste Köchin herein und hielt inne.

»Du bist nicht bewaffnet«, bemerkte Clara, während sie Kochwein und Honig von den Vorratsregalen nahm.

»Nein, meine Herrin«, sagte die alte Köchin.

»Das solltest du aber. Ich werde mich hierum kümmern. Du holst deine Leute und siehst zu, dass sie bereit zum Kämpfen sind, wenn es nötig wird.«

»Wird es«, sagte Dawson. »Es wird nötig sein.«

Die Köchin huschte davon, vermutlich, um eine Waffe zu suchen, oder auch, um vom Anwesen zu fliehen. Clara hielt beides für etwa gleich wahrscheinlich. Am Tisch nahm sie ein Tranchiermesser zur Hand, um sein Hemd aufzuschneiden, das sie dann mit einem erschreckend feuchten Geräusch von seiner Haut zog. Ein Lumpen hing von einem Haken am Tischende, und sie wischte den Großteil des Blutes damit ab. Es gab zwei Schnitte, einen entlang der Rippen unter seiner linken Brust, den anderen über dem Schlüsselbein. Keiner war tief, aber sie bluteten beide stark. Sie öffnete die Weinflasche, indem sie den Korken mit den Zähnen herauszog.

»Sie wussten Bescheid«, sagte Dawson. »Nicht die Einzelheiten, aber sie wussten, dass etwas geplant war. Sie waren vorbereitet.«

»Hör auf zu sprechen«, riet sie ihm. »Das wird jetzt wehtun.«

Sie goss den Wein in den Schnitt an seiner Seite, und Dawson krümmte den Rücken, schnappte nach Luft. Er schrie nicht. Sie wiederholte es noch einmal bei dem anderen Schnitt. Sein Atem kam stoßweise. Nachdem das Hemd weg und immerhin ein Teil des Blutes abgewaschen war, konnte sie ein Dutzend roter Schwellungen überall an seiner rechten Seite und den Arm hinab sehen. Sie bluteten nicht, aber die Haut darum herum war heiß, wenn man sie berührte, und prall gespannt wie eine Trommel.

»Was ist da passiert?«, fragte sie, während sie den Honig für die Wunden vorbereitete.

»Spinnen«, sagte Dawson. »Dieser verrückte Bastard von einem Kultisten muss einen Sack voll unter seiner Robe versteckt haben. Und als ich ihn mit dem Dolch erwischt habe, sind sie hervorgequollen.«

»Du hast ihn erwischt«, bemerkte sie. Es war weder eine Frage noch eine Behauptung, sondern etwas dazwischen.

»Wenn ich es ernst gemeint hätte, wäre er tot«, sagte Dawson, während sie Honig über den unteren der beiden Schnitte strich und ihr Tuch daraufdrückte. »Ich hatte es auf Palliako abgesehen.«

Clara presste sich ihre freie Hand an den Mund, nur um danach festzustellen, dass sie sich das Gesicht mit Blut beschmiert hatte. Dawson zog ihre Hand von dem Schnitt weg und drückte selbst darauf. Es blutete noch, aber nicht mehr ganz so schlimm.

»Du…«, fing sie an, dann versuchte sie es erneut. »Du hast versucht, den Lordregenten umzubringen? Darum ist es bei alldem gegangen?«

»Natürlich darum. Palliako hat mir keine Wahl gelassen. Ich war dabei und Lord Bannien, Alan Klin und ein paar andere außerdem. Dabei ging es nicht nur um Ruhm. Wir kämpfen darum, den Thron vor diesen fremden Bastarden zu retten, mit denen sich Palliako eingelassen hat. Nur wussten sie irgendwie, dass wir kommen. Die Wachen waren vorbereitet. Ich hätte eigentlich niemals derjenige sein sollen, der die Klinge hält, aber sie konnten den Ehrentisch nicht erreichen. Nicht rechtzeitig.«

Claras Herz verfinsterte sich. Wenn es einen Weg gab, das alles zu retten, es wiedergutzumachen, dann kannte sie ihn nicht. Sie konnte nur hoffen, dass sie gewinnen würden, und selbst das war ein kleiner Trost.

»Was ist mit ihm geschehen? Lebt Palliako noch?«

»Ich weiß es nicht. Als ich versucht habe, es mit ihm aufzunehmen, ist mir der Bastardpriester in den Weg geraten, und dann war mir die Leibgarde auf den Fersen. Einer der anderen hat ihn vielleicht erwischt, aber ich nicht. Halt. Es reicht.«

Er richtete sich auf. Die Schnitte bluteten noch, aber nicht mehr so stark. Der Wein färbte die Haut stärker als der Film aus trocknendem Blut, und der Honig glänzte auf seiner Haut. Dawson war alt. Das Haar auf seiner Brust war inzwischen eher grau als schwarz, und seine Stirn war hoch, wo sich der Haaransatz langsam zurückzog. Sein Schwert hatte er noch in der Hand. Sie fragte sich, ob sie irgendetwas hatte, womit sie einen Spinnenbiss behandeln konnte, und was für Spinnen ein Priester wohl bei einem Hinterhalt mitführte.

»Was werden wir tun?«, wollte sie wissen, stolz auf sich, weil die Frage, die herauskam, klang, als würde sie Pläne machen, und nicht wie ein verzweifelter Schrei.

»Wir tun, was wir tun müssen«, sagte Dawson. »Wir gewinnen. Wir haben Kämpfer auf unserer Seite. Verbündete. Wir müssen sie versammeln und uns verteidigen. Wir müssen Aster finden.«

»Ihn finden? Ist er verschollen?«

»Ja. Sobald es vorüber war, wollten wir unsere Waffen an Ort und Stelle fortwerfen und uns ihm ausliefern, aber …«

»Aber nun sind die Paläste Horte der Gewalt, und der Prinz, der inmitten von allem war, wird vermisst«, sagte Clara. »Bei Gott. Dawson, wie konntest du das tun?«

»Es ist meine Pflicht. Und wie schlecht es auch ausgegangen ist, es war das Risiko wert«, sagte er mit verschlossenem Gesicht. Er rückte an den Rand des Tisches und glitt zu Boden. »Ich werde etwas brauchen, womit ich das verbinden kann. Und ein frisches Hemd.«

»Bleib hier«, wies ihn Clara an. »Ich hole es.«

Sie ging durch ihr eigenes Haus, als wäre es ein unbekanntes Land. Die mit Papier beklebten Wände, die glühenden Öllampen, die feinen Wandbehänge an den Mauern. Alles hatte die allzu scharf umrandete Erscheinung von Traumbildern angenommen. Die Diener waren weg, und ohne jemanden, der ihr zur Hand ging, suchte sie zwei Hemden aus Dawsons Schrank heraus. Ein blassgelbes, um es zu zerreißen und als Verband zu benutzen. Das andere war dunkelblau, so nahe an

Schwarz, dass man es nicht deutlich sehen würde, wenn die Wunden weiterbluteten. Vor dem Fenster des Schlafgemachs bemerkte sie drei Männer, die sie kannte – den Jungen der Köchin, den Diener mit den erbarmungswürdigen Ohren und den Helfer des Hufschmieds. Sie standen zusammengedrängt wie Vögel in der Kälte, trotz der warmen Nachtluft. Sie hielten Schwerter und Hämmer und gaben mit ihren Posen vor zu wissen, wie man sie benutzte. Clara schloss die Fensterläden, ehe sie wieder ging.

Jorey war in der Küche, als sie dorthin zurückkehrte. Sein Haar war in Unordnung, und die Lederrüstung, die er im Krieg getragen hatte, war von den Schultern abwärts halb zugeschnürt. Er hatte angefangen, sich einen Bart wachsen zu lassen, aber es waren bisher nur Stoppeln; ein Schatten auf seinen Wangen, den kein Licht vertreiben konnte. Als sie eintrat, blickte ihr Sohn zu ihr auf. Sein distanzierter Blick war schrecklich anzuschauen.

»Hilf mir, ihn zu verbinden«, sagte Clara und zwang ein Lächeln in ihre Worte. »Dein Vater ist mir stets lieb und teuer, aber ich werde ihn nicht den Boden vollbluten lassen.«

Dawson lachte leise, auch wenn Jorey es nicht tat. Sie standen am breiten Tisch und rissen das helle Hemd in Streifen; der Stoff trennte sich unter ihren Fingern auf, Fäden rissen ab.

»Bannien hat die meisten Männer«, sagte Dawson, der eine Unterhaltung fortführte, die sie bereits begonnen hatten, »aber sein Anwesen ist nicht zu verteidigen. Zu offen, zu viele niedrige Hecken, über die man springen kann. Das von Klin ist nicht so gut wie das von Mastellin, aber solange wir nicht wissen, wie die Sache überhaupt durchgesickert ist, können wir den Männern nicht vertrauen, denen ich vertraut habe.«

»Aber kannst du Klin vertrauen?«

»Er würde nicht auf Palliakos Seite wechseln, wenn er in Flammen stünde und Geder das einzige Wasser auf der Welt hätte. So merkwürdig es ist, Klin ist der einzige Mann, bei dem ich mir im Augenblick sicher bin, dass ich mich auf ihn verlassen kann.«

Sie stieß Dawson am Ellbogen an, damit er ihn hob, dann legte sie Streifen aus blassem Stoff auf die Verletzungen. Ihre Finger schienen zu wissen, was sie tun mussten, ohne dass sie ihnen Anweisungen gab. Das war auch gut so, denn ihr Verstand war gerade ein Wirbelwind, in dem sich keine zwei Gedanken befanden, die sich verbinden ließen. Als sie nach hinten gehen musste, um den Verband zu befestigen, hielt Jorey den Stoff für sie, und eine plötzliche, starke Erinnerung daran, wie sie ihrer Schwester geholfen hatte, ihren Vater für die Beerdigung zu waschen, überkam sie. Die Enge in ihrer Kehle war so unwillkommen wie unleugbar.

»Ich werde zu ihm gehen«, sagte Jorey. »Wenn du das für das Beste hältst.«

»Nein«, entgegnete Dawson. »Schick einen Läufer. Du nimmst Sabiha und deine Mutter. Bring sie in Sicherheit.«

»Und wie kommst du darauf, dass ich einverstanden bin, irgendwohin zu gehen?«, fragte Clara in scharfem Ton. »Als ich zuletzt hingeschaut habe, war ich hier noch zu Hause.«

Da der letzte Verband an Ort und Stelle war, griff sie nach dem dunkleren Hemd. Dawson fing ihre Hand ein. Sie konnte nicht sagen, wer von ihnen zitterte.

»Wenn du bleibst, wird Jorey bleiben«, sagte Dawson, »und wenn er bleibt, auch das Mädchen. Ich bin noch nicht am Boden, aber ich kann nicht sowohl diese Schlacht schlagen als auch euch alle im Auge behalten. Wenn ihr alle da seid, werde ich auf euch achten. Ich werde es nicht verhindern können.«

»Dann müsstest du …«, begann Clara, und die Worte erstickten ihre Stimme. Sie schluckte. »Dann müsstest du davon ausgehen, dass es irgendeinen Ort gibt, der sicherer ist als dieser.«

»Jorey wird euch aus der Stadt bringen. Und wenn es vorbei ist, bringt er euch zurück.«

»Sagst du mir die Wahrheit?«, fragte sie, aber sie wussten beide, dass es eine Frage war, die er nicht beantworten konnte. Sie küsste ihn heftig auf die Stirn: Liebe und Zorn. »Lass mich ein paar Dinge zusammensuchen. Jorey, hol deine Frau.«

Pferde und Kutschen wären am schnellsten gewesen, aber sie hätten auch die meiste Aufmerksamkeit auf sich gezogen. Stattdessen hüllten sich Clara und Sabiha in dunkle Umhänge mit hochgezogenen Kapuzen. Jorey ging voran und trug seine Lederrüstung und ein Schwert an der Seite. Wenig menschenfreundlich wünschte sie sich jetzt, sie hätte Vincen Coe nicht weggeschickt. Ein zusätzliches Schwert entweder hier bei ihr oder im Anwesen, das Dawsons Rücken deckte, wäre hochwillkommen gewesen. Im Norden brannten Feuer.

Die Stadt hatte sich verwandelt. Die breiten Straßen schienen gefährlich, zu offen, so dass man zu leicht fremden Blicken ausgesetzt war. Die Schatten riefen Clara zu sich, versprachen Schutz in ihrer verschleiernden Dunkelheit. So wie Sabiha sich beim Gehen dicht an sie drängte, nahm sie an, dass es dem Mädchen ähnlich ging. Diese dunklen Gebäude und schwarz gepflasterten Straßen waren nicht die Stadt, in der sie gelebt hatten, sondern ein unbekannter, unsicherer, übler Ort, der die Maske ihrer Heimat trug.

Sie erreichten den Platz, wo bei Tageslicht Bauern ihre Waren an die Diener der großen Häuser auf der Westseite des Spalts verkauften. Der Geruch von verfaulenden Blättern in den Abflüssen zeigte an, wo man das Grünzeug, das am vorigen Tag zu Boden gefallen war, in den Schmutz gestampft hatte. Gegenüber schritt eine Männergruppe auf den Platz, die Fackeln hoch über den Kopf erhoben. Ohne ein Wort traten Clara und Jorey in den Alkoven eines kleinen Ladens und zogen Sabiha mit sich. Das Fackellicht schien zu hell; es schmerzte, zu genau hinzusehen. Die Männer schrien sich gegenseitig etwas zu, raue Stimmen, die trunken waren von Gewalt und Wein. Sie schlugen den Weg ein, auf dem Clara gerade hergekommen war. Zum Anwesen und zu Dawson. Clara kniff die Augen zusammen, um die Farben erkennen zu können, die die Männer trugen, und versuchte zu erraten, ob sie Verbündete waren, die kamen, um die Stellung zu verstärken, oder Feinde, die bereit waren zu töten, zu plündern und zu brandschatzen. Sie konnte es nicht sagen, und sie traute sich nicht näher heran.

Als der letzte von ihnen vorüber war, schlich Jorey hinaus, und Clara und Sabiha folgten ihm. Sabiha nahm Claras Hand und wollte sie nicht loslassen. Clara zog das Mädchen an sich heran. Irgendwo rechts von ihnen schrie eine Frau. Falls die Stadtwache heute Nacht unterwegs war, sah Clara zumindest keine Spur von ihr. Die Frau hörte plötzlich auf, und Clara konnte nichts tun, als sich einzureden, dass ihr jemand zu Hilfe gekommen war; sie konnte sich nicht dazu bringen, daran zu glauben.

Auf halbem Weg zum Westtor kamen sie an eine Barrikade

auf der Straße. Tische, Stühle, Kisten und ein breites, umgeworfenes Fuhrwerk. Auf beiden Seiten des Hindernisses waren Männer. Sie konnte nicht sagen, ob es gedacht war, um Leute wie sie aufzuhalten, die aufs Land fliehen wollten, oder um Soldaten und Schläger davon abzuhalten, die Stadt zu betreten. Die Männer trugen keine Uniformen. Keine Banner irgendwelcher Häuser wehten. Wenn der Krieg Gewalt war, die anhand von Regeln und Traditionen auf einem ehrenvollen Schlachtfeld ausgetragen wurde, dann war dies kein Krieg, sondern etwas Schlimmeres.

»Was machen wir?«, fragte Clara flüsternd.

»Kommt mit«, sagte Jorey.

Die Seitengasse war schmutzig, aber Clara konnte daran nichts Schlimmes finden. Wenn der Saum ihres Umhangs durch das Blut eines Schlachthauses gezogen wurde, war es eben nichts weiter als das, was diese Nacht verlangte. Etikette und zarte Befindlichkeit hatten ihren Platz, aber er war nicht hier. Jorey reckte den Hals, blickte zum nächtlichen Himmel auf, wie es schien, als ob die Sterne herabstoßen und sie wegtragen könnten. Sein leises, erfreutes Brummen zog ihre Aufmerksamkeit auf sich.

»Was?«, fragte sie.

»Dieses Dach«, antwortete er und deutete auf eine einstöckige Schenke, deren Lichter gedämpft und deren Läden verschlossen waren. »Wenn ich dich hochhebe, kommst du dann hinauf?«

Clara sah sich das Gebäude an. Es war Jahrzehnte her, seit sie ein kleines Mädchen gewesen war, das dort herumkletterte, wo es nicht klettern sollte. Und selbst damals waren es meistens Bäume gewesen.

»Ich kann es versuchen«, sagte sie.

»Gut«, erwiderte Jorey.

Sie hoben Sabiha zuerst hinauf, und dann schob Jorey Clara in Sabihas wartende Hände. Er kletterte als Letzter hinauf. Mit lautlosen Gesten führte er sie am Dachfirst entlang zu einem Alkoven, wo sich eine Holzleiter in der Dunkelheit verbarg.

»Wenn ihr dort hinaufsteigt«, flüsterte Jorey, »gibt es einen Ort, an dem wir die Leiter über die Gasse legen können und an der Barrikade vorbeikommen. Vorausgesetzt, sie schauen nicht nach oben.«

»Ich fange langsam an zu glauben, dass ich dich nicht gut erzogen habe«, sagte Clara, aber sie stieg die Leiter empor. Vom höchsten Punkt aus schien die Straße sehr weit entfernt. Die Männer an der Barrikade lachten gemeinsam, scherzten auf eine Art und Weise, die ihre Angst und Anspannung deutlicher hervortreten ließ als Sonnenlicht.

Sabiha kletterte nach oben neben Clara, während Jorey sich hinkniete und die Leiter langsam, eine Stufe nach der anderen, heraufzog.

Clara blickte über die Stadt hinaus. Ihre Stadt. Es gab inzwischen weitere Rauchwolken, aber die eine, die der Königshöhe am nächsten war, verblasste langsam. Entweder hatte jemand eine Löschmannschaft zusammengestellt, oder das Gebäude, das Feuer gefangen hatte, war bis auf den blanken Stein ausgebrannt. Weit entfernt waren die Mauern der Stadt mit Fackeln gesprenkelt, und der niedrige Halbmond schien den Kopf auf das Westtor zu betten.

Das Westtor.

»Halt«, sagte Clara. »Du kannst die Leiter wieder nach unten stellen.«

»Nein, es wird schon gehen«, erwiderte Jorey. »Ich weiß, dass es nicht besonders stabil aussieht, aber ich habe das schon einmal gemacht. Es war eine Wette, die wir abgeschlossen haben, als ich …«

»Die Tore sind geschlossen«, unterbrach ihn Clara. »Jemand hat die Stadt abgeriegelt.«

Jorey erschien neben ihr. Die Stadtmauer war nicht sonderlich weit entfernt. Im Tageslicht und ohne diesen Wahnsinn hätte man von der Straße unter ihnen in ein paar Minuten zu den großen Toren gelangen können. Selbst in der Dunkelheit stand es außer Frage, dass die breiten Bronzetore verschlossen waren. Verschlossen und vermutlich aus den Angeln gehoben, wie es in Kriegszeiten geschah.

»Wir sitzen in der Falle«, flüsterte Sabiha.

»Ja«, bestätigte Clara.

Marcus

Als die Berichte kamen, regnete es gerade in Porte Oliva – die Art von sintflutartigem Sommergewitter, das am Morgen als neuer Geruch im Wind unter einem vollkommen blauen Himmel begann und mittags schon in den Straßen und zwischen den Mauern tobte. Es verwandelte die Straßen in knöcheltiefe Bäche und spülte den Abfall, Kot und die toten Tiere aus ihren verborgenen Winkeln hinaus ins Meer. Marcus kämpfte gegen den Wind, aber er rannte nicht. Schabe hatte die Nachricht überbracht, dass Pyk ihn im Kontor brauchte. Binnen einer Minute, nachdem er hinausgegangen war, war er so durchnässt gewesen, wie man es nur sein konnte. Es schien sinnlos zu rennen.

Die Tulpen in ihren Schalen waren leuchtend rot. Einige Blüten fehlten, und als er näher kam, riss ein Windstoß eine weitere ab. Marcus sah ihr nach, während sie auf der Flut davontrudelte: ein kleines scharlachrotes Boot auf einem breiten Fluss. Er schob sich durch den Eingang.

Pyk ging drinnen auf und ab. Schweißperlen standen auf ihrer breiten Stirn, aber der Regen hatte das Zimmer so weit abgekühlt, dass sie sich zumindest bewegen konnte. Yardem saß auf einem hohen Hocker, roch nach nassem Hund und war mindestens ebenso durchnässt wie Marcus. Sonst war niemand da.

»Heute Morgen kam der Vogel«, sagte Pyk ohne Einleitung. »Die Dachgesellschaft hat ihn geschickt.«

»Gut, dass er nicht bis zum Nachmittag gewartet hat«, erwiderte Marcus, der seine Hemdaufschläge auswrang. »Haben sie sich entschlossen, einen neuen Auditor zu schicken?«

»Morgen oder übermorgen werden auch andere Leute davon Nachricht erhalten, also werden wir schnell handeln müssen. In Antea gibt es Schwierigkeiten. Unserem Mann in Camnipol zufolge hat man versucht, den Lordregenten mit Messern zu spicken. Sie haben die Tore geschlossen, und seither wird in den Straßen gekämpft. Man kann wohl von einem Bürgerkrieg ausgehen.«

Die Worte brauchten einen Augenblick, bis sie ankamen. Yardems große braune Augen waren auf ihn gerichtet und beobachteten, wie er langsam begriff.

»Ich habe eine Liste von Verträgen, die ich ausgeliefert haben will«, sagte Pyk, »aber es muss heute erledigt werden. Sobald die Neuigkeiten bekannt sind, werden die Getreide- und Eisenwarenpreise gen Himmel steigen. Wir haben vielleicht nur Stunden, um das durchzuziehen, und dann muss es natürlich an dem Tag sein, an dem wir alle Tinte von einem Stück Papier waschen können, indem wir es nur zu Fuß zur nächsten Ecke tragen. Gott hasst mich, aber wir werden tun, was wir können.«

»Was ist mit Cithrin?«, fragte Marcus.

Pyk machte ein finsteres Gesicht. Sie schaute ihm nicht in die Augen. »Die Nachricht lässt sich darüber nicht aus. Die Kurzschrift ist die von Paerin Clark, also ist er derjenige, von dem der Bericht stammt. Von ihr ist nicht die Rede.«

»Aber sie ist in Camnipol«, sagte Marcus, und seine Stimme wurde härter. »Sie ist bei ihm.«

»Sie ist hingegangen, aber ich weiß nicht, wie es um sie steht. Ob sicher, tot oder vermisst, er hätte keinen Platz auf dieser Seite verschwendet, um davon zu berichten. Das hier ist kein Tratsch. Es wird uns bare Münze einbringen. Er hat uns geschickt, was wir brauchen, um der Bank zu helfen, und nun ist es an uns, seinen Weisungen zu folgen.«

»Ich gehe sie holen«, verkündete Marcus. »Ihr könnt die Verträge selbst ausliefern.«

»In Gottes Namen, Wester«, sagte Pyk, »es ist Camnipol. Mit einem schnellen Boot ist es Wochen von hier entfernt und über Land noch länger. Bis Ihr dort ankommt, wäre alles vorbei. Selbst der Vogel wird uns nicht verraten, was im Augenblick dort geschieht. Vielleicht hat sich bereits alles in Wohlgefallen aufgelöst. Vielleicht ist die ganze Stadt niedergebrannt. Wie dem auch sei, unsere Aufgabe ist hier.«

»Das nehme ich nicht hin«, entgegnete Marcus.

»Und ich nehme nicht hin, dass ich die einzige gut aussehende Frau in einer Stadt voller kleiner Männer aus biegsamen Zweigen bin«, sagte Pyk, »aber das ändert nichts an der Lage. Die Magistra ist in Camnipol, und wir sind hier. Wenn Ihr Euch um sie kümmern wollt, kümmert Euch um die Dinge, die ihr wichtig sind. Und wenn Ihr schon dabei seid, tut das, wofür Ihr bezahlt werdet.«

Pyk hob eine Handvoll Papiere auf. Verträge. Briefe mit Anfragen und Übereinkünften. Yardem räusperte sich, und Marcus zwang sich, die Hand vom Schwertgriff zu nehmen. Einen Augenblick lang hörte man nur das Rauschen des Wassers und das Heulen des Windes. Pyk kam herüber und streckte ihm die Papiere entgegen. Langsam, halb gegen seinen Willen, nahm Marcus sie ihr aus der Hand.

»Das ist eine heikle Aufgabe«, sagte Pyk. »Niemand außer Euch und Langohr darf einen Blick darauf werfen.«

»Langohr?«

»Sie meint mich, Hauptmann.«

»Ah.«

»Im Vergleich dazu spielt alles andere, was Ihr tut, keine Rolle«, sagte Pyk. »Erledigt das hier anstandslos, und wir werden genug Gewinn machen, um diese Bude den Rest des Jahres über Wasser zu halten. Auf all den Verträgen stehen die Namen der Leute, an die ich sie ausgeliefert haben will. Gebt sie niemandem sonst in die Hand. Und erledigt es jetzt.«

Marcus blätterte durch die Verträge. Er nickte. »Haben wir etwas Trockenes, in dem wir sie befördern können?«, fragte er.

Yardem erhob sich. In einer Hand hielt er einen Lederbeutel und in der anderen einen Umschlag aus dickem Wachstuch. Marcus nahm beides entgegen, steckte die gefalteten Verträge in den Umschlag und den Umschlag in den Beutel.

Pyk verschränkte die Arme, ihre Augen dunkel, zusammengekniffen und zufrieden. »Versaut das nicht«, sagte sie.

»Wir werden tun, was getan werden muss«, erwiderte Marcus. »Yardem?«

»Schon unterwegs, Hauptmann.«

Marcus trat in den Sturm hinaus. Die Regentropfen waren wie Schnitte auf seinem Gesicht und stachen ihm in die Augen. Yardem trottete neben ihm her.

»Langohr?«

»Ich glaube, sie fängt an, mich zu mögen, Hauptmann.«

»Nun ja, du bist eben ein bezaubernder Mann. Ich habe etwas bei den Baracken zu erledigen. Komm mit.«

»Ja, Hauptmann.«

Die Stadt wirkte verschwommen, als würde das Wasser nicht nur Gegenstände wegspülen, sondern auch Linien und Farben. Als ob sich das, was Porte Oliva ausmachte, in Auflösung befände. In den Baracken saß ein Dutzend Wächter in einem groben Kreis zusammen und spielte mit Würfeln. Marcus musterte sie. Außer Yardem hatte er jeden einzelnen in diesem Trupp angeheuert. Es waren gute Leute. Zuverlässige Männer und Frauen, die der Bank und ihm selbst treu ergeben waren.

Ein Teil von ihm würde sie vermissen.

»Ahariel.«

»Ja, Hauptmann.«

Marcus warf den Beutel durch den Raum. Der Kurtadam fing ihn mühelos.

»Da drin sind ein paar Verträge, die ausgeliefert werden müssen. Tu, was du kannst, in Ordnung?«

»Ja, Hauptmann«, sagte der Wächter, während er die Riemen des Beutels öffnete.

Marcus wandte sich wieder zur Tür um. Yardem stand dort, sein Gesicht nichtssagend, aber die Ohren hoch aufgerichtet und nach vorn geneigt.

»Wartest du auf etwas?«, fragte Marcus.

»Nein, Hauptmann.«

»Dann gehen wir.«

In den Schenken und Herbergen am Hafen wimmelte es von Leuten, die vor dem Wetter flüchteten. Tratsch, Neuigkeiten und unbestätigte Spekulationen waren genauso billig zu haben wie eine Schüssel Graupensuppe oder eine Flasche Apfelwein. Marcus war noch nie in den Sinn gekommen, dass ein Vorteil, wenn man länger als ein Jahr am selben Ort lebte, die Tatsache war, dass man dann ein Gefühl dafür bekam, welche Gesichter und Stimmen nicht hierhergehörten. Das waren diejenigen, denen er folgte, weil es diejenigen waren, die von Orten kamen, an denen Kleinkriege begonnen oder ausgefochten wurden oder man sich dagegen rüstete.

Merrisen Koke und seine Männer waren in Lyoneia, wo sie für einen kleinen lokalen Herrscher gegen einen Südlingsstamm kämpften. Karol Dannien andererseits hatte an der Grenze zwischen Elassae und der Keshet Garnisonsdienst angetreten. Tiyatra Egencil, ein Trupp, der kleiner war als der von Koke oder Dannien, war in Maccia und setzte für einen Fürsten, dessen Garde die Seiten gewechselt hatte, das Gesetz durch. Ein weiterer Trupp, von dem Marcus noch nie gehört hatte und der sich die Schwarzen Hunde nannte, erledigte angeblich irgendetwas in Herez, aber die Einzelheiten darüber waren etwas vage.

Der Sturm peitschte sich selbst hinaus aufs Meer. Als spät am Tag der Sonnenuntergang kam, tauchte er die Wolken hoch oben im Süden in prachtvolles Rot und Gold. Der graue Schleier darunter wirkte auf diese Entfernung beinahe sanft. Die Straßen waren nass und sauber, sogar den Schlamm hatte es fortgespült. Die Puppenspieler und Musiker kamen heraus, um sich den Leuten in Straßenecken und den Hinterhöfen von Schenken aufzudrängen. Markus kaufte eine Wachspapiertüte mit gekochtem Rindfleisch für sich und für Yardem eine mit Eiern und Fisch, und sie gingen durch die breiten Straßen.

»Koke gefällt mir am besten, aber ich sehe keinen Sinn darin, nach Lyoneia zu gehen. Nach Maccia ist es nicht weit, aber Egencil ist noch nicht lange dabei, und ich weiß nicht, ob ich ihr schon vertraue.«

»Und sie arbeitet für einen Fürsten«, ergänzte Yardem.

Marcus zuckte mit den Schultern und steckte sich einen Streifen Rindfleisch in den Mund. »Was ist daran problematisch?«, fragte er mit vollem Mund.

»Ich dachte, wir arbeiten nicht für Könige und dass Fürsten doch nur kleine Könige wären«, sagte Yardem.

»Ich suche nicht nach jemandem, für den ich arbeiten kann. Ich habe jemanden, für den ich arbeite. Ich brauche jemanden, den ich anheuern kann.«

Yardem zuckte mit einem klimpernden Ohr. »Wozu, Hauptmann?«

»Ich werde Cithrin holen«, sagte Marcus. »Dachte, so viel wäre klar.«

»Das ist ein ziemlich großer Gefallen«, meinte Yardem. »Selbst wenn es jemand aus den alten Zeiten ist.«

»Ich weiß nicht, was du meinst.«

»Das Gold, das man braucht, um einen Trupp anzuheuern – das haben wir nicht einmal annähernd beisammen.«

»Ich weiß, wo der Tresor einer Bank ist.«

Yardem neigte den Kopf und brummte. Marcus ging noch ein halbes Dutzend Schritte weiter, bevor ihm auffiel, dass Yardem stehen geblieben war. Das Gesicht des Tralgu war vollkommen leer. Ausdruckslos.

Marcus ging zurück und stellte sich vor ihn. »Hast du etwas zu sagen?«

»Verstehe ich recht, Hauptmann, dass Euer Plan vorsieht, die Bank zu bestehlen, einen Söldnertrupp anzuheuern und ihn mitten in einen imperialen Bürgerkrieg marschieren zu lassen?«

»Mein Plan«, sagte Marcus, seine Stimme beiläufig, aber

mit einem zornigen Unterton, »sieht vor, Cithrin sicher zurückzubringen. Was immer ich tun muss, damit das geschehen kann, tue ich. Wenn es bedeutet, dass ich diese Stadt im Meer versenken muss, werde ich es tun.«

»Das ist ein Fehler, Hauptmann.«

»Behauptest du, dass sie es nicht wert ist?«

»Ich behaupte, dass man Ölfässer ins Feuer marschieren lässt, wenn man von außen eine Streitmacht in diesen Bürgerkrieg schickt. Wenn Ihr dazu die Bank hintergeht, bedeutet das, dass es nichts gibt, zu dem man zurückkehren kann, selbst wenn Ihr sie findet.«

»Was soll ich denn sonst tun? Dasitzen und abwarten?«

»Die Magistra ist schlau. Begabt. Ihr könntet Vertrauen in sie haben.«

»Sie ist ein Mädchen mitten in einem Krieg«, sagte Marcus, »und wir wissen beide, was mit Mädchen mitten im Krieg geschehen kann. Ich werde sie suchen, und ich werde dafür sorgen, dass sie sicher ist. Ich habe dich nie gebeten, mit mir zu kommen. Wenn du das nicht tun kannst, dann ist es eben so.«

Yardems Blick war so finster, dass sogar die Struktur seiner Knochen verändert wirkte. »Ich werde Euch bitten, noch einmal darüber nachzudenken«, sagte er mit leiser Stimme. »Der Tresor …«

»Sag es schon, er ist mehr wert als sie«, forderte Marcus. »Sag doch, dass die Bank mehr wert ist als Cithrin.«

Sie standen auf der Straße. Am Horizont leuchteten Blitze in den Wolken auf, aber für Donner waren sie zu weit entfernt. Marcus nahm noch einen Bissen von seinem Essen, und Yardem seufzte.

»Wie wollt Ihr Euch den Tresor holen, Hauptmann?«

»Ich lege fest, wer Wache hat«, sagte Marcus. »Ein Hammer. Ein Meißel. Ein Fuhrwerk mit einem guten Gespann. Wir kennen die kleinen Straßen zwischen hier und den Freistädten, ansonsten können wir einen kleinen Küstenkutter anheuern. Zur Hölle, man kauft sich ein Fischerboot und kehrt einfach nicht zurück. In zwanzig Tagen kann man in Elassae sein. In Maccia deutlich früher.«

»Immer noch schrecklich weit bis nach Camnipol.«

»Das ist ein guter Grund, um heute Nacht loszulegen«, sagte Marcus.

Den Handkarren hatte Marcus beinahe augenblicklich gekauft. Ein Töpfer, der in der Nähe des Kontors einen kleinen Hof hatte, war willens, sich von einem zu trennen, und Marcus war willens, ihm zu viel dafür zu bezahlen. Einen Hammer und einen Meißel ausfindig zu machen erforderte, dass er einen Schmied in seinem Haus aufsuchte und ihm erklärte, was er benötigte. Jahrzehntelanges Hämmern hatte den Mann beinahe taub werden lassen.

In der Einfachheit des Plans lag seine Stärke.

Die Straße war leer und dunkel, die rechtschaffenen Männer und Frauen von Porte Oliva schliefen in ihren Betten, und die weniger rechtschaffenen neigten dazu, sich näher am Salzviertel herumzutreiben. Nachts patrouillierten hier weniger Königinnengardisten, und wenn sie es doch taten, was hätten sie schon sagen können? Dass Marcus und Yardem zur Bank gehörten, war bekannt. Wenn ihnen auf dem Weg zum Kontor jemand begegnete, waren sie einfach unterwegs zu einem Wachwechsel. Und sobald sie weg waren, ging Marcus davon aus, dass es für immer war. Es war unwahrscheinlich, dass ihm

Porte Oliva oder irgendein anderer Ort, an dem die Medean-Bank etwas zu sagen hatte, jemals wieder offenstehen würde.

Ein kleiner Preis.

In der Düsternis zog Yardem den Handkarren ins Haus, versperrte und verriegelte die Tür. Marcus ging nach unten, wo der Tresor eingelassen war. Das Schloss war stärker, als es aussah, und es dauerte eine knappe Stunde, es zu öffnen. Als der Deckel endlich zurückschwang, leise auf gut geölten Angeln, holte Marcus die Laterne näher heran. Nur die vertraulichen und wertvollsten Verträge wurden hier aufbewahrt. Die Papiere waren nichts als Papier, und die Anzahl an Leuten, die damit etwas anfangen konnten, war gering. Aber Edelsteine! Säcke mit Goldmünzen, Silberbarren. Schmuck und versiegelte Röhren mit seltenen Gewürzen. Dies waren Dinge, mit denen jeder etwas anfangen konnte. Marcus hockte über dem Tresor, und mit der freien Hand ging er den Reichtum der Bank rasch, aber gründlich durch.

»Ist weniger als bei unserer Ankunft«, sagte Yardem.

»Das war zu erwarten«, erwiderte Marcus. »Das meiste davon ist in Darlehen und Beteiligungen gebunden. Es ist allerdings genug. Vielleicht nicht für eine ganze Armee, aber doch für ein paar hundert Schwert- und Bogenkämpfer. Auf diese Weise werden wir auch auf der Straße schneller vorankommen. Wir werden keine langen Versorgungswege haben, die uns verlangsamen.«

»Ich möchte Euch um einen Gefallen bitten, Hauptmann.«

Marcus blickte auf. Die Laterne ließ den Schatten von Yardems Kinn über sein Gesicht fallen, wodurch es verborgen blieb. In diesem Licht hätte er auch jemand ganz anderes sein können.

»Was ist?«, fragte Marcus.

»Sobald wir das in den Karren laden und aus der Tür gehen, ist es vorbei. Dies ist die letzte Gelegenheit, es sich noch einmal zu überlegen. Ich möchte, dass Ihr Euch einen Augenblick nehmt, um mit mir zu beten.«

Marcus lachte.

»Ich meine es ernst, Hauptmann.«

»Gott hört nicht zu«, sagte Marcus. »So etwas macht er nicht.«

»Ich glaube, dass wir vielleicht diejenigen sind, die zuhören sollten, Hauptmann.«

»Bring es hinter dich«, sagte Marcus.

Yardem neigte den Kopf, und die schwarzen Augen schlossen sich. Marcus verlagerte das Gewicht von einem Fuß auf den anderen und wartete. Bis zu einem Stall waren es sieben Straßen. Aber mit dem, was er dann zur Verfügung hatte, würde es leicht sein, sich einen Weg aus der Stadt zu erkaufen. Mit all dem Geld und ihren beiden Schwertern würde der nächste Morgen sie an einem anderen Ort begrüßen.

Yardem öffnete die Augen. »Überlegt es Euch anders, Hauptmann.«

»Nein, der Geist hat nicht zu mir gesprochen. Schluss jetzt mit der Theologie«, sagte Marcus und warf einen kleinen ledernen Sack mit Edelsteinen nach hinten. Yardem fing ihn mühelos auf. »Hilf mir, das einzuladen.«

Yardems Hand schloss sich um seine Schulter, und die Welt drehte sich. Die Steinmauer des Kellers traf ihn wie ein Hammer im Rücken, und er fiel auf Hände und Knie.

»Was zur …«

Yardem trat näher, seine breite Hand an Marcus' Hals.

Marcus rollte nach vorn, zog dabei sein Schwert, aber die andere Hand des Tralgu schloss sich um sein Handgelenk und drehte. Die Hand an seine Kehle riss ihn nach oben, und Marcus' Füße konnten den Boden nicht mehr berühren. Als die Welt langsam einen roten Schleier bekam, zog er ein Knie fest nach oben, das er in die weiche Stelle gleich unterhalb von Yardems Rippen rammte. Er spürte, wie etwas nachgab, und der Griff um seine Kehle lockerte sich genug, dass er ein winziges bisschen Luft holen konnte. Die Art und Weise, wie Yardem an Marcus' Schwertarm zerrte, hatte etwas Verzweifeltes, er bearbeitete ihn wie einen Hebel, aber Marcus machte die Bewegung mit und befreite sich aus dem Haltegriff.

Er sprang zurück, die Klinge einen halben Herzschlag zu spät zur Verteidigung erhoben. Der Hammer, den er mitgebracht hatte, um das Schloss aufzubrechen, ging geschmeidig auf seinen Nasenrücken nieder. Etwas knackte feucht, und die Welt löste sich in Schmerz auf. Er spürte, wie ihm das Schwert aus der Hand gerissen wurde, als würde es jemand anders erleben. Blind schob er sich nach vorn, mit der Schulter stieß er auf etwas Weiches und drückte Yardem wieder auf den Boden, aber der Tralgu glitt links vorbei und schaffte es, ihm einen Arm um den Hals zu legen. Marcus trat aus, versuchte seinen Kopf weit genug nach unten zu bringen, um Yardem die Zähne in den Arm zu schlagen, aber er schaffte es nicht. In seinem Mund schmeckte er Blut, und er konnte nicht durch die Nase atmen. Seine Finger gruben sich in das dicke, erstickende Fleisch. Etwas roch nach Rauch. Die Beine wurden ihm weggetreten, und die Welt verengte sich zu einem grauen Punkt, der in weiter Ferne vor ihm lag und dann flackernd verschwand.

Als Marcus zu sich kam, waren seine Beine und Hände hinter ihm gefesselt, und man hatte ihm einen Lumpen in den Mund geschoben und ihn dort mit einem Lederstreifen befestigt. Ein Sack war über seinen Kopf gezogen, was das Atmen noch ein wenig schwerer machte. Er befand sich in dem Handkarren, und die Holzräder rumpelten auf den Pflastersteinen. Seine Nase pochte und ließ stechenden Schmerz durch seinen Schädel schießen. Er versuchte sich in eine Position zu schieben, in der er sich auf die Knie aufrichten oder nach der Königinnengarde schreien konnte. Was auch immer.

»Das ist das Päckchen?«, fragte eine unbekannte Stimme.

»Ja«, antwortete Yardem. »Du weißt, wo du es hinbringen musst?«

»Ja. Aber ich garantiere für nichts, falls er sich unterwegs befreit, verdammt. Ich bin kein Soldat.«

»Ich bin ein Soldat«, sagte Yardem. »Er wird sich nicht befreien.«

Etwas fasste ihn um die Mitte, hob ihn hoch und ließ ihn hart auf Bretter fallen. Ketten rasselten, und ein breiter Lederriemen wurde wie ein Gürtel um ihn gewickelt. Der Sack glitt nach oben, und Marcus sah den Boden eines Fuhrwerks, in dessen Bretter ein breiter Eisenring eingelassen war, und Yardem, der die Kette daran befestigte. Wut und Willenskraft halfen ihm auf die Knie, und Yardem drückte ihn beiläufig wieder zurück.

»Wie lange braucht ihr dahinten noch?«, fragte der Fuhrmann.

»Fast fertig«, grollte Yardem. Er zog an der Kette, und Marcus rutschte über die Bretter. Seine Schulter und Hüften schrien vor Schmerz. Durch sein angestrengtes Atmen lief ihm

Blut aus der Nase. Schon wieder. Wenn er den Hals reckte, konnte er das stoische Gesicht des Tralgu sehen, das über ihm schwebte. Auf Yardems Händen war frisches Blut und an seinem Ohr ein Schnitt, bei dem Marcus sich nicht erinnern konnte, ihn ihm zugefügt zu haben. Ein Teil von Marcus erwartete immer noch, freigelassen zu werden. Dass es ein Scherz war oder eine Lektion oder der erste Teil einer aufgeblasenen religiösen Erklärung.

Der andere Teil von ihm, jener Teil, der verstand, starrte nach oben und dachte: *Dafür werde ich dich umbringen.*

Als Yardem etwas sagte, war seine Stimme ruhig. Er hätte auch über das Wetter oder die Erwartungen an einen frischen Rekruten sprechen können. Er hätte über alles sprechen können.

»Der Tag, an dem ich Euch in einen Graben werfe und den Trupp übernehme, Hauptmann? Das ist heute.«

GEDER

SIE GINGEN IN DEN Untergrund.

Sein erster Gedanke war gewesen, den Wegen und Gerüstkonstruktionen zu folgen, die sich an den Rand des Spalts klammerten, sich nach unten vorzuarbeiten, bis sie einen Eingang fanden, der sie in die Ruinen unter der Stadt führte. Die blasse Frau, Cithrin, hatte erkannt, was daran problematisch war: Wenn man den Pfaden folgte, die bereits benutzt wurden, bedeutete das, dass man den Leuten begegnen würde, die sie benutzten. Eine sichere Zuflucht hieß aber, dass man Orte ausfindig machte, die niemand aufsuchte, dass man sich dort Pfade bahnte, wo zuvor keine gewesen waren. Dieser Gedanke schien in ihrem Wesen fest verankert zu sein. Ihn erschreckte es zu Tode, aber er konnte die Weisheit ihrer Worte nicht leugnen. Die Schauspieler brauchten fast einen Tag, um einen verlassenen Winkel in der Stadt aufzuspüren, aber sie fanden einen: ein altes Lagerhaus, das lange leer stand und teilweise zusammengebrochen war; seine Mauern sanken bereits in die Stadt im Untergrund hinab.

Das Gebäude war eingestürzt, weil es darunter etwas gab, in das es hatte stürzen können. Geder, der nun grobe graue Gewänder trug, die nach Parfüm und Gesichtsfarben stanken, hatte sich in das eingestürzte Haus führen lassen und hinab an einen Ort, wo ein alter Bogengang den Stein darüber noch auf

Abstand hielt. Es war nur etwa ein Fuß Luft zwischen dem Schutt und der Spitze der Bogen, aber Katzen gingen durch diesen Spalt frei aus und ein. Cithrin war vorangegangen, war mit nichts als einer kleinen Kerze, die sie in einer Lampe aus dickem Glas trug, in die Dunkelheit gekrochen. Das Loch war so klein, dass sie sich mit den Ellbogen hatte vorwärtsziehen müssen, aber nachdem sie ein halbes Dutzend Schritt weit vorgedrungen war, rief sie zu ihnen zurück. Es wurde weiter. Dort war Platz. Sie sollten ihr nachkommen.

Aster war als Nächster gegangen, sein Bauch hatte über die Steine geschabt. Cithrin hatte immerzu gerufen, bis er sie gefunden hatte.

Und dann war Geder an der Reihe.

Als er ein Junge in Asters Alter gewesen war, war er der Sohn und Erbe des Anwesens von Bruchhalm gewesen. In keiner Richtung hatte es innerhalb eines Tagesrittes Jungen seines Standes gegeben. Auf Bäume klettern, von Felsvorsprüngen weit hinab ins Wasser springen, durch Höhlen kriechen – all das waren keine Bestandteile seiner Kindheit gewesen. Er hatte keine Erfahrungen mit Abenteuern, auf die er zurückgreifen konnte. Während er sich vorwärtsschob und das Tageslicht hinter ihm verblasste, war sich Geder des großen Gewichts über ihm bewusst. Er geriet tiefer in den Schutt, so dass sein Rücken an die Decke gedrückt wurde, bis er sich beinahe durchschlängeln musste. Der Gestank nach Katzenpisse wurde stärker. Einmal war er sicher, dass er in der Dunkelheit falsch abgebogen war, dass er verschollen war und lebendig begraben werden würde.

Aber dann erhaschte er einen Blick auf das Schimmern von Cithrins Kerze. Als er in die halb verschüttete Kammer hinabtorkelte, war er sicher, seine Knie und Unterarme wären blutüberströmt, aber im Kerzenlicht zeigten sich nur ein paar blasse Kratzer.

Aster hatte sich dazu bereit erklärt, zurück zu den Schauspielern zu gehen, die draußen unter dem offenen Himmel warteten. Seine Augen hatten vor Aufregung geleuchtet. Als er zurückkam, war eine Schnur um seinen Knöchel gebunden. Gemeinsam zogen sie ein Brett durch den winzigen Gang, durch den sie gekrochen waren: Kerzen, Decken und versiegelte Gläser mit Rosinen, Wasser und getrocknetem Fleisch. Es reichte nicht aus, um lange davon zu leben, aber es würde sie über den Tag bringen. Cithrin bedankte sich rufend, und die undeutlichen Stimmen der anderen antworteten ihr und gingen dann fort.

Die Kammer gehörte zu einem versunkenen Garten: Die Blumenbeete waren zwischen den alten Säulen noch zu erkennen. Eine ebenfalls offen liegende Biegung führte in einen kleineren Raum, in dem sich der Leichnam eines Baumes an die noch aufrecht stehenden Steine einer hohen Mauer lehnte. Ein eingedrückter Eingang führte tiefer in die Gebeine der Stadt hinab, in Räume, die einst ein Haus gewesen sein mochten. Dort war es zu eng für alles, was größer als eine Katze war, und der Staub auf dem Boden war dick und niemals von menschlichen Füßen berührt worden. Überall stank es nach Katze, aber Geder stellte fest, dass der Geruch mit der Zeit weniger aufdringlich wurde.

»Nun«, sagte Cithrin. »Das wird doch wunderbar passen.«

»Wir sollten uns hinten weiter umsehen«, sagte Aster. »Vielleicht gibt es einen anderen Weg hinaus.«

»Besser nicht. Diesen Weg benutzt niemand. Wenn wir weiter hineingehen und auf einen Ort stoßen, den jemand regelmäßig aufsucht, werden wir womöglich entdeckt. Wir bleiben besser hier, wo nie jemand hingeht.«

»Wer sollte denn hier unten sein?«, fragte Geder. »Das hier ist ein Loch. Wortwörtlich. Es ist ein Loch im Boden.«

»Jede Stadt der Welt hat ihre Armen«, sagte Cithrin. »Und nennt es, wie Ihr wollt. Es ist ein Unterschlupf. Deshalb sind wir hier.«

Es war der Verrat, der Geder verfolgte, weniger die Gewalt. Er lag in der Dunkelheit, die Hände hinter dem Kopf verschränkt. Cithrin war hinausgegangen, um nach Nahrung und Neuigkeiten zu suchen. Die Katzen, deren Bau sie sich angeeignet hatten, hielten sich fern, abgesehen vom gelegentlichen fernen Kratzen ihrer Krallen auf Stein. Asters tiefer, regelmäßiger Atem bedeutete, dass der Junge schlief. Er wünschte, er hätte ebenfalls schlafen können.

Wenn er die Augen schloss, sah er Dawson Kalliam. Er sah das Messer in seiner Hand und das Blut auf Basrahips Fingern. Es ergab keinen Sinn. Er war Joreys Vater. Geder hatte diesem Mann dabei geholfen, Feldin Maas bloßzustellen und zu vernichten. Er hatte Dawson seine Armeen anvertraut. Dawson Kalliam war ein Freund. Ein Gönner. Wieder sah er das Messer, den kalten Hass in Dawsons Augen.

Wenn Dawson ein Feind war, dann konnte jeder ein Feind sein. Aus jedem beliebigen Grund oder gar keinem.

Es war schrecklich und erdrückend, und da Aster schlief und es nicht mitbekommen konnte, ließ Geder den Tränen der Angst und Verzweiflung eine Weile ihren Lauf.

Leise Geräusche waren hier unten hörbar: die Katzen, die

immer noch weiter drinnen herumstrichen, wie zögerliche Späher, die näher kamen und dann panisch davonhuschten. Es gab weder Ratten noch Mäuse – die Beute wurde, wie Geder annahm, vom Gestank der Raubtiere vertrieben. Hin und wieder hörte er auch das Klicken von Kieselsteinen und Steinsplittern, wenn sich das Gefüge ein wenig verschob. Im Lauf der Jahre und Jahrhunderte würden jene kleinen Steinbrocken und Bäche aus Regenwasser Orte wie diesen langsam auffüllen. Einst waren Männer und Frauen über diese Steine gewandelt, hatten die Veilchen in jenen Beeten bewundert. Nun war sogar das Sonnenlicht verschwunden. Und eines Tages würden Sand und Stein diese kleine Luftblase erobern. Unter Camnipol konnte alles begraben liegen, und niemand würde es je finden. Es war eine Stadt, die auf verschollenen Dingen errichtet war.

Jemand keuchte. In dem winzigen Zugang wurden Steine verschoben. Geder richtete sich auf und leckte sich nervös über die Lippen. Er konnte überhaupt nichts erkennen. Die Dunkelheit war vollkommen. Er zog seinen kleinen Dolch, und seine Atemzüge gingen stoßweise.

»Seid Ihr wach?«, fragte Cithrin, und Geder seufzte schwer.

»Ich schon«, sagte er leise. »Aster schläft.«

»In Ordnung«, erwiderte sie. »Würdet Ihr mir eine Kerze anzünden? Ich habe mich nicht getraut, während ich noch draußen war.«

»Weshalb nicht?«

»Es ist Nacht. Jemand könnte es sehen.«

Geder zündete die Kerze an, und die Frau glitt herab in den versunkenen Garten. Ihr Haar war zu einem strengen Pferdeschwanz zusammengefasst, und ihre Hände und Knie waren mit Staub und Schmutz überzogen. Ihre Haut, bleich wie bei einem Geist, schien im Kerzenlicht beinahe zu glühen. Da ihr Mischlingsblut so dünn war, wirkte sie zerbrechlich, schwach. Nur die Art, wie sie sich hielt, und das Selbstvertrauen in ihren Bewegungen entlarvten diese Lüge. Wäre sie eine Erstgeborene gewesen, hätte er sie für nicht viel mehr als ein Mädchen gehalten, zumindest, was ihre glatte Haut betraf. Aber sie war die Magistra einer Bank und vermutlich älter als er. Eine Frau, die die Welt bereiste. Sie kniete sich hin, knüpfte das Seil an ihrem Knöchel auf und zerrte daran. Das Brett schlitterte und schabte über den Stein, während sie es zu ihnen herzog.

»Die Neuigkeiten sind nicht gut«, sagte sie leise, als wollte sie den Prinzen nicht wecken. »In den Straßen wird noch gekämpft. Zum Teil sind es Leibgarden und Adelshäuser, aber es sind auch Plünderer unterwegs. Ganze Horden davon. Wenn es aussieht, als würde das Haus eines Adligen leer stehen, räumen sie es bis auf die nackten Wände aus. Und es scheint so zu sein, als würden einige alte Racheschwüre fällig. Fünf Männer in Masken haben heute Nachmittag einen Kaufmann namens Deron Rut entführt und ihn von einer Brücke geworfen, und niemand scheint zu wissen, weshalb.«

»Was ist mit Basrahip?«

»Der Tempel ist angesengt, aber er steht noch. Mikel und Sandr haben dort niemanden entdeckt, auch keine Leichen. Es gibt Gerüchte, dass die Priester gesehen wurden, aber bislang haben wir keinen gefunden.«

Er beugte sich vor und schüttelte den Kopf. Die Anspannung in seinen Schultern war schmerzhaft. Es war alles zu viel. Alles brach zusammen. Und wenn er weder Basrahip noch Dawson hatte, konnte er sich nicht vorstellen, was er tun würde, wenn er je wieder aus der Erde hervorkam.

»Was ist mit der Stadtwache?«, fragte er. »Was macht die?«

Cithrin streckte sich mit einem Knurren in die Dunkelheit des Zugangs und zerrte das Brett heraus und hinter sich her. »Sie haben alle Hände voll zu tun«, sagte sie. »Dort draußen gibt es kein Gesetz mehr. Ganz ehrlich? Wir drei sind heute Nacht wahrscheinlich die sichersten Leute in ganz Camnipol.«

»Außer, Eure Freunde verraten uns«, merkte er an.

»Abgesehen davon, ja«, stimmte sie zu, nahm etwas von dem Brett, das in Stoff gewickelt war, und stellte es zu ihren Füßen auf den Boden. »Das ist bei ihnen aber nicht sehr wahrscheinlich.«

»Weshalb nicht?«, fragte Geder und dachte wieder an Dawson Kalliams Gesicht. An das Blut auf seinem Messer. »Jeder von ihnen könnte es tun. Weshalb sollten sie nicht?«

»Eine von ihnen hat es getan«, erwiderte sie. »Sie haben gesehen, wie es ausgegangen ist.«

Sie nahm ein Gefäß von dem Brett und dann drei Weinschläuche. Das Letzte, was auf dem Brett war, war ein blecherner Nachttopf, den sie mit einem reumütigen Lächeln ins Kerzenlicht hielt.

»Ich hätte beinahe das Notwendigste vergessen«, sagte sie. »Was meint Ihr, erklären wir den Baum dort drüben zur Privatsphäre, oder sollen wir einen Ort suchen, der etwas weiter entfernt liegt?«

Geder versuchte sich vorzustellen, wie er sich dort erleichterte, wo sie ihn hören konnte, und er spürte die Röte heiß in den Wangen. »Weiter weg wäre besser, meint Ihr nicht?«

»In Ordnung«, sagte sie. »Der Erste, der ihn braucht, sucht eine Stelle aus.«

Im Licht der einzelnen Kerze wickelte sie den Stoff auf.

Darin war genug Essen für einige kleine Mahlzeiten: gebratenes Huhn, rohe Karotten, die nicht dicker waren als ihre Finger, ein halbes Kaninchen, das in Wein gekocht war, harte Brötchen, die so altbacken waren, dass sie hohl klangen, als sie aneinanderstießen. Sie setzten sich gemeinsam in der Düsternis hin. Sie erwies sich als sichere Weintrinkerin, woraus lange Gewöhnung sprach, und Geder stellte fest, dass er sich bemühen musste, um mitzuhalten. Als vom Hühnchen nur noch Knochen und Fett übrig waren, hatten sie gerade den dritten Weinschlauch geöffnet, und die Art, wie sie ihn hielt, ließ ihn vermuten, dass er geleert sein würde, ehe sie einschlief.

Aster schnarchte sanft in seinen Decken und murmelte vor sich hin.

»Er kommt ganz gut mit alldem zurecht«, sagte Cithrin und nickte in Richtung des schlafenden Jungen.

»Er ist gut darin, eine Fassade aufrechtzuerhalten«, erwiderte Geder. »Er hat aber eine schwere Zeit hinter sich. Er hat in jungen Jahren seine Mutter verloren und nun seinen Vater. Und dazu kommt das Gewicht der Krone.«

»Es scheint mir nicht gerecht, dass alles so viel schwerer ist, wenn man für den Thron geboren wurde«, sagte sie. »Man möchte meinen, die Macht würde sich mit mehr Vorteilen einschmeicheln.«

»Was? Ihr seid also nicht der Ansicht, dass alles bestens läuft?«, fragte er.

Einen Augenblick lang lachte sie nicht, und er war erleichtert, als sie es doch tat.

»Ich nehme an, für Euch ist es etwas Ungewöhnliches, Lordregent«, sagte sie. »Aber Ihr seid als Adliger aufgewachsen, genauso wie der Prinz. Ihr versteht, was für eine Last er trägt.«

»Eigentlich nicht. Ich meine, ich gehe davon aus, dass ich inzwischen die gleiche Stellung wie er bekleide, aber zuvor war ich sehr weit unten. Er hingegen hat von dem Augenblick an, als er sprechen konnte, gewusst, dass seine Bestimmung der Thron ist. Ich habe gewusst, dass ich einen winzig kleinen Landsitz in einem Tal mit zu vielen Bäumen und nicht genug Ackerland erben würde.«

Sie neigte den Kopf zur Seite und betrachtete ihn. Der Wein brachte Farbe in ihre Wangen. Eine Strähne, die sich gelöst hatte, fiel ihr auf die Lippen, und sie blies sie beiseite.

»Was ist dann geschehen?«, fragte sie. »Ihr seid in der Weltordnung aufgestiegen. Ihr seid praktisch der König.«

»Es ist eine lange, komplizierte Geschichte«, erwiderte er.

»Ihr habt recht«, sagte sie. »Uns könnte die Zeit ausgehen.«

Er fing am Anfang an. In Bruchhalm mit seinen schnellen, kleinen Bächen und der Bibliothek, die sein Vater aufgebaut hatte. Er erinnerte sich ein wenig an seine Mutter und erzählte das, was er hatte. Seine Vorstellungen von Camnipol, als er jung gewesen war und darin eine magische Stadt gesehen hatte, in der adlige Herren und Damen tanzten, weise Worte sprachen und um der Liebe und Ehre willen Duelle fochten. Jetzt lachte er darüber, aber zu jener Zeit war es ihm mächtig und wichtig erschienen.

Und dann sein erster Eintritt ins Leben bei Hofe. Sein erster Feldzug.

Als er Vanai erwähnte, wurde sie ganz ruhig. Es war nicht so sehr ihr Gesicht, das sich verschloss, sondern eher, dass sie sich nach innen wandte, ernst wurde. Etwas im hintersten Winkel seines Verstandes sagte ihm, er solle aufhören, aber je stiller sie wurde, desto mehr wollte er sie wieder hervorlocken, sie zum Lachen bringen. Die Nervosität trieb ihn weiter. Er überhöhte seine eigenen Missgeschicke und Fehler der komischen Wirkung wegen. Jeder sonst lachte ihn aus, also konnte sie sich vielleicht anschließen, aber sie nickte nur. Er wusste, dass er das Thema wechseln musste, ehe er zu dem Brand kam, aber die Geschichte und der Wein hatten ein Eigenleben entwickelt, und er hörte sich selbst mit wachsendem Entsetzen zu, während Ternigan die Stadt übernahm und Alan Klin zum Protektor ernannte. Er erzählte von seiner eigenen Rolle als niederer Vollstrecker von Klins Willen.

Als er die Karawane erwähnte, die vermutlich den Reichtum von Vanai schmuggelte, wurde sie ein bisschen lebhafter. Als er erzählte, wie er den Bereich südlich der Drachenstraße als Einsatzort erhielt, wie er sich mit einer Truppe aus untreuen Timzinae-Söldnern durch Eis und Schlamm kämpfte, hatte er wieder ihre ganze Aufmerksamkeit. Er ließ sogar das Geständnis zu – zum ersten Mal überhaupt –, dass er den Schatz aufgespürt hatte und die Karawane hatte weiterziehen lassen. Ihr ungläubiges Gesicht war beinahe komisch.

»Ich weiß«, sagte er mit einem Kopfschütteln. »Es war gemein von mir. Und vermutlich treulos, aber Klin war ein so aufgeblasener … ich kenne nicht einmal das Wort dafür.«

Sie blickte ihn an, als würde sie ihn zum ersten Mal sehen, und ihr Lächeln war, als würde man Wasser auf eine Verbrennung gießen.

Er grinste und zuckte die Achseln. »Ich habe mir nur ein klein wenig davon genommen«, sagte er. »Genug für ein paar Bücher, sobald ich zurück nach Vanai kam.«

»Natürlich habt Ihr das getan«, erwiderte sie und schüttelte vor Verwunderung den Kopf. So, wie sie es sagte, klang es wie ein Kompliment, und er blickte zu Boden, plötzlich stolz auf seinen Wagemut. »Ihr wart dort, als es niedergebrannt wurde.«

Geder holte tief Luft. Das Grauen stieg in ihm auf. Er war gut darin, es zu verdrängen, aber es war niemals weit weg. »Ich war der Protektor der Stadt«, sagte er.

In ihrem Gesicht regte sich nichts mehr. »War es also Euer Befehl?«

Die Wahrheit befand sich am Rande seines Bewusstseins. Es hätte so wenig gebraucht, um ja zu sagen, aber er wollte, dass sie ihn mochte. »Nein«, sagte er. »Der Befehl kam von weiter oben. Aber ich habe mich ihm nicht widersetzt. Das hätte ich tun sollen. Es war ein Fehler. Es war ein schrecklicher, schrecklicher, dummer Fehler. Wer immer den Befehl erteilt hat, er kann nicht geahnt haben, was er bedeutete. Nicht wirklich. Ich habe manchmal immer noch Albträume deswegen. Ihr … Ihr kennt Vanai?«

»Ich bin dort aufgewachsen«, sagte sie. »Meine Eltern wurden dort begraben, und die Bank hat mich aufgenommen. Ich habe dort alle verloren.«

Vor Furcht wurde Geder ganz flau im Magen, und er dankte im Stillen Gott, dass er sich gegen die Wahrheit entschieden hatte. Wie eine Welle spülte die Schuld über ihn hinweg.

»Es tut mir so leid«, murmelte er und sah zur Seite.

»Ich weiß nicht«, sagte sie. »Ich habe sie geliebt, aber sie haben mich nicht geliebt. Cam vielleicht. Aber Magister Imaniel hat niemanden geliebt. Ein solcher Mann war er nicht. Es hat mich geschmerzt, als sie gestorben sind, aber …«

»Aber?«

»Aber ich weiß nicht, wer ich wäre, wenn sie noch leben

würden«, erklärte sie. Sie sprach mit der Deutlichkeit eines Menschen, der gerade betrunken genug war, um zu wissen, dass er sich bemühen musste, nicht undeutlich zu sprechen. »Ich habe sie vermisst. Und ich habe um sie getrauert, glaube ich. Aber ich mag das, was ich bin. Was ich tue. Ich freue mich auf alles. Die Dinge, die sich ereignet haben, um mich hierherzubringen? Ich kann sie nicht beurteilen. Gut. Schlecht. Wer wäre ich, wenn ich Eltern gehabt hätte? Wer wäre ich, wenn ich nach Carse gegangen wäre? Wenn etwas Schreckliches zu etwas Gutem führt, wo steht man dann selbst?«

»Ich weiß nicht«, sagte er, obwohl er den Teil nicht verstand, als sie davon gesprochen hatte, nach Carse zu gehen. Sie war aus Carse gekommen, also musste sie irgendwann hingegangen sein.

Sie führte den Weinschlauch an den Mund, neigte den Kopf nach hinten. Ihre Kehle arbeitete, einmal, zweimal, zum letzten Mal. Ein winziges rotes Rinnsal lief ihr über die Lippen, und sie wischte es mit dem Ärmel ab. Als sie lächelte, war es ein träger und beinahe freudiger Gesichtsausdruck, völlig fehl am Platz in den Ruinen einer Stadt im Kriegszustand.

»Ich«, sagte sie, während sie den leeren Weinschlauch auf den Boden legte, »bin jetzt betrunken genug, um zu schlafen.«

»Nun gut. Gute Nacht, Magistra.«

Sie nickte ihm zu, eine unsichere Verbeugung, aber ihre Augen waren hell und fröhlich. »Schlaft gut, Lordregent. Wir werden sehen, wer einen Platz für den Pisspott suchen muss«, sagte sie, beugte sich mit geschürzten Lippen nach vorn und blies die Kerze aus.

Die Dunkelheit war außerordentlich und vollkommen. Sie suchten sich ihre jeweilige Decke, indem sie danach tasteten, und rollten sich darin ein. Die Schwellungen auf Geders Arm juckten, aber nicht schlimm. Er hörte, wie sie mit ihrer eigenen Decke kämpfte, leise fluchte und sich umdrehte, Stoff bewegte sich an Stoff. Ihr Atem war flach und ungeduldig, dann leiser, tiefer, voller. Sie schnarchte ein wenig, ein Rasseln weit oben in der Kehle. Geder lag auf dem schmutzigen Boden, sein Arm diente ihm als Kissen. Er hörte das Tappen weicher Katzenpfoten, einer ihrer Vormieter, der von dem Geruch nach Hühnchen angezogen wurde. Das gehetzte Lecken einer kleinen, rauen Zunge. Als er sich bewegte, floh die Katze, und es tat ihm leid, dass er es getan hatte. Es machte ihm nichts aus, das zu teilen, was von der Mahlzeit übrig war.

Er hatte nicht bemerkt, wie die kleine Kerzenflamme den Raum gewärmt hatte, aber die Luft wurde stetig kälter. Er zwang sich dazu zu schlafen, zählte seine Atemzüge, wie er es getan hatte, als er jünger gewesen war. Ging seinen ganzen Körper durch, zwang jeden Muskel dazu, sich zu entspannen, angefangen bei den Füßen und endend ganz oben auf seinem Kopf. Es wurde kälter, aber es machte ihm weniger aus. Langsam, Stück für Stück, spürte er, wie sein Verstand losließ, wie er langsam fort in die stille Dunkelheit glitt. Als sie sich umdrehte und ihn berührte, fiel ihm nur halb auf, dass sie da war.

Sein letzter zusammenhängender Gedanke war, dass er neben einer Frau schlief und es kein bisschen seltsam wirkte.

Dawson

Die Schlacht um Camnipol ging nun schon länger als eine Woche, Gewalt folgte auf Gewalt, Angriff führte zur Vergeltung, was wiederum zur Vergeltung führte. Zweimal hatten inzwischen Feinde versucht, die Tore zu öffnen, und beide Male waren sie zurückgetrieben worden. Die Nahrungsvorräte der Stadt wurden knapper, der Wasserspiegel in den Zisternen sank. Die hochsommerliche Sonne hatte sich zusammen mit der schlimmsten Hitze seit Jahren der Schlacht angeschlossen. Sie hämmerte von einem unerbittlich blauen Himmel herab, verwandelte alle Dächer in brennende Bronze, ließ Blumen verkümmern und trieb Männer in den Wahnsinn.

Dawson stand auf dem Dach von Alan Klins Anwesen, die Arme hinter sich, das Kinn mit einer Zuversicht nach vorn gereckt, die er nicht verspürte. Seine Stadt litt. Sein Land litt. Asterilreich hätte seine Armee neu versammeln und in diesem Augenblick vor den Mauern stehen können, und Dawson hätte es nicht nur nicht gewusst, es hätte auch keine Rolle gespielt. Die Belagerung, die sie sich selbst auferlegten, war genauso grausam wie alles, was der Feind ersinnen mochte. Es war, als würde man beobachten, wie ein geliebter Hund langsam wahnsinnig wurde, wie er sich selbst totbiss, während Dawson nur entsetzt und traurig zusehen konnte.

Hinter ihm räusperte sich Alan Klin. Und Mirkus Shoat,

der noch nie besonders originell gewesen war, tat es ihm nach. Dawson wandte sich an seinen Rat. Die Patrioten, die man irrtümlich für Verräter hielt. Estin Cersillian war tot, er hatte sich auf der Straße eine Klinge eingefangen. Odderd Mastellin wirkte wie ein kleines, erschöpftes Schaf. Einzig Lord Bannien lebte noch und war nicht bei ihnen. Er war heute Morgen mit zwölf Männern ausgezogen, um aus seinem Anwesen, das in der Nacht niedergebrannt worden war, zu bergen, so viel er konnte.

»Wir können so nicht weitermachen«, sagte Klin.

»Ich weiß.«

Auf der Straße unter ihnen hätten Männer und Frauen, Hunde und Kinder sein sollen. Bedienstete hätten die Gewänder ihrer Herren aus der Wäscherei zurückbringen sollen. Pferde hätten Karren voller Rüben und Kartoffeln zum Marktplatz ziehen sollen. Stattdessen gingen Gruppen von Männern mit Schwertern vorbei, die sich nervös umblickten. Seine Männer, die von Klin, die von Bannien. Auch Asters Banner wehte über dem Haus, eine sichtbare Treuebehauptung, die mit jedem vergehenden Tag eine kleinere Rolle zu spielen schien.

»Wenn wir König Lechan hätten«, sagte Mastellin, »könnten wir behaupten, die rechtmäßigen Beschützer des Throns zu sein. Wir hätten den Feind der Krone zum Feind.«

»Wissen wir überhaupt, dass ihn niemand umgebracht hat?«, fragte Mirkus Shoat.

Klins Lachen war leise und unangenehm. »Wir wissen nicht, ob ihn jemand *gefüttert* hat«, sagte er. »Er könnte schon zu den Engeln gegangen sein, ohne dass ein Dolch in seine Nähe gekommen ist.«

»Dann müssen wir uns ausliefern«, sagte Shoat.

»Niemals an Palliako«, entgegnete Dawson. »Wenn wir die Waffen niederlegen, muss es vor dem Prinzen sein. Sonst wird alles, was sie über uns sagen, wahr werden.«

»Ich glaube, Ihr überschätzt, was sie über uns sagen«, erwiderte Klin. »Und es spielt kaum eine Rolle. Bis wir den einen oder den anderen finden, könnten wir unsere Waffen genauso gut Daskellin oder Brut oder irgendwem geben, dem wir auf der Straße begegnen. Es gibt niemanden, dem wir uns ergeben könnten, der uns eine Sicherheit versprechen kann, die mehr abdeckt als den Weg von hier bis zum Galgen.«

»Weshalb nicht?«, fragte Shoat. »Die anderen könnten sich auch uns ergeben.«

»Aber das werden sie nicht«, sagte Klin, und in seiner Stimme schwang Verzweiflung mit. »Sie gewinnen.«

»Was ist mit den Priestern?«, fragte Dawson. »Haben wir von denen welche aufgespürt?«

»Ein paar«, antwortete Klin. »Nicht alle. Vor allem der Hohepriester lässt sich nicht aufstöbern. Wir haben sechs oder sieben von diesen Bastarden zusammengetrieben.«

»Wo sind sie jetzt?«, fragte Mastellin.

»Auf dem Grund des Spalts«, erwiderte er. »Wie haben sie von einer Brücke geworfen. Vorher habe ich mich eine Weile mit zwei von ihnen unterhalten. Sie erzählen interessante Geschichten.«

»Es kümmert mich nicht, was Schweine ausdrücken wollen, wenn sie grunzen«, erklärte Dawson, aber Klin fuhr fort, als hätte er nichts gesagt.

»Sie behaupten, dass Palliako den ganzen verdammten Kampf von einem geheimen Turm in der Königshöhe aus steuert. Er soll wohl über eine Art magischen Schutz verfügen. Als die Klingen ihn getroffen haben, sind sie glatt durchgegangen, als wäre er Nebel.«

»Was für ein Mist«, entgegnete Dawson. »Das Einzige, wodurch meine Klinge gegangen ist, war dieser Priester.«

Klin schüttelte den Kopf. Als er wieder etwas sagte, klang seine Stimme härter. »Sie sagen, dass er all das geplant hat. Dass es Teil der Säuberung ist, die er mit Feldin Maas begonnen hat, und nur er hatte eine Vorstellung davon, welche Ausmaße die Sache tatsächlich hatte. Sie sagen, dass er mit den jetzigen Kämpfen lediglich ein heißes Tuch auf eine Wunde legt, um den Eiter herauszuziehen.« Klin blickte sich auf dem Dach um. »Wir sind der Eiter, falls Ihr die Metapher nicht erkannt habt.«

Auf der Straße rief jemand etwas, und mehrere Männer zogen Schwerter und rannten auf das Geräusch zu. Dawson wünschte sich, er hätte um die Ecke blicken und ihnen folgen können, anstatt hier oben zu stehen, wo er so viel mehr von der Stadt erkennen konnte und doch zu wenig.

»Das glaubt Ihr doch selbst nicht«, sagte Dawson.

»Ich weiß nicht«, brummte Klin. »Erst nicht, aber sogar in wilden Geschichten kann ein Körnchen Wahrheit stecken. Palliako wusste, dass wir kommen.«

»Er war überrascht«, erwiderte Dawson.

»Er hat vielleicht nicht gewusst, dass Ihr es seid«, sagte Klin. »Aber jetzt weiß er es. Vielleicht hat das alles nur dazu gedient, um zu sehen, wer gegen ihn ist. So ist es nun zumindest ausgegangen, oder?«

Schweiß lief über Dawsons Rücken hinab. Die Rufe unten auf der Straße wurden lauter, und mit ihnen drang das Geräusch von Stahl auf Stahl heran. Auch darauf achtete Klin nicht.

»Ich glaube nicht, dass er eine Art Meister der Kundigen geworden ist, der sich in Nebel verwandelt und die Herzen all seiner Untertanen kennt. Aber einige Leute glauben es, Kalliam. Einige Leute glauben, dass es wahr ist.«

»Es hat schon immer Tölpel gegeben«, sagte Dawson, während ein Haufen von Kämpfern sich zurück um die Ecke schob, auf Klins Hof zu. »Und Ihr seid einer davon, wenn Ihr Euch mit ihnen unterhaltet. Verdammt, sie sind wieder da. Gebt das Signal zur Verteidigung.«

»Was hat das für einen Sinn?«, fragte Klin.

»Dass sie uns nicht umbringen«, antwortete Dawson und betonte dabei jedes Wort einzeln.

Klin lächelte nur. »Jeder stirbt irgendwann«, sagte er. »Immerhin sterbe ich nicht in diesem Sumpf.«

Schließlich wurde das dröhnende Verteidigungs-Signal der Trommeln lauter. Die Männer, die geruht hatten, kamen hinter Klins Mauern hervor, drängten die Angreifer zurück zu den Barrikaden, die Dawsons Streitkräfte errichtet hatten. Er würde sich noch weiter zurückziehen müssen. Da Bannien fort war, hatte er zu wenige Männer, um in allen Straßen rund um Klins Anwesen die Oberhand zu behalten. Und Gott allein wusste, wann Bannien wiederkommen würde.

Und ob überhaupt.

Die Räume von Klins Anwesen waren ziemlich hässlich. Wie bei Issandrian und Maas und all den anderen aus jener Kohorte junger Bilderstürmer war ihm die althergebrachte Ästhetik nicht zugänglich. Hier gab es keine klaren Linien. Keine Strenge oder Würde oder Ernsthaftigkeit. Nirgends fand man die Schönheit klassischer Architektur. Stattdessen waren die

Türrahmen geschnitzte Aufstände gegen die Regeln: Affen, die Frösche trugen, Frösche mit Löwen auf dem Rücken, Löwen, die nach Reihern mit ausgebreiteten Flügeln schlugen, die auch den Türsturz darstellten. Die Wandbehänge waren grelle, aufgeregte Dinger, von denen Fransen hingen wie Speichel aus dem Mund eines Mannes mit schlechten Zähnen. Nicht einmal den Fußböden gönnten sie etwas Ruhe: Sie wiesen Einlegearbeiten in verschiedenen Farben aus Stein und Buntglassplittern auf.

Clara wirkte wie ein Edelstein in einem Haufen Kiesel, während sie im Salon ruhte. Das Bett, das Klin ihr zur Verfügung gestellt hatte, nahm der Großteil des Raumes ein, aber sie saß darauf, als wäre es ein eleganter Seiden-Diwan. Im Inneren des Hauses herrschte grausame Hitze, und man kam nicht einmal in den Genuss der rauchgeschwängerten Brise, weshalb sie die Läden einen Spaltbreit offen ließ, so dass das weiche Tageslicht auf ihre Stickerei fiel. Das Netzwerk aus rosaroten, gelben und grünen Fäden verwob sich zu einem Muster, das Dawson noch nicht ganz erkennen konnte. Er hatte schon immer das Gefühl gehabt, dass sie diese Arbeiten absichtlich verkomplizierte und die Fäden zusammenführte wie ein Rätsel, das sie lösen musste. Am Ende würde es so wirken, als wäre jeder einzelne Schritt vollkommen einfach gewesen. Pure Eleganz.

»Du solltest nicht hier sein«, sagte sie, ohne aufzublicken. »Du wirst lediglich Schuldgefühle in mir wecken, weil ich dich ablenke.«

»Und wenn ich dir sagen würde, dass ich nach Jorey suche?«

Sie lächelte. Clara war schon immer gut darin gewesen,

zufrieden auszusehen, ohne zu verleugnen, dass sie sich erschöpft fühlte.

»Dann würde ich dich fragen, weshalb du nicht in seinem Zimmer oder in den Baracken suchst.«

»Das wollte ich doch«, erwiderte Dawson. »Aber ich bin abgelenkt worden.«

Sie legte die Stickerei weg und klopfte neben sich auf die Matratze. Natürlich war sie zu weich. In seinem Innersten war Klin ein Schwächling, und er war es immer gewesen.

»Erzähl mir noch einmal«, sagte Dawson, »was geschehen ist, als Phelia Maas gestorben ist.«

»Nun, du weißt doch noch, dass wir im Arbeitszimmer waren, ich, Jorey und Geder und dieser riesige religiöse Freund von Geder. Und die arme Phelia hatte einen Nervenzusammenbruch. Als Palliako anfing, alles aufzudecken, was mit Feldin vorging, ist das arme Ding völlig zusammengebrochen …«

Sie erzählte es alles noch einmal, wie sie es schon zuvor getan hatte. Die angebliche Besorgung, die sie im Hause Maas zu verrichten hatten, das Beharren des Priesters darauf, dass sie auf Wunsch des Barons hier waren, als man sie hatte aufhalten wollen. Dann die Briefe, die der Beweis für seine Verschwörung waren, und ihre Entdeckung. Phelias Tod.

Und anschließend Vincen Coe, der im Gang dem Baron und seinen Männern gegenüberstand, während Basrahip, der priesterliche Ziegenhirte, Maas einschüchterte, bis dieser weggegangen war. Dawson versuchte es sich vorzustellen, und es gelang ihm nicht. Er hatte oft gegen Feldin Maas gekämpft, und mehr als einmal mit dem Schwert. Ein eingeschüchtertes Abwenden. Das Schwert fallen lassen und von dannen ziehen.

»Sie verfügen über böse Magie«, sagte er. »Damit kann

man Menschen brechen. So wurde Maas gebrochen und die Männer in der Festung an der Seref. Und jetzt bricht Klin auf diese Weise. Ich kann es in ihm erkennen. Er hat mit ihnen gesprochen, und das hat das Feuer in ihm erstickt, genauso wie bei den anderen.«

»Bist du sicher, dass es nicht das Fieber und die Kämpfe sind, die dazu führen?«, fragte Clara. »Um einen Geist zu brechen, braucht es keine Magie. Die Welt ist möglicherweise völlig ausreichend.«

In ihren Worten lag eine Wahrheit, die er nicht anerkennen wollte, aber sie war da, geduldig und unnachgiebig. Die Erschöpfung, die auf seinen Schultern lastete, kam nicht nur von dem Kampf, der sich in die Länge zog. Nicht nur aus seiner Enttäuschung und Furcht. Sie speiste sich auch aus Trauer. Er hatte sein Bestes für das Königreich gegeben. Er hatte seine Pflicht getan, hatte sich unbeugsam vor die kleinen, kurzsichtigen Männer gestellt, die es verändern wollten. Wenn Simeon nur ein paar Jahre länger gelebt hätte, lange genug, um Aster den Thron zu übergeben, ohne dass es zu einer Regentschaft kam …

Clara nahm seine Hand, und er versuchte, ein wenig Hoffnung aufzubringen.

»Skestinin muss inzwischen nahe sein«, sagte er. »Sobald er Männer nach Süden bringt, wird er die Tore öffnen können. Im Augenblick sind unsere Kräfte zu ausgeglichen, und er kann das Gleichgewicht umstürzen.«

»Wird das gut für uns sein?«

»Wenn es nur Barriath wäre, der unter seinem Befehl steht, nein«, sagte Dawson. »Aber da ist noch Sabiha. Skestinin gehört nun zur Familie. Mit seiner Verstärkung können wir das Blatt wenden. Wir werden dich und das Mädchen hinausbringen. Jorey auch, wenn er geht.«

»Und dich?«

Die Trommel dröhnte, tief und trocken. Er sah, wie Clara erschauerte. Wieder der Ruf zur Verteidigung. Eine weitere Welle von Angreifern, die gekommen waren, um ihre Stärke zu testen. Sie kamen inzwischen häufiger. Sie kamen nicht, um zu siegen, sondern um Dawsons Männer davon abzuhalten, zur Ruhe zu kommen. Eine Belagerung in der Belagerung.

»Ich muss hierbleiben«, erwiderte er. »Es tut mir leid, dass die Welt so geworden ist, Liebling. Eigentlich hätte sie sich besser benehmen sollen, wenn jemand wie du darin lebt.«

»Wie eloquent«, sagte sie nur halb im Scherz. »Du bist ein Schmeichler, weißt du das?«

»Du bist es wert, dass man dir schmeichelt«, antwortete er und erhob sich vom Bett.

Bis er die Straße erreichte, hatten die Männer den jüngsten Angriff bereits zurückgetrieben. Die Sonne hatte die Pflastersteine der Straße aufgeheizt. Selbst nach Sonnenuntergang würde die Hitze noch stundenlang aus dem Boden aufsteigen. In besseren Jahren hätte er sich jetzt zum Großen Bär aufgemacht, sich auf einen Abend mit gekühltem Wein und Streitgesprächen vorbereitet, auf rhetorische und dichterische Wettbewerbe. In besseren Jahren wäre der Sommer nicht so heiß gewesen.

In den Höfen hatten die Männer Zelte und Verteidigungsanlagen wie eine Armee auf einem Feldzug errichtet. Klins Gärten waren von Stiefeln zu Staub zertreten. Die Rosen waren niedergemäht worden, um Platz zu schaffen, und eine weitläufige Laube, in der Weintrauben gehangen hatten, bestand nur noch aus ein paar abgebrochenen Stümpfen; das ganze Astwerk war Teil einer Straßensperre geworden. Die Männer selbst schliefen auf Feldbetten, benommen von der Hitze, oder waren auf dem Weg vom oder zum Wassertrog. Ihre Gesichter waren schmutzig und verschlossen, ihre Bewegungen langsam. Selbst die Art, wie sie aus einer Büchse mit Wasser tranken und einander zunickten, vermittelte das Bild einer geschlagenen Armee.

Es stimmte natürlich nicht. In den anderen Anwesen und Höfen gab es sicher Männer, denen genauso heiß war und die genauso müde waren, die den Schaden sahen, der der Stadt zugefügt wurde, und diesen Verlust genauso tief empfanden. Es gab keinen Grund für Dawsons Männer, den Kopf hängen zu lassen. Die Schlacht war nicht verloren, solange sie noch standen.

Er ging das Gelände mit dem wachhabenden Hauptmann ab. Die Barrikaden hatten sie drei und vier Straßen von Klins Anwesen entfernt errichtet, um Anspruch auf Plätze zu erheben, die das Revier von Dawsons Männern sein sollten, aber durch die dauernden und an verschiedenen Stellen stattfindenden Angriffe wurden sie abgetragen wie Sandburgen, wenn die Flut kam.

»Wir können unsere bisherige Stellung auf Dauer nicht halten, mein Lord«, erklärte der Hauptmann. »Die Männer sagen es nicht, aber sie wissen es. Und wenn sie es einmal wissen, wird es schwer, große Begeisterung für den Wiederaufbau zu schüren. Wir müssen uns ein Stück zurückziehen, zwei oder drei Plätze aufgeben, die wir zu verteidigen haben.«

»Und der Angriff?«, fragte Dawson.

»Bitte, mein Lord?«

»Der Angriff. Wie tragen wir die Schlacht zu ihnen?«

Der Hauptmann blies die Wangen auf, während er über diese Frage nachdachte. »Wir haben Patrouillen draußen, die auf die Jagd gehen. Vier davon, die sich abwechseln, um nach dem Prinzen und dem Lordregenten zu suchen. Und nach diesen Priestern, die Ihr haben wolltet.«

»Das reicht nicht«, sagte Dawson. »Wir sitzen hier wie Verbrecher, die auf die Klingen des Magistrats warten. Die Männer brauchen Ruhm. Zieht die Barrikaden zurück und stellt auf den Dächern Bogenschützen an neuen Positionen auf. Sagt den Männern, dass sie sich heute Nacht ausruhen sollen. Morgen tragen wir den Kampf zum Feind.«

»Ja, mein Lord«, sagte der Hauptmann, aber in seiner Stimme spiegelte sich keine Freude. Nach einem Augenblick des Zögerns fragte er: »Lord Kalliam, von welchem Feind sprechen wir?«

»Von Palliako und seinen Kultisten aus der Keshet«, sagte Dawson.

»Ja, aber, mein Lord, die jagen wir doch im Augenblick. Wenn Ihr stattdessen meint, dass sie gegen die Männer von Ternigan oder Daskellin und so weiter die Waffen erheben sollen, sieht alles ganz anders aus. Es wird vielleicht nicht einfach, so etwas ordentlich durchzuziehen.« Dawson konnte hören, wie sorgsam der Mann seine Worte wählte.

»Sie haben uns angegriffen«, erklärte er. »Und wir kauern uns zusammen und bekommen die Schläge ab. Auf diese Weise gewinnt man keinen Kampf.«

»Ja, mein Lord. Ich meine, nein, Herr, so nicht. Aber sie sind nicht der Feind. Jeder von uns kennt Männer auf der anderen Seite. Wir haben mit ihnen gedient. An ihrer Seite gekämpft, viele von uns unter Eurem Befehl. Es ist nicht dasselbe, wie wenn man nach Asterilreich oder Sarakal marschiert. Es sind Anteaner, die wir bekämpfen werden. Das ist nicht dasselbe.«

»Sie dienen jetzt den Priestern«, entgegnete Dawson. »Sie sind korrumpiert.«

»Ja, mein Lord. Es ist nur schwer, das zu erkennen, wenn man vor einem Mann steht, der einem vielleicht in Asterilreich das Leben gerettet hat. Es ist nicht so, dass uns diese Männer persönlich etwas getan hätten. Sie folgen nur dem, was ihre Lords ihnen auftragen, Herr.«

Genauso wie wir, stand zwischen ihnen in der Luft. Dawson hörte den warnenden Unterton. Es war nicht nur so, dass die Hoffnung dahinging, es war auch die Treue. Eine ruhmreiche Schlacht erforderte einen Feind, den man hassen konnte, und abgesehen von den Priestern und Palliako hatte Dawson keinen. Er fragte sich, ob die anderen – Ternigan, Daskellin, Brut – die gleichen Schwierigkeiten erlebten. Er hoffte, dass es so war.

»Danke für Eure Freimütigkeit«, sagte Dawson knapp. »Bauen wir die Barrikaden wieder auf. Wenn wir diese Stellung mit weniger Männern verteidigen, können wir mehr Gruppen auf die Jagd schicken, richtig?«

»Ja, Herr. Ich denke, das können wir.«

»Dann werden wir das tun.«

Die Sonne wanderte langsam über den Himmel. Dawson stellte fest, dass er sie verabscheute. Sie und all die Sterne, die sich hinter ihren Rockschößen verbargen. Einen Moment lang fing die Königshöhe das Licht ein, leuchtete auf wie ein Blitz, der nicht wieder verblasste. Er konnte sich Palliako dort oben in seinen Geheimkammern vorstellen, wie er auf Dawson herabblickte, auf die Stadt. Dorthin musste man gehen. Wenn es einen Angriff geben sollte, einen letzten Ausfall, müsste er stattfinden, um Palliako aus seinem Sitz in der Königshöhe zu vertreiben. Um ihn vom Gespaltenen Thron zu zerren und Aster dort an seine Stelle zu setzen. Schon als Junge würde er ein besserer König sein als Palliako …

Eine dröhnende Stimme erklang. Die Worte waren ein Echo, das von den Schluchten zwischen den Gebäudemauern zurückgeworfen wurde, nicht verständlich, aber ihr Tonfall war vertraut. Dawsons Eingeweide verkrampften sich, als er sich den neuen Barrikaden näherte, die gerade errichtet wurden. Seine Männer waren aufgeteilt: Die eine Hälfte schichtete weiter Baumstämme, Tische und umgestürzte Karren auf der Straße auf, errichtete Verteidigungsanlagen gegen die Schwerter ihrer Landsleute, und die andere Hälfte stand stumm da, die Hände auf den Bogen und Schwertern, bereit, einen neuen Angriff abzuwehren, wenn er kam.

Aber er kam nicht. Kein Gefecht. Keine Schwerter.

Auf dem Platz, von dem sie sich soeben zurückgezogen hatten, stand ein Belagerungsturm auf riesigen Holzrädern, der von einem Trupp Sklaven dahinter vorwärtsgeschoben wurde. An seinem Fuß marschierten mindestens fünfzig Schwertkämpfer, aber sie riefen nicht zum Angriff. Oben auf dem Turm, beinahe so hoch wie die Hausdächer, war ein Unterstand für Bogenschützen, dessen dicke Holzwände sicheren Schutz vor Pfeilen und Bolzen boten. Aber anstelle von Bogenschützen, die sich aus dem Fenster lehnten, um Pfeile auf sie herabregnen zu lassen, befand sich dort die graue Röhre eines Schalltrichters. Die Worte, die daraus hervordröhnten, wurden mit der tiefen, rollenden Stimme von Basrahip vorgetragen, dem Hohepriester der Spinnengöttin. Geders Marionettenspieler.

»Hört auf meine Stimme«, rief er. »Ihr habt bereits verloren. Alles, wofür ihr kämpft, ist bedeutungslos. Ihr könnt nicht gewinnen. Hört auf meine *Stimme* …«

Cithrin

»Du brauchst ein Bad«, sagte Sandr und stieß Charlit Sun mit dem Zeh an. Und dann, einen Augenblick später: »*Ich* brauche ein Bad.«

»Ich glaube, wir können uns darauf einigen, dass uns allen ein Bad guttäte«, erwiderte Cary. »Und frisches Essen. Und vielleicht ein Gewitter.«

Cithrin hockte hinten auf dem Karren, eine Schale mit gekochten Graupen in der Hand. Sie hatte bis kurz nach Mittag gewartet, um aus dem Loch hervorzukommen, und selbst nach ihrem Marsch zum Gelben Haus wirkte die Sonne noch zu hell. Zwölf Tage in der Dunkelheit. Bis jetzt.

»Also, die gute Neuigkeit ist, dass wir deinen Hohepriester gefunden haben«, sagte Cary. »Die schlechte, dass er sich inmitten einer Armee verkrochen hat und niemanden in seine Nähe lässt. Ich habe in Erwägung gezogen, ihm einen Brief zukommen zu lassen, war mir aber nicht sicher, ob du das wollen würdest.«

Cithrin runzelte die Stirn. Die Wahrheit war, dass zwei Herzen in ihrer Brust schlugen. Während der letzten Woche hätte sie so manches Mal eine Zehe für ein warmes Bett, eine warme Mahlzeit und fünf Stunden in einem Badehaus gegeben. Sobald Geder und Aster aus dem Loch hervorkamen, würde es keinen Grund mehr geben, dass sie sich dort unten aufhielt, um ihnen Gesellschaft zu leisten, und langsam verabscheute sie diesen Ort wirklich. Aber wenn es so weit war, würde Geder wieder zum Lordregent Palliako werden. Aster würde Prinz und König sein. Alles würde sich ändern.

Man hatte sie ausgesandt, um so viel wie möglich über Antea im Angesicht des Krieges mit Asterilreich herauszufinden. Und nun versteckte sie sich zusammen mit den beiden bedeutendsten Anführern Anteas, dem gegenwärtigen und dem der Zukunft. Bisher hatte sie herausgefunden, dass Geder Palliako ein seltsamer, ein wenig unbeholfener Mann war, der Bücher über unwahrscheinliche geschichtliche Fakten liebte. Dass Aster nicht gewusst hatte, wie man richtig weit spuckte, und es nun – ihretwegen – konnte. Sie sah die Zuneigung zwischen den beiden und die Begeisterung, die sie ineinander entfachen konnten. Und den beinahe körperlich geteilten Kummer, den keiner von ihnen zugab oder auch nur erkannte. Wenn sie wieder aus dem Untergrund hervorkamen, würden sie Cithrin verlassen, und jede Gelegenheit, mehr über die beiden zu erfahren, würde sich in Luft auflösen.

»Ich werde mit Geder darüber sprechen«, sagte sie und las die letzten Graupen mit zwei gekrümmten Fingern auf. »Noch etwas?«

»Die übliche menschliche Gemengelage aus Lügen und Torheit«, sagte Cary. »Hast du gewusst, dass Geder über die Geister der Toten gebietet und dass des Nachts Gespenster in den Straßen umgehen, die seine Feinde aufstöbern?«

»Das hat er gar nicht erwähnt«, erwiderte Cithrin. »Gut zu wissen. Also, wenn das alles ist ...«

Mikel grinste. »Nun«, sagte er, »eigentlich ...«

Cithrin hob die Augenbrauen.

»Das machst du immer«, warf Charlit Sun ein. »Genau das ist es, wovon ich wegen *Eine Tragödie aus Tarsk* gesprochen habe. Wenn du einen Effekt erzielen willst, nimmst du immer die Pause.«

»Sie *hat* einen Effekt«, sagte Smit.

»Ja, ja«, erwiderte Charlit Sun, »sie verzögert und nervt.« Sie warf einen Kieselstein nach Mikel.

»Eigentlich«, drängte Cithrin.

»Eigentlich«, sagte Mikel ein wenig ernüchtert, »habe ich herausgefunden, wo sich dein Paerin Clark versteckt. Er ist in einem Gästehaus von Canl Daskellin untergekrochen, was auch ein recht guter Einfall war, da die Herberge, in der ihr gewohnt habt, abgebrannt ist.«

»Sie ist abgebrannt?«, fragte Cithrin.

»In der vierten Nacht nach dem Aufstand«, erwiderte Cary.

»Meine Kleider waren dort drin«, murmelte Cithrin.

»Zwölf Leute waren dort drin«, sagte Sandr. »Zwei waren noch Kinder.«

Cithrin musterte Sandr. Vor nicht allzu langer Zeit war sie kurz davor gewesen, ihn sich zum Liebhaber zu nehmen. Während sie jetzt so dasaß, schien die Weisheit ihrer Entscheidung, es doch nicht zu tun, wie ein Feuer in der Nacht zu leuchten.

»Ja, ich bin eine kleinliche, gemeine Frau«, sagte sie, »und ich gräme mich wegen der Toten und der Leidenden, aber ich wollte meine verdammten Kleider wirklich zurückhaben. Könnt ihr zu Paerin gelangen, oder ist er genauso wachsam wie der Priester?«

»Er empfängt keine Besucher, die er nicht kennt«, erwiderte Mikel.

»Nun gut«, sagte Cithrin. »Ich brauche etwas, worauf ich schreiben kann.«

Die Geheimschrift der Gesellschaft stand ihr immer noch klar vor Augen, und die Nachricht war kurz: *Habe Zugang zum Lordregent und Prinz Aster. Welche Fragen soll ich stellen? Antwort durch denselben Überbringer.* Sie dachte darüber nach, noch etwas hinzuzufügen, das offenlegte, wo sie sich befand, wo Geder und Aster sich befanden, aber sie tat es nicht. Wenn er Geder und Aster wollte, konnte er zu ihr kommen.

Es war eine der wichtigsten Lektionen des Finanzwesens. Der Schlüssel zu Reichtum und Macht war leicht formuliert und schwer umzusetzen: Befinde dich zwischen den Dingen. Narineiland war eine eisige Insel mit kaum genug urbarem Land, um die eigene Bevölkerung zu versorgen, und es verfügte über keine besonderen Rohstoffe, aber die Strömungen des Ozeanischen Meeres sorgten dafür, dass es sich zwischen Fern-Syramis und dem übrigen Kontinent befand. Und daher hatte es große Reichtümer. Nun war Cithrin in die Lage von Narineiland versetzt worden, und auch wenn es nicht so bleiben würde, konnte sie nur gewinnen, je länger sie in dieser Stellung verharrte.

»Also gut«, sagte sie und reichte Mikel das Blatt. »Ich werde, so schnell ich kann, wegen der Antwort zurückkommen.«

»Wie läuft es im Untergrund?«, fragte Cary.

»Beklommen, langweilig und jederzeit bereit, alldem ein Ende zu machen. Aber wir lassen Aster hinaufschleichen, um zum Ausgang und hinaus ins Tageslicht zu schauen. Das scheint zu helfen.«

»Gut. Wenn das alles vorüber ist, hoffe ich, der Lordregent erinnert sich daran, wer seine Freunde sind. Ich habe beinahe alle Edelsteine aufgebraucht, die der Prinz am Körper trug.«

»Wirklich?«

»Mit einer reifen Orange könnte ich mehr kaufen als mit einer dieser Perlen«, erklärte Cary. »In einigen Vierteln geht bereits der Hunger um. Wenn nicht alles schnell endet, werden wir bald noch viel mehr Leute sterben sehen. Und es werden keine Lords und Adligen sein, die in einer ruhmreichen Schlacht fallen.«

Als es nichts mehr zu sagen gab, schob sich Cithrin einen Sack über die Schulter, der vier neue Weinschläuche, einen handtellergroßen Laib Hartkäse, eine Flasche Wasser, etwas altbackenes Brot und eine doppelte Handvoll getrocknete Kirschen enthielt. Sie blickte über den Spalt hinaus. Die Luft war neblig, und die gegenüberliegende Seite der Brücke wirkte bereits etwas grauer als die Dinge, die näher lagen. Im Augenblick brannte es nirgends, aber es gab keinen Grund zu erwarten, dass das die ganze Nacht über so bleiben würde.

Sie war noch nicht lange hier, aber Camnipol hatte sich vom Herzen eines Imperiums zu einer Stadt der Narben gewandelt. Es wurde in den Brandflecken auf den Gebäuden offenbar und in den Gesichtern der Menschen, an denen sie auf der Straße vorbeikam, in den leeren Marktplätzen und den Gruppen von Schwertkämpfern, die gemeinsam herumstrichen wie Wolfsrudel. Sie ging rasch und mit gesenktem Kopf weiter. Es war zu eindeutig, dass sie keine Erstgeborene war, als dass man sie für jemanden halten konnte, der in dieser Stadt Macht besaß, aber sie konnte sich als Dienerin ausgeben. Es gab viel niederes Volk aus den Geschaffenen Rassen, und wenn sie dazugehörte, würde sich niemand fragen, wohin sie ging oder weshalb.

Auf ihrem einsamen Weg zurück zum Lagerhaus und zu

dem Loch folgten ihr beinahe eine halbe Meile lang drei Männer, riefen ihr anzügliche Bemerkungen nach und schlugen geschmacklose Dinge vor. Sie hielt den Blick gesenkt und ging weiter. Sie sagte sich, dass es ein gutes Zeichen war, denn genau so hätten die Männer ein Mädchen aus der Dienerschaft behandelt, das allein durch die Straßen ging, aber sie spürte trotzdem Erleichterung, als sie das Interesse an ihr verloren und weiterzogen.

Am Lagerhaus hielt sie an und wandte sich langsam in alle Richtungen. Es war niemand da, der sie sehen konnte. Sie absolvierte das übliche Ritual, band sich ein Stück Seil um den Knöchel und kroch hinein. Die anderen waren diesmal nicht mit ihr gekommen, also machte sie sich nicht die Mühe, das Brett zu benutzen. Alles, was sie hatte, war bereits im Sack verstaut.

Als sie zum ersten Mal durch den schwarzen Zugang gekrabbelt war, hatte er den Eindruck gemacht, als würde er ewig weitergehen. Inzwischen fühlte er sich kurz und belanglos an. Als sie die Kante erreichte, an der er sich zu dem versunkenen Garten erweiterte, saßen Geder und Aster nebeneinander und malten im Licht einer Kerze Muster in den Schmutz.

»Hat die gebrannt, seit ich gegangen bin?«, fragte Cithrin.

Geder und Aster blickten einander an, Komplizen, wie sie im Buche standen. Cithrin seufzte und fing an, ihr Gepäck herabzuziehen.

»Irgendwann ist sie aufgebraucht, wisst Ihr. Und wir bekommen keine neue, nicht vor morgen, frühestens.«

»Ob es jetzt dunkel ist oder später …«, sagte Aster. »Es macht keinen großen Unterschied.«

»Der Unterschied ist, dass die jetzige Dunkelheit selbst

gewählt wäre«, erklärte sie. »Die spätere Dunkelheit ist erzwungen. Was habt Ihr gespielt?«

»Geder hat mir Morades Zelle gezeigt«, sagte Aster.

»Es ist ein Rätsel, das ich in einem Buch gefunden habe«, erklärte Geder. »Es geht um den letzten Krieg.«

»Wir hatten einen letzten Krieg?«, fragte Cithrin und schob eine Strähne ihres fettigen Haares nach hinten. »Ich bin mir nicht sicher, ob alle Bescheid bekommen haben, dass sie aufhören müssen.«

»Der Drachen, meine ich«, sagte Geder. »Hier, schaut.«

Cithrin trat näher und setzte sich neben die beiden, während Geder das Rätsel noch einmal neu aufzeichnete. Morade war ein Punkt in der Mitte, seine Klauengefährten waren zu seinen Seiten platziert. Und drei Steine repräsentierten die Orte, an denen sich Drakkis Sturmkrähe verstecken mochte: Feuerfeste, Mass, Flusshöhle. Für jeden der Drachen lieferte das Rätsel Regeln, wie er sich bewegen konnte und in welcher Reihenfolge, und man musste herausfinden, wie Morade in allen drei Verstecken nachsehen konnte, während er gleichzeitig seine Klauengefährten am Ziehen hinderte.

»Was, wenn Sturmkrähe im ersten Versteck ist?«, fragte Cithrin.

»Nein, man findet ihn nie«, sagte Geder. »Es geht nur darum, an allen drei Orten nachzusehen.«

»Was, wenn …« Aster deutete auf das kleine improvisierte Spielfeld und versuchte sich an einer Kombination von Zügen, die nicht funktionierte. Cithrin ließ sie weiterspielen, öffnete den Sack und holte alles heraus, so dass sie es durch Tasten wiederfinden konnte. Die Kerze würde nicht ganz bis zum Einbruch der Dunkelheit halten. Nicht dass

Tag oder Nacht in der Dunkelheit groß von Bedeutung gewesen wären.

Sie aßen ihr Abendessen im Finstern, und Aster kroch durch den dunklen Tunnel hinauf, um zuzusehen, wie der Sonnenuntergang am Fuße des zerstörten Lagerhauses langsam vorüberging. Cithrin lehnte sich an eine Wand aus Stein und Lehm, ihren Weinschlauch in der Hand. Geder, unsichtbar, war rechts vor ihr.

»Glaubt Ihr wirklich, dass sie alle gestorben sind?«, fragte sie.

»Wer? Die Drachen? Aber natürlich.«

»Ehe ich hierherkam, habe ich das Grab der Drachen besucht. Der Mann, mit dem ich dort war, sagte, dass Sturmkrähe ganze Scharen von ihnen in Schlaf versetzte, sie versteckte, so dass sie hinter den Linien des Feindes erwachten und ihm in den Rücken fielen.«

»Davon habe ich gelesen«, sagte Geder. »Sie hatten auch Schiffe, die Menschen in den Himmel trugen. Sie hatten stählerne Hüllen und Messerklingen, lang wie eine Straße. Damit haben sie die Drachen bekämpft.«

»Haben sie den Kampf je gewonnen?«

»Das glaube ich nicht«, sagte Geder. »Wenn es so war, habe ich nie davon gelesen.«

»Als ich ein kleines Mädchen war, habe ich davon geträumt, auf einem Drachen zu reiten. Einen zum Freund zu haben, der mich hinauf und weg von Vanai tragen konnte und von allen, die ich kannte. Von allem. Ich habe mir ausgeklügelte Geschichten ausgedacht, wie er mir gehorchen würde und mich alles tun ließ, was ich wollte. Und dann …« Sie lachte und schüttelte dabei den Kopf, obwohl es niemand sehen konnte.

»Was?«, fragte Geder.

»Und dann hat sich erwiesen, dass der Drache *Geld* heißt«, sagte sie. »Münzen, Verträge und Darlehen mit Zinsen waren das, was mich fliegen ließ. Wer hätte gedacht, dass es das war, was ich meinte, als ich von Drachen träumte?«

»Das ergibt einen Sinn«, erwiderte Geder. »Ich meine, es war eigentlich auch nicht das Gold. Ob Drachen oder Münzen oder ob man mit einer Armee im Rücken und einer Krone auf dem Kopf ausreitet. Es ist alles das Gleiche. Es ist Macht. Ihr wolltet Macht.«

Cithrin saß einen Augenblick lang da und dachte darüber nach. »Wolltet Ihr Macht?«, fragte sie.

»Ja«, antwortete Geder. Sie hörte, wie er sein Gewicht verlagerte. »Ich wollte alle leiden sehen, die mich ausgelacht haben. Ich wollte, dass jede Erniedrigung zurückgezahlt wird.«

»Und nun, da Ihr die Macht habt, lebt Ihr in einer Ruine, in der es nach Katzenpisse stinkt, und esst, was immer eine Schauspieltruppe für Euch zusammenkratzen kann«, bemerkte Cithrin. »Ich bin mir nicht sicher, ob Euer Plan gerade gut aufgeht.«

»Das hier ist keine Erniedrigung.«

»Nicht?«

»Nein, Ihr seid hier. Und außerdem ist es noch nicht vorbei. Wir werden hier nicht sterben. Die Leute, die all das herbeigeführt haben, werden dafür bezahlen.« Er sagte es ruhig und voller Zuversicht. Er prahlte nicht, sondern sagte nur, was er sah. »Also. Wer war dieser Mann, mit dem Ihr unterwegs wart? Als Ihr das Grab besucht habt?«

»Der Sohn von Komme Medean«, erwiderte Cithrin und nahm noch einen Schluck Wein. »Es ist schwer, glaube ich, für Komme. Er hat die Bank aus einem kleinen Geschäft aufgebaut, das sein Großvater begonnen hatte, und daraus dieses große Netzwerk gemacht, das die ganze Welt überzieht. Einen Großteil davon zumindest. Und dann hat er einen Sohn, der nichts davon versteht.«

Geders Lachen war warm und voll und von einer merkwürdigen Grausamkeit, als würde es ihm gefallen zu hören, wie sie Lauro in einem Nebensatz beleidigte.

»Seine Tochter allerdings ist schlau«, fuhr Cithrin fort. »Die Frau von Paerin Clark. Wenn Komme will, dass die Bank eine weitere Generation lang besteht, wird er sie ihr übergeben.«

Ein leises Kratzen kündigte die Rückkehr des Prinzen an, dann ein paar Steine, die auf den Boden fielen.

»Wie war es da draußen?«, fragte Geder.

»Es gab dort Licht«, sagte Aster. »Und ich habe ein paar Leute auf der Straße gehört. Sie klangen zornig.«

»Haben sie dich gesehen?«, fragte Geder einen Augenblick, bevor Cithrin es tun konnte.

»Natürlich nicht«, erwiderte Aster, und sie konnte hören, dass er grinste. »Ich bin der Prinz der Geister. Niemand sieht mich.«

Die Nacht war kühler als sonst, obwohl die stetigen tiefen Atemzüge von Aster keinen Unterschied erkennen ließen. Der Wein hatte Cithrins Aufregung gedämpft, aber sie hatte nicht alles getrunken, was sie zur Hand hatte. Noch ein Schlauch befand sich gleich außerhalb ihrer Reichweite auf dem Boden, und während sie in der Dunkelheit neben Geder lag, dachte sie darüber nach, sich danach zu strecken. Aber die Tatsache, dass es sie danach verlangte, war ein Argument dagegen.

Die Kombination aus erzwungener Ruhe und Angst war, wie sie wusste, eine Einladung, dem Wein zu sehr zuzusprechen. Wenn sie ehrlich mit sich war, hatte sie vermutlich bereits irgendwo in diesen dunklen Nächten mit Geder und Aster eine Gelegenheit versäumt, ganz einfach, weil sie sich vom Wein hatte einlullen lassen. Auf der anderen Seite führte dauernde Schlaflosigkeit auch nicht unbedingt dazu, dass man aufmerksam und konzentriert blieb. Irgendwo in der Mitte musste ein Gleichgewicht bestehen, eine Möglichkeit, wie sie ihre Nerven beruhigen konnte, ohne sie zu sehr zu dämpfen. Sie wollte nicht alt werden und feststellen, dass sie zu den verbrauchten, triefäugigen Trunkenbolden gehörte, die in den Schenken wohnten. Das Potenzial dazu besaß sie, und deshalb lag sie in der Dunkelheit und griff nicht nach dem Weinschlauch.

Geder rollte sich zu ihr herum, sein Arm fiel über ihren Bauch, sein Gesicht ruhte zwischen ihrer Schulter und dem Boden. Immerhin war er warm, und ihr Atem roch auch nicht besser als seiner. Seine Atemzüge verrieten ihr, dass er so tat, als würde er schlafen, und darüber gestattete sie sich ein Lächeln. Er brauchte seine Zeit, um seinen Mut zusammenzunehmen, und sie war nicht im Geringsten überrascht, als sie spürte, wie seine Hand sich um ihre Brust schloss.

Sie machte die Augen zu und dachte darüber nach, was sie tun sollte. Nein, vielmehr, was sie tun *wollte*. Aster hatte bereits bewiesen, dass er stundenlang schlafen konnte, während sie sich bei Kerzenlicht unterhielten oder sogar lachten. Aber gab es ein Protokoll, wenn man mit einem König schlief? Oder einem Lordregenten, immerhin. Sie konnte ihn zurückweisen, und sie schätzte, dass er die Ablehnung gnädig und unter Entschuldigungen akzeptieren würde. Das war zumindest ihre Erwartung, wie er als Geder Cithrin behandeln würde. Wenn er sich entschloss, als Lordregent Palliako zu handeln, dann war das etwas anderes. Es wäre interessant zu erfahren, welche seiner verschiedenen Rollen er annahm, aber der Preis, um das herauszufinden, war womöglich ein unerfreulicher.

Beinahe wie aus weiter Ferne bemerkte sie, dass ihr eigener Atem flacher wurde, was ihr merkwürdig vorkam. Und leider nahm ihr das auch die Möglichkeit, selbst vorzugeben, dass sie schlief. Sie konnte ihn doch nicht wollen. Oder doch? Sie hatte vorher nur einen Liebhaber gehabt, und sie erinnerte sich daran, mehr oder weniger genauso auf dessen Berührungen reagiert zu haben. Sie richtete ihre Gedanken neu aus und strengte sich willentlich an, um auf ihren Körper zu lauschen. Das Gewicht und die Wärme, die sie vorfand, überraschten sie. Geders Hand hatte sich bewegt, seine Finger drückten zögernd auf ihren Bauch, wanderten langsam nach unten, und anstatt sich peinlich berührt oder unbehaglich zu fühlen, spürte sie hauptsächlich Ungeduld, weil er so zögerlich war. Entweder zog er die Sache durch oder nicht; unbeholfen auf der Schwelle zu balancieren war würdelos. Was würde er tun? Vorgeben, dass seine Hand nur zufällig dorthin geraten war? *Hoppla, wie ist denn das passiert?*

Ihr Lachen kam unabsichtlich und tief aus ihrer Kehle. Er regte sich überhaupt nicht mehr, wie eine der Katzen, die in der Dunkelheit vorbeischleichen wollten und voller Angst innehielten.

Es war eine schlechte Idee. Es war ein in jeder Hinsicht schrecklicher, furchtbarer, peinlicher, unmöglicher Drang, und das Richtige wäre gewesen, sich zu ihm umzudrehen und ihm das zu sagen und einen Frieden von der Art zu schließen, wie er ihnen noch offenstand, nachdem sie gemeinsam so kurz vor eine Katastrophe geraten waren. Sie drehte sich um, und ihr verräterischer Körper bewegte sich auf eine Weise, dass seine Hand auf ihr liegen blieb. Sie öffnete die Lippen, um etwas zu sagen, aber irgendwo auf dem Weg dorthin wurde sie abgelenkt, denn stattdessen küsste sie ihn.

Oje, dachte sie, während seine Überraschung nachließ und sein Mund auf ihrem weicher wurde. *Das ist gar nicht gut …*

Seine Hände streckten sich nach ihr, und sein Atem kam bebend. Er zitterte.

»Ich …«, flüsterte er. »Ich habe noch nie …«

»Schon gut«, sagte sie. »Ich habe.«

»Cithrin!«

Das Flüstern klang wie reißendes Papier. Sie befreite sich aus einem so tiefen Schlaf, dass sie anfangs nicht einmal wusste, wo sie war oder weshalb es keine Wirkung hatte, als sie die Augen öffnete.

»Geder?«, fragte sie.

»Cithrin, ich bin es!«

Nicht Geder. Auch nicht Aster.

»Horniss?«

»Hast du eine Kerze?«, fragte der Schauspieler. »Es ist fast Mittag, und ich habe nicht daran gedacht, eine mitzunehmen.«

»Nein«, sagte sie und richtete sich auf. Oh Gott, wo war ihr Kleid? Sie tastete schnell den staubigen Boden um sich herum ab, und Geder fand ihre Hand und drückte ein vertrautes Stück Stoff hinein. »Nein, wir haben gestern unsere letzte verbraucht, als wir nach Drakkis Sturmkrähe gesucht haben. Warum flüsterst du?«

Sie nutzte die Pause, um sich das Gewand über den Kopf zu ziehen.

»Ich weiß nicht recht, jetzt, wo du es sagst«, erwiderte Horniss. »Das kommt mir einfach wie ein Ort vor, an dem man flüstert.«

»Wir reden hier auch«, sagte Cithrin.

»Tun wir wirklich«, stimmte Geder zu.

Irgendwo links von ihr kicherte Aster. Ihre Arme fanden die Ärmel. Na also. Dem Anstand war Genüge getan.

»Ich bin gekommen, um euch zurückzurufen«, sagte Horniss. »Es ist vorbei.«

»Was ist vorbei?«, fragte Geder.

»Die Schlacht um Camnipol«, erwiderte Horniss. »Dawson Kalliam ist im Kerker, und seine Verbündeten fallen einander über die Füße, während sie nach jemandem Ausschau halten, dem sie die Schuld in die Schuhe schieben oder bei dem sie sich entschuldigen können.«

»Kalliam hat sich ergeben?«

»Odderd Mastellin hat sich gegen ihn gewandt. Ich habe mir gedacht, das wollt Ihr vielleicht wissen, oder? Verlasst diesen Ort und kehrt zurück in die Welt.«

»Natürlich«, sagte Geder, und sie hörte, was seine Stimme alles ausdrückte. Freude und Bedauern. Ein Ende. »Zurück in die Welt.«

Marcus

Die ganze nächtliche Fahrt hindurch hatte Marcus nach einer Fluchtmöglichkeit Ausschau gehalten. Er hatte an den Seilen gezerrt, die um seine Hand- und Fußgelenke geschlungen waren. Er hatte versucht, sich durch den Lederstreifen zu nagen, der das Stück Stoff in seinem Mund befestigte. Er hatte sich bis ans Ende der Reichweite des Ringes und der Kette gerollt. Als sie dann angehalten hatten – die ersten Vögel hatten gerade mit ihrem Gesang die Dämmerung heraufbeschworen –, hatte er lediglich erreicht, dass die Knochen in seinen Handgelenken schmerzhaft knackten und das Blut aus seiner gebrochenen Nase mehr oder weniger gleichmäßig über den Karren verteilt wurde.

Die Stimme, die den Fuhrmann grüßte, war vertraut, aber er konnte sie nicht einordnen, bis der Mann über ihm aufragte und mit einem übervoll mit Zähnen bestückten Mund auf ihn herablächelte.

»Ja, das ist der Mann«, sagte Capsen Gostermak und schüttelte traurig den Kopf. »Guten Morgen, Hauptmann Wester. Es tut mir leid, dass wir uns unter so unangenehmen Umständen wiedertreffen müssen.«

Selbst mit diesen Zähnen schaffte er es, sein Lächeln erheitert aussehen zu lassen. Sein Gefängniswärter war ein Mann von Welt …

»Es hätte eine Bezahlung mitgeliefert werden sollen«, sagte Capsen.

»Ach, richtig«, erwiderte der Fuhrmann. »Habe ich glatt vergessen.«

»Aber sicher doch.«

Marcus hörte, wie eine Börse den Besitzer wechselte, und dann zogen ihn die beiden aus dem Karren und marschierten mit ihm durch die Dunkelheit, wobei sie ihn trugen wie ein geschlachtetes Schwein. In seinen Schultern und im Handgelenk flammte Schmerz auf. Der Taubenschlag war aus rauem und unbehauenem Stein, daher konnte Marcus, als sie ihn gegen die Wand lehnten und Capsen mit einem breiten Eisenschlüssel hantierte, seine Wange darüberreiben, um den Knebel zu lösen. Er spuckte den nassen, blutigen Stoff auf den Boden.

»Ich werde es verdoppeln«, sagte er. »Was immer er Euch bezahlt, ich werde es verdoppeln.«

Capsen lachte leise. »Ihr bezahlt mich bereits ziemlich ordentlich, Hauptmann«, sagte er. »Ich bin nicht gierig.«

Das Innere hatte einen Durchmesser von weniger als zwanzig Fuß. Die Tauben flatterten auf, stellten mit ihrem Gurren Fragen ohne Worte. Capsen und der Fuhrmann schleiften ihn auf die gegenüberliegende Seite zu einer breiten Eisenstange, die quer in einer Ecke angebracht war; ihre Enden waren tief in die Wände eingelassen. Der Lederriemen wurde dort befestigt, und Marcus blieb nichts übrig, als sich auf den gepflasterten Boden zu knien. Der Fuhrmann trottete davon, und Capsen zog ein dünnes, scharfes Messer. Die Tauben flatterten auf, als wären sie um Marcus besorgt.

»Ich habe damit einige Erfahrung«, sagte Capsen, während er die Seile durchschnitt, die Marcus' Beine fesselten. »Dreht

Euch um. Danke. Es gibt zweierlei Arten, wie das hier laufen kann, und ich werde in jedem Fall dieselbe Bezahlung bekommen. Ihr könnt die zugegebenermaßen begrenzte Freiheit jener Kette dort haben.«

»Fünf Fuß Freiheit«, knurrte Marcus.

»Es ist ein relativer Begriff, das gebe ich zu«, sagte Capsen, der die Seile um Marcus' Handgelenke durchschnitt. »Ansonsten habe ich ein Paar alte Handschellen. Sie reiben und sind eigentlich für Cinnae vorgesehen, also werden sie Euch vermutlich ein bisschen zu eng sein. Aber wenn Ihr darauf besteht, können wir sie benutzen.«

»Ich werde Euch umbringen«, sagte Marcus.

»Und ich bin kein großartiger Kämpfer«, erwiderte Capsen. »Wenn Ihr es also versucht, werde ich entschlossen handeln müssen. Ich verstehe wirklich nicht genug davon, um es zu schaffen, jemanden mit Eurer Erfahrung einfach nur in Schach zu halten. Essen gibt es gleich als Erstes jeden Morgen, eine Kleinigkeit mittags und kurz vor Sonnenuntergang eine weitere volle Mahlzeit. Einmal am Tag werde ich den Nachttopf leeren. Die Tür wird immer von außen verschlossen sein, und Ihr seid zu groß, um durch die Taubenlöcher zu passen. Wenn Ihr die Sache unerfreulich für mich gestaltet, werde ich sie für Euch unerfreulich gestalten.«

»Noch unerfreulicher, als in einem Taubenschlag an die Wand gekettet zu sein, meint Ihr?«

»*Unerfreulich* ist noch so ein relativer Begriff«, sagte Capsen. Sein Lächeln wirkte aufrichtig.

»Weshalb tut Ihr das?«

»Ich züchte Tauben und schreibe Gedichte. Von irgendwas muss ich den Steuereintreiber ja bezahlen.«

Er trat zurück, und Marcus kam stolpernd auf die Beine. Alles von den Knien abwärts war taub wie bei einem Toten.

»Wenn Ihr wollt, überlasse ich Euch jetzt für eine Weile Euren Fluchtversuchen«, sagte Capsen. »Frühstück gibt es in ungefähr einer Stunde.«

Im Verlauf der nächsten Woche versuchte Marcus alles, was ihm in den Sinn kam. Er versuchte, sich aus den ledernen Gurten herauszuwinden. Er versuchte herauszufinden, wie die Kette befestigt war, indem er nach hinten griff, bis seine Schultern und Ellbogen schmerzten. Er rannte von der Mauer weg, legte jedes Mal seine ganze Kraft in den Anlauf, in der Hoffnung, etwas losreißen zu können, und dann ging er noch einmal alles durch, was er schon zuvor getan hatte. An einem Tag versuchte er, um Hilfe zu rufen. Am sechsten Tag erinnerte er sich daran, dass er einmal gehört hatte, wie man ein Seil aufdrehte, und er drehte und wand sich verzweifelt, wickelte die Kette immer dichter auf, bis sie ein einziges dickes Ding war, viermal so dick wie der ursprüngliche Gurt, und sich kein Stück mehr bewegen ließ. Er setzte all seine Kraft ein, um sie noch weiter drehen zu können, um ein Glied aufzusprengen.

»Oha«, sagte Capsen, als er an diesem Tag das Abendessen brachte. »Das habe ich noch nicht zu Gesicht bekommen. Ihr seid sehr schlau.«

»Danke«, knurrte Marcus. Es dauerte sehr lange, bis er sich wieder ausgewickelt hatte, und als die Kette ihm genug Raum ließ, war sein Abendessen kalt.

Als die zweite Woche seiner Gefangenschaft begann, stellte Marcus fest, dass sein Zorn und seine Empörung nachließen. Die Welt verengte sich zu einem kleinen, unlösbaren Problem.

Es zehrte ihn auf. Noch lange, nachdem er sich davon überzeugt hatte, dass der Mechanismus keine Flucht gestattete, versuchte er es, tat all das, was er schon zuvor getan hatte, erwartete genau die gleichen Ergebnisse, war aber offen für eine schöne Überraschung. Ganz gleich, was als Nächstes geschah, seine oberste Aufgabe war es zu fliehen.

Die Tauben schienen ihn als kostenlose Unterhaltung zu betrachten, wanderten über ihre Sitzstangen und wandten ihm erst ein Auge und dann das andere zu. Capsens Kinder spähten manchmal durch die Taubenlöcher hoch oben in der Wand herein, starrten Marcus ein paar Minuten lang an und flüchteten dann unter Gelächter. Abends rächte sich Marcus, indem er Steinchen und kleine Erdklumpen nach den Tauben warf, bis sie sich aufplusterten und ihm vorwurfsvoll den Rücken zuwandten.

Nachts hatte er Albträume. Das war nichts Neues.

Die Morgendämmerung kam über die Fenster herein, ein aufstrebendes blauweißes Licht. Mit einem fragenden Gurren gaben die Tauben ihre Meinung dazu im Chor zum Besten. Das Rasseln des Schlosses kam früher als gewöhnlich, und als die Tür aufsprang, war es nicht Capsen, der sich hereinduckte.

»Kit?«

»Marcus«, grüßte der Schauspieler fröhlich. »Ich habe nach Euch gesucht. Ich glaube, ich verstehe jetzt, weshalb Ihr so schwer zu finden wart.«

»Ihr müsst mich hier herausholen.«

»Das werde ich. Aber ich wollte erst mit Euch sprechen.«

Meister Kit ließ sich mit dem Rücken an die grobe Steinmauer gelehnt nieder. Er wirkte älter, als Marcus ihn in Erinnerung hatte. In seinem Haar fand sich mehr Weiß, und er sah sogar noch dünner aus als auf der langen Karawanenstraße von Vanai nach Porte Oliva.

Marcus zerrte an seinen Ketten, was sie zum Rasseln brachte. »Ich kann mich auch mit Euch unterhalten, ohne an eine Wand gefesselt zu sein«, sagte er. »Wir könnten alles bis zu diesem Punkt überspringen. Das würde mir nichts ausmachen.«

»Wisst Ihr, weshalb wir uns die Daumen ritzen, wenn wir Verträge oder Abkommen unterzeichnen?«, fragte Kit und zog einen Dolch aus seinem Gürtel. Es war ein einfaches Jagdmesser, aber scharf.

»Weil man eben auf diese Weise einen Vertrag unterschreibt«, erwiderte Marcus.

»Aber wie ist es dazu gekommen? Weshalb Blut und nicht … was weiß ich, Tränen, Speichel. Man erzählt sich, dass es seit den Drachen so ist, aber nicht immer so war. Dass es während des letzten Krieges anfing, als Morade seinen Rechtschaffenen Diener schmiedete und sein Klauengefährte die Timzinae schuf. Die letzte Rasse der Menschheit.«

»Also gut«, sagte Marcus. »Von einem rechtschaffenen Diener habe ich noch nie gehört, außer von jemandem, der mich überreden wollte, einen Knappen zu kaufen, aber ich gehe einmal davon aus, dass Ihr damit auf irgendetwas hinauswollt?«

»Ich glaube, dass man damit zeigen wollte, dass keine der Parteien befleckt war. Wenn die eine oder die andere die Möglichkeit zum Betrug gehabt hätte, um die andere Partei zur Einwilligung zu zwingen, hätte es sich im Blut gezeigt.«

»Und ich bin mir sicher, da liegt Ihr ganz richtig. Kit? Befreit Ihr mich jetzt?«

»Kommt näher. Schaut Euch das an.«

Kit drückte sich die Klinge an den Daumen, bis ein winziger roter Tropfen erschien. Der Schnitt war klein, nicht mehr als ein Stich, aber das Blut war so tiefrot, dass es beinahe schwarz wirkte. Nein, inmitten des Tropfens war ein Knötchen, ein winziger dunkler Klumpen, wie eine schorfige Flocke, die sich durch Kits Haut nach oben drückte.

Der Schorf rollte sich auf die Seite, wobei er hellrote Spuren hinterließ, und streckte winzige Beine aus.

»Na gut. Das ist merkwürdig«, sagte Marcus.

»Berührt sie nicht. Sie beißen. Ich habe festgestellt, dass sie auf mehr als eine Weise giftig sind.«

»Ich will nicht unhöflich sein, Kit, aber Ihr habt Spinnen, die in Eurem *Blut* leben?«

»Das stimmt. Ich habe sie, seit ich vor vielen, vielen Jahren ein Priester der Göttin wurde. Ich glaube, dass wir alle das Zeichen tragen, aber ich habe es nicht nachgeprüft.« Kit fing die kleine Spinne ein und zerdrückte sie zwischen den Daumennägeln. »Ich habe mich mit meinen Brüdern entzweit. Ich fürchte, ich habe meinen Glauben verloren, und ich habe festgestellt, dass es nur sehr wenig Raum für abweichende Meinungen gab. Ihr erinnert Euch vielleicht daran, ehe ich Porte Oliva verlassen habe, gab es Neuigkeiten über einen neuen Kult, der aus den Bergen östlich der Keshet gekommen war. Es war meiner. Es waren Männer, die die gleiche Befleckung tragen wie ich. Der Krieg mit Asterilreich und die Unruhe in Antea sind, wie ich meine, die ersten taumelnden Schritte auf einem Weg in etwas sehr viel Größeres. Viel Schlimmeres.« Meister Kit reckte seinen blutigen Daumen in die Höhe. »Und deshalb ritzen wir uns für einen Vertrag die Daumen. Wegen Männern wie mir.«

Marcus strich sich mit den Fingern durch den Bart, der während seiner Gefangenschaft gewachsen war. Er schauderte, aber er hielt seine Stimme ruhig. »Es ist das, wovon Ihr gesprochen hattet. Das Böse, das auf die Welt losgelassen wurde. Das seid *Ihr*?«

»Es sind Männer wie ich. Mein beflecktes Blut ist das Zeichen der Göttin, aber das ist nicht ihre Macht. Sie verleiht ihrer Priesterschaft Gaben. Wir sind die Meister der Wahrheit und Lüge. Ich habe Euch einmal erzählt, dass ich sehr überzeugend sein kann und dass es sehr schwer ist, mich zu belügen. So ist es bei allen von uns. Erzählt mir etwas, das ich unmöglich wissen kann. Erzählt mir etwas Wahres oder Erlogenes. Es spielt keine Rolle.«

»Kit, ich glaube nicht, dass kleine Salonzauber ...«

»Ich glaube nicht, dass Ihr das mit den kleinen Kniffen eines Kundigen verwechseln werdet«, sagte Kit.

»Na gut. Äh. Als ich ein Junge war, habe ich meinem Freund Honigsteine gestohlen.«

»Das stimmt«, erwiderte Kit. »Versucht es noch einmal.«

»In der ersten Schlacht, in der ich war, habe ich mein Schwert verloren.«

»Habt Ihr nicht. Das ist eine Lüge. Versucht es noch einmal.«

Marcus runzelte die Stirn. In seiner Magengrube regte sich etwas, und er brauchte einen Augenblick, um zu erkennen, dass es Angst war.

»Vor ungefähr einem Monat habe ich eine Silbermünze auf der Straße vor dem Kontor gefunden.«

»Nein.«

»Sie war aus Kupfer.«

»Ah. Ja. So war es.«

Marcus atmete aus. »Das ist ein guter Trick«, sagte er. »Mir ist klar, wie jemand verführt sein könnte, ihn einzusetzen.«

»Ich glaube nicht, dass es das Schlimmste ist, was ich tun kann. Ich beobachte, dass die Spinnen es unmöglich machen können, mir keinen Glauben zu schenken. Mit Zeit und Wiederholung kann ich jeden alles glauben lassen. Wie lächerlich, absurd oder gefährlich es auch ist. Wenn es in meinem Interesse wäre, könnte ich Euch davon überzeugen, dass Ihr ein Gott seid. Oder dass Eure Familie noch lebt, sich aber vor Euch versteckt. Selbst wenn Ihr es besser wüsstet, selbst wenn Euer Verstand es besser wüsste, Euer Herz würde Euch dorthin führen, wo immer ich es hingeschickt habe. Ich kann das tun, und sie können es auch.«

»Und sie sind in Antea?«

»Und sehr dicht am Thron.«

Marcus saß einen Augenblick da und dachte darüber nach. Die Verderbtheit von Königen und Prinzen war nichts Neues. Der Kundige mit der verdrehten Gesinnung war eine Standardfigur in tausend Liedern. Und dennoch ließ etwas an der kleinen Spinne, die aus Kits Haut ans Licht der Welt gekrochen war, Marcus schaudern.

»Was wollen sie?«

Kit betrachtete seinen Daumen. Die Wunde hatte sich bereits geschlossen, und weder Blut noch Spinnen sickerten aus seinem Körper. Seine Stimme klang nachdenklich. »Als ich noch dort gewesen bin, hat man mir beigebracht, dass die Göttin die Gerechtigkeit zurück in die Welt bringen würde. Wir sollten daran glauben und auf den Tag warten, an dem sie uns ein Zeichen sandte. Einen Anführer, dessen Rechtschaffene Diener wir sein würden, und durch ihn würde die Göttin die Welt von den Lügen befreien.«

»Das ist etwas Schlimmes?«

»Vermutlich, ja, aber ich habe auch festgestellt, dass es vielleicht gar nicht wahr ist«, sagte Kit mit einem Lächeln. »Als ich gegangen bin, war ich noch ein sehr niederer Priester. Viele der unwichtigen, kleinen Aufgaben sind mir zugefallen. Eine davon war, dafür zu sorgen, dass die Tempel gefegt wurden. Eigentlich habe nicht ich gefegt. Es gab einen alten Mann, der das getan hat. Ich erinnere mich inzwischen nicht einmal mehr an seinen Namen. Aber eines Tages habe ich ihn gefragt, ob er gefegt hatte, und er sagte ja. Er hätte es getan. Und er sagte die Wahrheit. Versteht Ihr? Ich habe es in meinem Blut gespürt, genauso wie bei Euch. Nur dass er verwirrt war. Er hatte sich geirrt. Er hatte gedacht, er hätte es getan. Er war sich dessen *gewiss*. Aber er hat es nicht getan. Und so bin ich in Ungnade gefallen.«

»Wegen eines nicht gefegten Bodens?«

»Wegen des Beweises, dass sich jemand sowohl gewiss sein als auch falschliegen kann. In Gedanken fing ich an, mich mit meinem Urteil zurückzuhalten, sogar bei den Offenbarungen der Göttin. Ich kultivierte das Wort *vermutlich*. War der Tempel gefegt worden? Ja, vermutlich. Aber vielleicht auch nicht. Die Göttin war ewig und gerecht und immun gegen alle Lügen, vermutlich. Wir waren ihre Lieblinge und Auserwählten, vermutlich. Aber vielleicht waren wir es auch nicht. Mir ist der Unterschied zwischen Wahrheit und Gewissheit sehr bewusst geworden. Ich fing an zu zweifeln. Und sobald ich mich einmal auf diesen Pfad begeben hatte, ließ es sich nicht verbergen … Eines Tages kam der Hohepriester zu mir. Er hatte eine Lösung für meinen unglücklichen Zustand gefunden. Ich sollte zur Göttin selbst gebracht werden. Tief in den Tempel, über die geheimen Wege, in ihre geheiligte Höhle. Nur dem Hohepriester war es je erlaubt, unmittelbar mit ihr zu sprechen, aber nun sollte mir diese Ehre zuteilwerden.«

Die Tauben regten sich, als würde Kits Stimme sie beunruhigen.

»Hat Euch nicht gefallen, was Ihr von ihr erblickt habt?«

»Ich bin weggelaufen«, erwiderte Kit. »Er sagte zu mir, dass mir kein Leid geschehen würde, und ich habe ihm geglaubt. Ich wusste, dass er mich anlog, und ich habe ihm trotzdem geglaubt. Ich habe mir eingeredet, dass mir kein Leid geschehen würde. Dass sie einem der ihren nichts antun würde. Ich glaubte, dass das, was sie taten, aus Liebe zu mir geschah. Solange ich auf die Göttin vertraute, würde sie mich nicht verletzen. Und dann, wie ein Reflex meines Verstandes, dachte ich, *vermutlich. Vermutlich* würde sie mir nichts tun. Aber vielleicht doch. Und sobald dieser Zweifel einmal bestand, erkannte ich, dass es sehr wahrscheinlich war, dass ich geopfert werden sollte. Ich stellte fest, dass ich kein Interesse daran hatte, religiöse Vervollkommnung zu erreichen. Also bin ich gegangen.«

»Ich habe das Gefühl, dass es nicht ganz so geradlinig verlaufen ist.«

»Ist es auch nicht. Ich lebe seit Jahren, inzwischen Jahrzehnten in der Welt, die wir nie gesehen hatten. Es ist komplizierter, als es uns die Priester der Göttin beigebracht haben. Wahrheit und Lügen, Zweifel und Gewissheit. Ich habe festgestellt, dass sie nicht das sind, wofür ich sie gehalten hatte. Ich mag keine Gewissheit, weil sie sich wie Wahrheit anfühlt, aber sie ist es nicht. Und ich glaube, ich kann mir ungefähr vorstellen, was es heißt, wenn ein ganzes Volk Gewissheit erlangt.«

»Und wie ist das dann?«

»Es ist, als würde man etwas vorgeben und dann vergessen, dass man es nur vorgibt. Man fällt in einen Traum. Wenn Gerechtigkeit auf Gewissheit basiert, aber Gewissheit keine Wahrheit ist, werden Schandtaten möglich. Die ersten davon sehen wir jetzt. Es wird noch weitere geben.«

»Vermutlich«, sagte Marcus, und Kits Gelächter ließ die Vögel erschrocken auseinanderstieben.

»Ja«, erwiderte Kit, während mehrere kleine Federn um sie herum herabschwebten. »Vermutlich. Aber es scheint so wahrscheinlich, dass ich mich verpflichtet fühle, dem ein Ende zu setzen. Wenn ich es kann.«

»Und das würdet Ihr tun, indem Ihr …?«

»Es gibt Schwerter. Drachengeschmiedet und auf ewig vergiftet. Wir hatten einige davon im Tempel, aber ich habe herausgefunden, wo sich ein weiteres befindet. Ich glaube, dass man die Göttin damit töten, ihre Macht brechen kann. Und deshalb ziehe ich aus, um es zu suchen und damit in meine Heimat zurückzukehren. Und ich werde letztlich doch noch diese geheiligte Höhle betreten.«

»Das ist ein dummer Plan«, sagte Marcus. »Am wahrscheinlichsten ist, dass Ihr getötet werdet. Wie soll ich da hineinpassen?«

»Als mein Schwertträger. Die Spinnen in mir mögen diese Klingen nicht. Ich glaube nicht, dass ich sie selbst auf dem ganzen Weg tragen könnte. Ich glaube, Ihr könntet es. Von den Menschen, denen ich in meinen Jahren nach dem Tempel begegnet bin, glaube ich, dass Ihr es vor allen anderen könntet.«

Marcus schüttelte den Kopf. »Das klingt alles ein wenig überhitzt und dramatisch. Die beiden Abenteurer, die ausziehen, um das verzauberte Schwert zu finden? Seid Ihr sicher, dass das nicht die Kurzfassung eines alten Schauspiels über den Kampf gegen eine Dämonenkönigin ist?«

Kit lachte leise. »Ich habe eine gewisse Zeit auf der Bühne verbracht. Mein Blickwinkel auf die Welt kommt vielleicht von meinem Platz auf diesen Brettern. Aber ich glaube, dass ich trotzdem recht habe«, sagte er. Und dann, ganz sanft: »Kommt mit mir. Ich brauche Euch.«

»Ihr habt den falschen Mann, Kit. Ich bin nicht irgendein Auserwählter.«

»Doch, das seid Ihr. Ich habe Euch auserwählt.«

Die Aufregung – die Freude –, die in Marcus aufkam, war, als würde man von einer Welle mitgerissen. Es war das, was er sich gewünscht hatte, wonach er sich, ohne es in Worte zu fassen, in all den trüben, aufreibenden Wochen in Porte Oliva gesehnt hatte. Und nun überreichte Gott es ihm auf einem goldenen Tablett. Er bohrte die Fersen in den Boden.

»Ich kann nicht. Cithrin ist in Camnipol. Ich muss sie beschützen.«

»Meint Ihr, das könnt Ihr?«

»Ja«, sagte Marcus.

Kit hob einen Finger. Sein Lächeln war sanft, halb erheitert und halb bekümmert. »Vergesst nicht, mit wem Ihr sprecht. Ich kenne ein paar kleine Salonzauber«, erwiderte er. »Glaubt Ihr, das könnt Ihr?«

Marcus blickte auf seine Hände hinab. Die Nägel waren von seinem Aufbegehren gegen die Fesseln gebrochen und abgerissen. Er hatte kein Schwert oder auch nur genug Münzen, um sich eine Mahlzeit zu kaufen. Etwas ließ seine Kehle eng werden.

»Nein.«

»Ich auch nicht«, sagte Kit. »Genauso wenig Yardem oder diese unerfreuliche Notarin, die die Bank herbeigeholt hat. Und ich würde wetten wollen, dass Cithrin es nicht von Euch erwartet. Wenn sie gerettet werden muss, glaube ich nicht, dass sie die Strategie wählt, verschüchtert auf ihren Adoptivvater zu warten, damit er alles in Ordnung bringt.«

»Sie ist nicht meine Tochter. Ich nehme sie auch nicht als solche wahr.«

»Wenn Ihr es sagt«, erwiderte Kit.

»Schon gut, das wird lästig werden«, sagte Marcus.

»Marcus, mir scheint, Euer Leben in Porte Oliva ist zu Ende. Vielleicht gibt es einen Weg, dorthin zurückzukehren, es zu einer Rüstung zu schmieden, die nicht schmerzt, wenn Ihr sie anlegt, aber ich sehe ihn nicht.«

»Wenn Cithrin zurück ist. Wenn sie sicher ist.«

»Niemand ist sicher, Marcus. Niemals. Wir beide wissen das. Ich glaube, dass Ihr nach einer noblen Sache sucht, für die Ihr sterben könnt«, sagte Kit. »Und wie es der Zufall will, habe ich eine. Wenn wir gewinnen, wird dadurch Cithrin gerettet werden und zahllose andere Unschuldige noch dazu. Oder sagt mir ins Gesicht, dass Ihr lieber zurückkehrt und Darlehen eintreibt, und ich lasse Euch in Frieden.«

In Marcus' Bauch wurde eine Schwere fühlbar, und die Wahrheit der ganzen Situation, in der er sich befand, drückte auf ihn herab, als wäre er unter Sand begraben. Dennoch schafft er es zu lächeln. »Bindet Ihr mich los, ehe Ihr geht?«

Kit erhob sich, legte Marcus eine Hand auf die Schulter

und drehte ihn um. Es dauerte nur ein paar Augenblicke, und der Ledergurt, der Marcus ein gefühltes Leben lang gefesselt hatte, fiel zu Boden. Marcus kratzte über die Haut, die unter den Fesseln gewesen war, und erfreute sich an der Freiheit, die Herrschaft über seinen eigenen Körper wiederzuhaben. Eine der Tauben hüpfte durch ihr Loch zurück nach drinnen und nahm ihren Platz ein.

Kit trat zurück. Die Stille zwischen ihren war ein Gewebe aus Licht und Furcht. Marcus hatte sein Leben mehr als einmal in die Hand dieses Mannes gelegt. Er wusste, dass er sich jetzt abwenden konnte, fortgehen, um Rache an Yardem zu nehmen und noch einmal zu versuchen, Cithrin zu finden. Der Gedanke war immer noch außerordentlich erfreulich, und wie alles Erfreuliche war er verdächtig. Kit wartete.

Es war Unfug. Es war von Anfang an zum Scheitern verdammt. In uralte Mysterien einzutauchen und mit einer großen, alles verändernden Geste die Probleme der Welt zu lösen, das gehörte in die Tagträume von Kindern, die die Welt nicht kannten.

»Diese Priester. Ihre Göttin. Sind sie so schlimm, wie Ihr sie aussehen lasst?«

»Ich glaube schon.«

»Und Euer magisches Schwert. Wo soll das sein?«

»In einem Reliquienschrein an der Nordküste von Lyoneia.«

Marcus nickte. »Wir werden ein Boot brauchen«, sagte er.

Dawson

DAWSON BISS FEST DIE Kiefer zusammen, als sie ihn schlugen. Zum Großteil waren es junge Männer. Er kannte ihre Namen, er kannte ihre Väter. Mindestens zwei von ihnen hatten mit Vicarian gespielt, als sie Kinder gewesen waren. Neben dem Eingang war eine Wasserschale, und die nassen Lederstreifen schnitten tiefer in die Haut, als es bei trockenen der Fall gewesen wäre. Andere hielten Stöcke oder breite hölzerne Axtgriffe ohne die metallene Klinge. Es brauchte nicht viel, um die Jugend des Reiches, vom edelsten Geblüt der Welt, in Schläger zu verwandeln. Dawson blieb stehen, bis seine Knie nachgaben. Gelächter lag in der Luft. Er konnte sich nicht verteidigen. Konnte sie nicht anschreien, um sie zur Vernunft zu bringen. Also biss er stattdessen Unter- und Oberkiefer fest aufeinander und enthielt ihnen das Vergnügen vor, ihn schreien zu hören. Wahrscheinlich verleitete er sie damit nur zu noch schlimmeren Gewaltausbrüchen. Dann war es eben so. Er war nicht hier, um den leichten Weg zu gehen.

Er fand sich auf dem Boden wieder, und das Wasser wurde über ihm ausgekippt. Er spuckte, versuchte irgendwo zwischen der Flut und dem Steinboden Luft zu bekommen. Eine Stimme, die er nicht wiedererkannte, beendete das Ganze, und jemand trat ihm so beiläufig in die Seite, wie man vielleicht einen faulen Hund bestraft hätte.

Hände packten ihn unter den Achseln und richteten ihn auf. Sein Verstand fühlte sich wirr an, durcheinander und weit entfernt. Er wurde irgendwohin getragen, wo er nicht hingehen wollte, und alles, woran er sich erinnern konnte, war, dass es unter seiner Würde gewesen wäre, sich zu beklagen. Irgendwo öffnete sich eine Tür, und er landete auf schmutzigem Stroh, das sich, obwohl es dünn war und stank, so gemütlich anfühlte wie sein eigenes Bett. Eine Weile ließ ihn sein Verstand im Stich. Das Nächste, was er spürte, war ein weiches Stück Stoff, das die offenen Wunden über seinen Rippen säuberte, wo die Haut aufgeplatzt war. Alles tat weh. Der alte Mann, der sich um ihn kümmerte, trug um die Handgelenke und den Hals Ketten und außerdem einen dreckigen Kittel. Dawson brauchte eine gefühlte Ewigkeit, um sich daran zu erinnern, wo er dieses Gesicht schon einmal gesehen hatte.

»Ich danke Euch, Majestät«, brachte Dawson heraus. Seine Kehle schien sich irgendwann zusammengekrampft zu haben, und seine Stimme klang erstickt, obwohl gerade niemand Hand daran legte.

König Lechan nickte. »Sprecht noch nicht«, sagte er. »Ruht Euch aus.«

Der König von Asterilreich trug keine Male. Keine Blutergüsse im Gesicht oder altes Blut, das sein Kerkergewand geschwärzt hätte. Hier war der Mann, der sich verschworen hatte, Prinz Aster zu töten, und es war Dawson, den sie zu ihrem Vergnügen folterten. Er wollte es ungerecht finden, aber er tat es nicht. Er wusste, wie man einen Feind behandelte … im Gegensatz zu einem Verräter. Ihnen war nur nicht klar, dass *sie* diejenigen waren, die die Traditionen und den Adel Anteas verrieten. *Sie* waren diejenigen, die den Thron einem blutrünstigen Narren und seinen ausländischen Herren überlassen hatten.

Nur dass natürlich auch er Schuld daran trug. Er hätte niemals einwilligen sollen, dass Palliako der Beschützer des Prinzen wurde. Zu jener Zeit war es einfach passend erschienen. Es hatte gefahrlos gewirkt. Wie hätte er wissen können, dass dies der Funke war, der in einen trockenen Wald fiel?

Unter dem Protest des feindlichen Königs rollte er sich auf die Seite und zwang sich dazu, sich hinzusetzen. Er hätte sich beinahe übergeben. Wenn mehr in seinem Magen gewesen wäre, hätte er es getan. Die Zelle war kleiner, als er gedacht hatte. Zehn Fuß von einer Seite zur anderen, zwölf Fuß tief. Seine Hundezwinger waren größer.

Die Tür öffnete sich, und der Hohepriester trat ein. Das sympathische Lächeln war weg, als wäre es nie da gewesen. Kein finsteres Gesicht war an seine Stelle getreten, kein Stirnrunzeln. Basrahip hätte auch eine Maske seiner selbst tragen können, die aus Stein gefertigt war. Nichts an ihm regte sich. Es befriedigte Dawson, die Ausbuchtung durch die Bandagen unter dem Umhang des Priesters zu sehen, wo er ihn mit dem Messer erwischt hatte. Vier Männer in Lederrüstungen mit Schwertern und Dolchen folgten ihm, standen im Eingang wie die Leibgarde eines Königs. Dawson wandte den Blick ab und spuckte einen hellroten Blutklumpen aus.

»Wo ist Prinz Geder?«, fragte Basrahip. Seine Stimme war wie ferner Donner.

»Es gibt keinen Prinz Geder«, erwiderte Dawson.

»Ihr habt ihn getötet.«

»Nein. Er ist kein Prinz. Er ist der Lordregent. Das ist kein Prinz. Aster ist Prinz und König, und Palliako ist nicht mehr als sein Platzhalter, bis er den Thron seines Vaters einnimmt.«

Der Priester kniff die Augen zusammen. »Wo ist Geder Palliako?«

»Ich weiß es nicht.«

Einer der Wächter zog einen Dolch. Noch mehr Folter also. Dawson war beschämt, als er spürte, wie er vor dieser Aussicht zurückschreckte.

»Und der kleine Prinz? Aster?«

»Ich habe nach ihm gesucht, seit alles seinen Anfang nahm.«

»Um ihn zu töten.«

»Um ihm meine Treue und mein Schwert gegen Euch und Palliako anzubieten.«

Da brachte Basrahip schließlich eine Regung zustande. Seine breite Stirn legte sich in tiefe Falten. Er setzte sich vor Dawson im Schneidersitz auf den Boden. Dawson sah, wie die Wachen einander verwirrt anblickten.

»Ihr sagt die Wahrheit«, bemerkte der Priester.

»Ihr seid es nicht wert, dass man Euch belügt«, stieß Dawson hervor.

Basrahips Verblüffung war beinahe komisch. »Für Euch ist die Wahrheit ein Ausdruck von Abscheu? Oh. Ihr seid verderbt bis in die Seele, Lord.«

»Ich stehe Euch nicht Rede und Antwort«, sagte Dawson. »Ihr seid ein Stück Schmutz, das sich aus den Flussbetten der Keshet erhoben hat und langsam Allüren entwickelt. Ihr seid es nicht wert, mir die Schuhe zu putzen. Ihr gehört nicht in dieselbe Stadt wie Simeon. Ihr verdient es nicht, die Luft zu atmen, die er geatmet hat.«

»Ah«, sagte der Priester, als würde ihm etwas klar werden.

»Ihr seid verliebt in diese Welt. Ihr fürchtet das Nahen der Gerechtigkeit.«

»Ich fürchte weder Euch oder Eure Hure von einer Göttin«, erwiderte Dawson.

»Das tut Ihr nicht«, pflichtete Basrahip ihm bei. »Das ist ein weiterer Fehler. Aber Ihr könnt mir nicht sagen, wo Prinz Geder ist, daher seid Ihr bedeutungslos. Ihr habt verloren, Lord Kalliam. Alles, was Ihr liebt, ist bereits fort.«

Dawson schloss die Augen. Er hatte das Verlangen, sich auf die Seite zu rollen und die Hände über die Ohren zu legen wie ein Schuljunge, der sich weigerte, einen Tadel zu hören, aber er wusste, dass der Priester recht hatte. Er hatte alles aufs Spiel gesetzt, um Palliako aufzuhalten. Er hatte verloren. Es spielte keine Rolle, dass man sich seiner als Verräter erinnern würde. Wenn man für das lebte, was man hinterließ, war das lediglich der Versuch, sich bei Menschen anzubiedern, die noch nicht geboren waren. Es zählte nur, dass man sein Land den rechtmäßigen Herrschern entrissen hatte. Nicht einmal entrissen. Man hatte es weggegeben.

Es war vorbei.

Der Angriff auf Klins Anwesen war grausam gewesen. Keine Schwerter hatten geklirrt, keine Pfeile waren geflogen. Aber zwei ganze Tage hatten die Priester zu ihnen herübergerufen. Ihre Stimmen waren lästiger geworden als Fliegen. Die gleichen Worte, immer und immer wieder: *Ihr habt bereits verloren. Ihr könnt nicht gewinnen.* Anfangs hatte Dawson die anderen angestiftet, ihnen zu widersprechen und sich über sie lustig zu machen. Als ob sie sich zu Tode reden lassen würden. Sollten die Priester sich doch heiser schreien, bis Bannien zurückkehrte. Oder wenn nicht Bannien, dann Skestinin.

Aber langsam, unverkennbar waren das Gelächter und die gespielte Tapferkeit ausgehöhlt worden. Dawson hatte den zunehmenden Verdacht verspürt, dass die Hoffnung vielleicht am Schwinden war. Vielleicht war die Zeit mit dem Feind im Bunde, und ein weiterer Tag, der verging, war nichts Wünschens- oder Erhoffenswertes. Er sprach es nicht aus, und auch keiner der anderen tat es. Es war in ihren Augen.

Er hatte geschlafen, als sie ihn holen kamen. Die Tür seines Zimmers war in der Dunkelheit aufgeflogen, Wächter mit gezogenen Schwertern waren hereingeströmt. Er war aufgesprungen. Selbst jetzt konnte er noch hören, wie Clara seinen Namen rief, während sie ihn durch die Gänge geschleift hatten, über den Hof und auf die nachtschwarzen Straßen hinaus. Odderd Mastellin hatte sie angeführt; sein vorgerecktes Kinn gab ihm etwas Kriegerisches, ohne dass er weniger wie ein Schaf wirkte. Auf dem Belagerungsturm im Hof war es still. Der Priester stand davor. Hinter ihm, im Licht der Fackeln, standen schweigend die gewöhnlichen Männer und Frauen von Camnipol, wie eine Ansammlung von Statuen, die man aufgrund einer Laune Basrahips errichtet hatte. Der Himmel über ihnen war schwarz, und das Licht der Fackeln erstickte die Sterne.

»Ich habe Kalliam ausgeliefert«, rief Mastellin. »Ich habe ihn ausgeliefert. Ich. Es ist der Beweis, dass ich treu ergeben bin. Ich habe den Feind der Krone gefangen.«

»Gratuliere«, hatte Dawson laut genug gesagt, damit es Mastellins Gehör fand. »Ihr werdet das treueste Huhn im Wolfsgehege abgeben.«

Wenn Mastellin nicht zusammengebrochen wäre, hätte es aber in Wahrheit ein anderer getan. Dawson verstand das. Es war die unheilige Macht ihrer Stimmen, durch die sich ihre Lügen einschlichen, bis sie nicht mehr von der Wahrheit zu unterscheiden waren. Dawson hatte dagegen angekämpft. Was für eine Hoffnung bestand da für Männer mit einem schwachen Geist wie Mastellin? Oder Klin? Oder irgendeinen der anderen?

Die feindliche Garde hatte Dawson als Gefangenen entgegengenommen, und man hatte ihn zum Kerker geschleppt, zu einem Tag voller Schläge und Erniedrigungen, die hier ein Ende gefunden hatten, im selben Loch wie sein eigener Gefangener, und er hoffte, dass Clara und Jorey irgendwie durch die Sperre geschlüpft waren. Wenn er starb, dann starb er wegen seiner eigenen Fehleinschätzung. Aber Clara … wenn es ihm möglich gewesen wäre, hätte er ihr das erspart.

»Macht Euch keine Vorwürfe«, sagte König Lechan. »Für jemanden wie uns ist es zu viel, gegen ihn zu kämpfen.«

»Was?«

»Palliako. Geder Palliako. Er ist nicht menschlich. Die Toten begleiten ihn und erzählen ihm ihre Geheimnisse.«

Dawson lachte, aber davon schmerzten seine Rippen, also hörte er auf. »Seid Ihr ihm begegnet?«, fragte er. »Er ist ein Werkzeug. Er wäre ein Gelehrter geworden, aber dazu hatte er nicht genug Disziplin.«

»Ich habe die Wachen davon sprechen hören. Derjenige, der das Essen bringt? Sein Bruder hat gesehen, wie Palliako mit dem toten König am Springbrunnen sitzt. Er hat gesehen, wie sich der tote Simeon vor ihm verbeugt. Dieser Palliako ist ein Zauberer, glaube ich. Oder ein Drache in Menschenhaut.«

»Er ist nichts dergleichen. Er ist ein Amateur. Er hat den Tod Eurer Adligen nicht aus Blutdurst befohlen. Er hat es aus Angst getan. Weil er dachte, dass er, wenn er nur genug Köpfe abhacken lässt, sicher sein würde. Müsste er die Axt selbst schwingen, würde er weiß im Gesicht werden und sich für Gnade entscheiden. Er ist unbedeutend und feige. Er besitzt nicht einmal die Größe, böse zu sein.«

König Lechan schüttelte den Kopf. »Er hat uns geschlagen.«

»Nein«, sagte Dawson. »*Ich* habe Euch geschlagen, und dieser Höllensohn von einem Priester hat mich geschlagen. Palliako hat sich vielleicht durchgesetzt, aber er hat niemals etwas gewonnen. Und das wird er auch nie.«

»Sie haben ihn gefunden«, sagte Lord Skestinin. Er saß auf einem kleinen dreibeinigen Hocker, den die Wachen zu diesem Zweck hergebracht hatten. Die Gefangenen mussten sich mit dem Boden begnügen, aber Dawson nahm diese Kränkung nicht persönlich. Darüber war er inzwischen weit hinaus. »Sie sagen, er ist mit Prinz Aster an seiner Seite aus dem Boden aufgestiegen. Ist in den Kleidern eines Gewöhnlichen zurück zur Königshöhe gegangen. Er ist die ganze Zeit auf den Straßen gewesen, aber niemand weiß, wo.«

»Es überrascht mich, dass sie nicht sagen, er wäre beim ursprünglichen Angriff getötet worden und aus dem Grab aufgestiegen, um das Königreich zu retten«, erwiderte Dawson trocken.

Skestinins Kichern klang nervös. »Merkwürdige Geschichten scheinen diesem Mann immer wieder anzuhaften, nicht wahr?«

»Habt Ihr Euch schon mit ihm getroffen?«

»Ja, habe ich«, sagte Skestinin. »Ich wäre früher hier gewesen, aber sobald die Nachricht von den Unruhen eintraf, gab es im ganzen Norden Aufstände. Ich musste mich entscheiden, ob ich riskieren sollte, alles zu verlieren, was wir in Asterilreich gewonnen hatten. Und ich …«

Und Ihr habt in sicherer Entfernung abgewartet, bis Ihr gesehen habt, wer gewinnt, dachte Dawson, sagte es aber nicht.

»Danke, dass Ihr heute mein Begleiter seid.«

»Das ist das Mindeste, was ich tun konnte«, erwiderte Skestinin. Er wollte Dawson nicht in die Augen schauen. Es sah stark nach Scham aus.

»Wie geht es Barriath und Jorey?«

»Es geht ihnen gut, den Umständen entsprechend. Für den Augenblick sind sie frei, obwohl Palliakos Leibgarde sie beobachtet wie Katzen, die Tauben auflauern. Es ist eine andere Stadt als die, die ich nach der Hochzeit verlassen habe.«

»Das tut mir leid«, sagte Dawson. »Die Umbauten, die ich geplant hatte, sind mir etwas über den Kopf gewachsen.«

»Macht keine Scherze darüber«, erwiderte Skestinin. Seine Stimme war jetzt hart. »Man wird Euch hören, und ich setze genug aufs Spiel, indem ich hier bin. Wenn sie erfahren, dass ich mit Euch über den Anschlag auf Prinz Aster und den Lordregenten scherze, wird es kein gutes Ende mit mir nehmen.«

»Ich entschuldige mich«, sagte Dawson. »Galgenhumor.«

Die Tür öffnete sich, und ein junger Mann – einer aus der Gruppe, die Dawson bei seiner Ankunft geschlagen hatte – schaute herein. »Es ist Zeit«, verkündete er. »Ihr könnt ihn jetzt mitnehmen.«

Die Audienzkammer war überfüllt. Die Sommerhitze hatte noch immer nicht nachgelassen, und durch die Masse von Leibern fühlte sich die Luft an, als wäre jedes bisschen davon schon zweimal geatmet worden. Dawson musste sich hinter einem Wandschirm aus Gusseisen auf den Boden setzen, für den Hof nicht sichtbar. Palliako war bereits auf dem Thron auf seinem erhöhten Podium, die Krone des Lordregenten auf der Stirn. Aster saß an seiner Seite. Lechan, der König von Asterilreich, kniete ohne auch nur ein Kissen auf dem harten Steinboden. Hinter dem Wandschirm schien alles in Schatten getaucht, und Dawson ertappte sich dabei, wie er sich von einer Seite zur anderen bewegte, in dem Versuch, die Einzelheiten besser erkennen zu können.

Er entdeckte Clara. Sie stand mit Jorey und Barriath an ihrer Seite auf der zweiten Galerie. Gute Jungen. Sabiha war nicht dort. Er fand sie auf dem ersten Absatz, wo sie neben ihrer Mutter stand. Basrahip befand sich natürlich auf einer Seite, wo Geder zu ihm hinsehen konnte, um seine Befehle zu erhalten. Dawson war nicht sicher, wie viele Spinnenpriester er letztendlich getötet hatte, aber er wünschte sich, sie hätten mindestens einen mehr erwischt.

»Schaut auf den Priester«, bemerkte er leise.

»Was?«, fragte Skestinin.

»Wenn es an der Zeit ist, wird Palliako zu dem Priester blicken, um die Erlaubnis zu erhalten. Wenn Ihr es beobachtet, werdet Ihr es sehen.«

»Es reicht, Dawson. Wir sollen nicht sprechen.«

»Also werden wir nicht darüber sprechen. Behaltet sie einfach im Auge. Ihr werdet sehen, was ich gesehen habe.«

Geder erhob sich, und in der Halle wurde es still. König Lechan begegnete Geders finsterem Blick mit Gleichmut.

»Ich bin Geder Palliako, der Lordregent von Antea. Lechan

von Asterilreich, Ihr steht jetzt als Gefangener und Feind vor mir.«

»So ist es«, sagte der König. Er benutzte den Trick von Schauspielern, ganz beiläufig zu sprechen, allerdings laut genug, dass es bis in die entferntesten Winkel der Halle trug.

»Ich habe nur eine Frage, ehe ich das Urteil über Euch spreche«, verkündete Palliako. »Wart Ihr Euch der Verschwörung an Eurem Hof bewusst, um Prinz Asters Tod herbeizuführen, in der Hoffnung, einen Mann auf den Gespaltenen Thron zu setzen, der Asterilreich treu ergeben war?«

»Das war ich«, antwortete Lechan ruhig. »Ich beanspruche die alleinige Urheberschaft und Verantwortlichkeit für diesen Plan. Dieses Vorhaben habe ich ersonnen. Die Männer meines Hofes, die daran teilnahmen, haben es nur aus Liebe zu mir getan und weil sie meinen Worten und Befehlen treu ergeben waren. Den meisten waren meine letztlichen Pläne nicht bekannt.«

Palliako blickte drein, als hätte ihm jemand auf den Hinterkopf geschlagen. Als er Basrahip einen Blick zuwarf, tippte Dawson Skestinin aufs Knie. Der riesige Priester schüttelte den Kopf. Nein. Geder leckte sich über die Lippen, offensichtlich verwirrt. Dawson war es natürlich klar. Es war Lechans Pflicht, sein Volk zu schützen, genauso wie es die Pflicht seines Volkes war, ihn zu beschützen. Schlacht und Krieg waren verloren, und nun würde Lechan alles tun, was er konnte, um die Sünden seines Volkes sich selbst einzuverleiben und die Vergeltung mit sich ins Grab zu nehmen. Dawson spürte Respekt für diesen Mann in sich aufwallen, seinen Feind. Wenn Simeon nur halb so viel Rückgrat wie Lechan gehabt hätte, was für eine Welt hätten er und Dawson erschaffen können!

Geders Gesicht wurde dunkler als eine Gewitterwolke. Als er wieder sprach, stieß er seine Worte abgehackt und voller Zorn hervor. »Also gut«, sagte er. »Wenn Ihr es so wollt, dann soll es so sein. Lechan von Asterilreich, wegen Eurer Verbrechen gegen Antea erkläre ich, dass Ihr Euer Leben und Euer Königreich an den Gespaltenen Thron verloren habt.«

Lechan rührte sich nicht. Sein Gesicht war ruhig. Geder hob die Hand, und man rief nach dem Scharfrichter. Der Mann, der vortrat, trug die weiße, gesichtslose Maske. Er verbeugte sich vor Geder und noch einmal vor Aster, dann zog er sein Schwert und ging zu dem Gefangenen.

Die Menge keuchte auf, als die Klinge herabfuhr, und dann jubelte sie. Der Chor der Stimmen, der sich im freudigen Blutrausch erhob, war wie ein Wasserfall. Man wurde davon taub. Dawson sah schweigend zu, wie ein Feind des Königreiches zu den Füßen eines weiteren ausblutete. Die Übernahme der Verantwortung war eine edle Geste gewesen, dachte er, stand aber unter keinem guten Stern. Damit würde man Palliakos Zorn nicht zügeln. Wenn er sich entschloss, jeden Tropfen edlen Blutes in Asterilreich zu vergießen, würde er es tun. Es war niemand mehr da, um ihn aufzuhalten.

Der Wächter tippte ihm auf die Schulter, und Dawson bemerkte, dass es nicht das erste Mal war, dass man ihm befohlen hatte aufzustehen. Er erhob sich und machte sich auf den Weg zurück zu seiner Zelle. Skestinin ging neben ihm, den Blick nach unten gewandt. Die Hallen der Königshöhe wirkten nun anders. Kleiner, dunkler. Es war nicht so, dass sie sich verändert hatten – die Gebäude waren alle genauso, wie sie seit dem Tag gewesen waren, an dem man sie errichtet hatte. Aber es war trotzdem nicht mehr die Königshöhe.

Als sie hinaus an die frische Luft traten, blickte Dawson nach links, verrenkte sich den Hals, um einen Blick auf die Duellplätze zu erhaschen und dahinter auf den Spalt und dahinter auf die Gebäude und Anwesen, von denen eines ihm gehört hatte. Es roch nach Regen. Er hielt inne, suchte den Horizont nach Wolken ab, und die Wächter versetzten ihm einen Stoß.

Seine Zelle wirkte jetzt größer, da er der einzige Insasse war.

»Nun …«, begann Skestinin.

»Ich danke Euch dafür«, sagte Dawson. »Und richtet meiner Familie Grüße aus.«

»Das werde ich.«

Skestinin zögerte; er wollte unbedingt gehen und konnte es nicht. Dawson hob die Augenbrauen.

»Wegen Barriath«, sagte Skestinin. »Er ist ein guter Mann. Ich bin stolz gewesen, ihn bei mir zu haben. Aber wie die Dinge liegen … ich habe ihn gebeten zurückzutreten, und es ist mir lieber, wenn Ihr es von mir hört. Es ist im Augenblick nicht gerade klug, einen Kalliam über Schwertkämpfer oder Schiffe befehlen zu lassen. Nicht gut für ihn und nicht gut für den Hof.«

Der Zorn übermannte Dawson schnell und ungehemmt. »Werdet Ihr auch Eure Tochter von der Heirat zurücktreten lassen?«, fragte er.

Skestinins Zerknirschung war weggewischt, als wäre sie nie da gewesen. »Wenn ich es könnte, würde ich es vielleicht tun«, erwiderte er. »Ich billige nicht, was Ihr getan habt, Dawson, aber Ihr werdet Euer Urteil erhalten und die Folgen tragen. Meine Sabiha hatte diese Wahl nicht. Sie haben gesagt, sie wäre eine Schlampe. Nun werden sie auch noch sagen, dass sie eine Verräterin ist.«

»Aber das ist sie nicht«, entgegnete Dawson. »Die Wahrheit ist nicht das, was andere Leute sagen. Sabiha ist keine Verräterin, und sie ist keine Schlampe. Wenn sie das nicht weiß, ohne dass es ihr jemand sagt, habt Ihr als Vater eine armselige Leistung erbracht.«

Einen Moment lang antwortete Skestinin nicht. Sein Gesichtsausdruck war ungläubig, zeigte Ekel. Oder noch schlimmer, Mitleid.

»Ihr ändert Euch nicht, Kalliam.«

»Nein«, sagte Dawson. »Niemals.«

GEDER

GEDER MARSCHIERTE DURCH DIE Gänge der Königshöhe. Er hätte erwartet, dass er sich nach dem Tod von König Lechan besser fühlen würde. Erleichtert vielleicht. Siegreich, das auf jeden Fall. Stattdessen fühlte er sich missmutig. Er hätte gedacht, dass die Rückkehr in sein Bett und an seinen Platz in der Königshöhe mehr von einer Rückkehr nach Hause hätte, das Ende seiner Zeit im Exil. Wenn überhaupt, dann fühlte er sich jetzt noch weniger zu Hause als zuvor.

Als er noch sein eigener Herr gewesen war, damals, bevor König Simeon gestorben war, hatte er ganze Tage in seiner Bibliothek verbracht, sich in eine Übersetzung vertieft, seine Gedanken völlig auf eine Sache gerichtet. Er hatte dann vergessen, etwas zu essen. Er hatte vergessen zu schlafen. Alles in ihm war auf einen einzigen Punkt gerichtet, eine vollkommene Klarheit des Geistes. Und wenn etwas, wie es unvermeidlich geschah, seine Versenkung störte, stellte er fest, dass er hungrig, durstig und erschöpft war und sehr kurz davorstand, sich in die Hose zu machen. Und selbst wenn all seine körperlichen Bedürfnisse befriedigt waren, hatte er immer noch das Gefühl, neben sich zu stehen, suchte er immer noch nach dem nächsten Wort oder dem nächsten Satz, der feinen Abstufung, die am besten erfasste, was der ursprüngliche Autor gedacht oder beabsichtigt hatte. Alles um ihn herum – Wände, Stühle, Leute – konnte dann unwirklich erscheinen.

Die Königshöhe und eigentlich alles an Camnipol fühlte sich merkwürdig und unstrukturiert an. Aus den Fugen geraten. Seine Gedanken und Erinnerungen waren nach hinten gerichtet, auf eine staubige, stinkende Ruine. Auf Tage in der Dunkelheit, an denen man nichts tun konnte, außer im Licht einer einzelnen Kerze einfache Rätselspiele zu spielen und sich mit der cinnae-blütigen Bankiersfrau zu unterhalten. Cithrin bel Sarcour. Ein Teil von ihm war noch dort, bei ihr, in jener Dunkelheit. Alles Übrige war nur Ablenkung.

Geder wusste, dass er der mächtigste Mann in Camnipol war, in Antea, sehr wahrscheinlich in der Welt. Er konnte den Tod von Königen befehlen. Die Männer, die sich einst über ihn lustig gemacht hatten, lebten nun in Angst vor ihm. Es war alles, was er sich gewünscht hatte. Alles, worauf er gehofft hatte. Nur dass er jetzt, wie er feststellte, mehr wollte. Er wollte in seiner Bibliothek sitzen und lesen, bis er einschlief. Er wollte dasitzen und sich mit Aster oder mit Cithrin unterhalten. Er wollte wieder ihren Körper an seinem spüren.

Und weshalb nicht? Weshalb konnte er diese Dinge nicht haben? Und darüber hinaus, weshalb *sollte* er nicht?

Der Erste Kammerdiener war ein älterer Mann mit kalkweißer Haut und einem Haarkranz um den von Altersflecken gesprenkelten Glatzkopf. Als Geder ihn herbefahl, kam er sofort und verbeugte sich auf seinem ganzen Weg durch das Gemach.

»Ihr habt nach mir gerufen, Lordregent?«, fragte er.

Geder spürte ein Unbehagen in seinem Inneren und versuchte es zur Seite zu schieben. »Ich will … ich habe beschlossen, dass ich nicht mehr angekleidet werden will. Ich brauche niemanden, der mir meine Kleider anzieht oder mich badet oder mir die Zehennägel schneidet. All das habe ich jahrelang selbst getan, und ich bin zurechtgekommen.«

»Die Würde der Regentschaft, mein Lord, ist wie die Würde des Königs nicht…«

»Ich habe Euch nicht herbestellt, damit Ihr mir einen Vortrag haltet«, unterbrach ihn Geder. »Ihr seid hier, damit ich Euch etwas sagen kann. Ich will nicht, dass morgens jemand kommt, um mich anzuziehen. Bringt mir die Kleider, richtet mir ein Bad und verschwindet. Versteht Ihr das? Ich will meine Privatsphäre, und ich werde sie mir nehmen.«

»Ja, Lordregent«, sagte der ältere Mann, seine Lippen vor Enttäuschung oder Missbilligung verkniffen. »Wie es Euch richtig erscheint.«

»Ist das ein Problem?«

Der Mann vibrierte beinahe, als widerstreitende Regungen hinter seinen wässrig blauen Augen miteinander rangen. »Die Tradition, Lord Palliako, und die Würde des Throns sprechen dagegen, dass ein Mann Eures Standes und Ranges als sein eigener Diener fungiert. Es mindert…«

»Zieht Euch aus«, sagte Geder.

»Mein Herr?«

»Eure Kleider. Zieht sie aus.«

»Ich weiß nicht…«

Geder erhob sich, um auf die unbewegten Gesichter seiner Leibgarde zu deuten. »Männer mit Schwertern stehen unter meinem Befehl. Ich bin der Regent von Antea. Ich sitze auf dem Gespaltenen Thron. Wenn ich Euch etwas befehle, eröffne ich keine Debatte. Zieht Eure Kleider aus.«

Bebend, seine Wangen flammend rot, öffnete der alte Mann

seine Gewänder. Sein Unterhemd war aus blassgelber Seide. Auf seiner Unterwäsche war an der Seite ein Blutfleck, wo der alte Mann eine kleine, kreisförmige verschorfte Stelle hatte, eine Verletzung, die nicht abheilen wollte. Sein Schamhaar war hell wie weißer Käse, und sein Bauch hing herab. Geder stand auf. Inzwischen zeigte das Gesicht des Mannes weder Enttäuschung noch Missbilligung.

»Nun, mein guter Herr«, sagte Geder. »Was ist denn bloß los? Euch scheint das nicht zu gefallen.«

Der Diener sagte nichts.

»Oder doch?«

»Mein Herr?«

»Gefällt Euch das?«

»Nein, mein Herr.«

Geder ging zu ihm, bis sein Gesicht nur ein paar Fingerbreit von dem des alten Mannes entfernt war. Bei jedem Wort, das er sagte, zuckte der Diener zusammen. »Mir. Auch. Nicht.«

Geder machte auf dem Absatz kehrt und verließ den Raum. Er hörte, wie seine Leibgarde ihm folgte und der Diener mit leisen Geräuschen seine fallen gelassenen Kleider aufsammelte. Und so einfach war es erledigt. Die rituellen Erniedrigungen am Morgen waren vorbei, und niemand würde darüber lachen. Nun strömte die Erleichterung, die das Töten von König Lechan ihm nicht verschafft hatte, in ihn hinein. Merkwürdig, wie die kleinsten Dinge im Leben die wichtigsten sein konnten. Er zog in Erwägung, seinen Zeitplan umzuwerfen und all die Audienzen abzusagen, die für heute vorgesehen waren. Er könnte mit seinen Büchern einen gemütlichen Ort aufsuchen und sich Essen und Trinken bringen lassen. Nun, da er etwas – eine Kleinigkeit – getan hatte, die nur für ihn zählte, schien alles möglich zu sein.

Aber nein. Noch nicht. All das konnte warten.

Der Bankier schien sich in der Herrlichkeit der Audienzkammer vollkommen zu Hause zu fühlen. Neben ihm saß Canl Daskellin, und die beiden lächelten und scherzten, als hätten sie heute Vormittag nicht den König von Asterilreich sterben sehen. Paerin Clark trug zurückhaltende Gewänder von schlichtem Schnitt. Am Tischende saß Basrahip, sein Lächeln freundlich wie eh und je. Geder sah sich nach Cithrin um, aber sie war nicht da. Er versuchte, sich seine Enttäuschung nicht anmerken zu lassen.

»Mein Lordregent«, sagte Daskellin, als sich alle außer Basrahip erhoben. »Danke, dass Ihr die Zeit gefunden habt.«

»Es ist mir ein Vergnügen«, erwiderte Geder. »Ich habe mich darauf gefreut, Euch zu treffen. Cithrin lobt Euch in den höchsten Tönen, selbst hinter Eurem Rücken.«

»Es freut mich, das zu hören«, antwortete Paerin Clark. »Sie lässt sich entschuldigen, mein Lord. Wir haben durch die Unruhe gewisse Verluste hinnehmen müssen, und die besondere Aufmerksamkeit von Magistra Cithrin wurde benötigt, um sich um einen Teil davon zu kümmern. Ich bin mir sicher, sie wäre gekommen, wenn die Umstände anders gewesen wären.«

Geder warf einen Blick auf Basrahip, der nickte. Ein Hauch von Unruhe, von dem Geder nicht einmal gewusst hatte, dass er ihn mit sich herumtrug, verflüchtigte sich. Er war froh, dass sie ihm nicht aus dem Weg ging. Und er hatte sich nicht darum bemüht, sie aufzusuchen, da nach seiner Ankunft alles so hektisch gewesen war. Die Zeit dafür würde sich finden. Der

Gedanke daran, sie wiederzutreffen, führte zu einem Gefühl der Atemlosigkeit.

»Richtet ihr aus, dass ich es schade fand, dass sie nicht dabei war«, erwiderte Geder lächelnd. »Und es tut mir sehr leid, dass all das geschehen ist, als Ihr in Camnipol wart. Wirklich, bewaffnete Aufstände sind eigentlich nicht so sehr an der Tagesordnung, wie es in letzter Zeit den Anschein erweckt.«

Paerin Clark lachte, und Daskellin stimmte mit ein. »Das bringt mich zu dem Grund, weshalb wir überhaupt hergekommen sind«, sagte der Bankier. »Antea befindet sich in einer schwierigen Übergangslage. Der Tod von König Simeon, auf den der Krieg gefolgt ist, und nun das alles. Jedes einzelne dieser Ereignisse könnte ein Königreich erschüttern. Alle drei kurz hintereinander tun es sicher.«

»Ja, man hat mir gesagt, dass die Ernte dieses Jahr ein wenig mager ausfällt«, stimmte Geder zu. »Aber das wird keine Schwierigkeiten bereiten.«

»Ihr klingt sehr selbstsicher. Das ist gut. Antea wird eine ruhige Hand brauchen. Was das betrifft, bin ich zum Teil hier, um …«

»Oh, hört doch auf«, unterbrach ihn Daskellin mit einem Kichern. »Clark ist hier, um zu sagen, dass seine Bank in Camnipol einen Fuß in die Tür bekommen will. Dem Adel geben sie keine Darlehen. So ist ihre Politik, und sie ist vermutlich klug. Aber sie können Gold herbringen, um es den Handwerkern und Händlern zu leihen. Als ich nach Nordstade gegangen bin, dachte ich, wir würden immer noch einen Krieg führen, wenn ich zurückkomme.«

»Banken funktionieren am besten, wenn es keinen Krieg gibt«, erklärte Paerin Clark. »Der Handel ist in Friedenszeiten immer verlässlicher und regelmäßiger. Und er hat eine stabilisierende Wirkung.«

»Habt Ihr darüber nachgedacht, hier eine Zweigstelle zu eröffnen?«, fragte Geder.

Zum ersten Mal schien Paerin Clark nicht zu wissen, was er sagen sollte. »Ja ... das stimmt«, erwiderte er. »Aber das Umfeld am Hof schien für diesen Gedanken nicht offen zu sein.«

»Ich glaube, Ihr solltet es tun«, sagte Geder. »Camnipol ist der Mittelpunkt der Welt. Antea ist das größte Reich, das existiert. Es scheint unsinnig, dass es Euch hier nicht geben sollte. Mehr Handel, oder nicht?«

»Ihr habt den Teil gehört, dass Adlige keine Darlehen bekommen?«, fragte Daskellin, und Geder winkte ab.

»Gebt anderen ein Darlehen«, sagte er. »Dann werden sie genug Geld zur Hand haben, so dass wir die Steuern eintreiben können.«

»Nun, wenn das etwas ist, worüber wir nachdenken sollten«, fuhr der Bankier fort, »können wir uns vielleicht über die Herausforderungen unterhalten, die Antea in den kommenden Jahren bevorstehen, und wie wir dabei womöglich helfen können.«

Das Treffen dauerte länger, als Geder beabsichtigt hatte; die Unterhaltung führte von der Aufteilung Asterilreichs in neue Baronien und Ländereien unter der Herrschaft anteanischer Adelshäuser bis hin zu der Möglichkeit, Weizenvorräte von Sarakal zu kaufen, um die kommende Ernte zu stützen, und zu der neuen Grenze Anteas mit Nordstade und der veränderten diplomatischen Beziehung zu König Tracian. Tatsächlich kümmerte Geder nichts von alledem sonderlich, aber Paerin

Clark kannte Cithrin, und daher wollte Geder, dass der Mann ein gutes Bild von ihm hatte.

Als das Treffen schließlich vorbei war, verabschiedete sich Geder und ging zurück zu seinen Privatgemächern, Basrahip an seiner Seite.

»Nun?«, fragte Geder. »Was haltet Ihr von ihm?«

»Er meint die Dinge, die er sagt, auch so«, antwortete Basrahip, »aber er wählt sehr sorgfältig aus, was er sagt. Er ist ein weiser Mann, aber nicht heilig. Wir werden vor ihm auf der Hut sein müssen.«

»Ein guter Einfall«, sagte Geder. »Dem stimme ich zu.«

»Es gibt noch etwas zu besprechen.«

»Kalliam«, erwiderte Geder.

»Nein. Zu ihm muss nichts gesagt werden. Seine Wege sind bereits zu Ende. Aber in seiner Furcht vor dem Nahen der Gerechtigkeit hat er die Diener der Göttin zum Ziel erkoren. Sein Hass auf uns hat seinen Tribut gefordert. Wir haben viele verloren, mein Lord. Wegen der neuen Tempel, die Ihr geschworen habt, in jenen Städten zu errichten, die Euch in die Hände fallen, muss ich Euch deshalb bitten, dass Ihr weiteren meiner Brüder gestattet, sich uns anzuschließen.«

»Wie viele noch?«

»Ich möchte nach zehn Zehner-Kohorten schicken«, erklärte Basrahip.

»Hundert?«, fragte Geder. »Ist das alles? Natürlich könnt Ihr das tun. Wenn zur Debatte steht, sie mit Nahrung und Unterkunft zu versorgen, kann ich noch heute Nacht hundert Diener fortschicken und werde sie morgen nicht vermissen. Weshalb sollte man eigentlich nicht das Anwesen von Kalliam nehmen? Ich meine, es wird wohl nicht genug Platz bieten, aber es liegt eine gewisse Poesie darin.«

Sie hielten an einem kleinen Brunnen an, wo das Wasser über die Schultern eines früheren Königs strömte und über die halb so großen adligen Männer und Frauen zu seinen Füßen floss und dann über eine winzige Horde Bauern, die aus Stein gehauen waren. Politische Philosophie als Verzierung.

»Ich bin Euch dankbar, Prinz Geder.«

»Das ist nicht nötig. Ich könnte nichts von alldem ohne Euch tun.«

Die Angst kam um Mitternacht. Er hatte keine Ahnung, warum das so war. Die Dunkelheit war doch das Beste an allem gewesen, was geschehen war, aber wenn nun die Sonne verblasste, musste Geder feststellen, dass ihn das Gesicht von Dawson Kalliam heimsuchte. Das Aufblitzen der Klinge. Das Blut auf Basrahips Hand.

Wenn er wie jetzt in seiner Bibliothek saß, seine Leibgarde in diskretem Abstand, wusste er, dass er nicht in Gefahr war. Aber er hatte auch die Gefahr auf Kalliams Fest nicht erkannt. Wenn es etwas zu lernen gab, dann war es, dass die Gefahr zu jeder Zeit und aus jeder Richtung kommen konnte. Er bekämpfte die Dunkelheit mit Licht. Lampen, Laternen und Kerzen leuchteten zwischen den Papieren und Buchstaben, um die Nacht zurückzudrängen.

Seine eigene Sammlung, das Ergebnis der Sammeltätigkeit eines ganzen Lebens, war nicht einmal ein Viertel von dem, was im königlichen Archiv stand, aber das Archiv spiegelte den Geschmack und die Meinungen einer erklecklichen Anzahl von Gelehrten wider. Bis zu einem gewissen Grad waren alle Fachrichtungen vertreten – Dichtung, Moralerzählungen, Geschichte –, aber beim spekulativen Traktat, seinem besonderen Liebling, wurde es dünn. Es lag ein gewisser Trost darin, etwas zu lesen, das er schon gelesen hatte, und wegen des Trostes war er hier.

Die Kopfkissentraktate reichten zurück bis zur Herrschaft der zweiten Königin Esteya und beschäftigten sich mit allem Möglichen, von den Feinheiten der Hofpolitik und den Rivalitäten zwischen Leuten, deren Namen inzwischen ansonsten vergessen waren, bis hin zu Spekulationen über die Sexualität der verschiedenen Rassen. Dem Dialekt konnte man recht einfach folgen, vor allem, da Geder damit vertraut war, aus anderen Sprachen zu übersetzen. Als er es zum ersten Mal gelesen hatte, war es ein kleines Laster gewesen. Aufregend und beschämend. Was er von Frauen und ihren Körpern gewusst hatte, war zum Großteil diesem Buch und anderen vergleichbaren entnommen.

Es liegt in der Natur der Frauen einer jeden Rasse außer den Erstgeborenen, sich zu jenen Männern hingezogen zu fühlen, die der ursprünglichen Form des Menschen am ähnlichsten sind. Die Jasuru halten Männer mit dünneren Schuppen in Farbschattierungen, die denen der Haut ähneln, für den erfreulichsten Anblick. Die Frauen der Südlinge, abgesehen von jenen, die dem Zuchtbestand ihrer Schule übergeben werden und uns hier nicht zu kümmern brauchen, entscheiden sich für Männer mit kleineren, helleren Augen. Die Frauen der Yemmu werden, wenn sie die Wahl haben, sich Männern verfügbar machen, die leichter gebaut sind und eine aufrechtere Haltung haben.

In der Tat würden die Rassen im Laufe der Zeit wieder zu einer einzigen Form verkümmern, wäre da nicht der männliche Trieb, das Exotische auch in der Fleischeslust zu erforschen.

Die Skandale um Robbe Sastillin sind das klassische Beispiel. Er war ein Mann von edler Gestalt und edlem Blut, ein Mann mit vielen Möglichkeiten und Aussichten bei Hofe, der eine Reihe von Cinnae-Mädchen in sein Bett führte. Dadurch wurde er erniedrigt, und die Mädchen wurden ruiniert, aber just in dem Augenblick handelten sie alle aufgrund der niederen Impulse, die ihrer Natur entsprachen.

Geder legte eine Fingerspitze auf den Abschnitt und lehnte sich zurück. Es schien ihm nicht glaubwürdig. Nicht zum ersten Mal wünschte er sich, Basrahip und die Göttin könnten genauso viel über die Wahrheit geschriebener Worte herausfinden wie über die gesprochener.

Stimmte es?, fragte er sich. Würde sich eine Frau aus einer der Geschaffenen Rassen einfach aufgrund seiner Rasse zu einem Erstgeborenen hingezogen fühlen? Hatte Cithrin bel Sarcour sich für ihn entschieden, weil er er selbst war, weil er Lordregent war oder weil er ein Erstgeborener war? Gab es eine Möglichkeit, die Zusammenhänge aufzulösen, die sie zu jenem einzigartigen Augenblick in der Dunkelheit geführt hatten? Er fragte sich, was Basrahip ihm verraten würde, wenn er Cithrin dazu bringen könnte, im Beisein des Priesters darüber zu sprechen. Nicht dass er das jemals tun würde, aber es war schwer, nicht darüber nachzudenken.

Er fragte sich, ob sie an ihn dachte.

Asters Stimme erschreckte ihn. »Da bist du ja.«

Geder klappte das Buch zu und drehte sich zum Prinzen um. Aster wirkte jetzt älter. Als hätten die Tage im Untergrund seine Wangen ausgehöhlt. Geder fragte sich, ob das normal war. Er hätte vermutet, dass Kinder unmerklich zu Erwachsenen heranwuchsen, dass die Veränderungen, die jeden Tag stattfanden, zu klein waren, um sie zu bemerken, auch jede Woche, jeden Monat. Die Veränderungen mochten deutlich sein, wenn man sie Jahr für Jahr betrachtete, aber vielleicht stimmte das nicht. Vielleicht blieben Menschen auch über lange Zeitabschnitte hinweg dieselben und veränderten sich dann plötzlich, wurden zu jemand anders. Oder nicht zu jemand anders, sondern jemand Älterem. Reiferem.

»Ja«, sagte Geder. »Ich habe gelesen. Es war ein langer Tag, und ich habe gedacht …«

Aster nickte. Vielleicht war es nicht sein Gesicht, dessen Form sich verändert hatte. Es mochte auch nur der ernste Ausdruck darauf sein, der neu war, auch wenn es merkwürdig wäre, wenn ihre Zeit mit Cithrin dazu geführt haben sollte, obwohl es der Tod von König Simeon nicht getan hatte …

»Du hast noch nichts wegen Kalliam unternommen.«

»Ich weiß«, sagte Geder. »Ich meine, doch, habe ich. Ich habe Basrahip sein Anwesen gegeben. Für die Priester. Das ist etwas. Ich habe etwas getan.«

Aster setzte sich an den Tisch, ließ die Beine baumeln. Der Vorwurf, der in seinem Schweigen lag, war genug.

»Es ist Jorey«, erklärte Geder. »Dawson ist sein Vater. Ich kann nicht den Vater meines Freundes hinrichten.«

»Bist du sicher, dass er dein Freund ist?«

Geder blickte hinaus auf die Gärten, aber das Licht hatte

das Glas in einen dunklen Spiegel verwandelt, und alles, was er erkennen konnte, waren er selbst und seine Bücher. Stapelweise Wörter, die weder Wahrheit noch Lüge waren.

»Nein«, antwortete er. »Und ich weiß, dass ich einfach fragen könnte, Basrahip würde es mir sagen. Aber ich will es nicht. Denn was, wenn er es nicht ist? Was, wenn es so tief verwurzelt ist, dass mir niemand mehr bleibt? Nein, sag nichts. Ich weiß, dass es sinnvoll wäre, es so zu machen. Ich weiß, dass ich besser Bescheid wüsste. Nur könnte ich davor ein Buch lesen. Oder mit einem von Cithrins Bankiers sprechen. Oder was auch immer. In jeder neuen Stunde, die anbricht, kann ich etwas finden, das ich lieber mache, als es herauszufinden.«

»Weshalb bist du nicht wütend auf ihn?«

»Jorey?«

»Dawson. Er hat versucht, dich zu töten.«

»Ich weiß. Und ich sollte wütend sein. Vielleicht bin ich es, nur … ich meine, es ist nur, dass er mich nicht ausgelacht hat. Er nimmt mich ernst genug, um zu glauben, dass ich es wert bin, getötet zu werden. Es ist nur, dass ich ihn gemocht habe. Wirklich. Und ich wünsche mir, dass er mich auch gemocht hat.«

»Ich glaube nicht, dass er dich mag«, sagte Aster.

Geder lachte. »Ich glaube, du hast recht. Ich werde tun, was getan werden muss, und ich werde nicht sterben. Das verspreche ich.«

Geder fragte sich, ob es so war, wenn man einen Sohn hatte. Er glaubte es nicht. Es war zu sehr, als hätte man einen Freund, und Väter und Söhne waren etwas – vieles –, aber das nicht. Vielleicht war es, weil sie beide wussten, wie es sich anfühlte, einen wichtigen Menschen zu verlieren. Oder weil sie die beiden Männer in Antea waren, die so sehr von Macht und Privilegien umgeben waren, dass sie dadurch einsam wurden.

»Was muss getan werden?«, fragte Aster.

»Ich werde dafür sorgen, dass er bestraft wird«, sagte Geder. »Ich werde dafür sorgen, dass all das ein Ende hat. Wer auch immer beteiligt ist. Und ich werde dafür sorgen, dass so etwas nie wieder geschieht. Einverstanden?«

Aster dachte einen Moment lang schweigend darüber nach, dann nickte er. Geder legte sein Buch auf den Tisch, erhob sich und blies die erste Kerze aus. Aster schloss sich ihm an, löschte jeden einzelnen Docht, bis Dunkelheit und Rauchgeruch alles waren, was von der Bibliothek übrig war.

»Also«, sagte Geder, während sie hinausgingen, Mann und Junge nebeneinander, zusammen, aber ohne sich zu berühren, »ich weiß, solange ich Lordregent bin, ist nichts dergleichen möglich. Aber wenn meine Wacht einmal vorüber ist und der Thron dir gehört? Wie groß wäre deiner Meinung nach der Skandal, wenn ich eine Bankiersfrau heiraten würde?«

CITHRIN

CITHRIN GING DURCH DIE verkohlten Ruinen der Herberge. Es war wie ein Traum. Seltsam. Vor nicht einmal einem Monat hatte sie hier gestanden und Smits Stimme wieder gehört. Damals waren die steinernen Mauern der Herberge so stark und dauerhaft wie Berge gewesen. Nun waren sie rußverschmiert, und das Dach war eingestürzt, wo die Stützbalken darunter verbrannt waren. Es schien kaum vorstellbar, dass dies derselbe Ort war. Oder auch dieselbe Stadt. Vielleicht waren sie es auch nicht.

»Ich bin alles nach bestem Wissen und Gewissen durchgegangen, Magistra«, sagte die Frau. Sie war eine Erstgeborene, dicker als Cithrin. Mit dunklerer Haut, geröteten Wangen und dunklen Schatten der Erschöpfung und Trauer unter den Augen. »Ich habe zusammengesucht, was sich finden ließ, aber es war wenig. Sie haben das Meiste mitgenommen, bevor sie es niedergebrannt haben, und das Feuer hat den Großteil von dem vernichtet, was übrig war.«

»Zeigt es mir«, erwiderte Cithrin.

Der kleine Hof war nun in Quadrate unterteilt. Ein wenig mehr als zwei Dutzend. Vermutlich waren dies die Männer und Frauen, die für die Gastfreundschaft dieser Frau bezahlt hatten und überrascht worden waren. Die Frau hielt an einem Quadrat mit verkohlter Kleidung an.

»Diese Stelle ist ungefähr richtig, Magistra«, sagte sie. »Es war in der Ecke, vom Allerschlimmsten abgewandt. Es gibt ein paar Dinge, die es vielleicht wert sind, sie zu behalten.«

Cithrin hockte sich hin. Alles roch nach Rauch und Asche. Ja, da war das grüne Kleid, das sie aus Carse mitgebracht hatte. Hier die schmale silberne Halskette, deren Glieder miteinander verschmolzen waren. Auch wenn es sich um die Ecke handelte, die am weitesten vom Feuer entfernt gewesen war, hatte es immer noch einem Schmelzofen geglichen. Das Notizbuch, das sie geführt hatte, war überall an den Rändern angesengt, aber die inneren Seiten hatten sich nur gelb verfärbt und aufgerollt. Als sie sie durchblätterte, wurde der Rauchgestank überwältigend. Sie warf es zur Seite. Das blaue Seidenkleid, völlig ruiniert. Die Wollsachen, ruiniert. Sie legte einen goldenen Ring mit Edelsteinen beiseite, der nicht ihr gehörte, damit die Wirtin entweder den richtigen Finger dafür finden oder ihn behalten konnte.

Als sie die ruinierten Kleiderfetzen durchging, stieß sie mit den Fingern auf etwas Hartes, das fest war wie Stein. Sie zog den Drachenzahn heraus. Er war vollkommen weiß. Die komplexen Zahnwurzeln wirkten wie eine Skulptur aus Wasser. Inmitten all der menschlichen Zerstörung war der Drachenzahn unberührt geblieben. Sie war sich nicht sicher, ob sie diesen Gedanken beruhigend oder unheimlich fand, aber wie es auch war, der Zahn gehörte ihr. Sie ließ ihn in ihre Tasche gleiten.

Ein weiterer Mann traf ein, und die Wirtin ging zu ihm, um mit ihm zu sprechen. Es war kein anderer Gast des zerstörten Hauses, sondern ein Steuereintreiber, der zu Verhandlungen kam. Die kleinen Leute mochten ihre Tragödien erleiden, aber der Steuereintreiber hatte das Recht erkauft, Steuern zu erheben, und wenn er den Vertrag nicht erfüllen konnte, würden seine eigenen Kinder hungern. Und so ging es alles weiter, endlos, gnadenlos und unnachgiebig.

Cithrin trat hinaus auf die Straße. Die Halskette konnte sie für den Wert des Silbers verkaufen. Der Drachenzahn war so nutzlos schön, wie er es immer gewesen war. Alles andere war ein Verlust.

Der Laden des Schneiders befand sich auf der anderen Seite eines breiten Platzes, gegenüber dem Badehaus, in dem Cithrin einen ganzen Tag verbracht hatte, nachdem sie aus dem Loch heraufgestiegen war, in dem sie Zuflucht gesucht hatten. Sie hatte sich in einer der breiten Kupferwannen gewaschen, hatte sich das Haar geschrubbt, bis es aufgeplustert und widerspenstig wie bei einem Löwenzahn von ihrem Kopf abstand. Sie hatte sich mit den Holzleisten abgerieben, bis ihre Haut rosarot war wie die einer neugeborenen Maus. Und trotzdem hatte sie, als sie hinaus auf die Straße gegangen war, den Dreck auf ihrer Kopfhaut gespürt und die Katzenpisse auf ihrer Haut gerochen. Schließlich hatte sie sich zu der Erkenntnis gezwungen, dass all das eine Illusion war, weil sie daran gewöhnt war, und dass sie am besten einfach großzügig Rosenwasser verwendete und abwartete, bis das Gefühl wieder verging. Aber beim Weggehen hatte sie das Schneidergeschäft gesehen und es sich gemerkt.

Zum Teil fiel der Laden auf, weil der Besitzer ein Dartinae war. Camnipol war eine Stadt der Erstgeborenen, und auch wenn es hier und da ein paar Leute aus verschiedenen Rassen gab, war es so merkwürdig, einen Dartinae mit einem eigenen Geschäft zu sehen, dass Cithrin ihm schon stark gewogen war, noch ehe sie das Geschäft betreten hatte.

»Ja, mein Fräulein«, sagte er, als sie von der Straße hereinkam. »Kann ich Euch helfen?«

»Das hoffe ich«, erwiderte sie. »Ich bin aus Porte Oliva gekommen, und meine ganze Garderobe ist zu Asche zerfallen. Ich werde etliche Stücke benötigen, und ich habe es damit ein wenig eilig.«

Das war, wie sie wusste, das unverhohlene Zeichen für den Händler, dass sie bereit war, ein wenig mehr zu bezahlen, wenn er bereit war, ihr ein wenig mehr von seiner Aufmerksamkeit zu schenken. Es funktionierte, so wie sie es schon früher erlebt hatte. Er nahm mit Schnur und Wachs ihre Maße, machte sich kurze Notizen in einem System, das ihr noch nie untergekommen war, und dann holte er einige Arbeitsproben hervor. Sie gab zwei Kleider in Auftrag, die förmlich genug waren, um sich vor einem König zu zeigen, oder in diesem Fall vor einem Lordregenten. Der Gedanke, sich förmlich zu kleiden, um Geder die Aufwartung zu machen, war merkwürdig, aber so war nun einmal die Welt. Sie lebten nicht mehr wie Bettler und Flüchtlinge, also konnte sie sich auch nicht wie ein solcher kleiden.

Sie brauchte auch etwas Warmes und Haltbares für ihre Rückreise nach Carse, aber dafür würde sie die Lumpenhändler aufsuchen und Cary fragen, woher die Truppe ihre Kostüme bekam. Vielleicht konnte sie sogar bei Horniss etwas ganz Einfaches in Auftrag geben. Er hatte als Kostümbildner ein recht gutes Auge, und trotz der Reichtümer, die Asters Gewänder enthalten hatten, ging es einer Schauspieltruppe nie so gut, dass sie einen zahlenden Kunden ablehnen würde.

»Und vielleicht einen Umhang, mein Fräulein?«, fragte der Dartinae, der etwas hochhielt, das wie eine riesige Masse aus zusammengenähtem Leder aussah. »Das ist groß in Mode.«

Aus einer Laune heraus probierte sie ihn an. Es fühlte sich an, als würde sie in einem nachtschwarzen Meer schwimmen, und sah aus, als würde sie von Schatten verschlungen. Sie schüttelte den Kopf und gab ihn zurück.

»Nur die anderen Sachen, danke.«

»Seid Ihr sicher?« Die Augen des Schneiders leuchteten etwas heller. »Es ist groß in Mode.«

Als sie sich zurück zu Lord Daskellins Anwesen durchgeschlagen hatte, erwartete sie Paerin Clark mit einem seltsamen Gesichtsausdruck. Der Baron war so freundlich gewesen, den Mitgliedern der Medean-Bank Unterkunft zu gewähren, nicht zuletzt wegen der außergewöhnlichen Umstände und seiner Rolle dabei, sie in die Stadt zu holen. Die Einladung war dennoch alles andere als selbstverständlich. Daskellin war immerhin ein Baron von Antea. In einem niederen Esszimmer in Carse mochten sie vielleicht miteinander das Brot brechen, aber dies war Camnipol, seine Heimat. Hier gab es Standards und Grenzen. Zum Beispiel ging sie durch den Seiteneingang hinein.

Sie stieg die breiten Steinstufen empor, die Augenbrauen fragend erhoben. Paerins Lächeln war ruhig, entwaffnend und so einstudiert, dass sie sicher war, dass er sich dessen nicht einmal bewusst war.

»Ich komme gerade vom Treffen mit dem Lordregenten«, sagte er, während er ihr die Tür öffnete.

»Ja?«

»Er ist in einer äußerst guten Verfassung«, fuhr Paerin fort. »Er hat vorgeschlagen, die Medean-Bank solle darüber nachdenken, eine Zweigstelle in Camnipol zu eröffnen.«

»Wirklich«, sagte sie und trat in den Gang. Die Gemächer, die man ihnen zur Verfügung gestellt hatte, waren die größten Dienerschaftsunterkünfte, und um dorthin zu gelangen, musste man durch die Küche gehen. »Das scheint nicht sehr naheliegend, oder?«

»Ich hätte auch nicht damit gerechnet. Aber ich hätte auch nicht gedacht, dass ich mich damit überhaupt auseinandersetzen muss. Und nicht nur das, er schien mich auch sehr ungern gehen lassen zu wollen. Wir haben fast doppelt so lange gesprochen, wie für unsere Audienz eigentlich vorgesehen war. Ich hatte beinahe das Gefühl, dass er irgendeinen anderen Plan verfolgt.«

Cithrin gab ein kehliges Lachen zum Besten. »Was für ein Plan sollte das sein?«, fragte sie.

»Das wollte ich Euch fragen. Ihr seid zur Expertin der Bank in Sachen Geder Palliako geworden. Weshalb sollte er eine Zweigstelle der Bank wollen?«

Cithrin hielt in einem schmalen schwarzen Eingang inne, der so unaufdringlich war, dass er sich für sein Dasein zu entschuldigen schien. Von außerhalb der Tür zum Dienerschaftstrakt schwebten die Stimmen junger Hofdamen wie Vogelgesang heran, schön, satt und völlig bedeutungslos.

»Ich kann es nicht sicher sagen«, erwiderte sie, »aber ich würde schätzen, dass er darauf hofft, man würde mich einsetzen, um sie zu beaufsichtigen.«

»Ach, wirklich«, sagte Paerin Clark. »Und das könntet Ihr ihm nicht eingeflüstert haben? Ich frage nur, weil Euer Interesse daran, eine Zweigstelle zu beaufsichtigen, recht gut bekannt ist.«

»Ich will nicht einfach irgendeine Zweigstelle«, entgegnete

Cithrin. »Ich will meine. Würdet Ihr mir Camnipol anbieten … nun, vielleicht würde ich zusagen, aber Ihr müsstet mir ein gutes Stück mehr bezahlen.«

»Also ist es sein Einfall.«

»Ja.«

»Auch das ist sehr interessant. Gibt es etwas, das Ihr Eurem offiziellen Bericht hinzufügen wollt?«

»Nein«, sagte Cithrin. »Gibt es nicht.«

»Wem gilt Eure Treue?«, fragte er. Sein Tonfall war völlig unverändert, aber sie konnte spüren, dass die Frage tiefer ging, und sie dachte lange darüber nach, ehe sie antwortete.

»Ich weiß es nicht. Ich glaube, wir sind gerade dabei, es herauszufinden, Ihr und ich. Meint Ihr nicht?«

»Das glaube ich tatsächlich«, sagte er. »Oh. Da ist noch dieser Brief aus Eurer – ich möchte es einmal so nennen – Zweigstelle, von einem Yardem Hane? Nichts Bedeutsames, denke ich. Nur dass Hauptmann Wester gekündigt hat. Dieser Hane war sein Stellvertreter, und er hat seinen Posten eingenommen.«

»Was?«

Er sah zu ihr auf, und sein Blick wirkte besorgt. »Ist das ein Problem?«

Cithrin fühlte sich elend. Er würde nicht da sein, wenn sie zurückkam. Sie begutachtete den Gedanken und stellte fest, dass er unwirklich erschien. Natürlich würde Marcus da sein. Er war *immer* da. Etwas musste geschehen sein, aber sie konnte sich nicht vorstellen, was es sein könnte oder wodurch diese Neuigkeit sich richtiger anfühlen würde.

»Kein Problem«, erwiderte sie. »Nur eine Überraschung.«

»Ich könnte euch vielleicht ein wenig Aufmerksamkeit von Geder beschaffen«, sagte Cithrin. »Wenn ihr unter der Schutzherrschaft des Lordregenten steht, könntet ihr alle bald groß in Mode sein.«

»Du stehst nicht still«, mahnte Horniss mit dem Mund voller Nadeln. »Hör auf, dich zu bewegen.«

»Ich würde mich über jegliche Schutzherrschaft freuen, die wir finden können«, erwiderte Cary, die eines der Bühnenschwerter hob und es betrachtete. »Aber ich bin mir nicht sicher, wie gern sich der Lordregent an seine Zeit bei der Truppe erinnern will.«

»Ich weiß nicht recht«, sagte Sandr. »Es war ein Abenteuer, oder? Es ist ja nicht so, als hätte jeder bei Hofe so etwas getan.«

»Ich glaube nicht, dass die Großen bei Hofe sich gegenseitig übertrumpfen, indem sie damit prahlen, wer von ihnen im armseligsten Dreck gehaust hat«, erwiderte Cary. »Dieses Loch hat ziemlich gestunken.«

»Ich nehme es an«, sagte Cithrin. »Nun, wenn ihr nicht die Lieblingstruppe des Adels von Camnipol werden wollt, was dann? Kommt ihr mit zurück nach Süden?«

»Jeder Ort, an dem es nicht so heiß ist, dass Steine schwitzen, wäre für mich in Ordnung«, sagte Sandr.

»Oh, mach dir keine Mühe, aus diesem Grund weiterzuziehen«, meinte Smit. »Diese Hitze hat bald ein Ende. Man kann es riechen, wenn man den Kniff heraushat.«

Sandr schnaubte und verdrehte die Augen. »Du kannst das Wetter nicht vorhersagen«, brummte er.

»Sicher kann ich das«, entgegnete Smit.

»Kannst du nicht. Du sagst immer dasselbe. Es kommt

immer ein Sturm. Wochenlang behauptest du das.« Sandr veränderte sein Gesicht, machte die Kieferknochen länger und schaffte es auf irgendeine Art, die Cithrin nicht ganz klar war, die Augen tiefer sitzen zu lassen. Die Nachahmung war so gut, dass er wie Smits Bruder aussah. Als er weitersprach, war es mit der Stimme von Smit. »Ein Sturm kommt. Hört auf mich, ein Sturm kommt.«

»Und ich habe immer recht«, sagte Smit. »Manchmal dauert es nur ein bisschen länger, bis er ankommt.«

»Aber du könntest genauso gut behaupten, dass der Schnee kommt, und dann sagen, dass jeder Winter bewiesen hat, dass du recht hast.«

»Genauso wäre es«, erwiderte Smit. »Und außerdem kommt ein Sturm.«

Cary wandte sich um und fing Cithrins Blick auf. Sie lächelten einander an. Dies war Carys Familie, und sie liebte sie. Cithrin liebte sie auch, obwohl es nicht die ihre war. Sie waren Freunde, einige davon sehr enge, aber ihre Heimat war nicht auf dem Fuhrwerk oder auf der Bühne oder bei Nacht in einem Heuschober über einem frisch errichteten Stall. Ihre Heimat war im Kontor und im Kaffeehaus.

»In Ordnung«, sagte Horniss. »Lass mich das schnell ein bisschen vernähen, und du hast ein einfaches, schönes Reisegewand, perfekt für jede Gelegenheit, auch für Schlamm, Maultiere und Übermut. Und ich habe hier eine kleine Tasche eingefügt, in der du ein Messer verstecken kannst, falls der Karawanenmeister sich deine Tugend zum Ziel erkoren hat.«

»Ich werde keinen Karawanenmeister fürchten«, sagte Cithrin mit verstellter Stimme, einer Parodie auf die Schauspielkunst. Ihre Verbeugung war übertrieben und passte vermutlich nicht dazu. »Mein ewiger Dank ist euch sicher.«

Horniss erwiderte die Geste gleichermaßen, auf vollkommene Weise, und sie lachten beide.

Cithrin kannte die Regel vom ersten Mal, als sie mit der Truppe unterwegs gewesen war, damals, als sie noch Meister Kit angeführt hatte: Laufe gegen den Strom. In einer Stadt, die von einer Seuche heimgesucht wird, spiele eine Komödie. In einer reichen Stadt in Zeiten des Überflusses, spiele eine Tragödie. Die Macht der Geschichten, die sie erzählten, lag im Abstand, der sie von den Leuten trennte, die im Publikum standen. Heute Abend führten sie *Die Geschichte des Hundefängers* auf, eine so niveaulose und raue Farce, wie Cithrin ihr selten begegnet war. Sie machten es gut. Wie Sandr seine Einsätze anbrachte, war, wie sie leider zugeben musste, von einer gewissen Genialität. Aber ihre Aufmerksamkeit lag nicht auf der Bühne, sondern auf den Männern und Frauen, die das Geschehen verfolgten.

Als Smit mit dem riesigen ledernen Phallus auf die Bühne sprang, der aus seinem Kostüm hervorragte, brüllte die Menge und zeigte mit dem Finger darauf. Tränen liefen ihnen die Wangen hinab. Nach so etwas hatten sie gehungert, dachte Cithrin. Sie sehnten sich nach Vergnügen, Freude, Gelächter. Und das war nur natürlich, denn sie hatten sich einer Verschwörung ihres Nachbarreiches gegenübergesehen, dem Tod ihres Königs, dem Krieg und nun einer grausamen Schlacht in den eigenen Straßen. Sie hatten sich ihre Wunschvorstellungen verdient.

Sie konnte nicht wegschauen. Ein Junge, der kaum alt genug war, sich zu rasieren, lachte so sehr, dass er sich auf den Pflastersteinen herumrollte. Auf der Bühne gab Charlit Sun vor, ein Kundiger zu sein, der sich das Aussehen einer Frau verliehen hatte und dann von einem anderen Mann umworben wurde, und eine zahnlose Frau, die uralt wirkte, klatschte sich auf die Knie und brüllte. Es war zu viel. Das Gelächter grenzte ans Groteske. Cithrin saß am Rande der Menge, hatte die Bühne und das Publikum gleichermaßen im Blick.

Es herrschte keinerlei Siegesgefühl. Damals, als sie hergekommen war, war es anders gewesen: Fahnen und Stoffbänder, Kinder, die durch die Straßen liefen und leuchtend bunte Papierschnipsel warfen. Als Antea Asterilreich eingenommen hatte, war das Reich im trunkenen Freudentaumel gewesen. Der Untergang von Dawson Kalliam barg für sie keine Freude. Diese Ausgelassenheit war keine Maske. Es war eine Seite einer Münze, und Cithrin hatte den zunehmenden Verdacht, dass das Bild auf der anderen Seite der Münze eine Trostlosigkeit war, die Camnipol lange nicht würde abschütteln können. Am Rande des Spalts würden für eine lange Zeit Komödien gespielt werden. Diese Aussicht ließ ein Gefühl des Entsetzens und der Furcht in ihr aufsteigen, das sie stärker traf, als ihr lieb war.

Cary kam auf der Bühne nach vorn, und das Bühnenschwert, das sie hielt, wurde während ihrer Herausforderung zum Duell in ihrer Hand schlaff und weich. Die Menge lachte, und Cithrin lachte nicht. Sie richtete sich auf und ging am Rand der Menge entlang in den Schankraum des Gelben Hauses.

Drinnen war der Andrang genauso schlimm wie draußen, aber die Hitze war schlimmer. Hochsommer in Camnipol bedeutete, dass der Sonnenuntergang beinahe bis zum Anbruch der frühen Morgendämmerung andauerte. Dass es nun dunkel war, hieß, dass es sehr spät war. Ein Dutzend Männer und Frauen saßen an den Tischen, tranken Apfelwein und Bier aus braunen Krügen, aßen Käse und Zwieback. Die Freunde des Gelächters hatte es nach draußen zur Vorführung gezogen. Diejenigen, die in der Hitze zurückblieben, waren ein ernster Haufen, der bestens zu Cithrins Laune passte.

Das Bier war schwer und dickflüssig, und der Alkohol darin prickelte am weichen Gewebe ihres Gaumens. Es war ein Bier, mit dem man sich betrinken konnte, und so verführerisch es auch war, sie war nicht bereit, sich darin zu verlieren. Noch nicht. Etwas im hintersten Winkel ihrer Gedanken wirbelte herum, ohne Ruhe zu finden. Ein Gedanke oder eine Einsicht, die sich ihren Weg ins Dasein erkämpfte. Sie blickte auf die raue Tischplatte hinab und lauschte.

»Er war von Anfang an auf der Seite von Asterilreich«, sagte ein Mann hinter ihr. »Glaubt ihr, er hätte es wirklich so schnell nach Kaltfel geschafft, ohne dass er die Erlaubnis des alten Lechan gehabt hätte, möge Gott auf sein totes Herz pissen.«

»Aber der Lordregent hat es gewusst, oder?«, wandte die Frau neben ihm ein. »Hat die Verräter alle ausgemerzt. Lechan hat er getötet, und die übrigen wird er zermalmen, wenn er so weit ist. Ihr werdet schon sehen.«

»Habt ihr gehört, wo er war, während die Schlacht stattfand?«

»Oben in der Königshöhe, von wo aus er die ganze verdammte Sache auf die Beine gestellt hat, wie ein Kind, das mit Stöcken spielt.«

»Nein«, sagte die Frau. »Sie wollen, dass du das denkst,

aber er war die ganze Zeit über draußen auf den Straßen. Verkleidet als Bettler, und er ist geradewegs hinter die Linien des Feindes gegangen, um zu sehen, was sie planten. Niemand hat sich zweimal nach ihm umgedreht.«

»Das stimmt«, bestätigte ein anderer Mann. Er war älter, mit weißem Schnurrbart und blutunterlaufener Haut. »Ich habe ihn gesehen. Ihn erkannt. Ich meine, ich habe nicht erkannt, dass er es war. Der Alte Jem hat er sich genannt. Ich wusste, dass am Alten Jem etwas merkwürdig war, aber ich bin nie dahintergekommen.«

»Und er unterhält sich mit den Toten«, sagte die erste Frau. »Mein Vetter wacht an den Gräbern, und all seine Männer wissen Bescheid, dass der Lordregent die ganze Zeit über dorthin geht. Die ganze Zeit. Mitunter zweimal am Tag. Unmittelbar in die Gräber hinein geht er. Mein Vetter sagt, wenn man genau zuhört, kann man Palliako sprechen hören, ganz so, wie wir hier sitzen und uns unterhalten. Wie er Scherzfragen stellt und seinen Teil zur Debatte beiträgt. Und manchmal kann man auch andere Stimmen hören, die ihm antworten.«

»Er ist kein Kundiger«, sagte der erste Mann. »Ich habe schon Kundige getroffen. Die Hälfte von ihnen konnte nicht einmal einen Furz herbeizaubern. Palliako ist etwas anderes, und wir haben verdammtes Glück, ihn auf dem Thron zu haben. Verdammtes Glück.«

»Kein anderer hätte Kalliam durchschauen können«, sagte der Mann mit dem weißen Schnurrbart. »Ich nicht, das ist verdammt sicher. Und wisst ihr, worüber auch niemand spricht? Kalliams Ratgeber? Das waren alles Timzinae. Nun sag noch einer, dass das ein Zufall war.«

Cithrin lauschte, die Hand um ihren Krug gelegt. Sie vergaß, daraus zu trinken. Stattdessen hörte sie zu, wie sich Geschichte auf Geschichte türmte, während Geder Palliako zu einer Legende heranwuchs.

CLARA

DIE SOLDATEN KAMEN MIT einem Erlass des Lordregenten. Clara hatte durchaus damit gerechnet, so sehr sogar, dass sie nicht überrascht war, als es so weit war. Tatsächlich war sie in gewisser Weise sogar erleichtert. Die langen Tage, in denen sie nach Dawsons Gefangennahme darauf gewartet hatte, waren von einer krankhaften Normalität gewesen. Wie sie ohne ihn in ihrem Gemach aufwachte, wie sie mit den Dienern und Sklaven sprach, wie sie durch die Gärten ging. Es war genau die gleiche Routine, die sie auch aufrechterhalten hatte, während er fort gewesen war, um für Geder einen Krieg zu führen. Nur war ihr Gemahl stattdessen im Kerker. Das Warten auf die Folgen war so schrecklich gewesen, dass sich die erste, die eintrat, beinahe wie eine Erleichterung anfühlte.

Sie stand im Hof vor dem Haus, während sie ihre Sachen wegbrachten. Das Bett, in dem ihre Kinder empfangen und geboren worden waren. Die Veilchen aus ihrem Sonnengemach. Ihre Gewänder und Kleider. Dawsons Jagdhunde, die winselten und an ihren dünnen Lederleinen verwirrt wirkten. Sie hatte eine eigene Börse und einen Beutel, den sie gepackt hatte, während der Hauptmann ihr gnädigerweise ein wenig Zeit gelassen hatte. Das stand nicht in seinem Befehl. Hätte er sie auf die Schulter geladen und auf die Straße geworfen, hätte er damit Palliakos Rechtsprechung noch buchstabengetreu erfüllt. Er hatte es nicht getan, und dafür war sie ihm dankbar.

»Das können sie nicht tun«, sagte Jorey. Seine Stimme war angespannt wie eine Geigensaite. Er verspannte sich immer, wenn er wütend war.

»Natürlich können sie«, erwiderte Clara. »Du hast doch nicht geglaubt, sie würden uns so weiterleben lassen wie bisher, oder? Wir sind in Ungnade gefallen.«

»Du hast nichts falsch gemacht.«

Doch, das habe ich, dachte sie. *Ich habe deinen Vater geliebt. Und das ist ein Verrat, auf den ich weiterhin bestehe.* Sie sprach es nicht aus. Sie nahm nur ihren jüngsten Sohn an der Hand und führte ihn weg.

Die Hausangestellten, Dienerschaft und Sklaven, standen an der Straße, ihre persönlichen Besitztümer in den Händen. Sie wirkten wie Überlebende eines Weltuntergangs. Clara ging zu ihnen, zum letzten Mal als ihre Herrin. Um den Hals von Andrash lag immer noch die Kette; seine Augen waren vor Schrecken weit aufgerissen.

Clara hob die Hände. »Ich fürchte, dass die Bedürfnisse des Hauses, wie ihr bestimmt erkannt habt, sich gewissermaßen reduziert haben«, sagte sie. In ihren Augen standen Tränen, und sie biss die Zähne zusammen, um dagegen anzukämpfen.

Heb dein Kinn, sagte sie sich. *Lächle. Siehst du, genau so.*

»Wer von euch ein Haussklave gewesen ist, den entlasse ich aus seinem Vertrag. Ich hoffe, die Freiheit ist mindestens so gut zu euch, wie es eure Gefangenschaft gewesen ist. Wer von euch ein bezahlter Diener war, dem kann ich Empfehlungsschreiben anbieten, aber ich fürchte, sie haben vielleicht nicht sonderlich viel Einfluss.«

Weit hinten schluchzte jemand. Eine der Küchenmägde, wie Clara dachte.

»Habt keine Angst«, fuhr Clara fort. »Ihr werdet alle einen neuen Platz in der Welt finden. Das hier ist unerfreulich. Sogar schmerzhaft. Aber es ist nicht das Ende. Für keinen von uns. Euch allen vielen, vielen Dank für die Arbeit, die ihr hier verrichtet habt. Ich bin sehr stolz, dass so wunderbare Menschen für mich gearbeitet haben, und ich werde euch alle in bester Erinnerung behalten.«

Es dauerte fast eine Stunde, zu allen zu gehen und von einem nach dem anderen Abschied zu nehmen. Vor allem gegen Ende wollten sie sie immer wieder umarmen und ihr schwören, dass sie ihr stets treu ergeben bleiben würden. Es war herzerwärmend, und sie hoffte, dass zumindest ein Teil davon der Wahrheit entsprach. Sie würde in den kommenden Tagen jeden Verbündeten brauchen. Sie befand sich nicht in der Position, sich von einem drittklassigen Diener abwenden zu können, wenn er ihr wohlgesinnt war.

Jorey schlang sich ihren Beutel um die Schulter und nahm ihren Arm. Zusammen gingen sie durch die Straßen. An einer Ecke hielt sie an einem Stand und kaufte kandierte Veilchen bei einem alten Tralgu, dem ein Fuß fehlte. Die Blütenblätter wurden auf ihrer Zunge weich, sobald der Zucker sich auflöste. Sie hielt sich Richtung Süden, auf die Silberbrücke zu. Lord Skestinins Haus war auf der gegenüberliegenden Seite des Spalts, und Sabiha, gesegnet sei das Mädchen, war vorausgegangen, um dafür zu sorgen, dass man sie willkommen hieß.

»Ich denke, man muss daraus folgern, dass man deinen Vater bald zur Rechenschaft ziehen wird«, sagte sie. »Das wird nicht einfach.«

»Du brauchst dir keine Sorgen zu machen, Mutter«, erwiderte er. »Ich werde keine Schande über ihn bringen. Er wird nicht allein dastehen müssen.«

Sie hielt inne. Jorey ging noch ein paar Schritte weiter, ehe ihm auffiel, dass sie angehalten hatte.

»Du *wirst* Schande über ihn bringen«, entgegnete sie. »Du wirst ihm abschwören und ihn verleugnen. Verstehst du mich? Du wirst ihm den Rücken zuwenden und dir von der ganzen Welt dabei zusehen lassen.«

»Nein, Mutter.«

Sie hob die Hand und gebot ihm zu schweigen. »Das hier ist keine Debatte in einem Salon. Respekt gegenüber den Eltern ist schön und gut, aber in diesen Zeiten leben wir nicht. Du hast Verpflichtungen. Gegenüber Sabiha und gegenüber mir.«

Inzwischen weinte er auch, und das auf der Straße. Nun, wenn sie sich schon zum öffentlichen Spektakel machten, dann war, wie sie annahm, heute der richtige Tag dafür. Ein Karren ratterte an ihnen vorbei, und sie legte ihm eine Hand auf den Arm.

»Dein Vater weiß, dass du ihn liebst und respektierst. Nichts wird daran etwas ändern. Und er weiß, dass du auch eine Gemahlin hast. Ein Leben, zu dem er dir verholfen hat. Er wird keinen Abscheu empfinden, wenn du dieses Leben verteidigst. Uns bleibt nicht sonderlich viel übrig. Wir geben nicht das preis, was wir tun.«

»Vater verdient es, dass jemand an seiner Seite steht.«

Clara lächelte, während ihr Herz noch ein kleines Stück mehr brach. Ihr Sohn, treu wie ein Hund. *Wir haben ihn gut erzogen,* dachte sie.

»Das verdient er wirklich«, sagte sie, »aber er würde es nicht *wollen.* Ich bin nur seine Gemahlin, aber er verdient es, seine Söhne an seiner Seite zu haben. Nur würde er dann abgelenkt sein, weil er versucht, uns alle zu schützen. Er weiß, dass du ihn liebst. Er weiß, dass du ihn im Herzen in Ehren hältst. Wenn er sehen muss, wie du mit ihm und seinetwegen leidest, würde das alles, was ihm widerfährt, schlimmer machen. Also wirst du ihn verleugnen. Vermutlich deinen Namen ändern. Tun, was immer du tun musst, um deiner Sabiha ein ebenso guter Gemahl zu sein, wie Dawson es mir war.«

»Aber …«

»So wirst du es machen«, sagte sie. »Hast du verstanden?«

»Ja, Mutter«, antwortete er.

»Gut«, sagte sie.

Das städtische Anwesen von Lord Skestinin war bestenfalls bescheiden, eher ein Anerkennen der Konvention als ein tatsächlich funktionierender Haushalt. Er war ein Mann der Marine. Seinen Sommer verbrachte er stets auf dem Meer, nicht bei Hofe, und den Winter auf seinen Ländereien oder seltener auf der königlichen Jagd. Clara verstaute ihre paar Sachen in einer Zelle, die kaum größer war als ihr Ankleidezimmer, und ging sofort wieder hinaus auf die Straße. Es blieb nicht viel Zeit, und der Schock, ihr Zuhause verloren zu haben, schürte ihren Tatendrang.

Curtin Issandrians Anwesen wirkte beinahe bescheiden, zu einem gewissen Teil, weil es sich den Hof mit dem Haus teilte, das dem Baron von Ebbinwinkel gehörte, Geder Palliako. Wenn Aster den Thron bestieg, würde sich Palliako hier zur Ruhe setzen, und bis dahin wurde es gewissenhaft in Schuss gehalten. Gegenüber dem Anwesen des Lordregenten würde jedes andere verblassen, und Issandrian machte schwere Zeiten durch.

Der Türsklave kündigte sie an, und beinahe sofort führte sie Curtin Issandrian in sein Wohngemach. Sie war kurz davor, ihre Pfeife auszupacken, als sie bemerkte, dass sie ihren ganzen Tabak im Haus gelassen hatte. Sie hatte keinen, und sie fand es nicht richtig, sich welchen zu erbetteln, wenn sie schon gekommen war, um sich so viel von ihm zu erbitten.

»Ich habe gehört, dass Euer Anwesen konfisziert worden ist«, sagte er. »Das tut mir wirklich leid.«

»Nun, ich konnte ja kaum erwarten, es behalten zu dürfen. Die Ländereien in Osterlingbrachen sind natürlich auch weg. Und ich denke nicht, dass Dawson lange genug Baron von Kaltfel war, dass ich diesen Verlust tatsächlich empfinden würde. Aber den Landsitz werde ich vermissen. Im Winter ist es dort sehr schön.«

»Ich erinnere mich«, sagte der Mann mit einem Lächeln. »Eure Gastfreundschaft war immer ausgezeichnet. Sogar gegenüber den Rivalen Eures Gemahls.«

»Oh, ganz besonders ihnen gegenüber«, erwiderte Clara. »Wie tugendhaft muss man schon sein, um sich Freunden gegenüber nett zu verhalten?«

Darüber lachte Issandrian. Gut. Vielleicht würde er sie anhören. Einige Minuten lang sprachen sie weiter über Kleinigkeiten. Dass die Hitze des Tages noch nicht so schlimm war, dass es im Wohngemach unangenehm wurde. Das würde noch kommen, aber noch war es nicht so weit.

»Ich gestehe, dass ich nicht nur um der freundlichen Worte und des Trostes willen hergekommen bin«, sagte sie, »auch wenn Ihr beides ziemlich gut beherrscht.«

»Wie kann ich helfen?«, fragte er.

»Ihr und mein Gemahl seid als Feinde bekannt.«

»So weit ist es doch nicht gekommen, hoffe ich. Vielleicht als Rivalen.«

»Nein. Feinde. Und es liegt eine gewisse Aufrichtigkeit darin, jemandes Feind zu sein. Das versetzt Euch in eine Lage, in der Ihr mir helfen könnt. Ich habe nichts, was ich Euch im Gegenzug anbieten könnte, aber wenn Ihr könnt, meldet Euch bitte im Namen meiner Söhne und Töchter zu Wort. Nicht offiziell, sondern im Großen Bär und im privaten Rahmen. Ich wäre dafür sehr dankbar.«

»Töchter? Ich dachte, Ihr hättet nur eine.«

»Elisia und Sabiha«, sagte Clara.

»Ah«, erwiderte Issandrian. So schlecht sah er mit kurzem Haar gar nicht aus. Nun, da er es eine Weile auf diese Weise getragen hatte, gewöhnte man sich daran.

»Ihr seid immer sehr freundlich zu mir gewesen, Lady Kalliam«, erklärte Issandrian. »Selbst dann, als Euer Gemahl auf meinen Tod gehofft hat. Ich habe nicht mehr viel Einfluss, aber der, den ich noch besitze, gehört Euch.«

»Ich danke Euch«, sagte Clara.

Nach diesem Anfang war der Rest einfach, oder wenn schon nicht einfach, dann zumindest unvermeidlich. Wenn sie bei Curtin Issandrian betteln konnte, war es doch sicher nicht schwer, sich an ihren Vetter Erryn Meer zu wenden. Oder an die Frau, von der sie sich in der Stickkunst hatte unterweisen lassen, und an die Poesie-Gruppe, die Lady Emming eingerichtet hatte, und so weiter durch die ganze Stadt und den ganzen Hof und ihren ganzen Tag.

Diese kleinen, inoffiziellen Audienzen waren ihr nicht fremd, aber bisher war sie immer auf der anderen Seite gewesen. Hatte Mitgefühl und Gebäck angeboten und Unterstützung, ohne etwas zu versprechen. Die äußere Form war ihr vertraut. Die einzige Veränderung war die Rolle, die sie spielte … und das, was auf dem Spiel stand.

Elisia hatte zum Glück den Namen Kalliam bereits abgelegt. Da sie am Busen von Annerin sicher war, konnte sie sich noch bei Hofe zeigen, und ihre Stellung war gesichert. Vicarian war weniger sicher, hatte es aber immer noch besser, als es hätte sein können. Er war während der Unruhen nicht in Camnipol gewesen. Er hatte nicht im Feld gedient. Seine Treue galt Gott und der Priesterschaft des Königreichs. Er würde Dawson verleugnen müssen, aber solange er das tat, sollte er sicher sein.

Für Barriath und Jorey war die Gefahr am größten, und daher konzentrierte sie ihre Arbeit auf diese beiden, suchte hartnäckig jeden auf, den sie kannte, jeden, der ihr einfiel, von dem sie sich noch gesellschaftliche Akzeptanz erhoffen konnte. Jeden, dem sie früher bekannt gewesen war. Nun setzte sie all jene vergangenen Augenblicke der Gnade und nicht zwingend nötigen Freundlichkeit als Werkzeug ein. Und wie jedes Werkzeug, das man zum ersten Mal benutzte, funktionierte es manchmal so, wie sie es erwartet hatte. Andere Male war die Belastung zu hoch, und es ging daneben. Sie würde vielleicht nie erfahren, in welchen Fällen es misslang. Noch spielte es eine Rolle, solange ihre Kinder in Sicherheit waren.

Sie hörte auf, als die Abendmahlzeiten begannen und sie nicht mehr auf höfliche Weise uneingeladen eindringen konnte, und suchte sich eine kleine Bäckerei, in der Brötchen von gestern mit Würsten, schwarzem Senf und Bier verkauft wurden. Sie griff abermals nach ihrer Pfeife, steckte sie weg und fluchte lautlos. Sie würde eine Möglichkeit finden müssen, sich ein klein wenig Tabak leisten zu können. Und darüber hinaus auch ein wenig zu essen. Und was immer für eine Zuflucht sie sich schaffen konnte, nachdem Lord Skestinins Gastfreundschaft ihr unvermeidliches Ende erreichte. Man nahm die Frau eines Verräters nicht unbegrenzt auf. Sollte Barriath Befehlshaber der Flotte werden oder Jorey im Feld einen Krieg gewinnen, könnte sie sich vielleicht als Mutter eines respektablen Mannes neu erfinden. Aber in der Zukunft, die sie sich vorstellen konnte, war sie dazu verdammt, die Frau ihres Gemahls zu sein.

In den paar Minuten, während sie in der kleinen Bude mit ihren splitternden Holztischen und wackligen Stühlen saß, ließ sie zu, dass sie aufhörte zu lächeln. Inzwischen war sie erschöpft und fühlte sich auf eine Art und Weise leer, wie sie es sich nie hätte vorstellen können. Ihre Ehe, ihre Familie, die kleinen, friedfertigen Hofintrigen und Dawson mit seiner altertümlichen Liebe zur Pflicht – das war ihr Leben gewesen, seit sie das Haus ihrer eigenen Mutter verlassen hatte. Sie hatte dieses Leben nicht aufgebaut, sondern war vielmehr hineingewachsen.

Nun fühlte sie sich wie eine Zierpflanze, die man umsichtig ausgegraben und mit Wasser abgewaschen hatte. Sie war eigentlich nicht verletzt, aber ihre blassen Wurzeln lagen alle offen da. Wenn sie keinen Erdboden mehr finden konnte, würde das ausreichen, um sie umzubringen. Das wusste sie, genauso wie sie wusste, dass die Sonne aufgehen und der Herbst kommen würde.

Und im Mittelpunkt all dessen stand die machtvolle Abwesenheit von Dawson Kalliam. Dem Mann, dessen Liebe zu ihr größer gewesen war als sein Verständnis für sie. Die Konstante ihres Lebens. Sie konnte sich immer noch daran erinnern, wie er am ersten Abend ausgesehen hatte, an dem sie ihn geküsst hatte. Wie er seine Furcht hinter seiner Ritterlichkeit verborgen und sie die ihre in Anstand gekleidet hatte, bis sie zu der beinahe eindeutigen Gewissheit gelangt war, dass keiner von ihnen den ersten Schritt tun würde und sie in jenem Garten sitzen und sich nacheinander sehnen würden, bis die Erde alt wurde. Er war jung gewesen, gut aussehend. Der beste Freund von Prinz Simeon. Und wer war sie gewesen? Das Mädchen, das sein Vater für ihn ausgesucht hatte. Die Heirat war arrangiert worden, bevor einer von ihnen die Gelegenheit gehabt hatte, sich dagegen auszusprechen.

Sie fragte sich, ob es vielleicht etwas gegeben hätte, was sie hätte tun können, um seinen Kurs zu ändern. Sie wünschte sich, dass etwas da gewesen wäre. Wenn dieses ganze Unglück ihre Schuld wäre, hätte sie zumindest eine gewisse Kontrolle darüber gehabt. Aber das war lediglich eine fantastische Vorstellung. Es gab kein festliches Abendessen und kein ablenkendes Gespräch, die Dawson mit der Tatsache versöhnt hätten, von Geder Palliakos Priestern beherrscht zu werden. Eher wären Steine geflogen wie Vögel.

Es war unvermeidlich gewesen. Und selbst wenn es etwas gegeben hätte, war es nun vorbei. Sie seufzte und biss von dem Würstchen ab. Zu viel Fett und Oregano, aber ansonsten vollkommen annehmbar, und der schwarze Senf verbarg eine ganze Menge Sünden. Sie weinte still, während sie ihre kleine Mahlzeit und ihr Bier beendete, dann sammelte sie sich, setzte ihr Lächeln wieder auf und kehrte zurück in die Welt. Ihr

Herz war gebrochen und würde es sehr lange bleiben, aber das hieß nicht, dass sie nichts erreichen konnte.

Sie kam zurück zu Lord Skestinins Haus, als es schon beinahe dunkel wurde. Ihre Füße und ihr Rücken schmerzten. Der Saum ihres Kleides war schmutzig, weil sie neben den Hunden und Pferden auf der öffentlichen Straße gegangen war. Der Geruch von Tierkot war wohl ein Teil des Stadtlebens, an den sie sich würde gewöhnen müssen. Sie konnte Schlimmeres ertragen. Es war nichts.

Als sie das Haus betrat, hörte sie die Stimme von Barriath, die im Zorn erhoben war, und die von Jorey, die gleichermaßen antwortete. Mit fest zusammengepressten Lippen folgte sie den Geräuschen des Streits durch die düsteren Gänge und in das Esszimmer, das von billigen Talgkerzen erleuchtet und für eine Familie eingerichtet war, die hier nicht wohnte.

»Er ist der Vater meiner Frau«, sagte Jorey.

»Und ich bin dein Bruder«, brüllte Barriath, sein Gesicht gerötet, beinahe schon violett. »Seit wann spielt das keine Rolle mehr? Als Nächstes wirst du dich an diesen Hurensohn in der Königshöhe kuscheln und ihn darum bitten, dass er dir ein Zimmer und einen Fetzen Fleisch gibt.«

Sabiha stand im Eingang auf der gegenüberliegenden Seite des Zimmers, und ihre Knöchel, die ein Taschentuch aus Spitze hielten, waren weiß. Ihr Gesichtsausdruck verriet Clara, wie viel Schaden Barriath bereits angerichtet hatte.

»Guter Gott«, sagte Clara, die den Raum so selbstsicher betrat wie ein Bärenbändiger, der in die Grube ging, »man möchte glauben, ihr wärt wieder Kinder, und jemand hätte euch eure schönsten Spielsachen weggenommen. Worum geht es hier?«

»Ihr kriecht bei Skestinin unter«, erwiderte Barriath und wandte seinen Zorn gegen sie. »Das lasse ich nicht zu. Er hat mir meinen Posten bei der Flotte genommen. Ich habe ihm jahrelang gedient, und sobald es ein paar Schwierigkeiten gibt, wirft er mich über Bord wie einen alten Fisch.«

»Es gibt gewisse Realitäten …«

»Ich bin der älteste Mann der Familie. Damit bin ich verantwortlich für unseren Namen«, sagte Barriath. »Und ich lasse nicht zu, dass meine Würde davon angekratzt wird.«

Clara wusste nicht, inwiefern sich ihr Gesichtsausdruck veränderte, aber sie sah, wie Joreys Augen groß wurden und Barriaths vom Blut aufgedunsenes Gesicht einen aufmerksamen Ausdruck bekam. Ein schwaches Lächeln trat auf Sabihas Lippen. Clara blickte ihrem erstgeborenen Sohn in die Augen. Eines Tages wäre er der Baron von Osterlingbrachen gewesen, dachte sie. Seine Zukunft war ohne Vorwarnung verschwunden, und Trauer ließ Leute wahnsinnig werden. Sie taten Dinge, die sie sonst niemals getan hätten.

Sie setzte zu sprechen an, hielt inne und begann von neuem. »Mein Gemahl«, sagte sie, leise und mit schrecklicher Bestimmtheit, »ist nicht tot. Du bist mein Sohn. Jorey ist mein Sohn. Sabiha ist meine Tochter. Lord Skestinin ist eure Familie, und es wäre für uns alle das Beste, wenn ihm diese Bürde leicht erscheint.«

Barriath machte ein finsteres Gesicht, blickte aber zur Seite. Für den Augenblick war der Bär gezähmt.

»Jorey wird Vater verleugnen«, erklärte Barriath. Er klang trotzig.

»Ich weiß das, mein Lieber«, sagte Clara und setzte sich mit einem Seufzen an den Tisch. »Du wirst es ebenfalls tun.«

Unter Claras Aufsicht hielt Lord Skestinins Haus während der Nacht seinen unbehaglichen Frieden. Barriath schmollte, wie er es getan hatte, seit er zum ersten Mal Luft geholt hatte. Jorey brütete undurchschaubarer und nahm mehr Rücksicht auf jene um sich herum. Clara saß an einem ungewohnten Fenster, das auf einen Garten hinausblickte, der nicht ihr gehörte, und klöppelte Spitze, weil ihre Stickereien der Gerechtigkeit des Lordregenten zum Opfer gefallen waren. Kurz vor dem Schlafengehen suchte Sabiha sie auf, einen kleinen Lederbeutel mit Pfeifentabak in der Hand. Clara küsste das Mädchen auf die Wange, aber sie sagten kein Wort. Manche Abende waren zu zerbrechlich, um sie mit Worten aufs Spiel zu setzen.

Am Vormittag kam die Nachricht, dass Lord Geder Palliako bereit war, sein Urteil über den Verräter Dawson Kalliam zu sprechen.

Cithrin

Hätte Cithrin, als sie zum Schneider ging, gewusst, dass sie sich für eine Hinrichtung einkleidete, hätte sie vielleicht eine andere Wahl getroffen. In Vanai war der Kerker offen gewesen, und jene, die darauf warteten, vor den Magistrat zu treten, hatte man spöttisch betrachten können, aber die Gerechtigkeit des Fürsten war hinter verschlossenen Türen ausgeübt worden, die Körper der Verurteilten hatte man begraben, wenn sie Familie hatten, die auf sie achtete und die Kosten trug, oder in den Hügeln vor der Stadt zurückgelassen, falls nicht.

In Porte Oliva war es genau andersherum. Das Warten auf das Urteil war eine Privatangelegenheit, aber sobald das Urteil gesprochen oder die rechtlichen Gebühren bezahlt waren, war die Bestrafung für jedermann offen sichtbar, der vorbeispazieren und es sehen wollte. Der Gedanke, eine Zeremonie unter Beisein aller hochrangigen Personen des Hofes abzuhalten, um ein Gemetzel zu veranstalten, von dem jeder wusste, dass es bevorstand, schien ihr widerwärtig, und ihre begrenzte Garderobe gab dafür nichts her.

Letzten Endes entschied sie sich für das dunklere ihrer beiden Kleider. Der Schnitt des helleren war einfacher und nüchterner, aber selbst nachdem sie Paerin Clark zurate gezogen hatte, war sie sich nicht sicher, wie sehr dieser Tag tatsächlich einen Festakt darstellen sollte. Ein wenig Schminke, um ihre Augen zu betonen, aber nicht so viel, dass sie irgendwann aussehen würde, als würde sie schmelzen, wenn es im Raum zu warm war. Die beiden Schmuckstücke, die sie sich seit dem Feuer zugelegt hatte, probierte sie in jeder Kombination an, bis sie schließlich bei der schmalen silbernen Halskette und keinem Armband blieb. Sie wollte nicht wirken, als würde sie mit dem Adel wetteifern. Einfach, zurückgenommen, formell.

Sie stand kurz davor, ihre Kleiderwahl noch einmal zu überdenken, als sie zu dem Schluss kam, dass sie die Meinung des Hofes nicht kümmerte. Für die Adligen war sie eine Fremde, ein Halbblut und eine Kauffrau. Hätte sie die perfekten Kleider mit dem vollkommenen Schmuck getragen, würden diejenigen, die eine Bankiersfrau brauchen konnten, sie vordergründig nett behandeln, und die anderen würden sie ignorieren.

Nein, sie machte sich Sorgen, weil Geder dort sein würde. Und das musste sofort ein Ende haben. Sie war kein Kind oder eine von Sandrs leicht zu beeindruckenden Bühnenerobe-rungen. Es war etwas geschehen, ein Mal, wenn sie es so darstellen wollten, und nichts, wenn sie behaupteten, dass es nicht geschehen war. Wenn sie unter der Annahme zum Hof ging, er würde Zeit, Interesse oder Aufmerksamkeit für sie aufbringen, war das töricht. Und dennoch hatte er davon gesprochen, der Bank die Erlaubnis zu geben, eine Zweigstelle zu eröffnen, also war es vielleicht nicht vollkommen dumm, sich in seiner Gegenwart gut kleiden zu wollen.

Sie legte nun doch das Armband an, ehe sie hinaus zur versammelten Gesellschaft trat. Nicht für Geder oder Paerin Clark oder sonst jemanden. Es gefiel ihr einfach.

Die Hitze des Sommers lockerte ihren Griff um die Stadt. Der Himmel über ihnen war blau, aber nicht tiefblau, und es hätte sie überhaupt nicht überrascht, wenn Smits angekündigter Regen morgen einsetzte. Sie ging durch die Küche hinaus, wo der nicht adlige Teil der Gesellschaft wartete. Anderswo im Anwesen machten sich der Baron der Wassermark und seine Gemahlin und Töchter fertig, und niemand würde den Hof verlassen, ehe die Familie nicht bereit war. Zum Glück hatte der Koch einen Teller mit Gebäck und Käse für die Gäste herausgestellt, wovon sie essen konnten, bevor sie gingen.

Paerin Clark trug eine einfache Tunika und eine Hose mit einem schmalen Ledergürtel. Als sie ihn sah, fühlte sie sich behaglicher mit ihrer eigenen Entscheidung. Er lächelte und verbeugte sich halb, und sie erwiderte die Geste und griff dabei nach einem Gebäckstück.

»Nun, das sollte immerhin interessant werden«, sagte er. »Es ist nicht bei jeder Reise so, dass wir am Anfang einen Kriegshelden feiern und dann bis zu seiner Hinrichtung bleiben.«

»Wissen wir etwas über ihn?«, fragte sie mit einem Mund voller Salz und Butter, die von gerade genug Mehl zusammengehalten wurden, um nicht zu zerfallen. Wenn auch die Gastfreundschaft hier und da ein wenig zu kurz kommen mochte, Daskellins Köche sparten selten, und die Ergebnisse waren hervorragend.

»Ich habe ihn ein paarmal getroffen. Er hat eine wichtige Rolle dabei gespielt, Palliako auf den Thron zu bringen, und seit ich ihm begegnet bin, schwimmt er geradezu in Hofintrigen. Ein starrer Denker, der für uns und unsereins keine Verwendung hat.«

»Ich werde die Trauerzeit kurz halten«, sagte sie. »Gibt es etwas, auf das ich achten sollte?«

»Ich weiß nicht«, erwiderte Paerin. »Lauscht auf das, was die Leute über den Aufstand sagen. Wenn Kalliam Mitstreiter hat, wird das der Zeitpunkt sein, an dem man ihre Bestürzung sehen kann.«

»Das werde ich tun«, versprach sie. »Ich hätte gedacht, es würden noch mehr Leute bestraft werden. Kalliam war nicht das einzige Haus, das darin verwickelt war.«

»Nein, war es nicht, aber er war der Anführer. Und einige der anderen haben Frieden geschlossen.«

Die Tür öffnete sich, und einer der jüngeren Diener spähte herein. »Der Herr und die Herrin brechen auf«, sagte er. »Kommt mit, oder man wird uns zurücklassen.«

»Und ich war doch glatt der Ansicht, wir würden auf sie warten«, erwiderte Cithrin.

»Edles Blut fließt nach anderen Gesetzen. Am besten nickt man, verbeugt sich und übt sich in Geduld.«

»Und geht pissen, ehe man aufbricht«, sagte Cithrin säuerlich.

»Ja«, erwiderte Paerin mit einem Lächeln. »Das auch.«

Canl Daskellin und seine Familie wurden in einer Sänfte von einem Dutzend Sklaven getragen, während Cithrin und Paerin in höflichem Abstand in einem Karren folgten, vor den Pferde gespannt waren. Als sie sich der Königshöhe näherten, wurde ihr die Größe der Menge bewusst. Jede Straße und Gasse war vollgestopft mit den Mächtigen. Die Diener brüllten und kämpften, schubsten, um einen Vorteil zu erlangen, und stritten über Präzedenzfälle und Einzelheiten der Etikette wie Fischer, die vom Kai kamen und sich lautstark über Netze unterhielten. Ihr eigener Karren schaffte es nicht in die Nähe des großen Turms, sondern fuhr eine Viertelmeile davon entfernt zur Seite und hielt an.

»Vielen Dank«, rief Paerin dem Fuhrmann zu und warf ihm eine Kupfermünze zu.

Cithrin glitt neben ihm zu Boden. »Den Rest des Weges gehen wir?«, fragte sie.

»Wie es unserem Stand entspricht«, erwiderte er und bot ihr seinen Arm.

Die Architektur der Kammer war außergewöhnlich. Ganz gleich, wo man stand, ganz gleich, wie groß derjenige vor einem war, die Sicht zum erhöhten Podium am Ende der Kammer war frei. Geder saß auf einem Plüschsessel, und Aster befand sich an seiner Seite. Cithrin spürte kurzzeitig den Drang, ihnen zuzuwinken. Dass sie die beiden zusammen sah, verlieh dem Ganzen das Gefühl eines Schauspiels. Obwohl das natürlich nicht stimmte. Geder spielte nicht einfach nur, der Lordregent zu sein, er war wirklich, wer und was er war. Oder vielleicht gab es keinen Unterschied, ob man etwas spielte oder es war.

Am Rand stand der Priester Basrahip, den Kopf gesenkt, als würde er lauschen. Cithrin hatte das widersinnige Gefühl, dass er sich jeder Unterhaltung in der Halle bewusst war, egal, wie leise dabei gesprochen wurde.

»Seht Ihr die Frau ganz links in Grau?«, fragte Paerin so leise, dass die Worte beinahe im Gemurmel der unzähligen kleinen Unterhaltungen untergingen. Cithrin reckte den Hals. Sie sah Canl Daskellin und seine Familie, aber niemand von ihnen trug Grau. Die Tochter vor allem schien für ein Fest gekleidet zu sein. Sie reckte sich ein wenig weiter, und dann erspähte sie diejenige, die Paerin meinte. Sie befand sich im ersten Abschnitt ihrer mittleren Jahre und hatte ein Gesicht, in dem es keine scharfen Kanten zu geben schien. Der Umhang, den sie trug, war grau wie Asche. Zwei jüngere Männer standen ihr zur Seite, und der größere, breitere der beiden stellte einen ausgeprägten Seemannsbart zur Schau. Der andere trug einen unauffälligeren Bart.

»Kalliams Frau und Söhne«, sagte sie.

»Ah, Ihr habt sie also schon einmal gesehen.«

»Nein«, erwiderte sie und fing an, die Leute in ihrer Umgebung zu betrachten. Die in Ungnade gefallene Familie starrte einfach geradeaus, ihre Gesichter leer, verzweifelt oder voller Furcht, und die Leute in der Nähe gaben vor, sie nicht zu bemerken. Die drei hätten auch Geister sein können. Niemand sah sie.

Nein, das stimmte nicht. Geder schon. Cithrin beugte sich vor. Geder blickte sie an, und in seinem Gesicht lag kein Zorn oder Rachedurst. Das war interessant. Unten in der Dunkelheit hatte er gesagt, dass er sehen wollte, wie jede Erniedrigung zurückgezahlt wurde, und das glaubte sie ihm. Aber nun wirkte er furchtsam.

Das Dröhnen einer Trommel kündigte die Ankunft des Gefangenen an, und nicht weit von Geder und Aster entfernt öffnete sich eine kleine hölzerne Tür. Der Mann, der hindurchtrat, hatte graues Haar, das ihm aus dem Gesicht gestrichen war. Er trug Bauernkleider aus Leinen; auf dem Hemd und der Hose waren zahlreiche Schmutzflecken. Seine Haltung war königlicher als die von Geder, und das auf eine Art und Weise, dass sie sich ein klein wenig für Geder schämte.

Dawson Kalliam, Patriot und Verräter, musste sich inmitten des Raumes hinknien, Wachen mit gezogenen Schwertern zu jeder Seite hinter ihm. Aster warf ihm einen beunruhigten Blick zu.

Cithrin biss sich auf die Lippen. Was bekam sie hier zu sehen? Geders Zurückhaltung stand in seiner ganzen Haltung geschrieben und wurde von jeder Bewegung unterstrichen. Als er sich räusperte, verfiel der Hof in Schweigen.

»Ich wurde von den … Söhnen des Hauses Kalliam darum ersucht, dass sie sprechen dürfen. Ich gebe hiermit der Bitte von Jorey Kalliam vom Haus Kalliam statt.«

Die Menge murmelte, als der jüngere Sohn hervortrat. Also entsprach das nicht der Erwartung. Geder machte der Familie des Mannes, der versucht hatte, ihn zu töten, ein Geschenk. Sie konnte sich nicht vorstellen, was er im Gegenzug wollte. Die Augen von Lady Kalliam waren geschlossen, ihr Gesicht beinahe so grau wie ihre Kleider. Der größere der Söhne hielt ihre Hand.

»Lordregent Palliako«, sagte Jorey Kalliam. Er hatte eine freundliche Stimme. Stark, ohne überwältigend zu sein. »Mein Prinz, ich komme, um vor Euch zu sprechen. Bitte wisst, dass ich meinen Vater sehr liebe und dass ich ihn für den aufrichtigen Dienst achte, den er der Krone in der Vergangenheit erwiesen hat.«

Das Murmeln der Menge verriet ihr, dass diese Gefühle nicht sonderlich viel Anteilnahme fanden, aber der Mann hob das Kinn und fuhr fort.

»Seine jüngste Unternehmung war jedoch …« Das Wort ging unter, als dem jüngeren Kalliam dabei die Stimme versagte. »Diese jüngste Unternehmung war Verrat. Und im Namen meines Hauses verleugne ich meinen Vater, Dawson Kalliam. Ich weise seinen Namen zurück und bekräftigte meine Treue zur Krone.«

Jorey Kalliam beugte das Knie und senkte den Kopf. Ein Blick in die Runde zeigte, dass die gesamte Aufmerksamkeit auf dem Vater lag, dessen Sohn gerade seinen Namen zurückgewiesen hatte, aber Cithrin interessierte sich mehr für Geder. Er blickte nicht den jungen Mann an. Seine Augen waren auf den Priester gerichtet, und sie waren ängstlich. Basrahip gab irgendein Zeichen, das zu klein war, als dass sie es hätte erkennen können, aber die Erleichterung, die in Geders Haltung einfloss, war eindeutig zu sehen. Neben ihr schnalzte Paerin leise mit der Zunge, was bedeutete, dass er das Gleiche beobachtet hatte.

»Hat Jorey Kalliam dem Lordregenten gerade die Erlaubnis erteilt, seinen Vater zu töten?«, murmelte Cithrin.

»Ich weiß nicht«, sagte Paerin. Er beherrschte den Kniff, die Lippen kein bisschen zu bewegen, während er sprach. »Aber von irgendwoher hat er die Erlaubnis. Seht, wie fest entschlossen er nun ist.«

Es stimmte. Die Art, wie Geder sich hielt, hatte sich völlig verändert. Die Aufregung und Unsicherheit waren wie weggewischt. Es wirkte, als könnte jeden Augenblick ein Grinsen auf sein Gesicht treten.

»Ich möchte etwas sagen«, ließ sich Dawson Kalliam vernehmen.

»Es ist Euch nicht gestattet«, sagte Geder.

»Ich scheiße auf Eure Erlaubnis, Ihr feiger kleiner Weichling. Ich habe für Euch Eure Kriege gewonnen«, fuhr Dawson fort und versuchte sich aufzurichten. Die Wachen traten schnell nach vorn, um ihn nach unten zu drücken. Die Menge richtete ihre Aufmerksamkeit auf Dawson oder auf Geder, aber Cithrin wandte sich um, um die Familie zu beobachten. Lady Kalliams Gesicht war inzwischen fast weiß, die Augen hatte sie zugekniffen. Die Augen des ältesten Sohnes waren aufgerissen, seine Nasenlöcher geweitet. Sie gaben nicht das Bild einer Familie ab, die sich auf den Tod ihres Patriarchen freute.

»Ich bin derjenige, der Euch den Aufstieg ermöglicht hat«, rief Dawson auf den Knien, »und Ihr habt alles verraten, wofür das Königreich und mein Freund Simeon gestanden …«

»Ich habe Euch nicht die Erlaubnis erteilt, etwas zu sagen«, schrie Geder. Nun beobachtete Cithrin ihn. Sein Gesicht wurde dunkler, die Erleichterung war verschwunden. »Ihr werdet *schweigen!*«

»Oder was? Tötet Ihr mich? Ihr seid ein Idiot. Ich sehe, wie Ihr den Thron verkauft habt. Ich bin vorgetreten, und seid Euch dessen bewusst, Palliako, wenn wir anfangen, uns zu erheben, werdet Ihr uns gar nicht schnell genug töten können. Die wahren Männer von Antea werden …«

Es ging ganz schnell. Es standen Scharfrichter bereit, stumpfe und verrostete Klingen in den Händen. Geder beachtete sie nicht. Mit vor Zorn verzerrtem Gesicht marschierte er dorthin, wo Kalliam kniete, die Arme in Ketten. Geder ging an ihm vorbei, schnappte sich das Schwert von der Seite eines Wächters und schwang es heftig und unelegant wie ein Kind, das auf Holz einhackt. Das Schwert traf Kalliam mitten im Gesicht, wobei es ein großes Stück seiner Wange abtrennte. Er taumelte zurück, verlor den Halt und fiel. Geder stand über dem gefallenen Mann, stieß das Schwert immer wieder nach unten, tränkte sich und die Wachen mit dem Blut des sterbenden Mannes.

»Ihr werdet erst sprechen, *wenn ich sage, dass Ihr es könnt!*«, brüllte Geder. Cithrin lachte beinahe über die unbeabsichtigte, elende Komik, die darin lag. Niemand würde Dawson Kalliam je wieder befehlen können zu sprechen.

Geder richtete sich auf, blickte der Menge entgegen, als sähe er sie zum ersten Mal, und war nicht beeindruckt. Zu seinen Füßen zuckte Dawson Kalliam mehrere Male und rührte sich dann nicht mehr.

»Es ist vorbei«, sagte Geder. »Ihr könnt jetzt gehen.«

Er eilte rasch hinaus, das blutige Schwert in seiner Hand vergessen.

»Ich glaube, der Mann ist kurz davor, sich zu übergeben«, bemerkte Paerin Clark.

»Ich denke, wir sollten gehen«, erwiderte Cithrin.

Der Hof ging mit ihnen. Männer mit aufgerissenen Augen und Frauen mit zusammengekniffenen Lippen. Sie waren gekommen, um einen Tod zu sehen, und sie hatten ihn auch zu Gesicht bekommen, aber wie es geschehen war, war falsch und ließ sie erschüttert zurück. Wäre Dawson Kalliam von dreizehn stumpfen, rostigen Klingen durchbohrt worden, hätte sich niemand unbehaglich gefühlt. Stattdessen hatte Geder die Beherrschung verloren, die Sache in die Hand genommen, und alles war möglich. Und sie hätte einen Monatslohn darauf verwettet, dass es bis zum Anbruch der Nacht in den Geschichten in den Schenken und auf den Gassen schon wie ein Auszug aus einem Drama klingen würde. Der rechtschaffene König, der das Schwert der Scharfrichter selbst in die Hand nahm.

Der Tag verriet nichts über die Gewalt, die gerade stattgefunden hatte. Noch immer sangen die Vögel, und die Brise roch nach Blumen, Rauch und dem Versprechen von Regen. Während sie und Paerin auf dem gepflasterten Weg an Sträußen mit Sommerblumen vorüberkamen, fiel ihr die grau gekleidete Frau ins Auge. Lady Kalliam. Einer Eingebung folgend, nahm sie Paerin bei der Hand und zog ihn mit sich, während sie sich einen Weg durch die Menge bahnte.

»Lady Kalliam«, sagte sie, als sie auf gleicher Höhe wie die Frau war.

»Ja?«

»Mein Name ist Cithrin bel Sarcour. Ich bin die Stimme der Medean-Bank in Porte Oliva. Ich wollte Euch das Mitgefühl der Bank und mein eigenes ausdrücken. Das kann kein guter Tag gewesen sein.«

Lady Kalliam hob das Kinn und lächelte. Sie wirkte jünger, als Cithrin gedacht hatte. An einem besseren Tag wäre sie schön gewesen.

»Das ist freundlich von Euch«, erwiderte sie. »Sehr wenige Leute scheinen so zu empfinden.«

Cithrin legte der Frau eine Hand auf den Arm, und Lady Kalliam legte ihre Finger auf die von Cithrin. Es dauerte weniger als einen Atemzug, und dann wurden sie von der Menge wieder getrennt.

»Und das war wozu gut?«, fragte Paerin.

»Ihr Sohn ist Palliako wichtig genug, dass er die Erlaubnis bekam, bei der Hinrichtung zu sprechen«, sagte Cithrin. »Das mag später nützlich sein oder nicht. Wie auch immer, es kostet uns nichts.«

»Nun, ich nehme an, das ist …«

»Cithrin!«

Sie hielt an und drehte sich um. Die Menge zwischen ihr und der Königshöhe stob auseinander, Hochgeborene, Niedriggeborenen, Adlige und Diener, sie alle machten einen Schritt von den Pflastersteinen in die Blumenbeete oder ins Gras oder den Schlamm. Geder Palliako rannte auf sie zu, sein Gesicht gerötet. Seine Ärmel und sein Gesicht waren immer noch mit Blut bespritzt. Sie wartete auf ihn. Die Blicke des Hofes lagen auf ihr wie Habichtsaugen, die ein Kaninchen betrachteten. Paerin Clarks Augenbrauen wanderten nach oben. Das war ein Problem, und sie konnte es nicht lösen.

»Oje«, sagte sie. Dann trat sie vor. »Lordregent. Ihr seid zu freundlich.«

Nun stand er vor ihr, seine Brust mühte sich wie ein Blasebalg. »Es tut mir leid«, sagte er. »Das hättet Ihr nicht sehen sollen. Ich hätte nicht… ich wollte Euch einladen. Und Paerin. Euch beide. Ich wollte, dass Ihr mit mir zusammen esst, nachdem es vorbei war. Dass wir uns ein wenig unterhalten. Ich habe ein Buch mit Gedichten, das ich in Vanai aufgetrieben habe, und ich wollte es Euch…«

Paerin Clark neben ihr sagte nichts. Sie dachte nicht, dass es zu viel verlangt gewesen wäre, an dieser Stelle ein klein wenig Unterstützung zu erwarten, aber sie wusste auch, dass sie sie von ihm nicht bekommen würde.

»Ihr seid sehr, sehr freundlich, ein solches Angebot zu machen, mein Lord«, sagte sie. »Aber mir scheint es, dass Ihr im Augenblick mit dem Blut eines toten Mannes beschmutzt seid.«

»Oh«, sagte Geder und blickte an sich hinab. »Stimmt. Das tut mir auch leid. Aber wenn Ihr warten möchtet, nur ein paar Minuten…«

»Es wird bessere Tage dafür geben, mein Lord«, sagte Cithrin. Einen atemberaubenden Augenblick lang glaubte sie, dass er sie küssen würde, aber stattdessen verbeugte er sich nur sehr viel tiefer vor ihr, als der Herrscher eines Imperiums sich je vor einem Bankier verbeugen sollte. Die überraschten und empörten Blicke breiteten sich von ihm ausgehend wie Wellen auf einem Teich aus, aber sie lächelte nur weiter, während er sich auf den Weg zurück zur Königshöhe machte. Als sie sich zum Gehen wandte, blickte Canl Daskellins Tochter sie an, als würde sie ihr einen baldigen Tod versprechen. Auch vor ihr verbeugte sich Cithrin und nahm Paerin Clark am Arm.

Die Menge schloss sich wieder, hochrangige Männer kratzten sich Schlamm von ihren besten Lederstiefeln, und das Getuschel und Gelächter und die entrüstet gehobenen Augenbrauen breiteten sich unter ihnen aus. Cithrin fluchte lautlos, wiederholte eine beinahe unhörbare Reihe von Unflätigkeiten, bis sie fast am Fuhrwerk angelangt waren. Sie war beschämt. Sie war entsetzt. Und noch viel mehr als alles andere stellte sie fest, dass sie Angst hatte. Ganz besonders vor Geder Palliako.

Der Fuhrmann fuhr los und begab sich in das Gedränge auf der Straße. Niemand kam schnell voran. Cithrin wünschte sich sehr, es gäbe eine Möglichkeit, ihnen den Weg frei zu machen, und das nicht nur hier auf der Straße.

»Also«, sagte Paerin Clark. »Hat all das etwas zu bedeuten gehabt?«

»Es bedeutet, dass es an der Zeit ist, Camnipol zu verlassen«, sagte Cithrin.

Marcus

Es war Jahre her, dass Marcus die Küste von Elassae besucht hatte. Er hatte vergessen, wie schön sie war. Kurz nach Neuhaven wurde das Gelände uneben, die Küste wurde rau und schnitt sich tief ins Land ein. Berge erhoben sich, erloschene Vulkane mit Kraterseen. Sie standen von Norden nach Süden aufgereiht wie Soldaten, die ins Meer marschierten. Im Wasser fand sich keine Spur des grünen Farbtons und der Trübheit, die es in kälteren Regionen gab. Wenn man in diesen Gewässern ein Segelboot fuhr, war es wohl, als würde man die Flügel ausbreiten und fliegen.

An dieser Küste gab es keine Drachenstraße oder vielmehr nur Gerüchte, dass es einst eine gegeben hatte, die unter einem Ausbruch von geschmolzenem Gestein verschwunden war, bevor die Vulkane in ihre Trägheit verfallen waren. Ein Band aus ewigem Grün unter diesen wogenden schwarzen Hügeln, das nun in etwa so nützlich war wie ein Angelhaken in einer Wüste. Und Marcus stellte fest, dass er sich nicht sonderlich dafür interessierte. Der Weg vor ihnen war nur zu eindeutig: nicht so weit nach Norden, dass man aufwärtsging, nicht so weit nach Süden, dass man nasse Füße bekam. Schon bald würden sie die inneren Ebenen erreichen, dann Suddapal, und dann ging es hinaus über das Innenmeer nach Lyoneia. Und was danach kam, lag zu weit vor ihnen, um es zu wissen.

Das Gras auf den Hügeln, über die sie ritten, war so grün, dass es schmerzte, es anzuschauen. So intensiv, dass Marcus manchmal den Eindruck hatte, er würde träumen oder halluzinieren, und die Sonne und die klare blaue Luft verschafften ihm das Gefühl, er könnte die Arme ausstrecken und alles in sich aufnehmen. Kleine Dörfer sprenkelten die Küste: Timzinae-Fischer, deren schwarze, insektenartige Cithin-Haut ergraut und aufgesprungen war, weil sie schon jahrelang dem Salzwasser ausgesetzt war. Wenn man ihnen Fragen stellte, erzählte Meister Kit eine Geschichte über einen Naturforscher der Königin von Birancour, der nach einer seltenen singenden Garnelenart suchte. Er erzählte sie so gut, dass Marcus sich manchmal selbst dabei erwischte, wie er sich fragte, ob sie in der nächsten Bucht auf die Tiere stoßen würden. Oder vielleicht war es auch die Macht von Meister Kits merkwürdigem Blut, das ihn so überzeugend werden ließ.

Man stellte ihnen jedoch weniger Fragen, als Marcus erwartet hatte. Viel häufiger bot man ihnen einfach eine Schale des gemeinschaftlichen Eintopfs an, der in jedem Fischerhafen das ganze Jahr lang gekocht wurde, zu dem jeder etwas aus dem täglichen Fang beitrug und dafür eine Schale erhielt, die schon geköchelt hatte, als der ein oder andere von ihnen noch gar nicht geboren war. Die Fischer der Küste waren mürrisch, mundfaul und freundlich. Die Frauen waren schön, abgesehen davon, dass sie Timzinae waren. Die Schuppen reichten allerdings mehr als nur aus, um Marcus davon abzuhalten, seinen Fehler aus Porte Oliva zu wiederholen. Und Meister Kit, der zwar wild kokettierte, schien nie so weit zu gehen, dass er im Bett einer Frau landete.

Suddapal bestand aus fünf Küstenstädten, die zusammengewachsen waren; die größte davon breitete sich schwarz und hellbraun vor dem unwirklichen Grün der Landschaft aus. Wo es Bauernhöfe hätte geben sollen, Schafe, Ziegen, fand sich ein breiter Streifen wilden Graslandes, unberührt und auch nicht zur Jagd genutzt, außer vielleicht bei religiösen Festen. Vom größten Platz aus führte eine Drachenstraße nach Osten, aber sie waren so weit nach Osten gelangt, wie sie gehen würden.

Was bedeutete, dass sie ein Boot finden mussten.

»Also seid Ihr Seeleute?«, fragte der Yemmu.

»Ein- oder zweimal hat man mich schon mit einem Tau hantieren sehen«, erwiderte Marcus.

»Mich hat man auch schon ein- oder zweimal beten sehen«, sagte der Mann, dessen Worte durch die riesige Masse seiner Hauer erstaunlich gut zu verstehen waren. »Das macht mich nicht zu einem Priester.«

Die Hafenanlagen von Suddapal breiteten sich vor ihnen aus, Molen ragten hinaus aufs weite blaue Wasser wie Brücken, die so lang waren, dass Marcus sich vorstellen konnte, nach Lyoneia zu laufen. Nach den Timzinae waren die Yemmu die am meisten verbreitete Rasse in Suddapal – stämmig, stark, furchterregend anzuschauen, aber zum Großteil freundlicher als Pyk Usterhall. Es war gut, daran erinnert zu werden, dass das lästige Wesen der Frau in ihr begründet lag und nicht in ihrem Volk.

»Es steht nicht zu erwarten, dass die Gewässer schwierig sind«, sagte Meister Kit. »Soweit ich weiß, ist das Schlimmste der Sturmzeit bereits überstanden, und die Karten, die ich gesehen habe, zeigen, dass uns die Strömung recht nah an unser Ziel bringt.«

»Karten, die Ihr gesehen habt«, brummte der Yemmu. »Also seid Ihr noch nie dort gewesen.«

»Nein.«

Der Mann nickte mit seinem riesigen Schädel. »Ihr beide seid Idioten«, sagte er.

»Freundliche Idioten allerdings«, erwiderte Meister Kit. »Und ich verfüge über eine gewisse Menge Gold.«

»Gold sinkt«, sagte der Yemmu. »Es macht mir nichts aus, Euer Geld zu nehmen, aber ich bekomme Schuldgefühle, wenn ich Idioten sterben lasse. Aber Folgendes werde ich tun, für einen kleinen Finderlohn. Nichts, was Ihr Euch nicht leisten könnt. Ich werde Euch ein Schiff besorgen und jemanden, der weiß, was man damit tut.«

Marcus blickte Meister Kit an.

Der Schauspieler runzelte die Stirn. »Ich schwanke, ob wir jemanden mit uns nehmen sollen«, sagte er. »Wir sind in einer sehr heiklen Angelegenheit unterwegs.«

»Wisst Ihr, was auch noch heikel ist? Mein ...«

»Ich fürchte, was wir vorhaben, ist vielleicht gefährlich«, erklärte Meister Kit.

»Das will ich Euch doch die ganze Zeit sagen.«

»Kit«, mahnte Marcus. »Zahlt dem Mann seine Gebühr. Wenn wir etwas finden, das funktioniert, müssen wir nicht auf ihn warten. Wenn nicht, ist das hier eine gute zweite Wahl.«

Kit seufzte, zählte sieben Silbermünzen ab und schob sie über den Tisch. Der Yemmu nahm sie, nickte einmal, stemmte sich hoch und ging.

Marcus sah ihm nach, wie er zum Hafen hinabwalzte. »Glaubt Ihr wirklich, dass er sich nach jemandem umschaut?«, fragte er.

»Er wird es tun«, erwiderte Kit. »Sonst hätte ich ihm das Geld nicht gegeben.«

»Richtig, Ihr könnt das ja erkennen«, sagte Marcus. »Das vergesse ich immer wieder.«

Eine der Eigentümlichkeiten von Suddapal war das vollkommene Fehlen von Herbergen und Gasthäusern. Es gab Reisende, aber wenn man sich um eine Unterkunft bemühen wollte, bedeutete das, dass man an Türen klopfte, bis jemand mit einem freien Zimmer oder Platz in einem Schuppen gewillt war, zu einer Einigung zu kommen. Bei gutem Wetter gingen sie auf den großen Anger inmitten der Stadt und lagerten dort, so wie sie es auch auf der Straße gemacht hätten. Junge Timzinae gingen vom Morgengrauen bis spät in die Nacht hinein über den Anger und verkauften Backfisch und Ziegenfleisch in Schalen, die aus Schildkrötenpanzern gefertigt waren. Der Horizont war klar und der Geruch der Meeresluft so sauber und beruhigend, dass sie ihr Lager errichteten, ohne sich die Mühe mit dem kleinen Unterstand aus Zelttuch zu machen. Die Pferde brachten sie in einem Stall unter, obwohl andere die ihren auf dem Anger herumlaufen ließen, wo sie Gras rupften und in einer großen kurzlebigen Herde schliefen.

Marcus suchte Sternbilder, die Finger hinter dem Kopf verschränkt. Es war lange her, dass er zu den Sternen aufgeschaut hatte. Neben ihm seufzte Meister Kit.

»Vielleicht hätten wir uns gleich aufs Meer begeben sollen«, sagte er. »Wir hätten in Maccia ein Boot beschaffen oder in den Westen nach Cabral gehen und die Zeit beim Segeln hereinholen können.«

»Ich dachte, dann hätten sich die Strömungen nicht richtig verhalten …«

»Aber wenn wir am Ende letztlich trotzdem Unterstützung anheuern …«, sagte Kit.

»Das konnten wir doch nicht wissen. Es war die beste Wahl. Nicht dass es noch groß etwas anderes gäbe, was wir probieren könnten.«

»Nein«, erwiderte Kit. »Das nehme ich auch nicht an.«

Auf der anderen Seite des Angers stimmte jemand eine Melodie auf einer kleinen Harfe an.

»Macht Ihr Euch immer noch Sorgen um sie?«, fragte Meister Kit.

»Um Cithrin, meint Ihr?«

»Ja.«

»Ja«, bestätigte Marcus. »Aber ich glaube, dass Ihr recht hattet. Sie hätte nicht damit gerechnet, dass ich komme und sie rette. Also werde ich sie wohl zumindest nicht enttäuscht haben.«

»Ihr klingt verbittert.«

»Das liegt daran, dass ich ein verbitterter alter Mann bin. Seht Ihr diese vier Sterne in einer Reihe? Die gleich dort am Horizont?«

»Ja.«

»Wo ich geboren bin, kann man sie nicht sehen. Ist zu weit im Norden. Es gibt eine Menge Sterne, die man von dort aus nicht sehen kann.«

Kits Kommentar war ein leises Brummen.

»Ihr seid durch die ganze Welt gereist«, sagte Marcus. »Was ist das Merkwürdigste, das Ihr je gesehen habt?«

»Hmm. Mal überlegen. In Herez gibt es einen See. Den Esasmadde-See. Er ist riesig. Und in seiner Mitte gibt es einen Mahlstrom, als würde das letzte Wasser durch einen Abfluss fließen, aber der See wird niemals leer. Und inmitten des Mahlstroms ist ein Turm. Fünf Stockwerke hoch, vollkommen unerreichbar. Soweit ich es sagen kann, ist das seit der Zeit der Drachen so.«

»Was ist es Eurer Meinung nach?«

»Es könnte ein Gefängnis sein. Ein Ort, an dem die Drachen ihre schlechten Sklaven abgeladen haben. Oder die letzte Zuflucht von Drakkis Sturmkrähe. Ich kann es wirklich nicht mit Sicherheit sagen. Was ist mit Euch? Was ist das Merkwürdigste, das Ihr auf Euren Reisen gesehen habt?«

»Wahrscheinlich Ihr.«

»Nun. Das kann man Euch nicht verdenken.«

Die Melodie der Harfe änderte sich zu einer sanften Tonfolge, die die Nacht mühelos weiterzutragen schien.

»Ich glaube, die dritte Saite ist verstimmt«, sagte Kit.

»Nur ein bisschen«, erwiderte Marcus. »Und man bezahlt nichts dafür.«

Der Schlaf schwebte am Rande von Marcus' Gedanken, aber er fiel nie ganz herab. Kit regte sich in seiner Bettrolle, und eine Sternschnuppe blitzte über ihnen auf, war da und wieder weg, ehe Marcus etwas sagen konnte.

»Wisst Ihr«, bemerkte Kit ganz leise, »ich glaube, ich könnte die Albträume verschwinden lassen. Wenn Ihr es wollt, könnte ich es versuchen.«

»Und wie würdet Ihr das machen?«

»Ich würde Euch sagen, dass es nicht Eure Schuld ist, was mit ihnen geschehen ist. Ich könnte Euch sagen, dass sie Euch vergeben haben. Mit der Zeit würdet Ihr mir glauben. Es würde Euch vielleicht mehr Frieden bringen. Ein wenig Schlaf.«

»Wenn Ihr es versuchen würdet, müsste ich Euch töten.«

»So schlimm?«

»So schlimm«, sagte er.

»Es würde Euch nicht Eure Erinnerung an sie nehmen.«

»Es würde das wegnehmen, was die Erinnerungen bedeuten«, erwiderte Marcus. »Das ist schlimmer. Außerdem leide ich im Augenblick nicht darunter.«

»Das ist mir aufgefallen«, sagte Kit. »Es kam mir ein wenig seltsam vor. Ihr habt beinahe zufrieden gewirkt. Das ist beunruhigend.«

»In Porte Oliva hatte ich alles«, erklärte Marcus. »Beständige Arbeit. Einen Trupp, der mich respektiert hat und mir folgte. Ich habe nicht für einen König gearbeitet. Ich hatte Cithrin, und ich hatte Yardem. Ich werde ihn übrigens umbringen, wenn wir das hinter uns haben. Er hat mich verraten, und dafür wird er bezahlen. Daran könnt Ihr Eure kleinen Zaubereien ausprobieren, wenn Ihr wollt.«

»Ich glaube Euch«, sagte Kit. »Aber jetzt habt Ihr das alles verloren, nicht wahr?«

»Das ist richtig«, erwiderte Marcus. »Ich verbringe das Ende meines vierten Jahrzehnts auf der Welt, indem ich neben einem Mann, dem Spinnen durch die Adern krabbeln, auf dem Boden oder im Gras schlafe. Ich muss das Innenmeer überqueren, und ich weiß nicht, wie ich das schaffen soll. Wenn ich dort ankomme, bin ich noch nicht sicher, ob ich wieder zurückkehre. Und wenn das der Fall ist, werde ich aller Wahrscheinlichkeit nach getötet, während ich versuche, eine Göttin zu erschlagen. Und ich fühle mich besser als in der ganzen Zeit, seit Cithrin mit dem Auditor fertiggeworden ist. Wenn ich etwas habe, mache ich mir Sorgen um all das, was ich tun muss, um es zu behalten. Hier draußen habe ich nichts. Oder zumindest nichts Gutes. Und daher bin ich frei.«

»Das klingt, als würde man auf sehr umständliche Art und Weise sagen, dass Eure Seele die Form eines Kreises hat, der auf seinem Rand steht«, sagte Kit.

Marcus nickte. »Euch ist klar, dass ich Eure Weisheit respektiere und gerne bei Euch bin, ja?«

»Ja.«

»Niemand kann Klugscheißer leiden …«

Marcus wurde vom Schlaf davongetragen, noch ehe der Harfenspieler aufhörte. Er erwachte am Morgen mit Tautropfen im Haar und dem bläulich gelben Licht der Morgendämmerung, das sich über einen vollkommen blauen Himmel spannte.

Zwei Tage später kamen sie an einem kleinen Kaffeehaus an der Seite der Straße vorbei, als Meister Kit plötzlich innehielt und mit zusammengekniffenen Augen zu dem schmiedeeisernen Schild mit einem Delphin über der Tür aufblickte.

»Hat das was zu sagen?«, fragte Marcus.

»Vielleicht«, erwiderte Kit. »Es ist lange … nur einen Augenblick, in Ordnung?«

Innen war das Kaffeehaus verdreckt und eng, die Wände waren vom Rauch verschmutzt, der schon jahrelang und auch in diesem Augenblick aus der Küche kam, was dem Raum eine Ausdünstung aus Kohlenrauch, verbranntem Fett und Gewürzen bescherte, bei deren Geruch Marcus das Wasser im Mund zusammenlief.

Ein junger, zornig wirkender Timzinae rumpelte auf sie zu, wobei er mit schwarzen Händen gestikulierte. »Noch nicht geöffnet«, sagte er. »Kommt in einer Stunde wieder.«

»Entschuldigt«, erwiderte Meister Kit. »Euer Name ist nicht zufällig Epetchi, oder?«

Der Timzinae machte große Augen, und dann wiederholte er die Geste auf beunruhigende Weise, als seine blinzelnden Membranen mit einem hörbaren Klicken aufglitten.

»Kitap!«, rief er und sprang herbei, um die Arme um Meister Kit zu legen. »Kitap, du alter Bastard! Wir dachten alle, du wärst inzwischen tot. Du und dein Freund, ihr kommt mit in die Küche. Ela! Kitap ist hier, und du wirst es nicht glauben. Er ist alt und fett.«

Marcus fand sich von einer Welle der Begeisterung fremder Leute mitgerissen, wurde an einen Küchentisch gesetzt und aß eine Schale mit etwas, das aussah wie der Unrat, den man von einem Grillrost schabte, und besser schmeckte als alles, was er in den letzten Jahren gegessen hatte.

Überall um ihn herum lächelten männliche und weibliche Timzinae, und kleine Jungen und Mädchen, so jung, dass ihre Schuppen noch hellbraun waren, wurden gelangweilt, aber geduldig Meister Kit vorgeführt, der sich über jedes einzelne Kind freute. Als er Marcus mit seinem vollen Namen vorstellte, konnte er erkennen, dass der erste Mann – Epetchi war sein Name – skeptisch war. Aber wenn der alte Kitap mit einem Mann reisen wollte, der so tat, als wäre er der Königsmörder von Nordstade, dann war es für ihn offensichtlich in Ordnung.

Sie durften nicht mehr unter den Sternen schlafen. Stattdessen bekamen sie eine Kammer an der Rückseite des Kaffeehauses und legten sich auf eine dünne Baumwollmatratze, die schon einmal sauberer gewesen war.

»Freunde, nehme ich an?«

»Als ich damals die Welt betreten habe, habe ich den Großteil eines Jahres in Suddapal verbracht«, sagte Meister Kit, als er seine Bettrolle auf der Matratze ausbreitete. Das war vermutlich klug. Mit allen Insekten, die in ihren Bettrollen wohnten, waren sie zumindest schon bekannt. »Hier habe ich gewohnt. Epetchi war damals noch ein Junge. Dünn wie eine Weidenrute, und er hatte nichts anderes als Mädchen im Kopf.«

»Meint Ihr, dass sie uns helfen können?«

»Ich glaube, sie werden uns helfen, wenn sie können. Das ist vielleicht nicht ganz dasselbe. Aber ich habe mehr Vertrauen in den guten Willen, der durch gemeinsame Mahlzeiten und den Austausch von Geschichten entsteht, als in den guten Willen, den man sich mit Geld von Fremden erkauft.«

»Ihr wisst schon«, erwiderte Marcus, »dass ich Euch nicht dazu gezwungen habe, den Finderlohn zu zahlen.«

»Die Welt ist ein merkwürdiger Ort«, sagte Kit und setzte sich mit einem Ächzen hin. »Als ich zum letzten Mal hier war, war alles anders. Ich war anders und sie auch. Selbst das Gebäude hat sich verändert. Da war keine Mauer, zumindest erinnere ich mich an keine. Und doch war es alles ähnlich. Es ist, als wäre die Welt ein Stein, hart und unveränderlich, während wir sie anmalen, in einer Schicht über der nächsten und übernächsten. Wir verändern sie durch das Gewicht der Geschichten, die wir in sie einbringen, aber sie verändern nur das, was da ist. Nicht das steinerne Wesen der Welt.«

»Das klingt sehr tiefgründig«, sagte Marcus. »Ich weiß aber nicht, was zur Hölle es bedeuten soll. Meint Ihr, sie kennen jemanden mit einem guten Boot?«

Das kleine Segelboot wurde von einer Timzinae mit breitem Gesicht und schelmischem Lächeln gesteuert. Sie trafen sie Epetchis Anweisungen folgend am Ende einer der langen Molen. So weit von der Küste entfernt fühlte sich Marcus, als hätte er die Stadt bereits verlassen. Sie saß hinten in ihrem Boot, wo sie lange, geflochtene Seile in Mustern aufwickelte, die Marcus in einem anderen Zusammenhang fälschlicherweise für Kunst gehalten hätte. Ihr Name, hatte man ihnen gesagt, war Adasa Orsun.

Das Boot selbst war klein genug, dass es von einer Person gesteuert werden konnte, und groß genug, um fünf Leute zu transportieren, wenn sie nicht Vorräte für eine lange Reise über das offene Meer mitnehmen mussten. Das Deck war weiß wie Schnee, und die Segel waren Vierecke aus dickem Segeltuch, das blau wie das Meer gefärbt war. Es hüpfte auf den Wellen, hinauf und wieder nach unten. So dicht, wie es sich an der Wasserlinie bewegte, konnte sich Marcus nicht vorstellen, wie es in einem Sturm nicht volllaufen sollte. Aber am Kai waren mindestens ein Dutzend weitere ähnliche Boote befestigt, also musste an der Bauweise oder dem Umgang damit etwas sein, das es möglich machte.

Entweder das, oder sie fuhren einfach nicht hinaus aufs Meer, wenn das Wetter schlecht war.

Meister Kit übernahm das Vorstellen. »Man hat uns zu verstehen gegeben, dass Ihr vielleicht Passagiere in den Süden nach Lyoneia bringen würdet«, sagte er.

»Könnte sein«, erwiderte die Frau. »Für den richtigen Preis. Wann wollt Ihr aufbrechen?«

»Je eher, desto besser«, sagte Meister Kit mit einem Lächeln.

»Früher als in einem Monat kann ich nicht«, meinte die Frau mit einem Schulterzucken. »Habe mich bereits für andere Arbeit verpflichtet.«

Marcus brauchte keine kleinen schwarzen Wesen, die in seinen Adern hausten, um zu erkennen, dass das eine Lüge war. Die Frau lächelte zu ihnen herauf. Jetzt waren sie am Zug.

»Ich bin ein Freund von Epetchi«, sagte Meister Kit.

»Und deshalb unterhalte ich mich mit Euch«, entgegnete sie. Das Seil floss ihr in Schlingen über die Arme und ergoss sich auf den Boden.

»Ich kann bezahlen«, erklärte Kit und warf ihr eine kleine Lederbörse zu. Sie öffnete sie nicht, sondern prüfte nur das Gewicht auf der Handfläche.

»Ist da Gold drin?«

»Silber. Ein wenig Kupfer.«

»Und ein hübscher Stein, den ich hineingelegt habe«, sagte Marcus. »Wenn wir diesen Tanz jetzt einstellen könnten: Was wird das hier« – er deutete auf das Deck des Bootes – »dorthin bringen?« Er deutete auf das Meer, das sich in die Ferne nach Süden erstreckte.

Die Frau blickte ihn an, dann wandte sie sich wieder an Kit. »Wer ist er?«

»Mein Name ist Marcus Wester.«

»Aber sicher doch«, sagte sie, ohne ihn anzublicken.

»Sein Name ist Marcus Wester«, bekräftigte Kit. »Und ja, es ist der Marcus Wester.«

»Ist er nicht.«

»Hört mir zu«, sagte Kit mit einem Seufzen. »Hört auf meine Stimme. Dieser Mann ist Marcus Wester. Er ist es tatsächlich.«

»Und zwar schon bevor die Leute viel Gewese darum machten«, sagte Marcus.

Adasa Orsun steckte die Börse in ihre Jacke. »Also gut«, sagte sie. »Holt Eure Sachen. Die Flut kommt in sechs Stunden, und wir werden damit auslaufen.«

»Weil jedermann unbedingt mit mir unterwegs sein will?«, fragte Marcus.

»Gibt eine gute Geschichte ab«, erwiderte sie und wandte sich wieder ihren Seilen zu. »Ihr beeilt Euch besser. Besorgt auch etwas Gutes zu essen, wenn Ihr schon dabei seid. Ich habe genug, um uns alle am Leben zu erhalten, aber ich besitze ein Schiff, keine Küche.«

Während sie den langen Weg über die pechgetränkten Baumstämme zurückgingen, aus denen die Mole bestand, schüttelte Marcus den Kopf. »Mir gefällt das nicht«, sagte er. »Sie kennt uns nicht. Nicht richtig. Was, wenn ich ein schrecklicher, gemeiner Gewaltmensch wäre? Ich meine, ich bin vor allem dafür bekannt, meinen Arbeitgeber getötet zu haben. Man möchte nicht meinen, dass es dadurch verlockender wird, mit mir unterwegs zu sein.«

»Ich glaube, dass wir die Geschichten sind, die sich die Leute über uns erzählen«, sagte Kit.

»Nein«, erwiderte Marcus. »Sind wir nicht. Wir sind mehr als das. Und unsere Freundin auf dem Boot dort geht ein unkluges Risiko ein, indem sie uns mitnimmt.«

»Vermutlich«, sagte Kit. »Ich bin aber trotzdem froh, dass sie es macht.«

CLARA

CLARA KONNTE NICHT SAGEN, ob die Dunkelheit die ganze Stadt erfasst hatte, das Königreich, die gesamte Welt oder nur sie. Wenn die Sonne am Morgen aufging, schien der Himmel trüber als bisher. Wenn sie etwas aß, schien das Salz schaler und weniger schmackhaft zu sein. Sie schlief wenig, wachte mitten in der Nacht auf und starrte zu einer Decke empor, die nicht ihr gehörte. Manchmal vergaß sie, weshalb Dawson nicht neben ihr war, und dann erinnerte sie sich und spürte, wie die Verzweiflung sie erneut überrollte. Als würde es alles noch einmal geschehen.

Aber sie gestattete sich keinen Stillstand. Wenn sie innehielt, würde sie sich nie wieder bewegen, dessen war sie sich sicher. Sie würde dann nicht sterben, das nicht. Sie würde einfach nur da sein, reglos, grau und schweigend. Eine steinerne Statue ihrer selbst.

»Guten Morgen, Mutter«, sagte Barriath, als er das kleine Esszimmer betrat. »Die Eier sind fertig.«

»Danke, mein Lieber«, erwiderte sie. »Du hast gut geschlafen, hoffe ich?«

»Gut genug.«

In einer besseren Welt wäre er inzwischen schon wieder fort gewesen. Zurück im Norden und bei den Schiffen. Sein Platz war bei der Flotte. Stattdessen verbrachte er den Tag brütend, suchte Schenken auf. Und sie würde stattdessen durch die Straßen wandern, Innenhöfe betreten, in denen sie nur selten willkommen war, und sich darum kümmern, dass ihre Familie all das überlebte, so gut sie konnte. Oder zumindest der Teil davon, der nicht gestorben war.

Als der Regen gekommen war, hatte es keinen heftigen Wolkenbruch gegeben, sondern nur ein langsames, leises Nieseln, das alles feucht werden ließ, ohne etwas zu reinigen. Die roten Steinbogen des Lias-Tores wirkten wie die Kohlen eines Feuers, das beinahe niedergebrannt war. Die Bärenskulptur vor der Bruderschaft des Großen Bären sah weniger wie ein staubfarbener Hund aus, der auf den Hinterbeinen stand, und eher wie ein Raubtier. Sogar Issandrians im Übermaß verziertem und verschnörkeltem Anwesen verlieh der Regen eine gewisse Schönheit. Das würde sie Dawson erzählen müssen, doch natürlich konnte sie das nicht.

Issandrian empfing sie in seinem Wohngemach, bot ihr Kaffee und gebackenen Käse und sogar genug Tabak für ihre Pfeife an. Clara zwang sich dazu, weniger davon anzunehmen, als sie eigentlich wollte. Als sie sich auf den kleinen Diwan mit den weißen Polstern setzte, konnte sie an seinem Gesichtsausdruck bereits erkennen, dass er schlechte Neuigkeiten hatte.

»Meine Lady«, sagte er. »Ich tue alles, was in meiner Macht steht, aber ich habe Euch bereits am Anfang darauf hingewiesen, wie gering mein Einfluss ist. Und vergebt mir, dass ich es anspreche, aber der Name Kalliam ist befleckt. Die Angehörigen des Hofes benutzen ihn wie ein Ersatzwort für Verräter.«

»Aber es muss doch etwas geben, oder nicht?«, fragte sie und nippte an ihrem Kaffee. »Es gab Häuser, die an der Seite meines Gemahls gekämpft haben. Er hatte doch Leute, die mit ihm fühlten.«

»Inzwischen erzählt man andere Geschichten«, sagte Issandrian. »Wie man hört, ist er auf eigene Faust gegen den Thron vorgegangen. Die Häuser, deren Banner neben dem Euren wehten, waren angeblich alle neutral und haben niemals zu den Waffen gegriffen, und die Häuser, von denen man gar nichts auf den Straßen sah, kämpften an der Seite von Palliako. Nicht alle werden dem Urteil entfliehen, aber sie werden es alle versuchen.«

»Ich verstehe«, erwiderte sie, und so war es auch. Das Leben bei Hofe war immer ein Gewebe aus dem eigenen Ruf und Gerüchten. Hier war es nicht anders.

»Ich habe nicht alle Hoffnung aufgegeben«, fuhr Issandrian fort. »Eine Expedition nach Hallskar ist im Gespräch. Wenn sie den Wasserweg nutzen, brauchen sie vielleicht einen Kapitän. Ich kann nicht erreichen, dass Barriath den Befehl über ein Schiff erhält, auf dem Mitglieder des Hofes fahren, aber vielleicht gibt es Frachtschiffe, und wenn das richtige Wort ins richtige Ohr geflüstert wird, könnte Barriath für eines davon angeheuert werden.«

Das war ihrer Ansicht nach alles andere als vielversprechend. Trotzdem lächelte sie voller Dankbarkeit, von der sie wusste, dass sie sie empfinden sollte. Sie plauderten noch ein paar Augenblicke weiter, Clara genoss dabei den Kaffee und die Pfeife, und dann war es Zeit zum Weitermachen. Zeit, nicht stillzustehen.

Haus Annerin war verschwunden, hatte die Stadt sogar noch vor dem Ende der Sommerzeit verlassen und ihre Tochter und ihren Enkel mitgenommen. Die Absicht dahinter war, genau die Art von Besuch zu vermeiden, wie Clara ihn gerade abstattete, aber sie ging trotzdem zum Türsklaven und zog ihre Erkundigungen ein. Nein, meine Lady, die Familie war nicht zurückgekehrt und wurde auch nicht vor Ende des Winters erwartet. Aber ja, er konnte einen weiteren Brief an sich nehmen und sich darum kümmern, dass er an ihre Tochter weitergeleitet wurde. An Canl Daskellins Anwesen tat es ihnen sehr leid, aber die ganze Familie war indisponiert. Vielleicht, wenn sie an einem anderen Tag wiederkam.

Sie verbrachte den Großteil des Vormittags unterwegs, machte bei fünf, sechs Häusern Halt und hoffte, ohne einen Grund für ihre Hoffnung zu haben, dass sie mit ihrer Anwesenheit die Welt dazu zwingen konnte, ihren beiden Jungen einen Platz zu verschaffen.

Als sie gegen Mittag mit schmerzenden Füßen zu Lord Skestinins Haus zurückkehrte, war der Streit schon wieder im Gange.

»Ich bin ein Seemann«, rief Barriath. »Ich könnte dreimal so viel trinken und wäre nüchterner als du, wenn du aufstehst.«

Sie war an den Klang brüderlicher Kämpfe gewöhnt, aber der Tonfall, den Jorey nun anschlug, war ungewohnt leise und kalt.

»Du hast meine Frau in ihrem eigenen Haus beleidigt«, sagte er. »Du musst gehen.«

Clara durchquerte die Halle, den Rücken ganz gerade. Nicht auch noch hier. Sie konnte damit leben, gegen die ganze Welt anzukämpfen, wenn es sein musste. Sie würde den Schmerz aushalten, allein in ihrem ungewohnten Bett aufzuwachen, den Nachhall des Todes ihres Gemahls immer noch in den Ohren, aber sie konnte nicht auch noch all das hier ertragen. Es musste einen Ort geben – einen einzigen –, an dem sie sich ausruhen und Kraft schöpfen konnte. Wenn es nicht bei ihrer Familie war, dann wusste sie nicht, wo dieser Ort sein sollte.

»Ich bleibe auch nicht«, sagte Barriath, als sie den Raum betrat. »Ich würde es nicht einmal tun, wenn ich alles darauf gesetzt hätte. Aber sei dir dessen bewusst, ich bin nicht derjenige, der auf Sabiha herabschaut. Sie ist deine Frau und daher meine Schwester, und du musst dich schon mit ihren Gutwetterfreunden unterhalten, nicht mit mir.«

Ihre beiden Jungen wandten sich an sie.

»Was«, sagte Clara. Die Erschöpfung in ihrer Stimme lastete so schwer auf dem Wort, dass es alles war, was sie herausbrachte. »Was?«

Jorey blickte seinen Bruder an, dann zu Boden. Als er etwas sagte, schob er das Kinn vor. So hatte es auch Dawson gemacht. Clara fragte sich, ob der Junge den Mann nachahmte oder ob ihm etwas im Blut lag, das die Kalliam-Männer dazu veranlasst hätte, auch wenn sie einander nie begegnet wären.

»Sabiha hat ein Gartenfest angesetzt«, sagte Jorey. »Mit einem halben Dutzend ihrer alten Freundinnen. Ein paar, die auch während des … letzten Skandals zu ihr gehalten hatten. Sie haben sich alle entschuldigen lassen.«

»Und er macht es mir zum Vorwurf«, warf Barriath ein. »Ich habe mich nicht schlecht benommen. Ich habe diese Mädchen nicht aufgesucht und ihnen gesagt, dass sie Sabiha den Rücken zuwenden sollen.«

»Das war auch nicht nötig«, sagte Jorey. »Jeder weiß, dass wir hier sind.«

»Sind wir nicht«, erwiderte Barriath. »Du vielleicht, aber ich bin woanders. Tut mir leid, Mutter.«

Sie wollte ihn fragen, wohin er ging. Wie sie ihn erreichen sollte. All die tausend Fragen, die es ihr gestattet hätten, die Familie zumindest scheinbar zusammenzuhalten. Aber sie war zu müde, ihre Gedanken waren zu zerstreut. Er fegte an ihr vorüber, als er hinausging, und sie hatte das Gefühl, die heftige Bewegung, mit der er sie passierte, hätte sie auch umwerfen können. Jorey hatte sich nicht bewegt. Sein Gesicht war blass und gequält. Sabiha war an seinem Ellbogen erschienen.

»Mutter, das wird nicht funktionieren«, sagte er.

»Doch«, erwiderte sie. »Es ist nur im Augenblick schwierig, aber es wird funktionieren. Barriath trauert. Wir alle tun das. Du musst ihn nachsichtig behandeln.«

»Das meine ich nicht«, erklärte er. »Du hast gesagt, du wünschst dir, dass ich für Sabiha das bin, was Vater für dich gewesen ist.«

»Das stimmt, das wünsche ich mir.«

»Vater hat dich über alle anderen gestellt. Über alles. Wenn du ihn darum gebeten hättest, hätte er alles getan. Es gab keine Grenze.«

»Das ist richtig, glaube ich«, sagte sie, aber Jorey schüttelte den Kopf. Tränen liefen ihm über die Wangen; er hatte nicht mehr so geweint, seit er ein Kind gewesen war. Nicht einmal an jenem schrecklichen Tag, als Geder ihren Gemahl getötet hatte.

»Ich kann das nicht tun«, erklärte er und dann leiser: »Ich kann nicht.«

»Ich werde es tun«, sagte Sabiha und legte Clara eine Hand auf die Schulter. »Bitte. Setzt Euch einen Augenblick zu mir, meine Lady.«

Clara ließ sich zu einem Platz am Fenster führen. Sabiha

setzte sich neben sie und hielt ihre Hand. Das Mädchen wirkte dünner. Und nicht nur, was Gesicht und Körper betraf. Nach der Hochzeit war sie eine Weile voller Freude gewesen. Von einem Gefühl der Hoffnung erfüllt, das aus den Veränderungen hervorging, die ihr neuer Ruf mit sich brachte. Das war nun verschwunden, und Clara wusste, weshalb. Sie wusste beinahe, was Sabiha sagen wollte. Die Worte, die Jorey nicht über die Lippen gebracht hatte.

»Wir lieben Euch«, sagte Sabiha, »und wir werden immer Eure Familie sein, aber Ihr müsst dieses Haus verlassen.«

Es war seltsam. Clara spürte tatsächlich, wie die Worte in sie eindrangen wie Messer. Es war eine körperliche Empfindung am Hals und im Herzen.

»Oh«, sagte sie.

»Es ist für Jorey allein schon schwer genug«, fuhr Sabiha fort, während sie Claras Hand mit den Fingern drückte. »Aber jeder hat ihn gesehen, als er Lord Kalliam verleugnet hat. Sie wollen ihm eine Chance geben. Nun, zumindest einige von ihnen. Aber Ihr habt nichts gesagt. Barriath auch nicht. Und ganz ehrlich, selbst wenn Ihr gesprochen hättet, meine Lady, kann Euch niemand sehen, ohne auch Euren Gemahl zu sehen. Ihr wart zu sehr eine Einheit, und selbst jetzt, da er fort ist, tragt Ihr ihn bei Euch. Das erkennt Ihr doch, oder? Versteht Ihr es?«

»Ja«, sagte Clara. »Ich kann ihn selbst spüren.«

»Bis der Hof es vergisst, zumindest ein wenig, beschmutzt es uns mehr, Euch bei uns zu haben, als es Euch schützt.«

»Ich werde gehen«, sagte Clara. »Wenn es auf dem Landsitz Platz gibt, kann ich … ins Exil gehen, nehme ich an.«

»Wir sind der Ansicht, dass wir ein Zimmer in einem Gasthaus bezahlen könnten«, sagte Sabiha. »Etwas, das nicht im Namen meines Vaters stattfindet. Etwas, das uns in den Augen des Hofes ein wenig Abstand verschafft.«

Nicht einmal so viel?, wollte Clara sagen. *Könnt ihr mir nicht einmal diese Kleinigkeit geben?* Musste es ein anonymes Grab sein, ein kleines Zimmer inmitten von Menschen, die sie nie gekannt hatte?

»Ich kann verstehen, inwiefern das klug wäre«, sagte sie. »Ich werde meine Sachen zusammensuchen.«

»Nein, bitte nicht«, erwiderte Sabiha. »Ich werde sie bringen lassen. Das solltet Ihr nicht tun müssen.«

»Niemand von uns sollte das tun müssen«, sagte Clara und klopfte dem Mädchen auf die Schulter. »Aber wir leben in einer Welt der Notwendigkeiten. Mach dir keine Mühe. Ich verstehe es. Ich sollte jetzt gehen.«

»Bitte nicht«, bat Sabiha. »Wir werden jemanden mit Euch schicken, um den richtigen Ort zu finden. Und wir werden es bezahlen.«

Claras Lächeln fühlte sich beinahe echt an. Sie befreite ihre Hände aus dem Griff des Mädchens und erhob sich. Sie küsste sowohl Sabiha als auch Jorey, einen jeden auf die Stirn, und begab sich nach draußen. Jetzt konnte sie nicht mehr bleiben. Nicht mehr in der Küche sitzen und darüber sprechen, welches Gasthaus für die Witwe eines berüchtigten Verräters und Feindes des Throns das richtige wäre.

Durch das Verleugnen von Dawson hätten sie etwas gewinnen sollen. Etwas schützen. Etwas behalten. Und vielleicht hatten sie das auch. Vielleicht hätte Clara, wenn Jorey nicht gesagt hätte, was er gesagt hatte, noch viel weniger gehabt als jetzt. Aber sie konnte es sich kaum vorstellen. Sie fühlte sich wie die Königin des Nichts.

Sie lief, ohne zu wissen, wo sie hinging. Ihre Füße schmerzten furchtbar, aber sie achtete nicht auf den Schmerz. Einst war sie durch die Stadt gefahren, während die kleinen Leute auf der Straße ihr Platz gemacht hatten, und sie hatte sich nichts dabei gedacht. Nun ertappte sie sich dabei, wie sie zur Seite trat, um Fuhrwerke mit Fleisch oder Rüben durchzulassen. Sie wich den Blicken der Männer und Frauen aus, an denen sie vorbeikam.

Als der große Bogen der Herbstbrücke vor ihr aufstieg, fing sie an, ihn zu überqueren, aber auf dem Scheitel hielt sie inne. Sie hatte das nicht einmal vorgehabt, aber es war einfach der Ort, an dem sie sich befand, als ihre Entschlossenheit letztlich in sich zusammenfiel. Als sie sich an die großen Streben lehnte und über den Abgrund des Spalts blickte, spürte sie, wie sie eine Art Frieden überkam. Kein wirklicher Frieden, aber etwas ganz Ähnliches. Aus der Ferne wirkte die Welt beinahe schön. Die Königshöhe. Die Stadtmauern. Die Wolken, die über ihr dahineilten, von einem unvorstellbar hohen Wind getragen, den sie selbst nicht spüren konnte.

Sie dachte darüber nach, wie wenig nötig wäre, um über die Kante hinauszutreten. Nicht dass sie es vorhatte. Es war gewissermaßen zu einfach, sich umzubringen. Aber es hatte seinen Reiz. Sie war nie religiös gewesen, hatte jedoch auch die Geschichten der Priester vom Leben und der Gerechtigkeit auf der anderen Seite des Todes nicht von sich gewiesen. Vielleicht wartete Dawson dort auf sie.

Aber noch nicht. Vicarians Stellung war noch nicht gesichert, auch jetzt nicht. Und Barriath … der arme Barriath, der von seinem eigenem Bruder des Hauses verwiesen worden war. Er brauchte sie noch. Und Jorey würde sie brauchen. Vielleicht sogar Sabiha. Und wie schrecklich wäre es für die junge Frau, wenn sie die Mutter ihres Gemahls weggeschickt hätte, nur damit diese dann von einer Brücke sprang. Das arme Ding würde sich nie erholen.

Nein. Ein andermal würde sie es tun. Später, wenn all ihre Kinder versorgt waren und sich keiner für eine Entscheidung verantwortlich fühlte, die ganz allein ihre war. Dann konnte sie kommen, vielleicht wie eine Braut gekleidet, und einen letzten kurzen Tanz mit Dawson wagen. Nun weinte sie. Sie wusste nicht, wie lange schon. Tage. Wochen. Ihr ganzes Leben lang, schien es. All die Jahre der Zufriedenheit waren eine Illusion gewesen. Ein schmaler Grat, auf dem sie über dem Abgrund gewandelt war. Ohne ein Zuhause, in das sie zurückkehren konnte, ohne einen Freund, auf den sie sich verlassen konnte, war von ihr nur noch der Aspekt der Wahnsinnigen übrig, die auf einer Brücke wimmerte, und sie stellte fest, dass diese Rolle ganz gut zu ihr passte.

»Meine Lady«, sagte eine Männerstimme wie eine warme, weiche Decke in einer kalten Nacht. »Nein.«

Sie wandte sich überrascht um. Ein Teil von ihr, der sich immer noch um solche Dinge kümmerte, griff nach oben, um sich das Haar zu richten und ihr Kleid in Form zu ziehen. Der Rest, der weitaus größere Teil, brach zusammen, und ausgelassene Erleichterung, Scham und ein heiteres Entsetzen übermannten sie, was viel angenehmer war als der aufrichtige Schrecken, der sie zuvor heimgesucht hatte.

»Coe«, sagte sie lachend und weinend. »Oh nein, nicht auch das noch.«

Er legte ihr eine Hand auf die Schulter. Sein Gesichtsausdruck war so aufrichtig. So offen und besorgt, so jung.

»Das ist nicht die Lösung, meine Lady. Kommt mit mir.«

»Ich wäre nicht gesprungen. Wirklich nicht. Ich meine, nicht jetzt, nicht, wo noch so viel zu tun ist. Da sind die Jungen, zum Beispiel. Und meine Tochter, meine neue Tochter, die hast du noch nicht kennengelernt. Sie ist ein liebes Kind, aber von Schwierigkeiten belastet. Belastet. Und wenn ich jetzt ginge, alles in diesem Zustand zurückließe …« Sie hatte Schwierigkeiten mit den Wörtern, weil die Schluchzer inzwischen so heftig waren, dass nicht mehr viel Platz für anderes blieb. »Ich könnte nicht alles so zurücklassen, so zerschlagen und so leer. Mein Gott. Was haben wir getan? Wie? Wie bin ich so weit gekommen?«

Irgendwo inmitten des ganzen Ausbruchs hob er sie hoch und nahm sie in die Arme, als wäre sie ein Kind.

»Das kannst du nicht tun«, sagte sie. »Ich liebe dich nicht. Ich kenne dich nicht. Ich kann niemals das sein, was du in mir sehen willst. Ich bin verheiratet. Ich meine …«

»Ihr müsst nichts sagen, meine Lady.«

»Ich bin Gift«, fuhr sie fort. »Jeder, den ich kenne, ist von mir befleckt. Meine Söhne. Sogar meine Söhne. Sie werden dich anschauen und mich sehen. Und wenn sie mich sehen, werden sie ihn sehen, und sie werden dir antun, was sie ihm angetan haben. Ich kann es nicht aufhalten. Ich kann es nicht einmal verlangsamen.«

»Ich bin niemand, meine Lady. Ich habe nichts zu verlieren.«

»Und ich mache dein Hemd ganz nass. Das ist nicht klug. Du solltest gehen. Du solltest gehen.«

»Werde ich nicht«, sagte er.

Sie war lange still. Seine Arme bebten nicht einmal. Es

fühlte sich an, als könnte er sie ewig weitertragen, wenn er es wollte. Er roch nach Hunden, Bäumen und jungem Mann. Sie legte den Kopf an seine Schulter und seufzte laut. Als sie wieder etwas sagte, war ihre Hysterie verschwunden.

»Ich bin kein verdammtes Mädchen, das *gerettet* werden muss«, sagte sie.

»Nein, meine Lady«, erwiderte er, aber sie konnte die Erheiterung in seiner Stimme hören. Sie schniefte. Ihre Nase lief. Die Straßen um sie herum waren eng und dunkel. Hier konnten nicht einmal drei Männer nebeneinander gehen. Die ärmsten Viertel von Camnipol legten sich um sie wie eine Decke. Vincen Coe trug sie durch die Schatten und das Licht.

»Scheiße«, sagte sie und hielt sich an ihm fest.

Die Unterkunft war schrecklich. Es stank nach altem Kohl, und die Wände waren mit grünen und schwarzen Tropfen verschmutzt, die schon vor Jahren fest angetrocknet waren. Es gab einen Schrank, dem eine Tür fehlte und in dem nichts war, und das schmutzige kleine Fenster, das nicht breiter war als ihre Hand, ließ gerade genug Licht ein, um die Umgebung einem Urteil auszusetzen. Das Bett war klein und schmutzig, aber es hatte eine Matratze. Er legte sie darauf, und sie rollte sich zusammen. Es roch ranzig, aber es war weich, und ihr Körper schmiegte sich mit dem Gewicht der Erschöpfung hinein.

Er brachte ihr einen Weinschlauch, der mit Wasser gefüllt war, und eine Wolldecke, die eher nach ihm als nach dem Raum roch.

»Es gibt hier keinen Gemeinschaftsraum«, sagte er. »Aber es gibt ein Feuer, neben dem man in der Küche sitzen kann.

Der Mann Euch gegenüber schreit manchmal herum, ist aber harmlos. Wenn Ihr mich braucht, ich bin in Hörweite.«

Sie nickte. »Meine Familie weiß nicht, wo ich bin«, sagte sie.

»Sollen wir Nachricht schicken, meine Lady?«

»Nein«, erwiderte sie. »Noch nicht.«

»Wie Ihr es für richtig haltet.«

Er beugte sich dicht heran und küsste sie einmal sanft auf die Schläfe. Einen Moment lang zögerte er auf die Art und Weise, wie sie es getan hätte, wäre sie ein Mann gewesen und hätte eine Frau auf den Mund küssen wollen. Sie richtete ihren Blick auf ihn, und er erhob sich.

»Ich bin alt genug, um deine Mutter zu sein«, sagte sie.

»Meine Mutter ist um einiges älter als Ihr, meine Lady«, erwiderte er.

»Weshalb tust du das alles?«

»Weil Ihr es zugelassen habt«, sagte er. »Schlaft jetzt. Wir unterhalten uns später.«

Die Tür ging hinter ihm zu, und Clara lag in der trüben und stinkenden Düsternis.

»Nun ...«, sagte sie zu niemandem und führte den Gedanken nicht zu Ende.

GEDER

Lord Palliako, hieß es in dem Brief, *es tut mir sehr leid, so kurzfristig weggeschickt worden zu sein, doch es kam Nachricht von der Dachgesellschaft, die meine sofortige Anwesenheit erforderte. Vielen Dank, dass Ihr mir während meiner Zeit in Camnipol Eure Gastfreundschaft und Gesellschaft angeboten habt. Es war eine einmalige Erfahrung, und ich werde mich gerne daran zurückerinnern. Die Herausforderung, ein Land so groß wie das Eure zu regieren, muss Vorrang vor Dingen wie kleiner, persönlicher Korrespondenz haben, aber ich werde die Nachrichten aus Antea sehr aufmerksam verfolgen.*

Der Brief war mit Cithrin bel Sarcours Siegel gezeichnet.

Er hatte die Worte bestimmt schon tausend Mal gelesen, und er nahm an, dass er sie weitere tausend Mal lesen würde. Er konnte ihre Stimme hören, als hätte das Papier sie aufgesogen. Die Geschmeidigkeit ihrer Kehle. Die leichte Melancholie in der Art und Weise, wie sie *zurückerinnern* betonte. Er hatte schon öfter Liebestexte gelesen, aber gewöhnlich in der Gestalt von Gedichten oder Liedern. Es hatte etwas Merkwürdiges, dem Ganzen den Anstrich eines Geschäftsbriefes zu verleihen, und war doch genau das, was er von einer Bankiersfrau erwartet hätte.

Nach der Hinrichtung von Dawson hatte Geder sich Sorgen gemacht, dass er sie verletzt hatte, entweder wegen der Art, wie die Hinrichtung verlaufen war, oder aufgrund dessen, wie er anschließend reagiert hatte. Er hatte schon oft gehört, dass es einen aus der Fassung bringen konnte, wenn man jemanden tötete, vor allem beim ersten Mal, er jedoch hätte sich beinahe vor dem ganzen Hof übergeben. Das harmonierte nicht sonderlich mit seiner Würde, aber beim nächsten Mal würde er es besser machen. Und außerdem schien sie ihm vergeben zu haben, wenn da etwas zu vergeben war.

Als er die Tür erreichte, steckte er den Brief in seine Tasche. Die Stimmen von Männern, die im Vergleich zu der Frauenstimme, die er gerade heraufbeschworen hatte, ganz rau und heiser waren, drangen durch die Tür herein. Geder bedeutete seiner Leibgarde, dass sie warten sollte, bis er ihr vorausgegangen war, dann begab er sich in den Besprechungsraum. Basrahip folgte ihm auf dem Fuße und noch vor der Garde. Das war weniger eine Frage der Etikette als eine Gewohnheit, die sie alle angenommen hatten.

Karten lagen auf dem Tisch verstreut, manchmal vier oder fünf übereinander. Canl Daskellin und Fallon Brut standen mit finsteren, zornigen Gesichtern über dem Schlamassel.

»Meine Herren«, sagte Geder. »Ich nehme an, wir sind nicht sonderlich vorangekommen.«

»Asterilreich«, erwiderte Daskellin, »stellt uns tatsächlich vor etliche Probleme, die wir nicht vorhergesehen hatten.«

»Euch gehen verdammt schnell die Adelsfamilien aus«, erklärte Brut. »Es gab von Anfang an nur etwa vierzig, und dabei zählt man die östlichen Banniens schon als eigene Familie, die nur zufällig denselben Namen trägt. Mit denjenigen, die wir durch Kalliams Rebellion verloren haben, sind wir bei vier- oder fünfunddreißig angelangt.«

»Brut will auch die Karte von Antea neu einteilen, wenn wir schon dabei sind.«

»Es hat keinen Sinn, wenn jemand zwei Ländereien auf unterschiedlichen Seiten des Flusses besitzt. Wie sollte man sich um beide kümmern? Die Hälfte des Winters an jeweils einem Ort verbringen? Es ist nur sinnvoll, die bereits bestehenden Baronien auszuweiten.«

»Das sind nicht einfach nur Punkte auf einer Karte, Brut. Es sind Orte. Meine Familie lebt seit zehn Generationen auf ihrem Landsitz. Meine Vorväter sind alle dort begraben. Das können wir doch nicht einfach gegen irgendein Feld mitten in Asterilreich austauschen und behaupten, dass es dasselbe ist.«

Geder hob die Augenbrauen. Dieser Teil des Regententums lag ihm nicht besonders, aber sie hatten recht. Man würde sich darum kümmern müssen.

»Und dann ist da noch die Sache mit den Städten«, sagte Brut und deutete mit einem anklagenden Finger auf die Punkte, die Kaltfel und Asinhaven darstellten. »Wir können sie nicht zum Teil einer Baronie machen und dort einmal im Jahr nach dem Rechten sehen. Wir können es versuchen, aber spätestens im Frühling würde es dort Aufstände geben, und wir wären wieder da, wo wir waren, als die ganze verdammte Sache begonnen hat.«

»Es wird keinen Aufstand geben«, warf Basrahip ein.

»Das sagt Ihr so leicht, Hochwürden«, erwiderte Brut. »Mit allem Respekt, aber Ihr habt nie eine Stadt verwaltet. Sie sind schlimmer als Kinder.«

»Der Tempel der Göttin befindet sich in diesen Städten«, erklärte Basrahip. »Der Rechtschaffene Diener wird ihre Wahrhaftigkeit erhalten.«

Daskellin und Brut wechselten einem Blick. Daskellin schaute als Erster zur Seite.

»Gerade erst haben wir einen Krieg auf unseren Straßen hinter uns, der fast den ganzen Sommer gedauert hat«, sagte Daskellin.

»Ja«, erwiderte Basrahip mit breitem Lächeln. »Die Stadt wurde geprüft und gereinigt, und seht, Prinz Daskellin, wir sind hier, und der Feind liegt erschlagen.«

»Wenn wir schon von erschlagenen Feinden sprechen …«, warf Brut ein. »Es gibt eine dritte Möglichkeit, aber die würde bedeuten, dass man auf das vollständige Abschlachten des Adels von Asterilreich verzichtet.«

»Und dass der Lohn für diejenigen, die der Krone treu geblieben sind, geringer ausfällt«, ergänzte Daskellin.

»Es ist kein Lohn, wenn man nicht damit fertigwird, Canl. Wenn Ihr aufhören würdet, mit Eurer Börse zu denken, und endlich zur Vernunft kämt, würdet Ihr das erkennen.«

»Halt!«, rief Geder, und die beiden Männer schwiegen verlegen. »Es gibt eine dritte Möglichkeit. Was für eine?«

Eine der Karten glitt zu Boden und breitete sich dort falten- und bogenreich aus.

Brut zupfte an seinem Schnurrbart. »Wir könnten Asterilreich sich selbst verwalten lassen. Die dortigen Männer mit der edelsten Abstammung nehmen und sie dem Gespaltenen Thron Treue schwören lassen. Gar nicht einmal so viele. Nur fünf oder sechs, um … nun ja, diejenigen zu ersetzen, die wir verloren haben. Sozusagen. Selbst wenn sie vorher nicht auf unserer Seite waren, muss man nicht sonderlich klug sein, um zu sehen, wo jetzt die Macht liegt.«

Geder trat an den Tisch und zog eine der Karten in die Mitte, auf der er die ganze Sache auf einmal betrachten konnte. Asterilreich war viel kleiner als Antea, und mit den

Sümpfen und Bergen im Süden gab es weniger urbares Land als in einem gleich großen Abschnitt von Antea. Abgesehen von den beiden großen Städten war es gar keine besonders grandiose Eroberung.

»Haben wir schon damit begonnen, die Adligen zu töten?«, fragte Geder.

»Nein, mein Lord«, erwiderte Daskellin. »Der Aufstand von Kalliam hat die Pläne furchtbar verzögert.«

»Dann lasst es bleiben. Ich glaube, mir ist etwas eingefallen.«

In dem Ballsaal, in dem Basrahip die Leibgarde befragt hatte, war schon seit Jahren nicht mehr getanzt worden. Die Bretter waren verbogen und uneben. Der Kerzenleuchter, der zwar sauber war, war an den Gelenken eingerostet. Geder durchquerte mit zusammengekniffenen Augen den Raum, sah nicht das, was vor ihm lag, sondern was es für Möglichkeiten gab. Basrahip stand mit verschränkten Händen im Eingang. Falls der hünenhafte Priester eine Meinung hatte, so gab er sie nicht zum Besten.

»Was wir hier gemacht haben«, sagte Geder und blickte zu den steilen Bankreihen auf. »Das könnten wir noch einmal tun, oder?«

»Wenn Ihr möchtet, Prinz Geder, könnten wir.«

Geder stieg zwei, drei, vier Ränge weit empor, dann drehte er sich um und blickte aus der Höhe auf Basrahip und den Boden des Ballsaals hinab. Aus dieser Perspektive schien sogar Basrahip klein. Geder spürte Freude in seinem Inneren aufsteigen wie kleine Bläschen. Es fühlte sich an, als würde er ein neues Buch zu einem Thema finden, das er mochte.

»Nicht mit den Wachen«, erklärte Geder. »Mit den Adligen von Asterilreich. Wir holen sie her und befragen sie. Die Schuldigen werfen wir von einer Brücke, und die Unschuldigen belohnen wir mit Ländereien, Titeln und der Herrschaft über ihre Heimat, nur dass sie dem Gespaltenen Thron verpflichtet sind. Und alle Schwierigkeiten lösen sich in Luft auf, nicht?«

Basrahip trat vor. »So kann es getan werden, mein Lord.«

»Gut«, sagte Geder.

»Darf ich einen Vorschlag machen, mein Prinz?«

»Ja? Was?«

»Wir müssen nicht unbedingt auf die Männer aus Asterilreich warten, ehe wir diesen Plan in die Tat umsetzen.«

Es dauerte eine Woche, den Saal so umzugestalten, dass er die richtige Würde ausstrahlte. Die Wände ließ Geder schwarz streichen. Die Bänke an den Seiten des Raumes behielt er, aber seine Tischler entfernten den Großteil der vordersten Reihe und nahmen das Holz, um daraus etwas zu bauen, das beinahe wie der Schreibtisch eines Magistrats aussah, nur etwas höher. Der süße Geruch von Sägemehl wehte durch die Gänge und Anlagen der Königshöhe. Den rostigen Kerzenleuchter ließ Geder an Ort und Stelle, zum Teil, weil er aus massivem Gusseisen bestand, zum Teil, weil es noch eine Woche gedauert hätte, bis die Schmiede ihn durch etwas Besseres ersetzt hätten, und er war ungeduldig.

Als die neugestaltete Kammer fertig war, nahm er Basrahip mit dorthin, als würde er einem Kind ein Geschenk machen.

»Ich hoffe, es gefällt Euch«, sagte er. »Ich habe das Gefühl, dass wir im Laufe des nächsten Jahres eine Menge Zeit hier verbringen werden. Die Wächter stehen auf den Bänken an den Seiten, seht Ihr? Wie sie nach oben gestaffelt stehen? Und dann werde ich dort oben sitzen, und Ihr könnt hier unten in meiner Nähe sein, wo Ihr jedoch den Gefangenen besser sprechen hören werdet.«

»Den Gefangenen?«

»Oder wen auch immer«, sagte Geder, der die Frage mit einer Geste abtat.

»Es ist majestätisch, mein Lord«, sagte Basrahip.

»Aber?«

Der Priester nickte zur gegenüberliegenden Wand hin. »Es gibt kein Banner«, erklärte er. »Ich würde das Zeichen Eures Hauses dort auf die rechte Seite hängen … und das Siegel der Göttin dort auf die linke. Zum Ausgleich.«

»Hervorragend!«, erwiderte Geder. »Das können wir machen. Aber vorher … ich habe mich gefragt, ob Ihr es ausprobieren möchtet. Die praktische Anwendung, meine ich. Nur um zu sehen, ob die ganze Aufstellung so gut funktioniert, wie ich es mir vorstelle.«

»Wenn Ihr es wünscht. Ich bin als Euer Diener hier.«

Geder bereitete alles so sorgfältig vor wie ein Fest: die Wächter, die er einsetzte, welche Waffen sie trugen und welche Rüstung. Das Licht der Kerzen. Alles. Und dann, als alles so war, wie er es sich erhofft hatte, schickte er die Wache in die Stadt. Nach vier Stunden kehrten sie mit dem Gefangenen im Gewahrsam zurück.

Geder blickte von seinem Platz weit oben hinab. Barriath Kalliam wirkte klein und eingeschüchtert.

»Mein Lord«, sagte Geder.

»Lordregent.«

»Danke, dass Ihr mich aufsucht. Ich entschuldige mich für die Unannehmlichkeiten Eurer Ankunft.«

»Macht Euch deswegen keine Gedanken«, erwiderte Barriath, während er von einer Seite zur anderen blickte und die bewaffneten Männer bemerkte, die rechts und links von ihm aufgestellt waren. »Ich bin wohl nicht so förmlich gekleidet, wie es der Anlass gebietet.«

»Ich hörte, Ihr hättet das Haus Eures Bruders verlassen«, fragte Geder. »Stimmt das?«

Barriath zuckte mit den Schultern. »Wir wollten es nicht mehr so … Ich bin nicht mehr dort.«

Geders Blick schweifte zu Basrahip, und dieser nickte. Es war jedoch nicht so leicht zu erkennen. Der Winkel war dafür nicht ganz passend. Darüber musste er nachdenken.

»Ihr habt Euch mit Jorey zerstritten?«

»So weit würde ich nicht gehen«, sagte Barriath. Der Priester zögerte, dann nickte er, aber Geder stellte fest, dass er nicht wusste, was das hieß. Es mochte stimmen, dass Barriath nicht so weit gehen würde, aber das war nicht die Frage, auf die er sich eine Antwort erhofft hatte. Barriath unter ihm schien weniger ehrfürchtig und eingeschüchtert zu sein als vielmehr erheitert.

»Seid Ihr mir treu ergeben?«

»Bitte, Lord?«

»Euer Bruder hat Lord Kalliam verleugnet. Ihr habt diese Worte nicht ausgesprochen. Ich frage Euch jetzt, seid Ihr mir treu ergeben?«

»Ich bin ein stolzer Diener des Gespaltenen Throns und bin es immer gewesen«, sagte Barriath, der die Worte ausspuckte wie eine Herausforderung. Basrahip nickte. *Ja.* Geder spürte einen überraschenden Stich der Enttäuschung. Dennoch hatte er den Mann hergebracht, um genau das herauszufinden.

Und doch auch wieder nicht. Nicht das.

»Seid Ihr mir treu ergeben?«, fragte Geder.

»Ihr seid der Lordregent«, erwiderte Barriath. *Ja.* Und dennoch …

»Seid Ihr *mir* treu ergeben?«

Barriath zuckte die Achseln und blickte zu Geder auf wie ein Holzfäller, der bei dem Baum Maß nahm, den er fällen wollte. »Ja«, sagte er. *Nein.*

Geder lachte leise. »Mich hält man nicht so leicht zum Narren«, entgegnete er.

»Wenn Ihr es sagt, mein Lord.«

»Ihr habt mich belogen. Dem letzten Mann, der das getan hat, habe ich die Hände abhacken lassen. Ich habe ein Angebot für Euch. Wenn nicht die Freundschaft zwischen mir und Eurem Bruder bestünde, würde ich nicht so viel anbieten. Ich werde Euch noch einmal dieselbe Frage stellen. Wenn Ihr mir sagt, dass Ihr mir treu ergeben seid und dabei die Wahrheit sprecht, werde ich Euch zum Herrscher von Asinhaven und Befehlshaber der Flotte machen, die Asterilreich gehörte. Sagt Ihr mir, dass Ihr mir treu ergeben seid, und lügt mich an, werdet Ihr an Ort und Stelle sterben. Oder gesteht Eure Untreue, und ich werde Euch nur ins Exil schicken. Darauf habt Ihr mein Wort.«

»Das verstehe ich nicht«, erwiderte Barriath. »Ist das irgendeine List?«

»Ihr kennt meine Bedingungen«, sagte Geder. »Nun. Zum letzten Mal. Seid Ihr mir treu ergeben?«

Barriath schwieg, die Arme verschränkt und das Gesicht finster verzogen. Als er schließlich wieder sprach, war seine Stimme leise und gelöst. »Nein«, sagte er. »Ihr seid eine kleinherzige, kleingeistige Niete, und jeder, der Antea wirklich liebt, würde sich Euren Kopf auf einer Lanze wünschen.«

»Wie ich es mir gedacht habe. Ihr seid aus Antea und all seinen Ländereien verbannt, von diesem Augenblick an bis zu Eurem Tode. Jeder, der Euch auf dem Grund und Boden Anteas auffindet, darf Euch töten und mir Euren Kopf bringen, um eine Belohnung zu bekommen, die ich für angemessen halte.«

»In Ordnung«, erwiderte Barriath. »Es war ja nicht so, dass es viel gibt, wofür es sich gelohnt hätte zu bleiben. Sind wir nun fertig, Lordregent?«

»Hauptmann? Führt ihn hinaus«, erklärte Geder. »Und setzt ihn auf einen Karren, der ihn zu einer Grenze seiner Wahl bringt.«

»Jawohl, Herr!«, sagte der Wachhauptmann und trat vor, um Barriath Kalliam für immer fortzuführen.

Als sich die Türen hinter ihnen schlossen, gestattete sich Geder ein breites Lächeln. »Oh«, sagte er. »Das wird mir viel Freude bereiten.«

An diesem Abend saß Geder in den königlichen Gemächern und unterhielt sich mit Aster über die Schwierigkeiten und Fragen, die sich in Bezug auf Asterilreich ergaben. Die Entscheidungen lagen natürlich bei Geder, aber da Aster die Folgen jeglicher Fehler, die er machte, erben würde, schien es nur richtig, ihn zumindest an den Überlegungen zu beteiligen. Basrahip ging hinter ihnen auf und ab und trank aus einer Tasse den schrecklich stinkenden Tee, den er bevorzugte.

»Wenn wir also davon ausgehen, dass wir fünf aufrichtige Männer in Asterilreich finden«, erklärte Geder, »denke ich, dass wir alles im Großen und Ganzen so lassen können, wie es ist, nur vereint unter dem Gespaltenen Thron.«

Aster nickte, dann hielt er inne. »Was ist mit Osterlingbrachen?«, fragte er.

»Nun«, sagte Geder. »Darüber habe ich schon nachgedacht. Ich bin versucht, es für Jorey aufzuheben. Warte, warte. Hör mir zu. Wir können nicht einfach eine Kehrtwende machen und es ihm zurückgeben. Ich will nicht, dass alle glauben, sie könnten einen Anschlag auf den Thron verüben, und ihre Familien würden dafür nicht leiden. Aber er hat Dawson verleugnet, und er hat es so gemeint. Es war die Wahrheit. Oder?«

»Die Worte, die er gesprochen hat, waren die Wahrheit«, bestätigte Basrahip.

»Also habe ich mir vorgestellt, dass du, wenn du deine Reife erlangst, ihn als eines der ersten Dinge wiedereinsetzen könntest. Alles wieder in Ordnung bringen. Das hat etwas Symbolisches.«

»Darüber kann man nachdenken«, erwiderte Aster.

Basrahip räusperte sich. »Vergebt mir die Störung, Lord Prinz«, sagte der Priester.

»Meint Ihr mich oder ihn?«, fragte Geder. »Ich bin Lord, er ist Prinz.«

»Niemand hat bisher die größte Schwierigkeit an dieser ruhmreichen Eroberung zur Sprache gebracht.«

»Ihr meint die Ernte?«

»Ich meine den nächsten Krieg«, erklärte Basrahip. »Ihr habt gewonnen, aber es hat Euch auch etwas gekostet. Das weiß jeder. Das große Reich ist gewachsen, aber es hat Männer verloren. Es hat Zeit verloren. Es ist reicher und schwächer geworden. Es gibt keinen größeren Anreiz für den Krieg als Reichtum und den Anschein von Schwäche.«

Geder blickte wieder auf die Karte. Darüber hatte er nicht nachgedacht, aber die Grenze zwischen Asterilreich und Nordstade war nicht nur weitläufig, sondern auch gut zugänglich. Schwer zu halten und zu bewachen. Er tippte auf die glatte Fläche und strich über die Linie zwischen Kaltfel und Carse.

»Nein, mein Lord«, sagte Basrahip. Das Konzept von Landkarten erheiterte ihn offenbar nach wie vor sehr. »Euer Kampf findet auf der anderen Seite Eures Papiers statt.«

»Was? Sarakal?«

»Sarakal, die Freistädte. Elassae«, erklärte der Priester. »Die Heimat der Timzinae. Da Eure Armeen nach Norden gezogen sind, werden sie die leeren, üppigen Felder Eures Südens sehen und wissen, dass es keine Männer gibt, sie zu verteidigen. Ihr müsst ein Land zwischen den Ländern schaffen. Eine Möglichkeit, Euer Königreich sicher zu halten, während seine Stärke wieder zunimmt.«

»Meint Ihr?«

»Ihr seid ein Auserwählter der Göttin«, sagte Basrahip. »All jene, die Euren Namen hören, werden die Gerechtigkeit fürchten. Ihr müsst immer wachsam sein. Immer bereit, sowohl an den Grenzen Eures Landes, unter den Leuten auf Euren Straßen und in den Gängen Eures großen Hauses.«

»Ich nehme es an«, meinte Geder. »Ich nehme an, das ergibt einen Sinn.«

»Aber dann haben wir eine weitere Grenze, die wir schützen müssen, oder nicht?«, fragte Aster. »Wenn Ihr Sarakal einnehmt, was macht Ihr dann mit Borja? Die Geschichtsschreibung sagt uns doch, dass Elassae von der Keshet aus leicht angreifbar ist. Es gibt immer einen nächsten Krieg.«

»Nein, kleiner Prinz«, berichtigte Basrahip. »Die Göttin kehrt zurück, und ihre Gerechtigkeit verheißt ein Ende aller Kriege. Alle Städte werden in ihrem Frieden leben. Jener Teil, der Euch jetzt bevorsteht, ist der schwierigste. Viele werden Euch hassen, verabscheuen und fürchten. Aber Ihr werdet siegreich daraus hervorgehen. Eure Diener sind mit Euch.«

Nachdem sie das Abendessen eingenommen hatten, wog Geder ab, ob er zurück in sein Zimmer gehen oder noch länger in der Bibliothek bleiben sollte. Die Bücher riefen ihn, wie immer, aber der Tag war lang und ereignisreich gewesen, und sosehr er den Verlust bedauerte, er kam zu dem Schluss, dass es besser war, sich auszuruhen. Annehmlichkeiten waren etwas für Männer mit weniger Verantwortung. Und die Bücher würden noch da sein, wenn er seinen Teil geleistet hatte und sich in ein ruhiges Gelehrten-Leben zurückziehen konnte, bestehend aus Nickerchen und – war das zu viel verlangt? – einer eigenen kleinen Familie. Einer schönen jungen Frau, die nachts neben ihm war und auch noch am nächsten Morgen. Dafür könnte er sich wirklich sehr erwärmen.

Als er Lordregent geworden war, hatte er nicht verstanden, wie viel ihm das abverlangen würde. Wie viel es fordern würde. Dadurch bekam er, so empfand er es, wahren Respekt vor König Simeon und allen anderen Königen Anteas zuvor. Basrahip hatte recht. Antea würde schwach und verletzlich aussehen, und es war jetzt an Geder, sich darum zu kümmern, dass das Königreich sicher blieb, ganz gleich, was es kostete.

Allein in seinem Bett, beim Licht einer einzelnen Kerze, zog er Cithrins Nachricht heraus. Er wünschte, sie hätte bleiben können. Dass sie gesehen hätte, was er für Aster vorhatte und aufbaute. Sie sorgte sich um Aster. Das wusste er. Er war sich sicher, dass ihr all das, was er im Sinn hatte, gefallen würde.

Er drückte sich das Papier an den Mund, sog die Luft durch die Nase ein, weil er hoffte, den Hauch eines Geruchs zu erhaschen, der zu ihr gehörte. Alles, was er fand, waren Tinte und Papier, aber der Gedanke an sie reichte aus. Er legte den Brief sorgfältig neben das Bett und lehnte sich zurück. Der Schlaf lag ihm fern, aber das störte ihn nicht. Sein Verstand war übervoll und wachsam.

Ich werde die Nachrichten aus Antea sehr aufmerksam verfolgen, hatte sie geschrieben. Und was würde sie nun Staunenswertes zu Gesicht bekommen!

Er würde der Welt Frieden bringen.

Cithrin

Cithrin und Paerin Clark hatten Camnipol verlassen wie Diebe in der Nacht. Der Großteil von König Tracians Gesellschaft war während der Kämpfe geflohen, und die wenigen, die es nicht getan hatten, konnten ebenso gut noch bleiben, wenn die Medean-Bank abgereist war. Cithrin stellte fest, dass es sie nicht groß kümmerte. Da ihnen Asterilreich nun offenstand, mussten sie nicht nach Norden reiten und ein Schiff nehmen. Paerin gab sein Geld stattdessen für ein leichtes Fuhrwerk und ein schnelles, verlässliches Pferdegespann aus, und schon waren sie unterwegs. Sie konnte nicht verhindern, dass sie daran zurückdachte, wie sie Vanai verlassen hatte; es schien vor einem ganzen Leben gewesen zu sein. Gewissermaßen war es das auch.

Die Ebenen von Asterilreich lagen in Trümmern, wo die Armee von Kalliam durchgezogen war. Gras war zu Schlamm eingestampft. Wälder waren niedergehauen. Hier lagen die Knochen der Welt bloß. Die große Wunde war die Folge eines kurzen, erfolgreichen Krieges. Cithrin konnte sich kaum vorstellen, was ein längerer hätte anrichten können.

Paerin Clark verbrachte die Zeit mit Gesprächen über das Geld- und Prägewesen, und Cithrin folgte der Geschwindigkeit, die er vorgab. Er erzählte, wie die Könige von Borja zwei getrennte Währungen geprägt hatten, eine für den Handel und eine weitere für die Steuer, und dass man die beiden absichtlich nicht wechseln konnte. Man konnte sämtliche Reichtümer anhäufen, die der Markt hergab, und dennoch seine Steuern nicht bezahlen, wenn das im Interesse des Regos' und seines Rates lag. Cithrin erzählte ihm, wie sie nahezu ohne Geld nach Porte Oliva gekommen war, abgesehen von dem großen Reichtum, den sie geschmuggelt hatte, und davon, wie sie die Modeerscheinung der hallskarischen Salzfarben anhand einer Ladung ruinierter Kleider erfunden hatte. Das, worüber sie niemals sprachen, als hätten sie es ausdrücklich vereinbart, waren Antea, Camnipol und was während der langen Tage geschehen war, in denen sie untergetaucht war.

Was nicht hieß, dass sie nicht über Geder Palliako sprachen.

»Also hat er diesen Ort niemals verlassen?«, fragte Paerin Clark. »Ihr seid sicher.«

»Ziemlich. Ich nehme an, er hätte hinausgehen können, während ich draußen war, und dann vor mir wieder zurückkehren, aber er hat nichts dergleichen gesagt. Genauso wenig Aster. Und ich weiß nicht, weshalb sie mich diesbezüglich hätten anlügen sollen.«

»Nun, vielleicht waren sie tatsächlich nicht draußen«, sagte er. »Es gibt nur so viele Geschichten von Leuten, die ihn während der Kämpfe gesehen haben wollen, so dass es mich wundern würde, wenn keine einzige davon auch nur ansatzweise wahr sein sollte.«

»Die Leute sehen, was sie sehen wollen, nehme ich an«, erwiderte sie. »Für mich ist die Vorstellung eines Herrschers, der begabt und entschlossen genug ist, um in Verkleidung auf die Straße zu gehen und die Feinde der Krone zu besiegen, sehr beruhigend. Oder erschreckend. Das eine oder das andere.«

»Hm«, war Paerins einzige Antwort.

Wenn man von Osten kam, wirkte Carse wie eine andere Stadt. Die Bauernhäuser und kleinen Dörfer wichen langsam den größeren Gebäuden, in denen jeweils mehr als eine Familie lebte, und dann waren plötzlich die Türme, die die ganze Zeit am Horizont gewesen waren, überall um sie herum, reckten sich hinauf in den verhangenen weißen Himmel. Und noch ein kleines Stück weiter waren die Klippe und die Schmale See. Auf ihrer ganzen Reise hatte sie so wenig Zeit in Carse verbracht. Das Ansinnen, Pyk Usterhall zu schwächen, kam ihr wie etwas vor, das eine andere getan hatte. Dass sie nun wieder die große Festung der Dachgesellschaft betrat, war so erleichternd, als würde sie ins Haus eines lieben Freundes zurückkehren. Eines Liebhabers sogar.

Aber es war keinesfalls eine Heimat.

Lauro und Komme kamen heraus, um das Fuhrwerk willkommen zu heißen. Der Ältere befand sich zwischen zwei Gichtschüben, und ohne den Schmerz, der sein Gesicht zerfurchte, wirkte er zehn Jahre jünger. Chana war auf dem Markt, und Paerin überließ das Fuhrwerk einem Diener, um loszugehen und sie dort zu suchen. Auch Magister Nison tauchte auf, freundlich und lachend, und wühlte nach jedem kleinen Hinweis und Gerücht, das er auftun konnte.

Für Cithrin stand ein Zimmer bereit, und sie ging dankbar die Treppen hinauf. Es war nicht groß, aber es war gemütlich: ein kleines Bett, ein Schreibtisch, eine Laterne aus Glas und Silber, die es schaffte, sowohl elegant als auch reich verziert auszusehen. Der Teppich war aus Schilf geflochten und fühlte sich unter ihren Füßen überraschend weich an.

Und neben dem Bett war ein Beutel aus rotem Leder,

den sie nicht kannte. Als sie ihn öffnete, kamen zwei Handvoll Blätter zum Vorschein und mit ihnen eine kleine lackierte Kiste, auf deren Deckel eine Einlegearbeit mit einem Storch war, der sich zum Fliegen anschickte. Der Großteil der Papiere waren Briefe aus Porte Oliva und von Pyk. Cithrin las darüber. Das Darlehen an einen neuen Braumeister war schiefgegangen, und die Lagerbestände und die Einrichtung waren zum Decken des Betrages an die andere Brauerei verkauft worden, mit der sie zusammenarbeiteten. Der Verlust war letztlich minimal. Dar Cinlama, der Entdecker, der Cithrin den Drachenzahn geschenkt hatte, den sie immer noch bei sich trug, war mit hundert Leuten in die Trockenbrachen aufgebrochen und nicht zurückgekehrt. Entweder, er hatte etwas Interessantes gefunden, oder etwas hatte ihn interessant gefunden. Cithrin konnte den Abscheu in der Stimme der Yemmu aus den Formulierungen der Nachricht heraushören.

Gewisse Besitztümer von Marcus Wester waren aus dem Lager entfernt und verkauft worden. Den Erlös bewahrte Yardem Hane auf. Sonst stand nichts in diesem Brief. Keine Erklärung, weshalb Marcus gegangen oder wohin er verschwunden war, so dass er sein Geld nicht hatte mitnehmen können. Das war der erste Punkt, um den sie sich kümmern musste, wenn sie nach Hause kam, daran bestand kein Zweifel.

Der letzte Bericht stammte gar nicht aus Porte Oliva, sondern von der Dachgesellschaft selbst. Er enthielt Aufzeichnungen, Abschriften aus Porte Oliva und vorher aus Vanai. Es war die vollständige Abrechnung der Einlagen, die ihre Eltern bei der Bank getätigt hatten, ehe sie gestorben waren, und wie das Geld in der Zwischenzeit angelegt worden war. Ein Bericht über die Einlagen im Namen von Cithrin bel Sarcour.

Die lackierte Kiste war bei den Guthaben aufgeführt.

»Ihr habt es vergessen, nicht wahr?«, fragte Komme Medean vom Eingang her. »Chana hat nicht geglaubt, dass Ihr es vergessen würdet, aber ich habe es gewusst. Ich habe es gewusst.«

»Was gewusst?«

»Ihr habt Eure Reife erlangt. Während Ihr Euch in Camnipol vor Gott weiß was mit ich-kann-kaum-fassen-wem versteckt habt, seid Ihr zur Frau geworden. Chana meinte, dass ein so wichtiges Ereignis nicht unbemerkt vorübergeht. Ich dachte, dass Ihr diese Linie in Gedanken schon vor so langer Zeit übertreten habt, dass es Euch nicht sonderlich wichtig sein würde.«

Cithrin öffnete die lackierte Kiste. Darin befand sich eine Halskette aus weißem Gold mit blassen Smaragden, die genau die Farbe ihrer Augen hatten. Cithrin stellte fest, dass sie gerührt war.

»Ich glaube, Eure Mutter muss Euch im Farbton von Haut und Augen sehr ähnlich gewesen sein«, sagte Komme Medean. »Möchtet Ihr Hilfe beim Anlegen?«

»Gern«, erwiderte sie.

Die alten Finger waren ruhig und sicher. Die Halskette lag auf ihren Schlüsselbeinen. Für die Kleider, die sie gerade trug, hatte sie nicht die richtige Länge, aber zu dem helleren Kleid würde sie grandios aussehen. Sie lächelte und neigte den Kopf.

»Danke«, sagte sie. »Ich hätte mir keine besseren Eltern als die Bank wünschen können.«

Komme Medean lächelte. »Ihr seid eine Betrügerin und Erpresserin. Nach allem, was ich höre, trinkt Ihr viel zu gern Wein, als gut für Euch ist. Und Pyk Usterhall glaubt, dass der Teil Eures Gehirns, der Risiken einschätzt, unterernährt wurde, als Ihr ein Säugling wart. Nichts von alledem hat sich geändert. Nur eine Sache ist jetzt anders als vor Eurem Aufbruch.«

»Ja?«

»Ja«, sagte Komme Medean. »Nun kann ich Euch für Eure Verträge zur Rechenschaft ziehen.«

»Heißt das, dass ich aufhören kann, die Spielzeug-Magistra zu sein, an deren Fäden Pyk zieht?«

»Ihr verabscheut das, nicht wahr?«, fragte er.

»Ja.«

»Nein. Ihr seid immer noch zu jung. Zu unerfahren. Vier Jahre, zwei davon in anderen Zweigstellen, in denen Ihr einen bewährten Magister bei der Arbeit sehen könnt. Dann können wir entscheiden, ob Porte Oliva Euch gehört.«

»Zwei Jahre, sechs Monate in einer anderen Zweigstelle«, erwiderte sie. »Ich bin in Vanai mit Magister Imaniel aufgewachsen. Ich habe schon unmittelbar gesehen, wie eine Zweigstelle funktioniert.«

»Zwei Jahre, eines davon bei einer anderen Zweigstelle. Ihr könnt den Ablauf eines vollen Jahres nicht verstehen, wenn Ihr es nicht von Anfang an gesehen habt.«

»Abgemacht.«

Komme Medean lächelte. »Nun«, sagte er. »Ich glaube, ich habe mir gerade zwei Jahre erkauft, nicht wahr?«

Trotz Paerins Bemerkung, dass sie die neue Expertin für Geder Palliako war, hatte es Cithrin überrascht, dass man sie zum offiziellen Treffen mitnahm. Sie hatte angenommen, dass sie mit Komme, Paerin und Chana sprechen würde – vielleicht noch mit Magister Nison oder Lauro – und dass ihre Informationen dann zusammengefasst und ausgewertet werden würden, bevor sie dem König vorgestellt wurden.

Stattdessen war eine riesige Kutsche, grün wie sommerliche Blätter, bei der Dachgesellschaft vorgefahren. Sie trug das königliche Wappen, aber nicht die goldenen Standarten, die bedeutet hätten, dass König Tracian zu ihnen gekommen wäre. Man schob sie und Paerin die Stufen hinauf und dann in die luxuriöse Dunkelheit hinein. Komme folgte ihnen. Als der Fuhrmann anfuhr, schwankte das Ganze wie ein Schiff in einem Sturm. Bis sie am Palast ankamen, fühlte sich Cithrin erhitzt, verschwitzt und alles andere als gut. Ein Diener, dessen Rang sie nicht erschließen konnte, führte sie über weiße Marmorstufen zu einem Gebäude hinauf, das so groß war wie eine kleine Stadt. Der Palast des Königs. Von seinem Eingang aus konnte sie den schlafenden Drachen vor dem Grab der Drachen und den Turm des Rates von Abendstund sehen. Auf seine eigene Art war Carse eine schöne Stadt.

Was ihr am besten gefiel, dachte sie, war, dass sich in ihrer Mitte keine Grube befand, die hinab bis zur Hölle reichte.

Die Versammlungshalle war ein Balanceakt zwischen Prahlerei und Untertreibung. Die Farbe der Wandbehänge war so dunkel gehalten, dass man zweimal hinsehen musste, um ihre Qualität zu erkennen. Die Stühle waren alle von einfacher Machart, aber aus Palisander, Teak und mit Seide gepolstert, die so weich war, dass sie Angst hatte, sie zu zerreißen, als sie sich hinsetzte. Insgesamt prägte die Einrichtung das Bild eines Mannes, der wusste, dass er vornehm sein sollte, ohne geschmacklos zu wirken, und es nicht ganz geschafft hatte.

König Tracian war jünger, als sie erwartet hatte, obwohl er natürlich nicht der Mann war, gegen den Marcus gekämpft hatte. Das war Lady Tracian gewesen. Dennoch war es merkwürdig, einem Mann zu begegnen, der nur ein paar Jahre älter als sie zu sein schien, und sich vorzustellen, dass er ohne Marcus' Eingriffe überhaupt nicht hier sein würde. Auf dem Thron würde ein Frühlingssee sitzen, und Cithrin hätte ihr Leben ohne den Schutz von Marcus Wester bestritten. Und wenn Frühlingssee nicht so närrisch gewesen wäre, Marcus' Familie zu töten …

Zu groß. Das alles war zu groß, das Gute und das Böse zu sehr miteinander vermengt. Und wie es auch war, König Tracian hatte ihnen die Erlaubnis gegeben, sich hinzusetzen.

»Ihr seht gut aus, Komme«, sagte der König.

»An manchen Tagen gut, an anderen schlecht«, erwiderte Komme mit einem Schulterzucken. »Ich hoffe, auch Eure kleinen Probleme sind klein geblieben?«

»Viel besser …«, sagte der König mit einem bitteren kleinen Lächeln, das Cithrin verriet, dass sie besser nicht erfuhr, worauf sich diese Anmerkung bezog. Kommes Lächeln war warm und offenbar aufrichtig, aber sie hatte das Gefühl, dass es womöglich immer so wirkte.

»Ich habe schon einiges über unsere Nachbarn und Vettern in Antea gehört. Über diesen Regenten. Wie haben wir den übersehen können?«

»Bis vor Kurzem war er ein Niemand«, sagte Komme. »Aus einem unbedeutenden Haus. Sein Vater war niemand Wichtiges.«

»Das Schicksal wandelt sich schnell«, erwiderte der König und beugte sich vor. »Was genau haben wir herausgefunden?«

Paerins kaum hörbares Ausatmen zeigte an, dass er die Führung übernehmen wollte. Cithrin hielt sich zurück.

»Die Lage in Antea war unruhig«, begann Paerin. »Sie hatten zwei Aufstände, der letzte davon führte zu einem langwierigen Kampf und dem Zusammenbruch mehrerer Adelshäuser. Sie haben einen ausgesprochen wirkungsvollen Krieg gegen einen alten Feind geführt. Sie haben einen König an dasselbe Gebrechen des Blutes verloren, das auch seinen Vater dahingerafft hat und das, wie wir annehmen müssen, früher oder später auch den nächsten König töten wird.«

Seine Stimme und Haltung änderten sich, wenn er auf diese Weise sprach, und Cithrin beobachtete ihn fasziniert. Er sprach bestimmt, ohne aggressiv zu wirken. Seine Gesten waren beherrscht, aber fließend. Sie war sicher, dass er alles genau auf diese Weise wiedergegeben hätte, ganz gleich, ob er es jemandem wie dem König vor ihm oder dem niedersten Diener dieses Hauses erzählt hätte. Sie waren jenseits von Klasse und Status, wenn auch nur einen Augenblick lang, und sie befanden sich in dem Bereich, in dem Paerin Clark die Meisterschaft erlangt hatte.

»Palliako hat ein unheimliches Talent dafür, einen Mythos um sich herum zu errichten. Aber letzten Endes ist seine Persönlichkeit unwichtig. Er unterliegt Zwängen, denen er nicht entkommen kann und an die er sich auch nicht allzu schnell anpassen wird.«

»Erzählt mir davon«, sagte der König.

»Er hat in beiden Königreichen den Großteil der Ernte verloren«, erklärte Paerin. »Wenn er aus dem Krieg mit Asterilreich keine Eroberung gemacht hätte, hätte er es im nächsten Frühling mit weniger Hungernden zu tun. Aber nun gehören sie ihm, und zwar *alle*. Er hat seine eigene Unterstützung aus dem Adel geschwächt. Zunächst einmal war er eigentlich gar keiner von ihnen. Dass sein eigener Lordmarschall den Angriff gegen ihn geführt hat, und zwar im Namen des Prinzen, zeigt, wie viel er noch zu erledigen hat, um einfach nur ein tatsächlich geduldeter Anführer zu werden. Er ist offen in Angelegenheiten, in denen König Simeon es nicht war. Es ist der Vorschlag gefallen, eine Zweigstelle in Camnipol zu eröffnen, der meiner Ansicht nach eine genauere Betrachtung durchaus wert wäre.«

Paerin verschränkte die Finger, und der König tat es ihm unbewusst nach.

»Antea wird nicht zusammenbrechen, aber es wird auch nicht stabil sein. Ich würde annehmen, dass wir uns auf fünf, vielleicht auch sechs Jahre einstellen sollten, ehe Palliako eine Bedrohung für den Handel oder seine Nachbarn darstellt. Ich glaube jedoch, dass er ein gutes Gedächtnis hat. Jeder, der ihn erzürnt, während er schwach ist, wird dafür zur Rechenschaft gezogen werden, wenn er stark ist. Aster ist immer noch zu jung, um ein Urteil zu fällen, und bis er den Thron besteigt, wird sich die Lage schon wieder verändert haben.«

»Kurz gesagt ist Antea also eine farbenfrohe Darbietung mit Blut und Donner, aber keine echte Bedrohung«, sagte der König.

»Ganz genau«, erwiderte Paerin.

»Ihr liegt falsch«, warf Cithrin ein. »So leid es mir tut, aber das ist falsch.«

Kommes Gesicht verfinsterte sich. »Eure Analyse fällt anders aus, auch gut. Aber Paerin ist seit fast zehn Jahren mein Mann in Antea. Er kennt das Land. Er weiß, wie es funktioniert.«

»Und hatte er auch den Lordregenten zwischen den Beinen? Ich nämlich schon. Ich habe gesehen, wer er ist, wenn niemand hinschaut, und *nichts* von dem, was Ihr soeben gesagt habt, trifft auf diesen Mann zu.«

König Tracian zog die Augenbrauen hoch, und Paerin Clark hustete auf eine Art und Weise, die bedeutete, dass er keinerlei Kitzeln im Hals verspürte.

Cithrin achtete nicht auf ihn. »Ihr behandelt Geder, als wäre er politisch oder religiös. Wie die Sorte Mann, die über Königreiche herrscht. Das ist er nicht.«

»Vielleicht wird mich die Magistra erhellen, welche Sorte Mann er ist«, sagte der König.

»Er ist … er ist verschroben, er ist einsam und gewalttätig, und er ist ungeheuer dünnhäutig.« Cithrin hielt inne, um die Worte zu finden, die erläutern würden, was sie in Geder Palliako gesehen hatte. »Er ist ein schlechtes Darlehen.«

Komme Medean brummte, als würde ihn plötzlich etwas schmerzen. Paerin wirkte ernüchtert.

»Das verstehe ich nicht«, sagte der König. »Habt Ihr ihm Geld gegeben?«

»Nein«, erwiderte Cithrin. »Und ich würde ihm auch keines geben. Wenn man einen Fehler gemacht hat, gibt es bestimmte Dinge, die man anschließend erkennt. Nicht jedes Mal, aber häufig, und sie bedeuten, dass das Geld weg ist. Dann hat man jemanden, der das ausgezahlte Geld nimmt und gleich anfängt, es auszugeben, als wäre er reich. Er schaut das Geld an und sieht nur die Münzen und nicht die Belastung durch die Rückzahlung, die er auf sich nimmt, damit er sie haben kann. Er gibt es aus, als wäre es sein Geld und als würde mehr nachkommen. Das ist Geder. Er ist einer jener Jungen, die eine Mutter gebraucht hätten, um erwachsen zu werden, und keine gehabt haben. Nun verfügt er über Macht ohne Einschränkungen. Er wird das Geld verschwenden. Er wird Menschenleben verschwenden. Und niemand ist da, um ihn aufzuhalten. Er nimmt es aus der größten Schatulle außerhalb von Fern-Syramis. Und wenn es dann schlecht läuft, wird ein schlechter Schuldner es verleugnen. An allem ist jemand anders schuld. Antea sucht bereits nach jemandem, dem man die Hungersnot in die Schuhe schieben kann, wenn sie beginnt. Ich habe es in den Schenken gehört. Und Geder wird nicht derjenige sein.« Cithrin lehnte sich zurück. Sie stellte fest, dass sie außer Atem war. Das war interessant.

»Komme?«, fragte der König.

»Es ist ein interessanter Blickwinkel«, sagte Komme Medean. »Aber ich bin mir nicht sicher, was wir damit anfangen …«

Ein leises Klopfen unterbrach sie, und ein Diener, der silberne Becher mit kaltem Wasser brachte, trat ein. Niemand sprach, bis er gegangen war.

»Magistra«, sagte der König. »Sollte ich Eurer Auslegung zustimmen, was würdet Ihr empfehlen?«

Cithrin dachte nach. Mit Kriegen kannte sie sich nicht aus. Das hatte sie nicht gelernt. Und doch bat man sie um ihre Meinung, und nach der Behauptung, mit Geder im Bett gewesen zu sein, war es wohl zu spät, um sich noch in Zurückhaltung zu üben.

»Ich würde empfehlen, jetzt Streitkräfte zusammenzuziehen. Unternehmt nichts gegen ihn, aber versucht vorherzusagen, wohin er sich wenden wird, und teilt es insgeheim Euren Verbündeten mit. Wenn diese Vorhersagen anfangen, sich zu bewahrheiten, werdet Ihr wie derjenige wirken, der weiß, welche Geschäfte man abschließen sollte, ehe die Schiffe eintreffen, und jeder wird erfahren wollen, was Ihr wisst.«

»Ich habe Freunde in Sarakal«, ergänzte Komme. »Keine Geschäftspartner, sondern Freunde mit Verbindungen. Ich könnte Briefe schicken, in denen man gewisse Dinge anspricht. Zumindest könnten wir sehen, was die Leute in der Nähe der Grenze sagen.«

»Wir könnten unsere Beziehungen zu Antea verstärken«, schlug der König vor. »Eure Delegation war inoffiziell. Wenn ich aber eine Gesandtschaft zusammenstellen würde. Wenn ich selbst ginge …«

»Tut das nicht«, sagte Cithrin. »Wenn er sich verraten fühlt, wird er über Euch herfallen, und zwar heftiger, als wenn Ihr von Anfang an sein Feind gewesen wärt.«

»Nichts für ungut«, erwiderte der König. »Das könnte Euch in eine unbehagliche Lage versetzen.«

»Das ist mir aufgefallen«, gab Cithrin zu.

Rings um den Tisch wurde es still. Die Anmutung von Zuversicht war verschwunden, als wäre sie nie da gewesen. Cithrin trank aus ihrem Wasserbecher, genoss die Kühle und den leichten Zitronengeschmack.

»Kann man irgendetwas unternehmen?«, fragte der König.

»Beobachten. Abwarten. Hoffen, dass er sich früh und heftig übernimmt«, erklärte Cithrin. »Das Beste, was man über Geder sagen kann, ist, dass er zu der Sorte Mensch gehört, die einen guten Feind abgibt.«

Clara

In den folgenden Tagen kam Clara langsam zu der Überzeugung, dass sie gewissermaßen – auf vielerlei Art – auf diesem schrecklichen Boden vor all ihren Freunden und Verwandten gemeinsam mit Dawson gestorben war. Sie hatte den Gewaltausbruch nicht mit ansehen können, aber sie hatte es gehört. Die Geräusche waren vielleicht schlimmer gewesen, als wenn sie es tatsächlich gesehen hätte. Aber vielleicht auch nicht. Alles, was danach geschehen war, ergab für sie einen größeren Sinn, wenn sie davon ausging, dass auch sie dabei gestorben war. Der Marsch aus der Königshöhe, nachdem sie erst vor ein paar Minuten zur Witwe geworden war und niemand mit ihr gesprochen hatte: Keine der Frauen, die sie ihr ganzes Leben lang gekannt hatte, hatte ein freundliches Wort für sie übrig gehabt. Die Einzige, die sie berührt hatte, die ihr Trost geboten hatte, war das dünne, blasse Händlermädchen gewesen, dessen Namen sie vergessen hatte, sobald er ausgesprochen worden war.

Sie war in einem Nebel gefangen gewesen, verloren sogar für ihre eigenen Gedanken. Hatte die Dinge getan, die ihr Körper für nötig gehalten hatte. Hatte alte Freunde und Feinde aufgesucht. Nun, so benahmen sich Geister, oder etwa nicht? In diesem Licht betrachtet wirkte es vollkommen logisch.

Der Schmerz, der sie überfiel, nachdem Vincen Coe wieder

aufgetaucht war, war also keine Todesqual. Das war vorüber. Es waren die Schmerzen der Wiedergeburt, und ähnlich wie beim ersten Mal waren sie schrecklich. Sie wachte mitten in der Nacht weinend auf, bis sie keine Luft mehr bekam. Wenn sie nach ihm rief, kam Vincen und setzte sich ans Ende ihres Bettes, aber sie versuchte, nicht zu rufen. Er konnte dort nicht viel mehr tun, außer Schlaf einzubüßen. Und früher oder später ließ der Anfall nach, und sie schlief wieder weiter.

Sie stellte fest, dass sie immer wieder erwartete, Dawson zu sehen. Vor allem stellte sie fest, wie sie sich an der Vorstellung versuchte, ihm zu erklären, weshalb sie hier in ihrem Nachtgewand war und der Jäger der Familie mit nichts als einer Hose bekleidet neben ihr saß. Und dann berichtigte sie sich jedes Mal. Sie würde es Dawson niemals erklären, weil er tot war. Und dann weinte sie ein wenig und machte mit ihrem Tag weiter. Es war nicht Stärke, die sie weitermachen ließ; es war der Mangel an Möglichkeiten.

»Ihr geht heute wieder hinaus, Madam«, sagte die Frau des Hauses. Ihr Name war, wie sich herausstellte, Abatha Coe. Eine von offensichtlich Dutzenden Verwandten, die sich aus dem Coe-Klan über ganz Antea verstreut hatten. Vor Abatha hatte Clara niemals darüber nachgedacht, ob Vincen eine Familie besaß. Er war ein Diener, und offenbar hatte sie sich vorgestellt, dass Diener aus den Wänden sprangen, wenn man einen brauchte, und wieder gingen, wenn sie schwanger wurden. Im Rückblick hoffte sie, dass sie nicht zu sehr die Dame von Stand gewesen war.

»Ja, ich gehe hinaus.«

»Seid Ihr zum Mittagessen da?«

»Das bezweifle ich. Ich werde fast bis zur Königshöhe gehen, und ich glaube nicht, dass ich ohne eine kleine Stärkung auskomme, wenn ich dort angelangt bin.«

»Es gibt gerade Äpfel«, sagte Abatha. »Passen ganz gut zum Käse.«

Clara hatte drei Tage gebraucht, bis ihr klar wurde, dass das nicht nur ein Angebot war, sondern das einzige Angebot, das Abatha vermutlich machen würde. Diesmal sagte sie nicht: *Das klingt wunderbar* oder *Macht Euch bloß keine Gedanken um mich.* Hätte sie es getan, wäre die Unterhaltung einfach zu Ende gewesen, und sie hätte ohne Äpfel oder Käse dagestanden.

»Danke«, sagte sie. Das war eine sichere Wahl, weil es keine Antwort erforderte, und es sprach für sie, dass der Geist, zu dem sie geworden war, sich immer noch um Höflichkeit bemühte.

Sie trug ein graues Trauergewand, und ihr Haar war unter einem Tuch verborgen, und sie schritt mit der Anmutung einer Frau einher, die wusste, wohin sie unterwegs war: die schmale, nach Kot stinkende Straße entlang bis zum nächstgrößeren, aber immer noch namenlosen Weg, der letztlich in den Gefangenenbogen münden würde. In all den Jahren, die sie in Camnipol gewohnt hatte, hatte sie den Gefangenenbogen so gut wie nie überquert, und auch jetzt gefiel es ihr nicht besonders. Das Stöhnen und Wimmern aus den Käfigen, die darunter hingen, beunruhigte sie, und wenn sie einmal beunruhigt war, fiel es ihr mitunter schwer, wieder damit aufzuhören. Sie war schon einmal auf einer Brücke schwach und wimmernd zusammengebrochen. Das reichte völlig.

Aber es war der schnellste Weg, und nun, da es keine Kutschen oder Sänften mehr gab, spielte die Anzahl der Schritte auf einmal eine Rolle.

Vincen war heute ebenfalls unterwegs. Auf der Suche nach Arbeit, sagte er. Sie fühlte sich deswegen merkwürdig schuldig. Sie sollte doch für ihn sorgen und nicht andersherum. Er war ihr Diener, nur dass er das natürlich nicht mehr war. Und sie konnte kaum Jorey bitten, ihr Geld zu geben, um ihn zu unterstützen. Das hätte sich allzu sehr angefühlt, als würde sie sich ihren Liebhaber von ihrem Sohn bezahlen lassen, was lächerlich war, denn Coe hatte sie genau ein Mal geküsst, und das lag ein ganzes Leben zurück. Aber selbst sie musste zugeben, dass es durch seine ständige sanfte, hündisch treue Anwesenheit, die schmerzhafte, langsame Neuerschaffung ihrer selbst und die Tatsache, dass er ein unwiderlegbar schöner Mann war, etwas weniger lächerlich aussah.

Sie kam am anderen Ende des Gefangenenbogens an und blickte zurück. Er wirkte optisch viel kürzer als bei der tatsächlichen Überquerung. Sie nahm einen der Äpfel. Er war rot und reif, und sie wusste, dass sie ihn jetzt nicht essen sollte, weil sie dann nur auf dem Rückweg hungrig sein würde und ihn nicht mehr hätte. Der erste Bissen war herb, süß und herrlich. Der zweite auch.

Ihr erster Halt war bei einem Bäcker, bei dem es, wenn er sein Geschäft ein halbes Dutzend Schritte weiter entfernt gemacht hätte, unmodisch geworden wäre, dort einzukehren. Es war im wahrsten Sinne des Wortes der letzte Ort, an dem eine ihrer alten Freundinnen nach ihr suchen würde. Ogene Faskellan war im besten Fall eine Art entfernte Base, aber sie war hoffnungslos verloren, wenn es ums Stricken ging, und Clara hatte immer dafür gesorgt, dass etwas anderes unternommen wurde, wenn sie an der Gesellschaft teilgenommen hatte, so dass Ogene sich nie dafür hatte hergeben müssen.

Kleine Freundlichkeiten zahlten sich, wie sich erwies, groß aus.

»Clara, du siehst wunderbar aus«, sagte Ogene, die von dem kleinen Tisch aufstand. »Bitte, ich hole dir etwas. Ein wenig zu essen.«

»Nein«, widersprach Clara. »Du tust bereits viel zu viel für mich. Ich will mich nicht wie eine Almosenempfängerin fühlen, nicht noch mehr als ohnehin schon.«

»Einen Bissen hiervon?«, fragte Ogene und hielt einen Teller mit einer weichen weißen Pastete und einer roten Soße nach oben, die nach Erdbeeren roch.

»Nur einen Bissen«, erwiderte sie, »und sag, hast du etwas von Elisia gehört?«

Die Luft in der Bäckerei roch nach Zimt und Zucker, und Clara gab ihre letzte Münze für eine Tasse Zitronentee aus, der herb und wunderbar schmeckte. Fast eine Stunde lang sog Clara so viele Neuigkeiten über ihre Kinder auf, wie sie konnte. Jorey und Sabiha kämpften mit dem, was zu erwarten gewesen war; mit etwas Glück würden sie es überstehen. Es war keine Hilfe, dass Barriath eines Tages mit unbekanntem Ziel verschwunden war. Ogene hatte gehört, dass eine seiner Bekannten in Estinhaven einen Brief von ihm erhalten und der Kurier mit einem cabralischen Akzent gesprochen hatte. Elisia war immer noch mit ihrem Gemahl und ihrer Familie untergetaucht und wartete, bis die Schande, einst eine Kalliam gewesen zu sein, abgeklungen war. Die gute Neuigkeit war, dass Vicarians Stellung innerhalb der Priesterschaft dauerhaft gesichert war. Er wurde nach Kavinpol geschickt, was nicht seiner ersten Wahl entsprach, aber zumindest würde er nichts Schlimmeres erleiden, nur weil er der Sohn seines Vaters war.

Es war ein kleiner Sieg, und sie genoss ihn noch mehr als die Erdbeersoße.

Als Ogene allzu bald gehen musste, küsste Clara sie auf die Wange und umarmte sie, wobei sie darauf achtete, es in der Bäckerei zu machen und nicht auf der Straße, wo es jemand sehen könnte. Auch Ogenes Ruf musste geschützt werden. Das war die Welt, in der sie lebten.

Danach ging es nach Norden zum kleinen Haus von Lord Skestinin. Sie wich Karren aus, deren große Holzräder den Dreck der Straße in die Luft warfen, und den Hunden, die ihr eine halbe Meile weit folgten und sie in der Hoffnung beschnüffelten, sie würde ihr Essen mit ihnen teilen. Sie erinnerte sie daran, dass sie keine Äpfel mochten, dann versuchte sie es doch damit, und der Hund warf ihr einen vorwurfsvollen, verletzten Blick zu, und da dachte sie sich, wie lustig das doch war und dass sie es Dawson erzählen musste, und dann weinte sie eine Weile und ging weiter.

Sie machte sich Sorgen, wie es Jorey den Winter über ergehen würde. Er würde nach Estinhaven gehen müssen. Er konnte nicht nach Osterlingbrachen. Der arme Jorey, gerettet von dem Mädchen, das er gerettet hatte. Alles führte zurück nach Vanai, wohin sonst, und zu der Schuld, all jene Leute auf Palliakos Ersuchen hin getötet zu haben.

Sie wurde langsamer, als sie im besseren Teil der Stadt ankam. In dem Teil, den sie kannte. Sie spürte die Versuchung, einen zusätzlichen Halt einzulegen, bei jemandem vorbeizuschauen, den sie gekannt hatte, nur um zu sehen, ob sie empfangen wurde. Die Gesichter der Leute wirkten verkniffen, und sie sah immer öfter die Priester in ihren braunen Roben, die zwischen den schwarzen Mänteln wandelten, die Palliako zu einer dauerhaften Mode gemacht zu haben schien. Spatzen und Krähen, hatte Dawson sie genannt. Es war ihm immer wieder gelungen, eine wahrhaft einprägsame Wendung zu schaffen.

»Mutter«, sagte Jorey, als sie den Garten betrat. Seine Umarmung war kurz, aber heftig. Sie küsste ihn auf die Wange.

»Clara«, grüßte Sabiha und kam zu ihr. Ihre Augen hatten rote Ränder vom Weinen. Ganz ähnlich wie Claras eigene, dachte sie. Clara achtete darauf, auch ihr einen Kuss zu geben. Es gab so wenig, was sie für die beiden tun konnte, und sie brauchten so viel.

»Ich bin wegen meiner Unterstützung gekommen«, sagte Clara mit einem Lächeln, das sie nur halb empfand. »Ich hoffe, es ist kein schlechter Zeitpunkt.«

»Du bist immer willkommen, Mutter«, erwiderte Jorey, der an den Worten schwer zu kauen hatte. Es nagte an ihm. Das merkte sie.

»Du bist zu freundlich«, sagte sie. »Das ist deine Schwäche. Auch meine. Sabiha, Liebes, ich habe mich gefragt, ob ich, nun, da ich in Ungnade gefallen bin, Zeit mit meinem Enkel verbringen könnte.«

»Eurem …«, begann Sabiha, dann wurde sie rot.

»Einst habe ich dir gesagt, du sollst ihn vergessen«, erklärte Clara. »Das war ein Fehler. Wir sind nicht die Familie, die wir gehofft hatten zu sein, aber wir sind die Familie, die wir sind. Du bist mir wichtig, und daher sollte auch er mir wichtig sein. Wenn ich deine Erlaubnis habe.«

»Meine Erlaubnis?«, fragte Sabiha.

»Natürlich, Liebes«, erwiderte Clara. »Du bist seine Mutter.«

»Ihr habt meine Erlaubnis«, versprach Sabiha.

»Keine Tränen. Bloß das nicht«, sagte Clara.

Der Besuch dauerte ein wenig länger als üblich, und Clara wäre noch länger geblieben, wäre der Weg nach Hause nicht so weit gewesen. Sie brach auf, als noch genug Licht bleiben würde, um den ganzen Weg zu schaffen. Sie mochte die Straßen rund um die Unterkunft nicht, aber bei Nacht mochte sie sie noch weniger.

Sie war beinahe beim Gefangenenbogen angelangt, als fünf Männer mit gezogenen Messern vor sie traten.

Als sie ihr die Kapuze vom Kopf nahmen, befand sie sich in einem weitläufigen, dunklen Raum. Das Licht kam von einem eisernen Kerzenleuchter weiter oben, aber es hätte sie nicht überrascht, wenn es Fackeln gewesen wären. Soldaten mit gespannten Bogen standen auf beiden Seiten, bildeten eine unglaublich hoch aufragende Mauer aus Männern. Und vor ihr war eine riesige schwarze Bank, auf der sich der Lordregent Geder Palliako befand. Clara spürte, wie die Angst begann, sie durchzuschütteln. Der Geist, zu dem sie geworden war, heulte und wandte sich furchtsam ab, und sie begleitete ihn ein ganzes Stück. Hinter ihr stand der Hohepriester, wo sie ihn nicht sehen konnte, aber Geder konnte es.

»Clara Kalliam«, begann Geder. »Vergebt mir die Störung, aber ich habe einige Fragen, die ich unbedingt an Euch richten muss. Wenn Ihr mich belügt, werde ich es wissen, und Ihr werdet leiden. Sehr sogar. Versteht Ihr das?«

Ihr Mund war trocken. Wie war sie hierhergekommen? Was hatte sie getan? Es war, als wäre sie eingeschlafen und in einen Albtraum geraten, aus dem sie nicht erwachen konnte. Sie fühlte sich, als hätte man sie bei etwas ertappt, aber sie wusste nicht, wobei.

»Ich höre, Ihr wohnt nicht mehr im Haus Eures Sohnes«, sagte Geder. »Stimmt das?«

Ihr Atem ging so keuchend, dass sie fürchtete, nichts herauszubringen. Würde Schweigen als Lüge gewertet werden? Sie wollte nicht daran denken, was er ihr antun könnte. Was er tun würde.

»Das stimmt«, stieß sie hervor.

»Weshalb das?«

»Meine Anwesenheit macht es Jorey und Sabiha schwer, sich von den Erinnerungen des Hofes an Dawson zu lösen.«

»Habt Ihr Euch mit Ogene Faskellan getroffen?«

»Ja. Wir haben uns mehrmals getroffen.«

»Habt Ihr Euch mit Ana Mecilli getroffen?«

»Ja. Zweimal, glaube ich.«

Rechts von ihr bewegte sich einer der Soldaten ein wenig, ein scharfes und trockenes Geräusch. Ihr Herz raste.

»Seid Ihr mir treu ergeben?«, fragte Geder.

Clara schüttelte den Kopf, nicht, um *Nein* zu sagen, sondern: *Das kann ich nicht beantworten.*

»Seid Ihr mir treu ergeben?«, fragte er noch einmal, und seine Stimme wurde schärfer.

»Ich denke von Euch weder so noch so, mein Lord«, sagte sie.

Das Geräusch raschelnder Stoffe drang hinter ihr heran.

»Tatsächlich?«, fragte Geder. Er wirkte ehrlich verwirrt.

»Ihr seid der Lordregent und der Mann, der meinen Gemahl getötet hat, und Joreys Freund vom Feldzug. Ihr seid der Mann, der mir geholfen hat, Feldin Maas bloßzustellen.

Aber nichts davon hat Auswirkungen auf das, was ich tagtäglich tue. Ich nehme an, bis zu einem gewissen Grad sollte es anders sein, aber ich verbringe meine Zeit gewiss nicht damit, über diese Frage nachzudenken.«

»Ihr habt Euch mit all diesen Leuten getroffen. Tut Ihr Euch gegen mich zusammen?«

Sie lachte. Es war keine Absicht. Wenn sie nachgedacht hätte, wäre es ihr nicht herausgerutscht, aber da war es schon passiert, und der Bogenschütze tötete sie nicht dafür.

»Nein. Bei Gott, nein. Dieser Gedanke ist mir nie gekommen. Ich habe versucht, meine Familie zusammenzuhalten.«

»Eure Familie?«

»Ja. Barriath ist fort und hat kaum jemandem Bescheid gesagt. Jorey und Sabiha machen eine schreckliche Zeit durch, und sie sind noch nicht einmal ein halbes Jahr verheiratet. Vicarian ist der Einzige, den die ganze furchtbare Angelegenheit nicht versehrt hat. Nun, und dann ist da noch Elisia. Ihr scheint es ganz gut zu gehen, aber ich kann mir nicht vorstellen, dass sie glücklich ist. Nicht wirklich.«

»Oh«, sagte Geder.

»Und weil Dawson nicht mehr da ist, gibt es natürlich niemanden, der es alles zusammenhält. Es gibt nicht einmal das Haus, das, wenn man darüber nachdenkt, eigentlich eine ziemlich schwache Art ist, eine Familie zusammenzuhalten, aber früher hatten wir es, und jetzt nicht mehr. Daher diese ganzen Spaziergänge.«

Hör auf, hör auf, *hör auf*, dachte sie, aber ihre Zunge stolperte ohne sie weiter.

»Und dann ist da die Frage des Trauerns. Wie lange wartet man, denn einerseits gibt es am Hof einen richtigen und einen falschen Weg, aber ich bin nicht mehr am Hof, also weiß ich nicht, welche Regeln zutreffend sind. Ich muss einfach weitermachen und sie erfinden. Es ist schrecklich. Wirklich schrecklich.«

»Aber Ihr habt Euch nicht gegen mich oder den Thron verschworen?«

»Nein«, sagte sie.

Es herrschte Schweigen.

»Nun gut. Danke, dass Ihr Euch Zeit genommen habt. Ihr könnt gehen.«

Clara ging hinaus an die frische Luft. Sie war in der Königshöhe. Ihr Kopf drehte sich ein bisschen, und sie hielt am Tor zur Straße inne, um wieder zu Atem zu kommen. Sie fühlte sich merkwürdig erleichtert. Als hätte man sie angegriffen, und sie wäre nur durch Glück davongekommen. Vielleicht stimmte das. Nun verstand sie die verkniffenen Gesichter. Das Gefühl der Angst und Unterdrückung, das über allem hing wie ein schwarzes Tuch. Sie fragte sich, wie viele Leute bereits ohne Vorwarnung abgeholt worden waren und bei Geders Magistraten-Spielchen hatten mitmachen müssen …

Als sie sich wieder beruhigt hatte, machte sie sich zur Straße auf. Vor ihr war der Spalt, und der Gefangenenbogen wirkte schrecklich weit entfernt. Die Sonne stand tief, rot und aufgedunsen am Himmel, ließ alle Gebäude westlich von ihr zu Silhouetten werden wie in einem Gemälde einer brennenden Stadt. Und was noch schlimmer war, irgendwo in dem Wirrwarr hatte sie ihre Äpfel und den Käse verloren.

Die Sonne war lange untergegangen, bevor sie zurück zu ihrer Unterkunft kam. Ihre Füße schrien bei jedem Schritt auf. Ihr Rückgrat fühlte sich an wie eine Feuersäule. Der Geruch von Abathas Eintopf war tatsächlich verlockend, was ihr eine ungefähre Vorstellung davon gab, wie hungrig sie mittlerweile war. Sie ging in die Küche, einzig um ihre Miete zu bezahlen und sich eine Schale des fettigen Eintopfs zu kaufen, aber Vincen war da, saß neben dem Ofen. Als er sie sah, sprang er auf, machte einen großen Schritt durch den Raum und nahm sie in die Arme.

»Sie haben mir gesagt, dass Ihr weg seid«, begann er. »Sie haben gesagt, die Männer des Lordregenten hätten Euch geholt.«

»Haben sie«, sagte Clara und ließ sich in seine Umarmung fallen. Nur ein klein wenig. »Du kannst mich jetzt loslassen, wenn du willst.«

»Niemals, meine Lady.«

»Sehr romantisch«, erwiderte sie. »Lass mich herunter.«

Sie setzte sich neben den Ofen, und Abatha schenkte ihr eine Schüssel Eintopf, so dass sie sich stattdessen eine Pfeifenfüllung Tabak kaufte. Sie erzählte von ihren Treffen mit Ogene und Jorey und Sabiha und dann von ihrer Rückkehr, nur um von Geders Männern aufgehalten und mit einer Kapuze über dem Kopf fortgeschleppt zu werden. Sie aß gerade den letzten Rest ihres Eintopfs, als sie zu dem merkwürdigen dunklen Raum mit den Soldaten und Geder Palliako kam, der vor ihr aufragte und von ihr verlangte, dass sie seine Fragen beantwortete. Sie spürte, wie sie durch das Nacherzählen ruhiger wurde, als würde sie zum ersten Mal erkennen, was geschehen war. Der Abstand war beruhigend.

Sie zündete ihre Pfeife am Herd an. Abathas Eintopf war vielleicht versalzen und langweilig, aber sie schaffte es, wirklich ordentlichen Tabak aufzutreiben. Clara setzte sich an den

Herd, rauchte einige Zeit nachdenklich, ehe ihr klar wurde, dass Vincen und Abatha darauf warteten, dass sie fortfuhr.

»Und dann haben sie mich gehen lassen«, sagte sie ziemlich lahm.

»Aber was haben sie gefragt?«, wollte Abatha wissen. Zum ersten Mal, seit Clara ihr begegnet war, wirkte ihr Gesicht, als würde sie wirklich Anteil nehmen.

»Oh, das. Sie haben mich gefragt, ob ich mich gegen Geder Palliako und die Krone verschworen habe.«

»Was habt Ihr gesagt?«

»Dass mir der Gedanke nicht gekommen ist«, erwiderte sie.

»Und?«, fragte Vincen.

Clara zog eine Augenbraue hoch. »Und jetzt ist er mir gekommen.«

Entracte

Meister Kit

Zuerst war Suddapal noch eine Ansammlung von Städten, ihre Gebäude und Strukturen hoch aufragend und massiv, dann war es eine dunkle und monströse Hand, die mit den fingerartigen Molen nach ihnen griff, und dann war es fort, und sie waren allein auf dem weiten Meer. Adasa Orsun konnte das kleine Schiff selbst segeln, bewegte sich von einem Tau zum nächsten, hisste die Segel, stellte die Ausrichtung des Steuerruders ein, bis alles genau so war, wie sie es wünschte. Immer wieder trug sie Marcus auf, ihr bei irgendeiner Aufgabe zu helfen, bei der drei Hände besser waren als zwei. Niemals bat sie Kit, und wenn er ehrlich war, machte es ihm nichts aus.

Es war sehr lange her, dass er in einem kleinen Boot über das große Meer gefahren war. Er hatte beinahe vergessen, wie sich das Wasser, das bis zum Horizont reichte, und der offene Bogen des Himmels mit der geringen Größe des Bootes zusammentaten und ein Gefühl der Überwältigung und gleichzeitigen Enge zurückließen.

Sein Leben war genauso geworden. Nach seiner Flucht aus dem Tempel und vor der Göttin, weg aus dem einzigen Leben, das er gekannt hatte, hatte sich die Welt vor ihm ausgebreitet, und jede neue Entdeckung hatte ihn zu einer weiteren angestachelt. Er hatte erfahren, dass viele der Dinge, die man ihm im Tempel beigebracht hatte, richtig waren: Die Drachen waren aus der Welt verschwunden, und ihre Sklavenrassen hatten sie sich zu eigen gemacht, Menschen aus allen Rassen betrogen einander beinahe ständig, und wo immer sich Leute zu großen Gruppen zusammenfanden, gab es Gewalt, Tod und Diebstahl. Aber er hatte ebenso viel gefunden, was falsch war: dass Wahrheit zu Gerechtigkeit führte, dass die dreizehn Rassen dazu verdammt waren, einander zu hassen, dass Leute wie Adasa Orsun – Timzinae – eine eigene und niederere Art der Menschheit waren. Sich einen Weg durch diese Mischung aus Mythen und Lügen zu suchen war nicht nur sein Lebenswerk geworden, sondern eine Freude.

Mit Frauen und Männern, deren Begleitung er genoss, war er weit gereist. Er hatte erfahrenen Philosophen gelauscht, die vom Wesen der Welt erzählten. Er hatte sich Geliebte genommen und sie verloren. Und in jener weiten, offenen See der Möglichkeiten und Entscheidungen hatte sein Weg in dieses winzige Boot geführt, das auf eine Reihe von Ereignissen zuhielt, die sowohl schwierig als auch unvermeidbar sein würden. Im Angesicht des Ozeans – das kleine Boot. Im Angesicht der Freiheit – nur das: die Welt retten, die er entdeckt und lieben gelernt hatte, oder bei dem Versuch sterben.

Es klang heroisch und romantisch. Die Wahrheit war manchmal weniger als das.

»Ich habe einmal eine Schabe gegessen«, sagte Marcus Wester. Er lag ausgestreckt auf dem Deck, ohne Hemd, einen Arm über den Augen.

»Habt Ihr nicht«, erwiderte Kit.

»Ich habe einmal eine Maus gegessen.«

»Habt Ihr nicht.«

Einen Augenblick herrschte Schweigen, und die Welt bestand nur aus dem sanften Wind und den Wellen, die am Rand des Bootes leckten.

»Ich habe einmal einen Wurm gegessen.«

»Weshalb habt Ihr das gemacht?«, fragte Kit.

Marcus grinste. »Eine verlorene Wette«, sagte er.

Adasa Orsun kam unter Deck hervor, streckte die Arme über den Kopf und gähnte lange und ausgiebig. »Wir sind gut vorangekommen«, meinte sie, und sie glaubte es auch. Also war es vermutlich so.

»Woher wisst Ihr das?«, fragte Marcus. »Ihr könnt ja keiner Straße folgen oder Euch an Landmarken halten.«

»Das Wasser verändert sich«, erwiderte sie. »Wir werden in zwei, drei Tagen bei den Inseln sein. Wir haben ausreichend Wasser und Nahrung bis dahin.«

»Vermutlich«, pflichtete ihr Kit bei.

»War das etwa ungewiss?«, fragte Marcus. »Ich dachte, wir hätten absichtlich genug eingepackt, um bis zu einem Ort zu kommen, an dem wir mehr kaufen können. Habe ich das falsch verstanden?«

Die Timzinae schnaubte verächtlich. »Das ist das Meer«, sagte sie. »Hier ist nichts je gewiss.«

»Was ist mit Fragen?«, wollte Marcus drei Tage später wissen, während sie über die steinigen Straßen der Insel gingen. Vor ihnen feilschte Adasa Orsun mit einem Südling.

»Was ist damit?«

»Kann es eine falsche Frage geben?«, sagte Marcus. »Zum Beispiel wenn ich etwas sage wie: *Ist Sandr nicht eingebildet?* Oder:

Das könnt Ihr nicht tun, oder? Beides hat eine Bedeutung, aber es ist eigentlich keine Wahrheit, stimmt's?«

»Ihr vergesst etwas. Es ist nicht die Wahrheit. Es ist *niemals* die Wahrheit. Es ist Sicherheit. Eine Frage ist ihrem Wesen nach unsicher.«

»Aber wenn ich sage: *Ich weiß nicht …*«

»Ihr könnt sicher sein, dass Ihr es nicht wisst«, erwiderte Kit.

Der Südling hob zwei Finger, die Timzinae drei.

»Was ist mit: *Ich denke, sie heißt Adasa.*«

»Dessen seid Ihr Euch sicher, ja.«

»Ich denke, sie heißt Mycah.«

»Dessen seid Ihr Euch nicht sicher. Tatsächlich vermute ich, Ihr seid Euch sicher, dass dem nicht so ist. Obwohl ich es nur aufgrund dessen, was Ihr gesagt habt, nicht wissen würde.«

»Es ist ein merkwürdiger Grat, auf dem Ihr wandelt«, bemerkte Marcus, während sie an eine windschiefe Ecke kamen. Nichts an diesem Außenposten war gerade. Die Straßen krümmten sich, folgten der Gestalt des Gesteins. Es verlieh dem Ort eine unmenschliche Aura, die Kit erkannte und respektierte. Es fühlte sich an wie der Tempel, aus dem er geflohen war.

»Ich glaube, wir alle wandeln stets auf diesem Grat. Ich bin mir dessen wahrscheinlich bloß etwas besser bewusst. Ah, das ist wohl der Ort, den wir brauchen. Ich erzähle nur schnell unserer Kapitänin, wo wir hingegangen sind.«

Er lief zu ihr hinüber. Die Spinnen in seinem Blut waren aufgeregt, sie tanzten und zerrten an ihm. Dass sie sich unter so vielen Leuten befanden, erregte ihre Aufmerksamkeit, nachdem sie so lange Zeit lediglich in Gesellschaft der beiden selben Personen verbracht hatten. Und dabei waren vielleicht nur fünf oder sechs Dutzend Leute auf der Insel, so klein war sie. Wenn er nach einer langen Reise einen richtigen Hafen betrat, war das eine äußerst unangenehme Erfahrung. Aber das war eine Sache für einen anderen Tag.

»Wenn ich noch weiter heruntergehe, bleibt mir nicht mehr genug, um etwas zu essen zu kaufen«, log der Südling.

Kit berührte Adasa Orsun an der Schulter. »Vergebt mir. Ich habe vor, mit Marcus in den Laden des Geographen dort drüben zu gehen. Wenn Ihr hier fertig seid, werdet Ihr dann dort nach uns sehen?«

»Kann ich«, sagte sie.

»Danke, und er kann weiter heruntergehen und immer noch etwas zu essen kaufen.«

»Ihr seid wahnsinnig«, rief ihm der Südling nach. »Wahnsinniger!«

In der Hütte saß eine alte Südlingsfrau auf einem Hocker. Ihre großen schwarzen Augen blickten sie an, ohne dass sie sie wahrzunehmen schien. Vielleicht lag es aber auch nur daran, dass sie kein Urteil fällte.

»Kommt Ihr wegen einer Karte?«, fragte sie.

»Ich hoffe es«, erwiderte Kit. »Ich suche nach der Reliquie von Assian Bey.«

»Ihr und jeder sonst auch«, sagte die Frau heiter.

»Habt Ihr eine Abschrift der Silas-Karte?«

Ihre Augen verengten sich, soweit das bei einem Südling möglich war. »Diese Karte gibt es nicht«, log sie.

»Doch, und ich bin der Mann, der sie bekommen wird«, erklärte er. In seinem Blut, in seinem Körper streckten sich die winzigen Kreaturen aus und schlugen um sich. Er spürte ihre

Freude. »Hört mir zu. Hört auf meine Stimme. Ihr müsst mir die Karte zeigen.«

»Ich weiß nicht …«

»Ich schon«, unterbrach sie Kit. »Es ist in Ordnung.«

Die Frau verzog das Gesicht, aber dann hob sie einen Finger. »Wartet hier«, sagte sie. »Ich muss einem Blick auf etwas werfen.«

Eine weitere Lüge, aber vielleicht nicht so weit von der Wahrheit entfernt. Wenn sie die Karte nicht selbst besaß, mochte sie zumindest wissen, wo sie war.

»Was ist eine Silas-Karte?«, fragte Marcus.

»Es ist die Karte, die beim letzten Mal benutzt wurde, als jemand versuchte, die Reliquie zu finden«, erklärte Kit. »Das scheint der beste Ausgangspunkt zu sein.«

Marcus legte Kit eine Hand auf die Schulter. »Habt Ihr mir gerade mitgeteilt, dass Ihr nicht wisst, wo dieser Ort ist?«

»Ich weiß es doch. Er ist an der Nordküste von Lyoneia«, sagte Kit. »Vermutlich.«

Marcus schloss die Augen. »Ihr wisst es nicht.«

»Ich könnte etwas genauer sein, aber ich glaube, das wäre dann weniger treffend«, sagte Kit. »Ich denke, es gibt ein Wort für Reliquienschreine, die man leicht findet und die weithin bekannt sind.«

»Meint Ihr, dieses Wort ist *leer*?«

»Alle Worte sind leer, ehe sie ein lebendiger Wille füllt«, erklärte Kit. »Aber ja. Ich habe allerdings mehr an *geplündert* gedacht.«

»Das hättet Ihr mir früher erzählen können.«

»Hätte es einen Unterschied gemacht?«

»Ja«, sagte Marcus, und sie wussten beide, dass er log.

Dramatis Personae

Bedeutende Personen in *Königsblut*

Im Imperium von Antea

Die königliche Familie
König Simeon, Herrscher von Antea
Aster, sein Sohn und Erbe

Haus Palliako

Lerer Palliako, Graf von Bruchhalm
Geder Palliako, sein Sohn. Auch Baron von Ebbinwinkel und Beschützer des Prinzen

Haus Kalliam

Dawson Kalliam, Baron von Osterlingbrachen
Clara Kalliam, seine Frau
Barriath
Vicarian und
Jorey, ihre Söhne
ebenso etliche Diener und Sklaven, unter ihnen
Andrash rol Estalan, Türsklave des Hauses Kalliam

Vincen Coe, Jäger im Dienste des Hauses Kalliam
Abatha Coe, seine Base

Haus Skestinin

Lord Skestinin, Befehlshaber der Imperialen Flotte
Lady Skestinin, seine Frau
Sabiha, ihre gewissermaßen in Ungnade gefallene Tochter
deren unehelicher Sohn

Haus Annerin

Elisia Annerin (ehemalige Kalliam), Tochter von Clara und Dawson
Gorman Annerin, Sohn und Erbe von Lord Annerin und Gemahl von Elisia
Corl, ihr Sohn

Haus Daskellin

Canl Daskellin, Baron der Wassermark und Botschafter in Nordstade
Sanna, eine seiner Töchter

Ausserdem verschiedenste Lords und Mitglieder des Hofes, darunter

Lord Ternigan, Lordmarschall von König Simeon
Sodai Carvenallin, sein Sekretär
Sir Curtin Issandrian

Sir Alan Klin
Sir Gospey Allintot
Sir Lauren Essian
Sir Soluz Veren
Sir Sesil Veren
Fallon Brut, Baron von Süderlingshöhe
Daved Brut, sein Sohn
Lord Bannien von Estinfurt
Graf Odderd Mastellin
Estin Cersillian, Graf von Metzhalm
Mirkus Shoat, Graf von Bruchhof
und außerdem die Häuser Flor, Estinfurt, Faskellan, Emming, Tilliakin, Mastellin, Mecilli, Caot und Pyrellin, unter anderem

Die Schauspieler

Kitap rol Keshmet, genannt Meister Kit, der Abtrünnige der Spinnengöttin
Cary
Horniss
Smit
Charlit Sun
Mikel
Sandr

Basrahip, Priester der Spinnengöttin und Ratgeber von Geder Palliako
außerdem mehrere Dutzend Priester

Die Medean-Bank in Porte Oliva

Cithrin bel Sarcour, Stimme der Medean-Bank in Porte Oliva

Pyk Usterhall, ihre Notarin

Marcus Wester, ihr Wachhauptmann. Außerdem der Held von Gradis und Wodfurt

Yardem Hane, sein Stellvertreter

die Wache der Bank, darunter:

Barth

Corisen Mout

Ahariel Akkabrian

Schabe

Hart

Enen

Iderrigo Bellind Siden, Erster Statthalter von Porte Oliva

Qahuar Em, Rivale der Medean-Bank und ehemaliger Geliebter von Cithrin

Arinn Costallin, seine Geschäftsbekanntschaft aus Herez

Maestro Asanpur, Besitzer eines Kaffeehauses

Capsen Gostermak, ein Dichter und Taubenzüchter

Maceo Rinál, ein Pirat

Dar Cinlama, ein Jäger alter Schätze und Erforscher verschollener Orte

In Nordstade

König Tracian

Die Medean-Bank in Carse
Komme Medean, Oberhaupt der Medean-Bank
Lauro Medean, Kommes Sohn
Chana Medean, Kommes Tochter
Paerin Clark, Chanas Ehemann

Magister Nison, Stimme der Medean-Bank in Carse

In Asterilreich

König Lechan
Sir Darin Eschfurt, Botschafter in Antea

In Suddapal

Epetchi, ein Koch

Adasa Orsun, eine Kapitänin

Die Toten

Feldin Maas, ehemaliger Baron von Ebbinwinkel, hingerichtet wegen Hochverrats
Phelia Maas, seine Frau, von ihrem Gemahl getötet

Magister Imaniel, Stimme der Medean-Bank in Vanai und Vormund von Cithrin
außerdem Cam, eine Haushälterin, und
Besel, ein Mann für alles, beim Niederbrennen Vanais gestorben

Alys, Marcus Westers Frau
außerdem Merian, ihre Tochter, in einer Intrige aus taktischen Gründen verbrannt
Lord Frühlingssee, der Eintagskönig, aus Rache getötet

Morade, der letzte Drachenimperator, angeblich an seinen Wunden gestorben
Inys, Klauengefährte von Morade, dessen Todesursache nicht beschrieben wird
Asteril, Klauengefährte von Morade, Schöpfer der Timzinae, an Gift gestorben
Drakkis Sturmkrähe, großer Menschengeneral im letzten Krieg der Drachen, an Altersschwäche gestorben

Eine Einführung in die Taxonomie der Rassen

(Aus einem Manuskript, das Malasin Calvah zugeschrieben wird, dem Taxonomisten des Kleron Nuasti Cau, des Fünften seines Namens.)

Die Abfolge und Einteilung der dreizehn Rassen der Menschheit anhand des Blutes, der Reihenfolge ihres Auftretens, der Kreuzungsmöglichkeiten oder ihrer Bestimmung ist notwendigerweise die Lebensaufgabe eines Forschers. Es sollte keine Besorgnis erregen, dass die feineren Einzelheiten dieser großen und komplexen Schöpfung manchmal verwirrend und undurchschaubar scheinen. Es liegt in der Absicht dieses Traktats, den Laien in den wunderbaren und erfüllenden Pfad einzuführen, den die Taxonomie darstellt.

Ich werde mit einem kurzen Leitfaden beginnen, den der Leser später heranziehen kann.

Erstgeborene

Die Erstgeborenen sind die wilde, fast tierische Urform, aus der die ganze Menschheit entstanden ist. Wären keine Drachen gewesen, um die zwölf Geschaffenen Rassen aus diesem gemeinen Lehm zu formen, hätte die Menschheit ausschließlich aus den Erstgeborenen bestanden. Selbst jetzt sind sie die bevölkerungsreichste Rasse, zeigen die wenigsten Schwierigkeiten bei der Fortpflanzung und verbreiten sich in der bekannten Welt, wie sich ein Unkraut in einem Rosengarten verbreitet. Mit diesem Vergleich will ich niemandem zu nahe treten, aber die Wahrheit kennt keine Etikette.

Die östliche Triade

Die ältesten der Geschaffenen Rassen bilden die östliche Triade: Jasuru, Yemmu und Tralgu.

Die Jasuru werden häufig als die erste höhere Rasse angesehen. In Größe und Gestalt ähneln sie grob den Erstgeborenen, jedoch mit den metallischen Schuppen der niederen Drachen. Sehr wahrscheinlich wurden sie als Klasse primitiver Krieger geschaffen, als Aufseher, um die erstgeborenen Sklaven zu kontrollieren.

Die Yemmu sind eindeutig eine spätere Weiterentwicklung. Ihre gewaltige Körpergröße und die riesigen Hauer können nur zu dem Zweck gestaltet sein, die niederen Rassen einzuschüchtern, aber wie auch bei anderen Beispielen aus den Geschaffenen Rassen war für den Zuwachs an Größe und Stärke ein Preis zu entrichten. Von allen Rassen haben die Yemmu die kürzeste natürliche Lebenserwartung.

Die Tralgu sind mit hoher Sicherheit die jüngsten Schöpfungen aus der östlichen Triade. Sie sind größer als Erstgeborene und besitzen die scharfen Zähne und das gute Gehör eines natürlichen Fleischfressers, und im Allgemeinwissen wird überliefert, dass sie eher zur Jagd als für formelle Kämpfe gezüchtet wurden. In den Zeitaltern seit dem Fall der Drachen haben sie wahrscheinlich nur ihre Schwierigkeiten beim Gebären davon abgehalten, sich die anderen Rassen gewaltsam untertan zu machen.

Die westliche Triade

So wie die östliche Triade für ein Zeitalter des Krieges steht, in dem Rassen als Kriegswaffen geschaffen wurden, skizzieren die westlichen Rassen ein Zeitalter, in dem die Drachen anfingen, feinere Werkzeuge zu schaffen. Cinnae, Dartinae und Timzinae weisen jeweils Anzeichen dafür auf, für bestimmte Zwecke geschaffen worden zu sein.

Die Cinnae sind, wenn man sie mit allen anderen Rassen vergleicht, so dünn und bleich wie Schösslinge, die unter einem Eimer gedeihen. Sie haben jedoch ein ausgeprägtes Talent in den Künsten des Geistes, auch wenn sich ihnen die wahrhaft tiefen Einsichten stets entzogen haben. Wie die Jasuru der erste Versuch einer Kriegerkaste sind, so können die Cinnae auch als grobe Skizze für die Rassen betrachtet werden, die ihnen nachfolgten.

Die Dartinae haben, auch wenn ihre Schöpfung auf dieselbe Zeit zurückgeht, keinen Anteil an der etwas mehr als rudimentären Intelligenz der Cinnae. Stattdessen wurde ihre Rasse eindeutig zum Arbeitseinsatz bei Bergbaumaßnahmen erschaffen. Ihre lumineszenten Augen weisen eine Struktur auf, die bei keiner anderen Rasse zu finden ist und auch bei keinem natürlich vorkommenden Tier. Ihre Fähigkeit, sich in vollkommen lichtlosen Höhlen zurechtzufinden, ist einzigartig, und sie neigen zu einem leichten Körperbau, anhand dessen man sich vorstellen kann, dass sie sich damit durch beengte Höhlen tief unter der Erdoberfläche zwängen. Beständige Gerüchte von einer verborgenen Festung der Dartinae weit unter der Erde rühren gewiss daher, dass man ein solches Bauwerk nie gefunden hat und es wahrscheinlich ohne tragfähige Landwirtschaft auch nicht überleben könnte.

Die Timzinae sind in der Tat die einzige Rasse, deren Platz in der Ordnung der Schöpfung eindeutig bekannt ist. Als jüngste Rasse stammen sie aus dem letzten Krieg der Drachen. Ihre dunklen, insektoiden Schuppen bieten kaum den Schutz, den die Jasuru genießen, aber sie können das lebende Fleisch völlig umschließen, sogar so weit, dass alle Körperöffnungen, Augen und Ohren eingeschlossen, versiegelt sind. Ihre genaue Funktion als Werkzeug bleibt undurchschaubar, auch wenn manch einer nahelegt, dass es die Imkerei gewesen sein könnte.

Die führenden Rassen

Die führenden Rassen oder die hohe Triade stellen das hervorragendste Werk der Drachen vor ihrem unvermeidlichen Fall in die Dekadenz dar. Zu diesen zählen die Kurtadam, Raushadam und Haunadam.

Die Kurtadam lassen, wie auch ich, die Zusammenführung der allerbesten Konzepte erkennen, die ihnen vorangingen. Die Klugheit, die sich erstmals in den Cinnae andeutete, und die Kriegerinstinkte, die von der östlichen Triade repräsentiert werden, kamen in den Kurtadam zusammen. Außerdem erhielten als Einzige unter den Rassen die Kurtadam das Geschenk eines alles bedeckenden Pelzes aus wärmendem Haar; ihre Kunst des Perlenflechtens und Schmückens stellt eindeutig den Höhepunkt der Etikette und persönlichen Schönheit dar.

Die Haunadam gibt es in größerer Anzahl in Fern-Syramis und seinen Regionen, und sie stellen die Verfeinerung des kriegerischen Impulses dar, aus dem die Yemmu geschaffen wurden. Wenn sie auch ein wenig kleiner sind, so haben die unermüdlichen Haunadam eine dicke Schicht aus Mineralien in der Haut, die Gewalteinwirkung abwehrt, und einen klaren und hervorragenden Intellekt, der ihnen zur absoluten Vorherrschaft auf dem westlichen Kontinent verholfen hat. Ihre Abneigung gegen das Reisen über Wasser beschränkt ihre Rolle im Fernhandel über das Meer und hat vermutlich die militärische Eroberung anderer Nationen, die von Meeren umgeben sind, verhindert.

Die Raushadam findet man wie die Haunadam vor allem in Fern-Syramis, und sie agieren beinahe, als wären die beiden Rassen entworfen, damit eine mit der anderen arbeitet. Mit dem leichtesten Körperbau sind die Raushadam die einzige Rasse, der die Drachen die Gabe des Fluges geschenkt haben.

Die dekadenten Rassen

Nachdem die Künste der Drachen ihren Höhepunkt erreichten, kam es zu einem notwendigen und unvermeidlichen Abstieg in das Überentwickelte. Die letzten Bemühungen der Drachen brachten die bizarren Rassen hervor: Haavirisch, Südlinge und Versunkene.

Die Haavirisch haben die Jahrhunderte seit dem Fall der Drachen damit verbracht, sich an den gefrorenen Häfen des Nordens festzuklammern. Ihr verdorbenes und aggressives Gemüt ist kein Anzeichen dafür, dass sie für den Krieg gezüchtet wurden, sondern dass ein Tier, das man ohne seinen

Herrn in die Freiheit entlässt, sich auf seine tierische Natur zurückbesinnen wird. Wenn sie auch die Größe der Yemmu erreichen, so liegt das an den isolierenden Fettwülsten, die sie vor der Kälte des Nordens schützen. Ihre Gesichtstätowierungen sind von jenen, die eindeutig von beidem keine Ahnung haben, mit den rituellen Perlen der Kurtadam verglichen worden.

Die Südlinge, die für ihre großen, an die Nacht angepassten Augen bekannt sind, sind ein Lehrstück der Perversion. Verstreut über die Lande südlich von Lyoneia haben sie eine Kultur errichtet, die zu gleichen Teilen Termitenhügel und nomadische Stammesanbetung ist. Auch wenn sie zur sexuellen Fortpflanzung fähig sind, ziehen es diese großäugigen Halbmenschen vor, solcherlei Aktivitäten einer zentralen Königinnengestalt zu überlassen, deren Untertanen als Drohnen fungieren. Die Frage, ob sie nun gezüchtet wurden, um die lebenden Wüsten des Südens zu bevölkern, oder nach dem Fall der Drachen dorthin gezogen sind, weil sie mit den höheren Rassen nicht mithalten konnten, gibt ein passendes Thema für ein Streitgespräch ab.

Die Versunkenen sind der letzte Beweis der Dekadenz der Drachen. Während sie in Größe und Gestalt stark den Erstgeborenen ähneln, leben die Versunkenen ausschließlich und in allen menschlichen Sphären unter Wasser. Der Austausch mit ihnen ist langsam, wenn er überhaupt möglich ist, und ihre Neigung, sich in seichten Gezeitenbecken zu sammeln, macht sie nur marginal besser als menschliche Algen. Andeutungen, dass sie Werkzeuge sind, die für ein großes Vorhaben der Drachen geschaffen wurden, das unter den Wogen noch immer ausgeführt wird, sind nichts als romantisches Wunschdenken.

Mit dieser Grundlage können wir uns nun der fünf philosophischen Methoden annehmen, die festsetzen, wie ein gebildeter Geist die Rassen ordnet, klassifiziert und letztlich beurteilt …

Danksagung

Ich möchte Ty Franck für seine Hilfe dabei danken, in den besonders schwierigen Gewässern dieses Buches zu navigieren. Ebenso meinen Agenten Shawna McCarthy und Danny Baror, deren harte Arbeit und Aufmerksamkeit mir den Beruf ermöglichen, den ich liebe, und DongWon Song, Anne Clark, Alex Lencicki, Jack Womack und dem ganzen Team von Orbit, das mich wunderbar unterstützt hat. Aber ganz besonders möchte ich meiner Familie danken, dass sie mir meine Nachlässigkeit nachsah, während ich in meinem Kopf Kriege geführt und Intrigen geplant habe.

Wie immer sind jegliche Fehler und Missgeschicke meine Schuld.

»Eine Fantasysaga, wie ich sie liebe.«

George R. R. Martin

672 Seiten. ISBN 978-3-442-26865-8

Hauptmann Marcus Wester war der Held vieler Schlachten. Doch in den Jahren als Söldner hat er vor allen Dingen gelernt, dass das Überleben das einzig Wichtige ist. Da werden er und seine Männer zu einem Kampf gezwungen, den sie nicht gewinnen können. Wester wendet alle Tricks an, um seine Leute am Leben zu halten. Bis er Cithrin begegnet. Die junge Waise benötigt dringend Hilfe – und sie bewahrt einen Schatz, der wertvoller ist als alles, was sich der Hauptmann vorstellen kann.

Lesen Sie mehr unter: **www.blanvalet.de**